DIE ZEIT

HISTORISCHE KRIMINALROMANE

Joseph Kanon

Die Tage vor Los Alamos

Aus dem Amerikanischen
von Klaus Berr

Mit einer Krimi-Analyse
der ZEIT-Redaktion

Zeitverlag Gerd Bucerius GmbH & Co. KG

Lizenzausgabe des Zeitverlag Gerd Bucerius GmbH & Co. KG, Hamburg,
für die ZEIT Edition »Historische Kriminalromane«, 2010

Die Originalausgabe unter dem Titel *Los Alamos* erschien 2007
bei Broadway Books, New York

Projektleitung: Sabine M. Müller
Layout und Umschlaggestaltung: Buchholz Graphiker
Satz und Repro: Buch-Werkstatt GmbH, Bad Aibling
Druck und Bindung: GGP Media GmbH, Pößneck

Printed in Germany

ISBN: 978-3-8419-0011-1
Vertrieb Handel: Edel Germany GmbH

Bildnachweis Einband [M]: Trigger Image/picture-alliance,
Arnold Metzinger/dieKLEINERT.de/picture-alliance

Inhalt

APRIL 1945

Eine Mrs. Rosa Ortiz fand die Leiche. Gewöhnlich verließ sie bei Sonnenaufgang das Haus, aber an diesem Morgen war sie noch früher dran. Bis zum Beginn der Messe blieb ihr deshalb genügend Zeit für einen Umweg durch den Park am Alameda, wo der Dunst aus dem Flussbett aufstieg. Wenn sie es eilig gehabt hätte, wäre sie wohl achtlos daran vorbeigegangen, aber auf ihrem Spaziergang genoss sie die Morgendämmerung. Sie hatte es nachts nicht regnen hören. Die Feuchtigkeit auf den Bäumen überraschte sie, und sie blieb stehen, um sich die glänzenden Blätter anzusehen. Der wolkenlose Himmel kündigte die bevorstehende Hitze an. Erst als sie, kurzfristig geblendet, den Kopf senkte, sah sie die Schuhe.

Die Beine ragten aus dem Gebüsch, und ihr erster Gedanke war, einfach weiterzugehen und den Kerl seinen Rausch ausschlafen zu lassen. Der Arme, dachte sie im Vorübergehen, so betrunken, dass er den Regen gar nicht gespürt hat. Aber eine Schande war es trotzdem, am Alameda zu schlafen, wie die Indianer, die auf der Plaza hockten und so taten, als würden sie Decken verkaufen. Dann blieb sie wieder stehen und drehte sich um. Die Beine sahen merkwürdig aus, verdreht und übereinandergelegt. Kein Mensch konnte so schlafen. Sie ging näher an das Gebüsch heran, schob einige Zweige beiseite, und dann verschlug es ihr den Atem. Sie sah den Kopf, rotfleckig vom Blut, den Mund starr aufgerissen, als wollte er noch Luft holen. Der Mund war das einzig Intakte, was von dem Gesicht noch übrig war. Doch was sie schockierte, war sein Körper. Die Hose war über die Knie heruntergezogen, seine Genitalien waren entblößt. Warum? Seit dem Tod ihres Gatten hatte Mrs. Ortiz keinen Mann mehr nackt gesehen und noch nie einen in der Öffentlichkeit. Diese Zurschaustellung des Fleisches war ihr unverständlich. Sie raffte ihr Kopftuch und bekreuzigte sich. So musste sich das Böse anfühlen, man spürte es auf der Haut und schmeckte es in der Luft. Vielleicht war sogar der Boden unter ihren Füßen blutgetränkt. Benommen fasste sie nach dem Strauch, doch die Zweige zitterten, Tropfen regneten auf die Leiche, bespritzten sein

Geschlecht, und sie schrak zurück. Sie atmete in kleinen Stößen und sah sich um, befürchtete angegriffen zu werden, als wäre die Untat eben erst geschehen. Aber da war niemand. Der Lärm in ihrem Kopf war ihr eigenes Atmen. Der Alameda war still und frühmorgendlich frisch. Die Welt hatte noch nichts bemerkt.

Verwirrt eilte sie zur Kathedrale. Sie wusste, dass sie die Polizei benachrichtigen sollte, aber ihr Englisch war schlecht, und was würden die denken? Die Leiche war ein *anglo*, das wusste sie von ihrem verschämt flüchtigen Blick, und das konnte sie in noch größere Schwierigkeiten bringen. Vielleicht war es das Beste, nichts zu sagen – schließlich hatte niemand sie gesehen. Ein anderer würde die Leiche finden und zur Polizei gehen und sich sein Leben durcheinanderbringen lassen. Aber der Anblick des Toten ging ihr nicht mehr aus dem Kopf, so nackt, entblößt. Sie hatte nicht einmal den Anstand gehabt, ihn zu bedecken. Und natürlich hatte Gott sie gesehen. Deshalb beschloss sie, wie schon so oft in der Vergangenheit, mit dem Priester zu reden.

Aber als sie ankam, war Vater Bernardo bereits mitten in den Messevorbereitungen. Sie durfte ihn nicht stören, und so kniete sie sich zu den anderen und wartete. Die Gemeinde war klein, die übliche Versammlung alter Frauen in Kopftüchern, die für ihr sündenloses Leben büßten. Ihre Nachbarinnen mussten den Eindruck gewinnen, dass sie an diesem Morgen außergewöhnlich inbrünstig war, denn sie betete laut und schien manchmal sogar zu schwanken. Der Schein der Kerzen, die vertrauten Worte, das besänftigende Gewicht ihres Rosenkranzes ließen sie ruhiger werden, aber ihr Kummer verging nicht. Sie hatte nichts getan, doch irgendwie lastete jetzt ein schuldhaftes Geheimnis auf ihr. Warum hatte sie den Mann so lange angesehen? Das belastete sie am meisten. Sie hätte die Augen abwenden sollen, es war nichts Bemerkenswertes an so einem Mann, nicht einmal an einem ohne Vorhaut. Aber sie hatte so etwas noch nie zuvor gesehen, und es quälte sie, dass sie bei all der Entsetzlichkeit des Anblicks gerade das bemerkt hatte. Das brauchte niemand zu erfahren, vor allem Vater Bernardo nicht. Sie musste die Leiche nicht beschreiben. Es reichte, wenn sie ihm sagte, sie habe einen toten Mann gefunden. Wenn sie überhaupt etwas sagte.

So dauerte es eine Stunde, bis Mrs. Ortiz sich mit ihrer Geschichte an den Priester wandte, und dann noch eine, bis dieser die Polizei anrief und von dort ein Auto losgeschickt wurde. Bis dahin war der Tau am Alameda getrocknet und der Tag heiß geworden.

Sergeant O'Neill hatte noch nie eine Leiche gesehen. Zwar hatte es in Santa Fe schon Morde gegeben, vor allem unter Mexikanern, die ihre Streitigkeiten mit Messern austrugen, aber dafür war er bislang nicht zuständig gewesen. Der letzte richtige Mord, bei einem Juwelenraub, war während seines Urlaubs passiert. Deshalb war dieser Mann im Park seine erste offizielle Leiche, und bei dem Anblick wurde ihm übel.

»Alles in Ordnung, Tom?«, fragte Chief Holliday, den alle nur »Doc« nannten, während die Fotografen ihre Bilder machten.

O'Neill nickte verlegen. »Ziemlich schlimm sieht er schon aus. Wo ist übrigens Doc Ritter? Glauben Sie nicht, wir sollten ihn zudecken?«

Chief Holliday kniete neben der Leiche und drehte den Kopf mit einem Stöckchen, das er vom Boden aufgehoben hatte.

»Nicht so zimperlich – ihm macht es nichts mehr aus. O Gott, sehen Sie sich das an.« Der Hinterkopf des Mannes war mit Blut und Hirnmasse verkrustet. »Hier hat er's abbekommen. Das Gesicht sieht aus wie eine Verzierung – vielleicht ein kräftiger Tritt, so zum Spaß noch einen obendrauf.«

O'Neill schrieb in seinen Notizblock. »Waffe?«

»Ein stumpfer Gegenstand – was meinen Sie?«

»Stumpfer Gegenstand.«

»Hammer, Schraubenschlüssel, alles mögliche. Hat ihm auf jeden Fall den Schädel zertrümmert. Nur komisch, dass hier nicht viel Blut ist. So wie der aussieht, könnte man meinen, er hat keins mehr in sich.«

»Es hat geregnet letzte Nacht. Wurde vielleicht weggespült.«

»Vielleicht. Keine Papiere. Haben die Jungs in der Umgebung irgendwas gefunden?«

»Nichts. Sie haben den Alameda aufwärts und abwärts abgesucht. Ein paar abgebrochene Äste da, wo wir ihn gefunden haben, aber das ist alles. Können Sie ihm nicht wenigstens den Mund schließen?«

Holliday sah zu ihm hoch und grinste. »Nein, jetzt noch nicht. Machen Sie sich nicht gleich in die Hosen, O'Neill. Wenn Doc Ritter ihn sich angesehen hat, schaffen wir ihn sofort weg. Sie gewöhnen sich schon noch dran.«

»Ja.«

»Keine Brieftasche, oder? Schlüssel? Sonst was?«

»Gar nichts.«

»Klasse. Wieder mal 'n Mister X.«

»Doc –«

»Ja?«, erwiderte Holliday und drehte den Kopf behutsam wieder zurück.

»Was ist mit der Hose?«

»Was ist damit?«

»Ich meine, was macht ein Kerl nachts im Park mit heruntergelassener Hose?«

»Was würden Sie denn tun? Wahrscheinlich pinkeln.«

»Nein. Zum Pinkeln zieht man die Hose nicht bis über die Knie runter.«

Holliday sah ihn belustigt an. »Sie schaffen es noch zum Detective, Tommy. Klingt einleuchtend.«

»Was dann –«

»Na hören Sie, ein Kerl treibt sich nachts im Park rum. Wir finden ihn mit heruntergelassener Hose und eingeschlagenem Schädel – was zum Teufel glauben Sie denn, was passiert ist?«

»Sie meinen, wie bei dem Kerl in Albuquerque? So was in der Richtung hatten wir hier noch nie.«

»Haben wir aber jetzt. Hübscher Anblick, was?«, sagte er und deutete auf den Schoß des Mannes. »Sieht aus, als hätte er hier auch was abbekommen.« Er schob die Hoden mit dem Stöckchen zur Seite. »Ein bisschen verfärbt, meinen Sie nicht?«

»Keine Ahnung.«

»Na, welche Farbe haben denn Ihre? Sind die etwa auch blau? Auf jeden Fall sollten sie nicht so aussehen. Außerdem ist er beschnitten.«

»Hab' ich gesehen.«

»Ich meine, für den Bericht.«

»Ach so«, murmelte er und notierte es sich. »Todeszeitpunkt?«

»Das soll uns Doc Ritter sagen. Die Leichenstarre ist bereits eingetreten, aber ich habe keine Ahnung, welchen Einfluss der Regen darauf hatte. Außerdem war's kalt letzte Nacht.«

»Kann mich gar nicht mehr erinnern«, sagte O'Neill und wischte sich angesichts der einsetzenden Hitze den Schweiß von der Stirn.

»Das ist interessant«, sagte Holliday und stocherte behutsam im Mund des Mannes. »Er hat eine Vollprothese. Keine eigenen Zähne mehr. Ein bisschen jung für falsche Zähne.«

O'Neill zuckte die Achseln.

»Na, wenigstens haben wir jetzt ein Motiv. War vermutlich nicht daran gewöhnt und hat dem anderen zu fest in den Schwanz gebissen.«

»Mein Gott, Doc.«

Als der Leichenbeschauer eintraf, hatte O'Neill die Tatortüberprüfung bereits abgeschlossen. »Wirklich schade, dass es geregnet hat. Ich lasse Fred weiter flussabwärts suchen. Vielleicht ist ja irgendwas in den Fluss geworfen worden. Seine Brieftasche zum Beispiel.«

»Ja, falls Gott Ihnen diese Woche einen Knochen zuwerfen will«, sagte Holliday. »Hoffen Sie allerdings nicht auf die Brieftasche. Eher die Schlüssel. Komisch, dass man ihm die Schlüssel abgenommen hat.«

»Was haben Sie denn da?«, fragte Dr. Ritter. »Schon lange her, dass ich zu einem Mord gerufen wurde.«

»Na, das müssen Sie mir sagen. Aber passen Sie mit der Kleidung auf, ich hoffe noch auf ein paar Fingerabdrücke.«

»Nach dem Regen?«

»Man soll die Hoffnung nie aufgeben. Sonst haben wir ja nicht viel. Mister X mit eingeschlagenem Schädel und heruntergelassenen Hosen.«

Der Leichenbeschauer sah zu ihm hoch.

»Ja, ich weiß. Klingt nach dem Fall in Albuquerque. Wahrscheinlich rennen die Zeitungen uns die Bude ein, aber wir sollten versuchen, sie auf Abstand zu halten, bis ich mit den Jungs dort unten gesprochen habe. Einen kleinen Vorsprung könnten wir gut gebrauchen.«

»Sie versammeln die ganze Polizeitruppe bei helllichtem Tag hier am Alameda und hoffen trotzdem, die Sache geheimzuhalten? Da haben Sie 'ne Schlagzeile, Ben, und zwar eine hausgemachte.«

»Ich weiß nicht, was ich habe, außer einer Leiche. Sehen Sie sich doch bitte mal seine Zähne an. Er hat eine Prothese, aber eine, wie ich sie hier in der Gegend noch nie gesehen habe. Vielleicht ist er aus dem Osten.«

»Wer ist er?«

»Keine Ahnung. Die Kleider verraten rein gar nichts. Ein Zivilist, könnte aber auch ein Soldat auf Urlaub sein. Ein Tourist vielleicht.«

»Ja, willkommen in Santa Fe, wo die Alte Welt der Neuen begegnet. Touristen sind im Frühling aber normalerweise eher rar, nicht?«

»Seit dem Krieg machen die sich zu jeder Jahreszeit rar. Ich werde trotzdem zur Sicherheit die Hotels überprüfen lassen. Damit die Jungs was zu tun haben.«

»Vielleicht ist er vom Hügel.«

Holliday seufzte. »Sagen Sie bloß das nicht.«

»Könnte aber sein.«

Holliday nickte. »Dann schaut uns die ganze verdammte Armee über die Schulter.«

»Sie sollten sich trotzdem mit dem Sicherheitsdienst dort in Verbindung setzen. Vielleicht vermissen die ja jemanden.«

»Ich will Ihnen mal was sagen. Vielleicht sollte sich der Sicherheitsdienst mit uns in Verbindung setzen, anstatt uns dauernd zu sagen, wie streng geheim dort alles ist und was für Arschlöcher wir hier unten sind. Außerdem, wenn die einen Vermissten haben, erfahren wir das. Ich würde mal sagen, es ist nicht so einfach, von dort oben zu verschwinden. Die Anlage ist die reinste Festung. Inzwischen habe ich hier aber nichts als einen Mister X mit eingeschlagenem Schädel. Vor einem Monat wurde in Albuquerque ein Schwuler abgestochen und die Geschichte kam in die Zeitungen, und jetzt habe ich hier einen Jungen, der anscheinend an den gleichen Spielchen Spaß hatte. Bevor ich mich also mit der U.S. Army einlasse und mir die übliche Scheiße anhöre, mit der uns die Jungs vom Geheimprojekt überschütten, rede ich erst mal mit unseren Freunden in Albuquerque. Vielleicht werden die uns diese Geschichte ja abnehmen.«

»Wie Sie meinen. Haben die den Kerl schon geschnappt, der es in Albuquerque gemacht hat?«

»Noch nicht. Aber wahrscheinlich haben sie nicht sehr intensiv gesucht.«

»Dann könnte es also –«

»Keine Ahnung. Aber ich werde dem nachgehen, bevor ich den Leuten vom Hügel sage, dass wir einen toten Schwulen haben, und ob ihnen vielleicht einer abgeht. Ich kann sie jetzt schon schreien hören. Aber Sie sollten sich auf jeden Fall Mühe geben mit der Autopsie. Ich will nicht, dass Ihre Schlächterei uns da oben schlecht aussehen lässt.«

Ritter lachte. »Sonst noch was?«

»Ja, suchen Sie nach Spuren analer Penetration.«

O'Neill, der stumm dabeigestanden hatte, hob den Kopf.

»Was meinen Sie damit?«

Holliday lachte. »Tommy. Sie müssen sich irgendwann von Ihrem Daddy die Tatsachen des Lebens erklären lassen.« Dann sah er zu der Leiche hinab, die noch immer verdreht und blass und tot vor ihnen lag. »Armer Kerl«, sagte er. »Ich frage mich, was er getan hat, um so was zu verdienen.«

1

Obwohl der Bahnhof Santa Fe hieß, hielt der Zug zwanzig Meilen südöstlich, in Lamy, einer staubigen Stadt mitten auf dem Wüstenplateau. Sie sah aus, als wäre sie vom Wind hergeblasen worden und an den Schienen hängengeblieben. Michael Connolly hatte das Gefühl, mitten auf freier Strecke ausgestiegen zu sein. Der Zug war überfüllt, ein Meer aus Uniformen und Geschäftsleuten mit Reisesondergenehmigungen und Frauen mit Kindern auf dem Schoß, aber nur wenige davon stiegen auf dem verschlafenen Bahnsteig aus. Hinter den Gebäuden war nichts zu sehen, außer Steppengras und Salbei, bis die Gleise schließlich in Richtung der Berge verschwanden. Der junge Soldat, der aufmerksam jedes Gesicht musterte, aber niemanden erkannte, war offensichtlich für ihn bestimmt. Er sah aus wie ein Highschool-Sportler, mit Segelohren, die von seinem rasierten Kopf abstanden.

»Mr. Connolly?«, fragte er schließlich, als nur noch drei andere Kandidaten übrig waren.

»Ja!«

»Tut mir leid, Sir. Ich habe nach einer Uniform gesucht.«

»Die Army hat mich noch nicht geschnappt«, sagte er lächelnd. »Ich bin nur ein Verbindungsmann. Ist das wirklich Santa Fe?«

Der Soldat grinste. »Das wird schon noch besser. Darf ich Ihnen helfen?«, sagte er und nahm Connollys Koffer. »Gleich da drüben.« Das Auto war ein neuer Ford, dessen Lack unter der Staubschicht glänzte.

Connolly wischte sich die Stirn und sah zum wolkenlosen Himmel hoch.

»Nichts als blauer Himmel, was?«

»Ja, Sir. Sonnige Tage, kühle Nächte. Wir haben nur bestes Wetter.«

»Schon lange hier?«, fragte Connolly beim Einsteigen.

»Erst seit Januar. Direkt von der Grundausbildung. Nicht viel zu tun, aber besser als in Übersee.«

»Alles ist besser als dort, würd' ich mal sagen.«

»Wobei ich schon gern was mitkriegen würde, bevor alles vorüber ist.«

»Dann sollten Sie sich beeilen.«

»Nee, ich glaube, die Japse halten es mindestens noch ein Jahr aus.«

»Na, hoffentlich nicht.« Das kam sehr schnell, fast wie ein Tadel.

»Jawohl, Sir«, sagte der Soldat, nun wieder ganz formell.

»Wie sieht eigentlich mein Programm aus?«

»Zuerst melden wir Sie in Santa Fe an. Mrs. McKibbin wird sich um Ihre Sachen kümmern. Dann habe ich Befehl, Sie schleunigst auf den Hügel zu bringen. General Groves will Sie sehen, bevor er heute Abend nach Washington zurückfliegt.«

»Ist *der Hügel* ein Codename?«

Der Soldat machte ein leicht verwirrtes Gesicht. »Ich glaub' nicht. Hab' zumindest nie was davon gehört. Hier in der Gegend nennen alle das Projekt so.«

»Ich nehme an, es gibt wenigstens einen – einen Hügel, meine ich.«

»Was man hier *mesa* nennt. Das ist spanisch für Tisch«, erwiderte er wie ein Fremdenführer. »Und so haben sie wahrscheinlich auch ausgesehen – Hügel mit abgeplatteter Spitze. Früher war dort mal 'ne Schule, so 'ne Art Landschulheim für reiche Stadtkinder. Sieht aber jetzt ganz und gar nicht mehr wie eine Schule aus.«

»Und wie sieht es aus?«

Er grinste, nun wieder unbeschwert. »Wie's aussieht? Na ja, wie'n verdammter Sauhaufen, wenn Sie den Ausdruck verzeihen.«

Santa Fe selbst wirkte auf Anhieb gepflegt und hübsch. Die Adobe-, die Lehmziegelgebäude, die Connolly noch nie gesehen hatte, schienen das Sonnenlicht anzuziehen und seine Farbe zu bewahren wie matte Aureolen einer Flamme. In den schmalen Straßen, die zur Plaza führten, gab es viele amerikanische Läden – ein Woolworth's, ein Rexall Drugstore –, die wie über eine fremde Stadt gestreut wirkten. Auch die Menschen, in Cowboyhüten und Jeans, sahen aus wie Besucher. Nur die mexikanischen Frauen mit ihren Kopftüchern und die Indianer, die über ihren Stapeln mit Touristendecken dösten, schienen hier wirklich zu Hause zu sein. Die Plaza selbst war still, ein Stück Spanien, das in einer endlosen Siesta vor sich hin dämmerte.

»Das ist der Gouverneurspalast«, sagte der Soldat und zeigte auf ein großes Adobegebäude, das eine Seite des Platzes begrenzte. »Ältestes Regierungsgebäude des Landes oder so was in der Richtung. Das Projektbüro ist gleich um die Ecke.«

Das Gefühl der Verzauberung blieb. Sie überquerten den stillen Hof eines kleinen Adobehauses, in dem das Plätschern eines Springbrunnens das einzige Geräusch war. Aber drinnen kehrte Amerika zurück. Eine freundlich lächelnde Frau mit hochgesteckten Haaren telefonierte und ordnete dabei Papiere auf ihrem Schreibtisch.

»Ich weiß, dass es voll ist, aber er braucht den Platz unbedingt.« Sie bedeckte die Sprechmuschel und nickte Connolly zu. »Ich bin gleich so weit.« Dann wieder ins Telefon: »Bitte, Edith, tun Sie, was Sie können. Ein Nein akzeptiert er einfach nicht. Rufen Sie mich zurück, sobald Sie was wissen, okay? Ja, ich weiß. Bis später dann.« Sie lächelte Connolly an und redete ohne Luft zu holen weiter: »Sie müssen Mr. Connolly sein. Willkommen in Santa Fe«, sagte sie und gab ihm die Hand. »Sie haben sich einen verrückten Tag ausgesucht. Ich musste das in aller Eile zusammenstellen, aber ich glaube, jetzt fehlt nichts mehr«, fuhr sie fort und gab ihm einen braunen Umschlag.

»Ausweis, Bezugsscheinheft, Führerschein. Natürlich ohne Namen, auf dem Hügel geht alles nur nach Nummern. Die Geschäfte hier in der Gegend sind daran gewöhnt, Sie werden also keine Probleme damit haben. Versuchen Sie aber, sich nicht wegen Geschwindigkeitsüberschreitung erwischen zu lassen – die Polizisten drehen durch, wenn sie einen Strafzettel für eine Nummer ausstellen müssen. Sie haben Zutrittscode weiß, hier ist Ihre Erkennungsmarke. Sie dürfen auch in den Technischen Bereich, das heißt, Sie dürfen sich überall frei bewegen. Ich habe Ihnen den Army-Busfahrplan nach Santa Fe dazugelegt, für alle Fälle, aber Sie haben ja ein eigenes Auto.« Sie zog die Augenbrauen hoch. »Das ist hier ungewöhnlich, Sie müssen also ziemlich wichtig sein.« Sie ließ ein spitzes Lachen hören, womit sie zeigen wollte, dass ihr hohe Tiere nichts Fremdes waren. »Das Sicherheitsbüro wird Ihnen eine Unterkunft auf dem Hügel zuweisen, tut mir leid, dass wir in der Fuller Lodge nichts für Sie haben, aber aus irgendeinem Grund sind wir randvoll mit Besuchern, da war nichts mehr zu machen. Falls irgendeiner abreist, werden wir Sie natürlich sofort umquartieren. Mal sehen, was sonst noch? Sämtliche Post an Postfach 1663 Santa Fe. Keine andere Adresse. Sie sollten wissen, dass die Post zensiert wird. Das gefällt uns zwar nicht, ist aber aus Sicherheitsgründen notwendig. Man gewöhnt sich daran.«

»Zensiert? Hier bei Ihnen?«, fragte Connolly.

Sie lächelte. »Ach du meine Güte, nein. Ein solcher Hansdampf bin ich nun auch wieder nicht. Zensoren der Army. Von außen. Wäre ziemlich unangenehm, wenn jemand, den Sie kennen, in Ihrer Post rumstöbert, und ich kenne natürlich jeden.«

»Natürlich!«

Sie errötete. »So habe ich das nicht gemeint, ich wollte nicht angeben. Es gehört eben zu meinem Job. Auch das hier oder der Versuch, noch einen Platz zu bekommen, wenn der General mir nichts dir nichts beschließt wegzufliegen, und das heißt, einen anderen rauszuschmeißen, der dann seinerseits durchdreht.«

Connolly lächelte. »Na ja, wir sind im Krieg.«

Sie erwiderte das Lächeln. »Sie würden sich wundern, wie wenig Eindruck das auf dem Flugplatz in Albuquerque macht. Aber irgendwie werden wir ihn schon in die Maschine kriegen.«

Natürlich würde sie das. Connolly sah sie an, ein wenig überrascht über diesen unkomplizierten, charmanten Empfang. In Los Alamos schien nichts zum anderen zu passen – der Zug, der irgendwo abseits hielt, die Stadt, die kein Teil der USA zu sein schien, und plötzlich diese freundliche, kompetente Frau, die mit Exilphysikern und Army-Generälen umging, als wären sie Hungernde vor einer kirchlichen Suppenküche. Er fragte sich, wie viel sie wusste, was sie sich unter dem Ganzen vorstellte. Ein Geheimprojekt, das helfen sollte, den Krieg zu gewinnen – war ihr das genug? Brauchte sie nicht mehr zu wissen? Nach seinen Informationen waren inzwischen viertausend Leute in Los Alamos beschäftigt. Mrs. McKibbin war von Anfang an dabeigewesen, sie hatte alle betreut und ihnen Nummern als neue Identitäten zugewiesen. Was glaubte sie, was sie alle taten, all diese Leute mit den unaussprechlichen Namen und den Unterkunftsproblemen, die auf einem Hügel die Nächte durcharbeiteten?

»Und falls Sie sonst noch etwas brauchen, lassen Sie es mich wissen.«

»Danke. Tut mir leid, dass ich Ihnen so viele Umstände gemacht habe.«

»Dafür sind wir ja hier.« Einen Augenblick lang glaubte er in ihren Augen die unausweichliche Frage zu sehen: Wozu sind *Sie* hier, Sie mit Ihrem Auto und Ihrem Stapel Bezugsscheinen?

»Das Auto? Wo bekomme ich es?«

»Sie sind bereits damit gefahren. Die Fahrzeugverwaltung muss es Ihnen nur noch offiziell zuweisen. Ich habe alle Papiere abgezeichnet.«

Sie fuhren fast eine Stunde, bis sie die lange, kurvige Straße zur *mesa* erreichten. Sie war inzwischen planiert und geteert, doch noch überall waren der Schutt und die Gerätschaften einer Dauerbaustelle zu sehen. Planierraupen und Erdhobel standen an Haarnadelkurven, und hin und wieder sahen sie ein Auto, das auf den Abschleppwagen wartete, weil die vielen Steine und die festgestampften Wurzeln den dünnen, geflickten Reifen den Rest gegeben hatten. Früher war das alles nur unbefestigte Erde gewesen, ein besserer Saumpfad für Rucksackwanderungen mit der Schulklasse, und auch jetzt sah die Straße noch sehr provisorisch und gefährlich aus, so als könnte das Gestrüpp sie jederzeit wieder überwuchern. Nachts muss das eine Wahnsinnsfahrt sein, dachte Connolly, als er sah, wie der Soldat heftig am Lenkrad kurbelnd mit den Kurven kämpfte. Er fühlte sich wie auf einer Achterbahn.

Die Landschaft veränderte sich ab einer gewissen Höhe: Salbei und Krüppelwacholder machten Pinien und Hochgebirgsbäumen Platz. Die Luft roch frisch, wie mit Duftspray besprüht, und der strahlendblaue Himmel wurde noch heller. Connolly spürte die Vitalität der Höhe. Santa Fes zeitlosen Schlummer hatte er abgeschüttelt. Jetzt herrschte Verkehr auf der Straße: Lastwagen, die die steile Fahrbahn hochzockelten oder bremsend und schlingernd wieder hinunterfuhren. Der ganze Hügel schien in Bewegung zu sein. Als sie sich dem Osttor näherten, verstärkte sich das Treiben noch. Autos warteten am Kontrollposten, und hinter dem Zaun konnte Connolly den riesigen Wasserturm und die aus dem Boden gestampfte Stadt sehen, ein hastig zusammengezimmerter Ameisenbau aus stumpfgrünen Army-Standardgebäuden, Nissenhütten und Barackensiedlungen. Unter einem Gewirr von Hochleitungen wurde immer noch gebaut. Die Luft war verfinstert von Staub und Rauch und erfüllt vom Lärm der Bauarbeiten und der laufenden Motoren. Männer, vorwiegend Zivilisten, eilten über die ungeteerten Straßen mit dem schnellen Schritt von Leuten, die ein Ziel haben. Connollys erster Gedanke war, dass sich hier ein ganzes College in ein Army-Lager verirrt hatte. Während unten Santa Fe vor sich hin dämmerte, herrschte hier oben in der kühlen Luft hektische Betriebsamkeit.

Sie passierten die Kontrollstellen und hielten knapp vor dem Technischen Bereich, einer Gruppe von Gebäuden, umgeben von einem weiteren hohen Maschendrahtzaun mit einem Doppelstrang Stacheldraht darüber. Connolly sah zu den Wachtürmen hoch, auf denen gelangweilte MPs zu den Bergen hinüberstarrten. Es wirkte wie ein Konzentrationslager, doch die Stimmung darin war fröhlich. Mädchen in kurzen Kleidern und Pullovern, vermutlich Sekretärinnen, gingen, nur flüchtig ihre Erkennungsmarken herzeigend, bei den Toren aus und ein. Die beiden größten Gebäude waren lange Bürobaracken mit einem überdachten Verbindungsgang quer über die Hauptstraße, ein Ensemble, das sich innerhalb der Anlage wie ein riesiges Portal ausnahm.

Es war später Nachmittag, und Busse füllten sich mit Arbeitern für die Heimfahrt ins Tal. Connolly bemerkte einen Bus voller indianischer Frauen mit ernsten Gesichtern und geflochtenen Zöpfen, der eben in Richtung Tor davonfuhr. Am geheimsten Ort der Welt gab es also Dienstmädchen.

Connolly wurde im Sicherheitsbüro Lieutenant Mills vorgestellt. Mills war ein großer, bleistiftdünner Mann Mitte Zwanzig mit frühzeitiger Glatze, der nervös lächelte und den Blick abwandte, als wollte er seinen neuen Kollegen von der Seite betrachten, bevor er ihm in die Augen sah.

»Hören Sie, wir haben viel zu besprechen, aber General Graves will Sie sofort sehen. Ich führe Sie danach herum. Colonel Lansdale ist nicht da, wir sind also unter uns. Und natürlich die vom Army-Geheimdienst.«

»Wie viele?«

»Im G-2 insgesamt achtundzwanzig Soldaten und sieben Zivilisten, aber hier sind wir nur zu viert.«

»Nicht gerade viel.«

»Na ja, bis jetzt hatten wir noch keine Sicherheitsprobleme.«

»Haben Sie jetzt eins?«

Mills nahm die Herausforderung an. »Ich dachte, dass Sie hier sind, um das herauszufinden«, sagte er und sah ihm in die Augen.

»Ihnen hat man nichts gesagt?«

»Mir? Ich bin nur für die Leibwächter verantwortlich. Mir muss man überhaupt nichts sagen.«

»Und wer kommt hier in den Genuss von Leibwächtern?«

»Die erste Garde der Wissenschaftler – Oppie, Fermi, Bethe, Kistiakowski. Jeder, den man als wichtig für das Projekt erachtet und der draußen Schutz braucht.«

»Oder Überwachung.«

Diesmal biss er nicht an. »Oder Überwachung.«

»Das muss Sie ja ziemlich beliebt machen.«

»Ich bin der Trauzeuge bei jeder Hochzeit.«

Connolly lachte. »Kann ich mir vorstellen. Na, dann wollen wir mal zum Chef. Wie ist er überhaupt?«

»Ein Hundertzehnprozentiger«, antwortete Mills und führte ihn aus dem Gebäude. »Hat das Pentagon in einem Jahr aufgebaut. Und hat die Anlage hier aus dem Boden gestampft. Trinkt nicht, raucht nicht. Solide bis ins Mark. Und keine Kleinigkeit ist ihm egal.«

»So umgänglich?«

»Im Grunde genommen ist er ganz in Ordnung. Die Sache mit Brauner hat ihn allerdings aufgeschreckt, also seien Sie nachsichtig.«

»Generäle sind alle gleich.«

»Wie eine glückliche Familie.«

Connolly lächelte. »Ich merke, Sie kennen sich aus.«

»Wir sind da. Stoßen Sie sich nicht den Kopf an«, sagte er und öffnete die Tür.

Sie betraten ein schmales Vorzimmer, das kaum groß genug war für den Schreibtisch und die rosige Frau mittleren Alters, die dahinter geschäftig hantierte.

»Mr. Connolly? Gott sei Dank, dass Sie da sind. Der General muss sein Flugzeug erreichen und fragt schon den ganzen Nachmittag nach Ihnen. Ich sag' ihm nur schnell Bescheid –«

Doch das war nicht nötig, denn die Tür hinter ihr wurde von einem großen Mann in Khaki-Uniform geöffnet, der den ganzen Türrahmen auszufüllen schien. Er war nicht schlampig – seine Uniform war glatt und straff wie ein frischgemachtes Bett bei der Inspektion –, aber er hatte das schwammige Fleisch eines übergewichtigen Geschäftsmannes, und sein Bauch quoll über den Gürtel. Unter seinen Achseln zeigten sich dunkle Flecken, und Connolly stellte sich vor, dass die Sommer in Washington eine Qual für ihn sein mussten. Er wirkte irgendwie jungenhaft, wie einer, der in der Pubertät auseinandergegangen war und auch jetzt noch an keinem Marmeladenkrapfen vorbeigehen konnte. Aber der Schnurrbart in der Mitte seines weichen, runden Gesichts war überraschend zurechtgestutzt, so als habe er ihn bei einem knochendürren Angestellten ausgeborgt.

»Gut, dass Sie da sind. Connolly, nicht?«

»Ja, Sir.«

Er gab der Frau einen Stapel Papiere. »Wir haben nicht viel Zeit, also lassen Sie uns gleich zur Sache kommen. Ich muss in Albuquerque ein Flugzeug erreichen, und es ist eine elende Fahrt bis dorthin. Betty, kümmern Sie sich bitte um das Auto. Die hier sind alle abgezeichnet und können weitergeleitet werden. Sorgen Sie dafür, dass Dr. Oppenheimer morgen Kopien von den ersten beiden bekommt – er wartet schon darauf. Ich rufe Sie morgen aus Washington wegen der Installationsverträge an. Connolly?«

Das Büro war schlicht, etwa so groß wie ein Zimmer in einem Wohnheim, mit einem Fenster, das auf die belebte Hauptstraße und den Zaun des Technischen Bereichs hinausging. An den Wänden hing nichts Persönliches, nur ein Foto von Roosevelt und eine Landkarte, und der Schreibtisch, mit Stapeln von Akten und Verträgen und dem Bild einer Frau mit zwei kleinen Mädchen, hätte der eines beliebigen Beamten sein können. Nur die beiden schwarzen Telefone, ein Luxus in Kriegszeiten, deuteten auf den Rang ihres Benutzers hin. Connolly vermutete, dass sein eigentliches Büro im Pentagon wahrscheinlich nicht anders aussah – schlicht und spartanisch, als wollte er nichts um sich haben, was ihn von seiner Arbeit ablenken könnte. Im Abfallkorb bemerkte Connolly das in dieser Umgebung völlig unpassende Braun einer Hershey-Schokoriegeltüte.

»Setzen Sie sich«, sagte der General und deutete auf einen Stuhl. »Bitte. Ich muss mich entschuldigen, weil ich Sie nicht schon in Washington empfangen habe, aber ich war unterwegs, wie gewöhnlich. Es heißt zwar, der Krieg gehe allmählich zu Ende, aber ich merke nichts davon. Wie auch immer. Sie wurden informiert?«

»Über Karl Brauners Tod, ja.«

Nur schon die Nennung des Namens schien ihm Bauchschmerzen zu bereiten.

»Ja«, sagte er, warf einen Ordner auf den Stapel und stützte seine Hände auf die Stuhllehne. »Es ist das erste Mal, dass bei dem Projekt so etwas passiert ist. Schreckliche Geschichte, egal wie man sie betrachtet. Die Frage ist, wie sollen wir sie betrachten?«

»Sir?«

»Ich meine, steckt mehr dahinter, als man auf den ersten Blick sieht? Weniger? Haben wir ein Problem?«

»Nun, Sie haben eine Leiche.«

»Falsch. Die Polizei von Santa Fe hat eine Leiche. Was wir haben, ist ein abgängiger Sicherheitsbeamter. Das könnte sehr viel ernster sein.«

»Können Sie ungefähr abschätzen, wie ernst?«

General Groves starrte eine Augenblick ins Leere und seufzte dann. »Nein. Nicht einmal, *ob* wir ein Problem haben. Vielleicht war es einfach nur – etwas, das jedem passieren kann. Vielleicht hat es mit dem Projekt oder der Tatsache, dass er auf dem Hügel war, überhaupt nichts zu tun. Vielleicht. Aber wir müssen es genau wissen. Und wir werden es herausfinden.«

Er hielt inne und sah Connolly an. »Ich habe diesen Blick schon tausendmal gesehen, also sparen Sie sich die Mühe. Groves dreht mal wieder durch. Spione unter jedem Bett. Paranoia. Und ich kann Ihnen fast garantieren«, fuhr er fort, »dass Sie genau diese Worte von meinem Freund Dr. Oppenheimer hören werden. Der sagt es mir dauernd. Aber manchmal glaube ich, Robert ist zu vertrauensselig. Wo soll man die Grenze ziehen? Ich kann nicht über meinen eigenen Schatten springen – jemand muss sich eben Gedanken machen. Gleich von Anfang an haben die Leute hier die Sicherheit als Witz betrachtet. Es sind brillante Männer – ich bin der erste, der das zugibt –, aber manchmal sind sie wie kleine Jungs: verantwortungslos. Sie wissen schon, fast so, als würden sie es darauf anlegen, Ärger zu bekommen. Ein paar von ihnen haben sich Scherze mit der Post erlaubt – können Sie sich das vorstellen? Erwachsene Männer? Sie haben Löcher in den Zaun geschnitten, um auszuprobieren, ob sie unbemerkt raus und rein können. Erwachsene Männer. *Brillante Männer.* Also muss jemand den Schuldirektor spielen, und wie's aussieht, bin ich das. Es ist mir egal, was die Leute sagen, solange nur das Projekt nicht gefährdet ist.«

Er hielt unvermittelt inne und schien ein wenig verblüfft über sich selbst, weil er sich hatte hinreißen lassen.

»Ich bin kein Polizist«, sagte Connolly ruhig, doch es war eher als Frage gemeint.

»Ich will auch keinen Polizisten. Tommy McManus hat mir gesagt, dass Sie ein guter Mann sind und ich Ihnen vertrauen kann. Und wenn Tommy das sagt, stimmt es. Er weiß nicht, wie Sie überhaupt zum OWI gekommen sind. Außerdem meint er, dass Sie herumschnüffeln können, ohne gleich die Pferde scheu zu machen.«

»Ist das der Grund, warum Sie einen Zivilisten wollten?«

Groves lächelte. »Zum Teil. Die Wissenschaftler sind allergisch gegen Uniformen. Es ist sehr wichtig, dass jetzt alles glatt weiterläuft. Wir stehen kurz vor dem Abschluss des Projekts. Ich habe eine Menge nervöser Typen hier herumlaufen – manchmal glaube ich, je gescheiter sie sind, desto nervöser sind sie. Man weiß nie, was bei ihnen das Fass zum Überlaufen bringt. Ich werde nicht zulassen, dass hier irgendjemand rumrennt und grundlos Staub aufwirbelt. Wir kümmern uns selber darum. Wissen Sie, wie viele Sicherheitsvorfälle wir seit Beginn des Projekts untersucht haben? Über tausend. Frauen, die sich bei Cocktailpartys darüber auslassen, wie klug ihre Männer sind. Fabrikarbeiter in Tennessee, die mit ihren Lohnzetteln angeben. Die Zeitungsfritzen werden schnell neugierig, und wir müssen dafür sorgen, dass sie nicht zu neugierig werden.«

»General, ich glaube, Sie sollten wissen, dass McManus mich empfohlen hat, weil ich die letzten zwei Jahre damit zugebracht habe, Sie und Ihr Projekt aus den Schlagzeilen herauszuhalten. Das ist Teil meiner Arbeit: Funkstille in Bezug auf Forschung.«

»Dann verstehen Sie also was von der Wissenschaft, die dahinter steckt?«, fragte Groves neugierig.

»Gibt es überhaupt jemanden, der das alles versteht?«

Groves sah ihn an.

»Ein wenig«, sagte Connolly entschuldigend. »Genug, um zu wissen, was nicht gesagt werden darf. Und das ist so ziemlich alles. Bis hin zu dem Wort Atom. Auf jeden Fall bin ich mit der Operation vertraut.«

»Gut. Dann muss ich Ihnen nichts erzählen. Über tausend Vorfälle. Und bis jetzt kein einziges Leck und kein einziger Arbeitstag verloren. Und in diesem Fall wird es wohl auch nicht anders sein. Machen Sie Ihre Arbeit gut, und die Wissenschaftler werden überhaupt nicht merken, dass Sie hier sind. Was ist denn?«, fragte er, als er den Ausdruck auf Connollys Gesicht sah.

»General, ich versuche nur herauszufinden, ob ich hier bin, weil ich nichts weiß, oder weil Sie nichts wissen wollen. Wollen Sie den Kerl fangen oder nicht?«

Groves zog die Augenbrauen hoch. »Das ist eine interessante Frage«, sagte er schließlich. »Ich bin mir nicht sicher. Falls jemand Brauner ausgeraubt und ihm dann eins über den Schädel gezogen hat, hoffe ich, dass die Polizei ihn fasst. Aber nicht, wenn dadurch das Projekt auch nur um fünf Minuten verzögert wird. Ich sag' das ja nicht gerne, aber so ist es eben. Haben Sie eine Ahnung, wie wichtig das ist, was wir hier tun? Ich weiß, Sie halten es aus den Schlagzeilen, aber wissen Sie auch, was es bedeutet? Wir könnten den Krieg beenden.« Er sagte dies ruhig, gelassen, ohne den üblichen Begeisterungsschwulst, und Connolly nahm es deshalb wörtlich. »Im Augenblick haben wir jede Woche Tausende von Jungs, die in Europa sterben oder schwer verletzt werden. Wir haben Curt LeMay, der mit diesen B-29 über Japan herfällt wie eine Strafe Gottes. Wir haben keine Ahnung, wie viele unschuldige Opfer das bedeutet. Nicht die Geringste. Und die Invasion wird noch unzählige mehr bedeuten. Wir können dem ein Ende setzen, wenn wir die Arbeit hier fertigbringen. Und deshalb ist es mir egal, ob Sie den Mörder schnappen. Es sei denn, die Geschichte steht im Zusammenhang mit dem Projekt und es steckt mehr dahinter als ein simpler Raubüberfall. Und genau das müssen wir herausfinden.«

»Okay«, sagte Connolly, »wir wollen also herausfinden, ob seine Ermordung etwas mit dem Hügel zu tun hat, aber wir wollen mit dem Herausfinden niemandem hier auf die Zehen treten.«

Groves sah ihn unverwandt an. »Jetzt halten Sie sich wohl für witzig. Ich gestatte jedem einen schlauen Spruch, und Sie hatten eben den Ihren.«

»Entschuldigen Sie. Ich frage mich nur, ob Sie der Polizei eine faire Chance geben. Oder auch mir.«

»Fair trifft auf Sie nicht zu«, erwiderte er sachlich. »Sie arbeiten für mich. Und die Polizei? Die haben sich selber genug Zeit gelassen, bis sie sich bei uns gemeldet haben, und dann waren sämtliche Spuren und Indizien – falls es welche gab – so gut wie nicht mehr vorhanden, und die Zeitungen hatten ihre Geschichte. Die Presse ist das letzte, was wir wollen. Zum Glück ist es für die Journalisten noch immer ein Mister X, ohne jede Beziehung zum Hügel. Und Sie sollen dafür sorgen, dass es so bleibt.«

»Sie haben also sämtliche Schotten dichtgemacht.«

»Absolut. Versiegelt. Die Polizei wird kooperieren. Denen bleibt kaum was anderes übrig. Sie dürfen ja nicht mal hier rauf.«

»Und Sie glauben noch immer, dass es etwas mit seiner angeblichen Homosexualität zu tun hat?«

»Das ist genau das, was ich meine«, sagte er, nun plötzlich lauter. »Wie kommen Sie darauf? Wer sagt das? Ich will nicht, dass derartige Mutmaßungen die Runde machen. Wir hatten hier oben noch nie etwas in der Richtung, aber wenn ein solches Gerücht erst einmal in der Welt ist –« Er verstummte errötend, und Connolly merkte, dass ihm dieses Thema peinlich war.

»General«, sagte Connolly ruhig, »wenn er wirklich homosexuell war, würde das an sich schon ein Sicherheitsrisiko darstellen. Das wissen Sie.«

Groves sah ihn an und setzte sich, ein Seufzer in Körpersprache. »Ja, das ist mir klar. Aber wissen Sie, was es bedeutet, wenn so eine Schreckensmeldung publik wird? Ich habe gesehen, was dann passiert, unten in Miami. Die Army geht auf Schwulenjagd, und dann führt eins zum anderen. Irgendwann schaut jeder über seine Schulter und fragt sich ... und genau das möchte ich hier vermeiden.« Er hielt inne. »Wir wissen überhaupt nichts, außer dass Brauner mit heruntergelassenen Hosen gefunden wurde. Was immer das auch bedeuten mag. Ich will, dass Sie es herausfinden, aber ich will nicht, dass Sie dazu hier alles auf den Kopf stellen. Es ist absolut unnötig, den Ruf dieses Mannes zu besudeln. So weit wir wissen, hat er nichts anderes getan, als mit einem betrunkenen Mexikaner aneinanderzugeraten.«

»General, darf ich offen sprechen? Es ist unwahrscheinlich, dass die Polizei irgendwas erreicht – die kennen ja nicht einmal den Namen des Mannes. Ich nehme an, das FBI wollen Sie nicht hinzuziehen –«

»Haben Sie den Verstand verloren? Wenn Sie das tun, steht Washington hier auf der Matte, und ich kriege nie irgendwas erledigt. Seit 1943 durfte das FBI nicht einmal in die Nähe dieses Projekts, und dabei will ich es auch belassen. Der Geheimdienst des Kriegsministeriums kümmert sich um den Manhattan District des Army Corps of Engineers. Und das reicht mir.«

»Nur, dass Brauner eben vom Geheimdienst war.«

Groves sah ihn an. »Das ist der Haken bei der Sache. Daran können wir nicht vorbei. Er war nicht irgendjemand. Er war vom G-2. Ich glaube nicht an Zufälle. Ich bin paranoid, vergessen Sie das nicht. Ich weiß nicht, was hier alles mitspielt und vor allem wer sonst noch mitspielt. Ich weiß nicht, ob er ein Schwuler war, aber wenn er einer war, hatten wir keine Ahnung. Und das macht mir Sorgen.«

»Deshalb brauchen Sie einen von außerhalb.«

»McManus sagt, Sie sind bei einer Geschichte wie ein Hund, der Blut gerochen hat.«

»Als Reporter, ja. Das habe ich aber schon eine ganze Weile nicht mehr getan. Und deswegen bin ich noch lange kein Polizist.«

»Der Krieg verändert uns alle. Ich habe noch keinen Reporter getroffen, der sich nicht selber für besser als die Polizei hält. Außerdem sind Sie der einzige, den ich habe. Sie sind gebildet, also können Sie mit den Genies hier reden, ohne dass die gleich die Nase rümpfen. Sie sind an die Polizei gewöhnt. Tommy hat mir gesagt, dass Sie vor dem Krieg in New York Polizeireporter waren. Und wenn Sie mit denen zurechtgekommen sind, dürfte die Polizei von Santa Fe für Sie ein Kinderspiel sein. Sie sind übrigens unser offizieller Verbindungsmann zum dortigen Polizeichef. Wir wollen ihnen nicht den Eindruck vermitteln, dass wir es an Zusammenarbeit mangeln lassen. Sie sind in das Projekt eingeweiht. Das sind verdammt wenige, und keiner weiß wirklich alles außer Robert.«

»Und Sie.«

»Und ich. Auch wenn ich mir da manchmal nicht so sicher bin.«

Connolly lächelte. Das war so ziemlich das Äußerste, was von Groves an Witz zu erwarten war, und Connolly wusste das zu würdigen.

»Na, jetzt weiß ich wenigstens, wie meine Qualifikationen aussehen.« Connolly freute sich. Er hatte nicht erwartet, dass ihm Groves sympathisch sein könnte, und jetzt merkte er, dass er von ihm respektiert werden wollte.

»Außerdem waren Sie verfügbar«, ergänzte Groves, der es jetzt genoss, sein Gegenüber zu ernüchtern. »So schnell war kein anderer zu bekommen. Ich weiß nicht, womit wir es hier zu tun haben, aber wir sollten es so schnell wie möglich herausfinden. Noch irgendwelche Fragen?«

»Im Augenblick nicht«, sagte Connolly und stand auf. »Ich vermute, jeder im G-2 weiß, dass ich direkt Ihnen unterstellt bin?«

»Mills weiß es. Lieutenant Colonel Lansdale ist nicht da, also ist Mills im Augenblick der Verantwortliche. Was alle anderen angeht, sind Sie einfach nur Brauners Ersatzmann. Und was Mills betrifft, sind Sie Brauners Ersatzmann und untersuchen zudem seinen Tod. Falls Sie mich in Washington erreichen müssen, wird Betty wissen, wo ich zu finden bin. Und Dr. Oppenheimer weiß natürlich alles. Falls ich aus irgendeinem Grund nicht verfügbar sein sollte, wenden Sie sich an ihn.«

Connolly lächelte insgeheim über dieses merkwürdige Gespann. »Dann ist er also einer der vertrauenswürdigen Wissenschaftler. Keiner der ungezogenen Jungs.«

Groves machte ein strenges Gesicht. »Dr. Oppenheimer ist ein Held.« Er sagte das ohne jede Ironie, das höchste Kompliment, das dieser Mustersoldat kannte, und Connolly sah, wie tief dieses Gefühl ging. Es schien die barsche Zuneigung eines schlachterfahrenen Veteranen zu sein, der seine Seelennarben nicht auf der Zunge trug. »Es kann gut sein, dass er den Krieg für uns gewinnt. Und er hat hier schon genug am Hals, als dass er sich um einen deutschen G-2ler Sorgen machen müsste, der unter mysteriösen Umständen ums Leben gekommen ist.«

»Brauner war Deutscher?«, fragte Connolly überrascht. »Das wusste ich nicht.«

»Zumindest Deutscher von Geburt«, sagte Groves. »Jetzt ist er natürlich Amerikaner. Oder besser gesagt, war er Amerikaner.«

»Ist das normal? Im G-2, meine ich?«

»Das ist ohne Bedeutung. Er sprach fließend Deutsch und Russisch, und das ist hier ein großer Vorteil. Die Hälfte der Leute auf dem Hügel sind Ausländer. Seine Loyalität stand nie zur Debatte, falls Sie das meinen. Er war einer unserer besten Männer.«

»Kannten Sie ihn gut?«

»Sagen wir, ich wusste, wer er war. Ich versuche, mich über jeden hier auf dem Laufenden zu halten, aber das ist inzwischen unmöglich. Das Lager ist jetzt einfach zu groß. Lansdale hat immer große Stücke auf ihn gehalten. Und wie gesagt, seine Loyalität stand nie zur Debatte.«

»Es stand aber auch nie zur Debatte, dass er ermordet wird.«

Groves zögerte, wusste nicht so recht, wie er darauf reagieren sollte, und tat den Einwand dann ab. »Ich denke, es ist jetzt Zeit, dass Sie sich an die Arbeit machen. Sonst noch was?«

»Nein, Sir. Vielen Dank für Ihr Vertrauen. Nur noch eins. Jeder Reporter weiß, dass die meisten Morde nicht aufgeklärt werden, es sei denn, die Ehefrau oder der Ehemann haben es getan. Sie sollten deshalb nicht zu viel erwarten.«

Groves sah ihn an. »Ich gehe eine Sache gern richtig an. Deshalb will ich Ihnen sagen, was ich erwarte. Ich erwarte, dass Sie diesen Auftrag erledigen – keine Ausreden –, und das ist nicht mehr, als ich von jedem hier erwarte. Ich erwarte von den Baufirmen, dass sie Gebäude in der Hälfte der Zeit hochziehen, die sie normalerweise brauchen. Und ich erwarte von den Professoren hier, dass sie unser Spielzeug rechtzeitig liefern. Bis jetzt sind wir im Zeitplan. Keine Lecks, keine Probleme. Das einzige Problem, das wir offensichtlich nicht lösen können, ist eine ausreichende Wasserversorgung. Und wenn Sie zu mir kommen und mir sagen, dass ich mir um sonst nichts Sorgen machen muss, dann bin ich der glücklichste Mensch auf der Welt. Ich hasse es, mir Sorgen zu machen, es verzögert alles. Also ziehen Sie los und tun Sie genau das. Und Sie sollten wissen, dass ich immer bekomme, was ich erwarte.«

Connolly starrte ihn an. Er fühlte sich von dieser plötzlichen Varieté-Einlage überrumpelt.

Da Groves es vollkommen ernst zu meinen schien, salutierte er nur. »Ja, Sir.«

Groves salutierte ebenfalls, mit einer erstaunlich nachlässigen Handbewegung. »Ich werde in wenigen Wochen zurück sein. Übrigens«, ergänzte er, und ein Lächeln breitete sich auf seinem Gesicht aus, »glauben Sie nicht, dass mein Bellen schlimmer ist als mein Beißen. Das ist es nämlich nicht.«

Die Wohnraumverwaltung befand sich in einem der ehemaligen Schul-Blockhäuser, das jetzt wie eine Zwergenhütte unter einem riesigen Wassertank stand. Mills hatte dafür gesorgt, dass Connolly Brauners ehemaliges Zimmer bekam, und dies hatte offensichtlich das übliche Prozedere über den Haufen geworfen, denn der Sachbearbeiter war ziemlich mürrisch, als er die Formulare abzeichnete.

»In dem Zimmer wurde noch nichts gemacht«, sagte er. »Uns hat ja keiner was gesagt. Sie sollten wenigstens die Laken wechseln, Lieutenant«, sagte er zu Mills. »Können Sie ihn im Lager mit allem Nötigen ausstatten? Wir machen hier nämlich gleich zu.«

»Klar. Wie geht's meiner Sundt-Doppelhaushälfte?«

»Träumen Sie weiter davon.«

»Badewannen-Weg?«

Der Angestellte würdigte ihn keiner Antwort.

»Ich könnte 'ne Übersetzung gebrauchen«, sagte Connolly, als sie wieder draußen waren.

»Der Badewannen-Weg ist für die hohen Tiere. Dort stehen die alten Schulgebäude. Es sind die einzigen Unterkünfte auf dem Hügel mit Badewannen, nicht nur Duschen, und deshalb sind sie sehr begehrt. Natürlich bekommen die auch nicht viel Wasser, also was soll's.«

»Sundt?«

»Eine Baufirma, die hier viel gebaut hat. Die Gebäudetypen sind nach den Firmen benannt, wir haben also Sundt-Einheiten, Morgan-Doppelhäuser, McKee-Fertighäuser – das sind die mit den Flachdächern – und Pascos. Und dann haben wir natürlich noch Wohnwagen und Hütten und alles, was die Kälte draußen hält.«

»Ich nehme an, Brauner hatte kein Sundt.«

Miller grinste. »Nein, wir haben ein hübsches Zimmer im Wohnheim für Sie.«

Als Connolly später bepackt mit Decken und Handtüchern die staubige Straße entlangging, fühlte er sich wie in die Schulzeit zurückversetzt. Das Wohnheim war ein army-üblicher Schindelbau in vertrautem Stumpfgrün, aber der Aufenthaltsraum in Inneren mit dem Pingpongtisch und den Remington-Cowboystichen hatte etwas Studentisches, und die Zimmer waren die gleichen Kabuffs, die man auf jedem staatlichen Campus findet. Der polierte Holzboden war nackt und reflektierte das Licht, das durch die vorhanglosen Fenster fiel, aber wenigstens hing vor dem Einbauschrank so etwas wie eine Gardine. Neben dem Einzelbett standen wie in einem x-beliebigen Hotelzimmer ein kleiner Schreibtisch, ein Lesesessel, ein schmales Bücherregal und eine Pseudo-Sheraton-Kommode, auf der ein Bakelit-Radio thronte. Das Zimmer war beinahe aggressiv ordentlich, als würde auch nur die kleinste Umstellung des Mobiliars es hoffnungslos durcheinanderbringen.

»Na dann«, sagte Mills und warf die Leintücher aufs Bett, »willkommen im Internat. Was Besonderes ist es nicht, und mit Sicherheit fühlen Sie sich hier nicht wie zu Hause. Ich wohne nur ein paar Zimmer weiter. Ich weiß, wovon ich rede.«

»Ich dachte, er hätte gesagt, dass in dem Zimmer nichts verändert wurde?«

»Wurde auch nicht.«

Connolly zog die oberste Schublade auf und sah ordentlich gefaltete Taschentücher und zwei Shorts. »Lebensspuren.«

»Na, dann lasse ich Sie mal allein damit«, sagte Mills. »Essen gibt's in der Kantine, gleich hinter Gebäude P, das ist das große mit der Brücke. Ist ganz einfach zu finden. Folgen Sie nur dem Fettgestank. Die Fahrzeugverwaltung ist auf der anderen Seite. Ach ja, der Arbeitstag beginnt um acht Uhr, aber die Tagesordnung bleibt vermutlich Ihnen überlassen.«

Connolly durchsuchte weiter die Schubladen und schob behutsam Kleidungsstücke zur Seite, als widerstrebte es ihm, einen Toten zu stören. »Was tun wir mit dem Zeug da?«, fragte er.

»Keine Ahnung. Er hatte keine Verwandten, falls Sie das meinen. Ich dachte, Sie wollen es sich vielleicht ansehen, bevor wir es zusammenpacken. Ich besorge Ihnen morgen eine Kiste. Ich vermute, wir müssen es verwahren. Sie wissen schon, als Beweismaterial.«

Es war als Frage gemeint, doch Connolly war beschäftigt.

»Vermutlich. Was ist mit den Verwandten passiert?«

»Brauner war deutscher Jude. Seine Eltern sind noch dort – oder auch nicht. Keine weiteren Verwandten in seiner Akte.«

»Weil Sie gerade davon reden. Ich brauche –«

Aber Mills zog bereits einen braunen Umschlag unter der Achsel hervor.

»Bettlektüre«, sagte er und gab ihn Connolly.

Connolly lächelte. »Warum habe ich eigentlich das Gefühl, dass Sie mir immer einen Schritt voraus sind?«

»Kein Angst, das holen Sie schon auf. Das ist alles, was wir haben.«

Connolly warf einen flüchtigen Blick in die Akte. »Kannten Sie ihn?«

»Er hat in meiner Abteilung gearbeitet und im selben Gebäude gewohnt.«

»Mochten Sie ihn?«

Mills zögerte. »Was ist denn das für eine Frage? Er war in Ordnung.«

»Was ist denn das für eine Antwort?«

»Es war nicht leicht, ihn zu mögen.«

»Wie das?«

»Er war ziemlich verbittert. Er hatte eine Menge durchgemacht, und das merkte man ihm an. Konnte sich nicht entspannen. Ich glaube, er hat immer darauf gewartet, dass es an die Tür klopft. Viele Deutsche sind so. Sie können sich nicht mehr sicher fühlen, nicht nach allem, was passiert ist. Man kann es ihnen nicht verübeln, aber auf diese Weise bringen sie auch nicht gerade Schwung in die Bude.«

»Was ist ihm passiert? Konkret?«

»Die Nazis hielten ihn für einen Kommunisten und sperrten ihn ein. Müssen ihm ziemlich übel mitgespielt haben.«

»War er Kommunist?«

»Seinen eigenen Angaben zufolge nicht. Er sei nur einer von zahllosen Studenten gewesen, die hin und wieder Versammlungen besucht haben. Steht alles da drin«, erklärte er und zeigte auf die Akte. »Im Sicherheitsbericht. Nicht einmal die Nazis konnten es ihm beweisen, also haben sie ihn schließlich entlassen. Das war vor Jahren, als sie noch versuchten, die Juden zu deportieren anstatt sie zu behalten, und deshalb wurde er nach Russland geschickt.«

»Die haben ihn aufgenommen?«

»Ja, und ihn dann als deutschen Spion verhaftet. Die waren noch schlimmer als die Nazis. Sie zogen ihm die Zähne, einen nach dem anderen. Deshalb hatte er eine Prothese.«

»O Gott.« Connolly stellte sich das allmorgendliche Warten vor, das Scheppern des Riegels an der Tür, die Zange und die Schreie und das Blut. Es gab unzählige solcher Geschichten. Das karge, saubere

Zimmer wirkte plötzlich anders, als hätte Brauner versucht, so unauffällig wie möglich zu leben, als wollte er übersehen werden, um nie mehr Schmerz erleiden zu müssen.

»Ja, ich weiß. Als keine Zähne mehr übrig waren, haben sie sich seine Hände vorgenommen, bis sie anscheinend zu der Überzeugung gekommen sind, dass er nichts wusste. Nur einer ihrer kleinen Fehler. Und dann haben sie sich ihn ebenfalls vom Hals geschafft. Der Rest steht hier drin. Das klassische Flüchtlingsschicksal mit dem üblichen Bürokratismus, mit den Schleppern und stillen Helfern, bis er schließlich eines Tages in Gottes ureigenstem Land Milchshakes trank. Und jetzt das. Was für ein Leben. Der arme Kerl kann einem leidtun.«

»Aber Sie haben ihn nicht gemocht.«

»Wollen Sie mir ein schlechtes Gewissen einreden? Nein, ich habe ihn nicht gemocht. Vielleicht konnte er ja nichts dafür, aber im Grunde genommen konnte er mit keinem Menschen was anfangen. Er war der Typ, der vom anderen immer das Schlechteste denkt.«

»Aber gut in seiner Arbeit? Ein loyaler Amerikaner und so?«

Mills grinste. »Ja, gefallen hat es ihm hier schon, aber wohl eher, weil er den Rest der Welt hasste. Vielleicht war es für ihn zu spät, um neue Freunde zu finden. Er war nicht der Typ, der so einfach zu dir ins Zimmer kommt, um eine zu rauchen und zu quatschen. Wenn ich's mir recht überlege – ich glaube, es ist das erste Mal, dass ich in seinem Zimmer bin. Er hat sich zwar oft im Aufenthaltsraum blicken lassen – ein Einsiedler war er nicht –, aber irgendwie hatten wir nicht das Gefühl, dass es ihm Spaß machte.«

»Keine engen Freunde?«

»Vielleicht hatte er welche. Aber ich kenne keine.«

»Was war mit seinem Privatleben?«

»Ich weiß nicht«, erwiderte Mills langsam. »Ich habe mir immer gedacht, dass es da vielleicht jemanden gibt, aber er hat nie einen Ton gesagt. Ging mich ja auch nichts an. Auf den Gedanken, dass es ein Mann sein könnte, bin ich nie gekommen.« Er musterte Connolly. »Ich weiß, was die Polizei denkt, aber in der Richtung gab's nichts. Nie.«

»Wollen Sie mir damit sagen, dass ich die Duschen bedenkenlos benutzen kann?«

Mills ging nicht darauf ein.

»Na gut. Warum glauben Sie, dass er sich mit einer Frau traf?«

»Sein Auto. Er war vernarrt in sein Auto – versuchte immer, zusätzliche Benzinmarken zu schnorren –, und er gab sehr gern damit an.

Sie wissen schon, Leuten Fahrgelegenheiten nach Santa Fe anbieten und solche Sachen. Und nach einer Weile fuhr er immer öfter allein weg, und da dachte ich mir, dass er vielleicht irgendwo eine Freundin hat.«

»Wie kam er zu dem Auto? Ich dachte, die sind –«

»Es war sein eigenes. Er hat es zweiundvierzig gekauft, als es noch welche gab. Ein Buick. Und so, wie er ihn gepflegt hat, war er so gut wie neu.«

Connolly sah sich im Zimmer um und stellte sich die Möbelstücke als makellose Teile eines Motors vor. »Ordnung und Sauberkeit sind ihm anscheinend zur zweiten Natur geworden. Ich sollte mir dieses Auto vermutlich mal ansehen – wo ist es jetzt?«

»Keine Ahnung. Er ist am Samstag damit weggefahren, und weder er noch sein Wagen sind zurückgekommen.«

Connolly überlegte. »Und wir wissen nur, wo der eine von den beiden ist. Ein Auto geht allerdings nicht so leicht verloren. Das taucht sicher irgendwo wieder auf. Sie kennen sich nicht zufällig auf dem örtlichen Schwarzmarkt aus?«

»Schwarzmarkt? Nie davon gehört. Das ist eine Sache, die wir der Polizei überlassen.«

»Na gut, ich werde mich morgen darum kümmern. Ich nehme an, das Auto ist auf eine Code-Nummer zugelassen, wie alle Fahrzeuge hier?«

Mills nickte.

»Warum einfach, wenn's auch kompliziert geht, was?«

»Wissen Sie das denn nicht? Wir sind das bestgehütete Geheimnis des Kriegs. Man könnte sogar sagen, uns gibt es überhaupt nicht.«

»Ich weiß. Ich bekomme mein Geld, damit ich dafür sorge, dass es so bleibt.«

»Was tun Sie überhaupt?«, fragte Mills und sah ihm in die Augen. »Wenn ich fragen darf?«

»OWI-Verbindungsmann zum Geheimdienst der Army. Ich bin ein Umschreiber«

»Was schreiben Sie um?«

»Kriegsberichte. Reden. Nachrichten.«

»Dann darf ich also nicht glauben, was in der Zeitung steht?«

»Haben Sie das je getan? Dann hören Sie jetzt auch nicht damit auf. Das ist besser für die Moral. Ein Zeit lang gab es keine amerikanischen Opfer – nur die Deutschen wurden erschossen –, aber das hat sich in letzter Zeit geändert. Nicht einmal die Army konnte diese Lüge aufrechterhalten.«

»Soll das heißen, Sie schreiben Propaganda?«, fragte Mills neugierig. »Ich habe noch nie jemand getroffen, der das tut.«

Connolly lächelte. »Nein. Keine Propaganda. Das sind große Lügen. Getürkte Geschichten – wie Goebbels sie am Anfang verbreitete. Wir erfinden nichts. Das ginge heutzutage auch gar nicht mehr. Wir betrachten die Dinge nur aus dem richtigen Blickwinkel – und sorgen dafür, dass die Leute sich besser dabei fühlen. Also, lassen Sie sich nicht entmutigen. Wir haben keine schweren Verluste, wir stoßen nur auf heftigen Widerstand. Ein deutscher Vormarsch ist allenfalls ein letzter, verzweifelter Gegenangriff. Keine Leichenteile, keine Verstümmelungen, keine heraushängenden Gedärme – nur saubere Schusswunden. Französische Dörfer sind froh, uns zu sehen – müssen sie wohl auch sein. Unsere Jungs bekommen keinen Tripper – und verbreiten ihn auch nicht. Wir haben nicht vor, jemand unabsichtlich zu bombardieren, also tun wir es auch nie. Die Army hat in New Mexico nichts am Laufen. Es gibt kein Manhattan Project.«

Mills starrte ihn an, verblüfft über den beiläufigen Zynismus seiner Worte.

»Nur ein paar Umschreibungen«, sagte Connolly. »Zu unserem eigenen Besten.«

»Wie fühlen Sie sich dabei«, fragte Mills neugierig, »wenn Sie so etwas tun?«

»Wie würden Sie sich fühlen?«

Mills wandte verlegen den Blick ab.

»In gewisser Weise tut es gut, wieder auf der Verbrechensschiene zu fahren«, sagte Connolly leichthin. »Außer, dass ich eigentlich gar nicht da bin.«

Mills ließ sich von seiner Stimmung anstecken. »Die Stadt ist diese Woche voll von Leuten, die eigentlich gar nicht hier sind. Also, wenn Sie ein paar Geister sehen wollen, sollten Sie heute Abend auf die Party im Großen Haus gehen. Ich nehme an, Sie sind vertraut mit den Gesichtern der weitbesten Physiker – wenn nicht, könnte es Ihnen allerdings bald langweilig werden.«

»Nur wenn Sie aussehen wie Paul Muni.«

»So, nun haben Sie's verpatzt. Sie sollen doch nur seinen Codenamen benutzen. Auf jeden Fall acht Uhr, falls Sie Interesse haben. Und so wie die Dinge stehen, sollten Sie Interesse dran haben.«

»Was ist der Anlass?«

»Die Leute brauchen keinen speziellen Anlass, um eine Party zu feiern. Das ist hier oben ein einziges großes Besäufnis. Und falls sie was Besonderes feiern, erlauben wir ihnen natürlich nicht, es zu sagen.«

Connolly grinste. »Okay. Vielleicht bis später. Eine ganz normale Party wäre vielleicht gar nicht schlecht.«

»Na ja, ganz normal für hiesige Verhältnisse.«

Danach legte er sich auf Brauners Bett, weil er zu müde war, um die Laken zu wechseln, und seine Gedanken wanderten von der Akte zu dem ausdruckslosen Zimmer, das ihn umgab. Es gab Zimmer, die so von Persönlichkeit durchtränkt waren, dass es wirkte, als wollten ihre Benutzer sie nicht verlassen – man spürte ihre Anwesenheit beinahe wie einen Fluch –, aber dieses hier gehörte nicht dazu. Als wäre Brauner nie hiergewesen. Aber natürlich verschwand niemand, ohne eine Spur zu hinterlassen. Connolly ließ den Blick langsam durchs Zimmer schweifen. Vielleicht war ja die Ordnung selbst ein Hinweis, ein glattgestrichenes Leben, weggeräumt, um nichts zu hinterlassen, das es verraten könnte.

Seine Habseligkeiten waren unauffällig. Auf dem Tisch ein Kreuzworträtselheft – um sein Englisch zu vervollkommnen oder nur als Zeitvertreib – und ein Deutsch-Englisch-Lexikon. Keine Post. In einer Schublade ein Foto von einem Paar in den altmodischen Kleidern von vor zwanzig Jahren, vermutlich seine Eltern. Eine beliebige Auswahl von Büchern – *Wem die Stunde schlägt,* ein Bildband über die Indianer des Südwestens, Taschenbuchwestern, eine Anthologie mit Kriegsberichten. Connolly blätterte darin und dachte dabei an die alten Tage beim OWI, als übergewichtige Primadonnen Himmel und Hölle in Bewegung gesetzt hatten, um Reisegenehmigungen für Truppentransporte zu bekommen, und versucht hatten, bei Bombenangriffen dabei zu sein, damit ihre Namen in Sammlungen wie dieser erschienen. Es gab einfach keine bessere Story als den Krieg.

Im Schrank Anzüge, einige Paar Socken und Krawatten. Connolly zog den leeren Koffer heraus, um ihn mit den zusammengelegten, unauffälligen Kleidungsstücken in den Schubladen zu füllen. Ein Toilettenbeutel mit den üblichen Bürsten und Rasierutensilien, eine Schachtel Präservative und ein spezielles Zahnprothesenpulver. Ein Sparbuch mit ordentlichen Reihen regelmäßiger Einzahlungen. Erst als er die Pullover aus der Schublade nahm, um sie einzupacken, fand er etwas Interessantes – einige Stücke indianischen Schmucks, Silber und Türkis, versteckt in einem Ärmel.

Auf der Bettkante sitzend hielt er sie gegen das Licht und spielte mit ihnen. Eine Gürtelschnalle, mit Türkisen verziert, ein Anhänger (ohne Kette), Verbindungsglieder für die Tücher, wie sie spanische Cowboys um ihre Hüte trugen. Warum Schmuck? Brauners Kleidung war konservativ – kaum vorstellbar, dass er so etwas Auffälliges trug. Ein Geschenk? Für die Nacht, in der er die Präservative benutzte? Alles war möglich – vielleicht gefiel ihm das Zeug einfach. Das dürftig bestückte Bücherregal deutete auf ein gewisses Interesse an Indianern hin. Vielleicht war der Schmuck nicht mehr als eine Hobbysammlung: Brauners unerwartete Leidenschaft. Connolly stellte sich vor, wie er sie abends aus dem Pullover holte, um sie sich anzusehen, wie der Glanz des Silbers und das blaugrüne Funkeln der Steine das düstere Zimmer erhellten. Er legte sie aufs Bett und nahm die Akte zur Hand.

Was niemand erwähnt hatte, war die Tatsache, dass Brauner gut aussah. Nicht nur konventionell attraktiv, sondern auffallend, mit hohen Wangenknochen und dichten dunklen Haaren in einer ungewöhnlich eckigen Frisur, die die Aufmerksamkeit auf seine Augen lenkte. Sogar auf dem Passfoto hatten sie einen direkten, unverhüllten Blick. Es lag kein Humor darin, sondern eine harte Vitalität, die den Rest des Gesichts verdunkelte. Sonst war nichts wirklich Auffallendes zu erkennen: weder die feinen Stoppeln eines Nachmittagsbartes, die das Kinn bedeckten, noch die leicht hohlen Wangen oder die vollen Lippen. Was anfangs das blasse, jüdische Gesicht Hunderter anderer Fotos gewesen war, wirkte jetzt umgeformt, als wäre jede Sensibilität ausradiert worden, um etwas Härteres, Entschlosseneres zu hinterlassen. Connolly fragte sich, ob das Ziehen der Zähne auch die Form des Gesichts verändert hatte oder nur den Menschen und seinen Blick.

Wie konnte es anders sein? Der Schmerz musste unerträglich gewesen sein, weil er endlos wiederholt wurde. Hatte Brauner die verbliebenen Zähne gezählt und sich gefragt, während sein wunder Mund unter Schmerzen anschwoll, ob er noch einen Tag aushalten konnte oder zehn? Oder hatten bereits Monate zuvor die Nazis sein Gesicht in eine neue Form geprügelt? Connolly musterte die Nase auf dem Foto, suchte nach der Krümmung eines alten Bruchs, aber sie war gerade, und er wandte sich wieder den Augen zu. Sie waren so strahlend, dass er für den Bruchteil einer Sekunde meinte, durch sie hindurch den Mann erreichen zu können, aber je länger er hinsah, desto weniger schienen sie zu sagen. Sie starrten den Betrachter wortlos an.

Connolly ließ die Akte sinken und bedeckte seine Augen mit dem Ärmel. Am Ende waren die Bilder immer gleich. Akte um Akte war über seinen Tisch gewandert, Geschichten aus Europa, nicht nur die Kriegsberichte oder die Statistiken, sondern auch persönliche Geschichten, jede schrecklich, jede voller Leid, das beinahe unvorstellbar war, bis man sich im ganzen Ausmaß des Entsetzens verlor. Wenn wir Ohren und Augen nicht verschließen, werden wir nie darüber hinwegkommen. Europa wirkte auf ihn wie eine riesige Geisterbahn – dunkel und grotesk. Man taumelte benommen vor Schrecken von einem grausigen Exponat zum nächsten. Skelette baumelten, Ungeheuer sprangen hervor, mechanische Schreie zerrissen die Luft, und man fand den Ausweg nicht mehr.

Die Geschichten erzeugten andere Geschichten. Etwas war mit Karl Brauner passiert, das ihn zu einem anderen Menschen machte, und das wiederum trieb ihn zu etwas – zu was? Vielleicht zu nichts. Aber hatte die Gewalt erst einmal angefangen, gab es kein Ende mehr – jeder Kriminalreporter wusste das –, denn sie verlangte Rache oder wenigstens eine Reaktion, eine endlose Reihe biblischer Plagen. Eine abgefeuerte Kugel blieb nicht stehen, sie fuhr in das Leben eines jeden in ihrer Umgebung. Wie eine nicht zu unterbrechende Kettenreaktion – Connolly lächelte über die Angemessenheit des Vergleichs. Bis alles zu einem Teil des Krieges wurde. Connolly gefiel die Abgeschiedenheit von Los Alamos, die saubere Höhenluft weit weg von den Akten und Berichten über eine Welt, die sich selbst zerstörte. Ein simples, zwischenmenschliches Verbrechen – ein Eintrag im Dienstbuch der Polizei –, kein Krieg. Ein Auftrag außerhalb der Geisterbahn, einige Zeit im Licht. Aber Brauners Gesicht hatte ihn wieder zurückgeworfen – noch eine europäische Geschichte. Er fragte sich, warum sie gerade am Fluss in Santa Fe hatte enden müssen.

2

Connolly kam spät zur Party und wäre überhaupt nicht hingegangen, wenn Mills ihn nicht mitgeschleift hätte. Er brauchte Schlaf, kein Abendessen, aber Mills hatte sich die Mühe gemacht, einen Tisch in der Fuller Lodge zu besorgen, und Connolly wollte ihn nicht enttäuschen.

»Ein guter Anfang ist Gold wert«, hatte Mills gesagt. »In der Kantine können Sie noch oft genug essen. Die Lodge ist das Beste, was es hier gibt.«

Das Essen war tatsächlich gut und gab ihm neue Kraft. Der Saal selbst, überdimensioniert und zwei Stockwerke hoch, mit einer rundumlaufenden Balustrade und zwei massiven steinernen Kaminen an den Stirnseiten, sah aus wie der Speisesaal eines Nationalparkhotels und hatte nicht die geringste Ähnlichkeit mit den Armeekantinen, in denen man in Los Alamos normalerweise aß. Jeder Tisch war besetzt, Gespräche und Besteckklappern erfüllten die Luft.

Connolly war überrascht, wie viele Leute Sakkos und Krawatten trugen. Allem Anschein nach gab es keine Kleiderordnung – er sah auch einige offene Hemden und spitz zulaufende Western-Kragen –, doch die meisten Männer trugen Anzüge und die Frauen helle, leicht altmodische Kleider. Ein Samstagabend im Fakultätsclub.

»Wenn Sie Genies sehen wollen, sollten Sie mit dem Tisch da drüben anfangen«, sagte Mills und nickte in die entsprechende Richtung. »Mal sehen, wie gut Sie sind.«

Connolly betrachtete einen großen Mann, dessen Apfelwangen sich im Wechselrhythmus mit den Zügen an seiner Pfeife aufplusterten. Er hatte weiße Haare und das sanfte, koboldhafte Gesicht eines dünnen nordischen Weihnachtsmanns.

»Niels Bohr«, sagte Connolly.

»Nicholas Baker. Bitte nur Codenamen. Alle Physiker sind ›Ingenieure‹, und er ist Nicholas Baker.«

»Ich werde mich bemühen, daran zu denken«, meinte Connolly grinsend. »Wer sonst noch?«

»Henry Farmer.«

Connolly überlegte einen Augenblick. »Von den italienischen Farmers?«

»Sie lernen schnell.«

»Ist er auch da?«

»Es ist der neben Mr. Baker.«

Connolly sah zu der unauffälligen Gestalt mit den schütteren dunklen Haaren hinüber, die sich eben vorbeugte, um den leise sprechenden Baker zu verstehen. »Einen Penny für ihre Worte.«

»Sie würden sie nicht verstehen, auch wenn Sie sie hören könnten. Aber daran gewöhnt man sich.«

»Wie lange sind Sie schon hier?«

»Von Anfang an. Seit '43. Damals war alles noch viel kleiner. Als ich ankam, gab es nur die alte Schule und ein paar Gebäude des Technischen Bereichs. Eine Telefonleitung. Die Straße zur *mesa* hoch war noch unbefestigt.«

»Die gute alte Zeit?«

»Eigentlich nicht. Für die Wissenschaftler vielleicht. Die waren total begeistert, für die war es eine richtige Pionierzeit. Für uns andere war es –« er suchte nach dem passenden Wort – »ruhig. Man hatte das Gefühl, vom Rand der Erde heruntergefallen zu sein, und niemand wusste, wo man gelandet war.«

»Das weiß auch jetzt noch niemand.«

Mills zuckte die Achseln. »Wie gesagt, man gewöhnt sich daran. Und natürlich wurde alles immer hektischer, und man hatte nicht mehr viel Zeit, um darüber nachzudenken. Es ist ein bisschen wie in Übersee, nur dass keiner stirbt.«

»Bis jetzt.«

»Ja, bis jetzt. Das ist aber nicht gerade ein Kriegsopfer, oder?«

»Nein.« Connolly lehnte sich zurück. »Was haben Sie vor dem Krieg gemacht?«

»Ich war Anwalt.«

»Und deshalb sind Sie beim Sicherheitsdienst gelandet?«

»Wenn ich das nur wüsste. Vielleicht dachten sie, dass Rechtsvertretung und Rechtsdurchsetzung ein und dasselbe sind. Sind ja nicht gerade für ihre Logik berühmt. Vielleicht dachten sie auch, dass ich einen beschissenen Soldaten abgeben würde und hinter einem Berg Papier besser aufgehoben wäre.«

»Strafrecht?«

»Vermögens- und Nachlassverwaltung. Langweilig, ich weiß, aber Sie würden sich wundern. Außerdem verdient die Kanzlei einen Haufen Geld, und alle Frauen wollen dich heiraten.« Er grinste. »Die stören sich nicht mal an meinen Haaren«, ergänzte er und fuhr sich durch seine schüttere Pracht.

»Aber so wie's aussieht, hat's noch keine getan«, erwiderte Connolly und deutete auf Mills ringlosen Finger.

»Noch nicht. Aber warten Sie, bis ich Sozius bin.«

»Und was treiben Sie unterdessen in Ihrem Privatleben?«

»Also wissen Sie, Sie haben eine sehr zartfühlende Art, unverschämte Fragen zu stellen.«

»Schon gut«, lachte Connolly. »Ich ziehe die Frage zurück.«

»Was soll's, mir macht's nichts aus. Ist ja größtenteils sowieso nicht vorhanden. Wie in jeder Militärbasis. Aber ich vermute, es läuft genug, wenn man danach sucht. Den Ehefrauen sollte man sich besser nicht nähern – wir hatten mal was in der Richtung, und das gibt immer nur Probleme. Mit den Army-Helferinnen ist es allerdings was anderes. Wir haben versucht, deren Wohnheime zur Verbotszone für unverheiratete Männer zu erklären, aber da sind die Helferinnen selber auf die Barrikaden gegangen, und seitdem gibt's wieder Partys. Aus Sicherheitsgründen ist Fraternisieren mit der Bevölkerung verboten, und das bedeutet, dass die Helferinnen die unumstrittenen Königinnen der Nacht sind. So gefragt sind die in ihrem Leben nie wieder.«

»Was ist mit Santa Fe?«

»Nicht viel los. Es ist ein alte Stadt, und die spanischen Frauen schauen einen nicht mal an. Albuquerque ist besser. Ein paar der Jungs machen dort einen drauf, wenn sie mal ein Wochenende freihaben, und manchmal müssen wir sie aus dem Kittchen holen, aber die meisten haben so viel Angst, sich was einzufangen, dass sie sich einfach nur betrinken und schließlich im Kino landen.«

»Ich habe in Brauners Schublade Präservative gefunden.«

»Tatsächlich?« Mills sah weg. »Keine Ahnung, was das zu bedeuten hat.«

»Normalerweise bedeutet es, dass er sexuell aktiv war.«

»Auf die eine oder die andere Art.«

»Ja, auf die eine oder die andere Art.«

»Mein Gott«, sagte Mills. »Ich weiß auch nicht. Vielleicht hat er sie einfach so aufbewahrt, Sie wissen schon, wie andere sie in der Brieftasche mit sich herumtragen.«

»Vielleicht. Aber wir müssen davon ausgehen, dass sie irgendwann auch benutzt wurden.«

»Hören Sie, ich weiß, worauf sie hinauswollen, aber ich kann Ihnen nicht helfen. Ich weiß absolut nichts über sein Sexualleben – mein Gott, ich kann's mir ja nicht einmal vorstellen. Ich überlege mir die ganze Zeit, ob er vielleicht etwas gesagt hat – oder wenigstens an einen gewissen Blick –, ich meine, immerhin haben wir ja im selben Büro gearbeitet. Die ganze Zeit. So etwas kann man doch gar nicht übersehen. Ich meine, worauf muss man da überhaupt achten? Er war fast ein Jahr hier, und ich hatte keine Ahnung. Nie. Ich kann's immer noch nicht glauben.«

»Stört es Sie?«

»Natürlich stört es mich. Würde es Sie nicht stören? Ich meine, mir ist es egal, ob er Frauen mochte oder nicht. Das war seine Sache. Von mir aus hätte er es mit Ziegen treiben können.«

»Warum stört es Sie dann?«

Mills zögerte und sah ihn an. »Wahrscheinlich, weil es bedeutet, dass er ein ganz anderer Mensch war. Und ich hab's nie gemerkt. Ich meine, was ist denn los mit mir? Ziemlich beschissen, so was nicht zu merken, wenn man beim Sicherheitsdienst ist, meinen Sie nicht auch?«

Connolly spürte die Wärme der Drinks, als sie auf das Theater 2 zugingen. Sein Körper war noch immer müde, aber sein Geist war wieder frisch und bereit, Neues aufzunehmen. Alles wirkte schärfer und strahlender in der kühlen Luft und im Schein des Flutlichts innerhalb des Technischen Bereichs. Die ganze Stadt schien nicht ganz real zu sein. Mit ihren staubigen, namenlosen Straßen, den Drahtzäunen und den schlichten Schindelbaracken wirkte sie wie eine Grenzstadt, aber wesenlos, wie eine Kulisse. Die Fremdartigkeit des Ortes gefiel ihm. Nach den Monaten in Washington mit seinen gewichtigen Steinbauten, den stickigen Büros und der Routine war hier alles roh und neu und interessant. Es gab noch Gräben entlang der Straßen, die das Abwasser auffingen. Sogar zu dieser späten Stunde brannte noch Licht in den Laborgebäuden, und MPs gingen Streife. Die Nachtluft roch nach Diesel und Kiefern.

Sie hörten die Musik, schon bevor sie das Gebäude erreichten, das Sägen der Fideln einer Westernband strömte durch die offenen Türen wie Hintergrundmusik für einen Kino-Saloon. Der Saal war so rauchig und rustikal, wie er erwartet hatte, aber die Cowboys waren nur Soldaten in Uniform und etwas langhaarigere Zivilisten, die sich für einen Abend in der Stadt angezogen hatten, aber auf unerklärliche Weise in einer Scheune gelandet waren. Es war eine der merkwürdigsten Szenen, die Connolly je gesehen hatte. An einem Ende des Saals spielte auf einem Podest eine zusammengewürfelte Kapelle aus Soldaten, alles Jungs vom Land, laute Begleitmusik für einen *Caller,* der, in Bluejeans und Halstuch, mit den Händen den Takt klatschte und den Tänzern die Anweisungen vorsang. Das Stampfen vieler Füße dröhnte über den polierten Dielenboden des Basketballfelds. An einer Wand hatte man auf Tischen das Büffet und mehrere Bowleschüsseln hergerichtet, und überall, außer auf der Tanzfläche, standen Klappstühle herum. Die Leute redeten trotz der lauten Musik und lachten über ihre Unerfahrenheit mit den Schritten, aber irgendwie schienen sie alle auf der falschen Party zu sein. Sie bewegten sich ungeschickt, aber forsch, stämmige Männer mittleren Alters mit Krawatten, die sich alle Mühe gaben, nicht als Spielverderber dazustehen, oder blasse junge Männer mit steifen und unbequemen Jeans. Hier und dort führten einige ihre Schritte präzise, aber ohne Taktgefühl aus, als wäre die Beherrschung des Tanzes eine Frage wissenschaftlicher Prinzipien. Was flüssig sein sollte, war abgehackt und unsicher, aber niemand gab auf, und je komplizierter die Figur, desto unausweichlicher die Fehltritte, und desto mehr Spaß machte es ihnen. Der Spaß lag für diese Großmeister präzisester Messungen darin, dass ihre Fehler ihnen vollkommen egal waren. Die Welt der Physik amüsierte sich auf der Tanzfläche, und der Saal vibrierte vor Ausgelassenheit.

»Keine üble Party«, bemerkte Connolly lächelnd.

»Warten Sie, bis sie ernsthaft anfangen zu trinken«, entgegnete Mills.

Er führte Connolly zum Getränketisch, wo ein rotgesichtiger Mann, dem die Haare seitlich vom Kopf wegstanden wie Flügel, energisch einen Eisblock in einer verzinkten Wanne bearbeitete. Splitter flogen über den Tisch, während er auf den Block einhackte.

»Vorsichtig, Professor«, sagte Mills.

»Gott im Himmel«, sagte der Mann auf Deutsch. »Man sollte doch meinen, dass an einem Ort wie diesem einer eine Maschine für so etwas erfindet. Hier«, sagte er und gab Mills ein eisgefülltes Glas. »On the rocks, nicht?«

»Aber immer. Darf ich Ihnen Mike Connolly vorstellen? Otto Weber.«

»Hallo, Mr. Connolly. Sind Sie neu hier? Dann gehören Sie wohl zu Kistys Gruppe. Da kommt jeden Tag ein Neuer. Wir kriegen keinen einzigen mehr, und für Kistiakowski kommen laufend neue.«

»Nein. Ich arbeite mit Lieutenant Mills im Sicherheitsbüro.«

»Ach so«, sagte er und sah sich Connolly genauer an. »Dann sind Sie der Ersatz für den armen Karl.«

»Ja.«

Er schüttelte den Kopf. »Eine schreckliche Geschichte. So jung. Und wofür? Eine Brieftasche? Ein wenig Kleingeld? Wie viel kann ein solcher Mensch denn schon haben?«

»Kannten Sie ihn gut?«

»Nein, nicht gut. Er war nur manchmal mein Leibwächter. Das ist doch richtig, ja? Leibwächter?«

»Wir ziehen ›Begleitung‹ vor«, erwiderte Mills lächelnd und wandte sich dann an Connolly. »Professor Weber ist einer der Ingenieure, die immer Schutz erhalten, wenn sie das Gelände verlassen.«

»Pah, Schutz«, meinte Weber gutmütig. »Schnüffler. Diesmal war es der Beschützer, der Schutz gebraucht hätte. In was für einer Welt leben wir nur? Aber sagen Sie mal«, fuhr er fort, um das Thema zu wechseln, »mögen Sie eigentlich Musik, Mr. Connolly?« Bei seiner Aussprache klang das Mister wie eine wörtliche Übersetzung von »Herr«. »Nicht dieses Katzengejaule, sondern richtige Musik?«

»Sehr gern.«

»Spielen Sie ein Instrument?«, fragte er neugierig.

»Nein.«

»Nein, das wäre auch zu viel Glück. Wir haben letztes Jahr ein Mitglied verloren«, erklärte er, »und ich versuche dauernd, Ersatz zu finden, aber nein. Es kommen laufend Leute, doch niemand musiziert. Aber hören Sie gerne zu? Wir treffen uns jeden Donnerstag. Meine Frau hat gerne Besuch. Sie wären uns höchst willkommen.«

»Vielen Dank. Das würde mich sehr freuen.«

»Na, warten wir mal ab. Wie heißt das Sprichwort? Man soll den Tag nicht vor dem Abend loben. Wir sind nur Amateure. Aber manchmal klingt es wirklich gut.«

»Ach, da ist Oppie«, sagte Mills, der offensichtlich einen Vorwand suchte, um Connolly fortzuziehen. »Ich muss Mike vorstellen«, sagte er zu Weber. »Sie wissen doch, dass Oppie Neuankömmlinge gern persönlich begrüßt.«

Weber lächelte und entließ sie mit einer ermutigenden Handbewegung. »Ja, mischen Sie sich unter die Leute.«

Oppenheimer stand mit dem Rücken zu ihnen und unterhielt sich angeregt mit einem Kollegen, aber als er sich dann umdrehte, widmete er ihnen seine volle Aufmerksamkeit, als wäre der gesamte Abend nur für dieses Treffen arrangiert worden. Connolly hatte Fotos von ihm gesehen, aber er war nicht vorbereitet auf die Intensität von Oppenheimers Blick, einem Blick, der ihn so schnell erfasste, dass er bereits Vertrautheit spürte, noch bevor er den Mund aufmachte. Oppenheimer war dünn, beinahe zerbrechlich, sodass das hagere Gesicht nicht von den Augen ablenkte. Merkwürdigerweise dachte er an Brauner, aber dessen Blick war einfach nur intensiv gewesen – diese Augen hier waren schnell und neugierig. Und dahinter lag eine so abgrundtiefe Müdigkeit, dass ihr Strahlen fast fiebrig wirkte. Er hatte eine Zigarette in der einen Hand und ein Glas in der anderen, sodass er sich zum Gruß verbeugen musste, was ihm auf ironische, orientalisch anmutende Art gelang. Seine Stimme war leise, aber schnell wie seine Augen.

»Tut mir leid, dass ich Sie nicht schon früher begrüßen konnte – aber wir hatten eine Besprechung, aus der ich nicht weg konnte. So weit ich weiß, haben Sie den General bereits gesehen?«

»Ja.«

»Und wie fanden Sie GG?«

»Interessant.«

Oppenheimer lachte. »Hat er von seinem Bellen und seinem Beißen gesprochen?«

»Ja, das hat er tatsächlich«, erwiderte Connolly überrascht.

»Gut, dann haben Sie ihm ein bisschen was zum Knabbern gegeben«, sagte er und zog an seiner Zigarette.

Connolly spürte die Worte auf sich einprasseln wie geschmetterte Tischtennisbälle. »Und, ist es schlimmer? Sein Beißen?«

»O ja, absolut. Der General lügt nicht. Ich glaube, er weiß gar nicht, wie das geht. Der aufrichtigste Mann, den ich je getroffen habe. Wie er sich im Washingtoner Irrgarten zurechtfindet, ist mir ein Rätsel, aber er stürmt einfach hinein, volle Kraft voraus, und bevor man sich's versieht, hat er erreicht, was er will.«

Oppenheimer, mit seiner fast katzenhaften Eleganz, hätte mit diesen Worten auch seinen Gegner beschreiben können, und Connolly wunderte sich über ihre merkwürdige Freundschaft. Bei Oppenheimer musste alles Charme, sanfter Zwang und Jonglieren sein – anders konnte man nichts erreichen. Vielleicht war seine Bewunderung die eines genialen Politikers für einen Rammbock.

»Vielleicht sind sie so daran gewöhnt, überall Tricks zu erwarten, dass er sie überrumpelt.«

Oppenheimer genoss diese Erwiderung offensichtlich, er lächelte.

»Vielleicht. Ich nehme an, Sie haben selber in Washington einen Gutteil davon mitbekommen, wie sehr sie die Intrige lieben. Ein gefährlicher Ort.«

Connolly lachte. »Na ja, die Luft ist hier auf jeden Fall besser, aber Büros sind überall gleich, egal wo man ist.«

»Weil Sie gerade davon sprechen – glauben Sie, Sie können morgen früh meins finden? Sagen wir, sieben Uhr dreißig?«

Connolly zog die Augenbrauen hoch.

»Ach, lassen Sie sich von Mills nicht täuschen«, sagte Oppenheimer und hob sein Glas. »Wir fangen früh an. Offiziell um acht, aber ich habe gleich zu Anfang eine Besprechung, deshalb müssen wir uns früher treffen. Ich entschuldige mich dafür – es ist nicht sehr anständig, hm? Janice wird Ihnen eine gute Tasse Kaffee machen – das Zeug in der Kantine ist Spülwasser –, und außerdem ist der frühe Morgen hier in der Gegend die beste Tageszeit. Wunderbar zum Reiten. Reiten Sie?«

»Nein. Ich bin eingefleischter U-Bahn-Fahrer.« Die Replik kam beinahe unabsichtlich, ein beiläufiger Hinweis auf die Distanz zwischen seinem New York und dem Riverside Drive, wo Oppenheimer aufgewachsen war, die Tage ausgefüllt mit Lernen und Partys und Privilegien. Aber Oppenheimer schien es nicht zu bemerken.

»Das ist wirklich schade. Es sind noch ein paar Pferde von diesem Schullandheim da, und am Morgen gibt's einfach nichts Schöneres. Großartige Pfade in die Jemez-Berge, bis hinunter in die *caldera*. Na, vielleicht gibt Ihnen ja jemand ein paar Stunden – was nicht ist, kann ja noch werden.«

»Ich glaube kaum, dass ich die Zeit dafür haben werde.«

Das war vielleicht unhöflich, aber Oppenheimer hörte es und beschloss, es zu ignorieren.

»Nein, Zeit haben wir alle nicht. Immer weniger. Aber ab und zu brauchen wir so was«, sagte er und deutete mit seiner Zigarette auf die Tanzenden, »sonst werden wir alle trübsinnig. Ich vermute, dass Sie besonders viel zu tun haben.« Er sah Connolly direkt an. »Aber das werden wir morgen besprechen. Noch einen Drink?« Er drehte sich zum Tisch um und sah, dass sein Kollege noch immer dort stand und darauf wartete, das unterbrochene Gespräch fortzusetzen. »Friedrich, tut mir leid. Darf ich dir Mr. Connolly vorstellen? Professor Eisler.«

Doch nach einem knappen, schüchternen Nicken ignorierte Eisler ihn wieder, und Oppenheimer redete bereits weiter. »Wir haben über Plancks Vorlesungen gesprochen. Es liest sie kaum jemand mehr, und das ist schade«, sagte er höflich zu Connolly, aber jetzt hatte Eisler wieder seine ganze Aufmerksamkeit, und Connolly merkte, dass ein Großteil von Oppenheimers Charme im Ausschließen anderer lag – man selbst war so interessant, dass für sonst niemanden Platz war. Was konnte schmeichelhafter sein, als im Mittelpunkt der Aufmerksamkeit zu stehen? Connolly fragte sich, ob die Wissenschaftler um diese Aufmerksamkeit kämpften wie Studenten, ob sie alle nach solchen Zweisamkeiten gierten. Auch er selbst hatte gespürt, dass seine Stimmung sich ein wenig trübte, als das Licht auf einen anderen fiel. Doch es geschah sanft, mit makelloser Höflichkeit. Er war nicht entlassen worden, man hatte ihm gestattet, sich woanders umzusehen.

Er schlenderte langsam durch den Saal und überlegte, ob er sich vor dem Schlafen noch ein Glas genehmigen sollte. Die Höhe und diese plötzliche Ernüchterung hatten ihn etwas benommen gemacht, und er fragte sich, ob er noch verarbeiten konnte, was er sah. Die ganze Party wirkte plötzlich unwirklich. Viele dieser Menschen, die sich da linkisch zu Country Music abmühten, hatten Nobelpreise gewonnen. Der amerikanische Junge in Cowboystiefeln konnte ein Experte für Quantenmechanik sein. Der Mann in dem schlabberigen Anzug mit dem Schokoladenkuchen in der Hand konnte – was sein? Chemiker, Metallurg, Mathematiker? Die beiden elegant gekleideten Herren unterhielten sich vielleicht über Isotopentrennung, wenn nicht gar über die letzten Geheimnisse des Universums. Hier war nichts zu weit hergeholt. Die Leute lebten nicht nur wegen der Höhe in einer sehr dünnen Luft. Sie musste euphorisierend auf sie wirken. Gedanken konnten von einem Geist zum anderen springen, unbehindert durch Widerstände, die ihnen in der normalen Welt begegneten. Die Army hatte diese Leute eingezäunt, um den Rest der Welt draußen zu halten, und es hatte funktioniert. Trotz der schlechten Wasserversorgung, der staubigen Straßen und der übrigen Unannehmlichkeiten lebten sie in einem Zustand ständiger Erregung. Jeder war intelligent, alles war möglich. Etwas so Gewöhnliches wie ein Mordopfer wirkte beinahe schon vulgär, wie eine unangebrachte Störung.

Die Kapelle spielte ein paar Foxtrotts und versuchte sich sogar an einem Jitterbug, doch man stellte sich bereits für den nächsten Square Dance auf, als Connolly sich seinen Drink holte. Er lehnte sich in der Nähe der Bowleschüssel an die Wand, ihm war warm vom Alkohol, und er versuchte, etwas von dem Luftzug mitzubekommen, der von den offenen Türen hereinwehte. Der kurzzeitig verschwundene Mills war auf der Tanzfläche wiederaufgetaucht, hatte sich bei einem attraktiven jungen Mädchen untergehakt und tanzte mit erstaunlichem Geschick. Sie sah zu ihm hoch, als wollte sie ihn, gemäß seiner Vorhersage, heiraten. Neben ihr tanzte ein formell gekleideter, dunkelhäutiger Mann mit üppigen Augenbrauen, der konzentriert die Stirn runzelte. Connolly war fasziniert von diesen Augenbrauen – sie wölbten sich wie Dachgauben über die Augen des Mannes, mit Büscheln, die nach oben wegstanden und seitlich in Korkenzieherlocken ausliefen. Seine Partnerin, eine liebenswürdig wirkende Frau in einem Kattunkleid und bequemen Mokassins, sah ihn nicht an, sondern starrte geradeaus, ein eingefrorenes Lächeln auf dem Gesicht. Connolly begann, sich Geschichten für sie auszudenken. Nach dem zweiten Drink gelang ihm das recht gut.

»Herzallerliebst, was«, sagte eine Frau. »Wie von Norman Rockwell.«

Der Hohn in der Stimme war so stark, dass eine Provokation beabsichtigt gewesen sein musste. Wäre sie ein Mann gewesen, hätte er die kampflustige Aggressivität eines Menschen gehört, der Streit sucht, aber sie sah geradeaus und sprach eigentlich überhaupt nicht zu ihm. Ihr Stimme war englisch, kehlig und alkoholschwer. Sie trug Stiefel und Reithose zu einer weißen Bluse, und für ihn war sie die erste Frau, die in dieser Art von Bekleidung gut aussah. Die Hose schien sich dem Schwung ihrer Hüften anzuschmiegen, ohne sie breiter zu machen. Die Kleidung war staubig, als wäre sie wirklich gerade vom Reiten gekommen, und nicht, als hätte sie sich nur ein Kostüm für die Party angezogen. Die Haare hatte sie hochgesteckt wie eine Fabrikarbeiterin, nur das Taschentuch fehlte. Sie trug eine Brille und, so weit er das beurteilen konnte, überhaupt kein Make-up, aber ihre Nachlässigkeit, ihre Gleichgültigkeit dem gegenüber, was andere dachten, lenkten seine Aufmerksamkeit auf das, was wirklich zählte – ihre samtige Haut, die schlanke Kontur ihres Körpers. Und ihre Stimme. Als er sie ansah, schwankte sie leicht, und er vermutete, dass ihr frecher Ton eine Folge von zu viel Alkohol war. Aber ihre Stimme, das spürte er, würde nie lallen. Sie würde immer verhaltener und kontrollierter werden, nicht aggressiv, sondern ungeduldig, als wäre ihr alles so klar, dass sie nicht verstehen konnte, warum es nicht auch allen anderen klar war.

»Sie mögen Square Dance wohl nicht«, sagte er, weil ihm nichts anderes einfiel.

Sie sah ihn zum ersten Mal an. »Sie vielleicht?«

»Nicht besonders.«

»Na, dann holen Sie mir einen Drink, und wir können noch mal von vorne anfangen. War ja nicht gerade 'ne grandiose Eröffnung, was? Square Dance. Warum nicht gleich Moriskentänzer mit ihren verdammten Glöckchen.«

»Sie sind Engländerin«, sagte er.

»O Gott, das ist auch nicht viel besser«, entgegnete sie lachend. »Natürlich bin ich Engländerin. Na und? Ja, und ich komme oft hierher. Zu oft eigentlich. Nein, wir sind uns noch nicht begegnet. Ja, und ich mag Kino, aber ich weiß nicht, ob ich irgendwann einmal mit Ihnen hingehen möchte. Und – was gibt's sonst noch? Was sagt man denn alles, um das Eis zu brechen? Ich höre gern alle Eröffnungen.«

»Das mache ich also? Das Eis brechen?«

»Nicht?«

»Nein.«

»Na, vielleicht nicht«, sagte sie und trank einen Schluck. »Tut mir leid. Ich bin ein wenig durcheinander. Dann tun Sie's also nicht. Würden Sie gerne?«

»Ja.«

Sie lächelte. »Danke, aber lieber nicht. Ich bin eine glücklich verheiratete Frau.«

»Wie enttäuschend. Wo ich Sie gerade näher kennenlernen wollte.«

»Das tun Sie lieber auch nicht. Ich bin verrückt, böse und das dritte – was ist es gleich wieder? Fragen Sie irgendjemand. Sie sind neu hier. Wer sind Sie eigentlich?«

»Michael Connolly«, sagte er und streckte ihr die Hand hin. »Und kein schlechter Umgang.« Er bemerkte ihren Blick. »Das ist das dritte«, erklärte er.

»Oh. Sagen Sie. Jeder ist ein schlechter Umgang, wenn man ihn erst einmal näher kennt.« Sie betrachtete ihr Glas, als wäre ihr das, was sie eben gesagt hatte, einfach herausgerutscht, und als bräuchte sie jetzt einen Augenblick, um darüber nachzudenken.

»Aber hier doch nicht«, sagte er und nickte in Richtung Tanzfläche. »Scheint mir alles recht solide zu sein.«

Sie lachte und starrte die Tanzenden an. »Ja, nicht wahr? Eine typisch amerikanische Durchschnittsstadt. Wir haben alles, was man sich nur wünschen kann – Pfadfinder, Schachclub, Baseball, Laienspielgruppe – die sind übrigens was ganz besonderes – und ein Damenkränzchen und –« Sie hielt inne. »Tut mir leid. Ich lästere schon wieder. Ich sollte mich besser unter Kontrolle haben. Auf jeden Fall geht's hier bei uns zu wie in einem Bienenstock, was Freizeitgestaltung angeht. Es gibt hier für jeden was, um sich die Zeit zu vertreiben – das heißt, für die Damen.«

»Und was tun Sie?«

»Sie meinen, wenn ich nicht gerade Quilts nähe oder Marmelade koche oder dumme Fragen stelle? Nicht viel. Natürlich werden die Gattinnen ermutigt, eine Arbeit zu übernehmen. Die haben wahrscheinlich Angst, dass wir splitternackt durch die Straßen rennen. Viele von uns arbeiten in der Verwaltung oder unterrichten in der Schule, aber ich darf das nicht. Keine Ausländer bitte. In der Schule nur Amerikaner.«

»Aber sicher sind doch viele Kinder –«

»Ausländer? Ja. Komisch, nicht? Liegt wahrscheinlich an unseren Wertvorstellungen. Die verderben nämlich die Kinder. Und so ziehen die Tage vorüber. Wobei ich ja eigentlich nichts dagegen habe. In ihrer blöden Schule will ich sowieso nicht unterrichten. Was ich allerdings will, ist noch ein Drink«, sagte sie und goss sich aus der Bowleschüssel frisch ein. »Oh, keine Angst, ich bin keine Schnapsdrossel. Würde das Zeug besser vertragen, wenn ich eine wäre. Sie brauchen nicht so ein Gesicht zu machen, ich weiß, dass ich betrunken bin. Und kein bisschen stolz drauf, falls Ihnen das was hilft.«

»Mir ist das egal. Morgen früh ist es Ihr Kopf.«

»Es ist jetzt schon mein Kopf, wenn Sie die Wahrheit wissen wollen. Mein Gott, ich hasse das Betrunkenwerden. Aber ich wusste, dass es so enden würde. Diese kleinen Gemeindeversammlungen bringen immer das Schlechteste im Menschen zum Vorschein.«

»Sie halten sich doch recht gut.«

»Ach, wir halten uns alle recht gut. Wenn man sich überlegt, was wir hier treiben. Was machen Sie eigentlich? Oder darf man das nicht fragen? Mein Mann arbeitet mit Bethe – aber das dürfte ich ja eigentlich auch nicht sagen, oder? –, und das ist schon so ziemlich alles, was ich weiß. Sie können sich vorstellen, wie sich das auf unsere Tischgespräche auswirkt.«

»Ich arbeite im Sicherheitsbüro.«

Sie musterte ihn erneut, als hätte sie jemand bei den Schultern gepackt und durchgeschüttelt. »Oh.« Sie stellte ihr Glas ab. »Das hätten Sie mir vorher sagen können. Jetzt glauben Sie wahrscheinlich, ich bin immer so.«

»Keine Angst«, sagte er. »Ich bin nicht im Dienst.«

»So was gibt es nicht. Der Feind schläft nie. Heißt es zumindest.« Ihre Stimme hatte ihren Biss verloren.

»Das ist nur ein Gerücht, das wir in die Welt setzen, um Sie auf Trab zu halten. Ihr Geheimnis ist bei mir sicher. Ich kenne Bethe nicht, und Laienspielgruppen mag ich auch nicht. Ich kenne nicht einmal Ihren Namen. Den haben Sie mir nämlich bis jetzt verschwiegen.«

»Ach Gott, jetzt ist er auch noch nett. Bitte nicht. Gerade heute Abend wollte ich nämlich nicht nett sein. Emma Pawlowski.« Sie bemerkte seine Überraschung. »Geborene Lawson, wie's in *The Tatler* heißt.«

»Warum gerade heute Abend?«

»Ich weiß auch nicht. Schlechter Tag oder so was. Belassen wir es dabei. Ach, zum Teufel«, sagte sie, nahm ihr Glas wieder zur Hand und stürzte es hinunter.

»Gefällt es Ihnen hier wirklich so wenig?«

»Eigentlich gefällt's mir sehr gut. Die Gegend zumindest. Was ich nur nicht mag, ist dieses Heile-Welt-Getue«, sagte sie und deutete auf die Party.

»Warum sind Sie dann gekommen?«

»David wollte es nicht verpassen. Keine Ahnung, warum. Vielleicht denkt er, es gehört zum Einbürgerungskurs. Wie die verdammten Gründerväter.«

Er lächelte sie an. »Jetzt geht's Ihnen aber wieder besser.«

»Genau genommen fühle ich mich beschissen.« Und sie sah wirklich blass aus, auf ihrer Haut glänzten Schweißtropfen. »Lassen Sie mich nur noch eine Zigarette rauchen, und dann trolle ich mich, bevor ich noch etwas Indiskretes sage. Das heben wir uns fürs nächste Mal auf.«

»Das hoffe ich doch«, sagte er und gab ihr Feuer.

Sie hustete ein wenig, als sie den Rauch ausblies. »Das war nur so dahingesagt«, ergänzte sie.

»Ich weiß.«

»Ich meine, es war nett, aber was mich betrifft, wenn wir uns nie mehr –« Sie hielt inne und sah plötzlich sehr benommen aus.

»Alles in Ordnung?«

»O Gott«, sagte sie, drückte ihr Zigarette aus und suchte mit den Augen nach der Tür. »Ich hasse es, mich betrunken davonzuschleichen. Bitte entschuldigen Sie mich bei den anderen Gästen.« Sie bewegte sich unsicher vom Tisch weg.

»Ist wirklich alles in Ordnung mit Ihnen?«, fragte er und folgte ihr.

Aber sie stürzte bereits zur Tür hinaus, und als er sie eingeholt hatte, stand sie vornübergebeugt draußen an der Wand und würgte.

»Sehen Sie nicht her, um Gottes willen«, sagte sie mit deutlicher Schärfe in ihrer erstickten Stimme. Er wandte den Blick ab, sah zu dem wunderbaren Himmel hinauf und wusste nicht so recht, was er tun sollte – es schien falsch, zu bleiben, und unhöflich, zu gehen. Als er sie wieder würgen hörte, zog er sein Taschentuch heraus. Und als alles vorüber war, drehte er sich um und gab ihr das Tuch.

»Oh, wie peinlich«, sagte sie, nach Luft schnappend. »Ich habe noch nie brechen müssen. Sie hätten ja nicht unbedingt bleiben müssen.«

»Tut mir leid«, sagte er und wandte sich ab. »Sind Sie sicher, dass es Ihnen jetzt wieder gut geht?«

»Natürlich geht es mir nicht gut«, entgegnete sie und hielt sich den Bauch.

»Das ist die Höhe.«

»Das ist nicht die Höhe. Es ist der verdammte Alkohol.« Sie hob den Kopf und atmete tief durch. »Das ist schon sehr intim, was?«, sagte sie und lachte über sich. »Oder gehört das zu den Aufgaben des Sicherheitsdienstes?«

»Soll ich Ihren Mann für Sie suchen?«

»Nein, lassen Sie ihn tanzen. Wenn's ihm Spaß macht. Ich kann sehr gut auf mich selber –« Sie machte ein paar unsichere Schritte und blieb dann schwankend stehen. »O Gott. Hören Sie, wenn Sie schon mal da sind, haben Sie auch 'nen Arm, der zu dem Taschentuch passt? Ich wohne gleich da unten.«

Er fasste ihren Arm und spürte ihren schlanken Körper an seinem, während sie die staubige Straße entlanggingen. Ihr Körper war warm und zitterte leicht, entweder von der abendlichen Kühle oder als Folge des Erbrechens. Sie schwieg, als müsste sie ihre ganze Konzentration aufs Gehen verwenden, und in der Stille war er sich ihrer bewusster als zuvor. Warum war hier oben nur alles so durcheinander? Wie sie sich an seinen Arm klammerte, sich an ihn lehnte, hätten sie ein Paar sein können, das von einem Tanz nach Hause ging, begierig, einander zu berühren, leicht beschwipst vom Alkohol und der Aussicht auf Sex. Aber das waren sie nicht. Sie war die Frau eines anderen, und am nächsten Morgen würde sie sich, bei ihren Kopfschmerzen, nicht einmal mehr an ihn erinnern.

»Hier sind wir. Mein Sundt-Palast. Vielen Dank. Und es tut mir leid.«

»Das muss es nicht.«

Sie lächelte sarkastisch. »Ich habe das Gefühl, dass es mir morgen noch viel mehr leidtun wird. Was soll's. Sie waren ein Gentleman. Und wenn Sie wirklich einer sind, dann vergessen Sie das alles. Mund halten und Schwamm drüber.« Sie versuchte, es sarkastisch zu nehmen, aber ihr früherer Biss war verflogen. »Vergessen Sie einfach, dass Sie mich je getroffen haben.«

»Nein, das werde ich nicht.«

Sie sah zu ihm hoch. »Danke. Aber tun Sie es trotzdem, bitte.«

»Haben Sie Ihren Schlüssel?«

»Was?«, fragte sie verdutzt, erinnerte sich dann aber an das Heimbring-Ritual. »Oh. Nein, es ist nicht abgesperrt. Wir schließen hier nie ab.« Mit einer Kreisbewegung wies sie in die Dunkelheit, auf die Zäune, die Wachen. »Das ist der sicherste Ort der Welt.«

3

Der Kaffee war so gut, wie Oppenheimer es versprochen hatte. Sein Büro war nicht viel größer als das von General Groves, aber es war vollgestopft mit den persönlichen Habseligkeiten eines Menschen, der sich längerfristig hier niedergelassen hatte. Connolly sah sich in dem Zimmer um, registrierte die Aschenbecher, eine indianische Keramik, überall gestapelte Akten. Er hätte gern die Fotos an den Wänden genauer betrachtet – Kollegen aus Berkeley? Aus den Studententagen in Göttingen? –, aber es war unmöglich, sich etwas anzusehen, solange Oppenheimer im Zimmer war. Er saß rauchend an seinem Tisch, so lebenssprühend und agil, dass der Rest zu einem glanzlosen Stillleben verblasste.

»Ich nehme an, Sie wollen als erstes mit der Polizei reden«, sagte er. »Ich würde es begrüßen, wenn Sie mir darüber Bericht erstatten – ich weiß nicht mehr, als Lieutenant Mills mir erzählt. Ich werde mich also von jetzt ab auf Sie verlassen müssen.« Er warf ihm einen schelmischen Blick zu. »Er steht doch nicht selbst unter Verdacht, oder?«

»Sie haben noch nicht mit der Polizei gesprochen?«, fragte Connolly.

Oppenheimer lächelte. »Sie vergessen, dass es mich offiziell überhaupt nicht gibt. Keinen von uns. Sie leben jetzt unter Geistern.« Und in dem Rauch, der sein hageres Gesicht umwehte, sah er einen Augenblick lang wirklich wie einer aus.

»Stimmt. Mein Fehler.«

»Macht nichts. Wir vergessen das selber gelegentlich – nicht zu existieren ist ziemlich schwierig. Ich bin mir sicher, unser guter General hat Ihnen seine Sicherheitsansprache bereits gehalten, also werde ich Sie nicht mehr damit langweilen. Nichts darf die Sicherheit des Projekts gefährden – was das angeht, haben Sie unsere volle Kooperation. Darüber hinaus muss ich Ihnen jedoch auch sagen, dass ich nicht will, dass dieser Vorfall die *Arbeit* an unserem Projekt beeinträchtigt.«

»Genau das hat General Groves auch gesagt.«

»Das überrascht mich. Ich war mir sicher, dass er das als Vorwand nimmt, um hier mal alles auf den Kopf zu stellen. Der General liebt es, unter Matratzen und durch Schlüssellöcher zu spähen, und all die anderen Spielchen. Er scheint sich am sichersten zu fühlen, wenn keiner irgendwas weiß.«

»Dass Sie das sagen würden, hat der General mir ebenfalls prophezeit.«

Oppenheimer lächelte noch einmal dünn und drückte seine Zigarette aus.

»Nun, der General und ich haben das schon des Öfteren durchgekaut. Wir bewegen uns hier auf einem sehr dünnen Grat. Einerseits ist das Projekt geheim – das sieht jeder ein –, andererseits hängt sein Erfolg vom freien Gedankenaustausch ab. Ursprünglich hatte GG vor, alles in Kleingruppen aufzuteilen. Die Produktionsstätten sollten über das ganze Land verteilt sein, und sogar hier sollten die Einheiten zwar parallel, aber isoliert voneinander arbeiten. Das war natürlich unmöglich. Wissenschaftler können nicht mit Scheuklappen arbeiten – so erreicht man nie etwas. Und deshalb haben wir einen unserer salomonischen Kompromisse entwickelt. Die Abteilungsleiter treffen sich einmal pro Woche, um den Stand der Dinge zu diskutieren und sich untereinander auf dem Laufenden zu halten.«

»Und was hat der General dafür bekommen?«

Er lächelte wieder und zog eine neue Zigarette aus dem Päckchen. »Na, vermutlich, dass wir noch immer keinen Kontakt nach draußen haben. Sie wissen natürlich, dass in der salomonischen Geschichte das Baby auch nicht geteilt wurde.«

»Aber jeder hat sein Gesicht gewahrt.«

Oppenheimer nickte. »Auf jeden Fall tun wir alles, was wir können, um die Sicherheit so zu halten, wie der General sie will. So was wie dieser Vorfall allerdings –« Er unterbrach sich, um die Zigarette anzuzünden. »Ich will nicht, dass er als Vorwand hergenommen wird. Schließlich wurde der arme Mann ja nicht hier getötet. General Groves gefällt die Vorstellung von Homosexuellen in seiner Armee vielleicht nicht – und ich vermute, er kann sich nicht vorstellen, dass es irgendwo welche gibt, auf seine Art ist der General sehr unschuldig –, aber das ist kein Grund, das Offensichtliche zu ignorieren und hier eine volle Sicherheitsüberprüfung zu starten, nur weil man lieber ein anderes Motiv hätte.«

»Ist es wirklich so offensichtlich?«

»Das hat man mir gesagt«, erwiderte er, leicht überrascht.

»Ich weiß es nicht. Vielleicht.«

Er seufzte und rieb sich den Nasenrücken, und Connolly sah, dass er müde war.

»Nun, günstig wäre es auf jeden Fall. Peinlich zwar für Ihr Büro – wenn man sich's überlegt, von allen Abteilungen –« Er nahm den Gedanken wieder auf. »Aber günstig. Kein Weltuntergang.«

»Für ihn war es einer«, sagte Connolly und dachte an das Foto in seinem Zimmer.

»Ja, für ihn schon. Sie halten mich vielleicht für gefühllos. Ich hoffe, ich bin es nicht.« Er rieb sich weiter die Nase und schloss einen Augenblick lang die Augen. »Manchmal verlieren wir den einzelnen Menschen aus dem Blick – es ist so einfach geworden.« Er schweifte ab, als würde er redend einem Tagtraum nachhängen, und Connolly war fasziniert – es war, als würde man jemandem beim Denken zusehen. »Man muss so hart werden, um die Sache durchzustehen.« Er richtete sich auf und deutete auf die Stapel auf seinem Schreibtisch. »Wie trennt man das Wichtige vom Unwichtigen? Jetzt sind wieder Algen im Wasser – und einige Frauen beschweren sich. Wichtig? Für sie schon. Conant schickt morgen eine Delegation aus Washington, und die wollen eine Zusammenfassung, die noch nicht fertig ist, und dann eine Besichtigung, die die Arbeit stört, aber es ist wichtig, dass sie beides bekommen. Dr. Teller will mich sehen, und das ist immer wichtig, auch wenn es nicht so ist, denn wenn ich nicht zu ihm gehe, ist er beleidigt und arbeitet nicht, und dann wird es wichtig. Es ist alles wichtig, und manchmal wird man gedankenlos, nur um alles erledigt zu bekommen. Aber ein Menschenleben – ja, Sie haben recht, das steht auf einem ganz anderen Blatt. Ich möchte Ihnen helfen, wo ich nur kann. Ich möchte nicht, dass Sie einen anderen Eindruck bekommen. Es ist nur für alles so wenig Zeit.«

»Ich weiß das zu schätzen, Doktor Oppenheimer. Ich werde nur so viel von Ihrer Zeit in Anspruch nehmen wie unbedingt nötig.«

»Wissen Sie, wie weit die Deutschen mit ihrem Spielzeug schon sind?«

»Nein«, sagte Connolly, der nicht genau wusste, worauf Oppenheimer hinauswollte.

»Ich auch nicht. Kein Ahnung. Wir wissen, dass sie Heisenberg haben und einige der brillantesten Wissenschaftler der Welt. Wir müssen davon ausgehen, dass sie daran arbeiten. Schließlich ist das Wissen allgemein verfügbar. War es zumindest, vor dem Krieg –« Er machte eine dramatische Pause. »Und jetzt forschen wir getrennt. Was ist, wenn uns die Zeit zu knapp wird?«

»Im Augenblick sieht's doch eher so aus, als würde den Deutschen alles zu knapp.«

»Vor einem Jahr hieß es, London würde nicht wieder bombardiert werden, und dann kamen die V-2. Kein Mensch weiß irgendwas. Ich weiß, dass sie in Washington über das Spielzeug informiert wurden, aber ich frage mich, ob sie einschätzen können, wie mächtig es wirklich sein wird. Wenn die Deutschen das ihre zuerst entwickeln, könnten sie England aus dem Krieg bomben.«

Connolly hob skeptisch die Augenbrauen.

»Sie glauben das nicht?«, fragte Oppenheimer. »Ich schon. Und das ist ein Risiko, das wir nicht eingehen dürfen. Wir müssen die Ersten sein. Und so kann es passieren, dass man individuelle Probleme – aus den Augen verliert. Einerseits ist jedes kleinste Detail wichtig, andererseits ist nichts wichtig außer dem Projekt. Man muss dauernd irgendwelche Kompromisse eingehen. Aber einen Mord darf man nicht aus den Augen verlieren, oder? Also, auf welchen Kompromiss sollen wir beide uns einigen?«

Connolly sah ihn überrascht über die abrupte Rückkehr zum eigentlichen Thema an. Oder hatte Oppenheimer es überhaupt nie aus den Augen verloren?

»Ich brauche unbeschränkten Zugriff auf alle Sicherheitsdaten. Ich will mit jedem reden können, der mir meiner Ansicht nach weiterhelfen kann, ohne zuvor um Erlaubnis fragen zu müssen. Dass ich offiziell Brauners Ersatzmann bin, macht es einfacher, da ist es das nächstliegende Gesprächsthema. Ich will mehr Hintergrundinformation über die wissenschaftlichen Details des Projekts – falls es eine Verbindung gibt, muss ich wissen, in welcher Richtung ich suchen muss. Und ich muss über jeden Mann verfügen können, den ich brauche – wenn nötig, die ganze G-2.«

»Genehmigt«, sagte Oppenheimer und sah ihn nachdenklich an. »Aber das haben Sie doch sicher schon alles von General Groves bekommen.«

»Ich hätte es auch gern von Ihnen.«

Oppenheimer nickte. »Verstehe. In Ordnung. Sonst noch was?«

»Wie ist die Gerüchtelage? Was wurde den Leuten gesagt – welche Geschichte wurde ausgegeben, und was halten sie davon? Man kann in einer so kleinen Gemeinschaft keinen Mord haben, ohne dass es eine Erklärung dafür gibt.«

Oppenheimer überlegte einen Augenblick. »Nein, wahrscheinlich nicht. Aber da Sie es erwähnen – es hat erstaunlich wenig Gerede gegeben. Vielleicht, weil er gar nicht so recht zur Gemeinschaft gehörte, zumindest nicht zur wissenschaftlichen. Die Leute wissen, dass er überfallen und ausgeraubt wurde. Das ist schockierend, vor allem in einer Stadt wie Santa Fe, aber das Leben muss weitergehen. Es wäre anders, wenn es einer der Wissenschaftler gewesen wäre.« Er hielt inne. »Bitte verstehen Sie mich nicht falsch, ich versuche nur, offen zu sein. Wenn es Kisty oder Enrico gewesen wäre –«

»Wissen die Leute, warum?«

»Sie meinen, ob man ihnen gesagt hat, dass er homosexuell war? Nein, dafür gab es keinen Grund. Ich bin mir sicher, dass sie nie auf den Gedanken gekommen sind – ich bin's auf jeden Fall nicht. Gleichzeitig gab es wohl dass Gefühl, dass es, nun ja, respektlos gewesen wäre. Der Mann ist tot – warum dann sein Leben noch durch den Schmutz ziehen? Ihn der Lächerlichkeit preisgeben?«

»Oder die Army.«

Oppenheimer runzelte die Stirn. »Ich glaube nicht, dass das eine Rolle gespielt hat. Wir haben zwar unsere Schwächen, aber ich hoffe doch, dass wir keine Heuchler sind. Es war meine Entscheidung – was die Army davon halten könnte, habe ich mir gar nicht überlegt. Mir ist es egal, wie sein Sexualleben ausgesehen hat, aber einigen Leuten eben nicht. Ist es eine Sünde? Was ist eine Sünde? Und da Karl nie etwas gesagt hat, wollte ich das respektieren.«

»Vielleicht hat er nie etwas gesagt, weil das seine unehrenhafte Entlassung bedeutet hätte.«

»Das ist irrelevant«, blaffte er. »Er ist tot.«

»Vielleicht hatte er ja Freunde – genauso verletzlich, genauso –«

Connolly hörte ein lautes Klopfen, und als er sich umdrehte, sah er, dass die Sekretärin den Kopf zur Tür hereinstreckte.

»Ihr Acht-Uhr-Termin ist in fünf Minuten«, sagte sie.

»Ach ja.« Oppenheimer sah auf die Uhr und stand auf. »Wo?«

»Gebäude B. Sie brauchen Ihre Unterlagen zur kritischen Masse.«

»Begleiten Sie mich?«, sagte Oppenheimer zu Connolly. Es klang wie ein Befehl, in dem eine Entschuldigung mitschwingt. Er steckte sich die Zigarette in den Mund, um einen dicken Ordner vom Schreibtisch mitzunehmen. Und dann war er bereits zur Tür hinaus, und Connolly konnte nur hinter ihm her eilen.

»Mir gefällt diese Sicht der Dinge nicht«, sagte Oppenheimer, einigen Leuten auf Zivilistenart zunickend, als sie durch den Technischen Bereich gingen, »und ich würde vorschlagen, dass Sie den armen Mann in Frieden lassen. Und seine Freunde – falls er welche hatte, was ich bezweifle. Sie vergessen, dass er vierzig Meilen von hier weg war, als es passierte. Das ist nicht gerade so, als hätte er sich nur für 'ne kleine Erleichterung in die Büsche verdrückt. Vielleicht hatte er das Gefühl, den Abstand zu brauchen. Vielleicht gab es hier auch einfach keine Gelegenheiten. Ich weiß es nicht.«

»Aber Sie geben zu, dass es hilfreich wäre, jemand zu finden, der es weiß. Der uns etwas über sein Leben erzählen *könnte?«*

»Ja«, gab er widerstrebend zu. »Natürlich verstehe ich das. Aber wie wollen Sie das anstellen? Die Bibliothekskarten durchforsten, um festzustellen, wer Andre Gide ausleiht?«

Connolly musste angesichts dieser Berkeley-Weltsicht lächeln. Im Gebäude B blieben sie vor einer offenen Tür stehen. Über Oppenheimers Schulter hinweg konnte Connolly sehen, dass die Wissenschaftler bereits versammelt waren und auf Leinenklappstühlen in einem improvisierten Kreis um eine Tafel saßen. Die Hälfte der Tafel nahm eine Kreidezeichnung ein, ein Ring von Spitzbögen um einen Kern, wie die Blätter einer Blüte. Ein kleiner Mann in einem zerknitterten zweireihigen Jackett füllte eben die andere Hafte mit Hieroglyphen höherer Mathematik aus Ziffern und Zeichen, die für Connolly so bedeutungslos waren wie die Symbole einer untergegangenen Sprache. Niemand drehte sich um. Die meisten Männer trugen Jacketts und Krawatten, aber ein paar lümmelten auch im offenen Hemd auf den Stühlen, ein Bein lässig über die Armlehne gelegt, das Kinn konzentriert auf die

Fingerspitzen gestützt. Die lärmende Gastlichkeit des Square Dance war verschwunden, eine angespannte Stille herrschte hier, als wollten sie eher hören denn lesen, was mit quietschender Kreide auf die Tafel geschrieben wurde. Connolly wusste nicht, was er erwartet hatte – Labormäntel, Bunsenbrenner und Reagenzgläser vielleicht –, aber nun fühlte er sich nach Fordham zurückversetzt, als würden wissbegierige und aufmerksame Schüler darauf warten, dass Father Healy den Tag begann. Diese Männer hier machten Krieg im Klassenzimmer. Worüber redeten sie wirklich? Das Zimmer wirkte auf Connolly so verschlossen wie Karls Leben.

»Ich habe in seinem Zimmer Präservative gefunden. Mit irgendjemand muss er Sex gehabt haben.«

Oppenheimer seufzte. »Ach, wäre das alles bloß nie passiert. Tun Sie einfach, was Sie tun müssen. Dürfte ich Sie nur bitten, am Schauplatz des Verbrechens, wie's so schön heißt, anzufangen, bevor Sie übereilt irgendwelche Schlüsse ziehen und jeden auf dem Hügel verhören? Unsere Arbeit muss das Wichtigste bleiben«, sagte er und nickte in Richtung der Geräusche aus dem Zimmer.

»Das habe ich vor. Wahrscheinlich hatte er so viel Angst um sein Geheimnis, dass er so weit wie möglich wegging, bevor er sich irgendjemand anvertraute.«

»Ja, das ist möglich. Bis auf seine Angst. Karl hatte nie vor irgendetwas Angst.« Er zog nachdenklich an seiner Zigarette. »Es war vermutlich die Verschlagenheit des Ganzen, die ihn reizte. War nicht gerade sehr vertrauensselig, unser Karl. Aber was hätte er auch irgendjemandem anvertrauen wollen? Ich nehme an, für seine Arbeit war das natürlich gerade recht.«

»Fanden Sie ihn verschlagen?«

»Ich kannte ihn kaum«, erwiderte er. »Verschlagen wäre wohl ungerecht. Er war ein Überlebenskünstler. Ich glaube, wir sind immer wieder überrascht, wenn wir merken, dass Überlebenskünstler nicht gerade nette Menschen sind. Das geht einem gegen den Strich, nicht? Wir bilden uns gerne ein, es ist die edle Seele, die einen durchhalten lässt, dabei ist es so oft – na ja. Manchmal glaube ich, Moral hat damit gar nichts zu tun. Ein rein neutraler Akt. Wie bei den Insekten. Aber wer sind wir, um das zu beurteilen? Fragen Sie sich nicht auch manchmal, was Sie alles tun würden, um zu überleben? Ich weiß nicht, wie Karl das alles überstanden hat, all diese furchtbaren Dinge, aber freundlicher hat es ihn auf keinen Fall gemacht. Ich weiß, das klingt jetzt herzlos, nach all dem Leiden, aber irgendwie wirkte er auf mich wie ein ziemlicher Scheißkerl.«

Die Fahrt von der *mesa* ins Tal war spektakulär. Es war ein wunderbarer Morgen, und unter dem wolkenlos blauen Himmel erstreckte sich das Land meilenweit, Wellen aus rosafarbener und brauner Erde mit vereinzelten Pinienhainen bis hin zu den Sangre-de-Cristo-Bergen am Horizont. Nach der hektischen Enge der Basis wirkte das Land noch weiter, und Connolly ging das Herz auf, kaum dass er das Tor passiert hatte. Die Zäune und Wachhäuschen lagen hinter ihm, vor ihm nur die strahlende Freiheit der Hochwüste. Mills hatte ihm erzählt, dass Oppenheimer diesen Standort ausgesucht hatte – er hatte eine Ferienranch in der Gegend, etwa sechzig Meilen entfernt –, und Connolly fragte sich, ob das eins der Paradoxe war, die ihm so gefielen, mit den kleinsten Materiepartikeln in einer der weitesten Landschaften der Welt zu arbeiten.

Der Rio Grande war schlammig braun und angeschwollen vom Frühlingshochwasser, und in seinem langen Tal konnte Connolly die Baumwollhaine und die frischen grünen Wiesen sehen, die die ersten Siedler aus der Wüste hierher gelockt hatten. Er war noch nie im Westen gewesen, und die Weite überwältigte ihn. Aber es war belebend, nicht einsam – das Bewusstsein weitete sich mit der Landschaft. Sein Kopf war vollgestopft gewesen mit hundert Fragen, aber der Anblick des Landes leerte ihn. Unter diesem klaren Himmel gab es kein Grübeln.

Doch die Straße war nicht besser als am Tag zuvor, und er holperte und zockelte, voller Angst um seine neuen Reifen, bis hinunter in die Außenbezirke von Santa Fe. Er kurvte um die Kathedrale herum und verfuhr sich in den engen Straßen, bis er schließlich mehr durch Zufall zum Polizeirevier gelangte. Von außen erinnerte der Adobebau an ein Gefängnis aus einem Western. Drinnen befand sich jedoch ein modern ausgestattetes Büro.

»Sie können mich Doc nennen«, sagte Holliday. »Das macht jeder früher oder später, und fürs Drumherumreden habe ich keine Zeit. Und wenn Sie jetzt anfangen, uns runterzuputzen und uns zu erzählen, wie streng geheim und wichtig ihr da oben seid, dann können Sie sich das sparen. Das kenne ich bereits. Ich nehme nicht an, dass Sie hier sind, um mir zu sagen, wer unser Mister X denn nun ist.«

»Seine Name ist – war – Karl Brauner.«

»Na, ist denn das die Möglichkeit? Das erste Mal, dass ein Verbindungsmann mir etwas sagt. Normalerweise ist der Kontakt ja eher eine Einbahnstraße – man erzählt mir rein gar nichts, und ich gewöhne mich allmählich daran. Ein Deutscher?«

»Nur von Geburt. Amerikanischer Staatsbürger. Army. Und ein Bulle.«

Holliday starrte ihn an. »Was Sie nicht sagen. Was für eine Art Bulle?«

»Sicherheitsmann.«

Holliday starrte ihn weiter an, als bräuchte er Zeit, das zu verdauen. Schließlich sagte er: »Heißt das, ich kann weitermachen, oder drehen Sie mir jetzt mit dem Blabla über Ihre Geheimhaltungsstufen den Saft ab?«

»Ich bin neu hier. Macht man Ihnen normalerweise das Leben schwer?«

»Man erzählt mir nicht viel.«

»Man erzählt auch mir nicht viel. Vielleicht gibt's ja nicht viel zu erzählen. Auf jeden Fall war das sein Name. Und da Sie das jetzt wissen, dürfen Sie es auch gleich wieder vergessen – offiziell ist er immer noch ein Mister X. Wenn er Wissenschaftler gewesen wäre, hätte ich Ihnen nicht mal den Namen sagen dürfen, aber da er keiner war, warum nicht? Jetzt wissen Sie so gut wie alles, was ich weiß. Wichtig für mich ist jetzt, was Sie wissen.«

»Sie wollen mir nicht zufällig schmeicheln, oder?«

»Würde das was bringen?«

Holliday grinste. »Das funktioniert immer. Ich nehme nicht an, dass Sie, wo Sie gerade so schön in Fahrt sind, mir auch erzählen wollen, was ihr Jungs da oben eigentlich treibt?«

»Doc.«

»Einen Versuch war's wert. Und im Grunde genommen ist mir das auch scheißegal. Die Leute sind auch nur aus einem einzigen Grund neugierig, weil nämlich von da oben nichts kommt. Da gibt's morgens um fünf Explosionen, die man deutlich im ganzen Tal hören kann, aber niemand soll sie hören. Die Schlaumeier sagen, dass es um eine Rakete geht, 'ne Art neue V-2. Ich hoffe nur, dass Sie nicht hier rüber zielen. Wenn hier eine einschlägt, wird's verdammt schwierig werden, das wegzuerklären –«

»Im Augenblick haben wir nur eine Leiche.«

»Ja. Wenn er bei der Sicherheit war, heißt das dann, dass die Army übernimmt? Dass ich die Füße hochlegen, mir ’ne Tasse Kaffee genehmigen und mich höflich verabschieden soll? Wollen Sie übrigens einen?«, fragte er und nickte in Richtung der Kochplatte hinter sich. »Ist Cowboy-Kaffee, in der Kanne aufgekocht und schmeckt wie Scheiße, aber da wir so gute Freunde sind –«

»Bin bedient, danke. Sie haben noch immer einen Fall. Um Ihnen die Wahrheit zu sagen, kein Mensch glaubt, dass es eine Verbindung mit dem Hügel gibt, es kann also gut sein, dass Sie als einziger ’nen Fall haben.«

»Aber ohne Namen, Dienstgrad und Seriennummer.«

»Gehen wir mal alles systematisch durch: Wer fand die Leiche?«

»Spanische Frau. Bekam fast ’nen Herzanfall und hört seitdem nicht auf zu plappern. Nichts davon ergibt einen Sinn, oder vielleicht ist auch mein Spanisch nicht mehr so gut, wie’s mal war. Der Priester sagt, dass sie jetzt praktisch in der Kirche wohnt, um über den Schock hinwegzukommen. Aus der Ecke ist nichts zu erwarten. Sie fand die Leiche in der Früh, aber der Kerl hatte offensichtlich schon die ganze Nacht dort gelegen.«

»Inwiefern offensichtlich?«

»Leichenstarre. Außerdem hat es ihn stark abgeregnet. Der Leichenbeschauer schätzt den Todeszeitpunkt auf irgendwann am Abend zuvor und weigert sich, genauer zu werden. Ich hab’s versucht. Ich vermute, dass er irgendwann nach elf getötet worden ist – wäre es früher passiert, müsste jemand was gesehen haben. Danach wird es hier ziemlich ruhig, sogar am Alameda.«

»Passt der Zustand der Leiche zu diesem Zeitpunkt?«

»Der Leichenbeschauer sagt ja. Sie haben seinen Bericht doch gelesen, oder?«

»Nicht gerade sehr detailliert, was?«

»Na ja, sagen wir mal, Doc Ritter ist eher der vorsichtige Typ. Lässt sich nicht so leicht auf was festlegen.«

»Sagen wir mal, er ist unfähig. Was schätzen Sie?«

»So um Mitternacht, ein Uhr maximal.«

»Keine Zeugen, keine Kampfspuren, nichts, das uns irgendwas verrät?«

»Richtig. Der Regen hat am Tatort gründliche Arbeit geleistet. Ein paar abgebrochene Äste im Gebüsch, aber das könnte auch vom Sturz herrühren. Wie’s aussieht, würde ich allerdings sagen, er wurde dorthin geschleift.«

»Warum?«

»Dort, wo wir ihn fanden, war kein Platz für zwei. Falls sie zusammen waren, Sie wissen schon. Ich muss also annehmen, dass er dorthin gelegt wurde. Wir haben sogar Schuhabdrücke gefunden, zumindest Teile davon.«

»Das ist interessant.«

»Nein, eigentlich nicht. Keine speziellen Abdrücke, nur ein ganz gewöhnlicher Arbeitsstiefel. Alle Mexikaner hier in der Gegend tragen solche.«

»Nur die Mexikaner?«

»Nein, das habe ich nicht gemeint. Jeder. Jeder Arbeiter.« Connolly runzelte die Stirn. »Hmm. Passt das in Ihr Bild?«

»Die haben auch Schwänze.«

Connolly sah ihn, verblüfft über seine Unverblümtheit, an. »Okay, dann reden wir Klartext. Das mit der Hose habe ich gelesen. Ein Hinweis auf anale Penetration?«

»Nein.«

»Sperma?«

»Nein.«

»Was ist mit dem Park? Ist das einer der Treffpunkte?«

»Das weiß ich nicht.«

»Sie müssen es wissen. Sie sind der Polizeichef hier.«

»Hören Sie, es tut mir ja leid, aber wir sind hier eine Kleinstadt. Ich will damit nicht sagen, dass wir hinterm Mond leben – wir wissen, was es ist. Wenn Sie hoch nach Taos gehen, wo all die Künstler sind, oder runter nach Albuquerque, da finden Sie wahrscheinlich jede Menge von dem, was Sie suchen. Wir haben nur ein paar Antiquitätenhändler und Sandalenmacher – da reicht ein Blick, um zu sehen, dass die vom andern Ufer sind, aber die belästigen niemand. Solche Probleme hatten wir hier noch nie. Ich schwöre Ihnen, ich wüsste nicht mal, wo ich nachsehen sollte.«

»Das heißt, Sie haben die Bars nicht überprüft und andere Orte, wo jemand was gehört haben könnte?«

»Ich schlage Ihnen ein Geschäft vor. Sie finden sie, und ich überprüfe sie.«

»Nein, ich schlage Ihnen einen Geschäft vor. Ihre Männer nehmen sich ihre Spitzel vor und lassen sich von denen sagen, wohin die Leute am Abend gehen. Dann gehen Sie hin und reden nett mit den Leuten, damit die auch mit Ihnen reden, und finden raus, was Sie können.

Wenn Sie das tun, vergesse ich, dass Sie noch nicht mal Ihre polizeilichen Hausaufgaben gemacht haben. Sie verbreiten, dass dieser Kerl ein Homosexueller war, und dann drehen Sie sich um und sagen, dass Sie hier keine haben. Was glauben Sie denn, wer ihn umgebracht hat?«

Holliday starrte ihn beleidigt an. »Das müssen Sie mir sagen. Ich sage Ihnen nur, dass wir in diesem Park kein Problem haben. Ob Sie es glauben oder nicht.«

»Schon gut«, sagte Connolly. »Lassen wir es für den Augenblick gut sein. Aber die Bars überprüfen Sie, in Ordnung?«

»Werde ich. Und jetzt würde ich sagen, wir steigen beide von unserem hohen Ross und sehen uns an, was wir haben.«

»Zum Beispiel?«

»Zum Beispiel einen ähnlichen Fall in Albuquerque erst vor drei Wochen.«

»Gleiche Vorgehensweise?«

»Ziemlich ähnlich. Parkplatz hinter einer dieser Bars, von denen Sie wahrscheinlich reden. Auch ein Kerl mit heruntergelassenen Hosen. Diesmal aber erstochen. Man fand ihn hinter seinem Auto.«

»Wer war er?«

»Ortsansässiger Geschäftsmann. Hatte ein paar Wäschereien da unten. Ist seit Kriegsausbruch ein ziemlich gutes Geschäft. Wie's aussieht, lernte er in der Bar jemanden kennen, und sie gingen nach draußen, um sich ein bisschen zu unterhalten. Offensichtlich über Geld, denn als man ihn fand, hatte er keins mehr in seiner Tasche.«

»Und das alles nach Angaben –?«

»Des Barmanns. Er war derjenige, der ihn fand.«

»Schon eine Ahnung, wer's war?«

»Nein. Die Jungs glauben, ein Mexikaner, wegen des Messers, aber die denken immer, dass es Mexikaner sind, man kann also nicht viel drauf geben.«

»Haben Sie vom Barmann eine Beschreibung bekommen?«

»Ja, ich besorge Ihnen die Akte darüber. Die ist allerdings ziemlich ungenau. Mittelgroß, mittlere Statur, mittleres Irgendwas. Natürlich ist sein Gedächtnis nicht das Beste. Er erinnert sich an keinen, der sonst noch da war. Ich vermute, die haben keine Stammgäste. Auf jeden Fall haben sie seitdem keine mehr: Kein Mensch hat sich mehr in die Nähe getraut.«

»Vielleicht muss er den Laden bald schließen. Was ist mit dem Opfer – irgendwelche Hinweise auf sexuelle Aktivität?«

»Genügend. Wenigstens der hat was bekommen für sein Geld.«

Connolly runzelte die Stirn und stand auf, um sich Kaffee zu holen, dann ging er im Zimmer auf und ab und starrte im Reden zur Decke, als würde er laut denken.

»Also gut, was haben wir hier? Lassen Sie uns rekonstruieren.«

»Scheiße.«

»Wir wollen es doch wenigstens versuchen. Ein Kerl geht in eine Bar, trifft einen anderen Kerl, und sie gehen auf den Parkplatz, um sich ein wenig näherzukommen. Entweder weil sie aneinander Gefallen gefunden haben oder weil der eine zahlt. Und was treiben sie dann?«

»Um Himmels willen, Connolly.«

»Nein, versuchen Sie mir zu folgen. Was glauben wir, was passiert ist? Was sagt der Laborbericht?«

»Sie meinen Sperma? Überall. Im Mund, ein bisschen was auf dem Gesicht.«

»Aber hinten nichts?«

»Nein.«

»Also kommen die beiden sich wirklich sehr nahe. Dann ersticht der eine den anderen und nimmt sein Geld. Wir müssen also annehmen, dass es kein Streit zwischen Geliebten war: nicht, wenn das Geld verschwunden ist. Wie alt war das Opfer übrigens?«

»Einundvierzig.«

»Gut. Und was hat der Barman gesagt, wie alt der andere war?«

Holliday klappte einen Aktendeckel auf und sah auf ein Blatt. »Um die zwanzig. Auf jeden Fall volljährig. Sonst hätte er ihn nicht reingelassen. Er doch nicht. Ich glaube nicht, dass uns das weiterhilft«, sagte er und klappte angewidert den Deckel zu.

»Nein. Aber mittleren Alters war er auf jeden Fall nicht. Kleidung?«

»Jeans. Blaues Hemd. Wie gesagt, könnte jeder sein.«

»Sogar ein Arbeiter. Hat die Bar eine solche Kundschaft?«

»Weiß ich nicht. Wie's klingt, würde ich sagen, das ist ein ziemlich demokratischer Laden. Denen ist es egal, was du tagsüber machst.«

»In Ordnung, dann nehmen wir diesen Kerl – Sie gehen doch davon aus, dass es derselbe war, oder?, nehmen wir ihn und stellen ihn in unseren Fall. Was glauben Sie, was passiert ist?«

»Sie wollen mich dazu zwingen, nicht? Ich glaube, sie haben sich irgendwo kennengelernt, vielleicht in einer dieser Bars, die ich nicht kenne, von denen's aber Ihrer Meinung nach in der Stadt nur so wimmelt. Vielleicht haben sie einfach nur auf der Plaza gesessen. Auf jeden Fall treffen sie sich und gehen in den Park und treiben dort im Gebüsch, was sie eben so treiben. Dann schlägt der eine dem anderen den Schädel ein, zieht ihn tiefer ins Gebüsch, nimmt seine Brieftasche und verschwindet.«

»Und was stimmt daran nicht?«

»Keine Ahnung, was denn?«

»Ich weiß es auch nicht, aber irgendwas stimmt nicht. Nehmen wir unseren Jungen aus Albuquerque – nehmen wir an, er ist jung, nehmen wir an, er trägt noch immer Jeans und Arbeitsstiefel, und nehmen wir an, er lässt sich von Kerlen einen blasen. Wahrscheinlich für Geld. In Albuquerque geht irgendwas schief. Vielleicht will der Kerl nicht zahlen oder er schämt sich oder ... Und dann lernt er Brauner kennen, oder Brauner lernt ihn kennen, und sie kommen ins Geschäft. Aber warum sollte Brauner bezahlen? Auch er ist noch jung. Und sieht gut aus.«

»Das hat nichts zu sagen. Warum gehen Männer zu Nutten?«

»Na gut. Nehmen wir an, er mag es so, weil's problemlos ist. Oder ihm gefällt einfach die Vorstellung. Sie gehen in den Park. Sie treiben es, aber bevor sie fertig sind, bringt unser Kerl Brauner um, nimmt sein Geld, seine Schlüssel, alles, stiehlt sein Auto – ist das derselbe Kerl? Warum kommen sie nicht zu Ende? Wer hört denn auf, wenn ihm einer geblasen wird?«

Holliday folgte ihm mit dem Blick durchs Zimmer, er starrte ihn fasziniert an, als würde er ein Anwaltsplädoyer im Gerichtssaal beobachten.

»Ich hab's auf jeden Fall noch nie getan. Bei einer Frau, meine ich. Außer ich wollte –«

»Noch was anderes tun. Genau. Aber das taten die beiden nicht.«

»In Albuquerque allerdings auch nicht, vergessen Sie das nicht.«

»Ja, aber der war schon fertig. Vielleicht hat sich unser Kerl ja noch Hoffnungen gemacht. Also, warum hört er diesmal auf? Da ist irgendwas, wir sind nur noch nicht drauf gekommen. Warum nimmt er alles mit? Die Brieftasche muss er irgendwo anders loswerden – warum macht er sich die Mühe?«

»Vielleicht ist er nicht gerade der Hellste.«

»Und das Auto? Damit legt er's quasi auf Probleme an. Ein Auto wird man nicht so schnell los.«

»In dem Punkt bin ich nicht Ihrer Meinung. Heutzutage will doch jeder ein Auto – wann haben Sie das letzte Mal eins gesehen, das zu verkaufen war? Also geben wir eine Fahndung nach dem Kennzeichen raus, das es mit Sicherheit nicht mehr hat, und wir kontrollieren die Gebrauchtwagenhändler und den Schwarzmarkt – ja, so was haben wir –, aber ich wette, es ist bereits verschwunden. Sie brauchen ja bloß die paar Meilen nach Mexiko zu fahren und schon haben Sie Bargeld in der Tasche. Denen da unten ist es egal – solange es Räder hat, können Sie die Pesos abgreifen.«

»Aber beim ersten Mal hat er das nicht getan, und das war auf einem gottverdammten Parkplatz.«

Holliday erwiderte nichts.

»Na ja«, sagte er schließlich, »vielleicht ist es ja, wie Sie sagen. Aber Sie wissen, was das bedeutet?«

Connolly nickte. »Ein anderer war es.«

»Und was bleibt uns dann? Wir haben ein Opfer, über das wir nichts wissen, und einen Mörder, von dem wir noch weniger wissen. Kein Opfer, keinen Verdächtigen. Tatsache ist, dass der Albuquerque-Fall das einzige ist, was wir haben. Ohne den können wir die Sache gleich an den Nagel hängen.«

Connolly stützte sich auf die Stuhllehne. »Aber es passt nicht.«

»Und ich hatte mich schon so prächtig amüsiert, wie ein richtiger Großstadtdetektiv.« Er grinste Connolly an. »Da schreibt man sein Leben lang Strafzettel, und dann bekommt man endlich einmal einen richtigen, echten Mord, und plötzlich merkt man, dass man in 'nem Boot ohne Paddel sitzt. Kommt so ein Kerl und sagt, dass nichts passt. Kann ich ja genauso gut in Urlaub gehen. Aber irgendwie muss es passen. Wissen Sie, ich glaube, wir denken uns zu viel. Es hätte doch genauso passiert sein können, wie wir es am Anfang gesagt haben, nicht?« Er sah Connolly unverwandt an. »Oder etwa nicht?«

Connolly zuckte die Achseln. »Möglich war's.«

»Genau genommen könnte man sogar sagen, es gibt keinen Grund – wenigstens keinen einleuchtenden Grund – für die Annahme, dass es nicht so war. Hat er das Auto eben genommen. Na und? Vielleicht hat er zunächst nur eine Mitfahrgelegenheit gesucht. Wir wissen nicht, wo sie sich getroffen haben. Vielleicht ist unser Mann mit ihm von Albuquerque hierher gefahren, und er wollte nicht per Anhalter zurück. Man könnte sogar sagen, es ist wahrscheinlich, dass es so passiert ist, wie wir vermutet haben.«

Connolly nickte. »Aber ich kann's mir nicht vorstellen.«

»Ach so. Ist das die Art professioneller Polizeiarbeit, von der Sie vorher geredet haben? Die Hausaufgaben, die wir nicht gemacht haben?«

Connolly lächelte. »Schon gut. Aber ich kann's einfach nicht. Warum die Hose?«

»Was meinen Sie damit?«

»Warum hatte er seine Hose herunten? Wozu?«

»Vielleicht haben Sie sich abgewechselt.«

»Vielleicht. Aber das klingt nicht nach Ihrem Typen vom Parkplatz.«

»Vielleicht hat er an sich selber rumgespielt? Möglich war's.«

Connolly nickte. »In Ordnung. Aber warum kann ich's nicht glauben? Warum kann ich mir nicht vorstellen, dass Brauner das tut?«

»Vielleicht müssen Sie – Sie wissen schon –, um es sich vorstellen zu können.«

»Ich bin's nicht, falls Sie darauf hinaus wollen.«

»Wollte ich nicht«, erwiderte er bestimmt und grinste dann. »Wäre allerdings praktisch gewesen, wenn man's sich recht überlegt. Das ist hier der reinste Blindflug.«

»Schon gut, fahren wir fort mit unserer Geschichte. Was sonst noch?«

»Wollen Sie mir was über das Auto erzählen?«

»42er Buick. Wahrscheinlich in erstklassigem Zustand – wie's aussieht, war er vernarrt in sein Auto. Hat gern Ausflüge gemacht. Ich besorge Ihnen die Daten. Meinen Sie, es bringt was, die Information über die Grenze zu schicken, für den Fall, dass Sie recht haben?«

»An die *policia?* Das wäre reine Zeitverschwendung – das bringt gar nichts –«

Aber Connolly lächelte. »Na gut, dann bleiben wir zu Hause. Wir müssen die Polizei in Albuquerque dazu bringen, dass sie diesen Barmann ausquetscht. Hören die auf Sie, oder soll ich Druck von oben machen lassen? Mir wäre es allerdings lieber, wenn die dort nicht erfahren, dass wir damit zu tun haben.«

»Die sind mir noch ein bisschen was schuldig.«

»Gut, dann fordern Sie es ein. Ich wette, der Barmann, unser aufrechter Bürger, lässt sich überzeugen.«

»Wissen Sie vielleicht, was Ihr Mann sonst noch bei sich hatte?«

»Außer der Brieftasche? Nein. Hatte wahrscheinlich alle seine Schlüssel an einem Ring – er war so ein Typ.«

»Was für ein Typ?«

»Ordentlich.« Connolly hielt inne. »Krankhaft ordentlich, um es genau zu sagen.«

»Sie meinen, ein Typ, der sich nicht die Knie im Gras schmutzig machen möchte?«, fragte Holliday.

»Bin ich so leicht zu durchschauen?«

»Nein. Das war nur sehr naheliegend. Aber ich will Ihnen was sagen – ich habe mir darüber auch schon Gedanken gemacht. Warum sein ganzes Zeug mitnehmen? Das passt nicht zu dieser Art von Verbrechen. Ich habe mir gedacht, dass da vielleicht jemand nicht will, dass wir herausfinden, wer er ist.«

»Und das haben Sie auch nicht herausgefunden.«

»Zumindest eine Zeit lang nicht. Jetzt wissen wir alles«, entgegnete er sarkastisch. »Übrigens, wer will die Leiche? Irgendwelche Angehörigen?«

»Ich vermute, die Army.« Connolly stand auf. »Sie halten mich über Albuquerque auf dem Laufenden? Und die Bars?«

»Sie erfahren alles. Wir haben keine Geheimnisse.«

»Doc, bis jetzt haben wir sowieso nichts, das man geheimhalten müsste. Was hat die Presse eigentlich aus der Sache gemacht?«

Holliday nahm einen Zeitungsausschnitt von seinem Schreibtisch. »Eine Eintagsfliege. Ihre Leute haben zwar versucht, es unter Verschluss zu halten, aber es war zu spät. Mord an einem Touristen, Täter unbekannt. Polizei verfolgt Spuren. So was könnte hier eigentlich wochenlang laufen, aber nach dem ersten Tag wurde ihnen ein Riegel vorgeschoben. Wenn Sie mir einen Gefallen tun wollen, bügeln Sie das mit der Zeitung aus, damit die wieder mit mir reden.«

»Das kann ich nicht. Noch nicht. Haben sie Parallelen gezogen zum Fall in Albuquerque?«

»Nicht direkt. Nur der Anstieg der Verbrechensrate. Dass die Welt überall in die Brüche geht. Sie wissen schon. Aus Albuquerque haben sie eine gute Woche Schlagzeilen rausgeschlagen, man kann's ihnen also nicht verdenken. Die hatten sogar Fotos von der Bar. Kein Wunder, dass dort nichts mehr los ist. Aber die Leute hier hatten keine Zeit, um nervös zu werden. Wir haben ein paar Nächte lang einen Streifenwagen am Alameda patrouillieren lassen, und das war's. Die Schlaumeier meinen, es war ein Streuner, der nur zufällig in der Stadt war.«

»Und sie gleich wieder verlassen hat.«

»Nach Norden, wenn man den Schlaumeiern glauben will.«

»Doc, es ist nett, mit Ihnen zu arbeiten«, sagte Connolly, gab Holliday die Hand und wandte sich dann zum Gehen.

»Wann immer Sie wollen. Der Laden hat durchgehend geöffnet.«

»Da fällt mir ein«, sagte Connolly und drehte sich noch einmal um. »Kennen Sie jemand hier in der Gegend, der indianischen Schmuck verkauft?«

»Soll das ein Witz sein? Hier in der Gegend verkauft *jeder* indianischen Schmuck. Was für 'ne Art schwebt Ihnen denn vor?«

Connolly zog sein Taschentuch aus der Hose, faltete es behutsam auseinander und zeigte ihm die Türkis-Stücke. »Ich will nichts kaufen – ich will sie nur schätzen lassen. Kennen Sie sich aus mit Türkisen?«

»Nein. Das meiste sieht doch einfach nur beschissen aus. Das sollte man hier zwar nicht sagen, also zitieren Sie mich bitte nicht, aber auf mich wirkt das protzig und billig. Was wollen Sie wissen?«

»Was das wert ist.«

»Gehen Sie damit zu Sonny Chalmers an der San Francisco Street. Die meisten neuen Läden sind jetzt draußen an der Canyon Road, doch Sonny will nicht umziehen. Aber er ist der Richtige für Sie. *Chalmers of Santa Fe* heißt der Laden. Hier ums Eck und zwei Querstraßen weiter. Wie sind Sie denn an die Stücke gekommen? Gehören die jemand, den wir kennen?«

»Doc.«

Holliday verabschiedete ihn mit einem Winken.

Sonny Chalmers hatte seine Jugend schon im letzten Jahrhundert verlebt, aber auch jetzt besaß er noch das schlanke, knabenhafte Aussehen der ewig Jungen. Connolly vermutete, dass er das geschafft hatte, indem er mit seinen Kräften immer sparsam umgegangen war. Die San Francisco Street war ruhig, nur wenige Leute spazierten in der Morgensonne auf und ab, aber im Laden war es vollkommen still, und Chalmers hob kaum den Kopf, als das sanfte Läuten der Türglocke ertönte. Er stand hinter einer der gläsernen Schmuckvitrinen und blätterte in der Morgenzeitung. Die Hälfte des Ladens war für gewöhnlichen Schmuck reserviert, die üblichen Verlobungsringe und Halskettchen, die andere Hälfte für Türkis aus der Gegend, mehrere Schaukästen mit kunstvoll gearbeiteten Gürtelschnallen und Halstuchspangen für Touristen.

»Kann ich Ihnen helfen?«, fragte er, noch immer ohne aufzublicken.

»Ich hoffe es. Mich würde interessieren, was Sie mir über diese Stücke sagen können«, sagte Connolly, wickelte sein Taschentuch auf und zeigte sie ihm.

Chalmers schob die Zeitung beiseite. »Sie wollen sie verkaufen?«

»Nein. Nur schätzen lassen.«

Chalmers Brille hing an einer Kette um seinen Hals. Er setzte sich auf und musterte die Stücke. »O ja. Sehr hübsch, nicht? Navajo. Sehen Sie, wie fein diese Fassungen sind – nur die Navajos können Silber so bearbeiten. Die Steine sind gut, aber es ist natürlich das Silber, das den Wert ausmacht. Die *diné* benutzen Gussformen aus Sandstein. Das merkt man immer.«

»Können Sie mir sagen, wie viel sie wert sind?«

»Ja, sehr genau sogar. Ich habe sie nämlich verkauft.«

Connolly sah ihn an, überrascht über sein Glück. »Diese Stücke? Sie haben diese Stücke verkauft?«

»O ja. Die vergesse ich nicht so leicht. Darf ich fragen, wie Sie dazu gekommen sind? Würde mich interessieren, was Sie dafür bezahlt haben.«

»Sie gehören nicht mir. Chief Holliday hat mir gesagt, dass Sie mir weiterhelfen könnten.«

»Sind Sie Polizist?«

»So ähnlich. Ich helfe der Polizei.«

»Na, das klingt aber mysteriös. Darf ich fragen, wie?«, sagte er und sah ihn über die Brille hinweg an.

»Es geht um den Mann, der sie gekauft hat. Erinnern Sie sich an ihn?«

»Seinen Namen kenne ich nicht, wenn Sie das meinen.«

Connolly zog Brauners Foto aus der Tasche. »Ist er das?«

Chalmers nickte in Richtung Foto. »Ja. Was hat er getan?«

»Er ist tot.«

»Oh.«

Connolly hielt inne, wartete, dass Chalmers noch etwas sagte. »Wissen Sie noch, wie viel er bezahlt hat?«

»Zweihundert Dollar. Jedes Mal.«

»Sind sie zweihundert Dollar wert?«, fragte Connolly überrascht.

»Nun, das hat er dafür bezahlt«, sagte Chalmers. »Der ursprüngliche Preis war höher, aber er war ein Mann, der gern handelte. Ja, das tat er wirklich gern. Er hatte großes Vergnügen daran.«

»Aber sie sind mehr wert?«

»Das habe ich nicht gesagt. Ich habe gesagt, das hat er dafür bezahlt. Jedes Mal das gleiche. Er suchte sich ein Stück aus – immer eins der besseren – und am Ende sagte er: ›Ich gebe Ihnen zweihundert dafür‹.«

»Und Sie haben akzeptiert?«

»Wissen Sie, zweihundert Dollar lehnt man nicht leichtfertig ab. Nicht im Krieg. Das Geschäft mit den Touristen – nun, Sie sehen ja«, sagte er und deutete auf seinen leeren Laden. »Man muss sich seinen Lebensunterhalt verdienen.«

»Aber Sie haben nicht mit Verlust verkauft?«

»Oh, das würde ich nie tun. Wirklich nicht. Aber es sind schöne Stücke. Er hat sie für einen guten Preis bekommen.«

»Hatte er Ahnung von Schmuck?«

»Nicht die geringste. Er hat strikt nach Preisschild gekauft. Ich glaube nicht, dass ihm die Stücke irgendwas bedeuteten. Natürlich sind die teuersten die besten, er hat also ein gutes Geschäft gemacht. Er wurde nicht betrogen. Er ist wiedergekommen, müssen Sie wissen.«

»Aber wenn sie ihm nichts bedeuteten, warum hat er sie dann gekauft?«

Chalmers sah ihn verständnislos an. »Ich nehme an, dass es sich um Geschenke für eine Dame handelte.«

»Ist das Frauenschmuck?«

»O ja. Sehen Sie die Feinheit der Fassungen? Das passt nicht für einen Mann. Diese *concha* – da könnte man sich streiten, aber die beiden anderen sind eindeutig für Damen. Aber wie ich sehe, hat er sie behalten?«

»Ja. Kaufen Leute so etwas auch als Geldanlage?«

»Stücke wie diese, ja. Aber normalerweise nicht. Der Türkis ist ein schöner Schmuckstein, aber es gibt sehr viel davon und, das muss ich leider sagen, das Touristengeschäft hat ihn entwertet. Die Indianer stanzen diese Dinger nur noch, und wer könnte es ihnen verdenken? Niemand scheint den Unterschied zu bemerken, und ich vermute, wer so was mag, dem macht's nicht viel aus. Aber ein solches Stück –« Er hielt es in die Höhe. »Sehen Sie sich nur die Handarbeit an. So was sehen Sie so schnell nicht wieder. Für so etwas wird es immer einen Markt geben.«

»Aber warum nicht Diamanten oder Rubine oder was Ähnliches?«, sagte Connolly wie zu sich selbst.

»Vielleicht entsprach das seiner Preisklasse«, entgegnete Chalmers, bemüht, ihm weiterzuhelfen. »Für zweihundert Dollar bekommt man keine erstklassigen Steine, nicht wirklich erstklassige. Türkis ist da etwas anderes. Diese sind Spitzenqualität.«

»Wann hat er sie gekauft?«

»Das erste? Irgendwann im letzten Herbst. Auf jeden Fall vor Weihnachten, weil er an Weihnachten noch einmal kam.«

»Und das letzte?«

»Kurz darauf. Wenn Sie mir einen Augenblick Zeit geben, kann ich es Ihnen genau sagen.«

»Bitte.«

Chalmers zog ein schwarzes Kassenbuch hervor und blätterte darin. »Ja, hier ist es. Ich schreibe Ihnen die Tage auf, wenn's wichtig ist«, sagte er und zog ein Blatt Papier hervor. »November. Gut geschätzt.« Er schrieb das Datum auf. »War er der arme Junge, der im Park ermordet wurde?«, fragte er, ohne hochzusehen.

Connolly schwieg.

»Furchtbare Geschichte. So jung. Und Sie glauben, dass der Schmuck etwas damit zu tun haben könnte?«, fragte er sanft.

»Ehrlich gesagt, nein. Aber wir müssen alles überprüfen. Es ist eine Menge Geld.«

»Ja, das ist mir auch aufgefallen. Er hatte so viel Geld, obwohl er gar nicht der Typ dafür war. Natürlich, seit dem Krieg –«

»Bezahlte er bar?«

»Ja, immer bar.«

»Ist das normal?«

»Normal? Bei dem Preis? In Santa Fe? Nein, wirklich nicht. Trotzdem muss ich sagen, für mich war es ein Vorteil, nicht warten zu müssen, bis der Scheck gutgeschrieben ist.«

»Aber Sie sind nicht auf den Gedanken gekommen, dass da was nicht stimmen könnte?«

Chalmers sah zu ihm hoch.

»Nicht stimmen? Was soll denn an Bargeld nicht stimmen? Woher er es hatte, war seine Sache, nicht die meine. Er war kein Verbrecher, zumindest sah er nicht so aus. Vielleicht war er ein Spieler. Vielleicht verkaufte er Reifen auf dem Schwarzmarkt. Vielleicht war ihm einfach Bargeld lieber – es gibt solche Leute. Ich frage die Leute nicht nach einer Bankreferenz, wenn sie mir Bargeld geben. Ich wusste ja nicht, dass er ermordet wird.«

»Das habe ich nicht gesagt.«

»Nein, haben Sie nicht. Aber vielleicht war das sogar das Motiv – dass er so viel Bargeld mit sich herumtrug. Wenn man sich das vorstellt, in Santa Fe – Raubüberfälle am helllichten Tag –«

»Wir gehen davon aus, dass es nachts passiert ist«, sagte Connolly. »Wir wissen nicht, ob es ein Raubüberfall war. Er hätte sich auch mit einem Freund getroffen haben können.« Er sah dem Juwelier in die Augen, und es war plötzlich sehr still im Laden.

Chalmers erwiderte seinen Blick und sprach dann langsam und deutlich, als wäre es ein Code, den Connolly auf keinen Fall missverstehen durfte. »Vielleicht. Aber von solchen Treffen habe ich noch nie gehört. Nicht hier. In Santa Fe treffen sich Freunde in ihren Häusern. In ihrer Privatsphäre. Und es wäre eine Schande, wenn diese Ruhe gestört würde. Die Leute hier kommen miteinander aus, weil sie für sich bleiben. Einen solchen Frieden will man doch nicht stören. Nicht hier.«

4

Zuerst erkannte er sie nicht wieder. Sie kam über die Plaza auf ihn zu, noch immer in der Bluse und der Reithose vom Abend zuvor, jetzt aber mit offenen, wehenden Haaren, das Gesicht teilweise hinter einer Sonnenbrille versteckt. Sie trug ein paar Bücher unter dem einen Arm und ließ den anderen im Takt mit ihren langen Schritten schwingen. Als sie ihn am Bordstein sah, blieb sie abrupt stehen.

»Ach Gott, Sie sind das«, sagte sie. »Jetzt habe ich nicht einmal die Zeit, um mir zu überlegen, was ich sagen soll. Ich hatte gehofft – Sie wissen schon, ein paar Tage und Sie würden es vergessen.« Er sah sie an, ohne etwas zu erwidern, und sie nahm die Sonnenbrille ab, wie um ihm das Wiedererkennen zu erleichtern. »Sagen Sie bloß nicht, Sie haben es wirklich vergessen. Ich weiß gar nicht, was schlimmer wäre. Emma.«

Er lächelte. »Ja, ich weiß. Wie geht's?«

»Nicht schlecht, den Umständen entsprechend. Hören Sie, ich möchte mich entschuldigen. Ich weiß auch nicht, was in mich gefahren ist. Sie werden denken – ach, ich weiß auch nicht, was Sie denken. Ich habe mich ja toll eingeführt und Sie gleich vollgespuckt.«

»Nein, Sie haben Abstand gehalten. Da brauchen Sie sich nichts zu denken.«

»Wenigstens etwas. Allerdings nicht viel. Aber wie entschuldigt man sich? Soll ich Ihnen Blumen schicken oder so was? Ob Sie's glauben oder nicht, ich hab's noch nie getan.«

»Sie könnten mit mir zu Mittag essen.«

»Ein bisschen früh. Oder war das eine Ihrer berühmten Gesprächseröffnungen?«

»Nein, eine Einladung. Ich esse nicht gern allein.«

Sie musterte ihn. »Na gut. Ein paar Eier könnte ich schon gebrauchen. Waren Sie schon im La Fonda? Ach, ich hab' vergessen, Sie sind ja gerade erst angekommen. Dann sollten Sie es kennenlernen. Kommen Sie«, sagte sie und wandte sich nach links, »es ist gleich da oben. Es heißt, es sei das beste Hotel in der Stadt. Was allerdings keine Leistung ist. Außerdem sagt man, der Barmann sei ein Spion – Sie wissen schon, einer von Ihrer Truppe. FBI oder wie Sie sich heutzutage nennen.«

»Ist er wenigstens ein guter Barmann?«

»Glaub' schon. Aber wahrscheinlich ist er einfach nur ein netter und unbedarfter Bürger. Er hat vermutlich von dem ganzen Gerede keine Ahnung. Würde sich fast rentieren, nach dem Krieg hierzubleiben, nur um zu sehen, ob er wirklich nach Washington zurückgeht oder hier weiter den Tresen wischt.«

Sie aßen *huevos rancheros* an einem lichtüberfluteten Fenstertisch.

»Wohin gehen Sie nach dem Krieg?«, fragte Connolly.

»Sie meinen, wo mein Zuhause ist? Ich schätze London. Im Grunde genommen hängt es von David ab – meinem Mann. Vielleicht bleibt er hier, falls es dann hier noch etwas zu tun gibt. Ich weiß es nicht. Vermutlich könnte er auch ans Cavendish zurückgehen, aber Gott bewahre.«

»Warum? Es ist das beste Labor in England.«

»Ja, und denken Sie nur an diese wunderbaren Sonntagsessen in der Maddingly Road. Langweilige alte Profs, zerkochtes Gemüse und ein Glas schlechter Sherry – klingt, als wäre ich besessen vom Alkohol, nicht?«

»Klingt, als hätten Sie ihn dort nötig.«

»Sie haben recht. Also nicht nach England. Wohin dann?«

»Aber Ihr Mann ist kein Engländer.«

»Jetzt schon. Zumindest durch die Heirat. Sie meinen, wegen des

Namens. Er war Pole. Ein polnischer Jude. Aber das zählt ja nicht mehr, also muss er wohl Engländer sein, nicht?«

»Wo haben Sie ihn kennengelernt?«

»In Berlin. Er war am KWI.« Sie beantwortete seine unausgesprochene Frage, »'tschuldigung. Ich habe vergessen, dass Sie kein ›Ingenieur‹ sind. Das Kaiser-Wilhelm-Institut. Er hat dort mit Lise Meitner gearbeitet.«

Connolly hob bewundernd die Augenbrauen.

»Ja, er ist ein heller Kopf«, sagte sie. »Aber hören Sie, haben Sie mich zum Essen eingeladen, um über meinen Mann zu reden? Nicht, dass ich nur Komplimente hören möchte, aber ich könnte mir schmeichelhaftere Themen vorstellen.«

»Zum Beispiel?«

»Na, Sie könnten zum Beispiel sagen, dass es Ihnen lieber wäre, wenn ich keinen hätte.«

»Ist das wichtig?«

»Ja«, sagte sie nüchtern.

Er sah ihr in die Augen. »Wenigstens ist das geklärt.«

»Und zwar sehr geschickt, wie Sie hoffentlich bemerkt haben.«

»Mir entgeht nicht viel.«

»Dann prägen Sie sich das gut ein.«

»War das jetzt eine sanfte Art, mir einen Korb zu geben?«

Sie lächelte. »Gibt es so was? Hören Sie, ich flirte für mein Leben gern. Ich kann nichts dafür – ich wurde so erzogen. In meiner Clique waren wir alle gleich. Und deshalb sitze ich hier, geblendet von der Sonne und verkatert, und würde nicht im Traum daran denken, die Sonnenbrille aufzusetzen. Es wäre nicht höflich Ihnen gegenüber. Aber Sie müssen sich mit dem Charme zufriedengeben – weiter geht's nicht.«

»Kapiert. Es sind ja nur Eier, wissen Sie«, sagte er und deutete auf den Teller.

»Es sind nie nur Eier. Aber jetzt erzählen Sie mir von sich.«

»Das war jetzt nicht sehr subtil.«

»Erzählen Sie trotzdem. Was haben Sie vor dem Krieg gemacht?«

»Zeitungsmann.«

»Echte Nachrichten oder Kummerkasten oder was?«

»Man könnte es echte Nachrichten nennen. Lokalredaktion. Polizeiberichte. Nichts Besonderes.«

»Und nach dem Krieg? Machen Sie da weiter, wo Sie aufgehört haben?«

Er hatte zu Ende gegessen und zündete sich eine Zigarette an.

»Schon. Aber wo ist das? Fast den ganzen Krieg lang wartet man darauf, zurückzukehren, und plötzlich merkt man, dass es das nicht mehr geben wird. Es wird etwas Anderes sein. Aber man weiß nicht, was, und deshalb wartet man einfach ab.«

Sie betrachtete ihn nachdenklich und zündete sich selbst eine Zigarette an.

»Auf dem Hügel denken die Leute nicht so«, sagte sie schließlich. »Die haben dort oben die beste Zeit ihres Lebens.«

»Und das stört Sie?«

»Nein, ich beneide sie. Sie schlagen nicht nur die Zeit tot und hoffen auf was Neues. Insofern haben Sie recht. Die können sich überhaupt nicht vorstellen, wie langweilig es für uns Ignoranten ist, während sie so emsig vor sich hin werkeln.« Dann hellte sich ihr Gesicht auf. »Was soll's, sie sind glücklich. David ist glücklich.«

»Dann sind Sie also eifersüchtig auf das Projekt?«

»Saublöd, nicht? Nein, ich freue mich für ihn – es ist genau das, wofür er bestimmt ist. Sie machen Geschichte. Mehr kann man nicht verlangen. Ich wüsste nur auch gern, wozu ich bestimmt bin.« Sie drückte nervös ihre Zigarette aus.

»Und was tun Sie – während Sie auf Ihre Bestimmung warten?«

Sie sah *zu* ihm hoch und lachte dann. »Bei Ihnen muss ich aufpassen. Sie durchschauen mich – wie ich einen Narren aus mir mache –, und mir macht's nichts aus. Woran liegt das, was meinen Sie?«

»Vielleicht lasse ich mich nicht leicht abschrecken.«

»Ach, abschrecken. Das ist es also. Ich habe mich immer gewundert. Und ich habe gedacht, es ist mein Charme, der sie alle davonjagt. Aber nicht Sie.«

»Nein, ich bleibe.«

»Zugegeben. Nach gestern Abend dachte ich, ich würde Sie nie wiedersehen.«

»Entschuldigen Sie sich nicht schon wieder. Das hatten wir bereits.«

»Na gut. Und was kommt jetzt?«

»Es wäre mir lieber, wenn Sie nicht verheiratet wären.«

»Das hatten wir auch schon. Hören Sie, ich muss los. Wir sollten uns die Rechnung geben lassen.«

»Nein, jetzt schrecke ich Sie ab. Tut mir leid. War nur ein Witz. Laufen Sie nicht davon – hier, sehen Sie, ich bleibe auf meiner Seite des Tisches.«

»Ich muss trotzdem los.«

»Ich dachte, Sie wollten mir Santa Fe zeigen.«

Sie lachte. »Sie haben schon alles gesehen.« Dann hielt sie inne und sah ihn an, als müsste sie sich über etwas klarwerden. »Wissen Sie was? Wenn Sie wirklich was sehen wollen – von der Landschaft meine ich –, ich war gerade unterwegs zur Ranch einer Freundin. Ein Stückchen hinter Tesuque. Sie könnten mitkommen. Würde Sie das interessieren?«

»Ja.« Er hielt inne. »Wenn ich Sie etwas frage, bekomme ich dann eine ehrliche Antwort?«

»Nein.«

»Würde es Sie interessieren?«

»Ehrlich? Also wenn ich mich recht erinnere, Kleiner, erstickt ihr Jungs vom G-2 in Bezugsscheinen, und bei mir ist immer Ebbe. Ich hatte es auf Ihr Auto abgesehen. Ehrlich.«

Sie fuhren in Richtung Norden auf der Straße nach Tesuque, vorbei an alten Adobe-Häusern in kühlen, schattigen Baumwollhainen, aber als sie die Außenbezirke der Stadt hinter sich gelassen hatten, öffnete die Landschaft sich wieder, eine Weite lag vor ihnen, die sich bis zu den Jemez-Bergen am linken Horizont erstreckte. Er konzentrierte sich auf die Straße, doch er spürte sie neben sich, wie sie, das linke Bein von ihm weg über das andere geschlagen, Rauch zum Fenster hinausblies. Sie saß zurückgelehnt da, die Sonnenbrille gegen das grelle Licht vor den Augen. Er wusste nicht, ob sie die Augen offen hatte oder nicht, aber er stellte sie sich geschlossen vor, sodass er sie mit einem kurzen Seitenblick mustern konnte, ohne dass sie es merkte. Der Geruch ihrer Haut stieg ihm in die Nase.

»Ich dachte, der Umgang mit Einheimischen ist nicht gestattet«, sagte er.

»Ach, Hannah ist eigentlich nicht von hier. Ihre Ranch wurde für das Projekt benutzt, bis die Unterkünfte oben fertig waren. Damals waren wir noch über die ganze Gegend verstreut.«

»Dann war sie also Ihre Hauswirtin?«

Emma lachte. »Hauswirtin, na ja. So habe ich sie eigentlich noch nie gesehen. Sie werden verstehen, was ich meine, wenn Sie sie sehen.«

»Ein einheimisches Original also?«

»Hm, aber nicht einheimisch. Sie kommt aus Los Angeles. Hat irgendwas mit Filmproduktion zu tun – Ausstattung. Hier ist sie Künstlerin.

Und nicht einmal eine schlechte. David und ich haben in ihrem Atelier übernachtet – die anderen waren im Haupthaus – und deshalb habe ich die ersten Wochen hier, umgeben von Mais zugebracht.«

»Mais? Das Gemüse?«

Sie lachte wieder. »Ja, Süßmais. Riesige Kolben auf bombastischen Leinwänden. Sie nennt es ihre Mais-Serie. Sagt, sie hat zwei Jahre lang praktisch in Mais gelebt. Ich kann's mir gut vorstellen. Na, und wir haben's auch, wenigstens ein paar Wochen lang. In gewisser Weise war mir das die liebste Zeit hier – ich glaube, damals habe ich mich in die Gegend verliebt. Diese Weite. Sie hat uns ihre Pferde geliehen, und man konnte stundenlang reiten, ohne einem Menschen zu begegnen. Damals dachte ich, das ist so weit weg von England, wie es nur geht.«

»Und das wollten Sie?«

»Ach, niemand will so gerne weg wie die Engländer. Außer, man gehört zu denen, die überhaupt nirgendwohin wollen. Ich konnte es nicht erwarten, wegzukommen. Und dann das«, sagte sie und deutete auf die Landschaft. »Hier kann man atmen.«

»Aber Ihre Familie ist noch in England?«

»Ja. Ich könnt's auch nicht erwarten, von der wegzukommen. Trotzdem, ich vermute, für sie ist es ziemlich schwierig – sie haben ja keine Ahnung. Postfach 1663, Santa Fe. Das ist alles, was sie zu Hause wissen. Bedeutung dürfte das absolut keine für sie haben. Wir dürfen ja in Briefen weder was über die Gegend noch die Arbeit oder sonst was schreiben.«

»Und was glauben sie, was Sie hier tun?«

»Sie haben keinen Schimmer. Sie wissen, dass ich reiten gehe und dass David Wissenschaftler ist, aber da das alles keinen Sinn ergibt, haben sie wahrscheinlich inzwischen aufgehört, sich zu wundern. Mutter wundert sich natürlich schon seit Jahren – sie fuhrwerkt in dieser Scheune von einem Haus herum, während mein Vater die Männer des Ortes in einer Art Heimwehr anführt, und alle sind glücklich auf ihr tüttelige Art. Mein Gott, es ist wunderbar, hier zu sein.«

»Brüder und Schwestern?«

»Warum sehen Sie nicht in meiner Akte nach? Ja, zwei Schwestern. Sehr wohlgeraten. Debütantinnenbälle, solide Ehemänner, Hund – alles was dazugehört.«

»Damit bleiben Sie übrig.«

»Ja, ich bin total missraten.«

»Worauf Sie sehr stolz sind.«

Sie warf ihm einen Seitenblick zu und nickte. »Worauf ich sehr stolz bin.«

»Sonst noch was, das ich wissen sollte?«

»Wir heben uns besser noch was für das nächste Mal auf. Sie können mich ja wie eine Zwiebel schälen.«

Er grinste sie an.

»Das war nur bildlich gemeint, mein Lieber«, klärte sie ihn auf.

Nach ein paar Meilen bogen sie rechts in einen unbefestigten Seitenweg ein, der parallel zum Fuß der Sangre de Cristo-Berge verlief.

»Wie groß ist diese Ranch?«

»Nicht sehr. Hannah hat Pferde, aber die Ranch wird nicht bewirtschaftet. Dafür bräuchte man Hunderte von Hektar. Angefangen hat sie nur mit dem Adobe-Haus. Das Studio und die Stallungen kamen erst später dazu, als sie das Geld beisammen hatte. Seit ungefähr zehn Jahren verbringt sie einen Teil des Jahres hier.«

»Und wie hat es sie nach Hollywood verschlagen?«

»Na ja, eigentlich hat es sie *hierher* verschlagen. Sie verließ Deutschland schon ziemlich früh, '34 – es gab da eine ganze Gruppe, die direkt von der UFA nach Kalifornien ging. Keine Ahnung, wie sie dorthin gekommen ist. Fragen Sie sie selber.«

»Ist eigentlich jeder hier Ausländer?«

»Vorsicht.«

»So habe ich es nicht gemeint.«

»Ich weiß. Manchmal sieht es ganz so aus, nicht? Dass man uns alle hierher verfrachtet hat. Nur komisch, dass sie dazu eine Gegend ausgesucht haben, die überhaupt nicht amerikanisch aussieht, finden Sie nicht auch? Ich meine, da sitzen all diese Exilanten und glauben, Amerika ist wie –«

»Spanien.«

»Nein, nicht Spanien«, sagte sie und zögerte dann. »Ich war dort. Spanien ist ganz anders. Ein schreckliches Land. Natürlich herrschte gerade Krieg, was auch nicht gerade von Vorteil war.«

»Was haben Sie dort gemacht? Einen Krankenwagen gefahren oder so was?«

»Die meiste Zeit habe ich nur herumgesessen und mich geärgert. All diese kleinen Männer, die herumstolzieren, als wären sie Cortez. Sie können sich gar nicht vorstellen, wie öde das war. Überhaupt nicht wie hier.«

»Warum Spanien?«

»Ach, ich weiß auch nicht, aber war denn nicht jeder dort? Das war fast ein Muss – wie ein Mädchenpensionat für höhere englische Töchter. Zumindest für die nicht wohlgeratenen. Es sind da alle möglichen Frauen hingefahren – Sie wissen schon, um den Kampf des Guten gegen den Faschismus zu kämpfen –, und sich obendrein noch einen spanischen Liebhaber zu nehmen.«

Er sah sie interessiert an. »Aber Sie nicht.«

»Das habe ich nicht gesagt. Ich habe nur gesagt, dass sie nicht nach meinem Geschmack waren. Vielleicht sind es die Schnurrbärte – die sind einfach zu lächerlich.«

»Da bin ich ja froh, dass ich rasiert bin.«

»Bei Hannah würden Sie aber mit so was Eindruck schinden. Sie liebt große Schnurrbärte. Na ja«, seufzte sie, »alles, was groß ist. Warten Sie, bis Sie Hector sehen.«

»Ihren Ehemann?«

»Ihren Vorarbeiter. Handlanger. Und Geliebten, wie alle sagen.«

»Ist er groß?«

»Hm. Man hätte ihn Ajax nennen sollen. Mir gefällt das, wie die Mexikaner diese klassischen Namen verwenden. Auf jeden Fall ist er stark wie ein Ochse – er kann alles bewegen. Da sie die Ranch jetzt zumacht, hat er eine Stelle als Bauarbeiter auf dem Hügel angenommen, und Hannah behauptet, es bricht ihr das Herz. Sie ist vernarrt in ihn, aber er weigert sich, mit nach Los Angeles zu gehen. Ich weiß nicht, vielleicht ist das für beide besser so. Hannah sagt zwar, er ist ein aztekischer Gott, aber sie behandelt ihn wie einen Diener. Ich kann mir nicht vorstellen, worüber die beiden reden. Vielleicht gar nicht. Ich mag Hannah sehr gern, aber jedes Mal, wenn ich die beiden zusammen sehe, muss ich lachen. Sie sehen aus wie ein Reklameplakat für diese Sexclubs in Berlin.«

»Was Sie alles wissen«, sagte Connolly.

Aber sie hatte recht – dieses merkwürdige Paar wirkte auf beinahe komische Weise sexy. Hannah erwies sich als schlanke, zierliche Frau, die noch immer die kurze Ponyfrisur der Zwanziger trug, als würde sie direkt von Dreharbeiten mit Pabst kommen. Neben ihr stand, über ein Fass mit Schlamm gebeugt, ein großer Mexikaner mit nacktem, muskelbepacktem Oberkörper und rührte mit einem Paddel in der nassen Erde. Als er sich beim Geräusch des Autos aufrichtete und sich den Schweiß von der Stirn wischte, wirkte seine Gestalt wie eine Wand aus Muskeln.

Leitern standen an die Seitenwand des Hauses gelehnt, und zwei indianische Frauen in knöchellangen Gewändern klatschten den Schlamm an die Wand und verstrichen ihn mit langen, regelmäßigen Bewegungen. Sie arbeiteten in einem geschmeidigen, ununterbrochenen Rhythmus, der in Jahrhunderten perfektioniert worden war. Vor diesem Hintergrund wirkte Hector noch mehr wie eine urtümliche Gestalt, ein Erbauer antiker Städte.

»Emma!«, rief die Frau fröhlich und breitete die Arme aus.

»Du bist gekommen!«

Ihre Stimme klang deutsch, tief und heiser von jahrelangem Rauchen, aber nicht schwer, sondern eher beschwingt und von einer ironischen Verspieltheit.

»Gerade rechtzeitig für die letzte Lage. Siehst du meine *enjaradors?«*, sagte sie und deutete auf die indianischen Frauen. »Hector hat sie in Acoma aufgetrieben. Sind sie nicht wunderbar? So glatt, schau's dir nur an – wie neu.«

»Hallo, Hannah«, sagte Emma und umarmte sie schnell. »Ich habe einen Freund mitgebracht. Na, eigentlich hat er mich hergebracht, Michael Connolly, Hannah Beckman.«

Hannah streckte die schlammigen Hände in die Höhe und verbeugte sich zur Begrüßung.

»Verzeihen Sie mir«, sagte sie und lächelte ihn an. »Aber heute arbeite ich mit. Ich konnte nicht widerstehen – das Gefühl warmer Erde an den Händen ist etwas Wunderbares. Ich wollte mir mein eigenes Haus bauen –«

Sie wischte sich die Hände an einem Tuch ab. Weder Hector noch die indianischen Frauen beachteten die Besucher. Mit ernsten, teilnahmslosen Gesichtern verputzten sie weiter die Wände. Hannah zog eine Zigarette aus ihrer Jackentasche.

»Ich bin ja so froh, dass du gekommen bist. Ich dachte schon, ich würde dich nicht mehr sehen, bevor ich fahre. Wie geht's David – alles in Ordnung?«

»Er ist sehr beschäftigt.«

»Ah. Das ist gut, oder?«

»Na ja, gut für ihn.«

»Dann ist es auch gut für dich, meine Liebe«, sagte sie und warf einen Blick auf Emmas Hose. »Aber ich sehe, du bist zum Reiten gekommen, und ich habe alle Pferde wegbringen lassen. Jetzt bist du enttäuscht.«

»Nein, ich bin doch hier, um dich zu sehen. Wir können sowieso nicht lange bleiben. Ist es denn nicht noch zu früh für den Verputz?«

»Was bleibt mir denn anderes übrig? Im nächsten Monat wäre es besser, aber ich habe nur diese Woche. Bete für mich. Stimme die Götter gnädig.« Sie sah zum Himmel. »Bitte, kein Regen, damit Hannahs Haus trocknen kann.«

Aber es war ein heißer, klarer Tag, und sie redete, als wüsste sie, dass das Glück auf ihrer Seite stand. Das Haus war ein großer, rechtwinkliger Adobe-Bau mit überdachter Veranda im Hacienda-Stil, auf der lange *ristras* aus getrockneten Chilis hingen. Die ehemals gelbbraunen Wände waren in der grellen Sonne zur Farbe von Wildleder ausgebleicht, auf der das traditionelle Blau der Tür- und Fensterumrahmungen Kontrastpunkte setzte. Der feuchte Schlamm würde glatt und ohne Risse austrocknen.

»Aber warum machst du dir die Mühe, wenn du das Haus zuschließt?«, fragte Emma. »Kann das nicht warten, bis du zurückkommst?«

»Und wann wird das sein? Nein, siehst du die Risse vom Winter? Wenn man die Ziegel schützt, halten sie ewig. Wenn nicht –« Sie überließ es ihrer Fantasie, sich die Folgen vorzustellen. »Es muss fertig sein, bevor im Juli die Gewitter einsetzen, also besser jetzt. Solange Hector noch kommt. Oben auf dem Hügel füllen sie ihm die Taschen mit Gold. Vielleicht kommt er nie mehr zurück.«

Sie sprach, als würde er nicht direkt hinter ihnen stehen.

»Kommt. Wir wollen Tee trinken, aber zuerst müsst ihr meinen *enjaradors* zusehen – seht ihr, wie sie immer die richtige Dicke für den Verputz finden? Ihre Hände sagen es ihnen. Nicht zu dünn, aber auch nicht zu dick, sonst fällt er ab. Sie fühlen den Schlamm und sie wissen es. Das sind große Künstlerinnen, diese Frauen, und alles, was sie machen, ist aus Lehm. Das muss man sich mal überlegen – Erde und Wasser und Stroh, das ist alles. Häuser aus Lehm. Bilder aus Sand. Ah, Sie sind skeptisch, Mr. Connolly, das merke ich.« Sie wandte sich an Emma. »Er hält mich für eine Romantikerin.«

»Überhaupt nicht«, sagte Connolly. »Ich frage mich nur, wie oft das gemacht werden muss – die Wände.«

Hannah lachte. »Siehst du – ich hatte recht. Ein Pragmatiker. Alle paar Jahre«, sagte sie zu ihm. »Je nachdem, wie streng der Winter war.«

»Auch nicht viel anders als das Anstreichen eines normalen Hauses.«

»Aber Sie müssen sich überlegen, was es bedeutet. Man nimmt Lehm und baut es praktisch neu – die Arbeit steckt dann *im* Haus. Nicht nur Kosmetik, nicht nur Max Factor.«

Connolly lächelte. »Bis auf den blauen Lidschatten«, sagte er und nickte in Richtung der Fenstereinfassungen.

»Ja. Das Blau hält die bösen Geister fern. Das weiß doch jeder«, erwiderte sie unbeschwert.

»Warum blau? Wegen der Türkise?«

»Merkwürdig, dass Sie das sagen«, sagte Hannah. »Die Navajos glauben, dass ein Türkis böse Geister fernhält. Aber diese Einfassungen – die stammen von den Mauren. Die brachten den Brauch mit, als sie Spanien eroberten. Es hat also überhaupt nichts mit den Indianern zu tun. Aber in beiden Fällen ist es das Blau. Merkwürdig, nicht?«

»Vielleicht übt es vor allem auf Wüstenvölker einen Reiz aus. Ein Griff nach dem Himmel oder so etwas.«

Hannah strahlte. »Siehst du, doch ein Romantiker. Kein schlechter Fang, Emma.«

Es hatte eigentlich nichts zu bedeuten – eine Redewendung ohne jeden Hintergedanken aber es freute ihn, dass Emma nicht widersprach. Es war nur ein Augenblick, aber er genoss das flüchtige Vergnügen im stillen Einverständnis.

»Hector, ich muss den Gästen Tee anbieten«, sagte sie über die Schulter und nahm Emma beim Arm. »Nimmst du auch eine Tasse?«

»Später. Ich muss mich erst noch um die *canales* kümmern«, erwiderte er in flachem, unbetontem Englisch, das nahtlos in moduliertes Spanisch überging. Er nickte Emma und Connolly kurz zu und widmete sich wieder seiner Arbeit.

»Wie du willst«, sagte Hannah und ging, noch immer Arm in Arm mit Emma, zum Haus. »Wie du siehst«, sagte sie, den Kopf Emma zugedreht, »ist er wütend auf mich. Sollte ich mich freuen? Ich glaube nicht.«

»Aber du bist doch früher auch schon weggegangen«, entgegnete Emma.

»Ja, aber diesmal ist es anders. Der Tropfen, der das Fass zum Überlaufen bringt.«

»Unsinn, er wird hier sein, wenn du zurückkommst. Das war er immer.«

»Hm, immer«, erwiderte sie skeptisch. »Nichts ist für immer, Liebes.

Nur die Ziegel. Menschen müssen sich verändern. Weißt du, ich glaube, es ist aus mit Hector.«

»Warum gehst du dann weg?«, fragte Emma, als sie ins Haus traten.

»Mein neuer Herr und Meister. Bei der Fox mögen sie diese langen Urlaube nicht – da muss man jeden Tag auf der Matte stehen. Was soll ich tun? Ich bin keine Freiberuflerin mehr. Mr. Zanuck sagt, ich trage jetzt *Verantwortung.* Jawohl, Sir.« Sie hob die Hand, wie zum Salutieren. »Also gehorche ich. Eine gute Soldatin.«

»Du?«, rief Emma. »Er weiß nicht, worauf er sich einlässt.«

Die breite Eingangshalle, von der zu jeder Seite zwei Zimmer abgingen, war kühl und dunkel, sie führte aber in ein großes, offenes Zimmer, das die ganze Rückwand des Gebäudes einnahm und auf den Innenhof hinausging. Es war ein künstliches Zimmer, das offensichtlich durch Zusammenlegen zweier kleinerer entstanden war, und seine weißgetünchten Wände waren Hannahs Kunstgalerie, voller großformatiger, lebhafter Bilder, die größtenteils wirkten wie Nahaufnahmen. Über dem Kamin bemerkte Connolly zwei Bilder aus der Mais-Serie, riesige abstrakte Kolben mit vielfarbigen Körnern, aber es gab auch andere Motive – Wüstenlandschaften, Stillleben mit Chilis, eine Adobewand mit Purpurwinden, die der Hofwand draußen so ähnlich sah, dass sich im Zimmer fast ein Trompe-l'œil-Effekt ergab. Auf dem Fliesenboden standen große Terrakotta-Krüge, indianische Teppiche dämpften die Schritte. Auf niedrigen Regalen wurden Fundstücke präsentiert – ein verrostetes Werkzeug, kleine Häufchen rosafarbener Steine. Auch das kleinste Detail war an seinem Platz. Es war ein Zimmer, das ausschließlich nach ästhetischen Gesichtspunkten eingerichtet war.

Der Tee war so schnell fertig, dass Connolly vermutete, Hannah hielt immer den Kessel kurz vor dem Kochen. Er wurde – was für ein Kontrast – in hübschem Meißner Porzellan serviert, das mit seinem zarten Blumenmuster in dem kargen rustikalen Zimmer wie ein Rückgriff auf einen Stil wirkte, von dem sie sich nicht ganz trennen konnte.

»Früher war das natürlich anders«, sagte Hannah. »Bei Paramount war es ihnen egal. Na ja, vielleicht auch nicht, aber gesagt haben sie nichts. Als Mr. da Silva noch dort war – Buddy da Silva«, sagte sie und dehnte seinen Namen. »Der Name passte zu ihm, wisst ihr, er war wirklich ein *Buddy,* ein Kumpel. Mein Buddy.« Sie senkte die Stimme, um den Song anzustimmen, und lachte dann. »Man konnte dort kommen und gehen, wann man wollte. Bei Paramount wusste man einen

Künstler zu schätzen. Von Anfang an. Denkt nur an von Sternberg, was sie sich von ihm alles gefallen lassen. Ein solches Verhalten. Aber jetzt ist es ein Saustall. Kein Mensch kennt sich mehr aus. Früher war es Marlene, und jetzt ist es Betty Hutton. Es war Zeit zu gehen.«

»Hannah, du jammerst über Hollywood, seit ich dich kenne«, sagte Emma.

»Wirklich? Na, so lange ist das ja noch nicht, oder? Nein, früher war es wirklich anders. Vielleicht. Und jetzt mache ich Bühnenbilder für Musicals. Das hebt die Moral. Und macht Mr. Zanuck glücklich«, sagte sie und lächelte.

»Und ist das eine Verbesserung?«

»Aber meine Liebe«, erwiderte Hannah lachend, »denk an das Geld. Die haben jetzt so viel Geld – warum soll ich nicht etwas davon mitnehmen? Wenn ich eine Weile auf dem Filmgelände bleibe und alle zufrieden mache, kann ich hierher zurückkommen und für immer bleiben. Nur malen und malen und malen, und die können dann steppen, bis sie umfallen.«

»Das wirst du nicht«, sagte Emma. »Dir gefällt es dort viel zu gut.«

»Nein«, erwiderte sie ernsthaft. »Jetzt gefällt mir nur noch das Geld. Außerdem ist meine Zeit dort zu Ende. Europa ist am Ende. Die wollten mich doch wegen meines ›europäischen Pfiffs‹. ›Hannah, gib ihm den europäischen Pfiff‹, hieß es immer. Aber was ist das jetzt? Ein Bunker? Schutt? Nein, ich glaube, das mit Europa ist hier zu Ende. Das ist jetzt zu ernst. Das hier ist doch ein Land der Kinder.« Sie sah Connolly an. »Natürlich auch mein Land. Aber jetzt ist es für Kinder, Mr. Zanuck und seine Polo-Freunde. Ich glaube nicht, dass er den europäischen Pfiff will.«

»Was will der dann?«

»Jetzt?«, fragte Hannah, und ihre Stimmung hellte sich wieder auf. »Kubanische Nightclubs. Palmen. Immer mehr Mädchen. Also gehen wir eine Weile nach Havanna und amüsieren uns. Und dann komme ich zurück, um zu malen.«

»Du gehst wirklich dorthin?«, fragte Emma interessiert.

»Nein, nein«, antwortete Hannah. »Die wollen nicht wirklich nach Havanna, nur die Nightclubs. Es ist immer derselbe Nightclub. Ich war im Ciro's. Dort gibt es eine lange Treppe. Du bleibst oben stehen, wenn du reinkommst, und du bleibst oben stehen, wenn du rausgehst – das sind zwei Auftritte. Alle Produzenten gehen dorthin. Und dann sehen sie mein Bühnenbild und sagen, ja, das ist ein Nightclub. Wunderbar.

Hannah hat's wieder geschafft. Vielleicht habe ich jetzt den Ciro's-Pfiff.«

Connolly sah zu, wie sie rauchten und redeten, ein quecksilbriges Hin und Her. Er merkte, dass es für Emma war, als würde sie in einer Boulevardzeitschrift blättern. Selznicks Scheidung. Dalis verrückte Bühnenbilder für *Spellbound,* den Selznick nur wegen seiner eigenen Psychoanalyse machte. Brecht, der sich nie wusch. Thomas Mann, der seine Münchner Wohnung in Santa Monica neu erschuf. Das Problem, Veronica Lake zu fotografieren, ohne sie zu klein wirken zu lassen. Alles Nachrichten aus einer Welt weit weg von der *mesa,* wo niemand hinter Stacheldraht arbeitete und sich Sorgen um Algen im Wasser machen musste, wo man über alles reden konnte. Aber was hatte sie davon? Während er sie neugierig anschaute, erkannte er jäh, dass auch sie ihn beobachtete und, dass Hannah sie beide im Visier hatte. Sie redeten um ihn herum – er brauchte kein Wort zu sagen –, aber Emma warf ihm immer wieder einen verstohlenen Blick zu, um zu sehen, was er dachte, und sein Gesichtsausdruck war ihr Gesprächsbeitrag genug. Er wurde auf merkwürdige Art zu ihrem Publikum, ohne dass eine von beiden ihn direkt ansprach. Der Klatsch wurde immer anspruchsloser, und nach einer Weile hatte er den Eindruck, dass beide nicht sehr bei der Sache waren: Emma, weil sie wegen ihm verwirrt war, und Hannah, weil sie die Entwicklung eines Schauspiels beobachtete. Er kam sich vor wie ein Heiratskandidat, der zur elterlichen Prüfung nach Hause eingeladen worden war, und er fragte sich, ob Emma es bedauerte, ihn mitgebracht zu haben, da es ihr jetzt nur wichtig schien, ob sie in seinen Augen gut abschnitt. Als er sich eine Zigarette anzündete, reagierte sie auf das Geräusch des Streichholzes, und als er durch den Rauch hindurch zu ihr hinüber sah, zuckte sie unwillkürlich zusammen, als hätte er sie berührt.

Es war Hannah, die sie beide rettete.

»Aber jetzt genug von diesem Unsinn«, sagte sie und stand auf. »Sie müssen mich für selbstsüchtig halten, Mr. Connolly, weil ich dauernd von mir und Los Angeles erzähle. Ich fürchte nur, Emma ist daran schuld – sie hört mir so gerne zu, und wissen Sie, da kann ich nicht widerstehen. Ich treffe hier nicht viele Leute. Aber jetzt müssen Sie sich richtig vorstellen.«

»Mike arbeitet auf dem Hügel«, sagte Emma beschützend, bevor er antworten konnte. »Komm, lass mich beim Abwasch helfen.«

»Aha, ich darf nicht weiterfragen. Dann war mein Geplapper also gar nicht so schlecht. Ich kenne die Spielregeln. Emma hat Ihnen vielleicht erzählt, dass am Anfang ein paar Ihrer Kollegen hier gewohnt haben? Und bei den Wissenschaftlern durfte man keine Fragen stellen.«

Da Emma die Tassen einsammelte und keine Anstalten machte, ihr zu widersprechen, sagte Connolly: »Das muss frustrierend gewesen sein.«

»Für mich? Nein, überhaupt nicht«, erwiderte sie fröhlich. »Ich liebe Geheimnisse. Und alle waren so charmant. Wie geht es Professor Weisskopf? Spielt er noch Schach mit Professor Eisler? Und diesem lustigen Jungen aus New Jersey mit seiner netten Frau?«

»Ich sehe sie alle nicht mehr«, sagte Emma. »Jeder ist irgendwo. Und alle sind so beschäftigt. Aber was das betrifft, ich sehe ja auch dich kaum noch. Es ist wie bei Ferienbekanntschaften, die man wieder aus den Augen verliert.«

»Aber du doch nicht, meine Liebe. Du bist heute da, um mich zu verabschieden. Und jetzt willst du auch noch Hausfrau spielen. Na gut, wasch nur ab und sei nett zu Hector, sag nette Sachen über mich, und ich zeige inzwischen deinem Freund die Ranch und erzähle nette Sachen über dich.«

Emma sah sie etwas verwirrt an. »Das wird aber nicht lange dauern«, sagte sie.

»Kommt darauf an, wie viel er wissen will. Sie haben ja mitbekommen, was für eine fürchterliche Klatschtante ich bin«, sagte sie zu Connolly. »Wollen Sie?«

»Sehr gern«, erwiderte er lächelnd.

Emma zuckte, eine Tasse in jeder Hand, nur hilflos die Achseln. »Aber seid zum Abendessen zurück.«

Überraschenderweise hängte Hannah sich bei ihm ein, als sie, ohne ein Wort zu wechseln, zur Koppel gingen, ein merkwürdiges Paar. Sogar das Schweigen erschien ihm wie unverdiente Vertrautheit.

»Sie will, dass ich Sie mag«, sagte sie schließlich. Sie hatten die Koppel erreicht, standen am Zaun und sahen nach Westen zu den Jemez-Bergen hinüber.

»Tun Sie es?«

»Ich? Das ist unwichtig. Emma mag Sie.«

»Hören Sie, ich will nicht, dass Sie glauben –«

»Pscht.« Sie legte den Zeigefinger an die Lippen. »Ist schon in Ordnung. Wissen Sie, manchmal ist es einfacher, mit einem Fremden vertrauliche Dinge zu besprechen. Darf ich Ihnen etwas verraten?«

Er sah sie erwartungsvoll an.

»Seien Sie vorsichtig mit ihr. Ich habe mir in letzter Zeit Sorgen um sie gemacht. Ich wusste, dass sie irgendetwas beschäftigte – jetzt weiß ich, dass Sie es waren.«

»Da täuschen Sie sich.«

»Nein. Wir können doch offen reden. Wie Fremde. Sie haben sie nicht glücklich gemacht, aber Sie können es. Es ist Ihre Entscheidung. Entscheiden Sie sich dafür. Ich sehe, dass Sie – hm, ›verliebt sind‹. Was ist das? Etwas für die Nightclubs und die Palmen, eine Wunschvorstellung, ja? Etwas für die Kinder. Ihr nahestehen. Das sagt schon mehr aus. Und wie ich sehe, können Sie nichts dagegen tun. Sie beobachten sie die ganze Zeit.«

»Wirklich?«, sagte Connolly, der nun, um eine Erwiderung verlegen, wissen wollte, wohin das führen würde.

Sie lächelte. »Natürlich. Deshalb sage ich Ihnen das alles ja. Ich glaube, Sie könnten ihr guttun. Zuerst dachte ich, es wäre nur die Langeweile und, dass sie etwas Ablenkung braucht. Wie ihre Beschäftigung mit diesen Indianern. Aber jetzt merke ich, dass mehr dahintersteckt. Bei Emma steckt immer mehr dahinter, wissen Sie. Sie kann nicht lässig sein. Sie können also auch nicht lässig mit ihr umgehen, mein Freund. Tun Sie ihr nicht weh. Sie verdient es, glücklich zu sein.«

»Jeder verdient es, glücklich zu sein.«

»Glauben Sie wirklich? Eine typisch amerikanische Vorstellung. Nein, nicht jeder. Aber sie schon.« Sie tätschelte ihm den Arm. »Also machen Sie sie glücklich.«

»Sie liebt ihren Mann.«

»Ach«, sagte sie mit einer wegwerfenden Geste. »Seien Sie kein Narr. Sie liebt ihr eigenes Heldentum. Sie hat ihn rausgeholt, deshalb hat sie ihn geheiratet.«

»Aus Deutschland?«

»Ja, aus Deutschland, woraus denn sonst? Hat sie Ihnen das nicht erzählt? Es war für ihn die einzige Möglichkeit, herauszukommen – ein britischer Staatsbürger zu werden. Sie hat ihn geheiratet, um sein Leben zu retten.«

»Sie sind noch immer verheiratet.«

»Ja, es ist, wie ich sage. Nie lässig. Sie hatte diese spontane Eingebung, sie tut etwas Wunderbares für ihn. Einen Gefallen. Sogar eine politische Tat. Nur, dass bei Emma alles persönlich ist, nicht politisch.

Und dann? Lebt sie mit ihm für den Rest ihres Lebens? Offensichtlich. Sie folgt ihm nach Amerika, in dieses Lager. Sie spielt die Hausfrau, während er in sein Labor geht. Sie studiert ihre Indianer. Die Anasazi.« Sie betonte jede Silbe des Wortes, und es klang wie ein Witz in einer fremden Sprache. »Ist das ein Leben für sie? Diese sture Ehe – was ist das? Eine Pflicht? Ich habe mich das oft gefragt. Jetzt können Sie uns vielleicht die Antwort geben.«

Er kam sich vor, als hätte sie ihn in einen Kaninchenbau zwischen Vergangenheit und Zukunft gezerrt, als stecke sein Bein fest im Griff ihrer immanenten Logik. Ihr zu widersprechen schien in sich unlogisch. Wie Alice im Wunderland begann er nun, an seiner Sicht der Dinge zu zweifeln, und ließ sich nur noch von seiner Neugier leiten. Sie wusste nicht, wovon sie sprach, vielleicht traf sie deshalb ins Schwarze.

Anscheinend hatte er sie angestarrt, denn sie tätschelte ihm noch einmal den Arm und sagte: »Ja, aber nicht heute, hm? Mir reicht's von dieser Quasselstrippe, denken Sie jetzt. Aber Sie sagen es nicht. Sie sind höflich. Aber doch hoffentlich nicht wütend?«

»Weder noch. Ich weiß einfach nicht, was ich sagen soll.«

Sie seufzte. »Dann ist das die beste Antwort.« Sie schlenderten zum Haus zurück. »Sie haben natürlich recht. Wie können wir irgendetwas wissen? Erst wenn das Schicksal uns ereilt, wissen wir Bescheid.«

»Glauben Sie das wirklich?«, fragte er, begierig, das Thema zu wechseln.

»Aber ja doch, natürlich. Ich bin sehr schicksalsgläubig. Alle Deutschen sind das. Vielleicht macht es das einfacher für sie, wenn das Schicksal sie ereilt, jetzt, da diese Idioten sie vernichtet haben.«

»Wie's aussieht, sind sie noch nicht fertig.«

»Ein Todesröcheln, mein Freund. Sie sind vernichtet. Am Ende wird es kein Deutschland mehr geben. Nichts. Aber wenigstens wird das auch das Ende der Verbrecher sein.« Sie schüttelte den Kopf, als wollte sie diese düstere Stimmung loswerden. »Aber dafür haben wir ja gearbeitet, nicht? Sie mit Ihrer Arbeit, ich mit meinen Palmen. Um die Verbrecher zu vernichten.«

»Aber wenn das doch von vorneherein ihr Schicksal war?«, fragte er, um ihr Paroli zu bieten.

Sie lächelte ihn an. »Das ist ja das Interessante am Schicksal. Manchmal muss man ihm ein wenig nachhelfen.«

Emma erwartete sie vor dem Haus, sie hatte es offensichtlich eilig, wegzukommen. Hector war auf dem Dach, und sie stand alleine vor der feuchten, in der Sonne glitzernden Wand.

»Ich bin froh, dass Sie mein Land gesehen haben«, sagte Hannah zu Connolly. »Das ist jetzt meine Heimat.«

»Aber du musst sie verlassen«, sagte Emma, die ihnen entgegenkam.

»Ich komme zurück. Ich kann ja sonst nirgendwohin. Hollywood ist kein Zuhause – man kann dort nicht leben. Das hier ist ein Zuhause.«

»Kannst du denn nicht jemand finden, der hier wohnt?«, fragte Emma. »Dann brauchtest du wenigstens die Pferde nicht weggeben.«

»Nein, so ist es besser. Ich will keine anderen Leute hier. Du kannst ab und zu herkommen und die Hausmeisterin spielen. Du weißt ja, wo der Schlüssel ist«, sagte sie und sah Emma direkt in die Augen. »Wann immer du willst. Dann brauche ich mir keine Sorgen zu machen.«

Emma war etwas verlegen und nickte nur.

»Gegen Freunde habe ich nichts«, sagte Hannah zu Connolly. »Was ich hier nicht mag, sind Fremde.«

»Aber Sie hatten doch früher schon Leute hier«, entgegnete Connolly.

Hannah sah ihn, verwundert über sein Interesse, an. »Damals konnte ich mich nicht weigern. Robert bat mich darum.«

»Robert Oppenheimer?«

»Ja. Robert hat alle alten Freunde gefragt. Wir kannten ihn doch alle. Was sollten wir tun? Irgendeiner von der Army sagte, es sei unsere patriotische Pflicht – Sie wissen schon, die reden so –, aber Robert war da ganz anders. Er fragte uns einfach, ob wir ihm einen Gefallen tun könnten, und er ist doch so charmant, da konnte niemand nein sagen.«

»Ich hatte ganz vergessen, dass er hier eine Ranch hatte«, erwiderte Connolly ausweichend.

»Ja, in den Bergen. Viele Jahre. Damals ritt er sehr gerne. Tut er's immer noch?«

»Sie sehen ihn nicht mehr?«

»Niemand sieht ihn noch. Er kommt nie mehr hierher. Ist er immer noch auf dem Hügel, oder ist das schon eine unzulässige Frage?«

Connolly zuckte die Achseln.

»Na, dann frage ich lieber nicht. Aber falls Sie ihn irgendwo sehen, richten Sie ihm meine Grüße aus. Er sollte besser auf seine Gesundheit aufpassen, der Junge. Und sagen Sie ihm, dass wir immer noch sehr neugierig sind, worum's da eigentlich geht. Geschichte machen, hat er gesagt – oh, là, là, das klingt sehr bedeutsam, aber was für eine Art von Geschichte, hm? Wie auch immer, mach du dir über die Geschichte keine Gedanken, Darling«, sagte sie zu Emma und drückte ihr einen Abschiedskuss auf die Wange. »Sei glücklich.«

Sie gab Connolly die Hand. »Und Sie auch. Viel Glück mit Ihrem Schicksal.«

»Und Ihnen mit Ihrem«, erwiderte er lächelnd.

»Ach, um mich brauchen Sie sich keine Sorgen zu machen«, sagte sie. »Ich habe den Ciro's-Pfiff.«

Emma bat ihn, auf dem Rückweg fahren zu dürfen, und es überraschte ihn, wie unerfahren sie war. Sie ging Kurven zu schnell an und stieg dann unvermittelt auf die Bremse, als würde sie an einem Zügel reißen. Er war inzwischen so an ihre Selbstsicherheit gewöhnt, dass diese Ungeschicktheit beinahe rührend wirkte, fast wie eine Offenbarung. Sie hielt das Lenkrad umklammert, als hätte sie Angst, dass es ausbrechen könnte.

»'tschuldigung«, sagte sie nach einem unüberhörbaren Knirschen des Getriebes. »Ich hab' den Dreh von dem hier noch nicht raus.« Sie hielt den Blick starr auf die Straße gerichtet, das Fahren erforderte ihre ganze Aufmerksamkeit.

»Schon gut. Die Schaltung ist hakelig.«

»Nein, ist sie nicht. Trotzdem danke. Wie hat Ihnen Hannah gefallen?«

»Sie denkt anscheinend, dass wir uns schon eine ganze Weile kennen.«

»Wirklich? Ich frage mich, warum. Was haben Sie zu ihr gesagt?«

»Ich kam nicht zu Wort.«

Emma grinste. »Ja. So ist sie nun mal. Mir wäre es allerdings lieber, wenn sie auf Hector hören würde. Irgendwas stimmt da nicht. Er war so mürrisch. Normalerweise ist er richtig nett, auf seine Art.«

»Das kann ich mir nicht vorstellen.«

»Nein, wirklich. Aber er wirkte total verkrampft. Irgendwas ist passiert.«

»Ihr Streit?«

»Wahrscheinlich. Ach, lachen Sie nicht. Ich weiß, dass sie ein komisches Paar sind. Trotzdem ist es traurig, mit ansehen zu müssen, wie Leute sich trennen. In gewisser Weise haben sie zueinander gepasst.«

Einen Augenblick lang hatte er den Eindruck, dass sie beide jetzt ein Paar waren, das nach einer Einladung bei Freunden sich nun dem Sezieren hingab. »In welcher Weise?«

»Ich weiß auch nicht – wie Leute eben zueinander passen. Es gibt keine Erklärung dafür.«

»Nein.«

Sie warf ihm einen flüchtigen Blick zu und sah dann wieder auf die Straße.

»Sie hat mir erzählt, Sie haben Ihren Mann geheiratet, um ihn aus Deutschland herauszuholen.«

»Hat sie das?«, entgegnete sie nervös. »Ich habe ihn geheiratet. Er kam aus Deutschland heraus. Zwischen den beiden Vorgängen muss nicht unbedingt ein Zusammenhang bestehen.«

»Nicht unbedingt.«

Sie schwieg, als wollte sie dem Thema aus dem Weg gehen. »Außerdem, was weiß denn Hannah schon darüber?«, sagte sie nach einer Weile, wie um es abzuschließen.

»Ich dachte, Sie hätten es ihr erzählt.«

»Habe ich nicht. Das bildet sie sich nur ein.«

»Vielleicht hat sie eine gute Intuition.«

»Vielleicht sind Sie kein sehr guter Geheimdienstler. Glauben Sie immer das erstbeste, das Ihnen zu Ohren kommt?«

»Wenn ich es will.«

»Lieber nicht.« Sie schaltete nervös herunter. »Was hatte sie sonst noch zu sagen?«

»Nicht viel. Dies und das und Deutschland und Schicksal.«

»Keine schlechte Unterhaltung.«

»Sehr düster und wagnerianisch.«

»Hannah?« Sie lachte. »Sie müssen irgendwas Besonderes in ihr ans Tageslicht gebracht haben. Normalerweise kommt sie über Louella Parsons kaum hinaus. Louella O. Parsons. Was meinen Sie, wofür das O steht?«

»Versuchen Sie das Thema zu wechseln?«

»Ich versuche es.«

»Na gut. Was ist mit Banken?«

»Was meinen Sie damit?«

»Gibt es in Santa Fe eine Bank, die jeder benutzt? Zu welcher gehen Sie zum Beispiel?«

Sie lachte. »Wenn das kein Themenwechsel ist. Ich gehe nirgendwohin. Konten außerhalb des Stützpunkts sind nicht gestattet.«

»Was tun Sie dann? Ein Strumpf unter dem Bett?«

»So viel bleibt doch gar nicht übrig. Und wenn sich wirklich mal was angesammelt hat, dann zahlen wir es wie auf ein Postkonto ein. So weit ich weiß, macht das jeder so. Warum wollen Sie das wissen?«

»Wenn Sie also eine größere Anschaffung tätigen wollen, müssen Sie das Geld von diesem Konto abheben? Ich meine, Sie würden keinen Scheck ausschreiben.«

»Nein. Bar. Ich vermute, wenn es sich um sehr viel Geld handelt, könnte man am Postschalter eine Zahlungsanweisung bekommen. Aber ich habe das noch nie gemacht. Irgendwie kommen wir immer gerade so über die Runden.«

Connolly schwieg eine Weile und dachte nach.

»Darf ich jetzt fragen, warum?«, sagte sie.

»Ich habe mich nur gefragt, warum jemand einen Haufen Bargeld mit sich herumschleppen sollte, wo Schecks doch viel einfacher sind.«

»Nicht irgendjemand. Sie meinen Karl, nicht?«, sagte sie, nun plötzlich mit belegter Stimme. »Es heißt, er wurde ausgeraubt. Ist das der Grund? Hatte er viel Geld bei sich?«

»Ich weiß es nicht.«

»Sind Sie –« Sie zögerte. »Von der Polizei.«

»Nein«, sagte er unbekümmert. »Aber natürlich sind auch wir neugierig.«

»Natürlich.«

»Ich wusste gar nicht, dass Sie ihn kannten.«

»Jeder kannte ihn. Er war beim Sicherheitsdienst. Euch entkommt man nicht.«

»Mochten Sie ihn?«

Die Frage schien sie zu überraschen, sie wusste nicht so recht, wie sie antworten sollte. »Er war vermutlich ganz in Ordnung«, sagte sie schließlich.

»Dann haben Sie seine Bezugsscheine also nicht interessiert?«

»Was?«

»Sie haben vorher gesagt, dass die Leute vom G-2 Unmengen von Bezugsscheinen haben.«

»Habe ich das tatsächlich? Ein Gedächtnis wie ein Elefant, was? Nein, seine verdammten Bezugsscheine haben mich nicht interessiert.«

»Nur die meinen.«

Sie lehnte sich zurück und lächelte unwillkürlich. »Nur die Ihren.«

»Na, wenigstens etwas. Vielleicht interessieren Sie sich ja beim nächsten Mal auch ein wenig für mich.«

»Wird es ein nächsten Mal geben?«

»Nicht?«, fragte er leise.

Sie drehte den Kopf und sah ihn an. »Ich weiß es nicht«, sagte sie ernsthaft. »Fragen Sie mich nicht, okay? Ich weiß es nicht.«

Bevor sie in Santa Fe in ihren Wagen stieg, schüttelte sie ihm nervös die Hand und bemühte sich um einen beiläufigen Abschied, da sie aber beide auf den Hügel zurückfuhren, war es gar keine Trennung. Er folgte ihrem Auto hinauf aufs Parajito-Plateau, sah, dass sie in den Rückspiegel blickte, wenn er zurückblieb, und dann wartete, bis er wieder aufgeholt hatte, sodass sie durch die leere Wüste tanzten wie Vögel von der *mesa* bei einem Paarungsflug. Sie fuhr schnell, sorglos Geschwindigkeitsbegrenzungen missachtend, aber er blieb ihr auf den Fersen, nahe genug, um über ihren Rückspiegel Augenkontakt zu halten, bis sie schließlich auflachte, winkte und ihn als ihr Anhängsel akzeptierte, sodass sie den Weg gemeinsam zurücklegten.

5

Mills war ungewöhnlich zurückhaltend, als Connolly ihn nach Brauners Kontounterlagen fragte.

»Wir brauchen eine Art Verfügung«, sagte er. »Diese Unterlagen genießen denselben rechtlichen Schutz wie normale Bankdaten.«

»Wie lange dauert es, sich eine zu besorgen?«

Mills seufzte. »Ungefähr eine Stunde.«

Aber weder Brauners Gehaltskonto noch sein Sparbuch zeigte etwas Auffälliges, alles war so ordentlich wie sein Zimmer. Connolly überflog die penibel ausgefüllten Spalten, regelmäßige monatliche Einzahlungen und keine bedeutenden Abhebungen. Als er diese Eintragungen mit der Lohnliste verglich, starrte er in ein wenig erhellendes Fenster in Brauners Leben. Nach Abzug der subventionierten Miete blieben jeden Monat die Einzahlung aufs Sparkonto und derselbe Betrag an Taschengeld übrig. »Sehen Sie sich das mal an«, sagte er zu Mills. »Hatte er denn nie besondere Ausgaben?«

»Na ja, Karl war ziemlich geizig. Der hat sich nie was geleistet.«

»Aber das geht zurück bis vierundvierzig. Und nie größere Schwankungen als gelegentlich mal zehn Dollar.«

»Wahrscheinlich Kleidung«, sagte Mills.

»Was war mit seinem Auto? Das kann doch heutzutage ziemlich teuer werden.«

»Das hat er gedeichselt.«

»Wie gedeichselt?«

»Wenn er Sprit brauchte, hat er sich zum Begleitdienst gemeldet – Sie wissen schon, den Wissenschaftlern nachfahren und dann hat er bei der Fahrzeugverwaltung vollgetankt. Bei Reparaturen das gleiche. So war er eben. Wonach genau suchen Sie eigentlich?«

»Drei Abhebungen von zweihundert Dollar in den letzten sechs Monaten.«

Mills pfiff durch die Zähne. »Im Ernst? Woher hatte Karl denn so viel Geld?«

»Das möchte ich herausfinden. Nach diesen Unterlagen hat er alles gespart. Wo hatte er also das zusätzliche Geld her? Sein Sparkonto hat er über ein Jahr lang nicht angerührt.«

»Vielleicht war es noch – von früher.«

»Vielleicht. Aber warum hat er es nicht auf die Bank gebracht?«

»Die Europäer sind in der Hinsicht ziemlich komisch. Ein paar von ihnen trauen Banken nicht über den Weg. Die behalten das Geld einfach oder legen es in Gold an oder in was anderem, das sie bei sich tragen können. Wie Flüchtlinge das eben so machen. Vielleicht brachte er etwas mit und hat es dann hier verkauft.«

»Nein. Warum sollte er das tun und sich dann was anderes kaufen?«

»Was hat er denn gekauft?«

»Türkisschmuck.«

»Karl?«

»Das habe ich mich auch gefragt.«

Mills überlegte. »Dann muss er versucht haben, es zu verstecken.«

»Wie meinen Sie das?«

»Es aus den Büchern raushalten. Irgendwo hintun, wo niemand es findet. Sie wissen schon, ins Jackenfutter einnähen, um damit über die Grenze zu kommen, solche Sachen.«

»Sie haben sich zu viele Filme angeschaut«, sagte Connolly.

»Vielleicht, aber die haben das wirklich getan. Sie durften rein gar nichts mit herausnehmen. Professor Webers Frau wurden noch im Zug die Ohrringe heruntergerissen.«

Connolly zuckte zusammen. Noch eine europäische Geschichte.

»Na gut, aber woher hatte er es? Er hat's nicht eingezahlt, aber irgendjemand muss es irgendwo abgehoben haben. Wissen Sie was, wir sollten uns sämtliche Konten vornehmen.«

»Machen Sie Witze? Wissen Sie, wie viele Leute wir hier oben haben? Ein paar tausend.«

»Fast fünftausend. Aber nicht alle von ihnen haben Konten, und das Hilfspersonal und die Soldaten können wir von vorneherein ausschließen – genau genommen jeden, der weniger als zweitausend pro Jahr verdient. Die haben alle nicht so viel Geld herumliegen. Damit bleiben uns höchstens ein paar hundert.«

»Das dauert Wochen.«

»Je früher Sie anfangen, umso besser.«

»Ich soll anfangen?«

»Wir fangen beide an. Sechshundert Dollar sollten nicht schwer zu finden sein.«

»Unter der Voraussetzung, dass es jemand mit einem Konto war. Dass derjenige das Geld abgehoben hat. Und dass es jemand von hier oben war.«

»Unter all diesen Voraussetzungen, ja.«

»Seit wann gehen wir von der Voraussetzung aus, dass es jemand von hier oben war?«, fragte Mills spitz.

»Tun wir ja gar nicht. Wir suchen nach sechshundert Dollar, und das ist ein Anfang. Die Frauen können Sie ebenfalls ausschließen.«

Mills sah ihn an. »Daher weht der Wind also. Glauben Sie wirklich, Karl hätte das getan?«

»Was wäre ihm passiert, wenn man ihn als Homosexuellen bloßgestellt hätte?«

»Er wäre entlassen worden.«

»Er hätte es also unbedingt geheimhalten wollen, nicht? Jeder in seiner Lage würde das versuchen. Er hätte das verstanden. Er wusste, wie so etwas ist. Was, wenn er nicht der einzige hier oben war, der so etwas geheimhalten musste? Was, wenn er darin eine – na ja, eine günstige Gelegenheit sah? Ist das so weit hergeholt?«

Mills nickte. »Zwar nicht sehr nett, aber weit hergeholt wahrscheinlich nicht. Sie glauben also, Karl hat jemand unter Druck gesetzt?«

»Sagen wir einfach, es wäre ihm zuzutrauen gewesen. So weit ich weiß, war das Geld ein Geschenk. Vielleicht hatte er einen Liebhaber. Vielleicht gibt's überhaupt keine Verbindung. Aber wir haben einen

General, der lieber nichts weiß, einen Direktor, der überhaupt nichts wissen will, und eine Polizei, die nicht mal weiß, was vor ihrer Nase stinkt, weil sie viel lieber so tut, als wäre jeder ein strahlender Held. Also krempeln wir besser die Ärmel hoch. Besorgen Sie mir die Unterlagen?«

»Dazu werden Sie Oppies Genehmigung brauchen. Brauners Konto ist eine Sache, aber mein Freund Eddie da drüben wird kaum das ganze Projekt rausrücken. Das geht ja ziemlich ins Persönliche. Die Leute mögen das gar nicht, wenn wir in ihren Geldangelegenheiten rumschnüffeln. Verdammt, ich mag's ja auch nicht.«

»Dann sagen Sie es ihnen nicht. Übrigens verdienen Sie nicht genug, um so empfindlich zu sein«, erwiderte Connolly lächelnd.

»Ich meine ja nur, dass es sehr persönlich ist.«

Plötzlich erzitterten die Scheiben unter dem Knall einer Explosion aus dem Westen.

»Verdammt, was war denn das?«

»Kistys Gruppe. Sprengstoff. Die benutzen ein paar der tiefer gelegenen Canyons um das Plateau herum als Testgelände.« Er grinste, als in der Ferne ein weiterer Knall ertönte. »Sie gewöhnen sich daran.«

»Wie hält man Bomben geheim, wenn man sie dauernd hochgehen lässt?«

»Das sind nur die Zündladungen. Und wie soll man die testen, wenn man sie nicht zur Explosion bringt? Früher wurde es nachts gemacht, aber da hat sich jeder beschwert. Ich weiß auch nicht, wen wir damit zum Narren halten wollen.«

»Scheinbar alle und das seit Jahren.«

»Ja.« Eine dritte Ladung wurde gezündet, als er sich zum Gehen wandte. »Und jetzt zum geruhsamen Leben eines Bankprüfers.«

Als die Bankunterlagen, mit Oppies Warnung, die Prüfung geheimzuhalten, endlich eintrafen, wirkten sie auf Anhieb interessanter, als Connolly erwartet hatte. Er hatte sich vorgestellt, endlose Zahlenkolonnen nach Ausreißern absuchen zu müssen, doch stattdessen schien die ganze Komplexität des täglichen Lebens in Los Alamos undechiffriert vor ihm zu liegen, wie eine verschlüsselte Botschaft. Um die Ersparnisse verstehen zu können, musste er sich von Mills die Ausgaben erklären lassen. Gehaltsschecks wurden im Magazin eingelöst, Vorräte im PX-Laden eingekauft. Einige Ausgaben waren Fixkosten: Die Miete war ans Gehalt gekoppelt – 29 Dollar pro Monat bei 2900 Dollar,

34 Dollar bei 3400 usw.; die Nebenkosten an den Wohnraum – 9 Dollar 65 für ein Dreizimmer-McKee. Doch darüber hinaus zeigte sich die ganze Bandbreite der finanziellen Lebensgestaltung – die emsigen Sparer, die Spendablen, die immer von Vorschüssen lebten, die Hamsterer, die ihr ganzes Geld zu horten schienen, da nie etwas in den Büchern auftauchte. Er fragte sich, warum Buchprüfer als langweilig galten – vielleicht waren sie ganz einfach hypnotisiert von den Geschichten hinter ihren Zahlen. Er war jedoch überrascht, wie gering die Beträge waren. Auch wenn sie hier auf dem Hügel Geschichte schrieben, das große Geld machte hier keiner. 200 Dollar sollten deshalb sofort ins Auge springen. Was aber bis jetzt noch nicht passiert war.

Problematisch am Dechiffrieren aller Akten war, dass es Wochen dauern würde. Sie brauchten eine kleinere Testgruppe, wie die Wissenschaftler, die das Periodensystem der Elemente durchforsteten, um die Möglichkeiten einzuschränken. Es war Mills, der auf die Idee mit dem morgendlichen Etikettier-System kam, und in den folgenden Tagen zogen sie dieses Verfahren konsequent durch. Connolly rief zuerst Holliday an, um zu erfahren, ob die Polizei schon weitergekommen war, und um bei einer Tasse Kaffee Enttäuschungen auszutauschen, dann setzte er sich zusammen mit Mills an den Tisch für eine erste schnelle Durchsicht. Die Konten mit regelmäßigen Einzahlungen wurden sofort aussortiert, solche mit Schwankungen unter 100 Dollar wurden nur kurz überflogen und kamen ebenfalls auf diesen Stapel. Der Rest wurde markiert und für den Nachmittag zurückgelegt, damit sie ihn dann, nicht mehr überwältigt vom vor ihnen liegenden Berg, genauer untersuchen konnten. Nun war es der Ausnahmenstapel, der wuchs, sodass sie nicht mehr nach dem Alphabet vorgingen und die Namen oft gar nicht beachteten, sondern sich nur auf die Zahlenreihen konzentrierten. Einige wenige, bei denen die Zahlen verwirrend erschienen, kamen auf einen Stapel für eine eingehendere Analyse. Die Privatsphäre des Hügels bleibt gewahrt, dachte Connolly, denn die Namen hatten keine Bedeutung für ihn.

Erst als er das Konto von Emmas Gatten in Händen hielt, beschlich ihn das Gefühl, dass Mills doch recht haben könnte – es war wirklich ein Einbruch in die Persönlichkeitssphäre, und er kam sich vor wie ein Spanner, der in Schubladen wühlte. An dem Konto war nichts Ungewöhnliches – gelegentliche Einzahlungen, aber nur geringe Beträge –, doch er starrte das Papier an, als würde er in die Ehe hineinstarren. Kümmerte Emma sich um das Geld? Oder gab er ihr nur Haushaltsgeld? Warum in einem Monat keine Einzahlung – ein festliches Abendessen? Ein Wochenende in Albuquerque? Stritten sie sich? Brauchte sie ihre Bezugsscheine für Kleidung regelmäßig auf, oder sparte sie sie, bis sie genug für einen Kaufrausch hatte? Aber im Endeffekt sagte ihm diese Akte, getippte Ziffern auf Army-Papier, nichts. Er berührte sie, als könnte er sie so dazu bringen, ihm etwas zu verraten, aber die Zahlen waren nur Zahlen, und das Leben spielte sich woanders ab. Die Prüfung kam ihm plötzlich unsinnig vor. Was erwartete er denn, dass diese Konten ihm verrieten? Er betrachtete das finanzielle Leben des Hügels, aber die Menschen waren ihm so unbekannt wie zuvor. Die Zahlen bewahrten ihre Geheimnisse, falls es welche gab. Wie kam er darauf, hier irgendwo einen Zusammenhang mit Brauner zu erwarten? Hier hatte er eine Akte, mit der er Gesichter in Verbindung bringen konnte, aber sie erzählte ihm nichts Wesentliches. Wie oft schliefen sie miteinander? Wie war es? Und was ging ihn das überhaupt an?

»Was gefunden?«, fragte Mills und sah ihn an.

»Nein«, sagte er. »Ich war gerade ganz woanders.« Er legte schnell die Akte auf den Unter-100-Dollar-Stapel, bevor Mills den Namen lesen konnte, und zündete sich eine Zigarette an. »Wissen Sie, vielleicht gehen wir das hier vom falschen Ende an.«

»Das habe ich Ihnen schon vor zwei Tagen gesagt.«

»Nein, ich meine, interessant ist nicht, was hier drin steht, sondern was nicht drin steht.«

Mills sah ihn merkwürdig an.

Connolly lächelte. »Das war wohl nicht sehr verständlich ausgedrückt, was?«

»Nein, mir ist nur gerade was eingefallen. Brauner hat das immer gesagt. ›Interessant ist, was nicht drin steht.‹ Genau so. Ich kann mich noch gut dran erinnern.«

Connolly sah ihn verwirrt an. Sie konnten doch unmöglich über dieselbe Sache gesprochen haben. Was hatte Brauner gemeint?

»Wann?«, fragte er.

Mills überlegte. »Das ist ja das Komische – es war genau wie jetzt, er ging damals die Akten durch.«

»Diese da?«

»Nein, Unbedenklichkeitsbescheinigungen. Karl stöberte gern in Akten. Es gehörte natürlich zu seiner Arbeit, aber er meinte, das sei der beste Weg, Leute kennenzulernen. Also ging er sie immer wieder durch. Und wenn ich sagte: ›Sie müssen doch schon alles kennen, was da drin steht‹, sagte er: ›Interessant ist, was nicht drin steht.‹ So wie Sie gerade.«

Connolly schwieg. »Wo werden diese Akten aufbewahrt?«, fragte er schließlich.

»In einem Safe drüben in T-1. Oh, nein –«

»Aber er hat sie herausgeholt. Dort gibt es doch sicher ein Entnahmeverzeichnis, oder?«

Mills nickte.

»Dann sollten wir nachsehen, wen er in den letzten sechs Monaten überprüft hat – nein, sagen wir in den letzten neun Monaten.«

»Warum nicht gleich ein Jahr, sicherheitshalber?«

»Okay.«

»Das war ein Witz.«

»Aber es wäre doch schön, wenn wir etwas finden würden, das zu unserem Ausnahmenstapel hier passt, nicht?«, fragte er und klopfte auf die Akten.

»Ein Wunder.«

»Aber die Möglichkeit besteht.«

»Mike, das war nur so dahingesagt. Das bringt uns nicht weiter –«

»Vielleicht. Aber er war daran interessiert. Wir könnten wenigstens nachsehen, was genau ihn interessierte – vielleicht erzählt es uns was über ihn.«

»Soll ich einen Gabelstapler besorgen oder sie einzeln rüberbringen?«

»Wie wär's für den Anfang nur mit dem Entnahmeverzeichnis? Wollen doch mal sehen, ob er jemanden wirklich gut kennenlernen wollte.«

Doch Brauner war oft zu Sicherheitsüberprüfungen abkommandiert worden – er war einer derjenigen, die neue Angestellte verhörten und die Unterlagen der anderen auf den neuesten Stand brachten –, sodass seine Initialen überall im Verzeichnis zu finden waren. Auch nach Anwendung des Eliminierungsverfahrens, das sie für die Konten entwickelt hatten, blieb noch eine lange Liste übrig.

»Wir sollten uns auf die Wiederholungen konzentrieren«, sagte Connolly. »Alle, an denen er besonders interessiert war. Irgendwo müssen wir doch was finden.«

Er hob den Kopf und sah, dass Mills ihn anstarrte. »Was ist?«

»Nichts«, erwiderte er und wandte den Blick ab. »Was, wenn er die Entnahmen nicht eingetragen hat?«

»Hätte er das tun können?«

»Er war von der Sicherheit. Von ihm wurde erwartet, dass er sich Akten holt. Ihn würde niemand kontrollieren.«

Connolly dachte einen Augenblick nach. »Nein, das passt nicht zu ihm.«

»Woher wissen Sie das? Sie haben ihn doch gar nicht gekannt.«

»Ich wohne in seinem Zimmer. Er hat jede Entnahme eingetragen.«

»Mit anderen Worten, er hätte zwar ein Verbrechen begehen können, hätte aber nie die Vorschriften verletzt.«

»Sie würden sich wundern. Ich kannte Typen, die haben jemand abgestochen und dann das Messer saubergewischt, weil sie von Natur aus ordentlich sind.«

»Er war nicht so«, sagte Mills leise, schob seinen Stuhl zurück und stand auf.

»Stimmt etwas nicht?«

»Lassen Sie uns an die frische Luft gehen. Ich kann nicht mehr klar denken, und Sie ebenfalls nicht, das sehe ich.«

Überrascht folgte Connolly ihm nach draußen und wartete, bis sie auf der staubigen Straße waren, bevor er etwas sagte. Mills kahler Schädel glänzte in der Nachmittagssonne.

»Und?«

»Hören Sie, ich bin nur Anwalt, kein Ass von einem Reporter. Vielleicht geht mir das einfach alles zu schnell. Anfangs habe ich gedacht, Sie wissen nicht, wonach Sie suchen. Und jetzt wissen Sie bereits, was Sie finden wollen. Habe ich vielleicht irgendwas nicht mitbekommen?«

»Immer mit der Ruhe. Sie sind mir immer noch voraus.«

»Ach, wirklich? Vor ein paar Tagen war Karl noch das Opfer. Dann ist er ein Schwuler, und jetzt erpresst er jemanden. Und Sie sind ganz versessen drauf, hinter die Geschichte zu kommen. Es ist einfach nicht – richtig. Sehen Sie, ich habe mit dem Kerl gearbeitet. Er war zwar nicht gerade mein dickster Kumpel, aber er war in Ordnung. Was versuchen wir überhaupt zu beweisen? Dass hier oben ein Mörder herumspaziert?« Er deutete auf die Straße mit ihrem üblichen Gewimmel aus Lastwagen, Jeeps und den Technikern, die zwischen den Gebäuden hin und her gingen.

»Es sind schon komischere Sachen passiert.«

»Ich glaub' es nicht. Die Polizei glaubt es nicht. Was macht Sie so sicher?«

»Überhaupt nichts. Aber irgendwas stimmt an der Geschichte der Polizei nicht. Es ist das falsche Opfer.«

»Wie meinen Sie das?«

»Es war so sorglos. Untypisch für Karl. Oder ist er Ihnen vorgekommen wie jemand, der auf einen schnellen Aufriss aus ist? Auf einen Kerl in Arbeitsstiefeln?«

Mills sah ihn verwirrt an. »Warum Arbeitsstiefel?«

»Die Polizei fand Abdrücke. Finden Sie, dass das passt? Würden Sie nicht auch sagen, dass er eher der penible Typ war?«

»Glaub' schon.« Mills runzelte die Stirn und sah dann zu dem alten Schulgebäude hinüber, als wollte er sich eine Antwort aus der Luft greifen. »Früher hätte ich das wohl so gesagt. Jetzt weiß ich es nicht mehr. Diese lange gemeinsame Zeit, und jetzt zeigt sich, dass ich rein gar nichts von ihm wusste. Er war ein ganz anderer Mensch.«

»Dann erzählen Sie mir von dem *anderen* Brauner. Sie müssen mir helfen, Mills – lassen Sie mich nicht hängen. Ich muss wissen, wie er war.«

»Ich dachte, Sie hätten sich bereits eine feste Meinung gebildet.«

»Kommt es Ihnen nicht seltsam vor, dass jemand, der zwei Gefangenenlager überlebt, so sorglos mit Fremden umgeht?«

»Na, Sie wissen doch, wie's heißt – ein steifer Schwanz hat seinen eigenen Willen.«

Connolly ignorierte das. »Kommt es Ihnen seltsam vor oder nicht?«

»Doch, aber was ist hier nicht seltsam? Also gut, er war nicht der Aufreißer-Typ – er schien es nicht zu sein. Aber er war dort. Er war nicht allein. Also, wer war der andere?«

»Ich glaube, er hat sich mit jemandem getroffen.«

Mills starrte ihn wieder an. »Sie meinen, mit jemandem von hier oben.«

»Vielleicht.«

»Aber warum ist er dazu nach Santa Fe gefahren?«

»Ich weiß es nicht.« Er überlegte einen Augenblick. »Sie haben gesagt, dass er gern Begleitdienst machte – hat er an diesem Tag jemanden überwacht?«

»Nein.«

»Sind Sie sicher?«

»Ganz sicher. Es war sein freier Tag. Das können Sie im Dienstplan nachprüfen. Ich weiß es noch, weil wir an diesem Wochenende zu wenig Leute hatten. Ich habe ihn gefragt, ob er einspringt, aber er hat abgewunken.«

»Was passiert, wenn Sie zu wenig Leute haben?«

Mills zuckte die Achseln.

»Gehen sie dann ohne Schutz?«

»Nicht die mit oberster Priorität. Oppenheimer, Fermi – es gibt eine Gruppe, die verlässt den Hügel immer nur mit Leibwächter. Bei den anderen machen wir Stichproben. Wichtig ist, dass sie nicht wissen, wann sie überwacht werden, denn so müssen sie davon ausgehen, dass sie es immer werden. Es funktioniert. Bis jetzt wurde noch niemand entführt.«

»Na, ich gratuliere.«

»Oder kam in irgendwelche Schwierigkeiten. Die sind nicht die Sorte. Wissen Sie, was sie machen? Picknicks. Familienausflüge. Ab und zu ein Abendessen im La Fonda. Sie glauben doch nicht ernsthaft, dass es einer der Wissenschaftler war.«

»Warum nicht? Das würde das Geld erklären. Es sind die einzigen, die mehr als sechstausend pro Jahr verdienen – für jeden anderen wären zweihundert eine hübsche Stange.«

»Nein«, sagte Mills und schüttelte den Kopf. »Das ist lächerlich. Das sind Professoren. Eierköpfe. Die meiste Zeit haben sie ihren Kopf sowieso irgendwo in den Wolken, nicht hier unten bei uns. Sie sind nicht –« Er suchte das passende Wort. »Gewalttätig. Ich meine, das wäre wirklich das letzte.«

Connolly lächelte. »Sie bauen eine Bombe.«

»Sie sind es trotzdem nicht. Sie lösen ein Problem. So sehen sie das zumindest.«

»Schöne Umschreibung«, sagte Connolly. »Zugegeben, sie laufen nicht durch die Gegend und verprügeln wahllos Passanten. Aber wir wissen nicht, warum er erschlagen wurde. Menschen tun die unwahrscheinlichsten Sachen, wenn sie aufgeregt sind. Geben Sie wenigstens zu, dass es möglich ist, dass er hier oben einen Freund hatte?«

»Möglich ist alles.«

»Er hat sich mit jemandem getroffen. Warum nicht mit einem Freund?«

»Jetzt sind wir wieder da, wo wir angefangen haben. Warum dazu nach Santa Fe fahren?«

»Geheimhaltung vielleicht. Oder sie trafen sich gern außerhalb des Hügels.«

Mills schüttelte den Kopf. »O Gott, wie ich das hasse. Wenn's so weitergeht, denke ich bald schon so wie Sie – dann laufe ich durch die Gegend und denke ›war er es?‹. Jeden verdächtigen. Wir sind hier nicht in New York, wissen Sie.«

»Kommen Sie mir jetzt nicht mit der Kleinstadt«, sagte Connolly. »Sie sind doch ein großer Junge.«

»Aber das hier ist eine Kleinstadt – so ist es nun mal. Wissen Sie, was wir seit Anfang des Projekts an Problemen hatten? So gut wie keine. Ein paar Jungs, die durch den Zaun kriechen. Ein paar Techtelmechtel im Frauenwohnheim. Ab und zu ein Streit in der Barackensiedlung. Das klingt vielleicht verrückt, aber das ist der netteste Ort, in dem ich je gelebt habe –«

»Außer, dass es jetzt einen Toten gibt.«

»Der vierzig Meilen weit weg umgebracht wurde. Aber Ihnen passt das nicht, und deshalb muss jetzt hier oben ein Mörder frei herumlaufen. Und den schnappen wir, indem wir seine Bankunterlagen filzen. Ach«, sagte er mit einer wegwerfenden Handbewegung, »wir denken nicht richtig.«

»Das Geld können Sie nicht ignorieren. Wo hatte er es her?«

»Wenn sein Freund so reich ist, warum trug er dann Arbeitsstiefel?«

»Ein Punkt für Sie. Vielleicht haben die beiden nichts miteinander zu tun.«

Mills hob den Kopf, um etwas zu erwidern, doch dann hielt er inne, weil etwas ihn ablenkte. Sie waren zum Technischen Bereich zurückgeschlendert und standen jetzt, nachdem sie einem Jeep Platz gemacht hatten, vor dem Zaun.

Ein Mädchen in Stöckelschuhen, ihre weiße Erkennungsmarke am Pullover flatternd, stürzte mit tränenüberströmtem Gesicht am Wachposten vorbei. Vor dem Tor blinzelte sie in die spätnachmittägliche Sonne, stolperte dann, vom Licht geblendet, an ihnen vorbei und hätte Mills dabei fast umgerannt.

»Was war denn das?«, fragte Mills.

»Ärger im Paradies«, erwiderte Connolly leichthin. »Der Chef hat gebrüllt. Der Freund ist ausgebüchst. Vielleicht ist es –«

»Nein, sehen Sie«, sagte Mills und legte ihm die Hand auf die Schulter. »Irgendwas ist da los.«

Plötzlich füllte sich die Straße mit Menschen, die aus den Gebäuden strömten und unentschlossen herumstanden, als wäre drinnen eine Bombe hochgegangen. Einige Frauen hielten sich in den Armen. Andere bewegten sich in kleinen Gruppen auf die Freifläche vor dem Verwaltungsgebäude zu, unruhig und zugleich apathisch.

Mills ging zu einem Mann in einem Labormantel. »Was ist denn los?«

»Der Präsident – Roosevelt ist tot.«

Keiner sagte ein Wort. Connolly blieb die Luft weg, als hätte er einen unerwarteten Schlag abbekommen. Er war überrascht, wie viel ihm das ausmachte. Nur der Krieg sollte zu Ende gehen, nicht die Welt in ihren Grundfesten erschüttert werden. Und nun? Er stellte sich vor, wie es jetzt in Washington sein musste – Glockenläuten, betroffene Menschen im Labyrinth der Büros, das Gerede über eine neue Ordnung, die zur Unzeit hereinbrach. Die meisten Leute, die er kannte, waren wegen Roosevelt nach Washington gekommen, hatten ihr Leben an seinen Erfolgen ausgerichtet. Sie hatten erwartet, dass alles so bleiben würde. Jetzt würden die anderen aus ihren Löchern kriechen, um die Stadt zu übernehmen – es war noch nicht zu spät, auch jetzt noch nicht. Zum ersten Mal seit seiner Ankunft hier vermisste er die Stadt, das nervöse Gefühl, im Mittelpunkt der Welt zu sein, wo dauernd Telefone klingelten und alles wichtig war. Er fühlte sich plötzlich auf einem kühlen, sonnigen Plateau gestrandet, wo er ein unwichtiges Verbrechen untersuchte, während das Herz der Welt einen Schlag aussetzte.

Sie schlossen sich der Menge an, die auf das Verwaltungsgebäude zuströmte wie Kinder, die es nach Einbruch der Dunkelheit nach Hause zog. Erst als sie Oppenheimer vor die Tür treten sahen, wurde ihnen bewusst, warum sie gekommen waren. Dies hier war wie ein zweites Weißes Haus, und das unscheinbare grüne Army-Gebäude wirkte so zentral und beruhigend wie das am Lafayette Square. Lautsprecher gab es keine, und Oppenheimer hob kaum die Stimme, sodass Connolly nur wenig mitbekam. Für Sonntag sei ein Gedenkgottesdienst angesetzt. Er wisse, dass jeder schockiert sei. Er wisse, dass sie die Ideale des Präsidenten weiterführen würden. Die Worte verklangen, noch während er sie aussprach. Aber alle hingen an seinen Lippen. Oppenheimer war sichtlich erschüttert, und er fesselte die Menge allein mit der Stärke seines Mitgefühls. In Washington hatte es das lüsterne Funkeln in Roosevelts Augen gegeben, sein großzügiges Zelebrieren der Weltlichkeit, aber hier stand Oppies strahlende Intelligenz im

Mittelpunkt. Es war seine Stadt. Wenn etwas schiefging – die Wasserversorgung, ein Todesfall –, brauchten sie gar nicht zu hören, was er sagte. Seine Anwesenheit war genug.

Connolly sah sich unter den Bewohnern seiner Stadt um. Kleine ältere Männer in zweireihigen Anzügen mit weißen Haaren oder Glatzen. Krankenschwestern, Army-Helferinnen und junge Sekretärinnen mit leuchtendroten Nägeln. Frischgesichtige Doktoranden in Strickjacken und Krawatten – man konnte sich gut vorstellen, wie sie im Seminar eifrig die Hände hoben. Einige Leute weinten ungeniert, aber die meisten standen einfach nur da, wie nach einer Party plötzlich ernüchtert. Dann hatte Oppenheimer seine Ansprache beendet, er kam die wenigen Stufen zur versammelten Menge herunter, und die Leute zerstreuten sich, wollten ihn nicht noch mehr belasten.

Connolly konnte nicht aufhören, ihn zu beobachten, und als Oppenheimer den Kopf hob und seinen Blick bemerkte, wirkte er im ersten Augenblick verwirrt, bis er sich an ihn erinnerte. Er kam auf sie zu, und Connolly spürte ein merkwürdiges Hochgefühl, weil er auserwählt worden war, doch als er merkte, dass Oppie eigentlich auf Professor Weber zuging, war es ihm peinlich.

»Ja, Otto«, sagte Oppenheimer und legte Weber die Hand auf die Schulter, »ein trauriger Tag.«

Weber, der immer in Bewegung war, schien nun förmlich überzusprudeln. »Schrecklich, schrecklich. Ein Geschenk für die Nazis. Ein Geschenk.«

Oppenheimer lächelte und sah auf die Uhr. »Bei denen ist es bereits morgen. Freitag der dreizehnte. Dr. Goebbels braucht seinen Astrologen gar nicht zu befragen. Ein eindeutiges Vorzeichen, nicht?«

»Aber Robert, die Musik? Was sollen wir tun? Sollen wir den Abend absagen? Es erscheint mir respektlos.«

»Nein, Musik machen wir auf jeden Fall«, erwiderte Oppenheimer sanft. »Sollen die Nazis aus ihren Eingeweiden lesen – wir holen uns unsere Vorzeichen aus der Musik.«

Weber nickte. Und Oppenheimer, Gentleman wie immer, wandte sich nun Connolly zu. »Du kennst Mr. Connolly?«

»Ja, verzeihen Sie mir. Ich hatte Sie nicht gesehen. Wir haben uns beim Tanz kennengelernt.«

»Wie kommen Sie vorwärts?«, fragte Oppenheimer.

»Nicht schlecht.«

»Gut. Du musst ihn zu unserem Abend einladen, Otto.« Dann zu

Connolly: »Nur die Arbeit und kein Vergnügen – das kann hier wirklich zur Krankheit werden. Sie sind ziemlich gut.«

»Aber ich habe ihn schon eingeladen. Ja? Erinnern Sie sich? Bitte, kommen Sie.«

»Ich habe es vor. Wenn noch genügend Platz ist.«

»Ach, Platz ist immer«, sagte Oppenheimer. »Und die Kuchen sind noch besser als die Musik.«

»Ja, bin ich denn meschugge«, rief Weber und schlug sich auf die Stirn. »Johanna. Sie entschuldigen mich?« Er eilte davon, bevor jemand antworten konnte.

Oppenheimer zündete sich ein Zigarette an und nahm einen tiefen Zug, als wäre es Opium. »Er hilft gerne. Schnecken. Gewürzkuchen. Ich glaube, die Musik ist nur ein Vorwand. Und wie kommen Sie wirklich vorwärts?«

»Langsam. Danke für die schnelle Aktenfreigabe.«

»Ich hoffe nur, es kommt was dabei raus. Es heißt ja, aller schlechten Dinge sind drei – vielleicht finden Sie ja noch was.«

»Wären das dann drei? Ist sonst noch was passiert?«

»Nein, aber ich warte darauf. Im Augenblick ist allerdings das genaue Gegenteil der Fall. Heute hat Otto Frisch seine Versuche mit metallischem Uran 235 zum Erreichen der kritischen Masse abgeschlossen.« Er hielt inne. »Sie haben keine Ahnung, wovon ich spreche, nicht? Ist auch besser so. Ich sollte wahrscheinlich überhaupt nicht darüber reden. Es muss genügen, wenn ich sage, dass es ein wichtiger Schritt ist – die beste Nachricht seit Wochen. Und jetzt das. Da steckt sicher eine philosophische Botschaft hinter dem Ganzen, aber ich sehe sie einfach nicht.«

»Kannten Sie ihn gut?«

»Den Präsidenten? Nein, nicht sehr gut. Ich bin ihm natürlich begegnet, aber ich kann nicht sagen, dass ich ihn kannte. Er war charmant. Aber das ist nicht der Punkt.«

»Sondern?«

»Es war sein Projekt. Er hat es abgesegnet. Jetzt kann man nur spekulieren –«

»Truman war dagegen?«

»Er weiß nichts davon.«

»Was?«

Oppenheimer lächelte. »Wissen Sie, es überrascht mich immer wieder, wie überrascht der Sicherheitsdienst ist, wenn ein Geheimnis wirklich geheimgehalten wird. Nein, er weiß nichts. Niemand wusste etwas außer Roosevelt und dem Komitee. Und ich vermute, er wird ziemlich wütend, wenn Stimson ihm sagt, was er nicht wusste.«

»Heikel ist es auf jeden Fall«, entgegnete Connolly. »Aber an diesem Punkt wird er den Hahn doch nicht mehr zudrehen?«

»Wie gut kennen Sie Washington wirklich? Das Projekt hat bis jetzt fast zwei Milliarden Dollar gekostet.« Er sah, dass Connolly die Augen aufriss.

»Das ist zu viel Geld, um es zu verstecken«, sagte Connolly und dachte an seine armselige Suche.

»Nur Roosevelt konnte so etwas anordnen«, erklärte Oppenheimer. »Es musste von ganz oben kommen.«

»Dann müssen Sie jetzt als Bittsteller nach Washington?«

»Nein«, erwiderte Oppenheimer. »Ganz so drastisch wird es nicht. General Groves wird sich darum kümmern – er kennt sich in diesem verminten Gelände so gut aus wie kein anderer. Aber es ist –« Er zögerte und drückte seine Zigarette aus. »Eine Komplikation. Was wir hier treiben, ist sowieso schon ein Rennen gegen die Zeit, und jetzt wird es noch schlimmer. Es ist ein ungünstiger Zeitpunkt, um einen neuen Chef zu bekommen.«

»Das ist es immer.«

»Jetzt ist es besonders ungünstig.«

»Darf ich Sie etwas fragen? Was ist, wenn es nicht funktioniert?«

»Diese Frage stelle ich mir erst gar nicht. Es wird funktionieren.«

»Weil es muss?«

»Weil die wissenschaftlichen Grundlagen vorliegen. Es wird funktionieren. Die Frage ist, was danach passieren wird. Die Generäle werden die Bombe haben wollen. Wir werden eine völlig neue Art ziviler Kontrolle brauchen. Ansonsten wird aus unserer Arbeit hier –« Er wandte den Blick ab, als würde er plötzlich ein Selbstgespräch führen. »– eine Tragödie. Roosevelt hat das erkannt. Jetzt haben wir – wen? Irgendeinen Politiker, von dem kein Mensch je was gehört hat. Wie kann man von dem erwarten, dass er eine solche Entscheidung trifft? Wahrscheinlich ist es für ihn nichts anderes als eine riesige Handgranate.« Er unterbrach sich. »Na, hoffen wir das Beste«, sagte er und sah Connolly wieder an. »Ein bisschen Musik für die Seele. Sieben Uhr. Er wohnt am Badewannen-Weg – fragen Sie sich einfach durch. Ich hoffe nur, Sie sehen sich mein Konto nicht zu genau an. Ich komme mir vor, als würde jemand in meiner Schmutzwäsche stöbern.«

Als er ins Büro zurückkehrte, fand er eine Nachricht von Holliday, der ihn um Rückruf bat.

»Ich habe etwas für Sie«, sagte der Polizist, ohne Roosevelt auch nur zu erwähnen. Die meisten Leute auf dem Hügel hatten sich freigenommen und waren früh nach Haus gegangen. »Wir haben herausgefunden, wo Ihr Knabe an diesem Abend war. Oder zumindest sein Auto.«

»Sie haben die Bar gefunden?«

»Er war nicht beim Saufen. Er war in der Kirche.«

»Kirche?«

»San Isidro, an der Cerrillos Road. Ein mexikanisches Viertel.«

»Was hätte er in einer Kirche tun sollen? Er war Jude.«

»Ich habe ja nicht gesagt, dass er gebetet hat. Ich habe nur gesagt, dass sein Auto dort abgestellt war. Eine Gasse neben der Kirche. Nicht gerade ein Parkplatz, aber die Leute stellen dort ihre Autos ab.«

»Wie sieht die Umgebung aus?«

»Wohnhäuser. Eine Tankstelle. Keine Bars. Ruhig.«

»Und einer der Anwohner hat ihn gesehen?«

»Nein. Genau genommen war's einer meiner Männer. Sie hatten recht, man muss nur den Mund aufmachen. Er fuhr auf dem Weg zu einer Beschwerde dort vorbei und bemerkte das Auto. Hat nur nicht mehr dran gedacht, bis ich die Beschreibung ausgegeben habe.«

»Was ist ihm daran aufgefallen?«

»An einem 42er Buick? In einem mexikanischen Viertel?«

»Aber er hat nicht angehalten?«

»Parken ist dort nicht verboten. Hat sich gedacht, dass es wahrscheinlich ein Besucher ist.«

»War die Kirche offen?«

»Nicht wegen einer Messe. Hier in der Gegend werden die Kirchen nicht abgeschlossen. Und diese lockt ab und zu einen Touristen an. Es gibt dort ein altes Oratorium, das angeblich was Besonderes ist.«

»So spät abends? Wann war das eigentlich?«

»So gegen neun, ungefähr. Mein Mann bleibt da ziemlich ungenau. Wenn Sie mich fragen, dann hat er sich Zeit gelassen mit seiner Reaktion auf die Beschwerde, und das will er mir nicht auf die Nase binden.«

»Wo genau liegt das im Verhältnis zu Brauners Fundort?«

»Ziemlich weit weg, aber wenn Sie die Cerillos runterfahren und über die Brücke, sind Sie am Alameda.«

»Dann ist es also der erste Park?«

»In der Richtung, ja.«

»Gut. Und er hat Brauner gesehen?«

»Nein, nur das Auto. Es kam ihm komisch vor, so ein Auto, aber wie gesagt, er dachte, es ist ein Besucher. Sie wissen schon, ein Anglo, der dort eine Freundin hat.«

»Kommt das häufig vor?«

»Auf der ganzen Welt.«

»Sehr witzig. Aber wenn er ihn nicht gesehen hat, wissen wir nicht mit Sicherheit, ob er wirklich dort war.«

»Doch, das wissen wir. Wir haben sein Blut gefunden.«

Connolly stellte sich Hollidays Gesicht vor, wie er befriedigt den Mund zuklappte, als er das sagte. Er ließ das Schweigen einige Sekunden im Raum stehen.

»Erzählen Sie mir mehr?«

»Direkt an der Kirchenwand, unter dem Dach, ist ein Fleckchen Erde, wo anscheinend nie Regen hinkommt. Und auf dem trockenen Boden haben wir Blut gefunden.«

»Und es ist Brauners?«

»0-negativ. Dürfte eine gesicherte Schlussfolgerung sein.«

»Das heißt, Brauner wird bei einer spanischen Kirche erschlagen, seine Leiche landet im Park und sein Auto verschwindet.«

»So sieht's aus.«

»Jetzt wüsste ich nur gern, was das zu bedeuten hat.«

»Ich auch. Und wenn Sie gerade dabei sind, denken Sie auch noch mal über seine Hose nach. Das ändert einiges, finden Sie nicht auch. Das passt irgendwie nicht, ein solches Treiben bei einer Kirche. Würde man so was dort tun? Und ihn dann mit heruntergelassener Hose durch die Stadt fahren? Das ergibt keinen Sinn. Könnte sein, dass wir auf der falschen Fährte sind – Sie wissen schon, vielleicht war's gar nicht so.«

»Es war Ihre Idee.«

»Na ja, es soll schon mal vorgekommen sein, dass ich mich getäuscht habe. Ein- oder zweimal.«

»Und wie erklären Sie dann die Hose?«

»Ich kann es nicht. Noch nicht. Ich sage ja nur, es ist ein verdammt merkwürdiger Ort für Sex.«

»Na ja, es ist aber auch ein merkwürdiger Ort für einen Mord. Aber warum wurde er weggebracht?«

»Vielleicht wollte der Täter nicht, dass er so schnell gefunden wird.

Bei der Kirche wäre er sofort aufgefallen, aber im Park hätte er Tage liegen können. Na ja, einen.«

»Aber warum ihn nicht einfach aus der Stadt schaffen und verscharren?«

»Also, wenn Sie 'ne bessere Idee haben, sagen Sie's mir.«

»Haben Sie mit den Nachbarn gesprochen?«

»Sicher. *Nada*. Erstaunlich, wie wenig die Mexikaner von der Welt mitbekommen, wenn die Polizei sie danach fragt. Ich kenne kein Volk, das so früh ins Bett geht.«

»Aber warum ihn wegschaffen? Das begreife ich einfach nicht.«

»Keine Ahnung. Aber eins kann ich Ihnen sagen – aus Respekt vor der Kirche bestimmt nicht.«

6

Vielleicht war es nach Roosevelts Tod ein allgemeines Bedürfnis, oder vielleicht waren Professor Webers Soirees besser besucht, als er dachte, auf jeden Fall war sein Haus an diesem Abend übervoll. In einer Ecke des Wohnzimmers waren Notenständer aufgestellt worden, und die Menschen standen in Grüppchen den Gang entlang bis in die Küche, wo auf einem karierten Tischtuch Kaffee und Kuchen prangten. Die Luft war warm und dick von Zigarettenrauch und dem überwältigenden Geruch nach Butter, Zucker und Zimt. Connolly fühlte sich umwabert von der süßen Gemütlichkeit einer Vorkriegsbäckerei und fragte sich, woher wohl die ganzen Lebensmittelmarken stammten – tauschten vielleicht die Junggesellen ihre Markenhefte bei Frau Weber gegen diese allwöchentliche Erinnerung an ein Zuhause ein? Der Kaffee roch kräftig und aromatisch, aber nicht wenige hatten Gläser anstelle von Tassen in den Händen, und die Unterhaltung plätscherte im vertrauten Auf und Ab einer Cocktailparty. Schwangere Frauen besetzten die wenigen Polstersessel, mit Freunden, die auf den breiten Armlehnen saßen und Teller auf den Knien balancierten.

Oppenheimer war da, ein Martini-Glas in der Hand. Seine Haare waren so kurz geschnitten, dass sein Kopf ohne den Hut fast wie rasiert wirkte. Seine Frau Kitty saß neben ihm, die Beine auf dem Sofa untergeschlagen, einen Aschenbecher auf dem Schoß, aber sie achtete nicht auf ihn, sondern starrte durch den Rauch ins Leere, wie in ein Selbstgespräch vertieft. Ganz offensichtlich überließ sie sämtliche Gastgeberinnenpflichten Johanna Weber, die herumwuselte, Leute zum Essen dirigierte und Neuankömmlinge vorstellte.

»Mr. Connolly, ja, mein Mann hat mir von Ihnen erzählt. Ich bin ja so froh, dass Sie kommen konnten. Sie kennen Mrs. Oppenheimer? Kitty, Mr. Connolly.« Kitty sah zu ihm hoch, aber Johanna Weber zog ihn bereits weiter und stellte ihm jeden in der nächsten Umgebung vor. »Mr. Connolly, Professor Weisskopf, seine Frau Frieda, Mr. Connolly. Dr. Carpenter. Dr. Carpenter ist diese Woche auf Besuch bei uns –« Und so ging es weiter, eine enorme gastgeberische Gedächtnisleistung, ein Name folgte dem anderen, ohne dass ihr je einer entfiel. In Connollys Augen war ihr Talent hier auf dem Hügel vergeudet – in Washington hätte sie, mit ihrem fotografischen Gedächtnis für Namen und Beziehungen, eins der großen Häuser in Rock Creek führen können.

»Und das ist Emma Pawlowski«, plapperte sie weiter, ohne darauf zu achten, dass Emma ihr den Rücken zugekehrt hatte. »Ihr Mann Daniel.«

Connolly blieb stehen und nickte. Er war einfach zu neugierig. Pawlowski war ein freundlicher junger Mann, der sich bemühte, höflich zu sein, doch offensichtlich von Connolly noch nie gehört hatte und sein Gespräch mit Carpenter fortsetzen wollte. Seine Gesichtshaut hatte die typische Gelehrtenblässe, umrahmt von einem scheinbar beständigen Bartschatten.

»Ja, wir sind uns bereits begegnet«, sagte Connolly, als Emma sich umdrehte. Sie sah merkwürdig festlich aus, die Fingernägel und der Mund leuchtend rot, die Augen strahlend. Connolly fiel auf, dass er sie zum ersten Mal im Rock sah, sodass sie beinahe zu elegant wirkte, als hätte sie sich für eine andere Party in Schale geworfen und wäre fälschlicherweise hier gelandet.

»Und das nicht nur einmal«, sagte sie. »Sie sind ja überall.« Und dann zu ihrem Gatten, der nun doch ein leicht verwirrtes Gesicht machte. »Darling, das ist der Mr. Connolly, von dem ich dir erzählt habe. Oder nicht? Auf jeden Fall war er so freundlich, mich zu Hannah zu fahren, du musst deshalb besonders nett zu ihm sein. Er ist neu auf dem Hügel.«

»Willkommen«, sagte er mit dem flachen, ausdruckslosen Tonfall eines Menschen, der zu viele Sprachen gelernt hatte. Connolly fragte sich kurz, ob Conrad auch so geklungen hatte, zugleich polnisch und englisch, aber ohne jede Intonation. »Bei welcher Abteilung sind Sie?«

»Ach, Darling, er ist kein Wissenschaftler. Er ist bei der Sicherheit, oder so ähnlich. Es ist doch die Sicherheit, nicht?«, fragte sie mit unschuldigster Miene.

Connolly nickte.

»Aber Sie mögen Musik«, sagte Pawlowski schließlich, weil er nicht so recht wusste, was er mit ihm anfangen sollte.

»Nein, er ist hier, um uns auszuspionieren«, sagte Emma neckisch. »Absolut kein Musikgehör. Kann einen Ton nicht vom anderen unterscheiden.«

Pawlowski sah sie an und lächelte dann sanft, mit der Nachsicht eines Gatten für etwas, das er nicht verstand. Es schien genug, dass sie liebenswürdig und geistreich war – er musste es ihr nicht gleichtun, um sie dafür zu bewundern.

»Dann muss ich eben lauter spielen«, sagte er ernst, da ihm die Ironie entgangen war. Connolly betrachtete sein höfliches Gesicht und dachte an die Unzuverlässigkeit der Sprache. Er hatte bei Meitner studiert und war im KWI ein bedeutender Mann gewesen, doch im belanglosen Gespräch wurde er zu einem linkischen Teenager. Wie so viele andere musste er auf die Sprache der Wissenschaft zurückgreifen, um erwachsen zu sein.

Johanna Weber war wieder bei ihm, ein Schlepper, der ihn durch den Hafen lotste. »So laut Sie wollen, David. Sie spielen ja nie einen falschen Ton. Ganz im Gegensatz zu Otto. Aber kommen Sie, Mr. Connolly, etwas Kaffee?«

»Oder vielleicht einen Drink«, sagte Emma und hielt ihr Glas hoch. Connolly fragte sich kurz, ob das den Glanz in ihren Augen erklärte.

»Kaffee wäre gut«, sagte er, und Johanna Weber strahlte und schleppte ihn zur großen Kanne. Emma prostete ihm mit einer trägen, ironischen Geste zu.

»Hier«, sagte Johanna Weber und gab ihm eine Tasse. »Soll ich Ihnen etwas Kuchen holen?« Aber dann wurde sie von einem Neuankömmling abgelenkt, und Connolly sah, wie das alte Spiel von neuem begann, wie ein Name präzise dem anderen folgte.

Der Tag war melancholisch gewesen – hier fanden sich viele der Gesichter wieder, die er vor dem Verwaltungsgebäude ernst und kummervoll gesehen hatte –, aber die Party hatte ein Eigenleben entwickelt, und das Gewirr einander übertönender Stimmen schenkte dem kleinen

Haus so etwas wie eine schickliche Fröhlichkeit. Die Zimmer waren klein, vermittelten aber, im Gegensatz zu den anderen Wohnungen auf dem Hügel, die behagliche Atmosphäre eines Stück um Stück angesammelten Lebens. Die schweren Möbel, die Sesselschoner, die Regale voller Porzellannippes, dies alles schien aus einer Zeitmaschine zu stammen, die gestartet worden war, als die Welt noch solide, verankert und erklärbar gewesen war. Es gab weder Kakteen noch indianische Decken, noch sonst irgendetwas, das darauf hindeutete, dass sie an einem kühlen Abend irgendwo auf dem Parajito-Plateau zusammengekommen waren. Gewärmt von den Lampen, dem Hefekuchen und dem Geruch von Möbelpolitur, waren sie alle wieder im guten alten Heidelberg. Die Webers waren zu Hause.

»Zieren Sie sich nicht so«, sagte Emma, die ihm gefolgt war und einen Drink reichte. »Sie brauchen zwei von denen, bevor die anderen anfangen zu spielen.«

Er nahm das Glas und lächelte. »Sie sprechen aus Erfahrung?«

»Aus jahrelanger.«

»Was sollte denn dieses Spielchen?«, fragte er und deutete zu der Stelle, wo sie sich zuvor unterhalten hatten. »Eifersüchtiger Ehemann?«

»Daniel? Nein, das würde ihm nicht im Traum einfallen. Das war wegen Johanna. Bei der muss man auf der Hut sein. Sie geht mir auf die Nerven.«

»Eine Klatschtante?«

»Eine schreckliche, und viel Stoff wird ihr hier nicht geboten. In ihren Augen bin ich bereits verrufen.«

»Warum?«, fragte er und biss in ein Stück Kuchen.

»Vermutlich, weil ich mit den niederen Rängen umgehe. Sie ist ein entsetzlicher Snob.«

»Niedere Ränge heißt mit Leuten wie mir?«

»Na ja, sagen wir einfach, Sie sind kein Wissenschaftler. Eine Hackordnung gibt es überall, sogar hier.«

»Und mit wem gehen Sie sonst noch um?«

Sie sah ihn an und trank einen Schluck, bevor sie antwortete. »Sie reichen für den Augenblick.«

»Ihr Mann scheint sehr nett zu sein.«

»Lassen Sie das.«

»Was?«

»Lassen Sie's einfach. O Gott, da kommt sie schon wieder.«

»Ah, Mr. Connolly«, sagte Johanna Weber, als würde sie sich durch das Aussprechen seines Namens ihn in ihrem Gedächtnis einprägen. »Sie finden Anschluss, das ist gut. Emma ist Anthropologin, hat sie Ihnen das gesagt?«

»Ja, wir haben uns eben über die Anasazi unterhalten«, erwiderte Connolly.

Johanna Weber zögerte einen Augenblick, die Antwort hatte sie offensichtlich überrascht. Dann fing sie sich wieder und sagte: »Faszinierend, nicht? Emma ist inzwischen eine richtige Expertin auf diesem Gebiet.« Sie sah Emma an, wie um sie zum Widerspruch herauszufordern.

»Aber nur auf Amateurniveau«, erwiderte Emma nonchalant. Dann wurde Frau Weber von einem Neuankömmling umarmt, und sie waren wieder alleine.

»Ihr Gedächtnis ist aber auch nicht schlecht«, sagte Emma. »Dass Sie sich an die armen alten Anasazi erinnert haben. Die meisten Leute können nicht einmal den Namen aussprechen.«

»Anthropologin?«, fragte er neckisch.

»Pompöse alte Schachtel. Bei der muss jeder was Großartiges sein. Ihr Dienstmädchen ist wahrscheinlich eine indianische Prinzessin. Und Sie –«

»Dick Tracy.«

»Nein, mein Lieber, mindestens Hoover. Was bedeutet eigentlich das J in J. Edgar?«

Connolly zuckte die Achseln. »Vielleicht ist es wie das O in Louella O. Parsons. Vielleicht sind sie ein und dieselbe Person.«

Sie lachte. »Was für ein Gedanke. Nehmen Sie eigentlich überhaupt nichts ernst?«

»Alles. Freud sagt doch, dass es keine Witze gibt.«

»Ach wirklich?«

»Hm. Er hat natürlich etwas anderes damit gemeint, aber wahrscheinlich hatte er sowieso nicht viel Humor.«

»Woher wissen Sie eigentlich all diese Sachen? Und wer sind Sie wirklich?«

»Man schnappt so einiges in den Zeitungen auf.«

Sie musterte ihn. »Das glaube ich Ihnen nicht.«

»Sie sind ja auch Anthropologin«, sagte er leichthin.

»Genau. Vielleicht sind Sie mein nächstes Studienobjekt. Der geheimnisvolle Mister Connolly.«

»Geben Sie die Anasazi noch nicht auf. Das wäre zu schade.«

Sie schwieg einen Augenblick und betrachtete ihn über den Rand ihres Glases hinweg. »Erzählen Sie mir von sich«, sagte sie schließlich leise.

»Und was?«

»Na ja, wer sind Ihre Leute, wie's auf den Gartenpartys immer so schön hieß.«

»Meine Leute? Meine Mutter ist tot. Mein Vater arbeitet bei einer Versicherung und hat sein Leben damit zugebracht, Kreuzworträtsel in zehn Minuten zu lösen und sich zu ärgern, dass er für Leute arbeitete, die das nicht konnten. Er hatte jeden Penny gespart, um mich auf die Schule schicken zu können.«

»Und was ist passiert?«

»Ich habe angefangen, für dieselben Leute zu arbeiten, und jetzt ärgert er sich über mich wegen meiner Ausbildung, die er eigentlich selbst haben wollte. Es ist eine sehr amerikanische Geschichte.«

»Sie mögen ihn.«

»Er tut mir leid – das ist nicht ganz dasselbe.« Er hielt inne. »Ja, ich mag ihn.«

»Und Sie – sind Sie auch gut im Kreuzworträtseln?«

Er nickte. »War ich. Liegt wahrscheinlich in den Genen. Ich knoble gern, und ich mag es, wenn Dinge sich zueinanderfügen.«

Sie schwieg und sah ihn weiter an. Als sie dann wieder sprach, klang es beinahe wie aus dem Unterbewusstsein, so als würde es ihr in einer Trance entlockt. »Woran knobeln Sie jetzt?«

»Jetzt? Ich weiß auch nicht. Warum ich hier bin in einem Zimmer voller Trottel und Kuchen esse, anstatt mich in Okinawa umbringen zu lassen. Warum überhaupt jemand in Okinawa ist. Was die japanischen Piloten denken, wenn sie sich auf die Schiffe stürzen. Warum jemand in einem Park ermordet wurde. Was wir nach dem Krieg tun werden.« Er hielt inne und sah sie an. »Warum ich so tue, als würde ich über das alles nachdenken. Worüber ich wirklich nachdenke, ist, wie ich Sie ins Bett bekomme.«

Sie sah ihn an, als hätte er das nicht gesagt, aber je länger sie schwieg, desto realer wurden die Worte, sie hingen zwischen ihnen wie sichtbare Umrisse. Im ersten Augenblick glaubte er, er habe sie erschreckt, aber er erwiderte ihren Blick ohne Entschuldigung, entschlossen, das Spiel zu Ende zu bringen. Dann nahm sie sich, noch immer schweigend, ein frisches Glas und ging von ihm weg ins Zimmer.

Er starrte ihr nach, doch er konnte ihren Ausdruck nicht deuten und wusste auch nicht so recht, was er getan hatte, und dann wurde sie in dem überfüllten Raum von Leuten umringt und war verschwunden. Jemand am Tisch stieß an seinen Arm, das riss ihn aus seinen Gedanken, und er sah sich im Zimmer um. Die Leute aßen und redeten noch. In der Musikecke begann einer der Spieler, sein Cello zu stimmen.

»Wo ist denn nur Otto?«, rief Johanna Weber, immer noch ganz in ihrem Element als Gastgeberin. Connolly beschloss, das Badezimmer aufzusuchen, bevor die Musik begann. Im Raum war es noch wärmer geworden, und trotz der Abendkühle hatte jemand die Tür geöffnet, um die frische Nachtluft hereinzulassen. Er schob sich an einigen Rauchern im Gang vorbei und trat durch eine halb geöffnete Tür in das Schlafzimmer. Auf dem Bett stapelten sich Jacken und Mäntel, und in einer Ecke blätterten unter einer Schreibtischlampe Professor Weber und ein zweiter Mann in einem Magazin. Das Zimmer wirkte merkwürdig feierlich, wie ein stiller Zufluchtsort, und Connolly merkte, dass diese Wirkung von den Männern herrührte, die wortlos und ernst die Seiten umblätterten. Er hatte sie ganz offensichtlich gestört, aber Weber, der über die Schulter sah, nickte ihm mit automatischer Höflichkeit zu.

»Das Bad?«, fragte Connolly.

»Hier durch«, sagte Weber und deutete auf eine Tür. Und dann, noch immer höflich: »Das ist Friedrich Eisler. Friedrich, Mister Connolly.«

Beide Männer wandten sich wieder dem Magazin zu, als wäre Connolly bereits gegangen. »Ach, Friedrich«, sagte Weber, ein klagender Ausruf so voller Leid, dass Connolly erschrocken stehenblieb. Im Zimmer war es plötzlich nicht mehr feierlich. Connolly warf einen Blick auf das Magazin – es war *Life* oder etwas Ähnliches – und hielt erschüttert inne.

Er kannte Gefechtsfotos und Bilder von Schutt und verkrümmten, zerschmetterten Leichen, aber das hier war etwas Neues. Skelette, die nur noch mit einer dünnen Hautschicht überzogen waren, blickten aus absolut ausdruckslosen Augen durch Maschendrahtzaun in die Kamera. Einige trugen die schwarzweißen Streifen schmutziger Gefangenenkluft. Hinter ihnen lagen Leichen auf der Erde, einige davon so dünn, dass die Knochen die Haut zu durchstechen schienen. Auf anderen Fotos waren Leichen zu Haufen getürmt, Glieder in unnatürlichen Winkeln verrenkt, weit aufgerissene Münder. Connolly starrte sie wie gelähmt an. Kinder. Die Männer am Zaun schienen an den Maschen zu hängen, als müssten sie sich festhalten, um aufrecht stehen zu können. Auf einem weiteren Bild war eine riesige offene Grube angefüllt mit rasierten Köpfen und nackten Körpern. Alle waren tot, auch jene, die nahe am Zaun noch am Leben zu sein schienen. Ihre Augen brannten durch die Kamera hindurch. Connolly fragte sich, wer die Fotos aufgenommen hatte, wer nicht nur leblose Körper, sondern den Tod selbst auf Film gebannt hatte. Nur ein mechanischer Kasten sollte dies sehen – er stellte sich vor, wie sein Finger am Auslöser zitterte, nicht drücken wollte. Die Augen wurden ihm feucht. Sein Blick zuckte von Bild zu Bild, und er versuchte zu begreifen, aber die Welt war auf ihrer Achse leicht gekippt, die alte Ordnung war umgestoßen, und es war unmöglich, etwas so Neues zu verstehen. Auf einem anderen Bild ein zerlumpter Trupp Nazi-Wachen, auch die mit toten Augen. Ein Lagereingang. Weitere Leichenhaufen. Menschen, die in Kojen lagen, ein knochiger Arm hilfesuchend ausgestreckt. Aber alles zu spät. Auch die mit den offenen Augen waren bereits tot. Von draußen konnte er das Sägen des cellostimmenden Spielers hören und die Gespräche der Leute, und er merkte, dass sie in dem Zimmer beinahe aufgehört hatten zu atmen.

Es war eine Schande, dies zu sehen – allein schon das Betrachten machte einen zum Mitschuldigen. Und dann die Schande der vergeblichen Hoffnungen. Die letzten Wochen waren angefüllt gewesen mit Jubelnachrichten aus Deutschland. Der Rhein überschritten. Eine weitere Stadt eingenommen. Berlin in Reichweite. Gefangene, die in eine mehr als verdiente düstere Zukunft marschierten. Seit der Winteroffensive hatte der Krieg das Tempo und die Spannung eines langen Sportwettkampfes angenommen, der nun endlich gewonnen werden konnte. Die Bilder waren aufregend gewesen. Die Welt bekam wieder einen Sinn. Doch jetzt erkannte er, dass es auch dafür schon zu spät war. Er wusste nicht, was er da sah.

»Wie viele«, sagte Eisler. Es klang wie leises Psalmodieren.

»Wir wussten es und haben es doch nicht gewusst.« Sie achteten noch immer nicht auf Connolly, aber das Betrachten der Bilder hatte ihn in ihren Kreis gezogen. »Friedrich«, sagte Weber, »sie haben alle getötet.«

Eisler legte Weber die Hand auf die Schulter. Connolly sah ihn nun zum ersten Mal richtig an – ein großer, dünner Mann mit der Blässe täglicher Laborarbeit im Gesicht. Sein Hals war unnatürlich lang, der

Adamsapfel trat stark hervor, und rechts unterhalb des Kinns zeigte sich die leichte Verfärbung eines Geburtsmals. Connolly bemerkte die langen und zarten Finger, wie geschaffen und geschult für Präzisionsarbeit. Seine Haare waren ungekämmt und fielen ihm in das sanfte Gesicht.

»Sie haben gewonnen«, sagte Weber, beinahe zu sich selbst.

»Nein. Was sagst du da?«

»Sie haben alle getötet. Es ist zu spät, siehst du das denn nicht? Unsere ganze Arbeit. Wir kommen zu spät.« Er zuckte resigniert die Achseln, und in diesem Augenblick kam seine Frau ins Zimmer, um ihn zu holen.

»Schatz, bitte komm. Es wird spät.« Sie hatte kaum den Kopf zur Tür hereingestreckt und merkte deshalb gar nicht, wie sehr sie den Augenblick banalisiert hatte.

Weber stand pflichtbewusst auf und schlurfte hinaus, Connolly und Eisler blieben in verlegenem Schweigen zurück. Das Magazin noch in der Hand, saß Eisler in dem Berg aus Mänteln auf dem Bett. Connolly sah sich die Bilder noch einmal an. Das Verbrechen personalisieren, ein alter Journalistentrick. Sich auf eine Person konzentrieren – diesen Mann, der durch den Zaun starrt – um eine Geschichte aufzubauen. Doch als er das Bild anstarrte, wurde jeder körperlos. Es waren keine Menschen mehr da, nur noch Reihen leerer Augen. Dann ließ Eisler das Magazin zufallen, und er starrte die leuchtenden Farben einer Chesterfield-Reklame auf der Rückseite an.

»Was meinte er damit, wir kommen zu spät?«, fragte Connolly leise.

Im ersten Augenblick glaubte er, Eisler hätte ihn nicht verstanden, doch als er dann sprach, klang seine sanfte Stimme präzise, als hätte er sich die Antwort genau überlegt. »Wir sind hierhergekommen, um die Nazis zu besiegen. Wie Soldaten, verstehen Sie?« Er lächelte schwach. »Das war unsere Art des Kampfes. Mit unseren Rechenschiebern. Unseren Versuchen.« Seine Stimme hatte nur den Anflug eines fremdes Akzents. »Wir waren die kleinen Jungs mit den Brillen, nicht die großen mit den Stiefeln und den Armbinden. Aber wir hatten die Intelligenz. Damit konnten wir kämpfen.« Er tippte sich an die Schläfe. »Wir würden eine Bombe bauen, um alle Nazis zu töten. Eine schreckliche Sache, ja. Aber gegen die Nazis war alles erlaubt. Sogar die Bombe. Sie wollten alle töten. Und sehen Sie, jetzt haben sie es. Was sollen wir jetzt tun?«

»Der Krieg ist noch nicht vorbei.«

Eisler sah, überrascht über den Klang seiner Stimme, zu ihm hoch, und Connolly merkte, dass er nur laut gedacht und nicht zu ihm gesprochen hatte.

»Für sie ist er es«, erwiderte Eisler, stand langsam auf und gab Connolly das Magazin. »Und für den Rest von uns wird er sehr bald vorüber sein. Glauben Sie, dass die Nazis vielleicht noch eine Geheimwaffe haben? Eine neue Rakete für London? Das wäre immerhin ein Gedanke. Gelegen käme es auf jeden Fall.«

»Gelegen?«

Eisler nahm die Brille ab und wischte sie langsam mit seinem Taschentuch. »Solange es Nazis gibt, müssen wir uns keine unangenehmen moralischen Fragen stellen. Aber was sollen wir mit der Bombe tun, wenn es keine Nazis mehr gibt?«

»Ich weiß es nicht«, sagte Connolly verlegen.

»Nein«, sagte Eisler und lächelte wieder. »Keiner von uns weiß es. Manchmal frage ich mich, was wir uns gedacht haben. Vielleicht haben uns auch das die Nazis angetan. Aber Sie müssen mir verzeihen. Sie sind hier, um Musik zu hören, nicht um zu diskutieren über – ja, wie sollen wir es nennen?«

Draußen hatten sie mit der ernsten Melodie einer Bach-Suite begonnen.

»Deutsche Musik«, bemerkte Eisler trocken. »Wunderbare Musik. Wir sind schon ein außergewöhnliches Volk, das müssen Sie zugeben. Oder waren es.«

Connolly kam sich wieder vor, als würde er ein fremdes Gespräch belauschen. Eisler mochte mit Weber gesprochen haben, nicht mit einem Fremden, der ein Magazin in der Hand hielt. Sein schüchternes Gesicht schien ganz woanders hinzustarren, auf eine unsichtbare Traurigkeit.

»Irgendetwas überlebt immer«, sagte Connolly, ohne genau zu wissen, was er meinte.

»Ja, wir überleben«, erwiderte Eisler sanft und breitete die Hand aus, um auf das Haus zu weisen. »Wir sind jetzt Amerikaner. Oh, ich merke, dass Sie mich für sentimental halten. Sie haben natürlich recht. Auch das ist sehr deutsch. Aber unsere Kultur ist zu Ende. Vielleicht musste es so enden – indem wir uns selber töten. Sehr deutsch. Das Ende der Welt. Aber jetzt ist es wirklich zu Ende. Es wird keine Musik mehr geben, wissen Sie. Das ist vorbei. Nur diese Bombe ist noch übrig – unser letztes Geschenk. Ich frage mich, was sie damit machen werden.

Vielleicht werden sie auch zu Deutschen werden. Jetzt kann jeder zu einem Ungeheuer werden.«

Connolly kam sich eingesperrt vor, als wäre er in Eislers Selbstversunkenheit eingedrungen und fände nicht mehr heraus. Los Alamos war ihm erschienen wie ein übergroßer internationaler Campus, jedermanns Projekt, aber das war jetzt ohne Bedeutung. Für Eisler waren die Amerikaner, die Ungarn, die Italiener, die ganze polyglotte Gemeinschaft nichts als Zuschauer eines grausamen nationalen Dramas.

»Wenn jemand sie haben muss, dann bin ich froh, dass wir es sind«, sagte er schließlich.

Der unverblümte Pragmatismus dieser Antwort riss Eisler aus seinem Grübeln, sein trüber, in die Ferne gerichteter Blick konzentrierte sich. »Warum? Weil wir keine Ungeheuer sind? Ich sage ›wir‹. Ich bin jetzt auch Amerikaner. Aber vielleicht traue ich uns nicht so sehr. Früher vielleicht. Jetzt nicht mehr. In diesem Krieg haben wir alle gelernt, Ungeheuer zu sein. Ich frage mich, ob das eine Lektion ist, die wir vergessen werden? Ich glaube nicht.«

»Niemand hat je einen Krieg durch Freundlichkeit gewonnen.«

»Feuer mit Feuer. Soll ich Ihnen etwas sagen? Ich komme ursprünglich aus Hamburg. Sie haben bestimmt von den Brandbomben gelesen, die dort abgeworfen worden sind. Von der Zahl der Häuser. Den Docks. Sogar von den Opfern. Aber wie war es wirklich? Die meisten Leute wollen das nicht lesen. Das Feuer war so hoch, dass es allen Sauerstoff aufbrauchte. Meilen im Umkreis. Mit Rechenschiebern kann man das berechnen. Man tritt aus dem Haus, und die Lunge kollabiert. Keine Fluchtmöglichkeit. Man springt in Kanäle und wird lebendig gekocht. Man fand Leute, die versucht hatten, die Straße zu überqueren – ihre Füße blieben im geschmolzenen Asphalt stecken, und so blieben sie einfach stehen, schreiend, bis sie verbrannten. Tausende. Aber was sollen hier Zahlen? Jeder.«

Eisler starrte ihn an, als wüsste er, dass Connolly diese frühen Berichte umgeschrieben, die Statistiken des Sieges an die erste Stelle gesetzt hatte. Eine Vergeltung für London. »Wir haben den Krieg nicht angefangen«, entgegnete er töricht, ein Reflex.

»Mr. Connolly, meine Freunde in Hamburg ebenfalls nicht.«

»Das war ein englischer Angriff, vergessen Sie das nicht.«

»Jetzt betreiben Sie Haarspalterei. Tokio war der Ihre. Der war noch schlimmer, falls so etwas überhaupt denkbar ist. Was treiben wir hier –

über Abstufungen des Grauens diskutieren? Glauben Sie, es gibt eine Hierarchie des Leids?«

Connolly blieb ruhig. »Ich weiß nicht, worauf Sie hinauswollen.«

Eisler seufzte und ließ die Schultern sinken, als wollte er sich mit dem Körper entschuldigen. »Verzeihen Sie mir bitte. Ich bin nicht ganz bei mir.« Und plötzlich schien er körperlich wieder der Alte zu werden, sein Gesicht wurde sanft und empfindsam, das eines Jungen, der zu höflich ist, um jemanden zu beleidigen. Als er weitersprach, klang er konzentriert, als würde er seinen eigenen Ausbruch untersuchen. »Worauf ich hinaus will? Hm. Es tut mir leid, verstören wollte ich Sie auf keinen Fall. Vielleicht wollte ich damit nur sagen, dass Sie vorsichtig sein sollten, wenn Sie gegen Ungeheuer kämpfen. Achten Sie genau darauf, was aus Ihnen wird.«

Connolly hielt ihm das Magazin entgegen. »So etwas haben wir nie getan.«

»Nein.« Er senkte geschlagen die Stimme. »So etwas nicht. Und deshalb«, ergänzte er nun wieder versonnen, »ermöglichen sie es uns, die Bombe zu bauen. Was werden sie uns sonst noch alles erlauben?« Er senkte den Kopf, ein Zeichen des Rückzugs.

Zum ersten Mal seit seiner Ankunft in Los Alamos fühlte Connolly sich als Eindringling. Er hatte erwartet, dass die Wissenschaft über seinen Horizont ging – was in diesen Laborbaracken passierte, war eine neue Form der Alchemie, viel zu geheimnisvoll, um auf einige Formeln reduziert zu werden. Aber jetzt schien alles in ihrem Umkreis ebenso kompliziert und unverständlich, eine Menge von Fragen, auf die es keine Antwort gab. Sie waren widersprüchlich und verwiesen auf sich selbst. Sie ließen sich nicht verdrängen und verloren sich schließlich in Unbestimmtheit, in Gefilden, die so unermesslich waren wie die Theologie. Connolly bevorzugte Probleme, für die es Lösungen gab. Er löste gern das Kreuzworträtsel, klärte den Mordfall. Aber was hier vor sich ging, überwältigte ihn, er fühlte sich fehl am Platze. All diese Leute, die sanften ausländischen Wissenschaftler, die ehrgeizigen amerikanischen Jungs, lebten auf einer Ebene der Abstraktion, die so hoch und so entlegen war wie das Plateau selbst. Er wandte sich der Tür und den Klängen der Musik zu, etwas Realem.

Die Leute hörten höflich zu, manche hatten die Augen geschlossen und nickten im Takt der vertrauten Melodie. Das kleine Orchester bestand aus überdurchschnittlich guten Amateuren, die sich der Komposition mit zögerndem Respekt genähert hatten. Jetzt sprang die Musik über, die Töne vereinigten sich und schwollen an, um mit dem Licht der Lampen das Zimmer zu erhellen.

Leicht überrascht bemerkte Connolly, dass offenbar jeder im Zimmer das Stück kannte – es war ihnen so vertraut wie ein Schlager aus einer Musikbox –, und er fühlte sich erneut fehl am Platze, wie ein kleiner Junge, der seine Nase gegen die Fensterscheibe drückt. Der gewöhnlich so umtriebige Professor Weber spielte entschlossen vom Blatt und war so auf seine Noten konzentriert, dass er alles um sich herum zu vergessen schien. Neben ihm saß ein junger Amerikaner in einem bunten Pullover mit V-Ausschnitt, der mit viel Selbstbewusstsein spielte und immer wieder von seinem Instrument hoch und ins Publikum blickte. Daniel, Emmas Daniel, spielte mit sicheren und geübten Bewegungen, er hielt die Augen auf seine Geige gesenkt und schloss sie manchmal konzentriert. Connolly stellte sich ihn als kleinen Jungen vor, wie er an einem regnerischen Nachmittag übte. In Polen? Wie das wohl gewesen war? Ein guter, verantwortungsbewusster Junge. Oder wurde er von Schlägern gejagt, musste er, die schwere Schultasche in der Hand, von der Trambahn nach Hause laufen? Connollys Fantasie hüpfte mit dem Stakkato der Noten, aber eigentlich wollte er sich ihn überhaupt nicht vorstellen. Ein anständiger Mann, ein begabter Wissenschaftler – warum noch weitergehen? Wenn er den Bogen über die Saiten führte, tat er das mit der Präzision eines Chirurgen, seine Kraft lag in dem Wissen um die inneren Zusammenhänge, nicht in körperlicher Stärke. Aber was hieß das? Dass er selbstbeherrscht war oder nur, dass er an all diesen verregneten Nachmittagen eifrig geübt hatte? Zuvor hatte er schüchtern gewirkt, aber jetzt fragte sich Connolly, ob er ihn falsch eingeschätzt hatte. Und plötzlich öffnete Daniel die Augen, und Connolly musste den Blick abwenden, da ihm sein Spekulieren peinlich war. Er wollte ihn gar nicht kennen. Es war einfacher, sich über die anderen Gedanken zu machen – das hatte keine Konsequenzen. Über das vierte Mitglied des Quartetts zum Beispiel, mit seinem voluminösen zweireihigen Anzug, den slawischen Wangenknochen und den Wurstfingern, die den Bogen hielten wie eine Lanze.

Abgesehen vom gelegentlichen Klappern von Kaffeetassen war es still im Zimmer, alle hörten aufmerksam zu, und Connolly, der noch immer an der Wand lehnte, ließ sich von der Musik einlullen. Die scharfen, steigenden Töne waren verklungen, der dunkle Bass einer Cello-Passage folgte. In dem langsamen, melancholischen Zwischenspiel kehrten Connollys Gedanken zu dem Magazin zurück und dann, wie in einer Folge von Schnappschüssen, zu Eislers betrübtem Gesicht, dem Cocktail-Geplauder in der Diele, Johanna Webers Namensgedächtnis und zu Emma, die ihn stehengelassen hatte. Er sah sich im Zimmer um und versuchte, die Gesichter den Zahlenreihen der Sparkonten zuzuordnen. Sie wären beleidigt, wenn sie es wüssten, und er hätte ihnen gern gesagt, dass es nichts zu bedeuten hatte. Er fragte sich, wie viele das Magazin gesehen hatten. Es herrschte keine Trauer in diesem Zimmer, nicht einmal für den Präsidenten, der sie alle hierher gebracht hatte. Es schien eher eine Erholungspause zu sein, ein Abend mit Freunden, mit Hefekuchen und mit Musik aus einer Zeit vor dem Krieg: ein Abend aus einer Kultur, die, wie Eisler behauptete, bereits verschwunden war. War sie das wirklich? Hier in diesem Zimmer am Badewannen-Weg leuchtete sie noch.

Inzwischen hatte er sich so an die friedlichen, fast verträumten Gesichter im Zimmer gewöhnt, dass ihm Johanna Webers stumm besorgte Miene sofort auffiel. Er folgte ihrem Blick zu den Musikern. Otto Weber starrte noch immer das Notenblatt an, aber ganz offensichtlich las er nicht mehr ab – vielleicht hatte er es nie nötig gehabt. Im Spielen lauschte er seiner eigenen Musik, einer Passage von so wunderschöner Traurigkeit, dass alles andere im Zimmer zum Stillstand gekommen war. Tränen rollten ihm die Wangen hinab, als würde die Musik selbst ihm Schmerzen bereiten. Doch er hörte nicht auf zu spielen. Sein Gesicht war regungslos, nicht vom Gefühl verzerrt, sodass die Tränen von ganz woanders zu kommen schienen, aus einem Kummer, der so geheim war, dass er nicht einmal merkte, wie er ihn preisgab. Connolly konnte den Blick nicht abwenden. Einige andere hatten es nun ebenfalls gemerkt und sahen sich bestürzt um. Die Musik hörte nicht auf, schien im Gegenteil noch lieblicher zu werden, und die Tränen rollten still und ungewollt. Was glaubten sie wohl, was los war? Ließ sich Weber, der überbordende Gefühlsmensch, häufig von der Musik so mitreißen? Aber niemand wirkte, als wäre dies normal. Es war etwas passiert. Wie sollte man sich jetzt verhalten? Hilfe anbieten? Oder so tun, als wäre alles in Ordnung? Niemand rührte sich, und niemand, das sah jetzt Connolly, erkannte, dass dies eine tiefere Trauer war, die sich mit konventioneller Höflichkeit nicht hätte lindern lassen. Sie hatten das Magazin nicht gesehen. Sie wussten nicht, dass er für die Toten spielte.

Die gemütliche Wärme wirkte nun plötzlich erstickend, und Connolly musste sich zusammennehmen, um nicht aus dem Zimmer zu stürzen. Er wollte nicht in Europa sein mit all dem Nippes und den schweren Möbeln und den nicht wiedergutzumachenden Fehlern. Bald würden sie alle mit den Tränen kämpfen, und er würde ersticken. Doch dann spürte Weber das Unbehagen im Publikum, er hielt kurz inne, wischte sich das Gesicht und setzte bei der nächsten Strophe präzise im Takt wieder ein. Für jene, die nichts bemerkt hatten, hätte er sich ebenso gut Schweiß wegwischen können. Connolly sah, dass die anderen sich entspannten. Oppenheimer starrte Weber quer durchs Zimmer verwundert an, unverhüllt neugierig auf etwas, das er nicht verstand. Eisler senkte, die Hände an den Seiten, den Kopf. Nur Johanna Weber, in deren Augen unvergossene Tränen glänzten, begriff, dass etwas Wichtiges passiert war. Entweder aus blinder Treue oder aus geteiltem Leid suchte sie, quer durchs Zimmer und ohne auf die anderen zu achten, den Blickkontakt zu Weber, und Connolly merkte, dass er sie falsch eingeschätzt, dass er, zu konzentriert auf ihr Auftreten, die Frau dahinter übersehen hatte. Plötzlich kam ihm der Gedanke, dass er sie alle hier nicht verstand, nicht ihr Zauberwerk und ihre schrecklichen Geschichten. Wie viele in diesen Lagern hatten die Webers gekannt? Im Zimmer war es stickig und er fühlte sich fehl am Platz. Leise und unbemerkt huschte er durch die Tür, und die Musik folgte ihm hinaus in die Nacht.

Er atmete tief die frische, überraschend kalte Luft ein und sah zum Himmel hoch. In der Höhenluft von Los Alamos waren die Sterne immer wunderbar, aber an diesem Abend leuchteten sie in einer spektakulären Fülle, Unmengen, wie ausgestreut für die Musik.

Sie stand, in eine Strickjacke gehüllt und die Arme gegen die Kühle vor der Brust verschränkt, an der Hausecke und rauchte eine Zigarette. Das schwache gelbe Licht vom Fenster hielt ihr Gesicht im Dunkeln. Sie sah sich schnell über die Schulter, als sie ihn hörte, und drehte sich dann, nicht überrascht, wieder um. In diesem Augenblick schien alles ruhig zu sein auf der *mesa,* es gab weder Abgasschwaden noch knirschende Getriebe, und die Musik strömte aus dem Haus, als würde sie im Freien gespielt.

Sie fröstelte und nahm einen tiefen Zug, sodass die Spitze ihrer Zigarette orange aufglühte.

»Es könnte dieses Wochenende schneien«, sagte sie mit leiser, aber deutlich vernehmbarer Stimme, kein Flüstern.

»Mögen Sie die Musik nicht?«

»Ich liebe die Musik. Ich schaue nur nicht gern zu. Sie sind so – intensiv. Ich halte das nicht aus.«

»Wird er es nicht bemerken?«

»Nein.«

Als seine Augen sich an das trübe Licht gewöhnt hatten, erkannte er, dass sie ihn direkt ansah und der Wortwechsel nur ein Vorwand für diesen anderen Kontakt war. Sie warf ihre Zigarette auf den Boden.

»Feuergefahr«, sagte sie und trat die Kippe aus. »Blöde Feuergefahr. Was ist mit Ihnen?« Sie nickte in Richtung Haus. »Schon gelangweilt?«

»Nein. Nur unruhig.«

Sie sah ihn interessiert an.

»Ich weiß auch nicht«, sagte er. »Mir ist das alles zu hoch.«

»Dabei haben Sie vor ein paar Minuten noch so selbstsicher gewirkt. So was sagt man doch nicht so einfach zu einem x-beliebigen.«

»Ich hab's keinem x-beliebigen gesagt. Ich hab's Ihnen gesagt.«

Sie schwieg und betrachtete nur sein Gesicht. Schließlich lehnte sie sich an die Wand und ließ ihn näherkommen.

»Und was tun wir jetzt dagegen?«, fragte sie.

»Was wollen Sie tun?«, entgegnete er, und sein Gesicht war dem ihren so nahe, dass er ihren Atem auf seiner kalten Wange spürte.

»Ich weiß es nicht«, sagte sie mit einer Aufrichtigkeit, die schon beinahe eine Provokation war.

Er beugte sich vor und drückte ihr die Arme an den Körper, und als sie sich nicht wehrte, küsste er sie, presste sie zärtlich an die Wand, kostete sie.

»Nicht«, sagte sie, aber rührte sich nicht, sondern ließ sich noch einmal küssen.

»Warum nicht?«, erwiderte er, und seine Worte waren Küsse, die er auf ihren Hals hauchte.

»Weil nichts Gutes dabei rauskommt«, sagte sie, eine Floskel, um den Zauber zu brechen.

»Doch, wird es«, erwiderte er, den Mund noch immer an ihrem Hals.

»Ja.« Dann öffnete sie den Mund und erwiderte seinen Kuss, schlang die Arme um ihn und drückte ihn an sich, bewegte ihre Zunge im Einklang mit seiner.

»O Gott«, flüsterte sie. »Nein, wird es nicht. Überhaupt nichts Gutes.«

»Woher willst du das wissen?«, sagte er und drückte sie erregt an sich.

»Das tut es nie.« Sie lehnte ihr Gesicht an seine Brust. »Nie.«

Aber er hörte gar nicht zu, ihre Worte waren nur eine Art Singsang, ein Rhythmus. Er küsste sie fester und zog ihren Körper an sich. Doch dann riss sie sich von ihm weg, atmete durch, schüttelte den Kopf.

»Nein«, flüsterte sie und stieß sich von der Wand ab. Einen Augenblick glaubte er, sie verloren, sie verscheucht zu haben. Er packte ihren Arm, zog sie wieder zu sich, doch als er ihren Blick sah, den Zorn über seine Gewalt, löste er den Griff und streichelte ihr die Wange. Er strich ihr über die Haare, und sie drückte erschauernd ihr Gesicht in seine Hand und senkte, etwas ruhiger geworden, den Kopf.

»Ich will mit dir schlafen«, sagte er.

Sie nickte.

Er beugte sich vor und küsste sie noch einmal, sanfter diesmal. »Seit dem ersten Abend.«

Sie nickte noch einmal. »Nicht hier. Nicht auf dem Hügel. Hier will ich es nicht«, sagte sie.

»Wo?«

»Ich weiß nicht. Ich lasse mir was einfallen«, ergänzte sie schnell.

»Ich fahre mit dir weg«, flüsterte er und küsste sie noch einmal. »Mit meinen Bezugsscheinen.« Aber als er sie ansah, wirkte ihr Blick betroffen, als wäre sie bereits eines schrecklichen Verbrechens für schuldig befunden worden.

»Ja«, sagte sie und erwiderte seinen Blick. »Fahr mit mir weg.«

»Wohin du willst.«

»Wohin ich will. Wir fahren weg.«

Er küsste sie, eine Versicherung.

»Aber bitte, geh jetzt nach Hause«, sagte sie. »Nicht mehr. Ich kann nicht.«

»Na gut«, erwiderte er leise und drehte sich um, ging vom Haus weg zu der dunklen Straße. Er hörte wieder die Musik. Plötzlich fasste sie seinen Arm, drückte sich an ihn und zog sein Gesicht herunter.

»Du machst, dass es gut wird, nicht?«

Er sah sie an und nickte. »Du glaubst, dass du mit mir ein furchtbares Risiko eingehst, hm?«

Sie schwieg.

»Vielleicht bin ich besser, als du denkst.«

»Mir ist es egal«, sagte sie.

Mills wartete auf ihn, als er nach Hause kam, er lag auf dem schmalen Bett, die Arme hinter dem Kopf verschränkt, und schwieg.

»Fühlen Sie sich wie zu Hause«, sagte Connolly, der ziemlich überrascht war, ihn zu sehen.

»Danke. Aber Sie haben noch nicht viel dafür getan, was?«, entgegnete er, stand auf und sah sich in dem kargen Zimmer um. »Sieht aus, als wäre Karl noch immer da.«

»Ich hatte nicht vor, lang zu bleiben.«

»Das hat keiner von uns.«

»Haben Sie was auf dem Herzen, oder ist das nur ein Höflichkeitsbesuch?«

»Sehen Sie sich das mal an«, sagte Mills und zog ein Blatt Papier aus seiner Jacke. »Ich war vorhin noch mal im Büro. Der Film war zu schlecht – Lee Tracy und Nancy Kelly. Japanische Spione und der Panama-Kanal. Ich finde, es ist ein bisschen spät für den Kanal, meinen Sie nicht auch? Da fragt man sich, wer sich so was ausdenkt.«

Connolly brachte ihn mit einem Blick zum Schweigen.

»Also bin ich ins Büro zurück, um mir noch ein paar Akten anzuschauen, und da ist mir das hier aufgefallen. Ist wahrscheinlich nichts, aber Sie haben doch gesagt, Sie wollen alles Interessante sehen.«

Connolly überflog die Zahlen. »Zwei Abhebungen über fünfhundert Dollar. Das ist eine Menge Geld. Wer?«

»Das ist das Komische daran. Oppenheimer.«

Connolly warf noch einen Blick auf das Papier und gab es ihm zurück. »Dann suchen Sie besser weiter.«

»Ich habe mir gedacht, dass Sie das sagen werden.«

»Und das heißt?«

»Nichts. Ich glaube nur, dass sie unter einem Bann stehen. Ich kenne die Symptome.«

»Was für ein Bann?«

»Unser großer Führer. Diese blauen Augen. Dieser brillante Verstand. Ich kenne das alles.«

»Mills, haben Sie getrunken?«

»Ja, wenn Sie es genau wissen wollen. Aber so viel nun auch wieder nicht. Verdammt, ich glaube ja auch nicht, dass er es ist – ich glaube, dass es keiner von denen ist. Ich hatte nur gehofft, dass wir diese Kontensache abblasen. Aber nur aus Neugier, werden Sie ihn deswegen zur Rede stellen?«

»Ja.«

»Das wird ihm gefallen. Also, Mut haben Sie, das muss ich zugeben. Cäsars Frau zu verhören.«

»Nur, dass er Cäsar ist.«
»Das sollte man sich mal durch den Kopf gehn lassen«, sagte Mills.

Es schneite wirklich übers Wochenende, und die Erde war mit dem trockenen, pulverigen Schnee der Hochwüste bedeckt, als man am Sonntag zur Gedenkfeier zusammenkam. Es war kalt, aber die Sonne schien hell und funkelte auf dem Schnee, sodass der Morgen von einem unnatürlichen Glanz erfüllt war. Die Fahne vor der Fuller Lodge wehte auf halbmast, und Oppenheimer hielt in der Aula eine Ansprache, doch nicht mehr mit der hastig heraufbeschworenen Rührung vom Freitag, sondern mit einstudierter Rhetorik. Ganz Los Alamos, so schien es, war zu diesem letzten Gruß erschienen, und Connolly kam sich vor, als würde er eine Parade von Verdächtigen mustern. Es war absurd. All diese freundlichen, wohlmeinenden Gesichter – vermutlich war nicht einmal ein Verkehrssünder darunter. Er sah sich die Männer an, die, in eleganten Mänteln und glänzenden Schuhen, angezogen waren wie für einen winterlichen Sonntagsausflug in Wien. Einige Frauen trugen Hüte. Es waren auch Kinder dabei, die eine feierlich ernste Mienen aufgesetzt hatten. Oppenheimer zitierte aus der Bhagavadgita. »Der Mensch ist ein Wesen, dessen Substanz der Glaube ist. Was sein Glaube ist, ist er.« Roosevelts Glaube, der Glaube, den sie alle teilten, sei der an eine bessere Welt. Seine Stimme klang einfach und unaffektiert. Es herrschte eine ehrfürchtige Stille im Saal.

Konnte Oppenheimer wirklich etwas mit der Sache zu tun haben? Würde Cäsar nicht alles opfern, um zu gewinnen? Aber was hätte Karl für ihn so wichtig machen können? Die Antwort lautete, er war es nicht gewesen. Vielleicht hatte Mills recht – wenn man erst einmal anfing, besudelte man alles mit Argwohn, bis niemand mehr unschuldig war. Es gab immer etwas, auch wenn es ohne Bedeutung schien und nur auf sich selbst verwies. Sie jagten Schatten.

Während Oppenheimer sprach, ließ Connolly den Blick schweifen. Sie saß am Mittelgang, drei Reihen vor ihm, den Kopf aufmerksam der Bühne zugewandt. Ihre Haare waren offen und reflektierten den Glanz des Schnees, der durch die Fenster fiel. Sie hielt die Schultern gerade, und er stellte sich vor, wie er sie umfasste, ihre Wärme unter seinen Fingern spürte, und wie sie erschlafften, wenn ihre Körper sich einander näherten. Ihre Haut würde wie Alabaster sein. Noch während er Worten über die Bedeutung von Führerschaft und über die Suche nach einer besseren Welt lauschte, sah er das zerwühlte Bett, ihr

Körper kaum verhüllt von einem zerknitterten Laken, ihre Heftigkeit unter seinen Händen schmelzend, ihre Haut feucht vom Schweiß, nass für ihn. Und plötzlich, als hätte sie in seinen Gedanken gelesen, drehte sie sich um und sah ihn an, ein unverstellter Blick, mit einer Vertrautheit, als wären sie bereits Liebende. Es kam völlig unerwartet für ihn, und einen kurzen Augenblick lang wollte er davonlaufen, bevor es zu spät wäre, zurückeilen nach Washington und sie alle allein lassen mit ihrem unlösbaren Mord, ihren unmöglichen moralischen Fragen und den Affären, aus denen – natürlich hatte sie recht – nichts Gutes herauskommen konnte. Aber dann spürte er das Pochen seiner Erektion, und er wusste, dass er jetzt nicht mehr weggehen würde. Der Mordfall würde sich irgendwie selbst lösen, und die moralischen Fragen würden sich ins Ungewisse verflüchtigen, wie sie es immer taten, und er würde sie besitzen. Immer und immer wieder. So klar und einfach war das.

Als alle aufstanden, merkte er verlegen, dass er immer noch steif war, und er hielt sich den Mantel vor. Die Leute verließen still den Saal. Als sie an der Seite ihres Gatten an ihm vorbeiging, wechselten sie nur einen Blick. Bemerkte irgendjemand in dieser ernsten Menge, dass ihre Augen strahlten? Sie mussten sie gesehen haben, gesehen, dass sie erregt waren. Aber niemand beachtete sie, und er fühlte, dass für sie das Geheimnis ein Teil der Erregung war.

Draußen standen sie in kleinen Gruppen beieinander, wie Kirchgänger nach dem Gottesdienst, und um weitere Blickkontakte mit ihr zu vermeiden, unterhielt Connolly sich mit Pawlowski.

»Ich hatte noch keine Gelegenheit, Ihnen zu sagen, wie sehr mir die Musik gefallen hat«, sagte er. »Spielen Sie diese Woche auch wieder?«

»Ich nicht, fürchte ich«, erwiderte er höflich.

»Aber Sie waren sehr gut.«

»Nein, das ist es nicht«, warf Emma dazwischen. »Daniel wird nicht hier sein. Er hat anderweitig zu tun.«

Ohne sie anzusehen, spürte er einen Stich der Erregung, als hätte sie ihn berührt, sich ihm erklärt.

»Emma, du sollst doch nicht –«

»Oh, tut mir leid, Darling. Aber er ist doch von der Sicherheit. Da ist es doch in Ordnung, nicht?«, ergänzte sie, zu Connolly gewandt, und er drehte sich ihr zu. Während Daniel noch die Floskel anfügte, dass die anderen Spieler ganz gut auch ohne ihn auskämen, sah er sie zum ersten Mal wieder an. Willst du das wirklich?, fragte ihr Blick. So wird es nämlich sein. Die Codewörter. Sex wäre nur der Anfang. Während er sich nur diese Nachmittage vorstellte, hatte sie bereits gesehen, was kommen würde, all die Komplikationen, die Heimlichkeiten und Tricksereien und, dass sie wahrscheinlich zum Scheitern verurteilt waren wie die Japaner im Kino, die für nutzlose Pläne des Panama-Kanals alles riskierten. Ja, ich will es, dachte er.

7

Aber es war nicht Emma, die er in dieser Woche fahren sollte, es war Oppenheimer.

»Haben Sie eine Ahnung, warum er mich verlangt hat?«, fragte er, verärgert über diese Komplikation.

Mills zuckte die Achseln. »Vielleicht unterhält er sich gern mit Ihnen. Mit mir tut er's nicht. Auf jeden Fall müssen Sie das hier tragen«, sagte er und gab ihm eine Pistole.

Connolly nahm sie zögernd entgegen. Er hatte schon Waffen in der Hand gehabt, aber immer mit dem Gefühl, dass sie gleich losgehen würden. »O Gott, erwartet man wirklich von mir, dass ich die auch benutze?«

»Ich dachte, Sie sind so ein knochenharter Reporter.«

»Das ist Winchell. Ich gehe nur zu Pressekonferenzen und verriegle abends meine Tür.«

»Sie wissen doch, wie man sie benutzt, oder? Ich meine, Sie brauchen keine Einführung oder so?«

»Ich werd's schon schaffen.«

»Denken Sie nur immer an den Sicherheitsriegel. Aber da Sie sowieso nur die Kugel abfangen sollen, ist's eigentlich egal.«

»Wie abfangen?«

»Vorwiegend durch Sterben. Werfen Sie sich vor Oppie und tragen Sie so Ihr Scherflein zum Krieg bei.«

»Können wir nicht einen anderen schicken?«

»Haben Sie was Besseres vor?«

Connolly sah ihn an und fragte sich, ob Mills irgendetwas vermutete. War sie zu sehen? Seine Erregung? Wie ein priapisches Erröten? Aber es war offenbar nur sarkastisch gemeint gewesen.

»Machen Sie einfach die Konten fertig, okay? Und Holliday könnten Sie mal anrufen. Der lässt die Zügel schleifen, wenn man ihn nicht ab und zu anstupst. Wo fahre ich überhaupt hin?«

»Nach Süden. Zum Testgelände.«

»Hab' gar nicht gewusst, dass es so was gibt.«

»Wurde im Dezember eingerichtet. Anscheinend wird da was Größeres vorbereitet, in letzter Zeit gab's nämlich ein ziemliches Hin und Her. Versuchen Sie, das Mittagessen zu umgehen, wenn Sie können.«

»Warum?«

»Es ist Antilope. Die Mannschaften dort haben nichts anderes zu tun als Klapperschlangen und Antilopen zu schießen und sie zu grillen – die Antilopen. Sie sagen, es schmeckt wie Rindfleisch, aber denen hat die Sonne das Gehirn verdorrt. Es schmeckt wie Antilope.«

»Wie weit ist das Gelände eigentlich weg?«

»Ungefähr zweihundert Meilen.«

»O Gott, das dauert ja den ganzen Tag.«

Mills grinste und gab ihm einen mit einem großen T gestempelten Passierschein für das Testgelände. »Vergessen Sie nicht, ihn nach dem Geld zu fragen.«

Und genau das war das erste, worüber sie sprachen.

»Ich hoffe, Sie haben nichts dagegen«, sagte Oppenheimer, als sie im Morgenlicht die Serpentinenstraße hinunterfuhren. Er saß vorne, wie er es gewünscht hatte, und wollte sich ganz offensichtlich unterhalten. »So haben wir die Gelegenheit, ein bisschen was nachzuholen. Irgendwelche Fortschritte? Verdächtige?«

»Nur Sie.«

»Wie bitte?« Oppenheimer drehte sich zu ihm um und sah ihn mit hochgezogenen Augenbrauen an. Er schien das Ganze für einen Witz zu halten.

»Warum haben Sie in diesem Winter im Verlauf von drei Monaten tausend Dollar abgehoben?«

Oppenheimer schwieg einen Augenblick und zündete sich eine Zigarette an. »Das geht Sie nichts an.«

»Wenn Sie es sagen.«

»Das tue ich.«

»Dann verlasse ich mich auf Ihr Wort.«

Oppenheimer sah zum Seitenfenster hinaus und rauchte. Schließlich sagte er: »Das müssen Sie aber nicht. Es ist zwar persönlich, aber vermutlich nicht geheim. Mir sind keine Geheimnisse mehr gestattet.«

»Es tut mir leid. Ich hatte nicht die Absicht –«

»Nein, Sie tun ja nur Ihre Arbeit«, sagte er. »Also los, fragen Sie schon.«

»Was haben Sie mit dem Geld gemacht?«

»Zwei Postanweisungen ausgestellt und die einer alten Freundin geschickt, die das Geld brauchte.«

»Warum?«

»Sie ist in psychiatrischer Behandlung. Und sie ist pleite. Wir nennen so etwas einen Kredit.«

»Nein, ich meine, warum eine Postanweisung?«

»Wie sonst? Wir haben hier oben keine Schecks. Das wissen Sie doch.«

»Haben Sie die Quittungen noch?«

»Ja.«

»Weiß Ihre Frau davon?«

»Ja.« Er hielt einen Augenblick inne. »Sie haben vielleicht Nerven, wissen Sie das?«

»Sie haben die Überprüfung genehmigt.«

Oppenheimer seufzte. »Ja ja, keine gute Tat bleibt ungesühnt. Ich habe nicht im Traum daran gedacht, dass Sie sich mein Konto auch ansehen wollen. Mein eigener Fehler. Natürlich würden Sie das tun. Ich bin der offensichtlichste Kandidat, um jemanden im Park zu erschlagen. Ist es Ihnen eigentlich jemals peinlich, wenn Sie so etwas tun?«

Connolly schaltete herunter. »Ich fühle mich jetzt nicht gerade gut, wenn Sie das meinen.«

Oppenheimer seufzte noch einmal. »Nein, natürlich nicht. Und ich sollte mich entschuldigen für meinen Ton, und das schiebt mir wieder den Schwarzen Peter zu, obwohl Sie es doch waren, der die Fragen gestcllt hat. Intcrcssant, wic wir uns sclbcr ganz konfus machcn, nicht?«

»Also, tun Sie es nicht meinetwegen. Sehen Sie, ich versuche ja nur, Sackgassen zu eliminieren. Ich wollte nicht in Ihr Privatleben eindringen. Vergessen wir es einfach.«

»Aber was haben Sie denn geglaubt, was es bedeutet? Wonach suchen Sie denn? Was soll das Ganze?«

»Brauner kam vor seinem Tod zu etwas Geld. Vielleicht hat er jemanden erpresst. Vielleicht auch nicht. Ich will herausfinden, woher er es hatte.«

»Und das hat Sie auf den Gedanken gebracht, dass er mich erpresste?

Aber weswegen denn? Glauben Sie, es gibt noch irgendetwas, was die Regierung von mir nicht weiß? Vielleicht sollten Sie einmal erleben, wie es ist, auf der anderen Seite der Sicherheitsüberprüfung zu stehen. Ihre linken Freunde. Ihre rechten Freunde – na ja, so weit es solche gibt. Ihre alten Freundinnen. Ihre jüdischen Freunde. Ihre Studenten. Einen Krankenwagen für Spanien? War das politisch motiviert? Warum haben Sie in Deutschland studiert? Wie viel trinken Sie? Haben Sie Loyalitätskonflikte? Mein Gott, wer hat die nicht?«

»Ich habe gesagt, vergessen wir es.«

»Karl wusste nichts über das Projekt.«

»Daran habe ich überhaupt nicht gedacht.«

»Woran dann?«

»Er war homosexuell. Das kann ziemlich heikel sein.«

»Oh«, sagte Oppenheimer und lachte dann. »Also, das muss ich Ihnen lassen – das ist eine Frage, die man mir nie gestellt hat. Notieren Sie sich das für meine Akte? Soll ich es offiziell abstreiten?«

»Ich notiere mir überhaupt nichts.«

»GGs Gesicht möchte ich sehen, wenn er das hört«, sagte er, noch immer belustigt.

»Sie hätten es ja für jemand anderen tun können. Einen Freund. Jemand, der das Geld brauchte.«

Oppenheimer sah zu ihm hinüber. »Nur die eine«, sagte er, und damit war für ihn das Thema abgeschlossen.

Ein Weile fuhr Connolly schweigend. Im Tal war die Luft wärmer. Sie hatten die Pinien- und Wacholderhügel hinter sich gelassen und fuhren jetzt durch salbeibewachsenes Ödland. Oppenheimer hatte einige Unterlagen aus seiner Aktenmappe gezogen und bearbeitete sie auf seinen Knien, wobei er hin und wieder seine Zigarette durchs Seitenfenster aschte. Normalerweise hätte Connolly das Radio angedreht, aber er war viel zu interessiert an Oppenheimer, um auch nur daran zu denken. Jeder andere bekam fünfzehn Minuten, und er hatte Stunden mit ihm.

»Was haben Sie gemeint, als Sie sagten, dass er keine Ahnung von dem Projekt hatte?«, fragte er.

Oppenheimer sah von den Papieren hoch. »Er wusste nichts, das es hätte gefährden können«, erwiderte er bedächtig. »Das konnte er nicht. Nur ein Wissenschaftler könnte so etwas wissen.«

»Soweit ich weiß, hat er gern herumgeschnüffelt. Vielleicht wusste er mehr, als Sie glauben.«

»Er hätte das Wichtige nicht vom Unwichtigen unterscheiden können. Die Grundprinzipien waren schon vor dem Krieg vollkommen klar, müssen Sie wissen – und jeder Physiker, der etwas taugt, versteht diese Prinzipien. Jemand wie Heisenberg weiß viel mehr. Worum es jetzt geht, ist die Mechanik. Ein Laie könnte das gar nicht unterscheiden. Er wüsste einfach nicht, wonach er suchen sollte. In dieser Hinsicht ist die Kompliziertheit des Projekts auch seine Sicherheit.«

»Wenn man nicht weiß, wonach man suchen soll, sieht man sich alles an.«

»So wie Sie bei Ihrem Projekt.«

Die Schnelligkeit dieser Erwiderung überraschte Connolly. »Wo ist denn da ein Zusammenhang?«

»Genau so funktioniert die Wissenschaft. Man stellt Hypothesen auf, man stellt Zusammenhänge her, und wenn alles passt, beweist man damit die Ausgangshypothese. Machen Sie es denn nicht so?«

»Ich habe bis jetzt noch keine Hypothese aufgestellt.«

»Doch, Sie haben schon eine Hypothese, wo Sie suchen müssen«, erwiderte er mit ironischem Unterton. »Wo würden Sie anfangen zu suchen, wenn Sie etwas über unser Spielzeug herausfinden wollten?«

Die Frage wirkte wie der Eröffnungszug eines Schachspiels. Connolly, der sich der Spielsituation sofort bewusst war, zog seine Figur. »Wo ich anfangen würde? In Ihrer Aktenmappe.«

Oppenheimer sah ihn anerkennend an und lächelte dann. »Sie würden enttäuscht sein. Das da«, sagte er und hob beiläufig den Stapel Papiere in die Höhe, »würde Ihnen nur zeigen, wie verkorkst unsere Bürokratie ist.«

»Beschissen«, korrigierte ihn Connolly.

»Wie Sie meinen«, sagte Oppenheimer vergnügt. »Warum auch ein Blatt vor den Mund nehmen? Was würden Sie zum Beispiel davon halten?« Er hielt ein Blatt in die Höhe. »Das ist von Bainbridge – ein guter Mann, der Leiter von Trinity.«

»Und das ist?«

»Wo wir hinfahren. Das Testgelände. Er will es offiziell Projekt T nennen. Aber wie sich zeigt, nennt die Verwaltung es A, und Mitchell von der Beschaffung nennt es T, adressiert aber das Material an S-45,und letzte Woche wurde daraus Projekt J, um Verwechslungen mit Gebäude T oder Anlage T zu vermeiden, aber die Leute nennen es trotzdem T, weil die Passierscheine mit T gestempelt sind, und er will deshalb bei T bleiben.«

»Und Sie?«

»O ja. Ich richte mich ganz nach Ken. Hier ist noch eins. Das Beschaffungsamt will eine neue Prioritätenliste aufstellen. Bis jetzt haben wir X, A, B und C, wobei X erste Priorität hat. Sie wollen jetzt X in XX, X1 und X2 aufschlüsseln.«

»Was ist XX? Eilzustellung?«

»So in der Richtung. Die Bestellung geht direkt ans War Production Board, das dann von jedem beliebigen Punkt der Erde ein Frachtflugzeug losschickt.«

»Und Sie werden dem zustimmen?«

»Natürlich. Wir können es uns nicht leisten, auf Material zu warten, während die Verwaltung sich über Prioritäten streitet.« Da war er wieder, der Stahl in der Stimme, die arrogante Bereitschaft, sich über alles hinwegzusetzen. »Es ist natürlich einfach, sich über diesen Alphabet-Quark lustig zu machen. Das Problem ist nur, dass es eigentlich wichtig ist. Jedes Detail. Alles ist für irgendjemand wichtig.«

»Über wie viel Material reden wir eigentlich?«

Oppenheimer seufzte und zündete sich eine neue Zigarette an. »Im Depot werden ungefähr fünfunddreißig Tonnen pro Tag umgeschlagen. Und etwa fünf Tonnen davon gehen aufs Testgelände.«

»Fünf Tonnen pro Tag?« Connolly war verblüfft.

»Ja«, sagte Oppenheimer. »Mehr oder weniger. Alles von Bier bis zu – na, alles eben.«

»Aber das muss ja riesig sein. Wie versteckt man etwas so Großes? Ich habe heute das erste Mal von dem Gelände gehört.«

»Ja«, sagte Oppenheimer lächelnd, »und Sie sind bei der Sicherheit. Na ja, Sondereinheit. Ich wundere mich ja selbst oft. Wissen Sie, als wir das Gelände aufbauten, brauchten wir unsere eigene Wellenlänge für unseren Kurzwellenfunk, und was wir durch Zufall bekamen, war die, die sie auf den Frachthöfen von San Antonio benutzen. Die konnten uns hören, aber ich glaube nicht, dass sie kapiert haben, worum's geht. Die Telefonleitungen haben wir über Albuquerque und Denver gelegt, damit niemand einen Zusammenhang zum Hügel herstellen kann. Ausgeklügelte Sicherheitsmaßnahmen. Trotzdem müssen wir das Zeug vom Hügel dorthin transportieren, da führt kein Weg dran vorbei. Also schicken wir die Lastwagen jeden Tag erst nach Einbruch der Dunkelheit los, und wissen Sie was, ich glaube, bis jetzt hat noch keiner was bemerkt. Es ist, wie ich gesagt habe, man muss wissen, wonach man sucht.«

Er lächelte, als hätte er eben einen eleganten Beweis für seine Formel geliefert.

»Vielleicht«, sagte Connolly. »Andererseits kann man auch Glück haben. Ich habe soeben Informationen über die Größe des Projekts, die Codenamen, die Telefonverbindungen und die Verantwortlichen gesammelt, und ich habe noch nicht einmal in Ihre Aktenmappe gesehen.«

»Das haben Sie also«, entgegnete Oppenheimer leise. »Vielleicht sind Sie gefährlicher, als ich dachte.«

»Nur, wenn ich die da benutzen muss.« Er nickte zu seiner Waffe. »Noch eine Frage?«

»Könnte ich Sie davon abhalten?«

»Haben Sie irgendetwas in Ihrer Aktenmappe, das die Deutschen nicht sehen dürfen?«

Oppenheimer überlegte. »Ja.«

»Sie haben es dabei?«

»Ich glaube kaum, dass wir auf der Straße nach Albuquerque von den Nazis angegriffen werden. Es ist eine lange Fahrt, und ich habe viel Papierkram zu erledigen. Das schien mir das Risiko wert.«

»Aber ist das streng genommen nicht gegen die Vorschriften? Wissen die anderen Leibwächter davon?«

Oppenheimer grinste, als wäre er eben matt gesetzt worden. »Natürlich ist es gegen die Vorschriften. Was glauben Sie, warum ich Sie verlangt habe?«

Zu Mittag aßen sie im Roy's in Belen, einem offiziellen Rastpunkt bei Fahrten des Projekts, und Connolly schwitzte unter der sengenden Sonne. Nach der kühlen Luft von Los Alamos war die Wüste hier wie ein Ofen, heiß und fast menschenleer bis hinein nach Mexiko. Sogar die Krüppelpinien des Hügelhochlandes hatten nun Kakteen und Skorpionen Platz gemacht. Oppenheimer in seinem grauen Anzug und dem flachen Filzhut wirkte unnatürlich kühl und tupfte sich nur gelegentlich mit einem Taschentuch den Nacken, während sich auf Connollys Hemd schon große Schweißflecken gebildet hatten. Doch danach, als der beständige, an den Nerven zehrende Wind Staub durch die Fenster ins Auto wehte, gab auch er auf, ließ seine Arbeit liegen und starrte träge auf das wellige Flimmern hinaus, das sich Meile um Meile vor ihnen erstreckte.

»Ja, Virginia ist eine Hölle«, sagte er, »und wir sind mittendrin. Und das alles, um den Krieg zu gewinnen.« Er zog sich den Hut über die Augen und lehnte sich in den Sitz, als wollte er schlafen, redete aber weiter. »Die Spanier nannten das hier *Jornada del Muerto,* und in diesem Fall haben sie nicht übertrieben. Wenn einem hier der Wagen liegenblieb, konnte man nur noch den Rosenkranz zur Hand nehmen.«

»Dann wollen wir hoffen, dass uns nicht das Benzin ausgeht. Viel haben wir nicht mehr.«

»Schlechte Planung, muss ich sagen. Vor uns in San Antonio ist eine Tankstelle. Aber Sie müssen die Augen offen halten – wenn Sie nur blinzeln, sind Sie schon dran vorbei. Dort gibt's auch eine Bar. Wir sollten da zwar nicht anhalten, aber jeder tut es, und Sie haben eh schon alle Vorschriften verletzt.«

Erstaunlicherweise war die Bar gesteckt voll. Connolly fragte sich, woher in dieser öden Leere all die Leute kamen. Der Raum war dunkel – er musste die Augen zukneifen, als er durch die Tür trat –, und eine Wand war von oben bis unten mit Flaschen vollgestellt, eine Trophäensammlung vergangener Geselligkeit. Als seine Augen sich an das Dämmerlicht gewöhnt hatten, sah er, dass ein Großteil der Gäste vom Hügel stammte. Sie gaben sich Mühe, Oppenheimer zu übersehen, als würde die Verletzung einer Sicherheitsvorschrift durch die Befolgung einer anderen wettgemacht, aber Oppenheimer ignorierte diese Farce und ging zu den Leuten, um mit ihnen zu reden.

Connolly sah Eisler und Pawlowski, und er lächelte heimlich über die Ironie, dass er nun doch erfuhr, wo Pawlowski anderweitig zu tun hatte. Auch hier mitten in der Wüste war die Welt klein. Während Emma allein zu Hause wartete, saßen sich die beiden Männer, die sie begehrten, bei einem Bier in einer mexikanischen Bar gegenüber, ohne dass zumindest der eine es von dem anderen wusste. Eine Ironie, die Oppenheimer gefallen würde, dachte Connolly, absurd und zugleich elegant.

Ein junger mexikanischer Barkeeper lief geschäftig hin und her und hebelte Kronkorken von Bierflaschen, und seine Augen glänzten angesichts des unerwarteten Geschäfts. Eisler, dessen blasse Haut in dem Dämmerlicht leuchtete, schaffte es, trotz kurzärmeligem Cowboyhemd und einer Coca Cola, wie jemand auszusehen, der sich in den falschen Werbefilm verirrt hatte.

Aber Oppenheimer wollte nicht bleiben – es lagen noch Meilen vor ihnen –, und sein pflichtbewusster Aufbruch beendete die Party für alle.

»Das ist also mit anderweitig gemeint«, sagte Connolly zu Pawlowski, als sie gemeinsam die Bar verließen.

»Wir dürfen es nicht sagen«, entgegnete Pawlowski knapp, aber etwas verwirrt von Connollys Waffe, als wüsste er ihn immer noch nicht so recht einzuordnen. »Ich wusste ja nicht, dass Sie auch kommen.«

»Ich fahre Oppenheimer. Haben Sie auch jemand bei sich?«

Er lächelte schüchtern. »Nein, ich bin nicht so wichtig. Die einzige Gefahr, die mir droht, ist Friedrichs Fahrstil.«

»Bis jetzt ist es doch recht gutgegangen«, meinte Eisler fröhlich. Connolly fiel auf, dass sein linker Unterarm einen Sonnenbrand abbekommen hatte und sich leuchtendrosa vom aufgekrempelten Hemdsärmel abhob, und er stellte sich vor, wie er ihn lässig zum Fenster hinaushängen ließ und nur mit den Fingerspitzen steuerte, ein alter Schulmeister, der die Freiheit der Landstraße genoss. Er fragte sich, worüber sie redeten, und wusste instinktiv, dass es ein ernstes Thema war, die geheimnisvolle Mechanik des Spielzeugs, deren Kompliziertheit in Oppenheimers Augen ein Garant der Sicherheit war. »Sollen wir Ihnen folgen? Es ist beruhigend, ein anderes Auto bei sich zu wissen. Für den Fall einer Panne, Sie wissen schon.«

Und so fuhren sie, zusammen mit einem dritten Auto, das Connolly zuvor nicht bemerkt hatte, in einem kleinen Konvoi durch die flache Wüste. Oppenheimer lag wieder halb in seinem Sitz und hatte den Hut gegen die sengende Sonne ins Gesicht geschoben.

»Sie könnten auf dem Rücksitz ein Nickerchen machen«, sagte Connolly.

»Ich könnte vorne ein Nickerchen machen, wenn es still wäre«, entgegnete Oppenheimer. Er seufzte und zog eine Zigarette aus der Packung. »Aber irgendwie habe ich das Gefühl, das wird es nicht sein. Was geht Ihnen sonst noch im Kopf herum?«

Connolly grinste. »Nichts. Wie ist Pawlowski denn so?« Er konnte der Versuchung nicht widerstehen.

»Sagen Sie bloß nicht, Sie verdächtigen auch ihn?«

»Nein, das ist reine Neugier. Vertreibt die Zeit.«

»Hmm. Wie das Radio.« Er blies nachdenklich Rauch aus. »Arbeitet hart – er liebt die Arbeit. Bethe hält große Stücke auf ihn. Entschlossen, sogar stur«, sagte er und spielte mit den Begriffen, als würde er ein Empfehlungsschreiben für einen Bewerber verfassen. »Brillanter Kopf, aber sehr introvertiert. Ich habe das Gefühl, dass die Physik eine Art Ersatzwelt für ihn geworden ist, aber das ist nur eine Vermutung.

Ist eigentlich auch gar nicht so ungewöhnlich hier – wir sind alle ein bisschen introvertiert. Keine Geduld mit Aufschneidern. Er kann ein bisschen – wie nennt Herr Goebbels uns? – halsstarrig sein. Hält zum Beispiel Teller für ein Arschloch, würde nicht für ihn arbeiten. Kein Homosexueller übrigens.«

»Nein. Ich habe seine Frau kennengelernt.«

»Emma? Ja, ein Klassemädchen.«

»Soll heißen?«

»Soll heißen, dass sie ein Klassemädchen ist. Engländerin. Die beste Reiterin, die ich je gesehen habe. Man muss damit aufgewachsen sein, um so gut reiten zu können.«

»Ungewöhnliche Ehe.«

»Finden Sie? Ich weiß nicht. Ich glaube, jede Ehe ist ungewöhnlich, außer man steckt selber drin.«

»Ich meine, weil ihre Herkunft so verschieden ist.«

Er lachte. »Seien Sie doch kein solcher Snob. Offensichtlich kennen Sie die Engländer nicht. Das am wenigsten konventionelle Volk der Welt, zumindest die Oberschicht. Sie hat in Spanien gekämpft, also muss sie irgendwo eine wilde Ader haben. Sie sollten sie reiten sehen. Bei einer Engländerin verrät die Art, wie sie reitet, alles.« Er zog an seiner Zigarette. »Andererseits, warum sollte Sie das interessieren?«

Er hatte das so beiläufig gesagt, als hätte er versehentlich Asche auf den Sitz gestaubt, sodass Connolly im ersten Augenblick nicht wusste, was er sagen sollte.

»Tut es auch nicht.«

»Nur jede Richtung abklopfen«, sagte Oppenheimer. »Ich hatte ja keine Ahnung, dass Sie Ihre Netze so weit auswerfen.« Er hielt inne und wartete auf eine Erwiderung. »Sie ist eine attraktive Frau.«

»Ja, ist sie«, erwiderte er sachlich. In der Unterhaltung mit Oppenheimer wurde er das Gefühl nicht los, eine Schachpartie zu spielen. Aber das Spiel war unfair – für Oppenheimer war es unwichtig, er musste deshalb nicht vorsichtig spielen. »Eine Frage. Habe ich das zur Funktionsweise der Wissenschaft richtig verstanden? Wenn man die falsche Hypothese aufgestellt hat, dann kann man keine Zusammenhänge erkennen?«

»Richtig.«

Connolly ließ es dabei bewenden. Er ärgerte sich über sich selbst, weil er das Thema angeschnitten hatte, aber er ärgerte sich noch mehr, weil er nicht wusste, ob Oppenheimer etwas damit gemeint hatte oder nicht. Zu den Instinkten eines Reporters gehörte es, sich hinter einem Einwegspiegel zu verstecken und nichts von sich selbst preiszugeben. Aber jetzt hatte er das Gefühl, dass er zu nahe am Glas war, in einer gefährdeten Position, in der ihn schon die kleinste Handbewegung verraten würde.

»Dr. Eisler hat an diesem musikalischen Abend was Interessantes gesagt.«

»Das ist ungewöhnlich«, erwiderte Oppenheimer gelangweilt. »Normalerweise sagt Friedrich überhaupt nichts. Vielleicht haben Sie die Gabe, Leute aus der Reserve zu locken.«

»Was ist, wenn die Deutschen aufgeben, bevor Sie das Projekt abschließen können?«

»Friedrich hat das gesagt?«, fragte Oppenheimer und streckte wie eine Schildkröte den Hals.

»Nicht genau. Er hat gesagt, dass die Nazis – die Tatsache, dass es sie gibt – uns erlauben, das Ding zu bauen, also was täten wir ohne sie?«

Oppenheimer nahm den Hut ab und rieb sich die Schläfe. Connolly sah Missfallen in seinem Gesicht.

»Wir haben es noch nicht geschafft. Seine Skrupel sind verfrüht. Vielleicht sind auch seine Mutmaßungen über die Nazis verfrüht.«

»Und wenn nicht?«

»Darauf kann man doch nur inständig hoffen. In jeder Minute, die dieser Krieg weitergeht.«

»Aber Sie würden weiterbauen?«

»Natürlich«, erwiderte er knapp. »Glauben Sie, wir haben all das auf uns genommen, um jetzt einfach aufzuhören?«

»Aber wenn wir sie nicht brauchen, um den Krieg zu gewinnen?«

»Dann brauchen wir sie, um den Krieg zu beenden. Die Deutschen sind nicht die Einzigen, gegen die wir kämpfen. Unsere europäischen Freunde vergessen das manchmal, aber das ist verständlich. Wie viele Opfer können wir im Pazifik noch hinnehmen? Wollen wir noch ein Jahr aushalten? Weniger? Ich weiß nicht, wie jemand das entscheiden will. Ich kann's nicht.«

»Nein«, erwiderte Connolly leise.

»Von ›Erlaubnis‹ zu schwafeln, wo so viel auf dem Spiel steht.«

»Aber Sie verstehen, was er meint. Das ist der Grund, warum wir sie bauen wollten.«

»Wir wollten sie bauen, weil sie gebaut werden würde. Von irgendjemand. Wir wollten dieser Jemand sein, wir alle hier wollten das. Schockiert Sie das? Mich schockiert es manchmal. Wo nehmen wir nur unsere Egos her? Wir versuchen, die Energie der Materie selbst freizusetzen – buchstäblich die Zusammensetzung der Dinge zu verändern. Welcher Physiker könnte dem widerstehen? Könnten Sie es? Das Wissen ist vorhanden. Es fragt nicht um Erlaubnis. Es verlangt nach Umsetzung. Aber die war schwierig und teuer. Der Preis war das Militär – wie hätten wir es sonst schaffen können?«

Die Sonne stand noch hoch, als sie an den Wachposten vorbeifuhren und im Sicherheitsbüro ihre Passierscheine vorlegten. Das Basislager, ebenfalls eine aus dem Boden gestampfte Stadt aus Wohnbaracken und Army-Gebäuden unter Meilen von Drähten und Kabeln, briet ungeschützt in der Sonne. Die meisten Männer waren ohne Hemd, einige sogar in Unterhosen, und trotz der Hitze bewegten sie sich schnell und zielstrebig wie Bühnenarbeiter, die vor dem ersten Vorhang die letzten Handgriffe erledigten. Schatten gab es nur an der Ostseite der Gebäude, schmale Streifen, und zur Mittagszeit gab es nicht einmal die. Connolly war aufs Neue verblüfft von der Größe des Projekts. Auf dem Hügel, mit seinen von Bäumen und Wassertanks geschützten oder in angrenzenden Canyons versteckten Gebäuden, fiel es einem leichter, an eine ganz normale Stadt zu denken, über die ein Bauboom hereingebrochen war. Es gab Ehefrauen und Wäscheleinen und musikalische Abende. Die Landschaft wogte sanft bis hin zu den malerischen Bergen. Es gab Ranches. Aber hier in der endlosen, kahlen Wüste präsentierte sich die Anlage in all ihrer Fremdartigkeit, eine ausgebleichte Oase, die man über Nacht aus dem Boden gestampft hatte. Connolly wusste, dass das Manhattan Project über das ganze Land verteilt Anlagen besaß, riesige Fabriken, die ausschließlich dazu da waren, den Brennstoff des Spielzeugs zu produzieren, aber erst hier in Trinity begriff er endlich den unglaublichen Ehrgeiz dieses Projekts, denn nichts von alledem gehörte hierher, und nach Abschluss des Tests würde nichts bleiben. Eine ganze Stadt – Millionen Tonnen von Material – war für einen einzigen Augenblick errichtet worden.

Oppenheimer hatte nur eine Inspektion zu machen – ein fast fertiggestellter Bunker etwa sechs Meilen im Süden – und dann eine Reihe von Besprechungen im Lager, und so war Connolly, nachdem man ihn so beiläufig entlassen hatte wie einen Hausangestellten, sich selbst überlassen. In der Kantine war es, trotz eines quietschenden Ventilators, erdrückend heiß. Er nahm sich ein kaltes Coke und setzte sich damit nach draußen in den staubigen Wind. Die Kondenswasserperlen auf dem Glas verdunsteten in der heißen Luft sofort. Er lehnte sich in einem schmalen Schattenstreifen an die Wand des Gebäudes und sah den Männern zu, die, in Handschuhen zum Schutz vor Versengungen und mit Brillen gegen den Flugsand, noch mehr Drähte zwischen den Gebäuden spannten. Jeeps fuhren, Staubfahnen aufwirbelnd, hin und her, aber kaum waren sie vorüber, herrschte wieder Stille. Vögel gab es keine. Nur Männer bewegten sich oberirdisch, der Rest des Wüstenlebens hatte sich eingegraben und wartete auf die Nacht.

Das Lager befand sich in einer flachen Senke, deren Rand, die San-Andreas-Berge, zu weit entfernt war, um mehr als eine dunstige Begrenzung zu sein. Connolly hatte noch nie so viel leeren Raum gesehen. Wenige Schritte über die Sperrholzhütten und Telefonmasten hinaus, und man wäre verloren. Fast sein ganzes Leben lang hatte er versucht, genug Platz zu finden – in seinem engen Kinderzimmer mit der Ausziehcouch, in dem Verschlag in der Zeitungsredaktion, wo er kaum ein freies Fleckchen fand, um eine Kaffeetasse abzustellen – und plötzlich und unerwartet hatte er ihn gefunden. Mehr Abgeschiedenheit war nicht vorstellbar.

Hier schien alles weit weg – der Krieg, das Büro in Washington, das Leben der Vergangenheit. Die Wüste löschte alles aus. Er starrte ins Leere. Denken war hier unmöglich, die Sonne verschmorte alle Verbindungen und ließ nur isolierte Gedankenfetzen zu, die davonwehten wie kleine Staubfahnen. Er trank sein Coke aus. Der dicke Boden des Glases erinnerte ihn an Manny Wonders Brille, die vom beständigen Wischen so verschmiert war, dass Connolly glaubte, er könne gar nichts mehr sehen. Manny war der Kolumnist der Zeitung, ein kleiner, verschwitzter Mann, der jeden Morgen die Seite 10 des *Mirror* aufschlug, um zu sehen, was Winchell geschrieben hatte, und den Rest des Tages damit zubrachte, sich durch den Wust an Presseagenturmeldungen zu arbeiten, um aus den Überbleibseln seine eigene Kolumne zu machen. Eine Assistentin zerschnitt die Tickerbögen und sortierte sie für ihn in Stapel: Wunder der Stadt, Weltwunder. Er zog im Redaktionssaal nie sein Jackett aus, als würde er jeden Augenblick ins El Morocco gerufen, er behandelte die Laufburschen mit ausgesuchter Höflichkeit, und seine dünne Stimme war im Geklapper der Schreibmaschinen kaum zu verstehen. In seiner Kolumne tanzten Debütantinnen den Rumba, reiche Frauen ließen sich scheiden, Schauspielerinnen opferten ihre Karriere Kriegsanleihen-Kampagnen, und das Land sah Manny mitten unter ihnen, als Nachtschwärmer in der Glitzerwelt, aber im Redaktionssaal war er ein verschwitzter, kleiner Mann mit dem Auftreten eines Buchhalters. Er war viermal verheiratet gewesen. Connolly lächelte. Wie er wohl richtig hieß? Er hatte ihn nie gefragt und würde es auch nie erfahren, denn auch Manny war davongeweht, nur ein Geist in der Wüste, der vielleicht nie existiert hatte.

Er würde nicht zur Zeitung zurückkehren. Damals hatte er es geliebt – die Macher im Rathaus, die Polizisten bei ihren spendierten Mittagessen –, aber jetzt interessierte es ihn nicht mehr. Er hatte auch diese Geschichten satt. Der Krieg hatte ihn fortgezogen und schließlich hier abgesetzt, am Ende einer Army-Halteleine entlang der Route 85 an der Grenze zu etwas Neuem. Das war es, was das Projekt so euphorisierend machte – nicht die Höhenluft der *mesa,* nicht das Beenden des Kriegs, sondern dieses Gefühl, dass sie vielleicht die einzigen Menschen auf der Welt waren, die noch nicht in ihrer Vergangenheit kramten. Alles hier war brandneu, das rohe Holz, die Berechnungen, dieses tiefe Geheimnis, das den Ausgang des Projekts umgab. Vielleicht war es das, was Oppenheimer gemeint hatte. Sie starrten auf ein leeres Papier, wie dieses endlose weiße Blatt der Wüste. Niemand wusste, was darauf stehen würde.

Über seinem Kopf hörte er ein Dröhnen und sah drei Bomber, die aus Alamagordo auf ihn zugeflogen kamen. Vorbereitungen. Aber was tat er hier? Alle anderen bereiteten sich auf irgendetwas vor. Vielleicht war es so ähnlich wie bei einem Sonnenstich, ein schwereloses Träumen. Es war nicht sein Projekt, er verstand es nicht einmal. Wenn er noch Reporter wäre, würde er sich jetzt Notizen machen, verblüfft über sein Glück, sich mitten in einer Story zu befinden, die alle Großstadtgeschichten in den Schatten stellte. Aber das hatte er aufgegeben. Er war nur hier, um ein Verbrechen aufzuklären, für das alle anderen zu beschäftigt waren, das für sie nur eine lästige Störung darstellte. Und komischerweise machte es ihm nichts aus. Er war dankbar, dass das Projekt es ihm gestattete, sich eine Zukunft vorzustellen. Der Krieg zwang jeden, von einem Tag zum andern zu leben, denn er konnte nichts versprechen, was über sein Ende hinausging. Jetzt verspürte er den Drang voranzukommen, egal in welche Richtung. Er musste nur noch Ordnung schaffen, dann konnte er zusammenpacken. Aber da er nun hierhergekommen war, wollte er eigentlich nirgendwo anders mehr hin. Die Zukunft war hier.

Er zündete sich eine Zigarette an und fragte sich, ob Brauner je hier gewesen war und die neue Freiheit der Wüste gespürt hatte. Wahrscheinlich nicht. Connolly vermutete, dass es ihm Angst eingejagt hätte. Er hatte in zu vielen Zellen gelebt, um sich ohne Mauern wohl zu fühlen. Und trotzdem machte er gerne Spritztouren. Warum? Wohin fuhr er? Vielleicht gefiel es ihm, frischgebackener Patriot, der er war, die Landschaft der Western-Filme zu wirklichem Leben erwachen zu sehen.

Connolly versuchte sich vorzustellen, wie er, die Hand über den Augen, zum Horizont starrte, aber es gelang ihm nicht. Sein Gesicht auf dem Passfoto war blass, die Sonne war ihm fremd.

Seine Leben war in den verstohlenen Winkeln von Zimmern geformt worden, wo er um Essen feilschte, an Wände klopfte. Aber das war alles Unsinn. Man konnte es nicht wissen. Er konnte es ja mit der Oppenheimerschen Methode probieren und eine Hypothese aufstellen, aber es ergaben sich keine Zusammenhänge. Wenn man ein Opfer gewesen war, konnte man an Verschwörungen glauben. Wenn man an Verschwörungen glaubte, war einem daran gelegen, über sie Bescheid zu wissen. Wie konnte man sonst sicher sein? Die Welt war organisiert in einem System unsichtbarer Netzwerke – im Gefängnis, wo das Überleben davon abhing; in einem Geheimbund, wo Sex umso üppiger blühte, je verborgener er war. Wenn alles Wichtige unsichtbar ist, fängt man dann nicht an, sich allein schon am Aufdecken zu erfreuen? Es ging nicht nur darum, die Augen offenzuhalten, das war nicht genug. Letztendlich wurde es eine Liebe zum Wissen als Selbstzweck. Ein Vorteil.

Also las Karl Akten. Wessen? Ja, das konnte er sich vorstellen, wie Karl nachts beim Schein einer Lampe saß, vertieft in einen Ordner, auf der Suche nach einer Information, die nicht ins Bild passte, nach irgendetwas. Oder nach etwas Speziellem. Interessant ist, was nicht drin steht, hatte er gesagt. Aber warum dann das Auto? Warum Zeit von der Jagd abzwacken, um den unschuldigen Touristen zu spielen, außer es war ein Katz-und-Maus-Spiel? Außer, man verfolgte jemanden. Außer, man fuhr *mit* jemandem. Bis die Neugier für die Katze tödlich wurde. Und jetzt gingen Connolly wie immer die Zusammenhänge aus. Es musste noch jemand anderen geben. Man kann nicht leben, ohne Spuren zu hinterlassen. Karl, der so ordentlich war wie ein Mönch, hatte Präservative in seiner Schublade gehabt. Es musste noch jemanden geben. Und wenn es nur ein schnell aufgegabelter

Liebhaber war – doch das konnte Connolly immer noch nicht glauben.

»Haste mal Feuer?« Nach Tagen modulierter europäischer Akzente überraschte ihn das dicke amerikanische Näseln in dieser Stimme. Texas vielleicht, oder Oklahoma. Der Mann sah aus wie einer, der in der Highschool Football gespielt hatte, breit und muskulös, mit einem unrasierten Kinn, das er selbstbewusst vorstreckte. Sein Oberkörper war nackt und seine Brust mit einem Alkalifilm überzogen, sodass das Mundtuch, das er sich nun heruntergezogen hatte, um seinen Hals flatterte wie der Kragen eines nicht vorhandenen Hemdes. Segelohren ragten unter seiner Arbeitskappe hervor. Connolly gab ihm das Feuerzeug.

»Neu hier?« Er war einer derjenigen, bei denen auch die unschuldigsten Fragen wie eine Herausforderung klangen, als hätte er nie gelernt, sich zu beherrschen. Connolly stellte sich ihn als einen vor, der in einer Bar Streit anfing, ein Redneck, der sich schnell beleidigt fühlte.

»Bin nur für einen Tag hier. Als Leibwächter.«

»Echt? Willkommen im Club«, sagte grinsend der Mann, der nun, da Connolly den Mund aufgemacht hatte, etwas entspannter wirkte. »Wen haste gezogen?«

»Oppenheimer.«

Er grunzte. »Da haste Glück. Der bleibt nicht über Nacht. Hier will keiner bleiben. Nicht, wenn sich's irgendwie vermeiden lässt.«

»Schon lange hier?«

»Achtundzwanzig Tage. Achtundzwanzig beschissene Tage. Die haben eine ganze Abteilung von uns letzten Monat hierher verlegt. Ist so ziemlich das Übelste, was es gibt, das kann ich dir sagen.«

Connolly sah ihn interessiert an. Er hatte geglaubt, bereits mit jedem vom Sicherheitsdienst gesprochen zu haben – dass Leute nach Trinity verlegt worden waren, hatte keiner erwähnt. »Ja, heiß ist es.«

»Es ist nicht die Hitze. Hitze habe wir in Ost-Texas auch. Es ist die Schau, die sie hier abziehen. Das Gelände ist abgeschottet wie ein Nonnenkloster. Keiner kommt raus. Und man kann nichts tun außer Klapperschlangen schießen. Im Brunnenwasser ist alles Mögliche drin – Gips und so Zeug – und man kann's nicht trinken, aber man wäscht sich damit, und so haben trotzdem alle Durchfall. Und auf der Latrine muss man erst Skorpione zertreten. Es hat geheißen, sie wollten nur die Besten für den Trinity-Dienst, und da haben wir natürlich alle geglaubt, dass es was Besonderes ist. Ist es auch.«

»Und was bewacht ihr?«

»Vorwiegend diese Gila-Echsen. Hier gibt's ja nichts zum Bewachen. Das schlimmste Problem sind die Antilopen, die über die Sensordrähte stolpern, die sie überall gespannt haben.«

»Und deshalb erschießt ihr sie?«

»Ja, das ist der einzige Spaß hier. Das Rumballern. Nichts zu essen und nichts zu vögeln. Auf dem Hügel gibt's wenigstens Frauen. Es waren zwar mal ein paar Armeehelferinnen hier, um uns Gesellschaft zu leisten, aber die lassen einen ja nicht ran, also was soll's?«

Connolly drückte seine Zigarette aus. »Na, lange wird's ja nicht mehr dauern.«

»Wer sagt das?«

Connolly zuckte die Achseln. »Was erzählt man euch denn?«

»Willst du mich verarschen? Die erzählen uns gar nichts, Bruder. Wir dürfen nichts wissen. Dass Roosevelt gestorben ist, haben sie uns gesagt – das ist alles. So weit ich weiß, ist der Krieg vorbei.«

»Ist er nicht«, sagte Connolly.

Der Junge nahm seine Kappe ab, um sich die Stirn zu wischen, und unter den blonden Stoppelhaaren kam sonnenverbrannte Haut zum Vorschein. »Ich muss dann mal wieder. Hatte nur gerade Pause. War schön, mit dir zu reden.«

Connolly musterte ihn, ob er vielleicht nur Spaß machte, aber seine Miene war ernst.

»Pass auf die Hundertfüßler auf. Die stechen gemein.«

»Werde ich. Darf ich dich noch was fragen?«

Der Junge, der sich schon zum Gehen gewandt hatte, drehte sich um, und seine Augen waren plötzlich wachsam. Connolly kannte diesen Blick, die instinktive Reaktion eines Mannes, der Umgang mit der Polizei gewohnt war, das Ergebnis zu vieler samstagabendlicher Raufereien, die außer Kontrolle geraten waren.

»Als du noch auf dem Hügel warst, hast du da Karl Brauner gekannt?«

»Karl?«, fragte er mit verwunderter Miene. »Klar. Er war bei der G-2. Jeder kannte ihn. Warum?«

»Er ist tot.«

»Karl?« Er wirkte ehrlich überrascht. Also hatte nicht einmal Klatsch die Nachrichtensperre durchdrungen.

»Er wurde getötet.«

»Echt? Wie?«

»Er wurde ermordet.«

Der Junge starrte ihn an. »Soll das ein Witz sein?«, fragte er leise.

»Nein. Er wurde in dem Flusspark in Santa Fe gefunden, neben dem Alameda. Hast du nichts davon gehört?«

»Ich hab's dir doch gesagt, wir hören hier überhaupt nichts. Wer war's?«

»Das versuchen wir eben rauszufinden.«

»Du bist ein Bulle«, sagte er, eine Anschuldigung, als hätte Connolly das schon eher sagen sollen.

»Nein. Army-Geheimdienst. Wir kümmern uns selber darum.«

»Das kapier' ich nicht. Was ist passiert?«

Connolly beobachtete seine Reaktion, als er antwortete. »Wir wissen es nicht. Es gibt Hinweise, dass es sich um einen Mord unter Homosexuellen gehandelt hat.«

Das war ein Überraschungsschlag. Der Junge lachte nervös und ungläubig auf. »Das ist doch vollkommener Blödsinn.«

»Warum?«

»Warum? Karl war kein Schwuler.«

»Woher weißt du das?«

Er stotterte. »Woher ich das weiß? Er war einfach keiner, Punktum. Allmächtiger. Karl?«

»Hast du ihn gut gekannt?«

»Er war eben einer von den Jungs im Büro. Als ich damals von der Kavallerie kam, hat er mir meine Aufträge zugewiesen.«

»Du weißt also nicht, wer seine Freunde waren? Ob er sich mit jemandem getroffen hat?«

»Nein.«

»Na gut. Hab' mir nur gedacht, dass du vielleicht was bemerkt hast. Hat er viel mit dir geredet?«

»Ein bisschen.«

»Worüber?«

»Nichts. Was man halt so redet. Du weißt schon.«

»Was redet man denn so?«

Er zögerte einige Augenblicke, und Connolly sah, dass er unschlüssig und verlegen war.

»Hat er dich nach Freundinnen gefragt?«, sagte Connolly, um ihm eine Richtung vorzugeben.

»Ob ich was abbekomme und so? Ja, das hat er gefragt.«

»Und du hast es ihm bereitwillig erzählt.«

»Ach, leck mich doch«, entgegnete er wütend.

»Nein, das ist wichtig. Hattest du das Gefühl, dass es ihn interessiert, oder dass er nur Konversation macht, damit du glaubst, dass es ihn interessiert?«

Doch das war zu kompliziert für ihn, und er sah Connolly nur verständnislos an. »Er war interessiert. Er wollte wissen, wo man hingehen kann, und solche Sachen.«

»Und zu wem?«

»Manchmal.«

»Und du hast es ihm erzählt?«

Er wich Connollys Blick aus, fragte sich, in was er da geraten war, und suchte einen Ausweg. »Manchmal.«

»Aber er war einfach nur neugierig? Er wollte die Namen nicht für sich selbst?«

»Nein«, antwortete er und erkannte plötzlich, worauf Connolly hinauswollte. »Aber nicht, weil er schwul war. Er hatte ja schon eine, die er vögelte.«

Connolly schwieg, denn er wusste nicht so recht, was er mit dieser Antwort anfangen sollte. Es war aber auch möglich, dass in der Vorstellung des Texaners, jung und gelangweilt, wie er war, ein Mann immer eine haben musste, die er vögelte. Es war möglich, dass Brauner es nur als Deckung benutzt hatte, als Köder für einen geschwätzigen Prahler. Und es war ebenso gut möglich, dass es stimmte, dass sich hier das fehlende Glied zeigte.

»Wie kommst du drauf?«

»Ich weiß auch nicht – was er halt so geredet hat. Zum Beispiel, dass er ein Rendezvous hatte.«

»Genau diese Worte? Dass er ein Rendezvous hatte?«

»So in der Richtung. Ja, ich glaube, genauso. Ich hab' nicht besonders aufgepasst.«

»Hat er einen Namen erwähnt? Woher hast du gewusst, dass es sich um eine Frau handelte?«

Der Texaner wurde rot. »Na, was denn sonst? Mein Gott. Ich meine, wenn er ein Schwuler gewesen wäre, hätte es ihn doch kaum interessiert, was ich treibe, oder?«

»Gute Frage.«

»Was soll das heißen?« Das war zugleich feindselig und unsicher, als wäre die ganze Situation ihm so fremd, dass er nicht wusste, ob er sich darüber ärgern sollte oder nicht.

»Hat er je nach sexuellen Details gefragt? Du weißt schon –«

»Nein. Über so was redet man doch nicht.«

»Also nur ›Das war vielleicht ’ne Sause letzte Nacht‹ und ›Mannomann, wenn du wüsstest –‹.«

»Ja. So in der Richtung. Nichts Schmutziges. Hör mal, er hat gefragt. Was sollte ich denn sagen?«

»Vielleicht ist dir dein Ruf vorausgeeilt. Oder er war auf Tipps aus.«

»Soll das vielleicht lustig sein?«

»Wie oft habt ihr denn euren Erfahrungsaustausch betrieben?«

»Am liebsten würde ich dir die Fresse polieren. Haste wenigstens das Recht, das alles zu fragen?«

»Von ganz oben, Groves persönlich.«

»Scheiße«, zischte er angewidert. »Aber du machst da ’ne viel zu große Sache draus. Wir haben doch nur geredet, wie Jungs es eben tun. Du weißt schon. Hin und wieder mal.«

»Ich habe gedacht, du punktest die ganze Zeit.«

»Auf jeden Fall mehr als du, da möchte ich wetten«, erwiderte er eingeschnappt, wie ein kleiner Junge.

»Die Wette gewinnst du«, erwiderte Connolly lächelnd. »Hör zu, mir ist egal, ob du rumvögelst. Viel Glück dabei. Ich will nur wissen, was du einem Mordopfer davon erzählt hast.«

»Davon weiß ich nichts. Der Kerl hat ab und zu mal gern rumgealbert, das ist alles. Wir haben keine Erfahrungen ausgetauscht. Er hatte was Eigenes laufen. Und dann haben sie Schluss gemacht. Das habe ich mir zumindest gedacht, weil er in letzter Zeit nicht mehr viel geredet hat. Und dann wurde ich hierher versetzt. Ich hab’ doch auch bloß rumgealbert. Keine Staatsaffäre. Er hörte gern zu. So war er eben. Und schwul war er auf keinen Fall.« Er sagte das mit Nachdruck, als wäre es ihm wichtig, dass Connolly ihm zustimmte.

»Ich frage mich nur, wie du so sicher sein kannst.«

»Ich hätte es gemerkt. So was merkt man doch.« Er richtete sich auf, als wollte er körperlich Stellung beziehen.

»Ihr habt wohl viele von denen bei euch da unten in Ost-Texas, was?«

»Keine, die noch am Leben sind.«

Es gab noch vier weitere Sicherheitsmänner, die vom Hügel nach Trinity verlegt worden waren, und bis zum Abend hatte Connolly sie alle befragt, ohne etwas Neues zu erfahren. Oppenheimer war noch nicht zurückgekehrt, als er sich mit den anderen fürs Abendessen anstellte, und er war so in Gedanken versunken, dass er kaum merkte, wie ihm das Essen auf sein Tablett geschaufelt wurde. Er saß bei einer Gruppe Mechaniker, die an Aluminium-Schutzbrillen für den Test arbeiteten. Es war etwas kühler geworden in der Kantine, und er saß lange über seinem Kaffee, auch nachdem die anderen den Saal schon für eine Freiluft-Filmvorführung verlassen hatten. Er lächelte bei dem Gedanken, dass einer von Hannahs Nightclubs ein Stück nächtlicher Wüste erhellte. Sogar hier, auf der *Jornada del Muerto,* tanzten die Leute ausgelassen. Er rührte im Kaffee und spielte dann in Gedanken versunken mit dem Löffel, hob ihn aus der Tasse und ließ ihn wieder hineinsinken.

»Verdrängungstheorie«, sagte plötzlich Eisler. »Daran erkennen Sie, dass sich wissenschaftliche Prinzipien nie ändern. Zuerst Archimedes in seinem Bad, jetzt ein Kaffeelöffel. Darf ich mich zu Ihnen setzen?«

Connolly lächelte und deutete auf den leeren Stuhl.

»Ist er wirklich nackt durch die Straßen gelaufen und hat Eureka gerufen?«

»Ich hoffe doch«, sagte Eisler. »Es ist eine wunderbare Geschichte. Aber vielleicht ist er erst losgerannt, nachdem er seinen Bericht an den Wissenschaftsrat geschrieben hatte.«

»In doppelter Ausfertigung. Mit sämtlichen Durchschriften für die Ablage.«

»Ja«, erwiderte Eisler lächelnd. »In doppelter Ausfertigung.« Seine Augen waren müde, seine Haut von der Sonne gerötet. Er beugte sich beim Essen über das Tablett. Die hängenden Schultern, wie Connolly sie auch schon bei Oppenheimer bemerkt hatte, waren das unübersehbare Zeichen für seine Erschöpfung. Während er in die Wüste hinausgestarrt und sich mit einem spätpubertierenden Burschen herumgeschlagen hatte, hatten sie schwer gearbeitet.

»Wo ist Pawlowski?«, fragte Connolly.

»Ach, der kommt heute Abend nicht mit uns zurück – der arme Kerl ist für die ganze Woche hier.«

Connolly spürte ein Glücksgefühl in sich aufsteigen, so plötzlich und unerwartet, dass er befürchtete, man würde es merken. Eine Woche.

»Ich hoffe, Sie konnten sich etwas ausruhen«, sagte Eisler eben. »Oppie fährt nicht gerne, und ich sehe nachts ziemlich schlecht. Eine so lange Fahrt. Wissen Sie, eigentlich wäre es besser, über Nacht zu bleiben.«

»Nein, wir müssen zurück«, erwiderte Connolly, der nun so schnell wie möglich wegwollte.

Eisler verstand ihn falsch und lächelte. »Ja, es ist nicht gerade das Adlon hier, da stimme ich Ihnen zu. Denken Sie an Daniel. Den ganzen Tag auf der Station Süd. Da muss man bei jedem Schritt aufpassen.«

»Schlangen?«

Eisler schüttelte sich. »Oder Skorpione. Wer weiß? Ich muss gestehen, in der Wüste bin ich ein Feigling.«

»Was tut er denn hier?«

»Darf ich Ihnen das sagen? Oder ist das ein Sicherheitstest?«

Connolly zuckte die Achseln. »Bei mir ist das ziemlich gefahrlos. Ich würde es sowieso nicht verstehen.«

»Die Instrumente zur Messung der Radioaktivität. Natürlich nicht die tatsächliche. Nur simulierte, auf geringem Niveau.«

»Dann geht's bei dem Test gar nicht um das Echte?«, fragte Connolly überrascht.

Eisler lächelte. »Das ist für den Test vor dem Test. Bei dem ist es nur TNT, einhundert Tonnen, um Explosionswirkungen zu studieren. Genau genommen, um unsere Instrumente zu testen. Deshalb mischen wir 1000 Curie Spaltprodukte darunter, um radioaktives Material zu simulieren. Oh, tut mir leid, verstehen Sie das?«

»Ich verstehe einhundert Tonnen TNT. Mein Gott.«

Eisler lächelte schwach. »Das ist nur der Probelauf. Das Spielzeug wird mehr produzieren, bis zu – aber so genau weiß das niemand. Es werden sogar Wetten abgeschlossen. Ein Spiel, wenn Sie wissen, was ich meine.« Er hielt gedankenverloren inne. »Wie viele Tonnen TNT-Sprengkraft können wir mit einem Spielzeug produzieren? Hundert? Fünftausend? Mehr? Wir wissen es noch nicht.«

»Wie viele Tonnen haben Sie gewettet?«

»Ich? Ich wette nicht, Mr. Connolly. Das ist doch keine Lotterie.«

»Aber was glauben Sie?«

»Zwanzigtausend Tonnen«, erwiderte Eisler sachlich.

Connolly starrte ihn entsetzt an. »Zwanzigtausend«, wiederholte er tonlos, wie um die Zahl zu bestätigen.

»Mein Freund«, sagte Eisler sanft, »was glauben Sie, was wir hier tun? Was glauben Sie, warum wir es ein Spielzeug nennen? Aus Sicherheitsgründen? Das glaube ich nicht. Vielleicht versuchen wir zu verdrängen, was wir hier genau machen. Ja, zwanzigtausend Tonnen. Meine Berechnungen sind ziemlich präzise. Ich würde darauf wetten.«

Er lächelte sarkastisch. »Natürlich können wir den Fallout noch nicht berechnen. Es gibt noch keine zuverlässigen Formeln für Radioaktivität. Das gesteht sogar unser Daniel ein.«

Connolly war wie betäubt von den Zahlen. Sie unterhielten sich seelenruhig in einer provisorischen Kantine in der Wüste – alles andere sprengte jede Vorstellung. Er konnte sich nur an die Details des Realen klammern, wie ein todgeweihter Patient, der sich noch immer für medizinische Prozeduren interessierte.

»Ist das auch Ihre Arbeit?«, fragte er. »Radioaktivität messen?«

»Zum Teil. Sie wissen doch, wir dürfen nicht darüber reden.«

»Sie arbeiten bei Frisch in der Abteilung G, Arbeitsgruppe zur Herstellung einer kritischen Masse.«

Eisler zuckte überrascht zusammen. »Woher wissen Sie das?« Connolly sagte nichts. »Verstehe. Noch ein Test. Aber wenn Sie es wissen, warum fragen Sie dann?«

»Ich weiß, wo Sie arbeiten. Ich weiß nicht, was es bedeutet.«

»Ach so. Wissen Sie, was schnelle Neutronen sind? Wissen Sie, was eine kritische Masse ist? Wie soll ich es erklären?« Sein Blick wanderte über den Tisch, er suchte nach Hilfsmitteln. »Wie viel Uran brauchen wir für das Spielzeug? – Das ist das Problem. Wir wissen es theoretisch, aber wie sollen wir die Theorie überprüfen?« Er zog Connollys Kaffeetasse heran. »Angenommen, dieser Kaffee ist Uran-235. Wenn wir genügend davon nehmen, wenn wir die kritische Masse erreichen, kommt es zu einer Kettenreaktion und natürlich zur Explosion. Aber wann passiert das? Also nehmen wir so viel Kaffee, wie wir zu brauchen glauben, lassen aber in der Mitte ein Loch – ich fürchte, hier müssen Sie Ihre Fantasie bemühen – damit die Neutronen entweichen können. Keine Reaktion. Der Löffel soll den Kaffee symbolisieren, den wir weggelassen haben.« Er hielt ihn über die Tasse. »Wenn wir ihn hineinsenken, so etwa, beginnt das Loch sich zu füllen, bis genau der Zeitpunkt erreicht ist, an dem die Neutronen anfangen, aufeinanderzuprallen. Dann hat man die Bedingungen für eine Atomexplosion.«

»Aber noch nicht die Explosion.«

»Wir schummeln ein wenig. Wir benutzen Uranhydrid, damit die Reaktion langsamer abläuft. Und wir senken den Pfropfen sehr schnell ab. Aber ja, wenn wir den Kern passieren«, sagte er und ließ den Löffel in die Tasse fallen, »bilden wir kurzfristig eine kritische Masse. Damit sind wir so nahe an einer Atomexplosion dran, wie es geht, ohne eine zu haben.«

Connolly starrte in den Kaffee und sah dann zu Eisler hoch, als wäre der jemand ganz anderes. Das letzte, was er sich bei ihm vorgestellt hätte, war ein solcher Wagemut. »Sie müssen Nerven wie Stahlseile haben«, sagte er schließlich. »Das ist ja das reinste Spiel mit dem Feuer.«

»Eher ein Spiel mit einem feuerspeienden Drachen«, korrigierte ihn Eisler.

»Was?«

»Wir nennen es das Drachenexperiment – den schlafenden Drachen am Schwanz kitzeln.«

»Haben Sie keine Angst, dass Sie den ganzen Laden in die Luft jagen?«

»Nein. Das haben wir unter Kontrolle. Die Strahlung ist das Gefährliche.«

»Na, das wird ja heiter.«

»Mr. Connolly, seien Sie bitte nicht so besorgt. Es ist ein wissenschaftliches Experiment, nicht mehr. Ich glaube, gelegentlich kitzeln wir alle den Drachen ein wenig. Ausprobieren, wie weit wir gehen können. Kennen Sie das Gefühl nicht? Es ist nur –«, er hielt kurz inne, »eine Strahlung, die wir so nicht erwartet haben.«

»Glaub' schon«, sagte Connolly, der den Eindruck hatte, dass Eisler eigentlich mit sich selber redete.

»Aber darf ich Sie auch etwas fragen?«, sagte er höflich. »Was machen Sie? Sie sind kein Fahrer.« Er wehrte Connollys Protest mit einer Handbewegung ab. »Bitte. Ich weiß. Fahrer kommen nicht zur Musik bei den Webers. Oppie will mit Ihnen alleine fahren. Das ist sehr ungewöhnlich, wissen Sie, und uns fällt so etwas auf. Sie haben mein Dossier – und ich vermute, die der anderen ebenfalls. Also, was genau tun Sie hier? Darf ich das erfahren? Ich vermute, Sie sind eine Art Agent der Regierung. Also muss irgendetwas faul sein. Welchen Drachen kitzeln Sie?«

Connolly wunderte sich aufs Neue, wie anders die Emigranten doch waren – sie gingen noch immer davon aus, dass sie in einem Polizeistaat lebten.

»Nein«, sagte er, »nichts dergleichen. Ich untersuche einen Mord.«

»Oh. An wem?« Seine Stimme klang so beherrscht und gemessen, dass Connolly es für Gleichgültigkeit hielt.

»An einem Sicherheitsmann namens Brauner.«

Eisler trank einen Schluck Kaffee und sagte nichts.

»Kannten Sie ihn?«

»Nein. Das heißt, ich weiß, wer er war. Wir sind ja immer noch eine kleine Gemeinde hier beim Projekt. Es tat mir leid, als ich davon hörte. Aber ich wusste ja gar nicht, dass es eine Sicherheitsangelegenheit ist«, sagte er, wobei er den letzten Satz als Frage intonierte.

»Vielleicht ist es gar keine.«

Eisler hob erneut fragend die Augenbrauen, doch Connolly ging nicht darauf ein.

»Aber Sie wissen nicht, wer ihn getötet hat?«

»Noch nicht.«

»Verstehe«, sagte er langsam und schob sein Tablett weg. »Dann werden Sie also unser Schwert der Gerechtigkeit sein. Nun, ich wünsche Ihnen Erfolg bei Ihrer Suche. Damit wenigstens einmal einer gefangen wird. So viele Tote in dieser Zeit und nie ein Mörder.«

»Ich suche nur nach einem ganz bestimmten.«

»Ja, natürlich. Verzeihen Sie mir. Es sieht so aus, als würde ich immer philosophieren, wo Sie doch arbeiten müssen.«

»Sind Sie verheiratet?«

Eisler sah ihn verblüfft an. Der Themenwechsel war so abrupt, dass er ihn traf wie eine kalte Dusche. Connolly sah, dass er nach einer Erklärung suchte, und als er keine fand, lachte er nervös auf. »Warum fragen Sie das? Ist das ein Verhör? Geburtsort, Schule, verheiratet –«

»Nein, ich bin nur neugierig.«

Eisler sah ihn nachdenklich an. »Ich glaube, Sie sind nie einfach nur neugierig, Mr. Connolly.« Er trank einen Schluck. »Ich war verheiratet. Sie ist tot.«

»Das tut mir leid.«

»Nein, das ist schon lange her. Viele Jahre inzwischen. Trude. Sie wurde getötet – nein, nicht wie Ihr Freund. Es gab keinen Mörder. Eine Straßenschlacht in Berlin. Eine von vielen. Es war so unübersichtlich damals: Freikorps und GPD und – wer weiß das heute noch? Und immer wieder Tumulte. Blut in den Straßen. Wenn man zufällig vorbeikam, konnte es einen treffen. Man brauchte nur zur falschen Zeit in die falsche Straße zu geraten. Wie bei einem Verkehrsunfall. Einfach so.«

»Sie haben nie herausgefunden, wer sie getötet hat?«

»Wer? Wer?«, sagte er, und seine sanfte Stimme war ungeduldig geworden. »Die Geschichte hat sie getötet. Es gibt niemand, den man verfolgen könnte. Es ist wie eine Krankheit.« Er zuckte die Achseln.

»Tut mir leid. Sie müssen sie immer noch vermissen.«

»Nein, Mr. Connolly, ich bin kein Romantiker. Sie ist tot. Ich habe das hinter mir gelassen. Die Alte Welt. Ist das denn nicht der große amerikanische Gedanke? Neu anfangen, alles hinter sich lassen?« Connolly dachte an die weiße, leere Fläche der Wüste, seinen persönlichen Impuls für den Neuanfang. »Keine Geschichte mehr. Sie glauben hier nicht an die Geschichte. Und doch. Manchmal habe ich das Gefühl, wir glauben an nichts anderes. Nun ja. Wir werden sehen, wer recht behält.«

»Und worauf würden Sie wetten?«

Eisler lächelte. »Zwanzigtausend Tonnen. Was den Rest angeht, habe ich keine Ahnung. Es ist schwer, alles hinter sich zu lassen. Irgendwo bleibt immer etwas. Man denkt – und dann überrascht es einen. Ein bisschen wie der Drachenschwanz, nicht?«

»Was ist so?«, fragte Oppenheimer, der seine Tasse auf den Tisch stellte und sich einen Stuhl heranzog. Er wirkte nervös und zu verärgert, um müde zu sein.

»Geschichte und Philosophie«, sagte Eisler. »Und dergleichen.«

Oppenheimer warf Connolly einen Blick zu. »Schon wieder ein Seminar? Wie wär's, wenn Sie uns stattdessen Benzin besorgen? Wir müssen los, sonst sind wir die ganze Nacht unterwegs.«

»Isst du nichts, Robert?«, fragte Eisler.

»Nein, nur Kaffee.« Er kratzte sich die Hand.

»Du solltest was essen«, sagte Eisler freundlich.

»Nicht jetzt«, blaffte er. Er wirkte auf Connolly, als würden seine Nerven blank liegen. »Was für ein gottverlassener Ort«, sagte er und rieb sich noch einmal die Hand. »Man wäscht sich, und das Wasser ist so hart, dass die ganze Haut mit Magnesiumoxid bedeckt ist – jetzt juckt es die ganze Nacht.«

Connolly lächelte über die wissenschaftliche Exaktheit dieser Beschwerde. Es fiel ihm auf, dass es das erste Mal war, dass er Oppenheimer sich über etwas beschweren hörte. Er hatte ihn unter der Last der Arbeit begraben gesehen, wütend und besorgt, aber das schien alles Teil dessen zu sein, was er mochte. Andere Leute beschwerten sich und verließen sich darauf, dass sein endloser Optimismus sie am Laufen hielt. Wenn er das Gefühl hatte, dass alles in Ordnung war, dann waren sämtliche Probleme nur Fliegendreck. Aber jetzt war er verärgert und gereizt, ein simpler Juckreiz hatte bei ihm das Fass zum Überlaufen gebracht.

»Wir haben hier fünf Fernleitungen. Man sollte doch meinen, sie müssten es schaffen, eine offenzuhalten. GG platzt der Kragen, wenn er abgeschnitten ist. Jetzt müssen wir herumsitzen und warten, bis sie die Verbindung wiederhergestellt haben. Zeitverschwendung.«

»In diesem Fall«, sagte Eisler, »solltest du ein bisschen was essen. Sonst wird dir schlecht. Wenigstens ein Brötchen.«

»Friedrich, lass das Bemuttern. Mir geht's gut. Ich habe übrigens heute etwas gehört, das dich interessieren könnte.«

»Ja, Robert?«, erwiderte Eisler eingeschüchtert.

»Die Army hat Strassfurt eingenommen.« Er hielt inne, als würde er eine Erwiderung erwarten, und fuhr dann fort. »Die Deutschen hatten dort ihr Uranerz. Über tausend Tonnen, den Großteil des ursprünglichen belgischen Vorrats. Woanders können die kaum noch was haben, und ich glaube deshalb, dass wir die Gefahr eines deutschen Spielzeugs ausschließen können.«

Connolly hatte den Eindruck, als wollte er Eisler verspotten, es ihm heimzahlen, dass er überhaupt moralische Bedenken erhoben hatte, und er war überrascht von der bissigen Grausamkeit der Bemerkung. Keine Nazis mehr, die Erlaubnis gaben. Oppenheimer forderte ihn heraus, das Projekt noch einmal in Zweifel zu ziehen.

Aber Eisler ließ sich nicht aus der Reserve locken. »Mehr hätten wir uns nicht erhoffen können«, sagte er vorsichtig.

»Ja. Jetzt sind nur noch die Japaner übrig.«

Connolly beobachtete, wie Eislers Gesicht sich nur flüchtig überschattete, doch was er da sah, war schrecklich, eine Resignation, die so tief ging, dass sie fast schicksalhaft wirkte, als hätte ihn eine lange erwartete Strafe nun endlich ereilt. Dann war es vorüber, und Eisler war wieder gefasst. »Ja«, sagte er.

War Oppenheimer sich bewusst, was er da tat? Connolly musterte noch einmal Eisler, der so leicht aus der Fassung zu bringen, so empfänglich für Widerspruch war, und er fragte sich, ob Oppenheimer in ihm einen Teil seiner selbst sah, den er überwinden musste. Wie sonst konnte man General werden und Dinge zu Ende bringen, wenn man nicht alles andere beiseite schob?

Der Preis gestattete ihm keine Zweifel mehr, in keinem Winkel seines Ichs.

»Ein Anruf für Sie, Sir.« Der Soldat hatte den Tisch noch kaum erreicht, als Oppenheimer schon aufsprang. »Nein, Sir, tut mir leid, nicht für Sie. Für Mr. Connolly.«

Oppenheimer war zu überrascht, um wütend zu sein. Da er bereits stand, machte er mit seiner Hand eine »Nach Ihnen«-Geste. Aber das Unerwartete dieses Vorfalls hatte ihm seine gute Laune zurückgegeben, und er lachte über sich selbst.

»Blockieren Sie die Leitung nicht zu lange. Sonst lassen Sie den General warten. Und übrigens, sagen Sie Ihrer Mutter oder wer es ist, dass es illegal ist, hier anzurufen.«

Connolly zuckte die Achseln. »Bin gleich wieder da.«

»Ich hoffe für Sie, dass es wichtig ist.«

Es war Mills, und er klang ziemlich begeistert.

»Ich habe mir gedacht, Sie sollten das wissen – sie haben ihn.«

»Wen?«

»Den Mörder. Holliday hat angerufen. Die Polizei in Albuquerque hat ihn geschnappt. Sieht aus, als könnten Sie wieder zurück in die große Stadt.«

Aber Connolly gab es einen Stich, und er merkte, dass er das ganz und gar nicht wollte.

»Sind Sie noch dran?«, fragte Mills nun lauter, als vermutete er eine schlechte Verbindung.

»Das ergibt keinen Sinn.«

»Sie geben wohl nie auf, was, Bruder? Sie haben den Fall abgeschlossen. *Fermata,* wie wir am Rio Grande sagen. Es ist übrigens ein Mexikaner. Wie sie vermutet hatten.«

»Ich will ihn sehen.«

Mills zögerte einen Augenblick. »Für den Fall, dass Sie Fragen haben, hat Holliday mich gebeten, Ihnen was auszurichten: Die Polizei in Albuquerque will, dass Sie und Holliday einen höflichen Abgang machen. Man wird Ihnen eine Kopie des Berichts zuschicken, aber –«

»Sagen Sie ihm, dass ich morgen wieder da bin. Ich muss Oppenheimer heute Nacht zurückbringen.«

»Er sagt, die meinen das ziemlich ernst. Passt ihnen wahrscheinlich nicht, dass die Army sich einmischt –«

»Hören Sie mir überhaupt zu? Sagen Sie Holliday, ich bin morgen wieder in Albuquerque, und dann werde ich den Verdächtigen verhören. Wenn ich ihn morgen nicht verhören kann, rufe ich General Groves an, und der wird sich mit dem Gouverneur von New Mexico in Verbindung setzen, und dann gibt's bei der Polizei in Albuquerque plötzlich drastische Personalknappheit. Kapiert?«

»Können Sie das wirklich tun?«

»Wahrscheinlich. Ich weiß es nicht, aber dieses Risiko wird er vermutlich nicht eingehen wollen.«

»Schon gut, beruhigen Sie sich wieder. Ich werde sehen, was ich tun kann. Sehr glücklich klingen Sie nicht – und ich habe mir gedacht, es würde Sie freuen.«

»Ich glaube es nicht.«

»Was soll das heißen?«

»Ich glaub's einfach nicht. Er ist nicht der Richtige.«

»Mike, Sie sollten es besser glauben«, erwiderte Mills gelassen. »Er hat gestanden.«

8

Sie fuhren durch die Nacht. Eisler schlief auf dem Rücksitz, Oppenheimer lümmelte im Beifahrersitz und tat so, als würde er schlafen. Er war zwar ruhelos, aber stumm. Die Straße war vollkommen leer, ihre Scheinwerfer waren die einzigen Lichtpunkte in Meilen der Dunkelheit, doch Connolly war hellwach. Die Spannung, die er neben sich spürte, färbte auf ihn ab, denn Oppenheimer wollte etwas über den Anruf wissen und Connolly sagte ihm nichts.

Er wusste selbst nicht genau, warum er es ihm verschwieg. Oppenheimer hatte ein Recht, es zu wissen – was konnte beweiskräftiger sein als ein Geständnis? Er brauchte erst gar nicht so zu tun, als könnte er Gründe liefern, es anzuzweifeln. Der Rest der Geschichte schrieb sich jetzt wie von selbst: Oppenheimers sarkastischer Dank und eine Fahrkarte nach Washington; seine Unterkunft in dem Haus an der L Street, mit einem Gemeinschaftsbad auf dem Gang; vielleicht noch ein Jahr Schreibtischdienst bis zum endgültigen Ende des Krieges; seine Entlassung in ein Leben, das nicht mehr existierte. Aber es war noch nicht zu Ende, der Fall nicht, nichts in Los Alamos. Er war noch nicht bereit zu gehen. Er fühlte sich hier lebendig, irgendwie nun doch noch im aktiven Dienst, fast so, als gehöre er zum Projekt. Zum ersten Mal begriff er, wie die Wissenschaftler empfanden, die an nichts anderes denken wollten, bis das Ziel erreicht war, bis das Spielzeug explodierte. Danach würde Zeit sein für anderes, jetzt nicht. Sie waren so nahe dran. Und solange er diesen Fall hatte, seine periphere Ermittlung, konnte er daran teilhaben. War er es Brauner nicht schuldig, die Sache zu Ende zu führen?

Doch sogar er erkannte, dass er sich hier ein Kartenhaus baute. Man kann sich alles einreden, wenn man nur will. Es war nicht sein Projekt. Er war Brauner gar nichts schuldig außer einer Entschuldigung, weil er seinen Tod missbrauchte, um sein Leben interessanter zu gestalten. Eine mexikanische Barbekanntschaft, ein sinnloses Verbrechen. So war das Leben. Vielleicht hatte seine Weigerung, das zu akzeptieren, einen einfacheren Grund – wenn er das Projekt verließ, würde er sie verlassen. Er sah zu Oppenheimer hinüber. Er hatte ein Recht, es zu erfahren. Connollys Schweigen grenzte schon an militärische Insubordination. Pflichtvergessenheit. Und das alles nur wegen seines Verlangens nach einer Frau? Lief es wirklich nur darauf hinaus? Andererseits – Oppenheimer war es gleichgültig, und was machte es schon aus? Er verlangte ja nicht viel Zeit – nur genug, um auch den letzten Zweifel auszuräumen, bevor er alles aufgab.

Sie waren noch südlich von Santa Fe, als das erste Licht über die Sangre-de-Christo-Berge strömte und die Nebelschleier von den Salbei- und Wacholderbüschen hob. Es würde wieder ein spektakulärer Morgen werden, der die Beklommenheit der Nacht vertrieb, ein klarer und unkomplizierter Morgen. Oppenheimer, nun endgültig erschöpft von den Sorgen, die ihn in der Dunkelheit beschäftigt hatten, war fest eingeschlafen. Eisler, der Dämonen heraufbeschwor und dann Brötchen anbot, schnarchte leise im Fond. Das Auto fühlte sich wieder sicher und gewöhnlich an. Warum war die Nacht immer voller Ultimaten? Mache einen Schritt nach dem anderen. Im neuen Licht würde er sehen, was es zu sehen gab.

Er setzte die beiden schlaftrunkenen Männer am Tor zum Technischen Bereich ab, brachte das Auto zum Fuhrpark und freute sich dann auf eine Dusche und den neuen Tag. Aber Los Alamos schlief noch, es glänzte leer im Morgenlicht. Mills würde erst in etwa zwei Stunden bereit sein, und bis zum Verhör in Albuquerque würde es dann noch einmal mehrere Stunden dauern. Nur ein paar Lastwagen störten den Frieden. Er könnte einen Kaffee trinken und im Büro vorbeischauen. Er könnte Spazierengehen, sich die Benommenheit bei einem Marsch um den Ashley Pond aus den Gliedern schütteln. Stattdessen stand er am Straßenrand und tat gar nichts. Er setzte sich zum Wohnheim in Bewegung, zögerte dann aber. Er bog in Richtung Verwaltungsgebäude ab und blieb ein zweites Mal stehen. Er war wieder ein Teenager, der auf der Straße nervös nach Ausreden suchte, doch plötzlich wusste er, dass er das Eingangstreppchen hochsteigen und auf die Klingel drücken musste.

Er klopfte leise an die Tür in dem Sundt-Komplex, um die Nachbarn nicht zu wecken, aber sie musste schon früh aufgestanden sein, denn sie öffnete sofort. Ihre Haare waren offen und ungekämmt, und sie trug einen Morgenmantel, ein Seidending aus der Vorkriegszeit, das sich an ihrem Busen bauschte. Er spürte die Wärme des Bettes an ihr.

»Bist du verrückt?«, fragte sie leise. »Du kannst doch nicht hierherkommen.« Sie sah sich schnell um.

»Dann komm raus«, sagte er.

»Psch. Sonst hört uns jemand. Weißt du, wie spät es ist?«

Er nickte, rührte sich aber nicht.

Sie sah sich noch einmal um und öffnete dann die Tür ein Stückchen weiter. »Komm rein«, sagte sie, zog ihn ins Haus und schloss dann die Tür hinter sich. »Was ist los? Du siehst ja schlimm aus.«

Er drehte sich zu ihr um und sah sie an, sein Gesicht nahe an ihrem, als würde die Nähe ihre Stimmen dämpfen.

»Du nicht«, sagte er und ließ den Blick über ihr Gesicht wandern.

Sie lächelte schwach. »Ich hab's darauf angelegt, nicht?«, sagte sie leise. »Um sechs in der Früh.«

»Ich muss mit dir reden.«

»Nicht hier.«

»Er kommt vor Freitag nicht zurück.«

»Darum geht's nicht. Wir können nicht – nicht hier.« Aber sie rührte sich nicht, und er spürte sie knapp vor sich, ihre Wärme, ihr Gesicht, das seins fast berührte.

»Ich muss dir etwas sagen. Es kann sein, dass ich abreisen muss.«

Sie sah ihn an. »Wirst du?«

»Kann sein. Man hat jemanden gefunden. Es kann sein, dass ich abreisen muss.«

»Warum sagst du mir das?«, fragte sie, ohne den Blick von ihm zu nehmen.

»Ich kann dir nichts versprechen. Du solltest das wissen.«

»Ich weiß.«

»Es könnte wichtig für dich sein. Ich will nicht unfair zu dir sein.«

Sie legte ihre Hand an seine Wange. »Aber du bist nicht fair«, sagte sie und zog ihn zu sich. »Nichts an dir ist fair.« Sie küsste ihn. »Du bist hier«, sagte sie und küsste ihn noch einmal, flüchtig, als würde sie zwischen zwei Wörtern Atem holen, »und dann wieder nicht. Es ist nicht fair. Du warnst mich. Sonst noch was?«

»Ich will nicht weg«, sagte er und erwiderte ihren Kuss.

»Dann bleib noch ein bisschen. Jetzt.«

»Bist du sicher«, fragte er zwischen zwei Küssen.

»Ja.«

»Ich will dir nicht wehtun.«

»Das ist eine lustige Romanze. Entschuldigungen am Anfang, nicht am Ende. Es ist nicht fair.«

»Nein.«

»Lass uns so tun, als wären wir am Anfang.«

Nun küsste er sie heftiger, drückte sie gegen die Tür, umschlang sie und presste sie an sich. Er spürte die Hitze ihrer Haut durch die Seide, während er seine Hände über ihren Rücken gleiten ließ und sie fest an sich presste, sodass ihre Körper sich aneinander rieben. Ihr Bademantel öffnete sich, und er schob die Hände hinein, er spürte ihre Haut und wie sie unter seinen Fingern zum Leben erwachte. Sie umklammerte seinen Hinterkopf und bedeckte sein Gesicht mit Küssen.

»Komm ins Bett«, flüsterte er.

»Nein.« Sie keuchte. »Nicht dort.«

Und als seine Hand über ihre Hüfte zur Rückseite ihres Oberschenkels wanderte, hob sie das Bein und umklammerte ihn, als würde er sie gleich hier, im Stehen nehmen, und sein Schwanz zuckte vor Erregung. Er ließ die Hand weiterwandern, bis er ihren Busch an den Fingerspitzen spürte, bereits feucht, und diese Feuchtigkeit ließ seine Erektion fast schmerzhaft in seiner Hose pochen. Seine Finger strichen über die feuchten Lippen, hin und her, und sie begann sich in seinem Rhythmus zu bewegen, während aus ihrem Mund unter Küssen erstickte Laute strömten. Er führte die Hand nach oben und umfasste sie mit geöffneter Innenfläche, sodass die Handwurzel vorn gegen sie rieb und sein Finger über ihre Nässe strich, und sie löste ihren Mund von seinem, um Luft zu schnappen, und drückte ihren Unterkörper gegen ihn. Aber er konnte jetzt nicht mehr aufhören – die Heftigkeit, die Eile brachen von außen über sie herein. Er spürte ihr abgehacktes Atmen an seinem Ohr. Er bedeckte wieder ihren Mund, und ihre nassen Zungen trafen sich, während er seine Hose öffnete, so schnell, dass seine Erektion heraussprang und zuckend seine Hand verdrängte, an ihren feuchten Lippen entlangstrich und in sie glitt, und er stieß zu, füllte sie, und sie stöhnte auf und legte ihren Kopf an seine Schulter. Kurz dachte er, er würde sofort kommen, ohne Bewegung, nur umfangen von ihrer Hitze. Es gab nichts mehr außer Gefühl, ein so vollkommenes, dass er Angst hatte, es zu stören. Aber dann spürte er, wie die Wand ihrer Vagina ihn umfasste, leise zuckte, und sie bewegten sich wieder. »Oh«, machte sie, ein tiefes, kehliges Geräusch, den Kopf jetzt an die Tür gelehnt, und dieser Laut erregte ihn aufs neue, sodass er seinen Mund wieder auf ihren drückte und sie küsste, während er sie unten umfasste, den angewinkelten Schenkel an seine Hüfte drückte und in sie stieß. Er hörte, wie sie gegen die Tür hämmerten, besinnungslos wie Tiere, und dann einen scharfen Laut von ihr, während ihr Inneres ihn wieder umklammerte, und er wusste, dass es ihr gekommen war, und nach wenigen heftigen Stößen spritzte es aus ihm heraus, alles in ihm schoss heraus und nahm ihm den Atem.

Ein paar Minuten lang standen sie so, keuchend, noch immer miteinander verbunden, und er wusste, dass sie absurd aussehen mussten, wie sie an der Tür lehnten, die Münder speichelverschmiert und er mit der Hose an den Knöcheln. Aber ihr Gesicht strahlte, und als er sie ansah, fühlte er eine immense Dankbarkeit. Es war so schnell gegangen, aber sie hatte ihn gelassen, hatte sich nicht gewehrt, sondern sich ihm hingegeben. Er hatte sie lieben wollen, nicht nur vögeln, aber sie hatten bereits zu lange gewartet, um sich noch Zeit zu lassen. Jetzt küsste er sie sanft und hob sie, sein Penis noch steif in ihr, und trug sie mit wackeligen Schritten, von der Hose an den Knöcheln behindert, zur Couch. Nur sie jetzt nicht verlassen. Es war egal, wie sie aussahen, egal, wie schlampig und ungeschickt sie waren, solange er nur in ihr blieb. Als er sie, noch immer in ihr, auf die Couch legte, lächelte sie ihn an, und diesmal fanden sie einen anderen Rhythmus, eine neue Geschmeidigkeit der Bewegungen, und das Gefühl in ihm breitete sich aus, sodass sein ganzer Körper sie liebte, jedes Fleckchen seiner Haut empfänglich wurde. Nun erkundeten seine Hände ihren ganzen Körper, streichelten ihren Busen, und er küsste ihren Hals, bis sie beide zu rasen begannen, und sie schlang ihre Beine um ihn, drängte ihn, dass er bald kommen möge, damit sie gemeinsam den Höhepunkt erreichten, im Schaudern der Lust verschmolzen.

Still lagen sie eine Weile da, bis er, entspannter jetzt, sich seines Gewichts auf ihr bewusst wurde. Er ließ seinen nun schlaffen Penis aus ihr gleiten und legte sich neben sie, ohne sie loszulassen. Er sah, dass ihr Gesicht feucht war von Tränen.

»Nicht«, sagte er sanft und wischte sie ihr zärtlich von den Wangen.

»Nein, mir geht es gut«, sagte sie und drehte sich zu ihm um. Sie hielt seinen Kopf, sah ihn an. »Wie wird es sein, was meinst du?«

»Ich weiß es nicht.«

»Nein. Macht nichts.«

»Vielleicht so wie jetzt.«

»Vielleicht«, sagte sie und fuhr den Umriss seines Ohrs nach.

»Warum glauben wir immer, dass irgendwas anderes wichtig sein könnte?«

Sie lächelte. »Jetzt spricht der Sex.«

»Wahrscheinlich.«

»Ich hab's noch nie im Stehen gemacht.«

Er grinste. »Wie findest du's?«

»Ich weiß noch nicht so recht.«

Sie hätten so weitergemacht, das wusste er, wären entspannt dagelegen und hätten sich gestreichelt, aber es klopfte an der Tür.

»O Gott«, flüsterte sie und deutete hastig zum Schlafzimmer. »Verdammt.«

Was zuvor geschmeidig gewirkt hatte, ein Teil des Liebesspiels, war jetzt tollpatschig, und er wäre beinahe hingefallen, als er, die Hose mit den Händen hochhaltend, auf die Tür zustolperte.

»Ich komme«, rief sie, knotete sich den Bademantel zu und fuhr sich mit den Fingern durch die Haare. Sie wartete, bis er die Schlafzimmertür geschlossen hatte.

Drinnen warf er sich, zu erschöpft, um sich anzuziehen, aufs Bett und rührte sich nicht, um nur ja keinen Lärm zu machen.

»Emma«, hörte er eine Frauenstimme durch die Tür. »Gott sei Dank, dass Sie auf sind. Hätten Sie ein bisschen Kaffee für mich? Ich weiß auch nicht, wie mir der ausgehen konnte, aber Larry wird zum Ekel, wenn er seinen Kaffee nicht bekommt. Ich werde mich revanchieren.«

»Ich wollte gerade welchen machen. Reicht das?«, fragte sie.

»Hm. Sie schwitzen ja.«

»Das ist diese blöde Zentralheizung. Eigentlich sollte ich ja inzwischen daran gewöhnt sein, nicht?«

»Danke«, sagte die Frau, die offensichtlich den Kaffee entgegennahm. »Tut mir leid, dass ich Sie schon so früh belästigt habe. Wo ist denn Daniel? Ich dachte, ich hätte jemanden gehört.«

»Nein, ich bin allein. Er ist unterwegs. Schreckliche Angewohnheit, diese Selbstgespräche, nicht? Wenn ich nicht aufpasse, stecken sie mich in eine Anstalt.«

An der Tür redeten sie weiter, aber Connolly hörte nicht mehr zu. Er lag nur da, starrte zur Decke und genoss den Nachgeschmack der Liebe. Nun hörte er Wasser rauschen, das Klappern eines Kessels, der auf den Herd gestellt wurde, das Kratzen eines Streichholzes. Alles wirkte erotisch auf ihn. Er stellte sich vor, wie sie Kaffee abmaß, den Bademantel halb geöffnet, das Dekollete leicht gerötet, die Brustwarzen steif unter der Seide. Er stellte sich vor, wie es wäre, jeden Morgen hier zu liegen, sie in der Küche hantieren zu hören, zu spüren, wie die Klebrigkeit des Sex auf der Haut trocknet. Als sie die Tür öffnete und den Finger an die Lippen hob, musste sie kichern, als sie ihn so sah.

»Schau dich nur an«, flüsterte sie. »Meinst du, du könntest dir die Hose wieder anziehen, oder willst du den ganzen Tag so bleiben?«

»Den ganzen Tag«, erwiderte er. »Komm ins Bett.«

Aber sie schüttelte den Kopf. »Nein, ich hab's dir gesagt. Ich will ihm das nicht antun. Komm Kaffee trinken«, sagte sie und verließ das Zimmer.

Er stand auf, zog die Hose an und folgte ihr. »Du hast aber komische Skrupel«, meinte er spöttisch.

Aber sie kam zu ihm und drückte ihn. »Nicht schimpfen. Ich will es nicht, das ist alles.«

»Entschuldigung«, sagte er und küsste sie. »Soll ich lieber gehen?«

»Nein. Da ich nun mal Kaffee gemacht habe, wollen wir ihn auch trinken. Blöde Kuh von nebenan. Hat wahrscheinlich ein Glas an der Wand, um zu lauschen.«

Er setzte sich an den kleinen Küchentisch am Fenster, rauchte und sah zu, wie sie Kaffee eingoss und zum Tisch brachte. Jede Bewegung schien interessant – wie sie beim Hinsetzen den Mantel glattstrich, vorsichtig in den Kaffee blies, nach einem Streichholz griff.

»Was ist?«, fragte sie verunsichert.

»Ich seh' dich nur an«, sagte er. »Ich kann nicht genug von dir kriegen.«

»Na, du hast ja gerade erst angefangen«, bemerkte sie lakonisch und zündete sich eine Zigarette an.

»Nein. Seit Wochen schon. Von Anfang an.«

»Das ist nett«, sagte sie und trank einen Schluck Kaffee. Dann fügte sie neckisch hinzu: »Muss wohl meine Kotzerei gewesen sein, die dich für mich eingenommen hat. War's das?«

»Nein. Die Rückfahrt von der Ranch«, erwiderte er ernsthaft.

»Wirklich?«, fragte sie interessiert.

»Hm. Das war der Augenblick.«

»Was für ein Augenblick?«

»Es gibt immer einen Augenblick zwischen einem Mann und einer Frau, in dem man plötzlich weiß, dass etwas passieren kann. Es muss nicht – es kann auch wieder vorübergehen. Aber ohne diesen Augenblick kann es nie passieren. Du weißt schon, wenn man das Gefühl hat, dass es möglich ist.«

Sie lachte. »Ganz schön frech.«

»Hast du es nicht auch gespürt?«

»Für eine Frau ist das anders.«

»Das glaube ich nicht. Nicht dieser Teil.«

Sie zuckte die Achseln und sah zum Fenster, durch das ein Sonnenstrahl auf den Tisch fiel. »Was war das mit deinem Wegmüssen?«

»Vielleicht muss ich. Ich weiß es nicht. Aber wir können uns noch treffen. Er bleibt die ganze Woche weg.«

»Woher weißt du das?«

»Ich bin eben vom Testgelände zurückgekommen. Ich habe ihn dort gesehen.«

»Muss gemütlich gewesen sein. Hör zu, falls irgendwas passiert, musst du ihn draußenlassen. Ich meine es ernst.«

»Er hat nichts damit zu tun. Ich rede von uns. Von dir und mir. Es steht dir frei, Regeln aufzustellen.«

»Na schön«, sagte sie leise. »Aber nicht hier. Keiner war je hier.«

»Wohin bist du mit den anderen gegangen?«

Sie sah ihn an. »Tu nicht so, als wärst du eifersüchtig. Du hast kein Recht dazu. Ich habe nie gesagt, dass es andere gab. Ich habe nur gesagt, dass keiner je hier war. Du merkst ja, wie es ist.« Sie nickte in Richtung Nachbarwohnung.

Er folgte ihrer Geste mit dem Blick und nahm zum ersten Mal die Küche richtig wahr, eine Ansammlung von Terrakotta-Töpfen und Navajo-Decken über nüchternem Einheitsmobiliar. Er fasste ihre Hand. »Wir können uns irgendwo treffen.«

»Ja.«

»Ich werde was finden.«

»Es gibt ja die Ranch. Dorthin könnten wir gehen.«

»Sie hat dir den Schlüssel gegeben«, sagte er, eine Feststellung.

Emma nickte. »Sie ahnte wohl, dass ich ihn brauchen werde.«

»An diesem Tag«, sagte er.

»Vor der Fahrt. Du hast schon vor der Fahrt dran gedacht.«

»Nein. Höchstens ein unbestimmtes Gefühl. Ich weiß es nicht.«

Er lächelte. »Aber du hast gedacht, es könnte sein. Du warst mir voraus. Komm her.«

Sie schüttelte den Kopf, aber er packte ihre Hand fester und zog sanft daran, und sie folgte dieser Bewegung, ging zu ihm und setzte sich mit klaffendem Morgenmantel rittlings auf ihn. Sein Gesicht war auf gleicher Höhe mit ihren Brüsten, und er begann sie zu küssen, zuerst nur ganz sanft, dann, als er spürte, wie ihre Nippel sich aufrichteten, fester, er bewegte sich rhythmisch unter ihnen, sodass sie jede Berührung seiner Lippen erwartete. Sie schloss die Augen. Er leckte ihre Nippel, schmeckte sie, die noch salzig waren vom Schweiß. Er drückte sein Gesicht in ihren Busen, und sie ließ ihren Kopf neben den seinen sinken. »Nein«, keuchte sie in einem letzten Aufbäumen praktischen Denkens, »du zerbrichst den Stuhl.«

Er trug sie zur Couch zurück, und sein Mund war wieder auf ihr, langsam erkundete er jeden Teil von ihr und liebkoste ihr Geschlecht, bis sie seinen Kopf dort unten an sich drückte und schaudernd unter seiner Zunge kam, sodass sie, als er nun in sie eindrang, bereits für ihn offen war.

Mills wartete in Connollys Zimmer, er lag wieder auf dem Bett.

»Es wird Ihnen wohl zur Gewohnheit, hier einzubrechen.«

»Das war vor Stunden, als ich dachte, Sie brauchen eine Fahrgelegenheit. Danach hat mich der Gedanke fasziniert, wo Sie wohl abgeblieben sind. Nachdem Sie es gestern so eilig hatten.«

»Na, jetzt bin ich hier. Alles bereit?«

»Holliday wird uns dort erwarten. Die Drohung mit dem Anruf beim Gouverneur hat funktioniert, wie Sie vorhergesagt haben. Er ist allerdings nicht gerade glücklich darüber. Meint, dass Sie ihn die Kastanien aus dem Feuer holen lassen und dass er sich nicht gern die Finger verbrennt. Mein Gott, Sie sehen vielleicht aus.«

»Wir sind die ganze Nacht gefahren.«

»Ach ja.«

»Was zum Teufel soll denn das heißen?«

Mills grinste. »Diesen Blick habe ich seit dem College nicht mehr gesehen. Marty Rosen. Der Mösenkönig. Genau wie Marty. Die ganze Nacht unterwegs und dann fix und fertig nach Hause kommen. Nur dass er uns davon erzählen wollte. Hat's Spaß gemacht?«

»Keine blöden Sprüche, klar?«

»Heh, ich hab' keinen Ton gesagt. Sie sollten sich allerdings unter die Dusche stellen. Der Duft hängt nach. Wenn die Knackis den in die Nase kriegen, schlagen sie den Laden kurz und klein.«

»Mills –«

»Schon gut, schon gut. Bin ja nur neidisch, das ist alles. Das muss man Ihnen lassen – ich bin schon ein Jahr hier und hab' noch immer nichts abbekommen.«

»Wie wär's, wenn Sie jetzt einfach das Auto holen? Ich komme dann gleich nach«, sagte er und zog sich aus.

»Na gut. Sind Sie sicher, dass Sie sich nicht lieber schlafen legen wollen? Diese Sache hat nämlich Zeit. Sie haben ein unterzeichnetes Geständnis und einen Zeugen.«

»Wen?«

»Den Barmann aus Albuquerque. Wie's aussieht, hat er ihn doch erkannt.«

»Bevor oder nachdem sie ihm seine Schankerlaubnis entzogen haben?«

»Es gab auch noch andere. Der Kerl war Stammgast. Er *war* es, Mike.«

»Ich möchte ihn mir nur mal ansehen.«

Mills zuckte die Achseln. »Wie Sie wollen. Aber ich würde mich nach einer solchen Nacht in die Falle hauen.«

»Sie vielleicht. Ich bin überhaupt nicht müde.«

Doch er schlief den ganzen Weg nach Albuquerque, seine Augen fielen ihm schon zu, kaum dass sie den Hügel verlassen hatten, und Mills' fröhliche Stimme wurde zu einem Summen im Hintergrund. Als sie den vertrauten Highway erreicht hatten, schlief er schon tief und ließ sich auch von der Sonne nicht stören. Erst in Albuquerque wachte er wieder auf und war noch etwas benommen, als er sich plötzlich Hollidays mürrischem Gesicht gegenübersah.

Das Gefängnis von Albuquerque hatte nichts von der Adobe-Gemütlichkeit des Reviers in Santa Fe. Es war ein modernes Regierungsgebäude, offiziös und funktionalistisch. Chief Hendron dagegegen war eine Rückblende in die Pionierzeit mit ihren Einraumgefängnissen. Er war von ehrfurchtgebietender Größe und zeigte das großspurige Gehabe eines Mannes, der seinen Colt immer in Reichweite hat. Er war offensichtlich verärgert über dieses Verhör, und seine angeborene Aggressivität wurde nur in Schach gehalten von der Drohung mit einer höheren Macht.

»Holliday sagt, Sie haben ein besonderes Interesse an diesem Gefangenen, stimmt das? Haben Sie was dagegen, mir zu sagen, worin dieses Interesse besteht?«

»Das ist eine Regierungsangelegenheit.«

»Scheiße, was ist keine Regierungsangelegenheit?« Er sah sich Connollys Ausweis an und schnaubte. »Das Army Corps of Engineers interessiert sich heutzutage wohl für *alles,* was? Ich nehme an, wir müssen warten, bis der Krieg vorüber ist, bevor Sie uns sagen, was zum Teufel Sie hier eigentlich treiben.«

»Sie werden der erste sein, der es erfährt.«

Der Chief starrte ihn an. »Bloß nicht frech werden«, blaffte er. »Ich bin immer noch das Gesetz hier in der Gegend, und ich lasse mir das nicht gefallen.« Er gab Connolly den Ausweis zurück. »Wenn Holliday für Sie bürgt, wird's schon seine Richtigkeit haben. Aber ich lasse nicht zu, dass Sie mit meinem Gefangenen rummachen. Wenn Sie mit ihm reden wollen, müssen Sie einen von meinen Jungs dabeihaben. Wir haben einen geständigen Mörder da hinten, und ich weiß noch immer nicht, was Sie das angeht.«

»Das zweite Opfer war einer unserer Männer.«

»Einer Ihrer Männer. Das ist gut. Was sollte denn einer Ihrer Army-Ingenieure mit unserem guten Ramon hier zu schaffen haben?«

»Genau das möchte ich gerne herausfinden.«

»Das ist ja 'n Ding, dass so 'ne Scheiße in der Army vorkommt. Wenn das meine Truppe wäre, würde ich mich schämen.«

»Wenn es Ihre Truppe wäre, würde ich mich auch schämen«, sagte Connolly und fügte dann schnell, bevor Hendron etwas erwidern konnte, hinzu: »Kann ich ihn jetzt sehen? Ich werde Chief Holliday mitnehmen – damit ich nicht allein mit ihm bin und Sie sich keine Sorgen deswegen machen müssen. Hat er einen Anwalt?«

Hendron starrte ihn an, als wollte er gleich zuschlagen, doch er beherrschte sich.

»Er wird einen bekommen. Sie haben eine Stunde mit ihm, mehr nicht. Finden Sie heraus, was Sie herausfinden müssen, und kommen Sie nicht wieder hierher. Wenn Sie sich in diesen Fall einmischen, reiße ich Ihnen den Kopf ab, Gouverneur hin oder her.«

»Ich weiß Ihre Mitarbeit wirklich zu schätzen.«

Hendron starrte ihn wieder an. »Tun Sie, was Sie nicht lassen können. Holliday, ich verlasse mich auf Sie, dass da drin alles mit rechten Dingen zugeht. Wir wollen bei dem eine saubere Verurteilung.«

»So weit ich weiß, haben Sie Zeugen?«, sagte Connolly.

»Der Barmann hat sie zusammen rausgehen sehen. Einige von den anderen, äh, Stammgästen bestätigen das. Wie's aussieht, hat der gute Ramon diesen Parkplatz schon früher beackert. Das steht außer Zweifel. Wir haben ein unterschriebenes Geständnis, müssen Sie wissen.«

»Das habe ich gehört.«

»Na gut. Arnold hier wird Ihnen den Weg zeigen. Aber seien Sie nett und freundlich zu ihm. Der gute Ramon hatte gestern Nacht ein wenig Kummer, und er ist wahrscheinlich nicht gerade auf der Höhe.«

»Was für eine Art Kummer?«

Er grinste. »Die Art, die man im Gefängnis bekommt, wenn man nicht gerade der Beliebteste ist. Wie's aussieht, mögen die Jungs Leute von Ramons Schlag nicht besonders. Ich vermute, mit den Army-Ingenieuren ist er besser gefahren.«

Sie wurden in ein Zimmer etwas weiter unten am Gang geführt und mussten dort warten.

»Sie schaffen sich hier nicht gerade Freunde«, sagte Holliday und gab ihm eine Kopie der Aussage.

»Ich möchte nur wissen, warum sich Hendron so aufregt. Dem könnte es doch eigentlich egal sein.«

»Sind Sie je unabsichtlich auf eine Schlange getreten? Sie hatten es nicht vor, und sie will gar nicht, aber sie muss einfach beißen. Das ist der Überraschungseffekt.«

»Und dann? Kriecht sie wieder unter ihren Stein?«

»Wenn Sie sie in Ruhe lassen.«

Connolly überflog die Aussage. »Kelly. Sie haben doch gesagt, er ist Mexikaner.«

»Seine Mutter. Der Vater war vermutlich bei der Eisenbahn. Das gibt's hier ziemlich häufig. Meistens bleiben sie allerdings nicht lange genug, um einen Namen zu hinterlassen.«

»Vielleicht war's Liebe«, sagte Connolly abwesend und las weiter. »Mein Gott, fünfzig Dollar? Er hat jemand für fünfzig Dollar abgestochen.«

»Für einige Leute ist das viel Geld. Außerdem war es nur ein Streit. Sie wissen ja, was bei einem Streit alles passieren kann.«

Connolly sah zu ihm hoch. »Fahrlässige Tötung?«, fragte er mit überraschter Miene.

»Ich würde eher auf Totschlag tippen.«

»Und für Totschlag wird man nicht gehängt.«

»Nicht in diesem Staat.«

»Hatte er auch mit Brauner einen Streit?«

»Nein. Da verteidigte er seine Männlichkeit«, erwiderte Holliday ausdruckslos und versuchte Connollys Blick auszuweichen. Aber Connolly sah ihn weiter an. »So steht's zumindest hier.«

»Glauben Sie das?«

»Es gibt keinen Grund, es nicht zu glauben. Schließlich hat er's gesagt, nicht? Der Machismo ist für diese Leute 'ne große Sache.« Er hielt inne. »Auf jeden Fall etwas, das jeder Geschworene verstehen würde.«

Connolly wollte ihn nicht weiter bedrängen und wandte sich wieder dem Papier zu. »Was hat er gesagt, wie viel er Brauner abgenommen hat?«

»Angeblich gar nichts.«

»Na, fünfzig Dollar waren es auf keinen Fall. Karl hätte nie so viel bei sich gehabt.«

»Er behauptet, es ging nicht um Geld.«

»Stimmt, das habe ich ganz vergessen. Er musste ja seine Ehre verteidigen. Und deshalb schlägt er Karl den Schädel ein. Und zermanscht sein Gesicht.«

Holliday seufzte. »Kannte eben seine eigene Kraft nicht.«

Aber als Kelly hereingeführt wurde, schien er überhaupt keine körperliche Kraft zu besitzen. Mit ängstlichen Blicken zur Wache schlurfte er herein und stand dann still und verdrossen vor dem Tisch, ein Schuljunge, der zum Direktor gebracht wird. Er war schlank, aber drahtig, die Schultern hingen, als würde das Gewicht der Handschellen sie nach unten ziehen. In seinem Gesicht waren die Vorfahren leicht auszumachen: die kupferfarbene Haut und die aztekisch schrägen Wangenknochen kontrastierten mit dem überraschenden Blau seiner Augen, von denen jedoch eins in violett angelaufenen Quetschungen zu verschwinden drohte. Ein dünner, struppiger Schnurrbart wurde hochgeschoben von einer geschwollenen, aufgeplatzten Oberlippe. Die Verschlagenheit seines Gesichts konnte das allerdings nicht verbergen. Die verfärbte Haut spannte sich über eine harte Maske trotziger Wachsamkeit, der Miene eines Menschen, der in seinem Leben wenig Zuneigung bekommen hat.

»Danke«, sagte Connolly zu der Wache. »Braucht er die?« Er zeigte auf die Handschellen. Die Wache sah Holliday an, der nickte, und schloss dann widerwillig die Schellen auf. Kelly rieb sich, überrascht und zugleich argwöhnisch, die dünnen Handgelenke.

»Ich bin draußen vor der Tür«, sagte die Wache. »Wenn Ramon Schwierigkeiten macht, rufen Sie einfach.«

»Setzen Sie sich«, sagte Connolly, der die Wache ignorierte und Kelly eine Zigarette anbot. Er zuckte leicht, als die aufgeplatzte Oberlippe sich um den Filter schloss, schob sie sich dann in den Mundwinkel und kniff die Augen gegen den aufsteigenden Rauch zusammen.

»Ich arbeite für die Regierung und muss Ihnen ein paar Fragen stellen«, sagte Connolly.

»Davon weiß ich nichts.«

»Von was?«

»Von ’ner Regierung. Was hat das mit der Regierung zu tun? Davon hat mir niemand was gesagt.«

»Einer der Männer, die Sie umgebracht haben, arbeitete für die Regierung.«

Zum ersten Mal sah Kelly nun verunsichert aus, sein geschundenes Gesicht verzog sich besorgt. »Davon weiß ich nichts. Ich habe niemanden umgebracht – es war ein Unfall.«

»Und bei –«, Connolly suchte in den Unterlagen. »Jack Duncan – das war der Mann aus Albuquerque – war es ebenfalls ein Unfall.«

»Nein. Mit Jack war’s anders. Das war ein Streit.«

»Und worum ging der Streit?«

Er zuckte die Achseln. »Sie wissen schon. Ein Streit eben.«

»Sie kannten Duncan?«

»Ich hatte ihn schon mal gesehen.«

»Hatten Sie Sex mit ihm?«

Er nahm die Zigarette aus dem Mund. »Heh, ich mach’ so was nicht. Er hatte Sex mit mir.«

Connolly sah ihn verwundert an, diese Unterscheidung überraschte ihn. »Was hat er getan?«

»Soll das ein Witz sein? Was glauben Sie denn? Geblasen hat er mir einen. Er mochte das.«

»Hat er Sie bezahlt?«

»Nee. Das war, na ja, zum Spaß. Ab und zu lass ich mir’s von Kerlen so machen. Wenn ich’s anders nicht kriegen kann. Was ist denn schon dabei?«

»Aber Sie hatten fünfzig Dollar.«

»Die hat er mir gegeben. So als Kredit.«

»Und obwohl er Ihnen fünfzig Dollar gab, kam es zum Streit.«

Er zuckte wieder die Achseln und drückte die Zigarette aus.

»Haben Sie daher Ihre blauen Flecken?«

Er starrte die beiden Männer an, als wäre das eine Fangfrage.

»Der Streit ist schon eine Weile her«, sagte Connolly. »Und die sehen ziemlich frisch aus.«

»Bin hingefallen.«

»Wo? Hier?«

»Ja, hier. Ich bin hingefallen.« Er wandte den Blick ab.

»Was ist mit dem anderen Mann, kannten Sie den? Wo haben Sie ihn kennengelernt?«

»In einer Bar.«

»In was für einer?«

»Keine Ahnung. Irgend 'ne Bar in der Nähe der Plaza.«

»Was haben Sie in Santa Fe gemacht?«

Er zuckte die Achseln. »Ich war einfach dort, das ist alles.«

»Und was ist dann passiert?«

»Wir sind spazieren gegangen. Dann wollte er – hören Sie, ich habe das alles schon erzählt. Warum fragen Sie mich noch einmal?« Er war selbstbewusster geworden und nahm sich noch eine Zigarette.

»Ich will nur sichergehen, dass ich alles richtig verstanden habe. Sie gingen also spazieren. Keine Fahrt im Auto?«

»Nein, ein Spaziergang.«

Connolly spürte, dass Holliday neben ihm unruhig wurde und auf seinem Stuhl hin und her rutschte, aber er sagte nichts.

»Zum Fluss hinunter.«

»Ja. Zum Park.«

»Was ist dann passiert?«

Kelly grinste. »Er hat mich angemacht.«

»Hat Sie das überrascht?«

Die Frage schien ihn aus dem Konzept zu bringen.

»Dachten Sie, dass er nur reden wollte?«

»Ich weiß nicht. Vielleicht. Na ja, ich hab' mir schon gedacht, dass er mir vielleicht einen blasen will. Es ist mir in den Sinn gekommen.«

»Hat er von sich erzählt? Von seiner Arbeit?«

Kelly machte ein verwirrtes Gesicht. »Nein.«

»Worüber haben Sie dann geredet?«

»Nichts. Ich kann mich nicht erinnern.«

»Er war ein ziemlich kräftiger Kerl«, sagte Connolly beiläufig. »Hat Sie das nicht beunruhigt?« Wieder spürte er, dass Holliday sich bewegte.

»Ich kann gut auf mich selber aufpassen.«

Connolly betrachtete die dünnen, sehnigen Arme, das verschwollene Gesicht, und er fragte sich, wie oft er das schon gesagt hatte, wie oft diese Art des Posierens ihn geschützt hatte. »Das sehe ich.«

»Heh«, sagte er beleidigt. »Ich hab's Ihnen doch gesagt, ich bin hingefallen.«

»Sie gingen also mit ihm spazieren und am Ende haben Sie ihn geschlagen. Warum?«

»Er war nicht mehr zu bändigen. Ich hab's Ihnen doch gesagt.«

»Er wollte keinen Sex mit Ihnen?«

»Er wollte, dass ich ihm einen blase. Das mache ich nicht.«

»Das haben Sie ihm gesagt?«

»Klar, aber er wollte nicht hören, verstehen Sie? Und dann ist er über mich hergefallen, und ich –«

»Und Sie haben ihn geschlagen. Womit übrigens?«

»Womit?« Connolly sah ihm an, dass er angestrengt nachdachte, sich die richtige Antwort überlegte.

»Ja. Haben Sie mit den Fäusten zugeschlagen oder hatten Sie etwas anderes?«

»Einen Ast«, antwortete er schnell. »Der lag da am Boden. Heh, wozu wollen Sie denn das alles wissen?«

»Und danach haben Sie ihn weggeworfen?«

»Ja, glaub' schon. Ich weiß es nicht mehr so genau.«

»Aber Sie wissen noch, dass Sie ihn geschlagen haben.«

»Ja, ich hab' doch gesagt, dass ich's getan habe. Ich wusste nicht, dass er tot ist, hab' gedacht, er ist nur k.o., Sie wissen schon.«

Holliday stand auf und ging zum Fenster.

»Sie müssen ziemlich wütend gewesen sein«, bemerkte Connolly gelassen.

»Ich war überrascht, ja? Und da hab' ich das erste getan, was mir eingefallen ist. Ich wollte ihn nicht umbringen.«

»Was hat Sie so überrascht? Der Sex?«

»Ja.«

»Hatten Sie das von ihm nicht erwartet? Vielleicht, weil er auch ein Hispano war?«

Connolly spürte, dass Holliday sich vom Fenster wegdrehte und Ramons verwirrtes Gesicht betrachtete. Ramon zögerte eine Minute und sagte dann: »Nein. Es war nur die Überraschung.«

»Ramon, waren Sie je in der San Isidro?«

»Was ist das? Eine Kirche?«

»Ja. Schon mal davon gehört?«

»Ich versteh' nicht.«

»Es ist eine Kirche in Santa Fe. Waren Sie schon mal dort?«

»Ich geh' nicht oft in die Kirche.« Und dann fügte er argwöhnisch hinzu: »Warum fragen Sie das?«

»Der Mann, den Sie getötet – den Sie geschlagen – haben, ging öfters dorthin. Ich habe mich nur gefragt, ob Sie mal mit ihm dort waren.«

»Ich hab's Ihnen doch gesagt, ich habe ihn nur dieses eine Mal gesehen. Nein, in einer Kirche war ich nicht mit ihm. Was glauben Sie denn?«

Holliday setzte sich wieder. Als er sprach, war seine Stimme überraschend sanft. »Wissen Sie, Ramon, die Polizei weiß gute Zusammenarbeit durchaus zu schätzen.«

»Ja«, erwiderte er, ohne Holliday anzusehen.

Connolly kam von irgendwo anders; aber Holliday war der Teufel, den er kannte.

»Es erleichtert uns die Arbeit, und das wissen wir zu schätzen. Wenn Sie es uns einfacher machen, dann sind wir eher geneigt, es – na ja, auch für Sie einfacher zu machen.«

»Ja.«

»Wenn wir etwas verstehen, dann können wir auch eher abschätzen, wie die Anklage lauten muss. Wie in diesem Fall zum Beispiel. Auf den ersten Blick könnte man ja auf den Gedanken kommen, dass es sich um Mord handelt, wissen Sie, aber wenn man es dann versteht, wenn man alle Einzelheiten kennt, dann kommt man vielleicht drauf, dass es gar nicht so schlimm ist. Wir wollen Sie doch nicht für etwas hängen, das Sie gar nicht getan haben.«

Connolly lehnte sich zurück und sah ihm bei der Arbeit zu.

»Stimmt«, sagte Kelly. »Dieser Jack Duncan. Das war kein Mord, das war nur ein Streit, wissen Sie?«

»Diesen Eindruck habe ich auch. Haben die Jungs hier das auch verstanden? Haben sie Ihnen alles erklärt?«

Ramon sah ihn an. »Ja, sie haben mir alles erklärt.«

»Gut. Wissen Sie, das ist eine komische Sache, ein Junge in Ihrer Lage. Manchmal ist da die Polizei der beste Freund, den man kriegen kann.«

Ramon rieb sich geistesabwesend die Wange. »Ja.«

»Und da will man doch nichts anderes, als auch weiterhin gut mit ihr zusammenarbeiten, nicht?«

»Klar.«

»Ich meine, wir haben hier zwei Leichen, das heißt, wir haben da ein gewisses Problem, aber bei diesem Problem muss es sich ja nicht gerade um Mord handeln, nicht? Nicht gleich das Schlimmste. Ich meine, zweimal Totschlag ist bei Weitem nicht so schlimm wie ein Mord. Sie behalten Ihr Leben. Hat man Ihnen das erklärt?«

»Ja.«

»Gut. Jetzt habe ich nur noch eine Frage. Nachdem Sie den Kerl im Park geschlagen hatten, haben Sie da seine Taschen durchsucht?«

Kelly zögerte einen Augenblick, weil er eine Falle vermutete, und sagte dann: »Ja, hab' ich schon. Warum auch nicht – ich hab' mir gedacht, er ist mir was schuldig.«

»Hm. Viel gefunden?«

»Weiß ich nicht mehr. Bisschen was. Nicht viel.«

»Und die Brieftasche haben Sie weggeworfen?«

»Ja, glaub' schon.«

»Was war mit dem Auto?«

»Von einem Auto weiß ich nichts.«

»Na ja, vielleicht hatte er ja auch keins. Schlüssel haben Sie keine gefunden, was? Nur die Brieftasche.«

»Ja, genau. Nur eine Brieftasche.«

Holliday wandte sich an Connolly. »Wollen Sie sonst noch was wissen?«

»Nein, ich glaube, das ist alles«, sagte Connolly. »Wir sollten die Wache rufen.«

»Haben Sie noch 'ne Zigarette?«

»Sicher. Können wir sonst noch was für Sie tun?«

Kelly steckte sich die Zigarette hinters Ohr und stand auf. »Ich würde gern aus der Einzelhaft raus. Glauben Sie, Sie könnten da was unternehmen? Ich meine, es ist ja nicht so, dass sie mir vorwerfen, ein Mörder zu sein oder so.«

Danach standen sie im gleißenden Licht der Nachmittagssonne auf der Eingangstreppe. Holliday zündete sich eine Zigarette an, ignorierte Connolly und starrte bemüht auf die Straße. Nur wenige Autos unterbrachen die Stille.

»Na, das erklärt den herzlichen Empfang«, sagte Connolly schließlich.

Holliday rauchte stumm weiter.

»Wie wollen Sie jetzt vorgehen?«, fragte Connolly.

»Ich weiß nicht, was meinen Sie«, sagte Holliday mit leiser Stimme.

»Natürlich wissen Sie es. Die können dem das Geständnis doch nicht einfach so abpressen. Was glauben die eigentlich, wer sie sind.«

»Auch das weiß ich nicht.«

»Ist das wieder mal so 'ne Wildwest-Geschichte? Was glauben die, was passiert, wenn er mit einem Anwalt spricht?«

Holliday seufzte. »Nun, das ist ja gerade das Komische. Wenn der Anwalt ihn dazu bringt, seine Aussage zu ändern, dann hängt er auf jeden Fall.«

»Aber er war's nicht.«

»Beim Ersten schon.«

»Dann soll er dafür seine Strafe bekommen.«

»Manche Richter sind mit dem Todesurteil schnell bei der Hand. Ich weiß nicht, was ich ihm raten würde, wenn ich sein Anwalt wäre.«

»Sie hängen ihn sowieso.«

»Vielleicht. Aber sicher wissen wir es nicht. Vielleicht meint er, es ist einen Versuch wert.«

»Mein Gott, so was tun die in Deutschland.«

»In New York City auch, habe ich mir sagen lassen.«

»Also, wir prügeln keine falschen Geständnisse aus Leuten heraus, nur damit die Polizei gut dasteht.«

»Nein? Dann muss ich mich wohl verhört haben.«

»Sie haben nicht die Absicht, was dagegen zu unternehmen, oder?«

Holliday wandte sich ihm zu, und sein Gesicht wirkte eher erschöpft als wütend. »Was genau schwebt Ihnen denn vor?«

»Es ist einfach nicht recht.«

»Das habe ich auch nicht gesagt. Aber so läuft es eben. Kelly ist ein hinterhältiger kleiner Gauner, der wahrscheinlich was Besseres bekommt, als er verdient. Die Jungs hier können sich damit brüsten, dass sie zwei Verbrechen aufgeklärt haben, die anders wahrscheinlich nie aufgeklärt worden wären. Es gibt nichts Schlimmeres als einen ungelösten Mordfall. Die Leute mögen das nicht, sie fühlen sich unwohl in ihrer Haut, Aber so kann sich jeder wieder ungestört um seinen Kram kümmern. Bis der nächste im Park umgelegt wird – aber der hat es dann wenigstens nicht mehr mit Kelly zu tun, der sich einen blasen lässt und mit Messern spielt. Vielleicht ist es so für alle die bessere Lösung.«

»Außer für uns. Wir haben noch immer einen Mord aufzuklären.«

Holliday sagte nichts.

»Sie halten den Fall doch offen, nicht? Sie wissen, dass er Brauner nicht getötet hat.«

»Ich kann es nicht, Mike«, erwiderte er leise. »Hendron lässt mich absetzen. Ich kann nicht so gegen ihn vorgehen.«

»Dann tun Sie's nicht. Nur, schließen Sie den Fall nicht ab.«

»Er ist abgeschlossen.«

»Doc, Sie haben mir nie was vorgemacht. Wenigstens glaube ich das.«

»Dann verlangen Sie nichts von mir, was ich nicht tun kann«, sagte er mit resignierter Stimme.

Connolly starrte ihn an. »Sie wissen, dass ich das nicht so durchgehen lassen kann.«

»Vielleicht. Aber was die Polizei angeht, ist der Fall abgeschlossen. Was Sie da oben unternehmen, ist Ihre Angelegenheit.«

»Aber ich brauche Ihre Hilfe.«

Holliday starrte mit nachdenklicher Miene auf die Straße. »Und wie stellen Sie sich das vor? Ich kann nicht jeden festhalten, der durch die Stadt kommt.«

»Und ich kann nicht mit jedem reden, der in der Umgebung von San Isidro wohnt. Das kann nur die Polizei.«

»Warum San Isidro?«

»Weil er dort getötet wurde. Irgendjemand muss doch was gesehen haben. Es gibt immer jemanden.«

Holliday runzelte die Stirn. »Warum wurde er dann fortgeschafft?«

»Ich weiß es nicht. Vielleicht wollte der Mörder nicht, dass Sie rumschnüffeln, nur für den Fall, dass jemand was gesehen hat. Kein Verbrechen, keine Fragen. Die Leute melden sich ja nicht freiwillig, oder?«

»Selten.«

»Und der Mörder wollte nicht, dass er gefunden wird.«

»Also schafft er ihn in die Stadtmitte.«

Connolly seufzte. »Ja.«

»Blöde Geschichte, was? Da überfällt einer einen, tötet ihn, und anstatt wegzulaufen, bringt er die Leiche weg. Na gut. Er will nicht, dass sie gefunden wird – will sich einen kleinen Vorsprung vor der Polizei schaffen. Und da hat er das ganze große weite Land hier, er kann sie einfach irgendwo im Wald abladen und sie von den Kojoten fressen lassen. Aber das tut er nicht. Er bringt sie mitten in die Stadt, wo er *weiß,* dass sie gefunden wird. Und dann nimmt er Ausweis und alles, damit sie nicht so richtig gefunden wird. Niemand weiß, wer diese Leiche ist. Klingt, als könnte er sich nicht so richtig entscheiden, was er eigentlich will.«

»Machen Sie weiter«, sagte Connolly ruhig und sah ihn an.

»Und jetzt nehmen wir einmal unseren Mr. Kelly. Das ist ein ziemlicher Aufwand, den er da hätte treiben müssen. Aber er ist eher ein nachlässiger Typ. Ex und hopp. Ich glaube nicht, dass er sich die Mühe machen würde, seine Spuren zu verwischen. Er würde sich einfach aus dem Staub machen.«

»Wir wissen, dass er es nicht war«, sagte Connolly ungeduldig.

»Und es war auch niemand, der so ist wie er.«

Connolly sah ihn an. »Soll heißen?«

»Soll heißen, dass ich nicht glaube, dass er überfallen wurde. Ich glaube, es war jemand, den er kannte. Oder zumindest jemand, der ihn kannte.«

»Das sage ich doch die ganze Zeit.«

Holliday grinste. »Ich habe ja nicht behauptet, dass Sie blöd sind. Nur ein arroganter Hurensohn.«

»Warum sollte also der Täter wollen, dass die Leiche gefunden wird?«

»Na ja, gefunden würde sie auf jeden Fall. Ein Sicherheitsmann in einer streng geheimen Army-Basis verschwindet nicht so einfach. Da steht doch sofort die Army auf der Matte. Und Sie waren ja auch gleich zur Stelle.«

»Also sind wir wieder am Ausgangspunkt. Warum ihn fortschaffen?«

Holliday zündete sich gemächlich eine neue Zigarette an. »Ich habe mir darüber ein paar Gedanken gemacht. Und was mir auffällt, ist die Art, wie wir ihn gefunden haben. Verstehen Sie, wir haben keine Ahnung, wer er ist – alles, was wir haben, ist ein Opfer. Findet man in der Wüste eine Leiche, dann steht man vor einem echten Rätsel. San Isidro? Man fragt sich, was wollte er dort? Aber so, wie wir ihn gefunden haben – da war überhaupt nichts Rätselhaftes dran. Man ist sofort im Bild. Ist nur irgendwie peinlich, was man gefunden hat. Man will da gar nicht zu genau hinsehen – man weiß ja nie, was man findet, wenn man noch einen Stein umdreht. Man will einfach nur aufputzen. Die Army hat keine Lust, nach Tunten zu suchen. Das ist für die ein heikles Thema. Er hat einfach gedacht, dass sie es unter den Teppich kehrt.«

»Was auch passieren wird.«

Holliday zuckte die Achseln. »Und ich möchte fast wetten, dass der Mörder auch nicht mit unserem Ramon gerechnet hat. Das ist nur ein Beispiel dafür, wie Gott sich um seine Sünder sorgt.«

»Und wie machen wir jetzt weiter?«

»Wie gesagt, der Fall ist abgeschlossen. Alles, was ich Ihnen bieten kann, sind meine schlauen Überlegungen – die Früchte meiner Berufserfahrung. Mehr nicht. Wenn Hendron herausfindet, dass ich eine illegale Ermittlung durchführe, geht er mir an den Kragen. Und das kann mich den Kopf kosten.«

»Nicht, wenn Sie ihn zuerst hinhängen.«

»Vergessen Sie es«, sagte er. »Ich nicht. Und Sie auch nicht. Er hat ein unterschriebenes Geständnis, und Sie haben nicht mehr als eine Theorie über einen Parkplatz und einen nichtssagenden Türkisschmuck. Das heißt, nicht nur den Kopf auf den Block legen, das heißt, ihm die Axt in die Hand geben. Im Augenblick ist das seine Schau, und wir können rein gar nichts dagegen tun. Hendron ist so ein Typ; wenn wir im Kampf wären, würde es keinen wundern, wenn er einen Schuss in den Rücken abbekommen würde. Eine Kugel und weg und keiner schaut zweimal hin. Um die eigene Haut zu retten, Sie wissen schon. Aber so weit sind wir hier noch nicht. Vielleicht sollten Sie Ihre Verbindungen nach Washington spielen lassen, damit der Saukerl eingezogen wird. Soll er doch die Japaner drangsalieren.« Er trat seine Zigarette aus, als wollte er damit das Gespräch beenden. »Aber wahrscheinlich ist er als Bewahrer des Friedens zu Hause einfach zu wichtig. Er muss hierbleiben, damit unsere Jungs was haben, zu dem sie zurückkehren können.«

Connolly schwieg eine Weile. »Was ist mit dem Auto?«, fragte er dann.

»Dem Auto?« Holliday sah ihn fragend an.

»Sie müssen das Auto noch finden.«

Holliday lächelte. »Also wissen Sie, ein vermisstes Fahrzeug ist eine ganz andere Geschichte. Streng genommen gehört das überhaupt nicht zu diesem Fall.«

»Außer Sie finden es.«

»Aber das müssen wir erst einmal. Und dann sehen wir weiter.«

»Danke, Doc.«

Holliday sah ihn an. »Das ist doch nichts. Nur ein vermisstes Auto.«

»Trotzdem danke. Sie werden sehen, Sie schlafen besser.«

»Erwarten Sie sich nur nicht zu viel. Ich schlafe jetzt schon ziemlich gut.«

»Man sollte doch meinen, dass sie die Wahrheit finden wollen«, sagte Connolly kopfschüttelnd. »Kann es denen wirklich egal sein, dass derjenige, der Karl umgebracht hat, noch frei herumläuft?«

»Für die war das doch nur ein Streit zwischen Schwulen. Unwichtig. Es ist doch so, dass außer Ihnen sich kein Mensch für den Fall interessiert.«

»Ich kann jetzt nicht«, sagte Oppenheimer, der eben aus dem Gebäude kam. »Ich bin schon spät dran. Ich fliege nach Washington. Hat das denn nicht Zeit?«

»Nein.«

»Dann kommen Sie mit mir nach Albuquerque, wenn Sie wollen«, sagte er und nickte dem Fahrer zu, der die Tür für ihn aufhielt.

»Ich komme gerade aus Albuquerque. Nur zwei Minuten.«

»Dann fahren Sie mit bis zum Tor. Ich bin wirklich spät dran. Wie das weiße Kaninchen.« Er lächelte und kletterte ins Auto, als wäre die Tür das Loch im Baum. Connolly folgte ihm.

»Schlechte Nachrichten?«, fragte er, während sie aus dem Technischen Bereich hinausfuhren.

»Kommt darauf an, wie man es betrachtet. Ich habe mir gedacht, Sie sollten es wissen. Die Polizei in Albuquerque hat jemanden verhaftet.«

»Großartig. Jemand, den wir kennen?«

»Nein. Einen kleinen Gauner, der dort unten vor ein paar Wochen einen abgestochen hat. Sie haben ihn dazu gebracht, beide Verbrechen zu gestehen.«

»Der arme Karl«, sagte Oppenheimer mit gleichgültigem Tonfall, er war in Gedanken ganz offensichtlich woanders. »Aber in gewisser Weise ist es eine Erleichterung. Eine Sorge weniger.« Er sah Connolly an, als der nicht antwortete. »Oder nicht?«

Connolly schüttelte den Kopf und deutete in Richtung Fahrer, einem schmächtigen Soldaten, aber Oppenheimer winkte ab.

»Es ist der falsche Mann.«

»Wissen Sie das sicher?«

»Ja?«

»Und die Polizei?«

»Vielleicht. Es ist ihnen egal.«

»Das verstehe ich nicht.«

»Ihren Mann hat er getötet. Karl nicht. Ich vermute, es gefällt ihnen einfach, so zwei Fliegen mit einer Klappe schlagen zu können. Ein sauberer Schlussstrich. Auf jeden Fall machen sie es so.«

»Sie sagten, sie haben ein Geständnis.«

»Er lügt. Vor Gericht hätte das keine fünf Minuten Bestand.«

Oppenheimer sah ihn verständnislos an.

»Aber niemand wird es anfechten. Die Polizei will es glauben, und Kelly, das ist der Kerl, will sie es glauben lassen. Er meint, er hat da ein gutes Geschäft gemacht.«

Oppenheimer ließ sich die Geschichte durch den Kopf gehen. »Was werden Sie tun?«

»Nichts. Wir können nichts tun. Aber ich wollte es Sie wissen lassen. Es wird in den Zeitungen stehen. Sehen Sie Groves? Er wird es wissen wollen. Er wird es glauben wollen.«

Sie hatten das Tor erreicht, und Oppenheimer ließ den Fahrer anhalten. »Was genau wollen Sie, dass ich ihm sage?«

»Dass ich unsere Ermittlung fortführe und Sie es befürworten.«

»Tue ich das?«

»Ja, wenn Sie der Sache auf den Grund kommen wollen. Aber Sie können sich natürlich auch der Meinung der Polizei anschließen und mich nach Washington zurückschicken.«

Oppenheimer lächelte. »Oh, das hat keine Eile. Ich spiele eigentlich recht gern den Doktor Watson.« Er zögerte kurz. »Wollen Sie damit allen Ernstes andeuten, dass es sich hier um einen Justizirrtum handelt?«

»Es wäre nicht der erste.«

»Und wir werden nichts dagegen unternehmen?«

»Jetzt nicht. Was hätten wir denn davon? Offiziell wurde Karl beim Sex mit einem Straßengauner getötet. Fall abgeschlossen. Zumindest der ihre.«

Oppenheimer sah zum Fenster hinaus. »Was für eine Grabinschrift. So wird man sich an Karl erinnern.«

»So wird es zumindest in den Zeitungen stehen. Wir können nun mal unseren Nachruf nicht selbst verfassen.«

»Nein, können wir nicht«, sagte Oppenheimer. »Doch jetzt zum Praktischen. Wie soll ich mich verhalten?«

»Stimmen Sie der Polizei zu. Fall abgeschlossen. Ich kümmere mich auf meine Art um die Sache. Offiziell sind Sie erleichtert, dass es vorbei ist.«

»Ich werde erleichtert sein, wenn es wirklich vorbei ist.«

»Ja«, sagte Connolly und öffnete die Tür, um auszusteigen. »Aber stellen Sie sich vor, wie erleichtert der wirkliche Mörder jetzt ist.«

Doch nachdem er mit Oppenheimer alles geklärt hatte, wusste Connolly nicht so recht, was er mit sich anfangen sollte. Er war müde und unsicher, wie es weitergehen sollte. Im Büro unterhielt er sich mit Mills, der ziemlich betreten auf den Bericht über Kellys Verhör reagierte, und blätterte geistesabwesend in den Kontenunterlagen. Er dachte an Hollidays Rekonstruktion der Nacht des Verbrechens. Aber warum überhaupt San Isidro? Es war ein unwahrscheinlicher Ort für ein Stelldichein – es bestand immer die Gefahr, dass Touristen oder Gemeindemitglieder vorbeikamen. Er machte sich eine Notiz, morgen den Gottesdienstplan zu überprüfen, aber eher aus Gründlichkeit als aus Überzeugung, denn er konnte sich nicht vorstellen, dass Brauner jemanden während eines Gottesdienstes traf. Eigentlich konnte er sich nicht vorstellen, dass Brauner überhaupt jemanden traf. Und doch musste er es getan haben. Er musste es irgendwie arrangiert haben, ohne Telefon, von einer Stadt aus, die so geheim war, dass sie gar nicht existierte, nur ein Postfach mitten in der Hochwüste.

Er dachte eben über Los Alamos und die Kommunikationsmöglichkeiten nach, als Emma ins Büro kam. Sie nickte ihm zu, wandte sich dann aber an Mills, um einen Erlaubnisschein für einen Ausflug mit Übernachtung zu beantragen.

»Brauchen Sie die komplette Route? Ich fahre nach Chaco. Ich war schon mal dort, also müssten Sie es sich bereits irgendwo notiert haben.«

»Zweck des Besuchs?«, fragte Mills gelangweilt.

»Die verdammten Ruinen besichtigen. Was glauben Sie denn? Sonst gibt's ja dort nichts.«

»Archäologie?«, fragte er, den Bleistift über dem Antrag.

Emma lachte. »Nein. Wandern, schreiben Sie Wandern. Das deckt alles ab.«

»Tourismus«, sagte Mills und schrieb das nieder.

Connolly blätterte in Papieren, er traute sich nicht, sie anzusehen, aber als er es dann tat, merkte er, dass sie ihn direkt und mit leuchtenden Augen ansah.

»Nummer, unter der Sie zu erreichen sind?«

»Keine im ganzen Umkreis. Das ist ja das Schöne. Sie sollten auch mal raus«, sagte sie zu Mills. »Sie werden ja ganz käsig hier. Haben Sie die Anasazi-Stätten schon mal gesehen?«

»Noch nicht«, sagte Mills und vervollständigte den Antrag.

»Das sollten Sie wirklich mal tun. Besorgen Sie sich anständige Wanderschuhe und fangen Sie mit Bandelier an. Das ist näher. Chaco ist ein bisschen abgelegen. Man muss um sechs hier los, um dann dort noch ein bisschen Zeit zu haben, aber es rentiert sich.«

Mills gab ihr den Erlaubnisschein. »Reden Sie nicht mit Fremden«, sagte er grinsend.

»Das hat man Vater auch immer gesagt.«

Dann lächelte sie beide an und war verschwunden. Connolly starrte auf seinen Schreibtisch, er hatte Angst, ihr nachzusehen, und plötzlich merkte er, dass so alles arrangiert worden war. Der Zeitpunkt. Der Plan. Was er brauchte. Ein geheimes Treffen, vereinbart mitten im Sicherheitsbüro. So einfach. Warum hatte er sich nur eingebildet, dass Brauner das nicht tun konnte? Alles Wichtige war geheim, und es wurde arrangiert unter der dünnen Decke des Sichtbaren.

Er aß mit Mills in der Kantine zu Abend und ging dann ins Kino. Nach Hause wollte er nicht. Er würde nur auf Brauners kargem Bett liegen und an morgen denken, würde vielleicht sorglos werden und der Versuchung nachgeben, sich im Dunkeln in den Sundt-Komplex zu schleichen. Stattdessen saß er auf einem Klappstuhl in dem vollbesetzten Saal und ließ sich von Farben blenden. Es war ein Musical, bonbonbunt und prächtig. Es gab einen Nightclub. Es gab ein Missverständnis. Es gab einen Auftritt von Carmen Miranda. Danach konnte er sich an nichts mehr erinnern. Die Leute strömten nach draußen, klagten über die nächtliche Kühle und gingen in Paaren davon, wie auf irgendeiner Main Street. Er war zu müde, um mit Mills noch auf ein Bier zu gehen, und so stand er plötzlich alleine auf der nun leeren Straße, auf der es nach Holzrauch und Harz roch.

»Entschuldigung.« Die Stimme kam von hinten und erschreckte ihn. »Könnte ich einen Augenblick mit Ihnen sprechen?«

Connolly drehte sich um und versuchte, in dem trüben Licht das Gesicht zu erkennen, in dem unter kurzgeschnittenen blonden Haaren ein Auge nervös blinzelte.

»Sie sind der Fahrer. Von heute.«

»Richtig. Ich habe da zufällig was mitbekommen. Ich meine, ich –« Er stockte.

»Was?«

Er atmete durch. »Ich wollte nichts sagen. Ich meine, ich werde auch jetzt nichts sagen. Es ist nur so, dass Sie irgendwie einen recht vernünftigen Eindruck machen.« Es war eine Frage.

»Worum geht's denn?«

»Es ist nur so, dass – hören Sie, Sie machen einen Fehler.«

»Wegen Kelly?«

»Nein, wegen Ramon.«

Connolly war überrascht. »Sie kennen ihn?«

Der Soldat zuckte die Achseln. »Viele Leute kennen ihn. Er kommt viel rum.«

»So wie Sie, hm?«

Er zögerte. »Nein, nicht so. Ramon ist einfach einer von denen, die immer da sind, wenn Sie wissen, was ich meine.«

»In der Bar.«

»Ja, in der Bar. Aber Karl nicht. Das versuche ich Ihnen zu sagen. Sie sehen das falsch. Er war nicht –«

Connolly wartete auf das Ende des Satzes, aber der Soldat war verstummt, sein anfänglicher Mut hatte ihn verlassen. »Woher wissen Sie das?«, fragte er schließlich.

»Ich hätte es gemerkt, das ist alles.«

»Waren Sie ein Freund von Karl?«

»Nein, ich kannte ihn nur aus dem Büro.«

»Stimmt, Sie sind Fahrer. Dann gehören Sie ja auch zum Sicherheitsbüro.«

Der Soldat biss sich auf die Lippe.

»Keine Angst, ich werde nichts verraten. Ich will ja nicht mal wissen, wer Sie sind.«

»Na und? Sie könnten es problemlos herausfinden.«

»Warum sagen Sie dann überhaupt irgendwas?«

»Sie haben recht, vielleicht bin ich verrückt. Es ist nur so, ich sehe, wohin das alles führt. Ich hab's erlebt. Plötzlich fangen sie an, alles zu kontrollieren. Ich habe gehört, dass Sie unsere Sparkonten überprüfen.« Er lächelte, als er Connollys Blick sah. »Ich habe einen Freund drüben bei der Verwaltung«, erklärte er. »So was spricht sich rum. Hier kommen alle gut miteinander aus. Keiner belästigt den anderen. Aber jetzt glauben Sie, dass es sich um ein Sexualverbrechen handelt. Sie werden schon sehen, was daraus wird. Bald ist hier der Teufel los. Ich war mal auf einer Basis, wo sie angefangen haben –«

»Nach so was suche ich nicht.«

»Nein? Aber was ist, wenn Sie es finden? Plötzlich haben Sie Material über Leute, Zeug, das Sie früher nie interessiert hat, und dann gehen die Probleme los. Ich habe es erlebt. Das ist schlimm genug, aber diesmal gibt's nicht mal 'nen Grund dafür. Das alles fängt wegen Karl an, und er war nicht so einer.«

Connolly schwieg einen Augenblick. »Das haben Sie schon mal gesagt. Woher wissen Sie das?«

»Ich hätte es gemerkt«, sagte er noch einmal.

»Habt ihr Jungs einen geheimen Händedruck oder was? Wie die Freimaurer?«

Der Soldat rümpfte angewidert die Nase. »Schon gut, vergessen Sie es. Ich hab' ja gewusst, dass es verrückt ist, mit Ihnen zu sprechen.«

»Ich finde, es steckt eine Menge Mut dahinter.«

»Finden Sie, hm?«

»Ja. Aber was erwarten Sie, dass ich damit anfange? Alles ignorieren, weil es für Sie unangenehm sein könnte? Sie kannten den Kerl ja nicht einmal. Wir müssen uns an das halten, was wir wissen, und wir wissen nur, dass wir einen Toten im Park mit heruntergelassenen Hosen haben.«

Der Soldat sah ihn an. »Ich könnte Ihnen hier auf der Stelle die Hosen herunterziehen, und was würde das aus Ihnen machen?«

Die Stille hing schwer zwischen ihnen. »Wenn Sie mich umbringen, würde das vermutlich Karl aus mir machen.«

Der Soldat nickte und wandte sich dann zum Gehen.

»Ich mache Ihnen einen Vorschlag«, rief Connolly hinter ihm her und sah zu, wie er sich argwöhnisch umdrehte. »Wie wär's, wenn Sie für mich Ausschau halten?«

»Wie meinen Sie das?«

»Vielleicht haben Sie recht. Aber was ist, wenn nicht? Was, wenn Karl es so geheimgehalten hat, dass nicht einmal Sie etwas gemerkt haben?«

»Und?«

»Es ist für uns wichtig, dass wir es genau wissen, dass wir wissen, wer seine Freunde waren. Mit wem er sich traf. Wir müssen mit anderen Leuten reden, die es wissen könnten.«

»Sie haben den Falschen erwischt.«

»Ich würde mich auf Ihr Wort verlassen. Das ist meine Gegenleistung. Sie erzählen mir, dass hier oben Sachen passieren, von denen ich nichts weiß, und ich wirble eine Menge Staub auf, weil ich es herausfinden will. Ich kann's aber auch lassen. Nichts wird aufgewirbelt. Sie tun es für mich. Sie reden mit den Leuten – Sie brauchen mir gar nicht zu sagen, mit wem, sagen Sie mir nur, ob Sie was über Karl herausgefunden haben. Ich kümmere mich um was anderes. Wenn Sie recht haben, gut. Ich verlasse mich auf Ihr Wort. Aber Sie müssen sichergehen. Das ist Ihr Teil der Abmachung.«

»Keine Tricks?«

»Keine Tricks. Sie würden mir einen Gefallen tun. Und Ihren Freunden. Niemand will den Laden hier auf den Kopf stellen.«

Der Soldat gab Connolly die Hand. »O Gott, ich kann's nicht glauben, dass ich das tue. Wozu macht mich das, zu einem Geheimagenten?«

Connolly lächelte. »Den richtigen Händedruck beherrschen Sie ja schon.«

»Niemand erfährt von diesem – Versprechen?«

Connolly schüttelte den Kopf. »Übrigens, wie heißen Sie? Damit ich nicht nachschauen muss.«

»Batchelor.« Er grinste. »Der ewige Junggeselle, ich weiß. Ein Witz. Vielleicht stand's ja in den Sternen. Also gut, ich lasse es Sie wissen, wenn ich was erfahre. Aber machen Sie sich keine großen Hoffnungen – ich werde recht behalten.«

»Nur aus Neugier – wissen Sie es eigentlich immer?«

»Na ja, manchmal hofft man nur. Es wäre schön, wenn ich mich zum Beispiel bei Ihnen täuschen würde.«

Im ersten Augenblick war Connolly schockiert und lachte dann, weil er sich überrumpelt fühlte. »Muss ich mich jetzt geschmeichelt fühlen?«

»Nein, das denke ich mir bei vielen Leuten«, sagte er und hob im Gehen die Hand zu einem gespielten Salut.

Connolly sah ihm noch eine Weile nach und ging dann in Richtung Wohnheim davon. Die Begegnung hatte ihn aufgemuntert, als wäre ein neues Straßenschild aufgestellt worden, das ihm den richtigen Weg wies, anstatt ihn immer nur im Kreis herum zu schicken. Aber jetzt kam die Ernüchterung, wieder von vorne anfangen zu müssen. Los Alamos begann mit einem Geheimnis, und jetzt sah es so aus, als würde es von Geheimnissen leben, eine Schicht über der anderen. Einen Augenblick lang wünschte er sich ins Kino zurück, in jene Scheinwelt, die hinter der Leinwand aufhörte und nichts verbarg.

9

Auf dem Auto lag noch Tau, ein feiner Reif, der das fahle Morgenlicht reflektierte. Sie kam in Wander-Shorts aus dem Haus, eine Gänsehaut auf ihren langen Beinen. Sie warf ihren Rucksack in den Fond und winkte ihn auf den Beifahrersitz.

»Willst du mich provozieren?«

»Komm schon«, sagte sie leise. »Es ist eiskalt. Ich muss die Heizung anmachen.«

»Beim nächsten Mal könntest du ja gar nichts anziehen.«

»Das würde dir gefallen«, sagte sie, während sie losfuhr und nach Westen abbog. »Du wirst dich noch wundern, wie schnell es hier heiß wird. In ein paar Stunden werden wir schmoren. Probleme mit dem Wegkommen?«

»Nicht, wenn man sich den Schein selber ausstellt.«

Sie grinste ihn an, und er sah, dass sie aufgeregt war, als wären sie schulschwänzende Kinder und der Tag ein Abenteuer.

»Wo fährst du hin? Das Tor ist in dieser Richtung.«

»Zum Westtor. Wir nehmen die Straße hintenrum – das geht schneller.«

»Oh.«

»Was ist los?«

»Nichts«, sagte er und dachte an seine Ermittlungen. »Ich habe nur vergessen, dass es ein zweites Tor gibt. Ich war noch nie dort.«

»Da hast du nicht viel versäumt.«

Tatsächlich war es viel kleiner als das Osttor, und nur ein einzelner, schläfriger MP stand an der Barriere, der gähnend ihre Erlaubnisscheine kontrollierte und sie durchwinkte.

»In der Thermosflasche ist Tee. Ich hoffe, er schmeckt dir, denn ich hasse es, den ganzen Tag Kaffee zu trinken.«

»Solange er heiß ist ...«

Sie bogen nach rechts in die Route 4 ein und stiegen höher in die Jemez-Berge, während der Morgennebel in den dichten grünen Kiefern- und Espenwäldern sich langsam auflöste. Die Heizung pustete zu ihren Füßen, ein Kokon aus Wärme, und winzige Rinnsale Kondenswasser trieften von der Motorhaube.

»Hast du Bezugsscheine dabei?«

»Wurde ich deshalb eingeladen?«

»Für den Anfang reicht's.«

»Wie weit ist dieser Ort denn weg, oder fahren wir nur in ein Hotel?«

»Ziemlich weit. Wir werden den ganzen Vormittag brauchen, also lehn dich zurück und entspann dich. Aber wart nur, bis du es siehst. Es ist großartig – unvergleichlich.«

Er sah ihr beim Fahren zu und dachte an die Rückfahrt von Tesuque, als er es das erste Mal für möglich gehalten hatte. Sie gewannen weiter an Höhe, und die Sonne stieg mit ihnen. Als sie das Hochplateau erreicht hatten, war die Landschaft in blendendes Licht getaucht. Abgesehen von einem alten Pritschenwagen mit Ziegen auf der Ladefläche, der in Richtung Santa Fe fuhr, waren sie das einzige Fahrzeug auf der Straße. Connolly kurbelte das Fenster herunter, sog tief die hereinströmende kühle Luft ein und sah hinaus auf das weite, grasbewachsene Tal. Eine Handvoll Kühe graste, über die wogenden Weiden verteilt wie Miniaturen in einem Diorama, und das Gras lag da wie grüner Samt. Eine Reihe kahler Gipfel umgab die Senke. Es war ganz anders als das Tal des Rio Grande mit seinen Krüppelkoniferen und den ausgetrockneten Flussbetten.

»Das ist das Grande Vallee«, sagte sie und deutete nach rechts. »Nur, dass es eigentlich keins ist. Es ist eigentlich eine *caldera,* ein Vulkankrater. Es erstreckt sich meilenweit, noch über diese Hügel hinaus. Ist einfach immer wieder aufgekocht und eingestürzt, bis dieser große Lavasee entstand. Und jetzt das. Großartiges Reitgelände. Oppie kommt gern hierher – hier kann man dem Pferd wirklich die Sporen geben. Unten auf der anderen Seite stößt man immer wieder auf *arroyos,* auf Wasserläufe, aber hier oben, na ja –«

Sie verstummte und ließ ihn den Anblick genießen.

»Bist du oft mit Oppenheimer zusammen?«

»Manchmal. Inzwischen hat er ja nicht mehr viel Zeit. Im letzten Jahr war's einfacher, da war es noch nicht ganz so hektisch.«

»Magst du ihn?«

Sie überlegte. »Ja. Natürlich kann's einem ein bisschen viel werden, diese ganze Geschichte mit dem ›Mann, der Schicksal spielt‹, aber vermutlich tut er das ja wirklich.«

»Er ist schwierig zu durchschauen.«

»Alle sind schwer zu durchschauen.«

»Du auch?«

Sie lachte. »Da musst du andere fragen.«

Sie waren jetzt hoch in den Bergen, die Bäume standen dicht, und alpine Wildblumen sprenkelten die Lichtungen an der Straße. Sie fuhr schnell, und der Abstand zwischen ihnen und dem Hügel wuchs, als würden sie auf Pferden über die *caldera* jagen. Im Steigen ruckte das Auto ein wenig, doch über ebene Flächen galoppierte es dahin.

»Musst du noch immer weg?«, fragte sie.

»Nein. Sie haben einen Fehler gemacht. Ich bin wieder ganz am Anfang.«

Sie nahm einen Moment lang den Blick von der Straße, um ihn anzusehen. »Ärgert dich das?«

»Im Augenblick nicht«, erwiderte er lächelnd. »Das Problem ist nur, dass ich wieder ganz von vorne anfangen muss.«

Sie legte ihm die Hand auf den Oberschenkel, nicht mehr als ein tröstender Klaps, aber er zuckte unter der Berührung unwillkürlich zusammen. Sie lachte über diese Reaktion. »Oje«, sagte sie und zog die Hand zurück.

Connolly fühlte sich gefoppt, und es war ihm peinlich, so empfindlich auf sie zu reagieren. »Du kannst sie wieder hinlegen, wenn du willst.«

»Hm. Später vielleicht«, sagte sie. »Du brauchst deine Kraft für die Wanderung. Woher hast du eigentlich die Stiefel?«

»Ausgeliehen.« Er wollte ihr von Brauners Wandschrank erzählen, von dem verwirrenden Augenblick, als die Stiefel passten, als hätte er etwas Neues über ihn erfahren, aber Karl war in Los Alamos zurückgeblieben. Im Auto war nur für sie beide Platz.

»Wie schaffst du das eigentlich?«, fragte er. »Das Wegfahren. Bei den Nachbarn, meine ich.«

»Greta? Ach, die denkt sich nichts dabei. Ich bin immer wieder mal unterwegs. Mein ›Projekt‹, weißt du. Das ist das Tolle am Hügel – jeder ist darauf geeicht, keine Fragen zu stellen. Drum tun sie es nicht. Sie fragen nicht einmal ihre Gatten, was sie arbeiten.«

»Was stellt sie sich denn vor?«

»Was ich tue? Indianer studieren. Was immer das heißt. Vermutlich ist es ihr egal. Die rauscht lieber in seliger Unwissenheit durchs Leben.«

»Und horcht an Wänden.«

Sie kicherte. »Na, das ist etwas anderes.«

»Was ist mit deinem Mann?«

»Ich habe ihm eine Nachricht hinterlassen«, sagte sie schnell, da sie offensichtlich nicht darüber reden wollte. »Falls er früher zurückkommt.« Und dann, als würde sie in den zweiten Gang schalten: »O Gott, ist es nicht schön, mal wegzukommen? Schau dir nur diesen Morgen an.«

Also ließ er es sein, sah stattdessen zu den Sonnenstrahlen hinaus, die durch die Bäume fielen, und dachte an Los Alamos. Alles war sicher, also fiel nichts auf. Dann blieb auch Los Alamos zurück, verblasste in den vorbeirauschenden Meilen und der hellen, klaren Luft. Sie fuhren nach Westen, wo der Tag und sogar die Landschaft neu waren.

Sie fuhren lange, ohne etwas zu sagen, entspannt im Schweigen wie ein altes Paar, bis er schließlich spürte, wie es allmählich wieder nach unten ging. Die Gefällestrecken schienen länger zu werden, und die Straße wand sich um die Hügel herum. Die Geschwindigkeit, mit der sie auf dem Plateau gefahren waren, wirkte jetzt höher und schleuderte sie in den Kurven, sodass sie bremsen musste, um nicht über den Abhang hinausgetragen zu werden. Sie raste Hügel hoch, ohne darübersehen zu können, und bremste vorsichtshalber, bevor es wieder nach unten ging. Kurven und Senken engten die Aussicht ein. Es erinnerte ihn an Bergstraßen im Osten, ein Auf und Ab über wogende Hügel.

Als sie Jemez Springs, eine Ansammlung von Häusern entlang der Straße, erreichten, fuhren sie nur noch 30, und es überraschte ihn deshalb, als er hinter sich die kurzen Heultöne einer Sirene hörte. Ein Polizeiauto war mit einem in der Morgensonne blinkenden Blaulicht aus seinem Versteck geschossen, um sie zu verfolgen. Der Beamte winkte sie an den Straßenrand. »O Gott«, sagte Emma und hielt vor dem weißgestrichenen Schindelbau eines Hotels an, das mit seiner breiten Veranda samt Schaukelstühlen aussah wie eine Herberge in den Adirondacks. Der Polizist, in voller Uniform, ließ sich Zeit mit dem Aussteigen. Auf dieser verschlafenen Straße in einem Gebirgsnest gab es keinen Grund zur Eile.

»Ma'am«, sagte er mit einem Cowboy-Näseln, »wir haben hier in dieser Stadt eine Geschwindigkeitsbegrenzung auf zwanzig Meilen. Es ist deutlich ausgeschildert. Darf ich Ihre Papiere sehen?«

Connolly merkte, dass Emma kurz vor einem Ausbruch war, er konnte ihre scharfe Antwort schon beinahe hören, doch dann ließ sie resigniert die Schultern sinken und gab ihm wortlos ihre Brieftasche.

»Oh, so einer schon wieder«, sagte der Polizist nach einem Blick auf den anonymen Projekt-Führerschein. »Aber ich denke, einen Strafzettel können wir ebenso gut auf eine Nummer wie auf einen Namen ausstellen.« Er zog seinen Block heraus. »Sie kommen von diesem Landschulheim, nicht? Komische Sache, all diese Leute ohne Namen. Man fragt sich, was da eigentlich los ist. Aber das bringt der Krieg mit sich – so heißt es zumindest. Langsamer sollten Sie allerdings schon fahren. Dann leben Sie länger.« Connolly kannte den Tonfall, diese Mischung aus Volkstümlichkeit und Herablassung.

»Was kostet es?«, fragte Emma.

»Zehn Dollar.«

»Das soll wohl ein Witz sein.«

Er sah sie scharf an. »Nein, Ma'am. Wir finden es nicht zum Lachen, wenn unsere Kinder gefährdet werden.« Die Straße war menschenleer.

»Aber zehn Dollar!«, rief sie, empört über diese Ungerechtigkeit.

Er lächelte. »Na ja, Sie können's ja mit der Post schicken. Das machen viele. Aber vergessen Sie es nicht. Wir ziehen diesen Schein auf jeden Fall ein, ob mit Namen oder ohne.« Er bückte sich, gab ihr den Strafzettel und spähte dabei ins Auto. »Sie sollten Ihre Frau dazu bringen, langsamer zu fahren. Kaufen Sie ihr ein neues Kleid. Auf lange Sicht ist das billiger.«

»Werde ich«, erwiderte Connolly mit automatischer Höflichkeit. Die unreflektierte Annahme, dass sie verheiratet waren, überraschte ihn. Wie einfach es doch war, ein anderer zu werden. Der Polizist würde es wahrscheinlich beschwören.

»Verdammte Diebe«, sagte sie, nachdem der Polizist verschwunden war.

Connolly lächelte. »So was nennt man eine Tempofalle. Damit verdienen sie sich ihre Brötchen.«

Mit übertriebener Vorsicht kroch sie die Straße entlang.

»So könnte man es nennen, ja.«

»Auf jeden Fall wurden wir jetzt gemeinsam von der Polizei angehalten. Du hast ja gesagt, es würde ein Abenteuer.« Er bemerkte, dass sie zitterte und sich am Lenkrad festklammerte, um sich zu beruhigen. »Ist mit dir alles in Ordnung?«

»Es hat mir nur einen Schrecken eingejagt. Ich muss verrückt sein, so was zu tun. Ich fahre mit einem Mann weg, und bevor ich noch richtig vom Berg herunten bin, habe ich die Polizei schon auf dem Hals.«

Er lachte.

»Für dich ist es vielleicht lustig. Für mich nicht. Die Polizei. Was ist, wenn –«

»Soll ich fahren?«

»Es ist nicht das Fahren.«

»Was dann?«

»Ich weiß auch nicht. Vielleicht mag ich es nur nicht, wenn man mich so schnell neu verheiratet. Vielleicht stelle ich mich einfach nur ungeschickt an.«

»Denk dir nichts. Ich werde dir kein Kleid kaufen.«

Sie lächelte. »Nein, wirst du nicht.« Eine Weile fuhr sie schweigend. »Ich will nur nicht, dass irgendjemand leiden muss«, sagte sie schließlich leise.

»Niemand wird leiden müssen.«

»Doch«, sagte sie mit versonnener Stimme. »Wir werden alle leiden müssen.«

Er zögerte, denn mit einer Floskel wollte er sie nicht trösten. »Ändert das was?«, fragte er schließlich.

Zuerst antwortete sie nicht und schüttelte dann langsam den Kopf. »Nein. Das ist ja das Schreckliche. Es ändert nichts.« Sie schaltete. »Ach, zum Teufel«, sagte sie plötzlich und stieg aufs Gas. Das Auto schoss vorwärts. »Man kriegt doch keine zwei Strafzettel an einem Tag, oder? Dann können wir ruhig tun, wozu wir Lust haben.«

Die Straße schlängelte sich weiter hügelabwärts, die Kurven wurden noch enger und waren nur von schmalen Streifen weichen Banketts begrenzt. Emma fuhr an der Mittellinie entlang, sie vertraute sich der Straße an und ließ das Gefalle das Tempo bestimmen. Connolly spürte Druck in den Ohren. Hin und wieder gab es nun Spuren menschlichen Lebens, die Überraschung einiger blühender Obstbäume nach Meilen dunkler Kiefern. Der Himmel über der Landschaft wurde weiter, bis sie schließlich die Ebene fast erreicht hatten und die Hügel verschwanden, als würde ein Vorhang zurückgezogen, um ein gigantisches Panorama aus roten Sandsteinpfeilern und -plateaus und einem unermesslichen Himmel zu präsentieren. Es war die spektakulärste Landschaft, die Connolly je gesehen hatte.

Die Route 44 war wie ein Fluss durch Sandstein-Canyons, deren mit roten Felsrutschen und Wacholderbüschen gesprenkelte Wände höher und höher wuchsen, bis sie völlig von Fels umgeben waren und sich dann, nach einer Biegung, plötzlich wieder öffneten unter dem blauen Zelt des Himmels. Das war der Westen, wie er ihn sich immer vorgestellt, aber nie gesehen hatte, nicht die kakteenbestandene Leere bei Trinity, auch nicht das Fettholz- und Salbeiland des Rio Grande, sondern Land, das seit jeher zu existieren schien, monumental und für den Menschen so ungeeignet, dass es seine Schönheit in der Geologie fand, als wäre Vegetation ein unnützes Anhängsel. Die Berge rechts der Straße schienen die Grenze der bekannten Welt zu sein. Vor ihnen stiegen gigantische *mesas* in die Höhe wie Inseln von einem alten Meeresboden, und die Abstände zwischen ihnen wirkten wie ein Ozean aus sandiger Erde. Die Felswände waren gestreift, deutlich waren weiße, gelbe, kastanienbraune und rote Schichtungen erkennbar, eine Farbkarte der Zeit, mit herausgebrochenen oder verwitterten Felsformationen wie willkürlich hingeworfene Fetische oder Götzenbilder.

Er spürte, dass sie neben ihm lächelte, offensichtlich genoss sie seine Reaktion. Als sie schließlich die Windungen der Canyonwände hinter sich gelassen hatten und über das leere, flache Plateau fuhren, kam die versprochene Hitze mit einem Gleißen, das die offene Landschaft mit Licht überflutete. Sie kurbelten die Fenster herunter, um die trockene, staub- und salbeischwere Luft hereinzulassen. Wolken zogen über den Himmel und warfen Schatten, sodass das Gras für Augenblicke grau wurde und dann wieder gelb aufleuchtete. Er sah Feigenkakteen und dürre Büsche, deren Namen er nicht kannte; Überlebenskünstler. Die Sonne brannte durch die Windschutzscheibe. Sie waren allein auf der Straße, und um sie herum meilenweit nichts als einsame Landschaft mit Wolken und Schatten und heißem Wind.

Als sie die *Chaco Mesa* erreicht hatten, verließen sie den Highway und holperten, eine Staubfahne wie Rauch hinter sich herziehend, über einen schmalen Feldweg. Emma fuhr langsamer, um Furchen und Schlaglöchern auszuweichen, auf deren rissigen Schlammböden sich die letzten Reste der Feuchtigkeit sammelten.

»Du hast ja gesagt, dass es abgelegen ist«, bemerkte Connolly. »Wie weit ist es noch?«

»Ungefähr zwanzig Meilen.« Sie grinste. »Das entmutigt die Furchtsamen.«

»Hoffentlich haben wir keine Panne.«

»Denk an die Anasazi. Die sind zu Fuß gegangen.«

Er sah auf die Wüste hinaus und versuchte, sie sich belebt von Menschen vorzustellen. »Warum gerade hier?«

»Das weiß niemand. Vermutlich war es damals etwas feuchter, aber nicht sehr. Es wurden Balken gefunden, die über vierzig Meilen geschleppt worden waren – warum nicht bauen, wo die Bäume wachsen? Aber sie haben es nicht getan. Das ist eines der Rätsel.«

»Was für Rätsel gibt es noch?«

»Niemand weiß, was mit ihnen passiert ist. Sie verschwanden vor achthundert Jahren. Einfach so. Alles hörte einfach auf. Erst gab es überall Siedlungen – eine zum Beispiel gleich beim Hügel, im Frijoles Canyon – und plötzlich nichts mehr.«

»Alle ausgestorben?«

»Es gibt zumindest keine archäologischen Hinweise mehr. Vermutlich wurden aus ihnen die Hopis. Die Pueblo-Architektur ist sehr ähnlich – Terrassenbauten, Kivas und so weiter. Aber genau weiß es niemand. Ohne Schrift ist es schwierig. Stell dir die Ägypter ohne Hieroglyphen vor.«

»Woher kennen wir dann ihren Namen?«

»Wir wissen nicht, wie sie sich selbst nannten. Anasazi ist unser Name für sie. Die Parkverwaltung behauptet, es bedeutet die Uralten, aber ich habe irgendwo gelesen, dass es eigentlich die Vorfahren meiner Feinde bedeutet. Ziemlicher Unterschied. Das passt natürlich zur Hopi-Theorie – die bekämpfen die Navajos ja noch immer. Wir sind da. Nimm dich vor dem Parkranger in acht. Seit der Benzinrationierung kommt kein Mensch mehr hierher, und er plappert dir die Ohren voll.«

Sie fuhren in einen breiten, offenen Canyon hinein, der im Norden von einer langen *mesa* begrenzt wurde und im Süden von zwei kleineren, die sich wie ein Tor zur dahinterliegenden Wüste öffneten. Connolly erkannte Ansammlungen steinerner Ruinen an der Steilwand des Canyons. Es waren mehrere über das Tal verstreute Dörfer. Ein staubiger Transporter stand vor dem Gebäude am südöstlichen Ende der Canyon-Straße. Die Uniform des Parkrangers stach aus der Leere dieser Landschaft heraus. In seiner Einsamkeit war er übermütig geworden und starrte unverblümt Emmas lange Beine an, während er ihnen einschärfte, Wasser auf die Wanderung mitzunehmen. Aber Emma schien sein Interesse nicht zu bemerken, als hätte sie dies alles in den Meilen Wüste, die sie von der Welt trennten, hinter sich gelassen. Fünfzehn Minuten später waren sie wieder allein, der Ranger nur noch ein Schatten, und sie aßen, die Gesichter der Sonne zugereckt, ihre Sandwiches an der Kiva-Wand der Bonito-Ruine. Mit geschlossenen Augen konnte er das leise Summen der Insekten hören. Wenn er sie wieder öffnete, verschmolz das Geräusch mit der Stille des Canyons. Er sah sie an, die geschwungene Linie ihres gereckten Halses, der im jetzt blendenden Weiß ihrer

Bluse verschwand, und freute sich, dass sie beide hier waren, weit weg von allem.

Sie führte ihn durch die Anlage, erklärte ihm die Aufteilung der Siedlungen, zeigte ihm die Mauerstrukturen und die niederen Kammereingänge, sodass das für ihn anfangs unerklärliche Gewirr von Steinen etwas Reales wurde und sich mit Leben füllte. Menschen hatten hier gewohnt, hatten sich von einer zeremoniellen Kiva zu einem bewässerten Feld oder zu einem Lagerraum begeben. Der Talboden war erfüllt gewesen von geschäftigem Treiben.

Während sie von Kammer zu Kammer gingen, ergab die Anlage für ihn einen Sinn, er erkannte ihre Ordnung und fragte sich plötzlich, ob in den kommenden Jahrzehnten Menschen so wie sie jetzt über den Hügel spazieren und sich durch seine Gebäude und Rituale und Geheimnisse durcharbeiten würden, bis sie sich zur klaren Struktur eines Dorfes zusammenfügten.

Vielleicht würde auch der Hügel seine Geheimnisse bewahren und unbedeutend erscheinen.

»Aber warum hier?«, fragte er wieder. »Es war hier bestimmt nicht einfach, Landwirtschaft zu betreiben.«

»Nein«, sagte Emma nachdenklich. »Frijoles ist einleuchtend – es gibt dort einen Fluss. Und Mesa Verde – ich habe sie zwar noch nicht gesehen, aber vermutlich ist sie grün. Natürlich hatten sie eine Vorliebe für schwer zugängliche Plätze, und sie bauten immer an Klippenflanken und Überhängen. Aber ich gebe zu, es ist ein Problem. Man geht davon aus, dass bis zu fünftausend Menschen hier in dieser Höhe gelebt haben. Es kann deshalb sein, dass es eine Art Verwaltungszentrum war. Vielleicht auch ein religiöses. Meiner Meinung nach hatte es eher geografische Gründe – von oben wirst du sehen, was ich meine. Es liegt ziemlich genau in der Mitte des Territoriums, und vielleicht haben sie es aus dem Grund ausgesucht. Als künstliche Hauptstadt, du weißt schon. Wie Canberra oder Ottawa.«

»Oder Washington.«

»Oder Washington. Warum schaust du so?«

Er nahm ihre Hand. »Einfach so.«

Sie war verlegen, fühlte sich aber geschmeichelt. »Du hast kein Wort verstanden von dem, was ich gesagt habe.«

»Doch, habe ich schon. Sie haben hier mitten in der Wüste gebaut, weil es eben die Mitte war. Um die Bürokraten von den Fleischtöpfen fernzuhalten.«

Er beugte sich zu ihr und küsste sie, ein zarter, langer Kuss, weil sie nun plötzlich so viel Zeit hatten.

Sie löste sich von ihm: »Er wird uns sehen«, sagte sie und nickte in Richtung des Ranger-Postens.

Connolly lachte. »So weit weg, und es sind immer noch die Nachbarn. Gibt es hier denn kein ruhiges Fleckchen, wo wir hingehen können?«, fragte er spöttisch und deutete auf die leere Landschaft.

»Später«, sagte sie, stupste ihn an und stand auf. »Bist du immer so forsch?«

»Nein, ich bin schüchtern. Ich lasse nur nicht gern eine Gelegenheit ungenützt verstreichen. Wir könnten ja hinter diese Mauer gehen.«

»Nein, können wir nicht. Wenn du glaubst, dass ich mich in einer Kiva für dich hinlege, hast du dich getäuscht.« Aber sie war zu ihm getreten und zog ihn auf die Füße.

»Angst, die Geister zu stören?«

»Vielleicht. Vielleicht mache ich's nur nicht gerne auf einem Steinboden.«

»Du darfst oben sein.«

»Später«, sagte sie noch einmal und lachte ihn an. »Komm jetzt. Etwas Bewegung tut dir gut.«

Aber dieser Augenblick hatte die Leere um sie herum sinnlich gemacht. Als sie den Mesa-Pfad hochstiegen, sah er ihre Haut knapp vor sich und beobachtete immer wieder, wie sich ihre Beine streckten und beugten, um zu den nächsten Stufen zu gelangen. Die Hitze war jetzt spürbar, sein Körper plötzlich schweißnass, und das Knirschen ihrer Stiefel auf Steinen und das Geräusch ihres Atmens erfüllten die Luft. Sie kletterten in einem Kamin zwischen hohen Felsen, und der Pfad war übersät mit losen Steinen und Sand und zähem Wurzelwerk. Als sie den ersten Absatz, eine glatte Felsplatte, erreicht hatten, war er leicht außer Atem, sein Herz hämmerte. Von einer schwachen Brise abgesehen, war auch hier oben alles reglos, aber die lähmende Hitze des Tals war verschwunden – er fühlte sich frisch und genoss die Anspannung seiner Beinmuskeln, als sie das nächste Steilstück in Angriff nahmen. Sie drehte sich zu ihm um und lachte, sprang wie eine Bergziege zum nächsten Fels und forderte ihn auf, es ihr gleichzutun. Die Feldflasche an ihrem Gürtel schlug ihr gegen die Hüfte. Ihm lief der Schweiß in die Augen. Der Pfad machte eine Kehre, folgte einer Reihe von Steinmarkierungen, die, wie Connolly sich vorstellte, der Ranger aufgebaut hatte, und stieg dann stetig auf festgetretener Erde weiter hinauf, bis die breiten Simse aus glattem Fels begannen, die am Rand der *mesa* entlangliefen wie Bürgersteige.

Sie wartete oben auf ihn, ihre Bluse klebte an ihrer Haut, und sie beschirmte die Augen mit der Hand, um nach Süden auf den Talboden hinunterzusehen. Von hier oben sahen die Ruinen aus wie die Zeichnung auf einer Blaupause: Kreise und Rechtecke, bei denen nur die Abmessungen auf Gebäude hindeuteten. Sie gab ihm die Feldflasche. Nichts bewegte sich in der Landschaft außer schimmernden Hitzewellen, die sich träge aus der Wüste erhoben. Sie waren das einzig Lebendige in der Welt.

Sie folgten dem Felsgesims am Rand entlang, nur Schritte von den Steilwänden der Canyons entfernt, aber der Pfad war breit und eben, und sie konnten nebeneinander gehen, während sie schnell von einem Ausblick zum nächsten wanderten. Die Müdigkeit in seinen Beinen war verschwunden, er ging beschwingt und spürte weder seine Schritte noch registrierte er die Steinmarkierungen. Als sie plötzlich stehenblieb und warnend die Hand ausstreckte, hätte sein Schwung ihn beinahe zum Straucheln gebracht. Sie stand bewegungslos, mit angehaltenem Atem, da, sodass die Stille plötzlich beunruhigend wirkte. Er ließ den Blick über das Plateau wandern, sah aber noch immer nichts, bis sie den Finger ausstreckte und schweigend zum Rand deutete. Auf einem Vorsprung wenige Schritte unter sich sah er die graue, knotige Windung eines alten Wacholderastes, sonst nichts. Doch dann gewöhnten sich seine Augen an die Entfernung. Er sah den Ast schärfer und entdeckte ein grau-braunes Muster auf der dicken und unnatürlichen Krümmung. Die Klapperschlange bewegte sich leicht, drehte sich zur Sonne und lag dann wieder reglos auf dem Stein. Connollys Muskeln zuckten vor Schreck. Es war die Überraschung, das unerwartete Lauern, während sie unachtsam gewesen waren, die ihn hatten erstarren lassen. Er hatte die Angst eines Stadtjungen vor der Wildnis. Er sah sich verzweifelt nach einem Stein oder einem Stecken zur Verteidigung um. Aber die Schlange hatte niemandem aufgelauert – noch immer lag sie ruhig in der Sonne. Connolly hatte den Eindruck, dass das geringste Geräusch sie aufscheuchen könnte, aber Emma machte bereits behutsame Schritte vom Rand weg und zog ihn mit sich. Er wäre beinahe gesprungen, als sich die Schlange zu bewegen begann: Zunächst ging nur ein unmerkliches Zittern durch ihre Flanken, und dann entrollte sie sich langsam. Er sah zu, als wäre er ein vor Angst gelähmtes Beutetier, wie sie sich träge streckte und von ihrem Fels zu einem noch sonnigeren Vorsprung darunter glitt, ohne sich der Eindringlinge in ihrem Revier bewusst zu sein. Emma ging leise weiter, und er folgte ihr, den Blick noch immer auf den Felsen gerichtet, als könnte die Schlange jeden Augenblick auf ihn losgehen. Seine Ängstlichkeit war ihm peinlich, aber sein Blut pulsierte weiter.

»Sollten wir sie nicht töten?«, fragte er, als sie sich einige Schritte entfernt hatten.

»Sie wird uns jetzt nicht mehr belästigen. Die lebt hier, weißt du.«

»Aber die sind giftig.«

Sie lächelte ihn beruhigend an. »Ich weiß. Aber sie greifen nicht an, außer wenn sie provoziert werden. Als ich das erste Mal das Klappern gehört habe, wäre ich beinahe gestorben, aber die Schlange wollte mir damit nur sagen, dass ich verschwinden soll. Wenigstens warnen sie einen – andere Tiere tun das nicht. Die Klapperschlangen lassen sich nur nicht gerne überraschen.«

»Ich glaube, ich auch nicht«, sagte er mit angehaltenem Atem. »Ich hatte noch nie eine gesehen.«

»Vielleicht siehst du nie wieder eine. Ich habe erst zwei gesehen. Die Pferde bemerken sie. Die Schlangen leben hier, weißt du, sie gehören zu diesem Land.« Sie legte ihm die Hand auf den Arm. »Komm, lass uns hochsteigen zum Pueblo Alto. Pass einfach auf, wo du hintrittst. Aber es ist wahrscheinlich wie mit den Strafzetteln, nie zwei an einem Tag.«

Doch die Schlange hatte ihn aus der Fassung gebracht. War die grenzenlose Weite anfangs belebend gewesen, so vermittelte sie ihm jetzt das Gefühl der Schutzlosigkeit. Was, wenn die Schlange doch nicht verschwunden war? Er sah sich schon, wie er mit seinen Händen verzweifelt einen Knöchel voller Gift umklammerte, meilenweit weg von der Zivilisation, seine Hilfeschreie vom Wind verweht. Er hatte gedacht, sie wären hier frei und all diese helle, unkomplizierte Weite würde ihnen gehören, doch jetzt merkte er, dass sie nur Eindringlinge waren und ihnen Gefahren drohten, die sie nicht sehen konnten.

Sie wanderten zur Mitte der *mesa,* auf das Dach der Anasazi-Welt, wo sich die hohen Ruinen befanden. Hier oben blies ein beständiger Wind, der ihre Haut trocknete und die Haare verwirbelte. Ihre Blusenärmel flatterten wie kleine Banner. Er fragte sich, was sie hierher gebracht hatte, wie sie es schaffte, so gelassen Schlangen aus dem Weg zu gehen und über glatten Fels zu klettern, so weit weg von den regenfeuchten Hecken von Hampshire. Aber dies gehörte jetzt ihr. Es gefiel ihm, wie sie dieses Land genoss, als wäre es ihre Schöpfung.

Vom Pueblo Alto aus konnten sie meilenweit in jede Richtung sehen, und sie zeigte ihm die Spuren schnurgerader Straßen, die von Norden her durchs Tal und im Süden wieder hinaus führten.

»Warum sie überhaupt Straßen hatten, ist natürlich auch ein Rätsel, da sie das Rad nicht kannten. Allem Anschein nach hatten sie nicht einmal Lasttiere.«

»In so einer Umgebung kann man doch nicht meilenweit zu Fuß gehen«, sagte er und deutete auf die Wüste.

»Aber sie haben es getan. Hunderte von Meilen. Man fand Ara-Federn aus Mexiko – du weißt schon, vom Golf. Und Muschelschalen aus Südkalifornien. Jemand muss sie hierher gebracht haben.«

Sie saßen auf der Mauer und rauchten. Connolly spürte die Hitze eines Sonnenbrands auf seinem Gesicht, aber immer wieder sorgten Wolken über der *mesa* für kühlen, spätnachmittäglichen Schatten.

»Und zwar auf dieser Straße«, sagte sie und zeigte auf die gerade Spur zwischen den südlichen und den westlichen *mesas.* »Aber kannst du dir das vorstellen? Federn und Perlen und was nicht sonst noch alles – ein ganzer Strom von Menschen, die alle hierher kamen.«

Er lächelte sie an. »Ich kann's einfach nicht glauben. Eine Handvoll vielleicht, die halbverdurstet durch die Gegend stolpern. Es ist wirklich ein ganz besonderer Ort hier«, sagte er und sah sich noch einmal um.

»Ja, er entschädigt einen für alles.«

»Entschädigt einen für was?«

»Ach, du weißt schon, den Hügel. Das Leben hier.«

»Warum gehst du nicht einfach?«, fragte er ruhig.

»Wo sollte ich denn hin? Mir macht's ja gar nicht so viel aus, solange ich weg kann wie heute. Außerdem habe ich es bis Los Alamos geschafft. Ich würde nie wieder zurückgehen.«

»Das habe ich nicht gemeint.«

»Ich weiß.« Sie drückte ihre Zigarette aus, riss das Papier vom Stummel und ließ die Tabakkrümel vom Wind verwehen. »Aber es stimmt trotzdem. Mir gefällt es hier.«

»Aber irgendwann muss es ein Ende haben. Das Projekt wird abgeschlossen.«

»Und jeder geht nach Hause? Glaubst du das? Ich weiß nicht. Früher habe ich das auch gedacht – am Anfang war ja alles so provisorisch. Aber jetzt glaube ich, dass es einfach weitergehen wird.«

»Es muss zu Ende sein, wenn der Krieg vorbei ist. Weißt du überhaupt, woran hier gearbeitet wird?«

»Jeder weiß es. Wir reden nur nicht gern darüber. Es ist angenehmer, es als reine Wissenschaft zu betrachten«, sagte sie mit angespannter Stimme, »nicht als etwas, das alles in die Luft jagt. Aber sie werden eine neue bauen wollen. Eine noch größere vielleicht. Wir werden nirgendwohin gehen. Man kann nicht eine ganze Stadt bauen und dann einfach abhauen.«

»Aber hier ist doch vor Jahrhunderten genau das passiert.«

»Ja. Aber sind sie einfach abgehauen?« Sie ging auf und ab und drehte mit der Stiefelspitze einen losen Stein um.

»Nicht?«

»Du magst doch Rätsel. Was glaubst du?«

Eine Frage wie in der Schule. Er sah sich die Landschaft an und zuckte die Achseln. »Vielleicht ist ihnen das Wasser ausgegangen.«

»Hm. Das wäre ein plausible Erklärung, nicht?«

»Ja, was meinst du?«

»Könnte sein. Vielleicht haben sie einfach grünere Weiden gesucht. Grüner wäre es natürlich überall, nicht? Aber warum dann nicht zusammenpacken? Sie haben nämlich alles hiergelassen. Töpfe, Werkzeuge. Ich meine, sein Werkzeug würde man doch mitnehmen. Und Wertgegenstände. Federn, Muschelschalen – Sachen, die man mitnimmt, wenn man fortzieht. Wie wir unser gutes Porzellan. Türkisperlen.«

»Türkis?«, sagte er. »Sie haben Türkis zurückgelassen?«

»Ja«, erwiderte sie, verwirrt über sein Interesse. »Sie hatten Türkis – das war ihr Schmuck. Komische Flüchtlinge, die ihren Schmuck zurücklassen.«

»Vielleicht haben sie geglaubt, dass sie bald zurückkommen«, sagte er, mit seinen Gedanken jetzt wieder in Karls Schublade.

»Sind sie aber nicht.«

»Weil sie getötet wurden.«

Sie sah ihn an. »Wie kommst du drauf? Wir wissen es nicht.«

»Nur so. Ich habe gerade an was anderes gedacht.« Er stand auf. »Vielleicht waren sie zu schwach. Vielleicht mussten sie zu viel tragen.«

»Schmuck?«

Er lächelte sie an. »Du rekonstruierst ein Verbrechen.«

»Die Rekonstruktion ist eine der Aufgaben der Archäologie.«

»Falls es hier wirklich eins gab.«

»Offenbar schon, in der einen oder der anderen Form.«

»Also, was glaubst du wirklich?«

Sie hielt inne und sah wieder auf die *mesa* hinaus. »Ich glaube, dass die Deutschen gekommen sind.«

»Die Deutschen?«

»Ihre Deutschen. Ich glaube, sie haben sie zusammengetrieben und verschleppt.« Seine Gedanken sprangen jetzt zu den Fotos in einer Zeitschrift und zu einem Mann, der an seinem Cello weinte.

»Warum?«

»Nun, darauf gibt's keine Antwort.« Sie zuckte die Achseln, als könnte sie sich leicht damit abfinden. »Das ist eine komische Unterhaltung, die wir da führen.«

»Vielleicht haben sie es selbst verschuldet, sich selbst zerstört.«

»Wie? Hatten ihren eigenen Hitler, der sie wegführte?«

»Oder sind einfach verrückt geworden. Haben sich selber in die Luft gejagt.«

Sie sah ihn an und verschränkte die Arme. »Lass uns nicht mehr darüber reden. Wir werden es sowieso nie herausfinden.«

»Aber würdest du es denn nicht gern erfahren?«

»Vielleicht. Was macht es denn für einen Unterschied? Vielleicht war es eine Dürreperiode, das glauben fast alle. Mir ist es lieber, wenn es ein Rätsel bleibt.«

»Aber wenn wir es wüssten –«

»Wäre das hier nur ein ganz gewöhnlicher Ort, nicht?« Sie wandte sich zum Gehen. »Komm. Es wird spät.«

Der Rückweg ins Tal war einfacher, aber sie blieben mehrmals stehen, um die Aussicht zu genießen. Das weiße Licht des Tages war verschwunden. Die Nachmittagssonne färbte die Felsen mit einem satten gelben Feuer.

Ein Teil des Tales lag im Schatten und der Sandstein hatte sein Funkeln verloren – jetzt war er nur noch zusammengebackene Erde, dunkel wie getrocknetes Blut. Als sie den Talboden erreichten, hatte auch der Himmel sich verändert, sein gleichmäßiges Blau bekam farbige Streifen.

»Ich werd' den Marsch morgen in meinen Beinen spüren«, sagte er und rieb sich die Waden.

»Müde?«

»Es geht.«

Sie grinste. »Das ist gut so, denn wir haben noch einige Meilen vor uns.«

»Wohin jetzt?«

»Wir fahren nach Norden bis Nageezi, dann quer rüber auf der Straße nach Taos.«

»Können wir nicht in Nageezi übernachten?«

»Das ist nur ein Punkt auf der Karte. Dort gibt es nichts – eine Tankstelle, wenn sie offen ist. Früher war das ein alter Handelsposten.«

»Wo dann?«

»Hast du's eilig? Ich dachte, wir fahren zu Hannahs Ranch.«

»Das dauert ja noch Stunden.«

»Alles ist von hier aus mehrere Stunden entfernt. Wir hätten die Ranch für uns allein.«

»Und dort sind wir dann todmüde«, sagte er und fasste sie um die Taille.

»Du könntest ausschlafen.«

Er lächelte. »Dann los. Was ist, wenn wir unterwegs was finden?«

»Das wäre ein Wunder«, erwiderte sie und stieg ins Auto. »Da gibt's nichts. Keine Angst – ich bin das Warten wert.«

Sie verabschiedeten sich höflich von dem Ranger und fuhren nach Nordwesten aus dem Tal hinaus, dem orangefarbenen Himmel entgegen. Diese Straße war noch schlechter als die in den Süden, und Connolly, der jetzt am Steuer saß, fluchte, als das Auto durch noch tiefere Schlaglöcher holperte. Auch auf ebenen Abschnitten musste er langsam fahren, um Felsbrocken auszuweichen. Emma legte den Kopf auf die Lehne und blinzelte verträumt ins Licht.

»Was hat dich eigentlich an den Türkisen so interessiert?«, fragte sie, mäßig neugierig.

»Ich habe an Karl gedacht.«

»Ach«, sagte sie und öffnete die Augen. »Warum an ihn?«

»Ich habe in seinem Zimmer Türkisschmuck gefunden. Es war einfach eine merkwürdige Parallele. Nein, eigentlich keine Parallele, es hat mich einfach an ihn erinnert.«

»Was wollte er denn mit den Türkisen?«, fragte sie ehrlich überrascht.

»Keine Ahnung.«

»Wurde er deswegen ausgeraubt?«

»Nein. Der Schmuck war in seinem Zimmer.«

»Oh. Dann ist es also ein Rätsel.«

»Im Augenblick, ja.«
»Aber du magst keine Rätsel«, sagte sie nachdenklich.
»Zumindest nicht dieses.«
Sie lehnte den Kopf wieder zurück. »Ist es so wichtig für dich? Er ist doch tot, nicht? Wie meine Indianer. Was macht es denn noch aus, was mit ihnen passiert ist?«
»Das glaubst du doch nicht im Ernst.«
»Vermutlich nicht. Aber manchmal – ach, warum lassen wir das alles nicht auf sich beruhen? Sollen es doch Rätsel bleiben.« Sie sah zum Fenster hinaus, als hätte sie etwas in der Landschaft entdeckt.
»Das ist nicht vor achthundert Jahren passiert. Wer immer ihn umgebracht hat, läuft noch frei herum.«
»War es nicht ein Raubüberfall im Park? Der Täter ist doch bestimmt längst verschwunden.«
»Vielleicht. Vielleicht ist er aber auch auf dem Hügel.«
Sie schwieg einen Augenblick. »Ist das deine Hypothese?«
»Möglich ist es.«
»Das ist ja entsetzlich. Dann wäre es kein Zufall gewesen – ein Überfall meine ich. Glaubst du, dass ihn jemand ermordet hat? Geplant hat, ihn zu töten?«
Er schwieg eine Weile und überlegte. »Geplant? Das ist interessant. Nein, ich glaube nicht. Nicht geplant. Ich glaube, es ist – einfach passiert.«
»Wie meinst du das?«
»Vielleicht hat er jemanden provoziert. Wie die Schlange«, ergänzte er, ein plötzlicher Einfall. »Sie greifen nur an, wenn sie provoziert werden. Das hast du doch gesagt, nicht?«
»Ich habe *überrascht* gesagt. Sie verteidigen sich nur, nicht mehr und nicht weniger.«
»Ja«, sagte er, und seine Stimme verklang.
»Auf jeden Fall war es keine Schlange. Mord«, sagte sie leise. »Nein. Warum sollte irgendjemand Karl ermorden wollen?«
Aber er hörte ihr nicht zu. »Woran denkst du?«, fragte sie, um ihn zurückzuholen.
»An das, was du eben gesagt hast. Daran habe ich noch gar nicht gedacht. Was, wenn er jemanden überrascht hat?«
»Wobei?«, fragte sie.
Er antwortete nicht.
»Ich hasse diese Geschichte. Sie macht mir angst. Du willst einfach

nur glauben, dass er ermordet wurde. Aber es ist absurd. Solche Sachen passieren nicht.«

»Doch, sie passieren.«

»Nicht hier.« Und bevor er ihr widersprechen konnte, fuhr sie fort: »Aber warum kein Räuber? Das ist doch die plausible Erklärung.«

»Ich dachte, du magst keine plausiblen Erklärungen.«

»Aber du stellst ja nur Hypothesen auf. Funktioniert das so? Man stellt eine Hypothese auf und prüft, ob sie stimmt.«

»Nein«, erwiderte er, »aber man hat mir gesagt, dass die Wissenschaft so funktioniert. Mir reicht das nicht.«

Sie sah ihn an. »Ist das der Grund, warum du hier bist?«

»Die Army will nur wissen, was passiert ist.«

»O Gott«, sagte sie und sah wieder zum Fenster hinaus. »Dann wirst du da oben jeden Stein umdrehen. Möchte nicht wissen, was du sonst noch alles finden wirst.«

»Bis jetzt habe ich noch gar nichts gefunden«, sagte er leichthin. »Keine einzige Leiche im Keller.«

Sie drehte sich wieder zu ihm um. »Pass auf, dass du nicht auch jemanden überraschst.«

»Das wäre eine Möglichkeit, es herauszufinden, nicht?«

»Ich meine es ernst.«

»Ich auch«, erwiderte er, noch immer im Plauderton. »Keine Angst, ich kann ganz gut auf mich aufpassen.«

»O Gott, du müsstest dich reden hören. Es muss der irische Bulle in dir sein.«

»Welcher von den beiden stört dich, der Ire oder der Bulle?«

Sie lächelte. »Wahrscheinlich eher der Bulle.«

»Gut. Gegen den Iren kann ich nicht viel machen. Aber den Bullen können wir in Urlaub schicken. Zumindest für heute.«

Sie schüttelte den Kopf. »Vielleicht gehört alles zusammen. Oder was meinst du?« Sie lachte. »Ich hätte nie gedacht, dass ich mal mit einem Bullen ins Bett gehe.«

»Genau genommen waren wir noch gar nicht im Bett«, sagte er lächelnd.

Sie legte ihm die Hand aufs Knie. Es war wie ein Versprechen. »Nein, noch nicht.«

»Wenn du so weitermachst, fahre ich in den Graben«, sagte er und drehte sich zu ihr hin.

Es muss genau in diesem Augenblick gewesen sein, als er den Blick von der Straße nahm, dass er über den Stein fuhr. Es gab einen lauten Knall, erschreckend wie ein Schuss. Das Auto machte einen Satz nach rechts und holperte dann auf dem platten Reifen.

»Verdammt«, sagte Connolly und hielt an. »Und was machen wir jetzt? Hast du ein Reserverad?«

»Im Kofferraum.«

»Verdammt.« Er stieg aus, um sich den Schaden anzusehen.

»Was ist los? Kannst du es reparieren?«

»Der Reifen ist geplatzt«, berichtete er. »Wir müssen ihn wechseln.« Er sah sich im schwächer werdenden Licht um. »Hast du einen Wagenheber?«

»Nur, was hinten drin ist. Ich glaube, da ist eine Art Werkzeugkiste.« Sie öffnete den Kofferraum. »Das da? Ich kenne mich mit dem Zeug nicht aus. Was ist los – du vielleicht auch nicht?«

»Ich krieg das schon hin.«

»Und ich dachte immer, Amerikaner wissen alles über Autos.«

Er antwortete nicht, sondern mühte sich mit dem Wagenheber ab und versuchte, den Hebel zu befestigen. Dann bückte er sich und sah unter den Wagenboden.

»Schaffst du es, was meinst du?«, fragte sie.

»Wollen wir's hoffen. Es sei denn, du willst die Nacht hier verbringen.«

»Kann ich dir irgendwie helfen?«

»Du kannst mir aus dem Licht gehen.« Er sah zu ihr hoch. »Was ist denn so lustig?«

»Du. Nichts. Du solltest dein Gesicht sehen. Wie ein eingeschnappter kleiner Junge. Weißt du überhaupt, was du da tust?«

»Ich hab' schon mal zugeschaut. Hast du einen besseren Vorschlag?«

»Ich könnte zum Beispiel zum Rangerposten zurücklaufen und mit den Augen klimpern und ihn bitten, uns zu helfen. Der wäre sofort zur Stelle.«

»Ich mach das schon«, sagte er und brachte den Wagenheber in Stellung.

Sie seufzte lachend auf. »Männer. Wie kommt's eigentlich, dass ihr alle so seid?«

»Wie?«, fragte er nervös.

»Ihr wollt euch nie helfen lassen. Jemanden fragen. Ein Mann würde nie nach der Richtung fragen. Der fährt lieber ewig im Kreis, anstatt jemand zu fragen.«

»Könntest du mir das da geben?«, fragte er und zeigte auf einen Schraubenschlüssel. Sie sprang hilfsbereit auf.

»Skalpell«, sagte sie und gab ihm den Schlüssel. »Tupfer.«

Er sah zu ihr hoch. »Das scheint dir wohl Spaß zu machen.«

»Schrecklich, ich weiß. Aber du hast recht. Ich habe mir immer vorgestellt, wie es ist, mitten auf freier Strecke mit einer Panne stehenzubleiben. Ziemlich aufregend.«

»Es wird noch viel aufregender, wenn wir das nicht repariert haben, bevor es dunkel wird.«

»Denk dir nichts. Wir können ja im Auto übernachten.«

»Wenigstens etwas, worauf man sich freuen kann«, erwiderte er abwesend und schraubte die Radmuttern auf.

»Ach, der arme Michael, sehnt sich immer noch nach dem Bett. Ist doch wie verhext, nicht? Aber immerhin haben wir das Auto. Ich hab's noch nie in einem Auto gemacht, du?«

»Um ehrlich zu sein, ja.«

»Wirklich? Wie ist es?«

Er starrte das Rad an und überlegte sich den nächsten Schritt. »Im Augenblick weiß ich nicht genau, was mich mehr nervt, du oder dieses Rad.«

»Schon gut«, sagte sie. »Ich bin ja schon still. Das hat man davon, wenn man versucht aufzumuntern. Aber sag schon, wie ist es? In einem Auto?«

»Eng.«

Sie holte sich eine Zigarette aus dem Auto, setzte sich neben ihn und sah ihm bei der Arbeit zu. Mit der Sonne war auch die Hitze verschwunden. Sie zog die Beine an, verschränkte die Arme vor den Knien und lächelte überraschend zufrieden in sich hinein. Nach einer Weile brauchte er die Taschenlampe, sie hielt sie für ihn, und während sie auf den Reifen leuchtete, betrachtete sie sein Gesicht im Schatten.

»Ich frage mich, was du sonst noch alles nicht kannst«, sagte sie, »außer einen Reifen zu wechseln. Ich meine, ich weiß eigentlich gar nichts von dir. Was magst du? Wie denkst du politisch? Warum bist du zum Beispiel nicht in der Army?«

»Meine Augen. Ich habe im linken einen trägen Muskel.«

»Wie? Heißt das, du kannst nicht richtig sehen?«

»Nein, das rechte kompensiert. Ist nichts Ernstes, gerade ernst genug, um mir die Army zu ersparen. Sie meinten, ich würde einen lausigen Schützen abgeben.«

»Hat dich das gestört?«

»Ungefähr zehn Minuten lang. Dann war ich dankbar. So, jetzt weißt du etwas, was ich noch keinem Menschen gesagt habe.«

»Was sonst noch?«, fragte sie sanft.

»Keine Ahnung. Ich hasse Mannschaftssportarten, bis auf Baseball. Und auch bei handwerklichen Arbeiten im Haus bin ich nicht gerade der Geschickteste. Hilft dir das weiter?«

Sie schüttelte den Kopf.

»Was dann?«

»Wahrscheinlich nichts.«

»Na, da fällt mir ja ein Stein vom Herzen«, sagte er abwesend und konzentrierte sich weiter auf die Schrauben. »Verdammt.« Der Schlüssel klapperte zu Boden.

»Mach mal Pause«, sagte sie und gab ihm ihre Zigarette. Auf seinem sonnenverbrannten Gesicht glitzerte im Dämmerlicht der Schweiß. »Das ist lustig, nicht?« Sie sah sich um und hob dann den Kopf zu den ersten aufblitzenden Sternen. »Ich liebe die Wüste bei Nacht. Sie wacht dann auf.«

»Sag mir bloß nicht, was da alles aufwacht.« Er zog an der Zigarette, folgte ihrem Blick zum Himmel und betrachtete dann wieder ihr Gesicht.

»Schon besser«, sagte er. »Wir können's ja genauso gut genießen.«

»Was, die Panne?«

»Hm. Das Festsitzen. Kannst du dir eine bessere Möglichkeit vorstellen, jemanden kennenzulernen?«

»Hunderte.« Er gab ihr die Zigarette zurück. »Ist das der Grund, warum wir hier sind? Um uns kennenzulernen?«

»Es ist schön abgelegen. Ich wollte wegkommen. Vom Hügel. Dort konnte ich dich nicht kennenlernen.«

»Und jetzt tust du es.«

»Ein wenig. Hier draußen erfährt man immer was Neues.«

»Zum Beispiel?«

»Alles mögliche. Zum Beispiel, dass du stur bist. Du bringst Sachen gern zu Ende.«

»Du nicht?«

Sie zögerte kurz. »Nicht immer. Manchmal – laufe ich einfach davon. Gehe woanders hin.«

»Stur. Das ist nicht viel.«

»Außerdem bist du eifersüchtig.«

»Auf wen?«
»Den Ranger.«
»Na ja, der war ja auch total spitz auf dich.«
Sie lächelte. »Siehst du? Genau das meine ich.«
»Du hast es einfach nicht gemerkt.«
»O doch, ich habe es schon gemerkt. Der arme Kerl hat einfach einen Hüttenkoller.«
»Hüttenkoller. Dem sind doch fast die Augen rausgefallen.«
»Schaufensterbummel«, sagte sie. »Das ist ein Unterschied. So was merkt man. Wie bei dir.«
»Bin ich so leicht zu durchschauen?«
Sie nickte. »Deine Augen.«
»Wann?«
»Auf der Ranch, bei der Musik – jedes Mal. Ich habe immer deine Blicke gespürt.«
»Gefällt dir das?«, fragte er, und seine Blicke strichen jetzt über ihr Gesicht.
»Was glaubst du?« Sie beugte sich zu ihm und küsste ihn. »Aber du bist eifersüchtig.«
»Ich kann nicht glauben, dass nicht jeder dich so sieht, wie ich dich sehe.«
»Oh, das ist nett«, sagte sie und küsste ihn noch einmal. »Sprich weiter.«
»Flirtest du mit mir?«, flüsterte er, seinen Atem auf ihrer Haut.
»Nein, ich hab's dir doch gesagt«, erwiderte sie und strich über seine Wange. »Ich lerne dich nur kennen. Ist es nicht wunderbar hier? Diese Gegend? Hab' ich's dir nicht gesagt?«
Dann küsste er sie auf den Mund, und sie legte sich auf die Erde. Da war sie wieder, diese Bereitschaft, die er unter seinen Fingern spürte, als würde ihr ganzer Körper immer nur auf das kleinste Signal warten. Er lag über ihr, die Ellbogen auf die Erde gestützt, und alles war dunkel bis auf einen Streifen Mondlicht. An seinen Füßen spürte er den Rand der Felge.
Sie hörten das Auto nur kurz, bevor die Lichtkegel der Scheinwerfer sie erfassten wie das überrumpelnde Blitzlicht einer Kamera. Connolly hob den Kopf, sah sich geblendet um, stand dann auf und wischte sich den Staub ab.
»Alles in Ordnung bei euch?«, fragte der Ranger, der so tat, als hätte er nichts bemerkt. Connolly hörte das erregte Zittern in seiner Stimme.

Er stieg aus, ließ jedoch den Motor laufen, und seine Scheinwerfer beleuchteten weiter diese kleine Szene unerwarteter Erotik.

»Einen Platten«, sagte Emma, die nun ebenfalls aufstand und ihre Bluse abstaubte. Ihre Stimme klang gelassen und sachlich.

»Ach ja«, sagte der Ranger. »Diese Straßen. Lassen Sie mich mal ran. Sie haben Glück, dass ich zufällig vorbeigekommen bin.«

»Ja, nicht?«, sagte Emma, und Connolly hörte die schwachen Anfänge eines Lachens.

Der Ranger sah sie an, ein wenig unsicher, ob er grinsen sollte, und dann Connolly, wie um festzustellen, was erlaubt war. Aber keiner von beiden sagte etwas, und Connolly sah, dass er verlegen wurde und mit linkischen Bewegungen vor Connollys Schweigen zurückwich, als wäre er derjenige, der ertappt worden war. Einen Augenblick lang standen sie da und lauschten dem Tuckern des leerlaufenden Motors, unfähig, sich zu bewegen. Gleich, das wusste Connolly, würde Emma auflachen und die ganze Szene und die Erregung des Rangers in einen zweideutigen Witz verwandeln. Doch plötzlich ergriff der Ranger die Initiative, er bückte sich, um den Reifen zu inspizieren, und rückte das Reserverad zurecht. Emma sah amüsiert zu, wie er den Kreuzschlüssel drehte und das Rad mit sicheren, geschickten Bewegungen montierte: eine übertriebene, um erotische Wirkung bemühte Zurschaustellung seiner Kompetenz. Connolly stand daneben. Man hatte ihn nicht um Mithilfe gebeten, und er konnte nur stirnrunzelnd zusehen. Kurz darauf betätigte der Ranger den Wagenheber und ließ mit einem übertriebenen Seufzer der Vollendung das Auto wieder zu Boden. Er stand auf und wischte sich die Hände an der Hose ab.

»So. Das müsste halten. Sie sollten vorsichtig sein in der Wüste. Kein schöner Ort, um die Nacht zu verbringen.«

Connolly, der noch immer Zweideutigkeiten argwöhnte, sah ihn an, aber der Ranger war wieder um rein offizielle Höflichkeit bemüht.

»Am besten Sie folgen mir. Ich fahre voraus. Schreien Sie, wenn Sie was brauchen.« Und damit schwang er sich in seinen Transporter und fuhr los.

Emma sah Connolly mit lachenden Augen an. »Na, siehst du«, sagte sie und rieb sich die Hände, als hätte sie das Rad gewechselt.

»Hüttenkoller, dass ich nicht lache«, sagte Connolly, warf das Werkzeug in den Kofferraum und knallte den Deckel zu.

Ein halbe Stunde lang fuhren sie hinter den hüpfenden und schlingernden Rückstrahlern des Rangers her, und Emma neckte Connolly, bis er lachen musste. Die Dunkelheit hatte den Horizont aufgelöst. Die Sterne lagen vor ihnen ausgebreitet. Connolly beugte sich über das Lenkrad und hielt Ausschau nach Löchern in der Straße, und als sie schließlich den Asphalt des Highways erreicht und dem Ranger zum Abschied zugewunken hatten, schmerzten ihn die Schultern. Sie hatten die Straße wieder für sich, der Nageezi-Posten, an dem sie kurz darauf vorbeifuhren, war nichts als ein dunkler Schatten. Emma drehte am Radio, aber in dieser Weite schienen sogar die Schallwellen von der Dunkelheit verschluckt, auf der anderen Seite einer hohen, unsichtbaren *mesa* gefangen worden zu sein.

»Ich könnte einen Drink vertragen«, sagte er.

»Das ist Indianerland. Meilenweit kein Tropfen. Vielleicht, wenn wir nach Madrid kommen.«

»Wird dann noch was offen sein?«

Sie ignorierte ihn und streckte den Kopf zum Fenster hinaus. »Man kann den Salbei riechen.«

»Irgendwann müssen wir was essen.«

»Hm«, sagte sie, aber ihre Stimme klang zufrieden, als würde die üppige Nachtluft ihr reichen.

Nach einer Weile dachte auch er nicht mehr daran und folgte nur noch wie in Trance dem Lichtkegel der Scheinwerfer. Einmal sah er am Straßenrand einen Hasen, ein verschwommener weißer Fleck, der gleich darauf verschwunden war. Er vergaß die Zeit, die sich jetzt dehnte wie die Entfernung, sodass beide austauschbar waren, und das Auto segelte träge und wie von selbst dahin. Es gab keine Schilder oder Markierungen. Sie fuhren durch unkartografiertes Land.

Es dauerte fast eine Stunde, bis sie das Licht sahen, zuerst nur das Blinken eines Leuchtkäfers, dann das Flackern einer Kerze, aus dem schließlich Strahlen wurden, die aus den Fenstern eines langen Gebäudes fielen. Ein paar staubige Transporter, auf deren Motorhauben sich das Neonlicht einer Bierreklame spiegelte, standen davor. Als sie ausstiegen, konnten sie Western-Musik hören. Die Hütte war so primitiv und provisorisch wie die Gebäude auf dem Hügel. Es schien keinen vernünftigen Grund dafür zu geben, dass der Schuppen hier in dieser leeren Landschaft stand, und es schien fast, als würden Hunger und Müdigkeit es ihnen nur vorgaukeln.

Drinnen gab es einen hell erleuchteten Gemischtwarenladen und eine etwas schummrigere und verrauchte Bar. Die Sitzgruppen aus massivem Holz sahen so aus, als könnte man sich Schiefer einziehen.

Am entfernten Ende der Bar saßen einige Indianer in Jeans und Arbeitshemden und tranken schweigend. Die Theke vor ihnen war ein Meer aus Bierflaschen. Näher bei der Tür saßen auf Hockern zwei alte Rancher mit Stetsons.

Alle sahen auf, als sie eintraten. Die Indianer wandten sich sehr schnell wieder ihrem stummen Kriegsrat zu, aber die Rancher sahen Emma unverblümt an, lächelten dann und tippten sich an die Hüte. Hinter der Bar stand eine große Indianerfrau, offensichtlich ein Halbblut, denn ihr langes, englisches Gesicht stand im Widerspruch zu unerwartet hohen Wangenknochen und langen schwarzen Zöpfen. Schwere, vom vielen Stillen schlaff gewordene Brüste traten unter einer weißen, perlenverzierten Bluse hervor.

»Können wir was zu trinken bekommen?«, fragte Connolly.

»Klar«, sagte sie, und ihr Gesicht blieb so ausdruckslos wie ihre Stimme. Ohne zu fragen, stellte sie ihnen Whisky und Bier hin. Allem Anschein nach gab es sonst nichts. Connolly reichte Emma ihr Whiskyglas.

»In diesen kurzen Hosen werden Sie sich den Tod holen«, sagte einer der Rancher zu Emma und deutete mit einem Kopfnicken auf ihre langen Beine.

»Gefallen sie Ihnen?«, fragte Emma und trat einen Schritt zurück, um sie zu präsentieren.

Der Rancher lachte, überrascht von ihrer Keckheit. »Schätze schon.«

Emma trank einen Schluck. »Danke. Mir auch. Deshalb behalte ich sie für mich.«

Der Rancher lachte noch einmal. »Wird wohl so sein.« Dann zu Connolly: »Nichts für ungut. Aber wir sehen hier so was nicht alle Tage.«

»Ach, gegen einen Blick habe ich nichts einzuwenden«, sagte Emma.

»Sehr gut«, meinte der Rancher gutmütig. »Wo kommt ihr denn so spät noch her?«

»Chaco.«

»Was ihr nicht sagt. Ich dachte, die hätten das zugemacht. Kommt ja kaum noch jemand her. Wegen dem Benzin. Soll aber wirklich toll sein.« Jeder im Westen, so erschien es zumindest Connolly, hatte das Bedürfnis, sich ständig zu unterhalten. Schweigsam waren offenbar nur die Cowboys im Film.

»Ich weiß, dass es schon spät ist«, sagte er zu der Frau hinter der Bar. »Aber gibt es noch etwas zu essen?«

Die Frau zögerte.

»Na komm, Betty«, sagte der Rancher, »gib den netten Leuten hier was von dem Eintopf. Isst doch sonst sowieso niemand mehr was.«

»Uns wäre alles recht«, sagte Connolly zu der Frau.

»Klar«, erwiderte sie und goss ihnen zwei neue Whiskys ein. Sie deutete auf eine Sitzgruppe.

»Freut mich, Ihre Bekanntschaft zu machen. Hübsche Frau, die Sie da haben«, sagte der Rancher. »Sie sollten sie allerdings zudecken. Man weiß ja nie, wer einem über den Weg läuft.«

»Ach, im Allgemeinen kann sie recht gut auf sich selber aufpassen.«

Der Rancher fand das lustig. »Das glaube ich Ihnen gerne.« Sie standen auf und gingen mit ihren Drinks zu einer Sitzgruppe.

»Noch ein Gaffer?«, fragte Connolly grinsend.

»Also, dieser würd's auf einen Versuch ankommen lassen. Nicht wie unser Pfadfinder.«

»Wirklich?«

»Oh, der ist harmlos. Man muss nur ein Auge auf ihn haben.«

»Weißt du immer, woran du bist?«

»Natürlich. Jede Frau weiß das. Das haben wir schließlich gelernt.«

»Ach, tatsächlich?«

»Hm-hm.«

Er sah sie an und spürte plötzlich den Alkohol. Die Sitzgruppe schien von einem feinen Dunst umgeben zu sein. Er trank noch einen Schluck. »Was glaubst du, was das für ein Zeug ist?«

»Feuerwasser.« Sie kicherte.

»Kein Witz«, sagte er und hielt sich die Kehle.

»Pass auf, sonst steigt es dir zu Kopf.«

»Wie das Lied.«

»Was für ein Lied?«

»Du weißt nicht, welches Lied?«

Sie schüttelte den Kopf.

»Nur ein Lied. Man hört es manchmal. Wir müssen mal in meinen Stammclub gehen – dort wird es immer gespielt. Ermutigt zum Trinken.«

»Hier auch?«, fragte sie und deutete mit dem Kopf zur Musicbox, aus der noch immer Western-Musik dröhnte.

»Hier brauchen sie keine Ermutigung. Wer das hier trinken kann, der trinkt alles. O Gott«, sagte er, als der nächste Schluck Wirkung zeigte, »ich sollte besser langsamer machen.«

»Wenn man müde ist, steigt es einem immer zu Kopf.«

»Das war vorher. Als wir marschierten und gegen Klapperschlangen kämpften und ich mich von Mister Universum vorführen lassen musste.«

Sie lachte. »Haben wir das alles getan? Klingt wunderbar.« Sie legte ihre Hand über seine. »Das müssen wir wieder mal machen.«

Er sah ihr in die Augen, die im rauchigen Licht leuchteten. »Wann immer du willst.«

Die Indianerfrau stand am Tisch und wartete, bis sie ihre Hände voneinander gelöst hatten, bevor sie ihr Tablett entlud – tiefe schwere Schüsseln mit Hammeleintopf und einen großen Korb mit Navajo-Fladen. Sie deckte den Tisch mit erstaunlich zierlichen Bewegungen, die klobigen Löffel legte sie geräuschlos nieder, und neben die Schüsseln schob sie halstuchgroße Servietten.

»Vielen Dank«, sagte Emma.

»Klar.«

»Und bitte noch eine Runde.«

»Klar.« Sie bewegte sich langsam weg, wie von einem unsichtbaren Strick gezogen.

Emma kicherte. »Meinst du, sie kann auch noch was anderes sagen? Ich habe nur immer dieses eine Wort von ihr gehört. Wollen wir drauf wetten? Einen Dollar?«

»Dagegen wette ich nicht.«

»Na gut. Wie ist der Eintopf?«

»Jetzt weiß ich, warum die Anasazi weggezogen sind.«

»So schlecht?«

»Nicht, wenn man die Augen schließt.«

Aber der Eintopf war heiß, und jeder sämige graue Löffel davon füllte ihn und wärmte seine Eingeweide wie wunderbarer Balsam.

»Was meinst du, wie der Laden sich über Wasser halten kann?«

»Liegt wahrscheinlich direkt außerhalb des Indianerlandes. Es gibt immer einen Laden an der Grenze, der Schnaps verkauft.«

Überrascht von seinem Appetit riss er ein Stück Fladen ab. Als er dann wieder von seinem Eintopf hochsah, merkte er, dass sie ihn beobachtete, und das gehörte zu der trägen, entspannten Wärme, die sie jetzt einhüllte wie Dampf. Das Bier gewann an Aroma, als er es schluckte. Sie redeten Belangloses, das ihnen beim Essen die Zeit vertrieb und sich dann in nichts auflöste. Bevor seine Schüssel leer war, musste er sich zurücklehnen, den Bauch wohlig gefüllt. Die laute, schrille Musik hatte aufgehört, aber der Kopf schwirrte ihm von den Satzfetzen, die aus der Bar zu ihnen herüber drangen.

Er stand auf und ging zur Musicbox, weil er hoffte, etwas zu finden, bevor die Rancher sie wieder mit Münzen füttern konnten. Er überflog die Titelliste in dem gelben Licht, lauter unbekannte Westernmelodien, bis er plötzlich in der rechten Spalte auf einen wahren Schatz vertrauter Songs stieß, Teddy Wilson, Lester Young – wo kamen die nur alle her? Es war das letzte, was er hier erwartet hätte. Eine Weile stand er nur da und grübelte darüber nach. Vielleicht war der Laden so abgelegen, dass niemand herkam, um die Platten zu wechseln. Vielleicht waren es kostenlose Musterplatten, die jemand irgendwo aufgetrieben hatte. Es war farbige Musik – vielleicht hatte der Vertreter der Plattenfirma sie auf seiner Reise durch den Süden nirgendwo unterbringen können und sie deshalb in dieser Musikbox für Indianer abgeladen. Was machte es denn schon aus? Er warf Münzen in die Maschine, drückte die Elfenbeinknöpfe und kehrte dann mit einem dümmlichen Grinsen auf dem Gesicht an den Tisch zurück, während die Melodie von *Sweet Lorraine* durch den Raum wehte, ein beschwingtes Klavier über einem regelmäßigen Bass. Die Rancher sahen ihn überrascht an und vertieften sich dann wieder in ihre Gespräche. Die Indianer an der Theke verzogen keine Miene und wirkten wie stämmige Statuen.

Sie lehnten sich zurück, lauschten der Musik und rauchten. Die Schüsseln hatten sie in der Mitte des Tisches zusammengeschoben. Die Indianerfrau füllte ihre Gläser, nahm aber das Geschirr nicht mit, als wartete sie darauf, dass sie zu Ende aßen. Ein Zeit lang sagten sie gar nichts, sahen nur dem Rauch nach und lächelten still über ihr Glück. *It's the mood, that I'm in.* Die Musik schien den Raum zu verwandeln, als würde jemand mit dem Licht zaubern. Das Grobe und Harte wich zurück, sodass die Bar den milden, weichen Glanz der Musik annahm, feuchte Glasringe auf einer Theke, Aschenbecher und die Hoffnung, jemand mit nach Hause zu nehmen.

»Ist das so?«, fragte sie leise. »In den Clubs, in die du mich führen willst?«

Er lächelte. »Genau so.«

»Und wir sitzen da und trinken und sehen uns an.«

»Und tanzen.«

»Ja.« Sie sah sich träge zu den Ranchern und den Indianern um. »Eines Tages.«

Die Musik wechselte zu den Klavierläufen von Teddy Wilsons Eröffnung von *The Very Thought of You.* Er sah ihr direkt in die Augen, nahm ihre Hand und stand auf. Der Alkohol machte seine Bewegungen langsam und zugleich geschmeidig, so als wäre er unter Wasser.

»Hier?«, sagte sie mit einem kleinen Auflachen, den Arm zu ihm ausgestreckt, doch die Beine über Kreuz, sodass sie nicht aufstehen konnte.

»Warum nicht?« Er sah sie weiterhin an und zog sie sanft an der Hand, bis ihre Beine sich wie von selbst voneinander lösten und sie aufstand und sich an ihn schmiegte. Zuerst standen sie reglos und ein wenig ungeschickt da. Er legte ihr die Hand ans Kreuz, und dann schien es, als würden sie von der Musik geführt. Nur ein kleiner, unbewusster Schritt war am Anfang notwendig gewesen. Billie Holliday sang. Bei ausgeschaltetem Bewusstsein bewegten sich ihre Füße wie von selbst. Der Raum verschwamm. *I'm living in a kind of daydream, I'm happy as a queen.* Einer der alten Rancher lachte ihnen zu, und Connolly, der über Emmas Schulter sah, grinste zurück. Sie mussten wirklich betrunken aussehen. Aber er spürte sie mit jeder Faser seines Körpers. *And foolish though it may seem, to me that's everything.* Er rührte sich kaum, beschwipst, glücklich. Als sie den Kopf von seiner Schulter hob, sahen sie einander überrascht in die Augen. Das Tanzen war eigentlich als Witz gemeint, als Parodie eines anderen Lebens. *The mere idea of you.* Doch jetzt war es etwas anderes, ein Witz ganz anderer Art. Er wollte laut auflachen, so unerwartet waren sich ihre Blicke begegnet. Es war nicht das erste Mal, dass er ein Mädchen so hielt, er kannte diese halbbetrunkenen Abende voller Fröhlichkeit und rauchiger Bars und Sex. Aber hier, mitten in der Wüste, den Bauch voller Hammeleintopf und billigem Whisky, erlebte er, dass die Hoffnung unzähliger populärer Lieder in Erfüllung ging.

Eine anderes Lied erklang, dann noch eines, und sie tanzten weiter, zu müde, um sich zu setzen. Sie merkten nicht, dass die Rancher gingen. *You 're telling everyone I know, I'm on your mind each place you go.* Hatte er so viele Münzen gehabt? Im Gemischtwarenladen gingen die Lichter aus.

»Es ist spät«, sagte sie.

Er nickte.

»Ich weiß nicht, wo wir jetzt hin sollen.«

»Macht nichts.« Er hatte seine Worte langsam ausgesprochen, als gehörten sie zur Musik.

Sie berührte seinen Nacken. »Das hattest du doch die ganze Zeit im Sinn, nicht?«

»Nein.«

»Aber es ist gut so?«

Das war es. Er dachte gar nicht an Sex, er wollte sie nur in den Armen halten.

»Kannst du fahren?«

»Kannst du es?«

»Wenn ich einen Kaffee bekomme.«

Doch als sie benommen von der leeren Tanzfläche zu ihren Plätzen zurückkehrten, fanden sie frische Drinks auf dem abgeräumten Tisch, und sie tranken, ohne noch einmal an den Kaffee zu denken. Die Musik hatte aufgehört, und es war zu spät, um neue Münzen einzuwerfen. Sie saßen da und genossen die Stille, das leise Klappern von Geschirr aus dem Hinterzimmer, das Rascheln nächtlicher Geräusche. Er konnte nicht aufhören, sie anzusehen. Als die Indianer, der eine schwankend in der Mitte von den zwei anderen gestützt, aufbrachen, sah er nur flüchtig zu ihnen hoch. Von draußen kam ein Stottern, ein Aufheulen, als der Transporter ansprang und losfuhr, und dann war es wieder still. Die Indianerfrau kümmerte sich nicht um sie, und so saßen sie da und tranken, warm von der Sonne und vom Schnaps, zu benommen, um aufzustehen und zu gehen. Seine Beine waren schwer, so als klebten sie auf der rauen Sitzfläche.

Als die Frau schließlich an den Tisch kam, um die Gläser abzuräumen, hatte sie sich bereits eine alte Army-Jacke über die perlenbestickte Bluse gezogen. Emma wollte noch einen Kaffee bestellen, während Connolly schon seine Geldbörse herauszog und die Frau fragend ansah. Rechnung gab es keine. Sie nahm ein paar Scheine und stopfte sie in ihre Jacke.

»Kein Kaffee. Hinterzimmer«, sagte sie, deutete auf eine Tür und führte sie dorthin. Sie zog an einer Kordel, und eine Deckenlampe leuchtete auf. Sie befanden sich in einem kleinen Lagerraum: Stapel von Kisten standen neben einem alten Rollpult, und an der Wand war eine Bettcouch unter Navajo-Decken.

»Fahren Sie nicht«, sagte sie. »Bleiben Sie hier.« Und dann, mit einem schmalen Lächeln: »Hier stört Sie niemand.«

Sie wies ihr Geld zurück, wehrte ihren Dank mit einer Handbewegung ab, schaltete dann die Barbeleuchtung aus und war verschwunden.

»Unsere Suite im Waldorf«, sagte Emma und ließ lächelnd den Blick über das Linoleum und das schmale Bett wandern.

Connolly stand unter der Glühbirne und knöpfte ihre Bluse auf.

»Ich glaube, ich kann mich nicht mehr rühren«, sagte sie.

»Dann tu's nicht«, erwiderte er und küsste sie.

»Das Licht«, sagte sie. Er zog an der Kordel, das Zimmer wurde schwarz. In der Dunkelheit ertasteten sie das körnige Gefühl von Staub und rochen ihren Schweiß und den Schnaps. Als sie aufs Bett fielen, ihre nackte Haut auf rauen Decken, liebten sie sich endlich, langsam wie beim Tanzen, als wären sie bereits eingeschlafen.

10

Sie fanden das Auto am 8. Mai, dem Tag, an dem in Europa der Krieg zu Ende ging. Connolly hatte den Nachmittag in einem Motel an der Straße nach Taos zugebracht, einem Komplex verwitterter Holzhäuser, der zum gewohnten Unterschlupf geworden war, und hatte sich verspätet. Daniel war lange auf dem Testgelände gewesen, doch seit dieser Woche wieder zurück, weshalb sie nur wenig Zeit gemeinsam verbringen konnten: einige Nachmittagsstunden auf alten Laken, die Sonne von staubigen Jalousien zu Dämmerlicht gedämpft. Anfangs war Mills neugierig gewesen wegen Connollys Abwesenheiten, aber jetzt hob er kaum noch die Augenbrauen, gelangweilt von der Affäre eines anderen.

»Schon wieder Nachforschungen?«, fragte er, als Connolly erschien. »Sie sollten sich wenigstens ab und zu im Büro sehen lassen.«

»Warum? Habe ich was verpasst?«

Das war inzwischen zur Floskel zwischen ihnen geworden. Seit Tagen, ja Wochen hatte es nichts zu verpassen gegeben. Ramon Kelly war verurteilt worden, eine eintägige Sensation für den *New Mexican* in Santa Fe, ein etwas ergiebigerer Schlagzeilenlieferant für die Albuquerquer Zeitungen; der Hügel hatte die Nachricht mit Gleichgültigkeit aufgenommen und sich wieder der Arbeit zugewandt. Karl war Vergangenheit, auch als Gesprächsthema, nur noch ein paar Absätze in einem Polizeibericht. Corporal Batchelor, den angesichts seines eigenen Wagemuts nun doch die Nervosität gepackt hatte, war auf nichts Berichtenswertes gestoßen. Doc Holliday schaute regelmäßig vorbei, aber nicht weil er Fortschritte gemacht hätte, sondern aus

Langeweile. Die Akten auf Mills' Schreibtisch stapelten sich ungelesen und wurden einmal pro Woche vom Reinigungspersonal abgestaubt. Das Leben auf dem Hügel intensivierte sich – Urlaube wurden gestrichen, und nachts brannten Lichter, während achtzehnstündige Arbeitstage einem ungewissen Schlusspunkt entgegenrasten. Trotzdem herrschte manchmal eine Art Stillstand, und alles schien den Atem anzuhalten.

Connolly merkte zu seiner Überraschung, dass ihm das nichts ausmachte. Er lebte im Rhythmus knapp bemessener Stunden in Motelzimmern – für alles andere war später noch Zeit.

»Das Auto«, sagte Mills. »Sie haben Karls Auto gefunden. Einer von Kistys Männern.«

»Unten bei der Anlage S? War es denn die ganze Zeit dort?«

»Nein.« Mills lächelte. »Schön wär's. In einer der Schluchten unterhalb des Plateaus.«

»Versteh' ich nicht.«

»Willkommen im Club. Was für ein Ort, um ein Auto zu verstecken.«

»Kaputt?«

»Keine Ahnung. Ich habe noch auf Sie gewartet.« Er sah auf die Uhr. »Mehrere Stunden, um genau zu sein.«

»Na, dann los.« Connolly setzte sich in Bewegung.

»Immer mit der Ruhe. Das rührt sich nicht mehr von Fleck. Wir haben eine Wache postiert.«

»Wir sollten Doc Bescheid sagen.«

»Habe ich schon. Er wartet am Westtor auf uns.« Er sah Connolly in die Augen. »Ich habe ihm gesagt, Sie seien um fünf zurück.«

»Warum um fünf?«

Mills zuckte die Achseln. »Ich bin beim Sicherheitsdienst, schon vergessen? Ich halte meine Augen offen. Sie sind immer um fünf zurück.«

»Und warum wohl?«

»Ich nehme an, dass jemand um diese Zeit zu Hause sein muss.«

»Sie sind ja ein Detektiv.«

Mills lächelte. »Das vertreibt einem die Zeit. Ist ja in letzter Zeit ziemlich ruhig hier.«

»Fühlen Sie sich vernachlässigt?«

»Ich? Ich hab's gern ruhig. Übrigens, falls Sie's noch nicht gehört haben, die Deutschen haben kapituliert.«

Connolly nickte. »Hier oben spürt man gar nichts davon.« Er sah sich im Technischen Bereich um, in dem es so ungestört geschäftig zuging wie immer.

»Oh, heute Abend werden sie schon ein paar Korken knallen lassen. Aber Sie kennen die Langhaarigen doch – zuerst die Arbeit.«

»Sie meinen: Im Gegensatz zu einigen von uns?«

»Nein, ich vermute, dass Sie ziemlich beschäftigt sind.« Er grinste. »Allein der Gedanke daran bringt mich durch den Tag.«

Sie fuhren an der Anlage S vorbei, der Sprengstoff-Einheit am anderen Ende des Plateaus, einem neuen Industriepark aus gewundenen Dampfrohren, Schornsteinen und Hallen mit schwerem Gerät. Der Technische Bereich war die Universität, aber die Anlage S hatte die raue Zweckmäßigkeit einer Schmiede, wo Blaupausen zu Gehäusen gehämmert wurden und das Personal Unfälle riskierte.

»Wer hat es gefunden?«

»Sie bauen gerade einen neuen Schießstand in einem der südlichen Canyons unterhalb des Plateaus. Mit Sprengstoffen hantieren sie nämlich lieber abseits des Hügels.«

»Ja, das ist beruhigend.«

Mills grinste. »In diesem Fall hatten wir wenigstens mal Glück. Wir hätten es sonst nämlich nie gefunden.«

Am Ende der dicht mit Nadelbäumen gesäumten Straße fanden sie Holliday, der am Tor stand und mit dem jungen Wachposten schwatzte.

»Sie haben sich aber Zeit gelassen.«

Der Wachposten, der Connolly wiedererkannte, lächelte unschuldig und hob lässig die Hand zur Mütze.

»Komisch, nicht?«, bemerkte Mills, dem diese Geste nicht entgangen war. »Jetzt bin ich schon so lange hier und habe dieses Tor noch nie benutzt. Sie?«, fragte er Connolly.

»Gelegentlich«, erwiderte Connolly, ohne ihn anzusehen.

»Na, ich kann's Ihnen nicht verdenken«, sagte Holliday zu Mills. »Mein Freund hier sagt, dass an diesem Tor nie viel Verkehr ist. Nachts ist die Straße gesperrt, und man muss den ganzen Weg außenrum zum Vordereingang fahren. Ziemlich nervig, wenn man es nicht weiß.«

»Aber jeder weiß es«, sagte der Wachposten mit perlendem Südstaatenakzent. »Das Tor ist nur für die Leute vom Hügel. Lastwagen fahren zum Osttor.«

»Und was ist mit uns von außerhalb?«, sagte Holliday.

»Von außerhalb ist niemand auf dem Hügel.«

»Stimmt. Da dürftest du recht haben. Und ich hab' nur wie immer dagestanden und mir die Nase am Gitter plattgedrückt.«

Holliday folgte ihrem Auto, und sie fuhren auf engen Serpentinen vom Plateau herunter. Die *mesa* hatte die Form einer riesigen Hand mit tiefen Canyons zwischen den Fingern, von denen wiederum einige enge Schluchten abgingen, die, von dichtem Kiefernbewuchs verhüllt, völlig verborgen lagen. Das Auto befand sich in einer dieser Seitenschluchten, etwa eine Meile vom Tor entfernt, am Ende eines alten, halb überwucherten Feldwegs. Ein MP stand an der Stelle, wo das Auto den Weg verlassen und seine eigene Spur in die Erde gegraben hatte. Mills wies seine Begleiter aus, und dann gingen sie, unterwegs die abgebrochenen Äste musternd, zum Auto.

»Was soll dieser Weg hier?«, fragte Connolly.

»Ist wahrscheinlich ein alter Holzfällerweg«, sagte Holliday. »Man hat hier früher ziemlich viel Holz geschlagen. Ist Ihnen der vorangegangene Canyon aufgefallen? Dort gibt's eine richtige Straße – diese hier hat man wahrscheinlich einfach aufgegeben.«

»Das ist das Testgelände«, erklärte Connolly.

»Was genau wird denn hier abgefeuert?«

»Keine Ahnung.« Und als er Hollidays Blick bemerkte: »Ehrlich.«

»Sie messen hier Projektilgeschwindigkeiten«, sagte Mills.

Die beiden sahen erst einander, dann ihn an. Er lachte. »Na ja, ich hab' mal gefragt, und da hat man mir das gesagt.«

»Sie meinen, wie schnell ein Pfeil fliegt, wenn man ihn abschießt?«

»So in der Richtung.«

»Dafür müssen aber einige Bäume dran glauben.« Er deutete zum Ende des Canyons, wo die Explosionen eine unregelmäßige Schneise geschlagen hatten.

»Aber warum hier?«, fragte Connolly.

»Na, wenn sie nicht angefangen hätten, hier in der Gegend herumzuballern, hätte kein Mensch das Auto gefunden.«

»Sie wissen doch, was ich meine.«

Holliday sah ihn an. »Sie meinen: warum so nahe beim Hügel.«

Connolly nickte.

»Ich weiß es nicht. Erst mal sehen, was wir hier haben. Vielleicht ist es gar nicht seins.«

Aber es war gar kein Versuch gemacht worden, das Auto unkenntlich zu machen – die Nummernschilder vom Hügel, die Registrierungsplakette am Handschuhfach waren noch intakt. Die Fahrt durchs

Gebüsch hatte den Lack an der Motorhaube zerkratzt, aber ansonsten sah das Auto so aus, als hätte Karl es dort abgestellt. Die Schlüssel steckten noch im Zündschloss.

»Ein netter Zug«, sagte Holliday. »Das ist mir noch nie passiert.«

»Können Sie es nach Fingerabdrücken absuchen lassen?«

»Ich könnte es, aber ich habe hier keine Befugnis.«

»Die hat niemand. Wir haben einen verurteilten Mörder, schon vergessen? Das hier ist was Anderes. Sie helfen dem Manhattan Project des Army Corps of Engineers.« Connolly lächelte ihn an. »Kriegswichtige Arbeit.«

»Haben Sie ein Papier, falls ich eins brauche?«

»Wir haben nichts als Papier.«

»Ich glaube, da ist Blut«, sagte Mills und untersuchte den Boden im Fond.

»Ja, Sir«, sagte Holliday. »Jetzt aber nichts berühren – mal sehen, ob wir eine Entsprechung finden.«

»Versuchen Sie es auf einem Kirchenparkplatz«, sagte Connolly. »Da werden Sie garantiert fündig.«

Im Kofferraum war nichts Ungewöhnliches. Abgesehen von dem Blutfleck im Fond, wo Karls Kopf gelegen haben musste, war das Auto sauber.

»Ich will mal was probieren«, sagte Connolly und nahm ein Taschentuch in die rechte Hand. Er stieg ein und drehte den Schlüssel. Der Motor orgelte kurz und sprang an. Einige Augenblicke lang saß er am Steuer und hörte auf das Brummen; er nahm Karls Auto in Besitz, so wie er seine Stiefel getragen hatte. Als er den Motor abstellte, war es wieder so still im Canyon, dass sie die Vögel hören konnten.

»Warum hat er den Schlüssel nicht weggeworfen?«, fragte er und gab ihn eingewickelt Holliday.

»Warum irgendwas?«, entgegnete Holliday. »Das alles – es muss nicht unbedingt einen Sinn ergeben.«

»Doch, muss es. Die Einzelteile müssen nicht sinnvoll sein, aber als Ganzes muss es einen Sinn ergeben.«

»Ich lasse meine Jungs das ganze Ding nach Fingerabdrücken absuchen«, sagte Holliday, ohne auf ihn einzugehen. Dann kniete er sich neben die Fahrertür. »Zu viele Fußspuren hier.«

»Kistys Männer«, sagte Mills. »Die wussten ja nicht, dass es der Schauplatz eines Verbrechens war.«

»Wir sollten die Umgebung trotzdem durchsuchen«, sagte Connolly.

»Man weiß ja nie. Können Sie mit dem Wachposten alles klarmachen?«, sagte er zu Mills. Es war eine höfliche Entlassung, und Mills begriff sofort und kehrte zur Straße zurück.

»Was geht Ihnen im Kopf herum?«, fragte Holliday.

»Ich sehe einfach die Logik nicht dahinter«, sagte Connolly und starrte das Auto an, als wäre es eine sichtbare Antwort. »Nehmen wir mal zum Beispiel an, Sie bringen Karl bei San Isidro um. Sie werfen ihn in den Fond und laden ihn im Park ab. Warum nicht hier?« Er begegnete Hollidays Blick. »Okay, Sie wollen, dass er gefunden wird, wie Sie gesagt haben. Damit's so aussieht, als wäre es was ganz anderes. Warum soll das Auto nicht auch gefunden werden? Warum es nicht einfach in Santa Fe in der Nähe des Parks abstellen? Wegen des Bluts, wahrscheinlich«, ergänzte er mehr für sich.

»Vielleicht hat der Täter eine Fahrgelegenheit gebraucht.«

Connolly hob den Kopf. »Und wo war sein eigenes Auto?«

Holliday zuckte die Achseln. »Er hätte zu Fuß zur Kirche gehen können.«

»Wenn er denn bereits in Santa Fe war. Wie kam er dorthin?«

»Sie gehen davon aus, dass der Kerl von hier kam.«

»Ja.«

»Mit dem Bus. Es gibt doch einen Pendelverkehr von hier aus, nicht? Samstagabends. Sie haben doch einige Leute, die Ausgang haben, nicht wahr?«

Connolly nickte und dachte nach. »Warum dann nicht mit dem Bus zurückfahren? Und das Auto dort lassen, wo es ist?«

Holliday lehnte sich ans Auto und starrte zu Boden. »Na ja, was haben wir denn gedacht, was passiert ist, als wir ihn fanden?«

»Dass das Auto gestohlen wurde.«

»Hm. Was ja auch zu dieser Art von Verbrechen gepasst hätte, nicht? Ihn abladen und dann ab nach Mexiko. Ist was ziemlich Wertvolles in Kriegszeiten, ein Auto. Lässt man es auf der Straße stehen, gibt es bestimmt jemand, der dumme Fragen stellt. Und dann noch das Blut«, sagte er und sah ihn an.

»Also muss man es loswerden.«

»Ist zwar eine Schande, so ein schönes neues Auto, aber so ist es eben.«

»Aber es gibt viele Möglichkeiten, es loszuwerden – in der Wüste abstellen, über eine Klippe schieben –«

»Das Problem dabei ist, dass man nie weiß, wie so was ausgeht. Es kann blöd fallen oder Feuer fangen. Sie wollen aber keine Aufmerksamkeit erregen, Sie wollen es bloß verschwinden lassen. Für immer. Oder zumindest für eine gute Weile. Und vielleicht haben Sie für all das keine Zeit. Vielleicht haben Sie nicht mal Zeit, sich all die Gedanken zu machen, die wir uns jetzt machen. Und so – verstecken Sie es einfach.«

»Hier.«

»Hier. Wie gesagt, vielleicht hat er eine Fahrgelegenheit gebraucht. Er kommt hierher, das Tor ist geschlossen. Kein Mensch in der Nähe. Vielleicht wusste er sogar, dass das Tor geschlossen ist.«

»Dann hätte er immer noch zum Osttor gelangen müssen. Und das schafft er nur –«

Holliday nickte. »Richtig. Wenn ein anderer sein Auto fährt.«

Connolly starrte stumm zu Boden. »Zwei. Daran habe ich noch gar nicht gedacht.«

»Ich sage nicht, dass es so passiert ist. Nur, dass es so passiert sein könnte.«

»Das klingt einleuchtend. Es muss noch ein zweites Auto beteiligt gewesen sein.«

»Könnte und *muss* sind zwei Paar Stiefel.«

Connolly tat den Einwand mit einer Handbewegung ab und überlegte weiter. »Okay, er schafft das Auto hierher, und ein anderer bringt ihn zurück auf den Hügel. Stimmen Sie mir zu, dass er vom Hügel ist?«

»Ich würde sagen, die Indizienlage spricht dafür«, erwiderte Holliday wie ein Polizist bei einer Zeugenaussage.

»Warum lässt er die Schlüssel stecken? Warum wirft er sie nicht einfach weg?«

Holliday seufzte und zog eine Zigarette aus der Packung. »Ja, warum nicht? Ich habe darüber nachgedacht. Vielleicht war es einfach Gewohnheit, Sie wissen schon. Schlüssel wirft man nicht weg – wozu auch? Man will sie zwar nicht bei sich haben, aber man weiß auch nicht, ob man sie nicht später noch einmal braucht.«

»Glauben Sie, dass er das Auto noch einmal benutzen wollte?«

»Nein, ich habe an was anderes gedacht.« Er sah hoch und ließ den Blick mit einer Drehung des Kopfes den Rand des Canyons entlangstreifen. »Muss ziemlich dunkel gewesen sein, als er es hier abstellte, nicht? Er wusste also nicht, ob er es wirklich gut versteckt hat. Ich meine, nachts sieht man überhaupt nichts. Deshalb glaube ich –

das ist jetzt nur eine Vermutung –, dass er es sich am Tag noch einmal ansehen, alles kontrollieren wollte. Was wäre, wenn man von da oben runterschaut«, er deutete hinauf – »und da ist dieses glänzende neue Auto zu sehen? Oder auch nur ein Teil davon. Dann müsste man es wegbewegen, es an eine Stelle bringen, wo es wirklich nicht sichtbar ist. Vielleicht hat er deshalb die Schlüssel steckenlassen. Natürlich dachte er nicht daran, dass Ihre Jungs hier in der Gegend herumballern.«

»Er ist auf dem Hügel«, sagte Connolly.

»Ja, er ist dort«, erwiderte Holliday leise. »Oder er war dort.«

»Er würde aber ein ziemliches Risiko eingehen, wenn er noch einmal zum Auto zurückginge.«

»Mister, er ist schon ein ziemliches Risiko eingegangen, als er den Mann umbrachte.«

Zur Feier des Tages lud er Mills zum Abendessen nach Santa Fe ein, und sie folgten Hollidays Auto über die Nebenstraße in die Stadt, vorbei an Bandelier, dem Tal des Rio Grande und der Hügellandschaft mit verkrüppelten Pinien und roter Erde. Die Plaza war gesteckt voll, es wimmelte von Menschen, die Fähnchen schwenkten, Flaschen entkorkten und mit ihrem Jubel in das Siegesgeläut der Kathedrale einstimmten. Es war noch früh, aber La Fonda war bereits voll besetzt, und sie warteten eine Stunde an der Bar, bevor sie einen Tisch bekamen.

»Glauben Sie wirklich, dass er vom FBI ist?«, fragte Connolly, mit einem Kopfnicken zum Barmann.

»So heißt es. Macht allerdings hervorragende Margaritas«, sagte Mills und nippte an dem grünen Schaum im breiten Glas.

»Vielleicht bleibt er nach dem Krieg ja bei dem Beruf. Ein guter Barmann wird nie arbeitslos.«

»Das FBI findet für seine Leute immer etwas.«

»Und was werden Sie tun?«

»Wie, danach? Ein nettes Häuschen am Nordufer. Nettes Büro mit Fenster. Wacker Drive, würde ich mal sagen. Wie klingt das?«

»Nett.«

»Ja, ich weiß, und entsetzlich langweilig. Verdammt, das ist schon was, nicht, wenn man sich überlegt, dass dies vielleicht die aufregendste Zeit meines Lebens war. Und alles, was ich getan habe, war, mich nicht erschießen zu lassen.«

Das Essen kam, ein Riesenteller mit *chiles rallenos,* und Mills bestellte noch eine Margarita.

»Sie könnten einen Mörder fangen. Das ist doch aufregend.«

»Sie werden ihn fangen.«

»Er ist auf dem Hügel«, sagte Connolly langsam.

»Ich weiß. Hab' ich mir schon gedacht, mit dem Auto und allem.« Er aß einen Bissen. »Haben Sie sich darüber mit Holliday unterhalten?«

Connolly nickte.

»Glauben Sie, dass er noch immer oben ist?«

»Ja.«

»Und das macht Ihnen nichts aus?«

»Nein, warum sollte es?«

»Mir jagt es eine Heidenangst ein. Sind Sie nie auf den Gedanken gekommen, dass er es auch ein zweites Mal tun könnte, wenn er es schon einmal getan hat?«

»Aber wir wissen nicht, warum er es getan hat.«

»Das Motiv wäre beim zweiten Mal einfacher. Erst kommt er mit einem Mord ungestraft davon, und plötzlich sitzt ihm so ein Kerl im Nacken, der ihn sich schnappen will. Also schnappt er sich vorher den Kerl. Er muss es tun.«

»Zwei Kerle, die ihm im Nacken sitzen«, sagte Connolly und sah Mills an.

»Das meine ich ja. Ich war noch nie eine Zielscheibe.«

»Wollen Sie sich versetzen lassen?«, fragte Connolly ernsthaft.

Mills beugte sich wieder über sein Essen. »Nein, das ist schon in Ordnung.« Er lächelte. »Sie haben mich jetzt neugierig gemacht. Aber decken Sie mir den Rücken, okay? Ich würde gern lebendig ins gute alte Winnetka zurückkehren.«

»Er weiß es nicht«, sagte Connolly. »Er weiß nicht, dass ich weiß, dass er hier ist.«

Mills hob wieder den Blick. »Er weiß, dass Sie ihn suchen.«

Und so feierten sie das Ende des Dritten Reichs mit Margaritas und *chiles rallenos,* als hätte der Krieg sie auf einem Posten irgendwo in Übersee überrascht.

Nach dem Essen gingen sie, weil man sie drängte, den Tisch freizumachen, auf die Plaza hinaus, die erfüllt war von den spanischen Jubelrufen der ausgelassenen, aber friedlichen Menge. Es wurde allmählich dunkel, und das warme Rosa und Korallrot der Adobehäuser verblasste zu Erdtönen.

»Tun Sie mir einen Gefallen«, sagte Connolly. »Lassen Sie uns zur San Isidro-Kirche fahren.«

»Dort gibt's nichts zu sehen. Die Polizei hat die Gegend schon hundertmal abgesucht.«

»Ich weiß. Ich möchte mir nur gern ein Bild machen. Mir zuliebe, okay?«

»Na gut, zur Abwechslung mal.«

Über die Cerrillos-Brücke kamen sie nur langsam vorwärts, die Straßen waren voll mit Feiernden, die aber weniger wurden, je weiter sie nach Süden kamen, vorbei an Tankstellen und ruhigen Wohnvierteln. In der Gasse neben der Kirche standen nur wenige Autos, und von innen drangen Kerzenschein und Gesang nach außen. Mills stellte das Auto auf der gegenüberliegenden Straßenseite ab und sah dann Connolly an, der das Gebäude musterte.

»Genug gesehen?«

»Lassen Sie uns kurz mal reingehen. Anscheinend ist gerade Messe. Gibt es hier jeden Abend eine?«

»Nein, das haben wir überprüft. Wahrscheinlich ist das eine besondere Feier. Zum Kriegsende.«

»Da sind aber nicht sehr viele Autos.«

»Die Leute kommen zu Fuß. Es ist eine Kirche für die Leute aus dem Viertel. Nur die Touristen kommen mit dem Auto.«

Connolly runzelte grübelnd die Stirn, schüttelte seine Gedanken dann ab und betrat die Kirche. Sie war sehr voll, die Frauen trugen Kopftücher, und die Männer hielten Hüte in den Händen. Die kleinen Flammen der Votivkerzen flackerten vor den weißgetünchten Wänden, und der tagsüber geheimnisvoll verdunkelte Tabernakel glühte jetzt, als würde er erhitzt werden. Am Ende des schmalen Kirchenschiffs blickten grob geschnitzte und farbenfroh bemalte Heilige aus Holz wie primitive aztekische Götzen auf die Gemeinde herab. Ein Priester predigte auf Spanisch von der Kanzel. Connolly kam sich vor wie in eine frühere Zeit versetzt. Seit Jahrhunderten versammelten sich Gläubige auf diese Art, beteten mit Rosenkränzen in den Händen um Regen, während draußen die Welt zum Teufel ging. Aber auch diese Menschen hatten die Nazis geschlagen. In diesen Reihen mussten Mütter von Gefallenen mit goldenen Abzeichen sitzen. Er fragte sich, ob sie Telegramme auf Spanisch erhalten hatten oder ob allein schon das gelbe Army-Formular für sie die Todesnachricht gewesen war. Von außen betrachtet, wirkte das Leben dieser Menschen zeitlos einfach: Regale voller Kürbisse und Zöpfe aus Chilischoten, klebriges Zuckerwerk an Namenstagen – aber sie waren Panzer gefahren und hatten Granaten geworfen auf erschrockene Teenager, die ihrerseits versuchten, sie zu töten.

All diese verrückten Leute aus dem Norden – was wollten die eigentlich? Mehr Raum zum Atmen oder dergleichen. Jetzt ein Sieg in Europa. Und sie waren zu Fuß hierhergekommen. Nur die Touristen kamen mit dem Auto.

Connolly kam sich plötzlich vor wie ein Eindringling und trat wieder ins Freie. San Isidro hatte mit ihnen nichts zu tun. Er bat Mills, zum Alameda zu fahren, und während sie durch die stillen Straßen rollten, versuchte er, sich jene andere Fahrt vorzustellen. Es war dunkel in der schmalen Grünanlage am Fluss, aber einige Leute schlenderten umher, immer wieder angeleuchtet von den Scheinwerfern vorbeifahrender Autos. Er sah ein Pärchen, das sich an einen Baum gelehnt küsste. Mills parkte unaufgefordert am Tatort, und dann saßen sie da und starrten das Gebüsch an.

»Hier sind Leute«, sagte Connolly schließlich. »Warum ihn an einen Ort bringen, wo Leute sind?«

»Damals waren keine hier«, erwiderte Mills. »Es war spät. Und es regnete.«

»Aber er konnte nicht sicher sein.«

»Vielleicht ist er herumgefahren, bis die Luft rein war.«

»Vielleicht.«

»Das ist ein Park. Hier kümmert sich jeder nur um seinen Kram, vor allem nachts. Sehen Sie sich nur die zwei da an.« Er deutete in Richtung eines Mannes, der, selber schwankend, einen betrunkenen Freund stützte. »Wer kann sagen, ob der eine nicht tot ist? Und wer wird danach fragen?«

»Sie haben auf alles eine Antwort«, sagte Connolly.

»Lassen Sie uns heimfahren, Mike. Hier ist nichts.«

Aber Connolly war noch nicht zufrieden und bat Mills, auf der Nebenstraße zum Westtor zu fahren.

»Den Ablauf rekonstruieren?«, fragte Mills, als sie die Straße nach Bandelier hochfuhren.

»Ich seh's noch nicht. Also, wir gehen doch davon aus, dass das Auto hier ist, weil der Kerl zum Hügel zurück musste, nicht? Aber warum ist er überhaupt weg? Sie haben die Kirche gesehen. Wenn man sich mit jemandem treffen will, dann gibt es auf dem Hügel Hunderte von Plätzen, die besser geeignet sind. Warum bis nach Santa Fe und an einen öffentlichen Ort fahren?«

»Ich dachte, die Hypothese war, dass sie nicht zusammen gesehen werden wollten. Sie wissen schon –«

»Das war die Hypothese. Sie ist falsch.« Mills sah überrascht vom Lenkrad hoch. Connolly achtete nicht darauf. »Dazu hätten sie einfach in den Wald gehen können. Und zu irgendwas anderem auch.«

»Falls der andere bereits auf dem Hügel war.«

»Genau. Das ist es ja gerade, was keinen Sinn ergibt. Er war auf dem Hügel. Er muss dort gewesen sein. Für das Auto gibt es keine andere Erklärung. Warum macht er sich also auf den Weg nach San Isidoro, um jemand zu treffen, der gleich ein paar Häuser weiter wohnt?«

»Ich geb's auf. Warum?«

»Er wollte sich gar nicht mit Karl treffen.«

Einige Augenblicke sagte Mills gar nichts. »Das müssen Sie mir erklären.«

»Er wollte sich mit jemand anderem treffen. Jemand, der nicht vom Hügel war. Nur so ergibt es einen Sinn.«

»Aber Karl ist derjenige, der tot ist.«

»Er sollte eigentlich gar nicht dort sein. Es war – eine Überraschung.«

»Das können Sie doch alles gar nicht wissen.«

»Nein, ich vermute es nur. Aber folgen Sie mir einmal. Als wir heute Abend da in der Gasse standen, habe ich mir gedacht, dass niemand, der noch alle Tassen im Schrank hat, sich einen solchen Ort aussuchen würde, um jemanden zu ermorden. So offen. In einem mexikanischen Viertel. Jemand hat sich diesen Ort zu einem anderen Zweck ausgesucht. Es muss alles ein Zufall gewesen sein – ein Zufall, dass es gerade dort passiert ist, meine ich. Aber es ist passiert. Und dann? Alles musste sehr schnell gehen. Man musste sogar ein gewisses Risiko eingehen. Die ganze Zeit haben wir versucht, uns in Karl hineinzuversetzen. Wie würde Karl es sehen? Was würde er tun? Als wäre er der Verbrecher. Aber das alles hört in dieser Gasse auf. Wir sollten uns besser über den anderen Kerl Gedanken machen. Was würde er tun? Heute Abend habe ich versucht, mir vorzustellen, wie er es gesehen hat.«

»Und?«

»Ich muss eine Leiche loswerden. Ich muss ein Auto loswerden. Und ich muss nach Hause kommen.«

»Ich würde sagen, das ist Ihnen ziemlich gut gelungen.«

»Ja, aber ich hatte auch Glück. Niemand hat was gesehen. Das einzige, was ich mir allerdings nicht vorstellen konnte, war Karl. Wenn ich ihn hätte töten *wollen,* dann hätte ich es woanders getan. Warum hätte ich nach San Isidro fahren sollen, um mich mit ihm zu treffen? Antwort: Ich wollte es gar nicht.«

Mills dachte nach. »Aber er war trotzdem dort. Noch ein Zufall?«

»Nein. Er ist mir gefolgt.«

»Das ist aber jetzt wirklich eine kühne Vermutung.«

»Warum nicht? Er war doch bei der Sicherheit, nicht? Es war seine Aufgabe, Leute zu beschatten.«

»So was gibt es kaum. Normalerweise begleiten wir Leute. Bewachen sie. Normalerweise beschatten wir sie nicht. Das sind FBI-Geschichten.«

»Aber Karl vielleicht. Er konnte so was doch, nicht?«

Mills zögerte.

»Ja«, sagte er schließlich.

Connolly sah ihn an. »Was ist?«

»Nichts.«

»Er hat Leute beschattet, nicht wahr?«

»Glaub' schon. Er wusste gewisse Dinge – wohin die Leute gehen, so was. Es machte ihm Spaß, so was zu wissen. Er hat ab und zu gewisse Bemerkungen gemacht – woher hätte er das sonst wissen sollen? Er muss sie wohl beschattet haben. Ich habe mir nur bis jetzt keine Gedanken darüber gemacht.«

»Doch, das haben Sie schon.«

»Na gut, ich habe mir Gedanken gemacht. Aber es war ja nicht offiziell, also was soll's. Ich habe mir gedacht, so ist Karl eben. Er spielte gern den Sheriff. Man lernt, solchen Sachen nicht allzu viel Beachtung zu schenken.«

»Als Sicherheitsbeamter dürfen Sie so etwas nicht sagen. Sie sollten doch allem Beachtung schenken.«

»Na ja – woher hätte ich denn wissen sollen, dass er sich umbringen lässt, verdammt noch mal? Ich habe mir gedacht, er ist eben ein Spinner wie die anderen.«

»Welche anderen?«

»Die von der Sicherheit. Die spinnen alle ein bisschen. Sie vielleicht ja auch. Woher soll ich das wissen? Hören Sie, ich habe mich um diesen Posten nicht gerissen. Ich halte mich im Hintergrund und bekomme keine Kugel ab. Wer sich zu weit vorwagt, riskiert leicht Kopf und

Kragen. Man weiß ja nie, wozu die Leute in der Lage sind. Meiner Ansicht nach war Karl vom FBI – er hat sich auf jeden Fall so verhalten. Also schaut man nicht zu genau hin – man hält sich bedeckt und sieht zu, dass man ihm nicht in die Quere kommt.«

»Er war nicht vom FBI.«

»Woher wollen Sie das wissen?«

»Groves hätte es mir gesagt.«

»Ja«, erwiderte er auflachend. »So wie er Lansdale von Ihnen erzählt hat, was? Da sitzt der Leiter der Projekt-Sicherheit drüben in Washington, und sein Chef setzt einen Mann ein, und er selbst hat keine Ahnung, was eigentlich los ist. Er war schon immer ein bisschen durchgedreht – was meinen Sie, wie er sich jetzt fühlt?«

»Ich weiß es nicht«, sagte Connolly ruhig. »Wie denn?«

Mills starrte auf die Straße und sagte nichts.

»Sie haben den Auftrag, ihm über mich zu berichten, nicht?«, fragte Connolly mit leiser Stimme. Mills schwieg noch immer. »Oder etwa nicht?«

»Tut mir leid, Mike.«

»O Gott.« Connolly empfand eine Mischung aus Abscheu und irrationaler Angst, so wie er sich damals gefühlt hatte, als in seine Wohnung eingebrochen worden war. Zu stehlen hatte es nichts gegeben. Es war nur die Tatsache, dass überhaupt jemand drin gewesen war. Aber jetzt gab es etwas. Er stellte sich vor, dass Emmas Name in irgendeiner Akte in Washington auftauchte. »Haben Sie ihm schon was Interessantes berichtet?«

»Nein, nichts in der Richtung«, sagte er und hielt dann kurz inne. »Es geht nur um den Fall, Mike. Er will auf dem Laufenden sein. Er glaubt, dass Groves ihm die Sache hätte übertragen sollen.«

»Also befiehlt Ihr Chef Ihnen, mich auszuspionieren, damit er seinen Chef ausspionieren kann. Alles bleibt in der Familie. Nett.«

»Es war ein Befehl, Mike«, sagte Mills leise.

»Was für eine verdammte Zeitverschwendung. Und wer kontrolliert Sie?«

»Ich weiß es nicht. Sie vielleicht. So ist das eben. Vielleicht war's Karl.«

Connolly überlegte. »Ist das möglich? Hätte er den Auftrag haben können, so was zu tun? Inoffiziell?«

»Ich glaube nicht.«

»Warum nicht?«

»Er arbeitete gern auf eigene Faust. Ich glaube nicht, dass sie ihm so sehr vertraut haben.«

»So wie sie Ihnen vertrauen. Warum nicht?«

»Er war Ausländer.«

»Alle hier sind Ausländer.«

»Das macht sie ja so verrückt. Man kann niemandem trauen. Mike, hören Sie, ich muss das fragen – alles, was ich Ihnen sage –«

»Mir können Sie ja vertrauen«, erwiderte Connolly sarkastisch.

Sie fuhren am Fuß der *mesa* entlang, weg von dem Canyon, in dem das Auto versteckt worden war, und wieder auf das Osttor zu. Connolly sah zum Fenster hinaus und versuchte, sich die Fahrt an jenem Abend vorzustellen.

»Ich will keine Schwierigkeiten«, sagte Mills.

Aber Connolly hing seinen eigenen Gedanken nach. »Eins müssen Sie zugeben, von deren Standpunkt aus wäre Karl ideal gewesen.«

»Nein. Sie kennen sie nicht. Er war zu schlau für sie.«

»Sie etwa nicht?«

»Sie hatten kaum eine andere Wahl. Ich bin der Einzige, der mit Ihnen arbeitet. Und auf jeden Fall bin ich kein Kommunist. Karl hätte einer sein können. Zumindest eine Zeit lang. Und darauf sind sie allergisch.«

»Ich dachte, die Kommunisten hätten ihn gefoltert. Oder war das auch eine Lüge?«

»Nein, das steht außer Zweifel. Er hasste sie. Aber es stand eben in seiner Akte. Und sie setzen niemanden ein, der einen solchen Eintrag in seiner Akte hat. Ich weiß das. Ich war in den ersten Monaten hier mit den Unbedenklichkeitsprüfungen beschäftigt. Bei dem Thema ist Lansdale ein Besessener. Van Drasek ist noch schlimmer. Haben Sie den schon kennengelernt? Das ist vielleicht einer. Total verrückt.«

Connolly lächelte. »Sie haben ja eine hohe Meinung von Ihren Kollegen.«

»Die befolgen auch nur ihre Befehle. Aber schauen Sie sich mal an, wer die gibt. Van Draseks Spezialität sind die Roten, er beschäftigt sich mit nichts anderem. Und Sie wissen doch, wie es hier ist. Die Hälfte der Berkeley-Truppe besteht aus ehemaligen Salonkommunisten. Die Gewerkschaften, die Schwarzen – das Übliche. Hat alles überhaupt nichts zu bedeuten, aber versuchen Sie mal, Van Drasek das klarzumachen. Er hat eine Mission. Jetzt ist er wieder in Lawrences Labor und stellt den ganzen Laden auf den Kopf.«

»Vielleicht will er ja nur von seiner Frau wegkommen.«

»Das wäre für uns alle besser. Aber er meint es ernst. Ich habe erlebt, dass er Wissenschaftlern die Unbedenklichkeitsbescheinigung verweigert und dann von der Universität verlangt hat, sie zu feuern. Ein richtiges rachsüchtiges Arschloch. Lawrence rauft sich wegen ihm die Haare, er hat eine Heidenangst, dass sie ihm den Geldhahn zudrehen. Er hat über jeden eine Akte. Ich weiß das.«

»Sie wissen ziemlich viel«, sagte Connolly und dachte an den ersten Abend, als er Mills' glänzende Platte beim Square Dance hüpfen sah. »Warum schiebt Oppenheimer dem keinen Riegel vor?«

»Machen Sie Witze? Oppenheimer ist derjenige, auf den sie es am meisten abgesehen haben. Die wetzen alle ihre Messer für Oppenheimer. Sie sollten die Akte sehen, die sie über ihn haben.«

»Ich habe sie gesehen.«

»Nein, nicht die ganze. Jedes Treffen ist vermerkt. Jeder Scheck für die spanischen Flüchtlinge. Sein Bruder. Die Freundin – sie war Parteimitglied. Seine Frau war früher mit einem Kommunisten verheiratet. Seine Studenten – man gibt ihm die Schuld für jeden Jungen, der links von Roosevelt steht. Da kommt einiges zusammen. Van Drasek wollte ihm keine Unbedenklichkeitserklärung ausstellen, bis Groves ihm gesagt hat, er solle sich zum Teufel scheren, und es persönlich durchgedrückt hat.«

»Aber warum? Was glaubt er denn, was Oppenheimer macht? Etwa für die Russen arbeiten?«

»Warum? Weil er verrückt ist. Er wäre begeistert, wenn Oppie für die arbeiten würde – es wäre perfekt. Er weiß nur, dass irgendwas los ist. Oppenheimer hält es für Blödsinn, und sie wissen, dass er so denkt. Das heißt, dass er sie für Blödmänner hält, und das sind sie auch. Aber sie können ihm nichts anhaben, solange er diese verdammte Bombe für sie baut und Groves ihn schützt. Und je mehr er versucht, ihr Spiel mitzuspielen, umso mehr hassen sie ihn. Sie sind alle besessen von ihm – die Spinner zumindest. Ich glaube, das war auch der Grund, warum Karl ihn beschattete. Auch er war ein bisschen besessen.«

»Was?«

»Na ja, falls er es tat. Ich bin mir nicht sicher. Sie sind doch derjenige, der glaubt, dass er jemanden beschattet hat.«

»Ich habe nie geglaubt, dass es Oppenheimer war.«

»Ich weiß, es passt nicht in Ihre Geschichte. Aber so weit ich mich erinnere, war er der einzige, über den Karl je gesprochen hat. Er war interessiert an Oppenheimer.«

»Warum?«

»Wissen Sie, ich glaube, weil alle an ihm interessiert waren. Karl war ehrgeizig. Vielleicht hat er sich gedacht, wenn er was über Oppenheimer herausfindet, handelt er sich eine dicke Beförderung ein. Wird ein großes Tier. Aber in der Hinsicht war natürlich er der Spinner, weil seine Leute ihm ja auch nicht vertraut haben.«

Sie fuhren inzwischen den steilen Zuweg zum Tor hinauf. Connolly überlegte. »Das heißt, hätte er einen Verdacht gegen jemanden gehabt, hätte er sichergehen wollen.«

»Endlich zu Hause«, sagte Mills, als sie sich dem Tor näherten. Und komischerweise war es wirklich ein Zuhause. Connolly sah sich den hohen Drahtzaun an, den MP, der ihre Ausweise kontrollierte, die Baracken im Halbdunkel des Mondlichts, und er fühlte sich zu Hause, an einem Ort, wo er den Rest der Welt ausblenden konnte. Hatte sich der Mörder auch so gefühlt, froh, wieder dazusein, das Verbrechen vor der Kirche und den Canyon hinter sich zu haben?

»Werden Sie über unsere heutiges Gespräch Meldung machen?«

»Irgendwas muss ich schreiben«, erwiderte Mills entschuldigend.

»Wie wär's denn mit Folgendem? Schreiben Sie, ich hätte Beweise, dass Karl von Lansdale den Auftrag hatte, Van Drasek zu überprüfen. Und lassen Sie beiläufig Van Drasek eine Kopie zukommen. Wir könnten uns ein bisschen mit ihnen amüsieren.«

Mills schüttelte den Kopf und grinste. »Amüsieren Sie sich ruhig. Ich will nur lebendig nach Winnetka zurückkehren.«

Nachdem sie das Auto im Fahrzeugpark abgestellt hatten, gingen sie zu Fuß zum Technischen Bereich. Die Straßen waren still, in den Labors brannten wie gewohnt die Lichter. Nicht einmal der Sieg in Europa konnte die Arbeit unterbrechen.

»Nur aus Neugier«, sagte Connolly. »Was werden Sie schreiben?«

»Ich weiß noch nicht. Nicht viel. Dass Sie verwirrt sind wegen des Autos. Dass Sie sich keinen Reim drauf machen können.« Er hielt kurz inne. »Er hört bestimmt gerne, dass Sie mit Ihrem Latein am Ende sind. Lässt Groves als Trottel dastehen, weil er Sie eingesetzt hat. Also schreibe ich meistens nur, dass Sie keine Fortschritte machen.«

»Mache ich ja auch nicht. Aber was ist, wenn es wirklich ein Sicherheitsleck gibt? Während ich keine Fortschritte mache und er gegen Groves gut aussieht?«

Mills zuckte die Achseln. »Was ist, insgesamt betrachtet, denn wichtiger? Die Sicherheit von irgendjemand oder die eigene Karriere? Die im G-2 haben ein gesundes Gespür für Prioritäten. Noch einen Schlummertrunk?«

»Nein, aber ich spendiere Ihnen einen Kaffee in der Lodge, falls sie noch offen hat.«

»Mike, diese Geschichte – ich konnte nicht anders. Sie wissen, dass ich nie was sagen würde –«

Connolly sah ihn an, dieses freundliche, wissbegierige Gesicht, das jetzt seinen Blick mied. »Außer wenn Sie müssen.«

Mills sah aus, als hätte er eine Ohrfeige erhalten.

»Denken Sie sich nichts«, sagte Connolly, der ihn nicht noch mehr in Verlegenheit bringen wollte. »So ist es heutzutage eben.«

»Es ist der Krieg.«

»Ja, der Krieg.«

Es waren noch Leute in der Lodge, der Festschmaus war beendet, und man rauchte über Kaffeetassen und unabgeräumtem Geschirr. Einige Männer aus dem Büro begrüßten sie, und Mills setzte sich beinahe erleichtert zu ihnen, als hätte er jetzt genug von den Vertraulichkeiten. Connolly saß eine Weile bei ihnen, hörte den ungezwungenen Witzen zu und ignorierte den Rest des Saals, denn Emma saß nur drei Tische entfernt. Sie hatte kurz hochgesehen, als er hereinkam, sich dann aber wieder den Leuten an ihrem Tisch zugewandt, als wäre er gar nicht da. Er hörte sie lachen. Die Offiziere an seinem Tisch erzählten ihre persönlichen Kriegsgeschichten – über Feynman, der einen zerschnippelten Brief abgeschickt hatte, um die Zensoren zu veräppeln, über die Physiker, die durch ein Loch im Zaun hinausschlüpften, um dann durchs Tor wieder zurückzukehren, ein Marx-Brothers-Trick. Er sah sich ihre Gesichter an und fragte sich, ob einer von ihnen die anderen ausspionierte, was problemlos möglich gewesen wäre. War sie sich seiner Nähe bewusst? Sie saßen etwa drei Meter voneinander entfernt, nicht mehr. Hatte Daniel den flüchtigen Blick in seine Richtung bemerkt, hörte er eine gewisse nervöse Spannung in ihrer Stimme? Er rutschte verkrampft auf seinem Stuhl hin und her, hatte Angst, sich zu verraten. Aber niemand achtete auf ihn.

Er sah in die andere Richtung, zu einem großen Tisch mit Wissenschaftlern, die eben über eine Bemerkung Tellers lachten. Bethe, Fermi und einige andere umringten ihn wie Höflinge, und er strahlte vor Vergnügen, im Mittelpunkt zu stehen, die buschigen Augenbrauen über dem runden, eitlen Gesicht in die Höhe gezogen. Oppenheimers Problemkind. Und das war natürlich der Grund, warum er so fröhlich war – Oppenheimer war nicht dabei, und der Tisch mit seiner kleinen Welt gehörte ganz ihm. Connolly überlegte kurz, was Oppenheimer für sie wohl bedeutete, ob sie, wie Mills' Chef, einfach nur den rechten Augenblick abwarteten. Aber das schien absurd. Der Tisch war genial, der ganze Saal in gehobenster Stimmung, ein fröhlicher Fakultätsclub auf Oppenheimers verzaubertem Campus. Wie schaffte er das nur? Er habe immer ein offenes Ohr, so hieß es. Er hielt die Army fern. Er entschärfte Rivalitäten. Er beschäftigte sich mit Neumanns Formeln. Schnellen Neutronen. Windelservice. Mit allem. Auf Partys wollten alle bei ihm sein. Und doch stand er, glaubte man Mills, auf der Abschussliste.

War sich Oppenheimer all dessen bewusst? Bemerkte er den Neid und den Argwohn, die jetzt durch das gemeinsame Ziel, das Projekt rechtzeitig abzuschließen, nur übertüncht wurden? Wusste er, dass Karl ihn beschattet hatte? Oder war das für ihn nur eine in einer langen Reihe von Überprüfungen und Kontrollen, viel zu vertraut, um sich darüber Gedanken zu machen. Ein lästiges Übel. War Connolly denn besser? Das Ganze war nur wieder eine von Groves' Launen, und er stolperte auf der Fährte eines kleinen Skandals herum, während so wichtige Arbeit zu erledigen war. Hatte Oppenheimer auch etwas gegen ihn? Er kam sich plötzlich vor wie Mills, wollte erklären, sich rechtfertigen. Er wollte dem Projekt nicht schaden, und er wusste doch, dass er es auf die eine oder andere Weise beeinträchtigen würde, durch ein aufgedecktes Verbrechen oder durch einen betrogenen Gatten. Und was war sein erster Gedanke? Er lächelte in sich hinein. Wie jeder, der in Los Alamos ein Problem hatte, wollte er mit Oppenheimer reden.

Er ging wieder hinaus in den Technischen Bereich, und als er beim Verlassen des Saals Emmas Tisch zunickte, spürte er überrascht einen Schauer schuldbewussten Vergnügens, als würde er mit etwas ungestraft davonkommen. Jetzt war es einfach, sie anzusehen – hier war sie jemand anders, ein anderer Mensch. Im Hauptgebäude brannte noch Licht. Er zeigte dem MP am inneren Zaun seine Marke und stieg die wenigen Stufen zum Gebäude hoch. Drinnen war alles still. Er wandte sich nach links, wo Oppenheimers Büro lag, und blieb dann im Korridor stehen. Was wollte er ihm eigentlich sagen? Einen Bericht über das Auto liefern? Eine Frage wegen Karl stellen? Sich über

Lansdale beschweren? Alles Vorwände, die ihre Zeit nicht wert waren. In Wahrheit wollte er einfach mit ihm reden, wie ein eifriger Student, der an einem Beweis arbeitet. Als er sah, dass Oppenheimers Büro dunkel war, war er erleichtert und kam sich gleichzeitig dumm vor. Warum hatte er erwartet, dass er so spät noch hier war? Und doch gehörte das zu dem Mythos, den er zu errichten half – in Connollys Vorstellung war die hell erleuchtete Tür immer offen.

Die Tür neben dem Büro war jedoch geöffnet, Neonlicht strömte auf den Gang. Es war niemand in dem Zimmer. Instinktiv tastete er nach dem Schalter, um das Licht auszuschalten, hielt dann jedoch inne. Seit Jahren hatte er kein Klassenzimmer mehr betreten, und nun stand er da und zog den vertrauten Geruch nach Kreidestaub und trockener Heizkörperwärme in die Nase. Es war nur ein kleiner Raum – in der einen Ecke ein Schreibtisch mit Stapeln von Büchern, sonst waren da noch ein Konferenztisch mit Stühlen, eine Tafel und zwei schmale Fenster, die auf den Ashley Pond hinausgingen. Auf der Tafel fanden sich noch Kreidespuren, die von flüchtigem Wischen herrührten, und Connolly griff automatisch nach dem Schwamm, um die Arbeit zu beenden. Er zog sein Jackett aus und betrachtete die Tafel. In der Schule hatte es ihm geholfen, wenn er Probleme aufzeichnete, sie visualisierte. Er erinnerte sich, wie er Formeln auf die Tafel geschrieben hatte, die so klar waren, sobald man sie vor sich sah, dass die Antwort fast automatisch folgte. Er nahm eine Stückchen Kreide und begann beinahe ohne Nachdenken zu zeichnen.

An den unteren Rand zeichnete er den Umriss einer Adobe-Kirche, zwei gedrungene Türme und ein Kreuz, und seitlich daneben einen Gassenabschnitt mit einem X darauf. Eine Linie folgte der Cerrillos Road die Tafel hoch, überquerte den Kreidebogen einer Brücke und schnitt sich mit dem Alameda. Die Linien kamen sehr schnell, das Schlängelband eines Flusses, die gekritzelten Wölkchen einiger Büsche, noch ein X. Dann ein paar Straßen der Stadt, das Rechteck der Plaza, und weit oben in der linken Ecke, vierzig Meilen entfernt, der Wellengrat der Canyons, die Bogensymbole der Tore. Als er zurücktrat, sah er alles, was er über den Ablauf des Falls wusste, eine algebraische Formel in der Verkleidung einer Kinderzeichnung. Er hielt die Kreide in der einen Hand, stützte den Ellbogen in die andere, als würde er im Museum ein Gemälde betrachten. Wie waren die X's zu verbinden? Der Täter war an der Kirche. Er war dort, um jemanden zu treffen. Karl traf ein. Drei Autos? Schwach hörte er die klobige Behörden-Uhr direkt über der Tafel ticken. Wie viele bis zum letzten X? Aber in dem schmalen Canyon hatten sich keine Spuren eines anderen Fahrzeugs gefunden. Es war ruhig in dem Gebäude, doch nicht gespenstisch, denn aus dem Korridor drang das leise Hintergrundgeräusch entfernter Stimmen. Leute, die noch spät arbeiteten. Er starrte die Skizze an. Er konnte Karls Auto sehen, das die Cerrillos Road entlangfuhr. Was war mit den anderen? Wie viele am zweiten X? Er starrte den Punkt an, bis er die Hintergrundgeräusche nicht mehr hörte. Regen. Scheinwerfer. Irgendwie musste er es schaffen, alles klar zu sehen.

Er schrak hoch, als er von hinten ein Aufstöhnen hörte. Er drehte sich um und sah Eisler, der sich die Hand ans Herz legte, eine europäische Geste des Überraschtseins.

»Tut mir schrecklich leid«, sagte Eisler verwirrt. »Ich wollte nicht – im ersten Augenblick dachte ich – Sie haben ausgesehen wie Robert.«

»Robert?«

»Ja. Natürlich sind Sie viel größer. Aber wie Sie dagestanden haben, mit der Kreide in der Hand. Sie müssen mir verzeihen, ich wollte Sie nicht stören.« Er wandte sich zum Gehen.

»Nein, bitte kommen Sie doch herein. Ich dürfte eigentlich gar nicht hier sein. Ich hab' nur Strichmännchen gemalt.«

Eisler lächelte. »Ja, Strichmännchen malen.« Er betonte den für ihn ungewohnten Ausdruck. »Es war sehr ähnlich. Das ist natürlich schon viele Jahre her. In Göttingen. Wissen Sie, er stand stundenlang da und starrte immer nur auf die Tafel. In Nachdenken versunken. Aber welche Art von Nachdenken, das habe ich nie herausgefunden. Einmal habe ich ihn am Morgen so gesehen, und als ich später zurückkam, stand er immer noch so da. Und dann noch später. Den ganzen Tag. Mit der Kreide in der Hand stand er da und starrte die Tafel an.«

»Hat er die Antwort gefunden?«

Eisler zuckte lächelnd die Schulter. »Das weiß ich nicht mehr.«

»War er Ihr Student?«

»Nein, mein Kollege. Ich bin noch nicht so alt, wissen Sie.«

»Wie war er denn?«

Eisler lächelte. »Sie also auch. Jeder will etwas über Robert wissen. Wie er war? So wie jetzt. Natürlich nicht so beschäftigt. Damals hatte er mehr Zeit zum Nachdenken. So wie mit der Kreide.«

Connolly war von der Tafel zurückgetreten, und Eisler sah die Zeichnung verwundert an. »Ich vermute, dass das keine mathematische Formel ist.«

»Nein«, erwiderte Connolly, verlegen auflachend. »Nur eine Kartenskizze. Ich habe nur versucht, mir über etwas klarzuwerden. Ich sollte es wohl besser wieder wegwischen«, sagte er und griff zum Schwamm.

Aber Eisler musterte nachdenklich die Karte, sein Blick huschte von einem X zum nächsten.

»Nein, sparen Sie sich die Mühe«, sagte er abwesend. »Hier kommt niemand rein. Vielleicht finden Sie Ihre Antwort ja, wie Robert.« Er wandte sich mit müdem Blick von der Tafel ab und sah ihn an. »Und dann müssen Sie mir sagen, wie Sie es geschafft haben. Die Vorgehensweise. Ich habe mich das immer gefragt.«

»Das Oppenheimer-Prinzip«, erwiderte Connolly leichthin.

»Ja. Nun gut, dann werde ich Sie mit Ihrem Problem wieder allein lassen.«

Aber Connolly wollte ihn noch nicht gehen lassen. »Ich habe über etwas nachgedacht, das Sie mir damals an jenem Abend gesagt haben.«

»Wirklich. Über was denn?«

»Darüber, dass die Nazis uns die Rechtfertigung geben, das zu tun, was wir tun.«

»Ja.«

»Heute habe ich mir gedacht, jetzt sind sie weg. Wer gibt uns jetzt die Rechtfertigung?«

Eisler sah ihn an, der sanfte Blick war plötzlich wohlwollend taxierend wie der eines Lehrers, der stolz ist auf seinen Schüler. »Mein Freund, das weiß ich nicht. Mein Krieg ist zu Ende. Das müssen Sie entscheiden.« Er deutete auf die Tafel. »Sie müssen das Oppenheimer-Prinzip benutzen.«

»Bei mir ist das nur wildes Raten.«

»Nur die Antworten sind Spekulation. Die Fragen sind real. Stellen Sie weiter Fragen.«

»Vielleicht muss man *er* sein, damit es funktioniert.«

Eisler seufzte. »Ich glaube, bei Ihnen wird es auch funktionieren.«

»Ich bin nicht wie er.«

»Nein? Vielleicht nicht. Aber wissen Sie, Robert ist ein sehr einfacher Mensch. Er –« Er suchte nach dem richtigen Wort. »Er täuscht nichts vor. Ja, vortäuschen. Er weiß nicht, wie das geht. Da steckt kein Geheimnis dahinter.«

»Für mich bleibt er ein Geheimnis.«

Eisler ging zur Tür. »Vielleicht, weil Sie etwas vortäuschen, Mr. Connolly. Gute Nacht.«

Connolly sah ihm nach, wie er mit müde herunterhängenden Schultern den Korridor hinabging, und wandte sich dann wieder der Tafel zu, doch er sah nur noch eine grobe Schülerzeichnung, das Problem eines Kindes. Kein Auto fuhr die Straße entlang, kein Fahrer, der nervös war wegen einer Leiche. Keine Fragen. Er starrte sie noch ein paar Minuten an, nahm dann den Schwamm und wischte die Kreide weg. Am nächsten Morgen würden hier wieder die Formeln von Erwachsenen stehen.

Draußen zog er sich das Jackett an. Die Nacht war kühl. Das Mondlicht umrahmte die Gebäude mit schwachen weißen Linien. Er kam sich vor, als würde er auf seiner Tafelskizze gehen. Die Straße führte vom Technischen Bereich nach Süden. Der schmale Canyon mit dem Auto lag rechts von ihm in der Ferne. Je länger er ging, desto detailreicher wurde die Skizze, bis er das ganze Plateau sehen konnte, Finger, die sich von den Jemez-Bergen nach Santa Fe streckten. Er ging weiter, der Kaffee und der funkelnde Nachthimmel hielten ihn wach. Aber in der Nacht des Mordes war es bewölkt gewesen, vielleicht hatte es bereits geregnet, als das Auto in den Canyon eingebogen war. Dunkel. Und plötzlich fiel ihm eine Frage ein, er beschleunigte seine Schritte, und mit einem Blick auf die Uhr schlug er den Weg zum Westtor ein.

Er hatte Glück: Derselbe Soldat wie am Vormittag hielt Wache. Er saß mit einer Thermosflasche und einem Comic-Heft im beleuchteten Postenhäuschen. Als Connolly ihn begrüßte, sah er überrascht auf.

»Ziemlich spät«, bemerkte er mit fragendem Unterton.

»Ich habe einen Spaziergang gemacht. Schöne Nacht dafür.«

»Sieht so aus«, sagte der Soldat, und sein Südstaatennäseln war voller Argwohn.

»Ich möchte Sie etwas fragen. Ach, und haben Sie noch einen Schluck Kaffee für mich?«

»Sicher. Bin froh um ein wenig Gesellschaft. Was haben Sie denn auf dem Herzen?« Er goss Kaffee in den Deckelbecher und reichte ihn Connolly.

»Wenn nachts das Tor geschlossen wird, was passiert da genau?«

»Na, es wird eben geschlossen. Ich weiß nicht, was Sie meinen.«

»Die Schranke wird geschlossen, damit keine Fahrzeuge passieren können, nicht? Aber es ist trotzdem noch jemand da?«

Er nickte. »Meistens ich. Ich schiebe regelmäßig Nachtschicht.«

»Und wenn zufällig ein Auto kommt, lassen Sie das durch?«

»Da kommt keins. Es gibt zwei Schranken. Die Straße ist schon an der Abzweigung abgesperrt, also kann ein Auto gar nicht bis hierher kommen.«

»Aber Sie sind trotzdem da.«

Der Soldat grinste verschmitzt. »Ja, aber um zu verhindern, dass die Leute das Gelände verlassen. So spät kommt niemand mehr heim.«

»Aber falls es doch der Fall wäre – ich meine, jemand könnte zu Fuß hereinkommen, nicht?«

»Zu Fuß?« Er dehnte das zweite Wort.

»Nur mal angenommen. Jemand könnte zu Fuß hereinkommen, oder? Es ist nichts da, was ihn aufhalten könnte.«

»Ich bin da. Ich würde ihn aufhalten.«

»Falls Sie ihn hören.«

Der Soldat sah ihn argwöhnisch an, als sähe er irgendwie Schwierigkeiten auf sich zukommen und wüsste nicht, warum. »Ich würde ihn hören.«

»Mich haben Sie nicht gehört. Gerade jetzt, während wir uns unterhalten haben, hätte doch draußen jemand vorbeischlüpfen können, nicht? Hören Sie, ich will Ihnen nichts vorwerfen. Ich versuche mir nur ein Bild zu machen, wie es funktioniert.«

»Es funktioniert sehr gut«, sagte er herablassend und dehnte wieder das letzte Wort. Connolly trat aus dem Häuschen und sah sich mit dem Becher an den Lippen um. Der Soldat folgte ihm. »Hier kommt niemand zu Fuß durch, da können Sie sicher sein«, sagte er, noch immer besorgt. »Wo sollte denn einer zu Fuß herkommen? Und wer?«

»Ich weiß auch nicht«, sagte Connolly und sah sich die Straße an, den hell erleuchteten Flecken an der Schranke, die angrenzende Dunkelheit. »Wahrscheinlich niemand. Ist mir nur so durch den Kopf gegangen.« Es wäre einfach gewesen, kaum mehr als ein gemütlicher Spaziergang. »Patrouillieren Sie hier auch, oder bleiben Sie im Häuschen?«

»Ich mache meine Runden. Falls sich jemand beschwert, der hat ja keine Ahnung. Ich gehe hier die ganze Nacht auf und ab, auch wenn's kalt ist.« Aber es hatte geregnet, ein behagliches Prasseln auf das Dach des Häuschens. »Was soll denn das Ganze überhaupt? Haben Sie irgendein Problem?«

»Nein. Wir kontrollieren nur alle sicherheitsrelevanten Punkte.«

»Warum?«, fragte er, noch immer argwöhnisch.

»Das ist die Army. Die braucht keinen Grund.«

Der Soldat grinste. »Ja, da dürften Sie recht haben.«

Connolly sah noch einmal auf die dunkle Straße. Ein Auto, nicht zwei. Es verstecken und zu Fuß reinmarschieren. Ein langer Spaziergang, aber ziemlich risikolos. Den Versuch auf jeden Fall wert. Und dann nach Hause.

»Wie lange sind Sie schon auf dem Hügel?«, fragte er beiläufig.

»Ungefähr ein Jahr, würd' ich mal sagen. Hatte noch nie irgendwelche Probleme.«

»Die haben Sie auch jetzt nicht. Ich war nur neugierig. Gefällt's Ihnen hier?«

Der Soldat zuckte die Achseln. »Hier gibt's nichts zu tun. Aber wahrscheinlich besser als an der Front. Sie haben doch bestimmt von diesen japanischen Selbstmordfliegern gehört. Die sind einfach verrückt, diese Leute.«

Connolly nickte. »Ein Jahr ist eine lange Zeit. Da kennen Sie wohl jeden hier oben?«

»Ich seh' mir nur die Ausweise an. Auf Partys werden wir nicht eingeladen. Die sind nur für die Langhaarigen.«

»Kennen Sie Karl Brauner?«

Der Soldat sah ihn an und kniff wieder argwöhnisch die Augen zusammen. »Ist das der Kerl, der sich hat umbringen lassen?«

Da war er wieder, Karls Fehler. »Na ja, jemand hat ihn umgebracht. Kannten Sie ihn?«

»Ich wusste, wer er war. Ich hab' nie mit ihm geredet oder so. Ich habe gehört, sie haben den Kerl geschnappt?«, fragte er.

»Ja, den haben sie. Hat er dieses Tor viel benutzt?«

»Ab und zu.«

»Dann haben Sie ihn also gesehen.«

Der Soldat zuckte wieder die Achseln. »Na klar, wenn ich Dienst hatte.«

»Ich habe gehört, dass er gern spazierengefahren ist.«

»Ja, in seinem Buick.« Das war ihm also aufgefallen.

»Hatte er manchmal jemanden bei sich?«

Der Soldat sah ihn verwirrt an, als hätte er die Frage nicht verstanden.

»Hatte er jemanden dabei?«, wiederholte Connolly.

»Manchmal. Sie stellen aber 'ne Menge Fragen«, sagte er, wieder vorsichtig geworden.

»Nur eine. Wer war bei ihm?«

Der Soldat wandte den Blick ab. »Ist das eine Ermittlung oder was? Warum wollen Sie das wissen?«

Connolly starrte ihn an.

»Ich meine, er ist tot. Ich will niemanden in Schwierigkeiten bringen. Das war seine Angelegenheit. Und jetzt geht's wohl nur noch *sie* was an.«

»Sie?«

»Ja. Ich hab' mir gedacht, die machen einfach – 'nen Ausflug, Sie wissen schon. Ging mich nichts an.«

»Aber jetzt geht es Sie was an. Ich meine es ernst. Wissen Sie, wer sie war? Wie hat sie ausgesehen? Ich muss es wissen.«

Der Soldat wirkte ein wenig eingeschüchtert. »Verdammt, Mann, ich dachte, Sie wissen Bescheid. Ich wollte nur keine Gerüchte in Umlauf setzen.«

»Was soll ich wissen?«

»Na ja, ich dachte, sie ist auch eine Freundin von Ihnen.«

Connolly erstarrte. Als er wieder sprach, hatte seine Stimme die kalte Ruhe einer Drohung. »Wollen Sie damit sagen, dass es sich um Mrs. Pawlowski handelt?«

Der Soldat wich einen Schritt zurück. »Mein Gott, Sie wollten es ja unbedingt wissen. Jetzt geben Sie mir nicht die Schuld dafür.«

»Wie oft?«, fragte Connolly, seine Stimme noch immer unnatürlich ruhig.

»Paarmal.«

»Wohin fuhren sie?«

»Wohin?« Jetzt wich alle Ängstlichkeit aus seinem Gesicht, und ein schlaues Grinsen trat an ihre Stelle, als wäre die Frage irrelevant. »Ich schätze, das müssen Sie sie selber fragen.«

11

Erst am Ende der Woche sah er sie wieder. Die ganze Zeit saß er teilnahmslos, in sein persönliches Geheimnis versunken, an seinem Schreibtisch oder lag auf Karls Bett. Die Tage waren heiß und trocken, ein ständiger Wind zerrte an jedermanns Nerven. Geredet wurde über die Dürre, den Ausbruch von Windpocken in der Schule und die häufigen Fahrzeugkolonnen nach Trinity. Die Wissenschaftler ließen sich nie sehen, sperrten sich die ganze Zeit in ihren Labors ein. Partys gab es keine mehr. In den Soldatenunterkünften kam es zu einer Schlägerei, vordergründig wegen einer Beleidigung, eigentlich jedoch wegen der verstärkten Arbeitsbelastung und des trockenen Winds, der jeden aufwühlte wie Staub.

Connolly bekam von alledem nichts mit. Etwas in ihm war detoniert, wie einer von Kistys Tests, und er saß da und kramte in den Bruchstücken seiner Erinnerung, wiederholte in Gedanken ihre Gespräche, versuchte herauszufinden, was gemeint gewesen war, was sie ihn hatte glauben machen wollen. Mills ging ihm aus dem Weg, er spürte die düstere Stimmung, die ihn umgab, und wenn Connolly ihn überhaupt bemerkte, dann nur als die Figur eines harmloseren Verrats. Er las Emmas Akte und diejenige Davids, als wären sie Neuankömmlinge auf dem Hügel, Leute, denen er nie begegnet war. Warum hatte sie ihn geheiratet? Er hatte sie nie gefragt. Wie viel andere Männer hatte es gegeben? Die schlechte Laune gärte still in ihm, bis aus Überraschung und Verletztsein nackte Wut wurde, und als das passierte, dachte er an nichts anderes mehr.

Eines Tages sah er sie am Ashley Pond Spazierengehen; er wollte zu ihr laufen und sie an den Schultern packen. Warum hast du mich angelogen? Aber er konnte sich nicht überwinden, sie zu fragen, und mit einem komischen Gefühl in der Magengrube erkannte er, dass es daran lag, dass er sie noch immer begehrte. Der Wind drückte ihr die Kleider an den Leib, und da war er wieder, dieser Reitergang, schnell, schnörkellos und zielstrebig. Warum hatte sie gelogen? Was hatte sie mit Karl zu tun, mit dieser Geschichte? Er zeichnete sich im Geiste wieder eine Tafelskizze, aber sie passte nirgendwohin. Stattdessen war sie in einer anderen Skizze, mit einem X im Theater 2 und an der Bowleschüssel, mit Linien nach Santa Fe, nach Chaco, nach – er sah, dass sie überall in seiner persönlichen Kartenskizze auftauchte, dass alles, was ihm passiert war, mit ihr zu tun hatte. Was stimmte an seinem Verdacht? Wohin waren sie gefahren? Vielleicht hatte Karl sie einfach nur in die Stadt mitgenommen. Aber der Soldat hatte das nicht geglaubt, das sah man an seinem blöden, gerissenen Grinsen. Der MP in Trinity ebenfalls nicht. An diesem heißen, trägen Nachmittag, an dem man nichts tun konnte außer grübeln, war niemand unschuldig. Nicht einmal er selbst. Er war einfach nur der nächste in der Reihe gewesen.

Als sie sich schließlich wieder trafen, ließ er sich von ihrem Lächeln entwaffnen, ein Lächeln, das entspannt wirkte und ohne Argwohn, strahlend wie der Tag. Daniel war wieder auf dem Testgelände, und sie fuhren zu den Ruinen in Bandelier, wo sie, um der Sonne zu entgehen, den schattigen Pfad am Frijoles Creek entlangspazierten bis hinunter zu dem Wasserfall, der sich in den Rio Grande ergoss. Sie freute sich, ihn zu sehen, plapperte fröhlich über alles Mögliche und genoss die frische Luft. Sie marschierte forsch den Pfad entlang, in denselben Stiefeln und Shorts, die sie schon in Chaco getragen hatte, als alles noch anders war. Eigentlich schien sich nichts verändert zu haben, alles war so hell und klar, dass er einen Augenblick lang das Gefühl hatte, die Last der vergangenen Tage wäre nichts als ein Angsttraum gewesen, eine dieser Nächte, deren düstere Schrecken der Morgen vertrieb. Sie lachte, als sie sich das Gesicht im Bach wusch und ihn anspritzte. Er beobachtete sie, sah, wie unverkrampft sie ihre Rolle spielte, und er erwiderte ihr Lächeln, weil er sie nicht merken lassen wollte, dass er sie beobachtete. Er wollte, dass sie etwas sagte, einen Augenblick lang unaufrichtig war, damit er einen Anfang fand, aber sie wanderte gutgelaunt zurück, und er wartete. Sie machten Picknick beim Tyuonyi-Kiva, wieder wie in Chaco, mit der Sonne hoch über ihren Köpfen. Alles war still bis auf das Huschen der Eidechsen und die schwache, aber heiße Brise, die Baumwollsamen vor sich hertrieb wie Schneeflocken.

»Hier kann man sehen, warum sie hergekommen sind«, sagte sie mit träger, zufriedener Stimme. »Wasser. Schwemmland. Vorratsspeicher.« Sie deutete auf die in den weichen Lavatuff getriebenen Höhlen über ihnen. »Nicht so wie in Chaco.«

»Aber sie haben es wieder verlassen.«

»Ja«, sagte sie und streckte mit geschlossenen Augen das Gesicht der Sonne entgegen. »Komisch, nicht?«

In der Stille hörten sie gedämpft eine Explosion aus einem der Test-Canyons. Sie sahen erschrocken in die Richtung des Geräuschs, aber der Donner verklang und alles war wieder still. Sie lehnte sich zurück und schloss die Augen, um es zu verdrängen.

»Ob es hier wohl auch die Deutschen waren?«, fragte er nach einer Weile zögernd.

»Wahrscheinlich«, erwiderte sie, ohne die Augen zu öffnen. »Oder vielleicht waren es die Priester. Es sind immer die Priester, nicht? Irgendein blöder Erzbischof, der sie ins Gelobte Land führt. Was für eine

Vorstellung. Die Navajos hatten Angst davor, als sie kamen. Fanden all diese vorgefertigten Städte und sind nie eingezogen. Wollten sie nicht anrühren.«

»Vielleicht waren sie die Deutschen.«

»Nein. Zumindest glauben wir das nicht«, sagte sie mit einem akademischen *wir.* »Keine Spuren eines Kampfes. Und außerdem sind die Navajos nicht so. Sie sind wunderbar. In ihrem Schöpfungsmythos schläft ein Teil der Dunkelheit mit dem anderen, und der oben liegende wird Licht und erhebt sich als der erste Tag. Eine wunderbare Geschichte«, sagte sie mit sanfter Stimme. »Denk nur an den unseren. Ein Gott, der herumfuhrwerkt, dies und das macht und Hektik verbreitet. Alles in einer Woche. Kein Wunder, dass wir alles in die Luft jagen.«

»Und was passiert nach dem Sex zwischen der Dunkelheit und dem Licht?«

»Sie machen den Wind, die Lebenskraft. Ich liebe die Navajos dafür, dass alles im Bett anfängt.«

»Glauben sie das wirklich?«

»Natürlich«, sagte sie unbekümmert. »Würde ich dich anlügen?«

»Ich weiß nicht. Würdest du?«

Sie öffnete die Augen und sah ihn an, aber er sagte nichts mehr, und sie ging nicht weiter darauf ein. »Im Mythos geht's ziemlich viel um Sex. Die Erde und der Himmel lieben sich, und die Feuchtigkeit zwischen ihnen, der Schweiß, wässert die Erde und lässt alles wachsen. Du musst zugeben, das ist viel hübscher als unser Gott, der hier und dort eine Handbewegung macht und Zebras und alles erschafft. Es ist allerdings komisch, diese Indianer wirken überhaupt nicht sinnlich, aber sie müssen es wohl sein.«

Ihre Stimme verklang, sodass es in der Stille nun wirkte, als hätte sie zu sich selbst gesprochen. Sie setzte sich auf, zündete sich eine Zigarette an, blickte zum grünen Uferstreifen am Bach hinüber und wartete, dass er etwas sagte.

»Einen Penny für deine Gedanken«, sagte sie schließlich. »Was ist denn los?«

»Nichts«, sagte er. »Warum sollte irgendwas los sein?«

»Ich weiß nicht. Du bist so – angespannt. Du hast mich den ganzen Tag noch nicht angefasst, also muss irgendwas los sein. Du bist nicht der Navajo-Typ.«

Er sagte nichts und zeichnete mit einem Stöckchen Muster in den

Sand. »Ich möchte dich was fragen, und ich weiß nicht so recht, wie.«

Er spürte, wie sie sich neben ihm versteifte, eine beinahe unmerkliche Bewegung, wie eine winzige Eidechse, die hinter einen Stein huscht.

»Oh. Vielleicht solltest du einfach fragen.«

»Erzähl mir von dir und Karl.«

Sie blies den Rauch aus, als hätte sie den Atem angehalten, und starrte weiter geradeaus. »Was willst du wissen?«

»Alles.«

»Oh, alles.«

»Du hast mir gesagt, du hättest ihn kaum gekannt, aber das stimmt nicht, oder? Man hat dich mit ihm gesehen.«

»Ganz der Detektiv.« Sie zögerte kurz. »Ist es so wichtig?«, fragte sie dann sanft.

»Natürlich ist es wichtig. Er wurde ermordet.«

»Aber ich habe ihn verdammt noch mal nicht ermordet«, sagte sie und sah ihn an.

»Warum hast du mich angelogen?«

»Ich habe dich nicht angelogen. Es hatte nichts mit dir zu tun. Es ging dich nichts an.«

»Du hast mich angelogen.«

»Wie du willst«, erwiderte sie und stand auf. »Es geht dich trotzdem nichts an.«

»Erzähl's mir«, sagte er und stand ebenfalls auf.

»Was für einen Unterschied hätte es denn gemacht? Es war vorbei.«

»Erzähl's mir«, schrie er, und seine Stimme zerriss die Stille wie zuvor die Explosion.

»Erzähl's mir«, äffte sie ihn nach. »Na schön, er war mein Liebhaber. Besser?«

Ihre Worte hingen in der Luft, als wollte keiner von beiden sie aufnehmen.

»Warum?«, fragte er schließlich.

»Warum? Warum? Wahrscheinlich weil er mich gefragt hat. Ich bin leicht zu haben. Das solltest du wissen.«

Sie starrten einander an.

»Erzähl's mir«, sagte er ruhig.

Sie wandte den Blick ab und sah zu Boden, um die Zigarette auszutreten. »Letztes Jahr. Ein paarmal. Es hatte nichts zu bedeuten.«

»Warum hast du es mir nicht gesagt?«

»Vielleicht wollte ich nicht, dass du mich für ein solches Mädchen hältst.«

»Wo?«

»Wo?«, wiederholte sie entrüstet. »Unterschiedlich. Es gibt gewisse Orte, wie du vielleicht weißt.«

»Santa Fe?«

»Nirgends, wo wir beide gewesen sind, falls du das wissen willst«, sagte sie wütend. »Irgendwo an der Straße nach Albuquerque. Hör zu, es ist passiert. Ich kann es nicht ungeschehen machen. Es war vorbei. Was haben die Details denn noch zu bedeuten? Du hast kein Recht zu solchen Fragen.«

»Doch, das habe ich. Hast du ihn geliebt?«

»Hör auf.«

»Hast du?«

»Natürlich habe ich ihn verdammt noch mal nicht geliebt. Wir hatten Sex. Mir hat's Spaß gemacht. Mir hat's keinen Spaß gemacht. Ist es das, was du hören willst? Auf jeden Fall hatte es aufgehört. Ich wollte nicht, dass Daniel es erfährt. Ich hatte Angst.«

»Du hast vor gar nichts Angst.«

»Ich habe Angst vor dir«, sagte sie und wandte den Blick ab. »Du willst zu viel. Erzähl mir alles. Wo wart ihr? Hat es Spaß gemacht? Hast du dich geschämt? Wütend und verletzt, als hätte es was mit dir zu tun. Ich kannte dich damals doch noch gar nicht. Im Grunde genommen hatte es mit niemandem was zu tun. Außer mit ihm. Und später wurde er ermordet. Was hätte ich denn deiner Meinung nach tun sollen, sofort gerannt kommen und jedem von der Sicherheit erzählen, dass wir es in einem Motel an der Straße getrieben haben? Ich war erleichtert. Ich dachte, es würde nie jemand was erfahren.«

»Und es war dir egal, dass es eine Ermittlung wegen Mordes gab?«

»Warum sollte es mir nicht egal sein? Ich wusste doch nichts darüber.«

»Oder, dass es angeblich ein homosexueller Mord war.«

Sie machte ein verblüfftes Gesicht. »Wovon redest du da?«

»Sie hielten Karl für einen Homosexuellen. Und tun es immer noch. Es wurde sogar ein Mann verurteilt, weil sie das glauben.«

»Aber warum?«, fragte sie verwirrt. »Das ist doch verrückt. Er war es nicht.«

»Vielleicht, weil du ihnen das nie gesagt hast.«

Verwirrt und wütend schüttelte sie den Kopf. »Das ist ungerecht. Ich wusste doch nichts davon. Und *du* hast mir ja auch nichts gesagt. Er wurde im Park getötet – mehr habe ich nicht gewusst. Ein Überfall. Wie kann man nur auf den Gedanken kommen –« Sie brach ab, musste diese Neuigkeit erst einmal verdauen.

»Bist du sicher?«

»Was willst du denn wissen?«, blaffte sie. »Was wir im Bett getrieben haben? Gehört das zur Ermittlung? Es war schön, okay? Vielleicht hat er sich ja vorgestellt, ich sei ein Junge. Woher soll ich das denn wissen? Angefühlt hat es sich nicht so.«

»Emma, sein Mörder hat versucht, es so aussehen zu lassen wie diese Art von Verbrechen. Wahrscheinlich, damit wir nicht in anderen Richtungen nachforschen. Er hatte Erfolg. Es gab keinen Grund, etwas anderes zu denken, keine – Vorgeschichte. Bis jetzt. Deswegen musste ich es wissen. Das ist alles.«

»Wirklich? Geht's wirklich nur darum? Ich war doch nur im Bett mit ihm. Ich habe ihn nicht umgebracht.«

Er wandte sich von ihr ab und blinzelte in die Sonne. Seine Stimme kam tonlos und schnell, als er sie fragte: »Warst du an diesem Abend mit ihm in Santa Fe?«

»Nein, natürlich nicht. Da war es schon lange vorbei.«

»Warst du je in San Isidro?«

»Nein – das heißt, wahrscheinlich doch, ganz am Anfang. Jeder schaut sich die Kirche an. Was spielt denn das für eine Rolle? Hör endlich auf.«

»Ich kann nicht.«

»Du meinst, du willst nicht. Du stellst mich vor Gericht. Weswegen? Habe ich deine Gefühle verletzt? Das tut mir leid.«

»Es geht hier nicht um uns.«

Sie biss sich auf die Unterlippe, »Nicht? Ich dachte schon.«

»Emma«, sagte er geduldig, »er wurde ermordet. Das heißt, es gibt einen Grund dafür. Es ist wichtig. Du musst mir helfen.«

Von seinem Ton verunsichert, sah sie ihn an. »Was soll ich denn tun? Der Polizei sagen, dass ich mit ihm geschlafen habe? Dass sie einen Fehler gemacht hat?«

»Nein. Das würde nichts mehr bewirken. Denen ist es egal.«

Sie starrte ihn verblüfft an. »Aber dir nicht«, sagte sie nach kurzem Zögern.

»Ich will es einfach wissen.«

»Nein, das würde nur stimmen, wenn du ausschließlich Polizist wärst. Aber jetzt bist du auch Richter und Geschworener. Ich hab's dir erzählt, reicht das denn nicht? Ich bin mit ihm gegangen. Ich hab's schon früher gemacht. Du warst nicht der Erste.«

»Warum er?«

»Ich weiß nicht. Er sah gut aus. Vielleicht habe ich mich gelangweilt. Es ist einfach so passiert. Ist das für dich so schwer zu glauben?«

»Ja.«

»Warum? Enttäuscht es dich? Hast du gedacht, ich wäre nicht so?«

»Es war nicht einfach so«, sagte er mit fester Stimme, er war sich jetzt ziemlich sicher. »Es ist nicht einfach so passiert.«

»Woher willst du das denn wissen? Ach, du glaubst, du weißt was. Du weißt überhaupt nichts. Lass mich in Frieden.«

Sie wandte sich zum Gehen, aber er packte sie am Arm und hielt sie zurück. »Du lügst mich schon wieder an.«

»Lass mich in Frieden.«

»Nur ein beiläufiges Techtelmechtel? Mit Karl? Nein. Karl war nicht so. Er wusste gern Bescheid, das war es, was ihn wirklich interessierte. Er wusste etwas über dich. Also hast du mit ihm geschlafen. Weil er dich dazu gezwungen hat. Vielleicht war es ja auch deine Idee – um ihn zum Schweigen zu bringen. So ist es abgelaufen, nicht? War es deine Idee?«

»Lass mich in Frieden«, schrie sie, riss sich los und entfernte sich von ihm.

»Was war es, Emma?«, rief er ihr nach. »Was war so wichtig, dass du so etwas getan hast? Hast du ihm auch Geld gegeben, oder war das Motel genug?«

Aber sie ging weiter. »Scher dich zum Teufel«, sagte sie. Die niedere Wand der Kiva hielt sie auf, und sie stand vor den aufgetürmten Steinen und starrte in den Canyon hinab, nicht weinend, sondern erregt nach Luft schnappend. Connolly ging langsam auf sie zu, wollte sie nicht durch schnelle Bewegungen erschrecken. Als er sprach, war seine Stimme sanft, als würde er ein aufgescheuchtes Pferd beruhigen.

»Emma, du musst es mir sagen. Er wurde ermordet. Du bist die Einzige, die ihn kannte.«

»Ich kannte ihn nicht«, sagte sie, ohne sich zu ihm umzudrehen. »Ich habe nur mit ihm geschlafen. Das gehört nicht immer zusammen. Ich habe gedacht, ich kenne dich.«

»Karl hat jemanden erpresst«, sagte er. »Er bekam Geld. Wenn nicht von dir, dann von jemand anderem. Verstehst du denn nicht, worauf ich hinaus will? Es gibt noch jemand anderen. Ich muss herausfinden, wer das ist. Du bist die Einzige, die mir helfen kann.«

Sie drehte sich zu ihm um, und ihre Augen waren feucht. »Ich kann nicht. Bitte.«

»Aber ich werde es herausfinden. Und du weißt das, nicht? Ich muss.«

»Warum? Warum du?«

»Weil es ein Verbrechen gegeben hat und der Hügel kein x-beliebiger Ort ist. Er ist nicht New York, nicht einmal Santa Fe. Der Hügel ist ein Waffenlabor. Darum geht's nämlich hier. Nicht um Wissenschaft. Sie bauen Waffen. Geheime Waffen. Deshalb ist alles anders. Warum werden Leute ermordet? Wegen Geld? Geld gibt es hier keins. Sex? Vielleicht. Das wäre für alle das Angenehmste gewesen. Aber was ist, wenn es um die Waffen geht? Die Army kann nicht aufhören, bis sie es weiß. Deshalb werden sie keine Ruhe geben. Wenn ich es nicht tue, tut es ein anderer. Gibt es wirklich etwas so Schreckliches, dass du es mir nicht sagen kannst? So weit musst du mir vertrauen.«

»Muss ich?«, fragte sie mit einem sarkastischen Lächeln. »Ich frage mich, warum ich sollte.«

»Weil ich es so oder so herausfinden werde.«

Sie ließ erschöpft die Schultern hängen und wandte sich ab. »Ja, wahrscheinlich wirst du das«, sagte sie gleichmütig. »Zum Wohl der Nation oder so was. Hat nichts mit dir zu tun. Ein Patriot. Eins war sehr liebenswürdig an Karl, er war kein Patriot. Einem Menschen, der an gar nichts glaubt, kann man vertrauen. Ihr anderen –«

Sie kehrte zurück zu den Überresten ihres Picknicks und zündete sich eine Zigarette an.

»Wo soll ich anfangen? Bei meinem ersten Mann? Der glaubte an alles. Vor allem an sich, wie sich gezeigt hat.«

»Du warst schon einmal verheiratet?«

»Ja. Matthew. Mit den Ms schein' ich's zu haben. Und alles große Gläubige. Wie auch immer, wir waren jung – das ist zwar keine Entschuldigung, aber wir waren es –, und er war ein großer Rebell, und ich vergötterte ihn. Er war lustig. Weißt du eigentlich, wie langweilig England sein kann. Sonntagsbraten und die feine Gesellschaft im *Tatler*, und Matthew wollte davon nichts wissen. Die Revolution des Volkes war seine Sache. O Gott, all diese Pilgerzüge nach Highgate zum Grab des alten Marx. Meine Eltern verabscheuten ihn. Also ging er nach Spanien, um gegen die Faschisten zu kämpfen, und natürlich ging ich mit ihm. Mein Vater hat immer gesagt, ich würde noch mal in Gretna Green landen – dorthin gehen die wilden Mädchen, wenn sie ausbrechen wollen –, aber bei mir war es Madrid. Dieses triste Standesamt. Nicht mal ein Priester, du weißt ja, was die Genossen davon halten. Wobei ja auch die Ehe bei ihnen nicht gerade in hohem Ansehen stand, schon eher die freie Liebe in den Schützengräben – aber so wild war ich dann auch wieder nicht. Ganz kann man seine Herkunft eben doch nicht ablegen. Und da war ich nun, Señora Matthew Lawson, Internationale Brigade.«

»Du warst Kommunistin?«

Sie zögerte, als hätte seine Frage sie aus einem Tagtraum gerissen. »Er war einer«, sagte sie nun ernsthafter und zog an ihrer Zigarette. »Parteimitglied und alles. In der Brigade musste man es eigentlich sein. Ich war nur – was? Verliebt, wahrscheinlich. Und wollte weg von zu Hause. Auf meine Abenteuerreise. Nicht, dass ich ihn deswegen nicht bewundert hätte. Ich habe ihn ungeheuer bewundert. Er glaubte an etwas. Sonst schien das kein Mensch zu tun. Du weißt doch, in diesem Alter steht die Welt immer kurz vor dem Untergang, und keiner tut was dagegen. Aber damals – da sah es ja wirklich so aus, nicht? In meinen Augen hatte er recht. Jeder konnte doch sehen, dass die Deutschen nichts Gutes im Schilde führten, und natürlich schien das all den Leuten, die man am meisten verachtete, völlig gleichgültig zu sein. Onkel Arthur. Der fuhr doch tatsächlich zu den Olympischen Spielen und kam dann zurück und meinte, wie inspirierend das alles gewesen sei, der Trottel. Das war typisch. Aber Matthew, der wusste Bescheid, der tat wirklich was. Und dann wurde er verwundet. Nichts Ernstes, nur eine Fleischwunde, wie sich zeigen sollte, aber zu dem Zeitpunkt wusste ich das noch nicht. Ich dachte, er würde sterben. Daran siehst du, wie romantisch ich war. Ich stand in Tränen aufgelöst neben der Pritsche in diesem grauenhaften Feldlazarett, und die Genossen schrien auf spanisch herum und schossen auf alles, was über uns wegflog, und mein Matthew, der die Faschisten mit seinem bloßen Körper aufgehalten hatte, während die zu Haus nur im Garten herumlungerten und gemein zu den Bergleuten waren – o ja, ich hatte mein Abenteuer. Klingt jetzt ziemlich erbärmlich, nicht? Das war es aber nicht. Es war romantisch. Aufregend.«

Sie hielt inne und starrte in den Bach, als könne man in ihm die Vergangenheit sehen. Dann schüttelte sie den Kopf. »Na ja, was soll's.

Du willst das ja alles gar nicht wissen. Du willst was über Karl wissen. Das war in Berlin. Wir gingen nach Berlin – ich habe nie erfahren, ob das seine Idee war oder die der Partei. Wahrscheinlich die der Partei. Ich weiß nicht, ob Matthew damals noch eigene Ideen hatte. Er war gern Soldat. Es gefiel ihm. Was eigentlich komisch war, wenn man drüber nachdenkt, weil er sich in seinem ganzen Leben keiner anderen Ordnung als der eigenen unterworfen hatte. Aber jetzt tat er es. Vermutlich glaubte er, dass sie ihn von der Front zu irgendeiner anderen Einheit verlegten. Auf jeden Fall fuhren wir hin. Da war es allerdings nicht mehr so romantisch. Es war einfach nützlich für sie, einen Engländer in Berlin zu haben – die Deutschen ließen uns immer ziemlich viel Spielraum, die dachten wahrscheinlich, wir sind alle wie Onkel Arthur. Die deutschen Genossen konnten nicht viel tun. Ich glaube, sie waren gelähmt vor Angst. Ich jedenfalls war es, das weiß ich. Aber Matthew – der war natürlich zu allem bereit. Ich hatte keine Ahnung, was er eigentlich machte – er sagte mir immer, es wäre besser, wenn ich es nicht wüsste, aber das bedeutete natürlich nur, dass ich mir immer das Schlimmste vorstellte. Ich hasste es; diese entsetzlichen, winzigen Wohnungen. Andererseits hörte ich Vorlesungen an der Universität, das war unsere Tarnung, und Studenten lebten nun mal nicht in Saus und Braus. Und weiß Gott, besser als in Spanien war es alle Mal. Berlin war hübsch. Wenn man nicht ins Gefängnis geworfen wurde, konnte man dort gut leben. Aber deswegen war ich nicht gekommen. Ich war einfach nur – ist es nicht furchtbar? Ich glaube, ich war so 'ne Art Marketenderin, wie diese Frauen, die sie früher bei ihren Feldzügen immer mitschleiften. Nur, dass mein Soldat nie zu Hause war. Er war immer unterwegs und kämpfte den guten Kampf. Und ein guter Kampf war es ja wirklich, man konnte sich also nicht beklagen. Ich ging sogar zu Versammlungen, nur um bei ihm zu sein. Du kannst dir nicht vorstellen, wie trübselig das war, alles so heimlich und schäbig und – endlos. Stundenlang. Matthew redete und redete, und ich habe einfach meinen Gedanken nachgehangen. Ich bezweifle, ob er überhaupt merkte, dass ich da war. Karl schon, zumindest sagte er das. Ich kann mich gar nicht erinnern, dass er auch dabei war, aber damals hatte ich ja außer Matthew und meinem Elend so gut wie gar nichts gesehen. Aber Karl erinnerte sich an mich. Ich hatte offensichtlich einen ziemlichen Eindruck auf ihn gemacht. So war das.«

Sie erhob sich, ging ein wenig auf und ab und kickte abwesend kleine Steine vor sich her.

»Dann bist du also mit ihm ins Bett gegangen, weil er dich bei ein paar Versammlungen gesehen hat?«

Sie lachte verächtlich auf. »Ich habe gesagt, ich erzähle dir, was passiert ist. Ich habe nicht gesagt, dass es einen Sinn ergeben würde.«

Sie ging wartend hin und her, und er folgte ihr mit seinem Blick. »Wann war das?«

»Kurz nachdem wir hier ankamen. Ich brauchte einen Passierschein, und er erkannte mich wieder. Und später hat er mich dann danach gefragt. Wunderte sich, warum es nicht in meiner Akte stand.«

»Und warum stand es nicht drin?«

»Kein Mensch hat mich je danach gefragt. Ich war nur eine Ehefrau. Daniel war schon in London auf Herz und Nieren geprüft worden. Sie wussten, dass ich in Spanien gewesen war. Viele Leute waren das. Das tat man damals eben. Vielleicht hat sich hier keiner was dabei gedacht. Aber du weißt doch, wie es hier ist.« Sie drehte sich zu ihm um. »Hör zu, ich hatte Angst. Ist das so schwer zu verstehen? Hier sein zu können, war das einzige, was Daniel wichtig war. Du weißt, was passiert, wenn sie deine Unbedenklichkeitserklärung aufheben. Ich konnte ihm das nicht antun. Nur weil seine Frau bei ein paar lächerlichen Versammlungen war? Die hatten sowieso nichts zu bedeuten. Ich weiß nicht einmal mehr, worüber gesprochen wurde. Es war alles so – unschuldig. Aber würde deine Truppe das glauben? Warum haben Sie uns das nicht gleich gesagt? Wer war sonst noch dabei? Du weißt doch, wie so was läuft. Sie lassen dich nicht mehr in Ruhe. ›Was versuchen Sie zu verbergen?‹ Nach so etwas hätten sie ihm nie mehr vertraut.«

»Hast du ihn dort kennengelernt? Bei den Versammlungen?«

»Nein«, erwiderte sie knapp. »Er hatte davon keine Ahnung. Kennengelernt haben wir uns an der Universität.«

»Dann war es also dein kleines Geheimnis.«

»Ich hielt es damals für unwichtig. Und das war es auch. Und später – später war es zu spät. Weil sie doch sofort gefragt hätten, warum ich es ihnen nicht gleich gesagt habe. Ich wollte einfach, dass alles so blieb, wie es war. Was man nicht weiß, macht einen nicht heiß. Was für eine Rolle spielte es denn?«

»Aber Karl wusste etwas.«

»Ja.«

»Also hast du beschlossen, Daniel einen wirklich großen Gefallen zu tun und eine neue Freundschaft zu schaffen.«

Sie starrte ihn an. »Das stimmt. Ich brauchte einen Freund.«

»Und war er das? Ein Freund?«

Sie zuckte mit den Achseln, wandte sich ab und ging wieder hin und her.

»Was sonst noch?«

»Warum sollte es sonst noch was geben?«

»Weil es noch etwas gibt. Emma, die Hälfte der Leute auf dem Hügel waren vor zehn Jahren bei politischen Versammlungen. Deswegen hast du nicht mit ihm geschlafen.«

»Vielleicht wollte ich es. Wer weiß denn, warum wir etwas tun? Weißt du es für dich?«

»Was sonst noch?«

»Ach, lass mich in Frieden.«

»Was ist in Berlin passiert? Mit deinem Ehemann?«

»Ich weiß es nicht«, sagte sie. »Er verschwand.«

»Einfach so.«

»Ja, einfach so. Er verließ mich.« Sie suchte in seinem Gesicht nach einer Reaktion. »Wahrscheinlich hat mein Charme nicht ausgereicht, um ihn zu halten. Anscheinend hatte er was Wichtigeres zu tun.«

»Aber wo ist er hin?«

»Keine Ahnung. Ich habe nie mehr von ihm gehört. Vermutlich ist er tot. Bei allem, was passiert ist.«

»Hast du versucht, ihn zu finden?«

»Nein. Er hat *mich* verlassen, verstehst du? Er wollte nicht gefunden werden.«

»Und was hast du getan? Bist du nach London zurückgegangen?«

»Nein, ich bin geblieben.«

»Du bist geblieben. In Berlin. Mit einem vermissten kommunistischen Gatten.«

»Niemand wusste, dass er mein Gatte war. Das war – ich weiß auch nicht, es gehörte irgendwie dazu. Hör zu, ich weiß, dass das jetzt lächerlich klingt, aber damals war alles anders. Er wollte nicht, dass irgendjemand es wusste. Um meinetwillen. Für den Fall, dass irgendwas passierte.«

»Was zum Teufel trieb er denn?«

»Ach, mach dir jetzt bloß keine Hoffnung. Er war nicht der örtliche Komintern-Vertreter oder sonst was. Zumindest glaube ich das nicht. Wahrscheinlich nur Flugblätter und die Organisation dieser entsetzlichen Versammlungen. Aber er tat gern so, als wäre es gefährlich.

Vielleicht war es das auch. Ich vermute, damals war alles gefährlich. Auf jeden Fall hat er es geglaubt.«

»Du bist also geblieben.«

Emma zuckte wieder mit den Achseln. »Ich hatte keine Lust, zu Daddy zurückzurennen. Ich hatte mir mein Bett gemacht, und ich dachte mir, ich sollte mich auch hineinlegen.«

»In Berlin«, sagte er skeptisch. »Mit den Nazis auf den Straßen, und von der Hand in den Mund leben.«

»Stimmt. Das war blöd, nicht?«

Er musterte sie, wie sie seinem Blick auswich und sich noch eine Zigarette anzündete. »Erzähl's mir, Emma«, sagte er leise.

Sie blies den Rauch aus und sah ihm in die Augen. »Ich war schwanger.«

Er wartete, doch sie sah ihn einfach an und rauchte.

»Was ist passiert?«

»Ich bin es losgeworden. Ich habe es getötet.«

»Allmächtiger –«

»Na, was sollte ich denn tun?«, sagte sie, und zum ersten Mal brach ihre Stimme.

»Das habe ich nicht so gemeint.«

»Nicht? Na, macht nichts. Ist eh egal. Ich – ließ es wegmachen. Ein kurzer Besuch in einer Praxis. Eigentlich ganz einfach. Allerdings war es nicht so einfach, es zu arrangieren. Die Deutschen hatten bei so etwas eine ziemlich feste Meinung.« Sie schnaubte. »Matthew hielt sich immer für schrecklich ›verschwörerisch‹. Aber zu versuchen, einen hilfsbereiten Arzt zu finden – das war die wirklich geheime Welt.«

»Wie hast du es geschafft?«

»Daniel hat mir geholfen«, erwiderte sie schlicht. »Überrascht? Kein Deutscher hätte mich angerührt. Aber er kannte die Flüchtlinge. Die waren immer offen für ein kleines Geschäft.«

»Tut mir leid.«

»Das muss es nicht. Es ist lange her.«

»Nein, dass ich überhaupt gefragt habe, tut mir leid.«

Sie nickte. »Ja. Plötzlich sieht einiges ganz anders aus, nicht? Es ist nicht immer nett, alles zu wissen.«

»Und das war der Grund, warum du ihm geholfen hast, herauszukommen?«

Sie lächelte gequält. »Ein Leben nehmen und ein anderes retten? Vielleicht war es so, ich weiß es nicht. Damals habe ich nicht lange nachgedacht, ich habe gehandelt. Vielleicht kannst du es mir ja erklären.« Ihre Augen waren feucht. »Ich weiß nicht, warum ich dir das alles erzähle. Ist ja kaum das, was du für deinen Bericht brauchst, oder?«

»Nein.«

»Sonst noch was? Wenn ich schon auf dem Verhörstuhl sitze?«

»Warum hat es aufgehört?«

»Was für eine Frage. Weil ich ihn darum gebeten habe. Ich konnte einfach nicht mehr.«

»Und er war einverstanden? Hat nicht darauf beharrt? Dich bedroht?«

»Mich bedrohen? Karl? So einer war er nicht. Du bist schon so verrückt wie alle anderen. Er hat mich verdammt noch mal nicht erpresst. Tut mir leid, aber das hat er nicht getan. Das würdest du nur gern glauben. Er hat mich nie bedroht. Er wusste ein paar Dinge. Normalerweise wäre es egal gewesen – wegen ein paar Versammlungsbesuchen geht ja die Welt nicht gleich unter, nicht – aber an einem Ort wie diesem konnte es – unangenehm werden, okay? Es war einfach keine Zeit, die Sache zu bereinigen. Ich dachte, sie würden Daniel den Laufpass geben. Na ja.« Sie hielt inne und sah weg. »Und so ist es eben passiert. Und jetzt erzählst du es ihnen sowieso. Ich hätte mir also die Mühe anscheinend gar nicht zu machen brauchen.«

»Aber ihm war das alles egal?«

Sie überlegte einen Augenblick, als wäre dieser Gedanke völlig neu für sie. »Weißt du, es ist komisch, aber ich glaube, es war ihm wirklich egal. Oh, auf seine Art mochte er mich schon, aber im Endeffekt hat es ihn, glaube ich, nicht sehr interessiert. Für ihn war es irgendwie – nichts Persönliches. Er hatte Angst davor. Es ist schwer zu erklären. Ich glaube, sobald er seine Akte vervollständigt hatte, wollte er einfach weiterziehen.«

»Du hast ihn gemocht.«

»Er tat mir leid. Es ist schrecklich, niemandem mehr vertrauen zu können. Hat ihm wahrscheinlich das Gefängnis angetan. Ich habe mich oft gefragt, was dort mit ihm passiert ist – ich meine nicht körperlich, die Finger und das alles. Sondern im Inneren. Ich glaube, es hat ihn ein wenig verrückt gemacht. Überall Gespenster.« Sie hielt inne und wischte sich mit dem Taschentuch Schweiß von der Stirn. »Auf jeden Fall hat es ihn dafür an den richtigen Ort verschlagen. Jetzt bekam er sogar Geld dafür, dass er niemandem traute. Ich glaube, er mochte das lieber als Sex – all das Aufdröseln. Das erregte ihn. Vielleicht war es für ihn dasselbe wie im Gefängnis, schnapp sie dir, bevor sie dich schnappen. Er konnte nichts mehr dagegen tun. Er glaubte immer, dass es jemand auf ihn abgesehen hat.«

»Was im Endeffekt ja auch stimmte.«

»Ja«, erwiderte sie und fing an, ihre Picknicksachen zusammenzuräumen. »Du solltest mich jetzt besser nach Hause bringen. Ich war lange genug im Beichtstuhl. Das ist bekanntlich nicht so gut für die Seele.«

Connolly sah zu, wie sie mit anmutigen Bewegungen die Tassen einsammelte und zusammen mit der Thermoskanne im Rucksack verstaute. Was dachte sie jetzt? Einen Augenblick lang glaubte er, nun endlich das Vergnügen zu verstehen, das Karl an dieser Schnüffelei gefunden hatte, die Spannung des Nichtwissens, der Suche nach der Wahrheit.

»Hat er je jemand anderen erwähnt?«

»Wie? Noch ein zweites schlimmes Sicherheitsrisiko? Nein.«

Er folgte ihr zum Auto. »Findest du es nicht merkwürdig, dass er dich einfach so freigegeben hat?«, fragte er.

»Ich habe nicht gesagt, dass er es gern getan hat, er hat nur keine Szene gemacht, das ist alles. Ich habe nicht darüber nachgedacht, ich war einfach erleichtert. Vielleicht war er es auch. Vielleicht hatte er was Interessanteres gefunden. Wenn man paranoid ist – so heißt das doch, oder? –, gibt es nichts Langweiligeres als ein offenes Buch. Kein Geheimnis mehr. Und über mich wusste er ja schon alles.«

An der Autotür blieb er stehen. »Weiß ich alles?«

Sie zögerte. »Ich dachte, du würdest alles wissen«, sagte sie sanft. »Alles, was wichtig ist. Ich dachte – ach, ist ja egal.« Sie beugte sich ins Auto und legte den Rucksack hinein, richtete sich dann wieder auf und sah ihn über das Dach hinweg an. »Da ist nur noch eins. Eigentlich wollte ich es dir nicht sagen, aber warum sollst du es jetzt nicht erfahren? Vielleicht bringt es dir ja was. Karl war – also Karl machte seine Sache sehr gut, musst du wissen. Er wusste Dinge, die nicht einmal mir bekannt waren. Frag mich nicht, woher.« Er wartete. »Vermutlich kann man alles herausfinden, wenn man wirklich will«, sagte sie mit einem dünnen, gequälten Lächeln. »Er wusste, dass Matthew noch am Leben ist.«

»Ich dachte –«

»Ich auch. Ich hatte keine Ahnung. Aber du weißt, was das bedeutet, nicht?«, fragte sie mit flehender Stimme. »Ich war verzweifelt. Daniel kam ja nur wegen dieser Ehe raus. Jetzt ist er Brite –«

»Hast du geglaubt, die schicken ihn zurück?«

»Nein, damals nicht«, sagte sie mit zitternder Stimme. »Wir haben sie nicht gerade waggonweise nach Berlin zurückgeschickt. Aber was wäre jetzt? Wenn die Ehe nicht gültig ist, was passiert dann mit ihm? Muss er nach Polen zurück? Ich kann nicht zulassen, dass ihm das passiert.«

»Das würden sie nie tun.«

»Woher willst du das wissen. Ich wusste es jedenfalls nicht. Ist das denn so logisch? Ich konnte das für mich nicht so entscheiden, verstehst du das denn nicht? Ich konnte nicht klar denken. Ich wusste nur, dass Daniel dann keinen legalen Status mehr haben würde und dass es meine Schuld war. Ich musste etwas tun –«

»Also bist du mit ihm gegangen.«

»Ja, ich bin mit ihm gegangen«, erwiderte sie, beinahe schreiend. »Es läuft immer darauf hinaus, nicht? Ich brauchte Zeit. Ich dachte mir, ich könnte es nach dem Krieg bereinigen – hier konnte ich es nicht tun. Außerdem hatte ja niemand den geringsten Verdacht.«

»Außer Karl.«

»Ja, außer Karl. Und jetzt du. Michael, ich bitte dich –«

»Nein. Bitte mich nicht.«

Sie machte ein resigniertes Gesicht und biss sich auf die Lippe. »Karl hat wenigstens –«

»Du weißt ja nicht, was du da verlangst.«

»Ich kann nicht anders. Ich habe ihn einmal gerettet – ich werde nicht zulassen, dass ihm was passiert. Ich dachte, mit Karl wäre das alles gestorben. Muss ich mir dein Schweigen jetzt auch erkaufen? Oder hast du bereits alles, was du willst?«

»Steig ins Auto.«

Wortlos fuhren sie den Canyonweg entlang, und Emma sah zum Seitenfenster hinaus, das Gesicht fleckig, aber trocken. Connolly starrte auf die Straße, als könnte er das Chaos in seinen Gedanken mit einem festen Griff um das Lenkrad besänftigen.

»Du könntest die Ehe annullieren lassen.«

»Ja«, sagte sie abwesend.

»Wie hat Karl ihn gefunden?«

»Nicht mehr. Bitte.«

»Wie?«

»Er ist hier.«

Connolly wäre vor Überraschung fast auf die Bremse getreten. »Hier? Auf dem Hügel?«

»Nein. In den Staaten. Seit Jahren schon. Karl hielt sich auf dem Laufenden über Ausländer, die engen Kontakt mit Genossen hatten. Das war schließlich seine Spezialität.«

»Wo ist er?«

»Ich weiß es nicht. New York. Dort war er zumindest. Karl verlor ihn aus den Augen, als er Washington und seine kostbaren Akten verlassen musste. Es sollte nicht allzu schwer sein, ihn zu finden, falls du es willst.«

»Willst du?«

»Nein.«

»Hat Karl es ihm gesagt?«

»Karl hat ihn hier nie getroffen. Er war nur ein Name in einer Akte.«

»Weiß er, wo du bist?«

»Niemand weiß, wo ich bin. Ich bin nur ein Postfach. 1663, Santa Fe. Neuer Name. Neuer Mensch.« Sie zitterte wieder. »Ich habe die Sicherheitsprüfung bestanden, vergiss das nicht. Ein wunderbares neues Leben.«

Sie näherten sich der Abzweigung zum Westtor. »Lass mich hier raus. Ich gehe zu Fuß.«

Er sah sie an. »Zu Fuß?«

»Ja, zu Fuß. Warum nicht? Ich wandere gern, weißt du nicht mehr? Ich kann einen Spaziergang jetzt gut vertragen. Außerdem muss ich an meinen Ruf denken.« Er hielt an. »Na dann«, sagte sie und zögerte mit dem Aussteigen. »Wir sehen uns.«

»Emma, was du zuvor gesagt hast, dass er dich nicht erpresst hat. Es muss noch jemand anderen gegeben haben. Er hatte Geld.«

Sie lächelte traurig. »Du gibst nie auf. Worauf willst du denn hinaus? Dass ich ihn auf den Gedanken gebracht habe? Ist das auch meine Schuld? Hat er sich, als er sah, wie leicht es mit mir war, was Besserem zugewandt? Vielleicht. Das musst du herausfinden, Michael. Mir ist es egal.« Sie öffnete die Tür und stieg halb aus. »Wirst du uns auch in deinen Bericht hineinschreiben?« Als er den Mund öffnete, legte sie ihm, mit einer kaum merklichen Berührung, den Finger an die Lippen. »Nein, sag nichts. Ich will's nicht hören – es steht alles in deinem Gesicht geschrieben. Tu, was du tun musst. Ich steige einfach hier aus.« Sie behielt den Finger an seinen Lippen, was ihm eine Erwiderung unmöglich machte. »Wie's aussieht, habe ich ein ziemliches Chaos angerichtet, was? Du willst immer, dass alles einen Sinn ergibt. Es ist komisch, manchmal ergibt alles einen Sinn und ist trotzdem ein Chaos.« Sie strich ihm mit den Fingern über den Mund, als würde sie ihn küssen. »Ein Zeit lang war es recht schön. Bevor es so ein Chaos wurde. Nein, sag nichts.« Sie ließ die Hand sinken, stieg aus und beugte sich dann durchs Fenster herein. »Du solltest vorausfahren. Es sieht besser aus.«

Einen Augenblick lang saß er da und wusste nicht, was er sagen sollte, und dann war es zu spät. Sie hatte sich aufgerichtet und in Bewegung gesetzt, und als er anfuhr und im Rückspiegel nach ihr sah, schaute sie bereits woanders hin.

Auf der Rückfahrt ins Büro schossen ihm unwillkürlich Sätze durch den Kopf, so schnell, dass er sie nicht zusammenfügen konnte. Unkontrollierbar prallten sie voneinander ab, bis alles, was noch zählte, ihre Geschwindigkeit war. Spaltung. Ein Teil von ihm wusste, dass er keinen Grund hatte, wütend zu sein oder sich betrogen zu fühlen oder sich zu schämen über seine Unfähigkeit zu entscheiden, was er tun und was er empfinden sollte, aber auch die Gefühle prallten voneinander ab, wie Hormonmassen, die durch sein Blut strömten und jedes nüchterne Denken ertränkten. Er sah sie mit Karl, in einem Motelzimmer ähnlich dem ihren, schweißfeucht und dämmerig. Sie hatte Mitleid mit ihm gehabt. Und Karl. Was hatte er empfunden? Überraschung über sein Glück? Oder Besorgnis, weil er sich fragte, was das alles zu bedeuten hatte? Aber er hatte stillgehalten, sie genug gemocht, um für sie zu lügen. Jetzt wollte sie, dass auch er log, ein zweiter Karl. Für Daniel. Weil sie ihn genug mochte, um ihn zu schützen, aber nicht genug, um treu zu sein.

Aber welches Recht hatte er, ihr das vorzuwerfen? Er hatte nie einen Gedanken an Daniel verschwendet, hatte ihn immer wieder betrogen, weil es für sie anders gewesen war, so natürlich und sorglos wie eine Wanderung durch den Canyon. Ich kannte dich doch damals noch gar nicht. Was, wenn sie ihn gekannt hätte? Hätte es etwas geändert? Es läuft immer darauf hinaus. Sie war zu Fuß durch das Tor gegangen. Ich dachte, es wäre mit ihm gestorben. Aber nein, das ist Irrsinn. Die bist schon so verrückt wie die anderen. Und plötzlich spürte er zum ersten Mal, wie es für Karl gewesen sein musste, dieser endlose, lärmende Argwohn, der so laut in seinem Hirn hin und her schoss, dass er nichts anderes mehr hören konnte. Und wenn es aufhörte, dann war absolut gar nichts mehr. Sie verschwand aus dem Rückspiegel. Er fühlte sich so leer wie Karls Zimmer.

Als er das Auto abgestellt hatte und durch das Tor zum Technischen Bereich ging, war er zwar noch immer in nebulösen Gedanken versunken, aber es war Weber, der ihn nicht bemerkte und so heftig gegen seine Schulter rempelte, dass er stehenbleiben musste.

»Uff. *Pardon, pardon*«, sprudelte es aus ihm heraus, als sei er auf einem Bahnsteig in Frankreich. Er starrte ihn leicht verwirrt durch seine Brillengläser an und versuchte sich zu erinnern. »Ah, Mr. Connolly. Die Musik. Ja, es tut mir sehr leid. Ich bin mal wieder spät dran, müssen Sie wissen.«

»Nein, es war meine Schuld, ich war in Gedanken.«

Weber lächelte. »In Gedanken«, wiederholte er gedehnt. »Wir haben im Augenblick nur die Arbeit im Kopf. So kurz vor dem Ende.« Er fuchtelte mit der Hand. »Jeden Tag ein neuer Schlusstermin. Aber was soll's. Wir sind fast fertig.« Man hörte seinen deutschen Akzent deutlich durch.

»Das habe ich gehört.«

Weber sah ihn durchdringend an, ein Augenblick des Erschreckens, doch er war zu beschäftigt, um weiter darüber nachzudenken. »Wir arbeiten alle zu viel – denken zu viel. Sie sehen aus wie Robert. Alle Probleme dieser Welt. Nicht einmal Zeit für Musik. Spielen Sie was?«

Connolly lächelte still in sich hinein. »Nein, aber ich höre gern zu.«

»Gut, gut, kommen Sie morgen. Nur ein kleiner Kreis. Es sind ja so viele in Trinity.«

Bevor Connolly etwas erwidern konnte, eilte Weber davon, den Kopf schon wieder voller Formeln. Connolly sah ihm nach, wie er, völlig in seiner persönlichen Hektik versunken, aufs Tor zulief. Für ihn war Weber die Seele des Hügels, lauter Zerstreutheit und Hefekuchen und entschlossenes Eiszertrümmern am Getränkebüffet.

Aber der unvermittelte Stoß gegen die Schulter hatte ihn aufgeweckt, als hätte ihn jemand gerüttelt, damit er aufstehe und zur Arbeit gehe. Er wusste, dass er später wieder in seiner privaten Obsession versinken würde, in dem schrecklichen Gefühl, etwas kaputtgemacht zu haben, das er nicht reparieren konnte. Aber was hatte das alles mit dem Fall zu tun? Den gab es ja auch noch. Er dachte an Weber, der ihn angestarrt und einzuordnen versucht hatte. Karl hatte Emma sofort erkannt. Sie hatte nur ins Büro zu kommen brauchen.

Doch als er dann an seinem Schreibtisch saß, starrte er nur in die Luft und wusste nicht so recht, wo er anfangen sollte.

»Was ist denn los?«, fragte Mills.

»Nichts. Warum?«

»Weiß auch nicht. Sie sehen komisch aus. Alles in Ordnung?«

»Klar doch«, erwiderte er abwesend, und als er merkte, dass Mills ihn beobachtete, griff er zum Hörer, um Holliday anzurufen.

»Tag«, sagte Doc zur Begrüßung. »Wollte Sie eben anrufen.«

»Eine Frage«, sagte Connolly schnell. »Sie haben die Leiche doch untersucht.«

»Na ja, ich hab' sie mir angesehen –«

»Hätte es auch eine Frau gewesen sein können?«

»Nur, wenn es eine verdammt starke Frau war. Sie wissen doch, es wurde mehr als einmal zugeschlagen. Und getreten. Nicht viele Frauen tun so was. Hoffe ich wenigstens. Woran denken Sie?«

»Nichts Besonderes. Schon gut. Bin wahrscheinlich nur ein bisschen durchgedreht.«

»Das ist die Höhe. Da müssen Sie aufpassen. Es heißt, die Hälfte der Leute da oben sind bereits verrückt.«

Connolly sagte nichts, strich nur gedankenverloren mit dem Finger am Telefon entlang.

»Möchten Sie wissen, warum ich Sie anrufen wollte?«, fragte Doc schließlich.

»Entschuldigung. Ja, natürlich.«

»Es wird Ihnen gefallen. Wird Sie aufmuntern. Wissen Sie noch, diese Bars, um die ich mich für Sie kümmern sollte, diejenigen, die wir nicht haben? Sie hatten doch recht. Wir haben eine.«

Connolly sagte nichts, sah nur verwirrt vom Telefon hoch.

»Jetzt werde ich wohl ein Auge darauf haben müssen. Würde ja gern sagen, dass ich was davon habe, die jetzt zu kennen, aber das bezweifle ich.«

»Ich verstehe nicht.«

»Immer mit der Ruhe. Wie's aussieht, gab's da ein bisschen Gerede, und einer meiner Jungs war mittendrin. Natürlich waren sie alle verschwiegen wie die Kirchenmäuse, solange die Ermittlung lief, aber jetzt, da der Kerl geschnappt ist – na ja, Sie wissen doch, wie das ist. Ein paar Bier –«

»Doc –«

»Schon gut. Nur 'n bisschen Geduld. Lassen Sie mich die Geschichte auf meine Art erzählen. Anscheinend war einer der Gäste in dieser Nacht im Park. Hatte wohl ein kleines Geschäft laufen. Darüber schweigt er sich natürlich aus. Auf jeden Fall hat der gesehen, dass jemand unseren Karl ins Gebüsch verfrachtet hat. Wie Sie vermutet haben – er hielt ihn für betrunken. Das Auto hält an, und im Handumdrehen verdrücken sich die zwei irgendwohin, wo's ruhig ist. Unser Junge hat sich nichts dabei gedacht. Um ehrlich zu sein, er klang, als hätten sie ihn gestört. Wollte wohl niemanden in der Nähe haben.«

»Was hat er denn dort getrieben?«

»Angeblich wollte er bloß pinkeln.« Holliday hielt inne. »Ja, ich weiß, es sieht aus, als müsste ich den Alameda auch im Auge behalten. Da läuft 'ne Menge, wovon ich nichts weiß.«

»Hat er sich den Kerl angesehen?«

»Nee. Hat nur gesagt, dass er groß war.«

»Groß.«

»Richtig. Und unser Ramon, der war doch eher von der kleinen Sorte, würden Sie nicht auch sagen? Aber er sagt, groß. Andererseits, je nachdem, was er dort getrieben hat, hätte vielleicht jeder für ihn groß ausgesehen.«

»Was sonst noch?«

»Nichts mehr. Er hat dann nur noch gehört, wie das Auto wieder weggefahren ist. Wie gesagt, er hat sich nichts dabei gedacht. Und als dann bekannt wird, dass dort eine Leiche gefunden wurde, bekommt er natürlich Schiss. Sie wissen schon.«

»Sein Gesicht hat er nicht gesehen?«

»Nein. Nur, dass er groß war. Ich habe ihn gefragt.«

Connolly schwieg kurz. »Und was haben wir jetzt?«, fragte er.

»Nicht viel. Er ist nicht mal ein richtiger Zeuge – alles, was er gesehen hat, waren zwei Kerle, die ins Gebüsch gingen, einer davon betrunken. Vor Gericht würde das überhaupt nichts gelten. Aber was er gesehen hat, hat er gesehen. Ich hab's überhaupt nur aus ihm rausgekriegt, weil er wahrscheinlich glaubt, dass er Ramon gesehen hat und jetzt alles vorüber ist. Er ist eher der nervöse Typ. Aber ich habe mir gedacht, Sie wollen bestimmt gern wissen, dass Sie sich nicht nur was eingebildet haben. Ist genauso passiert, wie Sie gedacht haben.«

»Ja. Danke, Doc. Und was ist mit dem Auto?«

»Oh, das hätte ich fast vergessen. Das hat er gesehen. Schon komisch, nicht, den Kerl hat er nicht gesehen, aber an das Auto kann er sich erinnern.«

»Lassen Sie mich raten.«

»Wenn Sie Buick sagen, werde ich mich nicht mit Ihnen streiten.«

»Halten Sie ihn noch fest?«

»Nein, dazu habe ich keinen Grund. Ich könnte ihm natürlich irgendwas anhängen, aber warum sollte ich das tun und alle möglichen Leute damit aufscheuchen? Er hat sich ja so schon fast in die Hose gemacht. Aber was ist das für eine Geschichte mit einer Frau? Seid ihr da oben auf was gestoßen?«

»Nein, nichts. Ich habe nur laut gedacht. Wollte nur rausfinden, Sie wissen schon, wie stark –«

»Hm.«

»Ich komme in ein paar Tagen zu Ihnen runter. Dann bringe ich Sie auf den neuesten Stand.«

»Was ist denn los? Wird Ihr Telefon abgehört?«

Plötzlich war er wieder Karl. Seine Hand zuckte instinktiv von dem schwarzen Apparat zurück, als hätten Docs Worte ihn unter Strom gesetzt. Natürlich. Oppenheimers Telefon. Seins. Natürlich würden sie das tun. Er sah zu Mills hinüber, der gelangweilt Formulare abzeichnete und ihn nicht beachtete. Er versuchte, sich alles in Erinnerung zu rufen, was er eben gesagt hatte, stellte es sich getippt vor, mit Durchschlag für die Akten. War ein Satz dabei, der ins Auge stechen würde, der weitergeleitet werden müsste? Seine Gedanken rasten wieder.

»Mike?«, fragte Doc.

Aber lass sie nicht wissen, dass du Bescheid weißt. »Das Klicken, das Sie gleich hören, ist mein Auflegen, Doc«, sagte er leichthin. »Ich muss los. Ich rufe Sie wieder an. Und danke.«

Als dann der Hörer auf der Gabel lag, starrte er ihn noch einmal an. Sie hatten das Recht, alles zu wissen. Deswegen waren sie ja alle hier. Zumindest Karl hatte das gewusst, war wachsam geblieben. Nach einer Weile merkte er, dass Mills ihn ansah.

»Was jetzt?«, fragte Mills.

»Nichts. Ich habe nachgedacht. Sie kennen diese Sicherheitsakten?« Karl war das sofort aufgefallen.

»In- und auswendig.«

»Die Eingangsüberprüfung und die Aktualisierungen. Ich will sie von allen Leuten sehen, die – wann waren die ersten zweihundert Dollar? Oktober? – dann sagen wir, die ab September auf dem Hügel eingetroffen sind. Nur die Neuankömmlinge. Ausländer. Was glauben Sie, wie viele das sind?«

Mills zuckte die Achseln. »Einige. Die Röhrenlegierungsgruppe kam um diese Zeit aus Kanada hierher. Das sind alles Ausländer. Aber die Amerikaner nicht?«

»Nur die Eingebürgerten. Zuerst will ich diejenigen, die im Ausland überprüft wurden.«

Mills hob die Augenbrauen. »Was ist denn los?«

»Wir suchen nach Hinweisen auf linke Vergangenheit – Gruppen, Spenden, Volksfront, alles in der Richtung.«

»Kommunisten?«

»Keine offiziellen. Was hat Karl zu Ihnen gesagt? Interessant ist, was nicht drin steht. Ich glaube, dass ist es, was Karl gefunden hatte. Einen Kommunisten, der keiner ist.«

Mills sah ihn an. »Wie kommen Sie da drauf?«

»Nur so eine Ahnung.«

»Eine Ahnung.«

»Genau«, entgegnete Connolly und sah ihn direkt an.

»Na gut. Dann fange ich mal mit der Ankunftsliste an. Sie wollen sich alle selber ansehen?« Der letzte Satz war wieder als Frage gemeint.

»Wir beide«, sagte Connolly. »Aber sonst niemand. Und nichts wird weitergeleitet.«

Mills stand vor seinem Schreibtisch und hob beinahe flehend die Hände. »Aber das ist meine Aufgabe, Mike.«

Connolly hob den Kopf und sah nur einen Soldaten, der seinen Befehlen gehorchte, doch was er hörte, war er selbst, der zu Emma redete, verrückt, wie alle anderen, und plötzlich verschwand der Lärm in seinem Kopf, und er schämte sich. »Vertrauen Sie mir ein wenig«, sagte er, und jetzt war die Stimme die ihre.

Er ging hinaus zum Ashley Pond, der in der Dürre ziemlich geschrumpft war, und spazierte an dessen Ufer aus getrocknetem Schlamm entlang. Die spätnachmittägliche Sonne brannte auf die Fenster des Gamma-Gebäudes und zauberte unzählige kleine Flammen hervor. Der Hügel war in Bewegung wie immer: Lastwagen fuhren vorbei, Wissenschaftler eilten zu Besprechungen, und Sekretärinnen staksten in ihrer Pause auf hohen Absätzen zum PX-Laden. Das alles passierte hinter ihm, um ihn herum, während er unbeteiligt am Wegrand stand. Karl hatte nichts gesagt. Warum nicht? Aus einem obskuren Anständigkeitsgefühl heraus? Nein. Vielleicht war es für ihn noch gar nicht vorbei, vielleicht wollte er darauf zurückkommen, wenn seine anderen Interessen befriedigt waren. Vielleicht dachte er aber auch, dass es nichts zu erzählen gab, nur wieder eines dieser europäischen Schicksale, die niemand verstehen würde. Fragen müssten gestellt werden, auch über ihn, der ja bereits kompromittiert war. Was würde es bringen? Er lebte, um sich selbst zu schützen, jetzt in einer Welt überwachter Telefone und geheimer Berichte und Akten, die alles über die Vergangenheit sagten, außer, was sie bedeutete. Man musste vorsichtig sein. Loyalität war ein Spielchip – man musste sie bewahren, bis man sie zum eigenen Vorteil ausspielen konnte. Und unterdessen pulsierte das Leben auf dem Hügel auch um ihn herum, gleichgültig ihm gegenüber, mit sich selbst beschäftigt. Connolly sah ihn an diesem Teich stehen, ein Außenseiter, der einen Zugang suchte. Warum sollten sie ihm trauen? Die Deutschen hatten es nicht getan, die Russen nicht. Würden seine neuen Herren anders sein? Wenn er nicht etwas wirklich Wichtiges anzubieten hatte, mehr als nur eine schlampige Sicherheitsüberprüfung. Deshalb wartete er ab.

Wenn es stimmte. Connolly hob ein Steinchen auf, warf es in den Teich und sah zu, wie sich die Wasseroberfläche wieder glättete. Er dachte an Emma bei der Gedächtnisfeier, wie sie unbewegt an Daniels Arm den Saal verlassen hatte, er sah sie in der Fuller Lodge, wie sie, mit dem Rücken zu ihm, am Tisch saß und lachte. Vielleicht war alles nur Theater, eine einstudierte Geschichte. Aber er hatte sie dazu gebracht, es zu tun – alles nur seinetwegen, nicht? Er hatte sie zum Lügen gebracht, und jetzt misstraute er der Lüge. Mit gesenktem Kopf schlug er den Weg zum Wohnheim ein. Vielleicht war auch Karl nicht sicher gewesen, hatte auf mehr gewartet. Er hatte ja nur ihr Wort. Was hatte Karl wirklich gedacht? Connolly glaubte, dass er ihn allmählich durchschaute, aber Karl lebte nicht mehr. Er konnte sich ihn nur vorstellen.

Es war still im Wohnheim, sogar der Pingpong-Tisch war unbenutzt, und Connolly ging direkt in sein Zimmer. Er setzte sich mit Karls Akte ans Fenster und starrte das Bild an, als würde das ihn wieder auferstehen lassen. Dunkle, intelligente Augen. Hatte er ihr getraut? Aber Karl traute niemandem. Überall Gespenster. Er war am richtigen Ort dafür.

Vielleicht war er sich gar nicht wie ein Außenseiter vorgekommen, vielleicht hatte es ihm gefallen, seine Akten und seine privaten Verdächtigungen und der Adrenalinstoß des Jagens. Vielleicht hatte er sich zu Hause gefühlt. Er wusste, wie man hier leben musste, was man von ihm erwartete. Aber was bekam er dafür? Ein Auto, ein wenig Geld für den Notfall und jetzt das Geheimnis seines eigenen Todes. Die Hälfte der Leute auf dem Hügel war offenbar verrückt.

Connolly sah sich im Zimmer um und erkannte erschrocken, dass es noch genauso aussah wie am ersten Abend. Wohnte er hier? Rasierzeug auf dem Waschbecken, eine Tasche im Schrank, ein Buch. Ansonsten keine Veränderung. Ordentlich. Leer. Er hatte nicht erwartet zu bleiben. Aber das Zimmer in Washington sah nicht anders aus. Ein Provisorium bis zum Ende des Krieges. Er lebte in den Geschichten anderer Leute. Wie lange? Irgendwann würde der Krieg vorüber sein und er wieder in seine eigene Geschichte zurückkehren, in der nichts passierte. Aber es war bereits etwas passiert. Er spürte eine Panik in seinen Eingeweiden, die so intensiv war, dass sie ihn wie Übelkeit übermannte. Wenn er sich jetzt in diesem Sessel zurücklehnte und nur wartete, würde er sich hier in Karls Zimmer in nichts auflösen.

Er warf den Ordner zu Boden und stand so schnell auf, dass ihm schwindlig wurde. Als er, gegen die Sonne blinzelnd, aus dem Gebäude stürzte, fühlte er sich noch immer benommen, doch die Kontrolle über seinen Körper kehrte allmählich zurück. Jetzt war Platz für alles – die klapperigen Gebäude, das flatternde Weiß auf den Wäscheleinen, der Geruch nach Benzin. Als er ihr Haus erreichte, musste er bei der Erinnerung an das letzte Mal beinahe auflachen, dieses Nach-rechts- und links-Schauen, die Nachbarin mit dem Kaffee.

Diesmal klopfte er ohne Zögern und so kräftig, dass sie beim Öffnen unwillkürlich gegen die Tür drückte, als wäre er ein starker Windstoß, dem es standzuhalten galt. Er betrachtete ihr Gesicht, alle Einzelheiten, seine eigene Geschichte.

»Was willst du?«, fragte sie, ohne die Tür loszulassen.

»Ich liebe dich.«

»Oh«, machte sie, ein Geräusch, kein Wort, ein unterdrücktes Wimmern. Sie atmete aus, die Anspannung wich aus ihrem Körper, und ihre Schultern erschlafften. Tränen traten ihr in die Augen. Die Tür schien sich von selbst zu öffnen, wie aufgestoßen von jenem Wind, und er stand in der Diele. Sie sahen sich nur an, ihre Augen ruhten auf ihm, feucht vor Erleichterung, aber nicht weinend, und sie bewegten sich mit den seinen, sprachen zu ihnen. »Du bist zurückgekommen«, sagte sie.

»Ich liebe dich«, sagte er noch einmal.

Sie legte ihm die Hände an die Wangen und zog ihn zu sich, um ihn zu küssen, kurze, trinkende Küsse.

»Ja«, sagte sie an seiner Wange.

»Weißt du, was das bedeutet?«

»Nein. Sag's mir.« Sie lächelte jetzt und neckte ihn. Dann küsste sie ihn wieder, »Nein, tu's nicht. All das Reden. Sag gar nichts mehr.«

»Der Rest ist unwichtig. Ich darf dich nicht verlieren.«

»Nein«, sagte sie, legte den Kopf zurück und schüttelte ihn glücklich. »Nein. Das darfst du nicht. Sag's mir noch einmal.«

»Komm ins Bett.«

Und diesmal nahm sie ihn bei der Hand und führte ihn ins Schlafzimmer.

12

Der Sommer hatte früh begonnen. Das erste schwere Gewitter der Saison war im Anzug. Vor Webers Haus sah Connolly den riesigen Schatten einer Gewitterwolke, die sich der *mesa* näherte; über den Himmel zuckten Blitze, die durch die Luft schossen wie Röntgenstrahlen. Drinnen schob sich ein indianisches Dienstmädchen durch die Menge im Wohnzimmer, um den großen Kaffeespender neu aufzufüllen. Trotz der vielen Wissenschaftler, die sich auf dem Testgelände aufhielten, war das Zimmer überfüllt, und der Donner von draußen war bei dem lauten Stimmengewirr kaum zu hören.

Nichts schien sich geändert zu haben. Kitty Oppenheimer saß wieder mit untergeschlagenen Beinen in einem Sessel in der Ecke, während Johanna Weber herumeilte und die Gedächtniszauberin spielte. Die Luft war stickig und warm von den vielen Körpern, und Connolly, der sich langweilte und zu schwitzen begann, dachte schon nach ein paar Minuten wieder an Flucht. Es war Weber, der ihn rettete, indem er ihn bat, Eisler doch endlich aus seinem Labor zu holen.

»Er ist ja immer sehr vergesslich, unser Friedrich. Aber es geht um Beethoven. Ohne Eisler können wir nicht –«

Die Musik spielte draußen, das tiefe Celloächzen des Donners unter dem Viola-Staccato der rollenden Wolken. Ausnahmsweise war kein Staub in der Luft, sogar die Erde schien ihren Atem anzuhalten. Eislers

Labor lag am Rand des Plateaus, nicht weit vom X-Gebäude entfernt, in dem sich das Zyklotron befand, und der Regen setzte ein, bevor er es erreicht hatte, sodass er die letzten Meter rennen musste. Jetzt war überall Lärm, und als der Wind die Tür hinter ihm zuschlug, übertönte ein Donner das Knallen. Ein Blitz erhellte kurz die Korridore, und Connolly erwartete ein Flackern des Lichts infolge einer Leitungsüberlastung, aber die Deckenbeleuchtung blieb ohne Störung. Als er die Labortür öffnete und eintrat, wurden die Geräusche vom nächsten Donner übertönt, sodass Eisler sein Kommen nicht bemerkte. Connolly wollte ihm schon zurufen, doch dann blieb er einen Augenblick stehen und sah ihm zu, weil er ihn nicht unterbrechen wollte.

Eisler stand über einen Tisch gebeugt und spähte mit einem schraubenzieherähnlichen Stab in der Hand auf kleine Metallstücke hinunter. Er bewegte eins und notierte sich dessen Reaktion auf einem Blatt Papier. Sein Körper war angespannt, seine Finger bewegten sich kaum merklich, aber mit äußerster Präzision. Im Lärm des Gewitters schien er in seinem eigenen Vakuum zu verweilen und nichts von dem mitzubekommen, was um ihn herum passierte. Connolly sah zu, wie er behutsam die rechte Hand bewegte, das Metall ein winziges Stückchen verschob und dann wieder stillhielt, den ganzen Körper steif vor Konzentration. So war sie also, diese ungeheure Spannung, wenn man den Drachen am Schwanz kitzelte. Dann richtete er sich auf, starrte die Tafel an, als wäre sie ein Spiegel, und atmete tief durch. Als er sich dann wieder über den Tisch beugte, waren seine Bewegungen flüssig, nicht länger zögernd, und Connolly sah fasziniert zu, wie er das Metallstück mit seinem Stab gleichmäßig, aber entschlossen vorwärts schob.

Plötzlich zuckte ein blaues Licht durchs Zimmer, ein entsetzlicher neuer Blitz, und Connolly schrie auf. Eisler, der ihn erst jetzt bemerkte, wirbelte herum und brüllte: »Runter!« Connolly, der nur die Panik in Eislers Stimme gehört hatte, ließ sich instinktiv zu Boden fallen. Als er noch immer erschrocken den Kopf hob, sah er, dass Eisler, über die Versuchsanordnung gebeugt, die Metallstücke mit bloßen Händen auseinander zog, bis das blaue Licht und das hektische Klicken verschwanden. Einen Augenblick lang blieben sie beide, wo sie waren, Connolly lauschte seinem eigenen, abgehackten Atem, und Eisler sah ihn bestürzt an. Als Connolly aufstand, hob Eisler warnend die Hand.

»Bitte bleiben Sie, wo Sie sind«, sagte er gelassen. »Der Tisch ist kontaminiert.« Dann ging er langsam wie ein Schlafwandler zur Tafel.

»Ich bin gleich bei Ihnen, Mr. Connolly«, sagte er abwesend, auf anderes konzentriert. »Wie viele Meter, würden Sie sagen. Zehn? Egal. Wir fangen mit dem Schlimmstmöglichen an.« Er nahm ein Stück Kreide zur Hand und zeichnete schnell eine Skizze des Zimmers, ähnlich Connollys Karte, und füllte dann die Fläche daneben mit Ziffern und Formelzeichen. Connolly stand zitternd da und sah zu, wie Eisler, zwanghaft wie ein Wahnsinniger, die Kreide über die Tafel führte.

»Was tun Sie da?«, fragte er schließlich, mit einer Stimme, die vom flachen Atmen heiser geworden war.

»Die Auswirkungen der Strahlung«, sagte Eisler, ohne sich zu ihm umzudrehen. »Wir wissen so wenig. Es ist schwierig. Mehr als zwei oder drei Sekunden können es allerdings nicht gewesen sein. Das ist schon was. Sie haben sehr schnell reagiert, Mr. Connolly«, bemerkte er leidenschaftslos, als wäre das nur ein weiterer Faktor in seinen Berechnungen. »Das hat Ihnen vielleicht das Leben gerettet.«

»Sie haben es gerettet«, sagte Connolly, der unwillkürlich zitterte.

Eisler drehte sich zu ihm um. »Wenn ich es Ihnen nicht genommen habe.« Er hielt inne. »Wir werden ein paar Untersuchungen machen müssen.« Doch als er merkte, wie entsetzt Connolly war, fügte er hinzu: »Ich glaube, Sie haben nichts zu befürchten. Es war nur eine sehr kurze Bestrahlung.«

»Aber was ist passiert? War das eine Kettenreaktion?«

»O ja.« Eisler kam mit hängenden Schultern auf ihn zu. »Es tut mir sehr leid, Mr. Connolly. Ich wusste ja nicht –«

»Aber was – was soll ich jetzt tun?«, fragte er mit noch immer unsicherer, drängender Stimme.

»Tun? Es gibt nichts zu tun.« Eisler sah ihn an und ging dann zum Tisch. »Wir müssen auf die Krankenstation. Aber zuerst, wenn Sie gestatten, eine Notiz.«

Connolly hatte den Eindruck, unter Hypnose zu stehen, und sah, wie Eisler Formeln auf ein Blatt Papier schrieb. So schnell, nichts als ein Blitz. Was, wenn er jetzt starb? Vergiftung durch Strahlung bedeutete einen grässlichen, schmerzhaften Tod. Das wusste jeder. Aber niemand wusste irgendwas Genaues. Minuten zuvor war er noch durch den Regen gerannt. Nur ein Blitz, wie eine Kugel im Kampf. Hier, so weit weg vom Krieg.

»Darf ich fragen«, sagte Eisler, »warum Sie hier sind?«

»Weber hat mich geschickt. Um Sie an Beethoven zu erinnern.«

»Ah, Beethoven«, erwiderte er wehmütig. »Ich fürchte, der wird warten müssen. Wir müssen zu einem Arzt. Und zwar sofort.« Er setzte sich in Bewegung, und Connolly wich unwillkürlich zurück. »Nein, keine Angst, es ist nicht ansteckend. Ich bin nicht selbst radioaktiv. So funktioniert das nicht.«

Connolly wurde rot. »Tut mir leid.« Und dann fügte er, verlegen, weil er nicht gleich daran gedacht hatte zu fragen, hinzu: »Und was ist mit Ihnen? Ist mit Ihnen alles in Ordnung?«

Eisler schüttelte ernst den Kopf, aber seine Stimme klang wie ein sarkastisches Grinsen. »Nein, Mr. Connolly, für mich ist es tödlich. Es steht alles in den Zahlen, sehen Sie«, sagte er und deutete zur Tafel. »Die Zahlen lügen nicht.«

Sie lagen nebeneinander auf den schmalen Untersuchungstischen in der Krankenstation und ließen sich von Krankenschwestern Blut abzapfen und vom Arzt untersuchen, Prozeduren, die Connolly wie die jährliche Routineuntersuchung vorkamen.

»Stimmt irgendwas nicht mit mir?«, fragte Connolly. »Ich spüre überhaupt nichts.«

»Wir behalten Sie über Nacht, um ganz sicherzugehen«, sagte der Arzt, und dann zu Eisler: »Wie lange, sagen Sie, war er der Strahlung ausgesetzt?«

»Eine Sekunde. Zwei. Drei. Keinen signifikanten Zeitraum. Es gab schon schlimmere Fälle«, erwiderte er und sah dabei Connolly an, um ihn zu beruhigen. »Sie haben keine Ahnung, wissen Sie«, sagte er sanft. »Sie stellen Sie unter Beobachtung, aber was können sie schon beobachten? Und so werden wir eben Zimmergenossen.«

»Nur für eine Nacht«, sagte der Arzt. »Um ganz sicherzugehen.« Aber er meinte nur Connolly. Die Fragen waren, ebenso wie die Besänftigungen, an ihn gerichtet. Eisler, der in seinem Krankenhauskittel still auf der Pritsche lag, würde nicht wieder gehen können. Er lag im Sterben.

Connolly wusste es, als Oppenheimer eintraf. Eisler hatte sich die Zeit vertrieben, indem er Weber eine Entschuldigung schickte, den Arzt höflich neckte und mit Connolly über das provisorische Krankenhaus witzelte, sodass das Ganze nicht unerfreulicher wirkte als eine kurze Pause zwischen zwei Vorlesungen. Dann kam Oppenheimer ins Zimmer, sein Filzhut triefte vom Regen, und Connolly sah sein blasses Gesicht und die hellen, wachen Augen, die nun ängstlich und starr blickten.

»Robert«, sagte Eisler leise.

Oppenheimer sah ihn nur an, ein wortloser Austausch, und nahm dann seinen Hut ab.

»Ich habe es eben erfahren«, sagte er, und sein Blick wich nicht von Eisler.

»Es tut mir leid, Robert.«

»Friedrich.« Er ging zu Eisler und nahm seine Hand. Die Geste überraschte Connolly. Das war etwas Neues an Oppenheimer. Er hatte bei ihm Frustriertheit, auch eine Art erschöpfter Weisheit gesehen. Aber noch nie schlichte Zuneigung. »Wir werden dich nach Albuquerque verlegen lassen«, sagte er, nun wieder ganz Autoritätsperson.

Eisler lächelte. »Albuquerque? Das Projekt verlassen? Was können sie in Albuquerque denn schon tun? Das hier reicht. Ich habe die ganze Station für mich alleine. Mr. Connolly hier geht morgen wieder – er ist ganz in Ordnung.«

Oppenheimer sah zum ersten Mal zu Connolly hinüber. »Was zum Teufel hatten Sie denn dort zu suchen?«, fragte er schnell, und Connolly kam der Gedanke, dass es vielleicht sein Fehler, dass er an der Kettenreaktion schuld gewesen war.

»Robert, Robert«, sagte Eisler besänftigend. »Du gibst dem Boten die Schuld. Es hatte nichts mit ihm zu tun. Es war ein Unfall. Dumm. Meine eigene Dummheit.«

»Geht es Ihnen gut?«, fragte Oppenheimer Connolly zur Entschuldigung.

Connolly nickte. »Glaub' schon.«

Oppenheimer wandte sich wieder Eisler zu. »Wie ist es passiert?«

»Der Drache. Es wurde kritisch. Steht alles in meinen Notizen.«

»Ich habe dir doch gesagt –«

»Ja, ja, tausendmal.«

»Wie lange war die Bestrahlung?«

»Lange genug. Ich musste – sie wieder trennen, verstehst du?«

»Mein Gott, Friedrich.« Bestürzt fasste er wieder nach seiner Hand, und Connolly hätte sich am liebsten umgedreht und die Wand angestarrt.

»Es war ein Risiko, Robert, nicht mehr. Gehst du keine Risiken ein? Jeden Tag. Wie sollten wir sonst vorwärts kommen?«

»Es war dumm.«

»Vielleicht. Aber jetzt ist so viel zu tun. Wir haben jetzt den Moment. Wir müssen rechnen –«

Oppenheimer war mittlerweile aufgestanden, zündete sich nervös eine Zigarette an und sah zur offenen Tür hinüber.

»Robert, ein Krankenhaus –«

»Es ist mein Krankenhaus«, blaffte er und nahm einen Zug. Dann drehte er sich wieder um.

»Es ist vorbei, Friedrich«, sagte er ruhig. »Ich kann es nicht zulassen.«

»Zulassen? Ich bin nicht tot. Die Wirkung tritt nicht sofort ein, das weißt du. Ich kann immer noch –«

»Ich möchte, dass du hier auf der Station bleibst. Oder in Albuquerque.«

Eisler hob den Kopf, um zu protestieren, doch als er Oppenheimers Gesicht sah, sank er wieder ins Kissen zurück. »Unter Beobachtung.«

»Ja«, entgegnete Oppenheimer zögernd. »Unter Beobachtung.«

Eisler schwieg kurz. »Dann werde ich also das Meerschweinchen spielen.«

»Friedrich –«

»Nein. Du hast natürlich recht. Ich bin Wissenschaftler. Ich hätte selbst daran denken sollen. Wir beobachten jeden Tag, und das bringt uns – am Ende – ein bisschen weiter. Aber du wirst mir erlauben, bei der Vorbereitung mitzuarbeiten, für das Experiment, nicht?«

»Friedrich.«

»Nein, nein. Bitte. Wir haben beide nichts übrig für Sentimentalitäten. Es ist wichtig, daraus zu lernen. Wir können beobachten, wie die Zellen sich zersetzen – wie der Körper reagiert.«

Oppenheimer ging zum Waschbecken und löschte die Zigarette unter dem Hahn. »Ich verlange nicht von dir, dass du –«

»Nein, das tust du nicht. Ich melde mich freiwillig. Es ist meine Idee. Mein Wunsch. Für das Projekt.« Seine Stimme war klar und entschlossen. »Es ist doch nur fair, dass ich es bin.«

Connolly sah ihn verwundert an, aber in seiner Stimme schwang keine Ironie mit. Er sah ihn bereits wieder an der Tafel stehen, sich seiner Arbeit widmen und darauf vorbereiten, den eigenen Tod zu protokollieren.

Oppenheimer drehte sich vom Waschbecken weg, und Connolly sah, dass er Tränen in den Augen hatte. »Gibt es irgendwas, das ich dir bringen kann?«

Eisler überlegte kurz. »Hast du Morphium? Für später. Ich glaube, ich werde es brauchen. Was das angeht, bin ich ein schrecklicher

Feigling. Und dann gibt's ja auch nichts mehr zu lernen. Nur noch der Schmerz.«

»Natürlich«, sagte Oppenheimer beinahe flüsternd.

»Nichts mehr zu lernen«, wiederholte Eisler.

Über Nacht schoben sie einen Schirm zwischen die beiden Betten, weiße Baumwolle in einem mit Rädern versehenen Rahmen, aber Connolly konnte nicht schlafen. Er war noch nie in einem Krankenhaus gewesen, und es machte ihn nervös – das Licht im Gang, das leise Quietschen vom Gummisohlen auf dem Boden, und einmal sogar der schwache Geruch von Kaffee, den die Nachtschicht aufbrühte. Aber Eisler war hinter dem Schirm ruhig. Deshalb war Connolly gezwungen, still zu liegen und dem gelegentlichen Prasseln von Regenschauern auf die Asphaltschindeln des Dachs zu lauschen. Ab und zu sank er in eine Art Halbschlaf und merkte dann wieder, dass er die Schatten an der Decke anstarrte, dass sein Bewusstsein im Grenzbereich wanderte und Bilder heraufbeschwor, bis er nicht mehr wusste, ob er wach war oder schlief.

Er sah Eisler, der sich über den Labortisch beugte, Emma, die sich auf die Unterlippe biss, und dann merkwürdigerweise seinen Freund Lenny Keazer, der in Neu Guinea umgekommen war. Abgeschossen. Connolly fragte sich, ob er mehr gesehen hatte als einen Blitz, bevor sein Flugzeug abstürzte. Er hatte sich noch nie das Sterben vorgestellt. Jetzt sah er, dass es bedeutete, Nichts zu sein. Und alles andere würde einfach weitergehen. Lenny wusste nicht, ob sie gewonnen hatten oder nicht – aber was machte das? Wenn man nicht mehr da war, war so etwas ohne Bedeutung. Karl hatte sein Geheimnis gefunden, und plötzlich war es ohne Bedeutung. Und Eisler, der gesagt hatte, sein Krieg sei vorüber.

Plötzlich war er wieder in seiner Straße in Washington, zu Hause an jenem Nachmittag, das Erkerfenster in dem kleinen Zimmer geöffnet, um die Frühlingsluft hereinzulassen. Magnolienbäume. Und als er sich hinausbeugte, sah er das braune Army-Fahrzeug, das langsam die Straße entlangfuhr und nach einer Hausnummer suchte. Spähte da irgendjemand durch einen Spalt in den Vorhängen nach draußen? Ein Soldat stieg auf der gegenüberliegenden Straßenseite aus und ging mit einem braunen Umschlag in der Hand die Stufen zum Haus hoch, und das nächste, was Connolly hörte, war ein Schrei, ein langes Heulen, das die Luft zerriss. Ein Klang aus uralter Zeit, eine Klage. Er sah den Soldaten wieder einsteigen und davonfahren. Dann fuhr ein Laster die Straße entlang, der Zeitungsjunge machte seine Runde, dann kam ein anderes Auto, so ging alles seinen Gang. Es war dies der Nachmittag, an dem er geglaubt hatte, den Krieg zu sehen, das braune Auto, das eine Straße nach der anderen abfuhr. Alles wäre erlaubt, um das zu beenden, ein schnelles Aufblitzen und es wäre vorbei, die Japaner wären endlich aus ihrem wahnsinnigen Traum gerissen. Hundert Opfer, um tausend zu retten. Eine neue Form der Mathematik. Sah Oppenheimer es so?

Der Regen weckte ihn, eine kurze Salve, und er hörte Eisler atmen. Die Trugbilder der Nacht. Die Decke war schwarz, wie die Tafel, und er füllte sie mit Kreidezeichen. So viele Minuten, so viele Meter. Eisler hatte ihm das Leben gerettet und sich dann seelenruhig wieder seiner Arbeit gewidmet. Connolly schloss die Augen und sah das Labor wieder vor sich, die ruhige Hand mit dem Stab, die kalte Leidenschaftslosigkeit der Wissenschaft. Er sah, wie er sich über den Tisch beugte, behutsam das Metallstück vorwärtsschob, und plötzlich wusste er, was ihn quälte, kannte er den Grund für sein unruhiges Träumen. Es war kein Unfall. Unvorhergesehen war nur sein überraschendes Auftauchen.

Der Stab war Absicht. Eisler hatte genau das getan, was er exakt geplant hatte. Kein Unfall. Er hörte, wie er es Oppenheimer mitteilte, eine leicht hingesagte Lüge. Er wollte Nichts sein.

Connolly drehte sich dem Schirm zu, sein ganzer Körper war wach, er lauschte. Das Atmen war flach, kaum hörbar, nicht der schwere, gleichmäßige Rhythmus des Schlafs.

»Professor Eisler«, sagte er leise.

»Mr. Connolly?« Die Stimme klang wach, höflich überrascht.

»Als Sie vorher sagten, es sei nur fair, dass Sie es sind, was haben Sie da gemeint?«

Er antwortete nicht sofort. Als er es tat, klang er interessiert, als hätte die Frage ihn neugierig gemacht. »Habe ich das gesagt? Ich erinnere mich gar nicht. Sie haben wohl ein – was ist das akustische Pendant zum fotografischen Gedächtnis?« Die Frage schien wie ein Geist im Dunkeln in die Höhe zu steigen. Connolly starrte zur Decke und wartete darauf, dass sie über den Schirm schwebte. Er sagte nichts. »Vermutlich habe ich gemeint, dass einer von uns spüren sollte – was? Die Auswirkungen dessen, was wir hier tun. Ja, so könnte man es sagen.«

»Werden die Leute nicht sofort getötet? Wie bei einer normalen Bombe?«

»Die meisten schon. Aber es wird auch andere geben – wir wissen es einfach nicht.«

»Aber warum gerade Sie?«

Einige Augenblicke lang sagte Eisler gar nichts. »Ich kann es nicht sagen, Mr. Connolly. Eine Reihe von Fragen kann nicht einmal ich beantworten.« Er hielt inne. Und fuhr dann unbeschwerter fort: »Vielleicht können Sie es mir ja sagen. Sie müssen Ihr Oppenheimer-Prinzip anwenden – Ihren Sprung ins Dunkel. Auf der Karte. Wie kommen Sie eigentlich mit Ihrem anderen Problem voran?«

Connolly beschlich das Gefühl, Eisler wolle ihn ablenken, und er horchte auf Nuancen in diesen belanglosen Sätzen. Aber offensichtlich wollte Eisler mit seinen Dämonen allein gelassen werden. »Nicht sehr gut«, sagt er, um mitzuspielen.

»Oh«, sagte Eisler. »Aber Sie werden es schaffen. Ich bin mir ganz sicher. Die elegante Lösung. Ja, ich glaube schon. Aber jetzt – wenn Sie nichts dagegen haben – würde ich gern ein wenig schlafen.«

Connolly schwieg, und nach einer Weile wurde das Atmen tiefer, und er fiel mit ein, sodass er sich fragte, ob er sich wirklich mit ihm unterhalten oder nur mit der Dunkelheit gesprochen hatte.

Der nächste Morgen brachte eine Flut von Besuchern. Weber war der erste, wuselnd wie immer, dann ein gesetzterer Fermi, dann Bethe und der ganze Rest aus dem Badewannenweg. Sie nickten Connolly höflich zu oder ignorierten ihn ganz und widmeten sich Eisler mit einer verklemmten Mischung aus Besorgnis und lechzender Neugier, wie Leute bei einem Verkehrsunfall. Niemand blieb lang und niemand sprach von Strahlung. Kaum, dass sie im Zimmer waren und der Pflicht und den spontanen Gefühlen Genüge getan hatten, wussten sie nicht mehr, was sie sagen sollten. Sie redeten um den Vorfall herum, bis sie sich entschuldigten und zu ihrer Arbeit flüchten konnten. Nur Teller fragte nach Details, knapp und präzise, wie ein Konsultationsarzt, den man für eine zweite Meinung hinzugezogen hatte. Als Emma kam, war Connolly bereits angezogen und wartete auf seine Entlassung. Sie sah ihn überrascht an, weil sie ihn im Bett erwartet hatte, und ihre Augen zeigten Erleichterung. Sie lächelte ihn an, ein unwillkürliches, breites Grinsen, beherrschte sich dann aber und wandte sich Eisler zu, dem offiziellen Grund ihres Besuchs.

»Auch Sie, Mrs. Pawlowski«, sagte Eisler. »Weiß es denn schon jeder?«

»Neuigkeiten verbreiten sich schnell«, sagte sie.

»Schlechte Neuigkeiten.«

»Nun, ich glaube nicht, dass Frau Weber da einen Unterschied macht.«

Eisler lachte laut auf. Connolly merkte, dass er ihn zum allerersten Mal lachen hörte, und einen Augenblick lang empfand er einen verlegenen Stolz, dass sie es war, die ihn dazu gebracht hatte. Emma jedoch verwirrte das Lachen, und sie fragte entschuldigend: »Wie fühlen Sie sich?«

»Bitte, nur keine Melancholie«, sagte Eisler sanft. »Jeder hier spielt Krankenschwester. Erzählen Sie mir lieber den Klatsch. Was hat Frau Weber denn zu sagen?«

»Sie bäckt Ihnen einen Kuchen.«

»Ausgezeichnet«, erwiderte Eisler lachend, und Connolly dachte wieder einmal, wie wenig er diese Leute doch kannte. In der Nacht hatte er mit einem Sterbenden gesprochen, und jetzt sah er Augen, die lebendig und neckisch blickten und sich am Anblick einer jungen Frau erfreuten. War er damals in Göttingen mit Oppenheimer auch so gewesen?

Sie redeten und machten einen unbeholfenen Witz über Gesundheitskuchen, aber eigentlich war es Connolly, wegen dem sie hier war, und ihr Blick wanderte immer wieder zu ihm, der, nun von keinem Schirm mehr abgetrennt, auf seinem Bett saß. Eisler, ganz Gentleman im Krankenhauskittel, schien es nicht zu bemerken, Mills jedoch sah es sofort. Er stand in der Tür, betrachtete sie wie drei Punkte eines Dreiecks, und Connolly sah, dass er seine Schlüsse zog. Er grüßte Connolly mit hochgezogenen Augenbrauen und betrat das Zimmer.

»Lieutenant Mills«, sagte Eisler. »Endlich ein Besucher für Mr. Connolly. Er fühlt sich schon vernachlässigt. Oder sind Sie hier, um mich zu verhaften?«

»Verhaften?«, fragte Mills.

Eisler beugte sich verschwörerisch zu Emma. »Meine Strafzettel. Wir müssen sie ihm abliefern, und dann hält er uns eine Strafpredigt. Was machen Sie damit?«, fragte er Mills. »Entschuldigen Sie sich für uns?« Und dann wieder zu Emma: »Aber ich kann nicht anders. Gerade hineinfahren geht ja noch, aber in diese kleinen Lücken zurückstoßen? Es ist zu schwierig. Meine Fahrweise –« Er wedelte mit der Hand.

Mills lächelte, die gelöste Atmosphäre überraschte ihn ein wenig. »Das Parken ist noch das geringste Problem«, sagte Mills zu Emma, um den Faden aufzunehmen. »Hinter dem Steuer ist er eine Gefahr.«

»Nicht nur dort«, erwiderte Eisler gelassen und zeigte mit einer umfassenden Handbewegung auf sich im Bett.

Niemand wusste, was er darauf sagen sollte. Connolly spürte die Luft aus dem Zimmer entweichen wie aus einem Ballon. In dem verlegenen Schweigen wandte Mills sich an ihn. »Sie sehen ganz gesund aus.«

»Ich warte nur noch auf meine Entlassungspapiere.«

Eisler, der spürte, dass die Atmosphäre sich verändert hatte, starrte trübsinnig aufs Bett.

»Ich gehe dann besser wieder«, sagte Emma und stand auf. Sie ging zu Eisler und legte ihm die Hand auf den Arm. »Lassen Sie es mich wissen, wenn ich irgendetwas für Sie tun kann.«

Er tätschelte ihr die Hand. »Nein, nichts. Mr. Connolly hier wird mir meine paar Sachen holen«, sagte er und sah Connolly an, der zustimmend nickte. »Es ist absurd, ich fühle mich noch ganz wohl, aber jetzt bin ich hier ein Gefangener. Mein Gefängnis«, sagte er und deutete mit einer Kopfbewegung aufs Zimmer.

»Spazieren Sie einfach raus«, erwiderte Emma mitfühlend. »Man kann Sie doch nicht zwingen zu bleiben.«

»Kommen Sie, Mike«, sagte Mills nervös. »Lassen Sie uns mit dem Doc alles klarmachen.«

»Mr. Connolly«, sagte Eisler, als die anderen zur Tür gingen. »Es macht Ihnen doch nichts aus? Ein paar Sachen?«

»Nein, natürlich nicht.«

»Etwas zum Anziehen. Ich will nicht im Bett bleiben. Ich bin kein Invalide. Noch nicht.«

»Haben Sie den Schlüssel?«

»Den Schlüssel?« Eisler lächelte. »Es ist nicht abgesperrt. Wir sperren hier nie ab. Es gibt nichts zu stehlen.«

»Sonst noch was? Bücher?«

»Suchen Sie etwas aus. Verstehen Sie Deutsch? Nein, na dann nehmen Sie irgendwas. Und –« Er drehte den Kopf zur Tür, um sich zu versichern, dass die anderen schon gegangen waren.

»Ja?«

»Wenn es Ihnen nichts ausmacht, eine Bibel bitte.« Er lächelte. »Nein, nicht wegen der Engel. Ich bin Wissenschaftler, wie Sie wissen.

Aber ich mag die Geschichten. So einfach. Aug' um Aug'. Wunderbare Geschichten.«

»Ich bringe Ihnen eine.«

»Natürlich, die Engel«, sagte er sarkastisch, »es ist nichts bewiesen, wissen Sie. Noch nicht.«

Draußen gingen die drei ein Stück gemeinsam. Dann bog Mills, mit einem vielsagenden Seitenblick zu Connolly, in Richtung Büro ab.

»Ich mache mich nur ein bisschen frisch«, sagte Connolly. »Ich komme bald nach.«

»Lassen Sie sich Zeit. Ich halte die Stellung«, erwiderte Mills mit einem angedeuteten Blinzeln. »Das kann ich gut.« Er senkte den Kopf, eine knappe Verbeugung vor Emma.

»Er weiß Bescheid«, sagte Connolly und sah ihm nach.

»Ist mir egal. Ich musste einfach kommen.«

Connolly lächelte. »Die Gerüchte über meinen Tod waren ein bisschen übertrieben.«

»Das ist nicht lustig. Ich war außer mir vor Kummer. Was, wenn –«

»Ist aber nicht. Ich bin in Ordnung.« Er legte ihr die Hand auf den Arm und sah sie an.

»Nein, nicht hier.«

»Ich dachte, es ist dir egal.«

»Aber nicht so, in aller Öffentlichkeit. Ach, ich weiß einfach nicht mehr, was ich will. Mehr Zeit wahrscheinlich. Bis ich weiß, was ich tun soll«, sagte sie, mehr zu sich selbst. »Aber du bist in Ordnung, das ist die Hauptsache. Jetzt komme ich mir blöd vor. Was muss Eisler sich gedacht haben? Dass ich gleich hinrenne. Dafür kannte ich ihn eigentlich viel zu wenig.«

»Eisler hat bestimmt nichts gemerkt. Er hat anderes im Kopf.«

»Der arme Mann«, sagte sie traurig. »Er ist auch noch der netteste von dem ganzen Haufen hier. Es ist nicht fair. Dein ganzes Leben lang, und dann ein Fehlgriff –«

»Es war kein Unfall.«

»Was?«, sagte sie und blieb stehen.

»Es war kein Unfall.«

Sie starrte ihn an. »Soll das heißen, er hat versucht, sich umzubringen?«

»Er hat sich umgebracht. Jetzt wartet er nur noch auf sein Ende.«

Sie schüttelte sich. »Das ist ja entsetzlich. Woher weißt du das?«

»Ich war dabei. Es war kein Unfall.«

»Aber warum?«

Er zuckte mit den Achseln und ging weiter. »Ich weiß nicht. Und ich weiß auch nicht, ob er es weiß. Er ist ziemlich durcheinander. Irgendwas mit dem Spielzeug. Er fühlte sich schuldig deswegen. Ich glaube, er betrachtet es als eine Art Sühne. Ich weiß auch nicht – gibt es je einen guten Grund? Kann es einen geben?«

»Das ist absurd.«

»Vielleicht. Aber es ist sein Leben. Ich glaube, wir werden es nie erfahren.«

»Komisch, dass gerade du das sagst. Du willst doch immer alles wissen«, sagte sie, ohne ihn anzusehen.

»Diesmal nicht.«

Sie hatten die Abzweigung zu Connollys Wohnheim erreicht. Emma starrte den trocknenden Schlamm der Straße an. »Hättest du es mir bloß nicht gesagt. Es ist so – traurig. Einsamer alter Mann. O Mike«, sagte sie und sah ihn an. »Lass uns nicht – warum sollten wir nicht glücklich sein? Als ich es heute Morgen erfahren habe –«

»Bist du jetzt glücklich?«, fragte er und berührte wieder ihren Arm.

Sie nickte.

»Gut.«

»Und traurig. Glücklich. Traurig. Ängstlich. Alles.«

»Alles auf einmal?«

»Mach dich nicht lustig über mich. Ist eh alles deine Schuld.«

»Und was soll ich jetzt tun?«

»Nichts. Nur komm heute Abend, das reicht«, sagte sie und sah ihn an.

»Das macht es besser?«

»Nein. Aber komm trotzdem.« Dann nahm sie in aller Öffentlichkeit seine Hand, führte sie kurz an ihr Gesicht und ging davon.

Er duschte, zog frische Kleidung an und ging zu Eislers Wohnung. Das Büro und Mills' blasierte Diskretion konnten warten. Eisler wohnte in einer der Sundt-Einheiten, eine bescheidene Zweizimmerwohnung, die dennoch um einiges luxuriöser war als Connollys spartanische Unterkunft. Es gab einen offenen Kamin mit einem bequemen Sessel und einer Stehlampe seitlich davor sowie indianische Teppiche auf dem Parkettboden. Die Wohnung war sauber, ohne wirklich aufgeräumt zu sein – gebrauchte Kaffeetassen im Waschbecken, eine Krawatte über der Sofalehne. Überall waren Bücher, neben dem Sessel lag eine Pfeife und eine zweite auf dem Nachttischchen, Bücherregale säumten eine Wand. Es gab deutsche Bücher, einige ledergebundene Ausgaben und auch Taschenbücher mit den vergilbenden weißen Einbänden der französischen Broschur, deren Seiten man beim Lesen erst aufschneiden musste. Connolly strich mit dem Finger über die Regale, einige Namen kamen ihm bekannt vor. Was würde man auf eine einsame Insel mitnehmen? Goethe? Mann? Er nahm einen Titel heraus, hielt inne, stellte ihn wieder zurück. Zu dick. Er würde nicht mehr die Zeit haben, es auszulesen.

Er ging ins Schlafzimmer, um die Kleidung zu holen. Das Bett war gemacht, aber nur schlampig. Daneben stand die Fotografie einer jungen Frau mit Pagenschnitt, vermutlich seine Gattin. Nur einmal in die falsche Straße einbiegen, nicht mehr. Er war im Badezimmer und stopfte eben einen alten ledernen Kulturbeutel voll, als er die Wohnungstür hörte. Er sah in den Spiegel und wartete, dass jemand erschien, aber die Schritte gingen zur Küche. Er hörte Wasser laufen.

Er verließ das Bad, spähte um die Ecke und überraschte Johanna Weber. Sie stand am Becken, spülte die Tassen und schrak hoch, als sie ihn sah. »Oh«, sagte sie und griff mit beiden Händen nach den Untertassen, bevor sie zu klappern anfangen konnten. »Mr. Connolly.«

»Tut mir leid, ich habe Sie nicht kommen hören. Ich wollte nur ein paar Sachen holen.«

»Sie? Ach ja, Sie waren ja bei ihm, nicht? Entsetzlich.« Aber sie war schon wieder beschäftigt, stellte die Tassen auf das Trockengestell und wischte sich die Hände. »Was für eine Unordnung. Ein Junggeselle. Die sind alle gleich. Haben Sie seine Reisetasche gefunden?«

Er hob die Hände, eine Geste der Hilflosigkeit.

»Unter dem Bett«, sagte sie lächelnd. »Kommen Sie, ich zeig's Ihnen. Setzen Sie sich und lassen Sie mich packen. Ein Mann kann das nicht. Sehen Sie sich das an.« Sie hob die Krawatte auf. »Überall Kleidungsstücke.« Sie eilte im Schlafzimmer hin und her, öffnete Schubladen, rollte Socken zusammen und plapperte dabei die ganze Zeit vor sich hin. Es war, als würde sie wie ein Wirbelwind die Luft an sich ziehen. Sie nahm das Foto neben dem Bett in die Hand, hielt es einige Augenblicke und steckte es dann in die Tasche.

»Seine Frau?«, fragte Connolly.

Sie nickte. »Er hat sie nie vergessen. All die Jahre nicht. Eine so lange Zeit.« Sie schüttelte den Kopf, und Connolly sah sie bei einem ihrer

Empfänge, eine enttäuschte Beziehungsstifterin. Oder war sie selbst in ihn verliebt gewesen, und hatte die Erinnerung ihr einen Strich durch die Rechnung gemacht? Wer wusste das schon?

Er kehrte ins Wohnzimmer zurück und ließ den Blick noch einmal über die Regale wandern. Man konnte einen Mann an seinen Büchern erkennen, aber die Fremdsprache machte es Connolly unmöglich. Eine erkennbare Ordnung gab es nicht. Connolly wurde nur bewusst, dass Eisler Deutschland nie verlassen hatte. Er dachte an Karls bescheidenes Regal, lauter neue Bücher, ein Lexikon, ein Ratgeber für mehr Erfolg im Beruf –. Aber diese Sammlung hier hatte die Tiefe einer erinnerten Kultur. Er bückte sich und suchte auf dem unteren Regal nach der Bibel. Heine. *Die Liebe zu Beethoven. Principia Mathematica. Historic Santa Fe.* Er hielt inne, der englische Titel hatte seine Aufmerksamkeit erregt. Er nahm das Buch heraus, dessen Umschlag ein Hochglanzphoto der Kathedrale zeigte, und blätterte darin. Eine Ecke war umgeknickt, und das Buch klappte bei dieser Seite auf, eine Schwarzweißaufnahme von San Isidro. Connollys Herz machte einen Satz. Nein. Das Bild schien unscharf zu werden, als würde sein Blick verschwimmen, doch als er sich aufrichtete, wurde es wieder klar. Ein kurzer geschichtlicher Abriss, die wichtigsten Daten halbfett hervorgehoben, die Kirche mit Glockenturm, die glatten Adobe-Mauern, die als Parkplatz genutzte Gasse daneben. Die Ecke umgebogen, geknickt. Als Erinnerungshilfe? Nein, er würde ein Buch nie so verunstalten. Jemand anders hatte diese Seite markiert, als Botschaft. Warum hatte er die Ecke nicht wieder geradegestrichen? Aber wer würde nachsehen wollen? Connolly starrte das Buch an, und Wärme stieg in seinem Gesicht auf. So etwas hatte er nicht finden wollen. Nur eine Bibel. Warum hatte Eisler es nicht weggeworfen? Aber er warf nie Bücher weg. Schau dir nur das Zimmer an. Der Parkplatz war einfach, kein Problem, alles klar. War er überhaupt in der Kirche gewesen? Was hatten sie geredet?

Connolly hielt den Atem an, den Blick noch immer starr auf das Bild gerichtet. Er hörte Stimmen im Kopf, Kreuzworträtselspalten füllten sich, und dann ein blauer Blitz. Aug' um Aug'. Aber nicht für das Spielzeug. Für etwas anderes.

»Mr. Connolly?« Er hob den Kopf. »Stimmt was nicht? Ich habe Sie gerufen.«

»Nein, alles in Ordnung.« Mit dem Buch in der Hand stand er da wie ein begossener Pudel.

»Sind Sie sicher? Sie sehen aus –«

»Tut mir leid. Ich war in Gedanken.«

Sie schnalzte mit der Zunge. »Wie Otto. Wenn der den Kopf in ein Buch steckt –«

Sie sah das Buch an, und im ersten Augenblick wollte Connolly es zuschlagen, damit niemand sonst etwas erfuhr. Er senkte den Kopf. Es war absurd. Ein Reiseführer. Dafür konnte es alle möglichen Erklärungen geben. Doch er wusste, dass es nur eine gab. Eisler. Aber wie? Man hatte Karl den Schädel eingeschlagen.

»Sie haben gelesen?«, fragte Frau Weber, was ihn wieder in die Gegenwart zurückbrachte.

»Nein, nur etwas gesucht, das ich ihm bringen könnte. Ich fürchte nur, ich kann kein Deutsch.«

Sie lächelte. »Ich werde etwas für ihn aussuchen. Ich weiß, was er mag. Gehen Sie jetzt an die Arbeit – ich nehme den Koffer. Sie waren sehr freundlich.«

»Ist er nicht zu schwer?«

»Der da? Wie eine Feder. Nasse Wäsche ist schwer. Keine Angst, ich kümmere mich um alles.«

Das Buch noch immer in der Hand, wandte er sich zum Gehen. Sie sah ihn misstrauisch an, als wollte er etwas stehlen.

»Ich habe mir gedacht, ich kann mir das ausleihen«, sagte er und klappte es zu. »Ich glaube, Professor Eisler hat nichts dagegen. Genau das hier suche ich schon lange.«

»Wollen Sie Tourist spielen?«, fragte Mills, als er das Buch in Connollys Hand sah.

»Haben Sie die Bankunterlagen noch?«

»Mann, Sie geben wohl nie auf, was? Wen verdächtigen Sie denn diesmal?«

»Ich will die von Eisler sehen.«

»Wie bitte? Was haben Sie denn vor? Ihn ans Bett fesseln?«

»Haben Sie die Akte?«

»Nein, aber ich kann's Ihnen sagen. Ist alles da oben.« Er tippte sich an die Stirn. »Auf seinem Konto ist nichts drauf.«

»Aber er hat eins eröffnet?«

Mills nickte. Inzwischen war er neugierig geworden. »Als er hier ankam. Eine Einzahlung, im ersten Monat. Danach nichts mehr. Hat wahrscheinlich alles bei sich behalten.«

Karl hatte Emma sofort erkannt. Es hatte nicht lange gedauert. »Sind Sie sicher?«

»Hundertprozentig.«

»Ich will die Akte trotzdem sehen.«

»Was soll denn das, Mike?«, fragte Mills, aber Connolly sah ihn nur an, bis er seinen Stuhl zurückschob und einlenkend die Hände hob. »Schon gut, schon gut, ich such' sie ja schon.« Er wühlte in dem Stapel auf seinem Schreibtisch.

Connolly saß da und starrte das Buch an. Adobe Press, irgendwas aus der Gegend, veröffentlicht vor dem Krieg. Glanzpapier, aber ziemlich dünn, die Fotos dunkler, als sie sein sollten. Er ging das Adressenverzeichnis von Santa Fe durch. Als er dort nichts fand, rief er Holliday an.

»Schon mal was von Adobe Press gehört?«

»Sicher. Wie kommen Sie denn da drauf?«

»Wer sind die?«

»Na ja, ›die‹ ist ein er. Der alte Art Perkins. Hat diesen Führer herausgegeben. Den werden Sie wahrscheinlich meinen. Gar nicht so schlecht. Aber die Touristen sind ja während des Kriegs ziemlich ausgeblieben, deshalb hat er den Laden zugemacht. Laden ist gut. Eher 'ne Garage. Woher das Interesse?«

»Wo kann man den Führer kaufen?«

»Überall. Art hat ein hübsches Geschäft damit gemacht. Ich habe selber einen, falls Sie ihn brauchen, aber er liegt auch noch überall in den Läden aus.«

»Verschickt er sie auch per Post?«

»Jetzt nicht mehr. Art ist vor ungefähr einem Jahr gestorben.«

»Oh.«

»Erzählen Sie mir jetzt, worum's eigentlich geht?«

»In ein oder zwei Tagen, Doc. Ich muss erst etwas überprüfen.«

Mills hatte ihm das Kontoblatt auf den Tisch gelegt, eine leere Spalte mit nur einer Einzahlung, wie er gesagt hatte.

»Aber vergessen Sie nicht, mich anzurufen«, sagte Doc, bevor er auflegte. »Sonst sterbe ich vor Neugier.«

Connolly schob das Blatt beiseite und sah sich das Buch an. Man konnte es überall kaufen. Also war Eisler in einen Laden gegangen, vielleicht irgendwo in der Nähe der Plaza – nein, das war zu kompliziert gedacht. Woher hätte er wissen sollen, wo er das Buch markieren sollte?

Wenn es eine Botschaft war, musste es geschickt worden sein. Und nicht von Adobe Press.

»Sagen Sie, Mills, der Postzensor arbeitet nicht auf dem Gelände, richtig?«

»Genau. Die Umschläge dürfen nicht zugeklebt werden. Die überprüfen die Sendung, kleben sie zu und schicken sie ab, sodass keiner von außerhalb was mitbekommt. Oder die Sendung kommt zurück, wenn sie Probleme damit haben.«

»Was ist mit eingehenden Sendungen?«

»Die laufen einfach über unser Postamt hier. Das Problem ist die andere Richtung.«

»Aber die Spitzenwissenschaftler. Da muss doch jemand nachsehen.«

Mills rutschte auf seinem Stuhl hin und her. »Davon weiß ich nichts«, sagte er vorsichtig. Wieder starrte Connolly ihn nur an. »Fragen Sie Bailey, zwei Türen weiter hinten«, sagte er schließlich. »Aber erwähnen Sie meinen Namen nicht.«

Bailey hatte keine derartigen Skrupel. Er saß hinter einem Stapel ungelesener Post und war froh über die Unterbrechung. »Wir führen keine Aufzeichnungen«, sagte er. »Hätte keinen Zweck. Wonach suchen Sie?«

Er war so klein und zart, dass er seine ordentlich gebügelte Uniform nicht ganz ausfüllte, und als er die Brille abnahm, sah er kaum älter aus als fünfzehn.

»Dr. Eisler.«

»Das ist einfach. Der bekommt keine. Keine Briefe. Gar nichts.«

»Noch nie?«

»Nicht, seit ich hier bin.« Dann fiel sein Blick auf das Buch in Connollys Hand. »Na ja, bis auf das da«, sagte er nervös, als hätte man ihn bei einer Lüge ertappt.

Connolly, dem gar nicht bewusst gewesen war, dass er das Buch noch immer in der Hand hatte, hob es in die Höhe. »Sie erinnern sich daran?«, fragte er skeptisch.

»Er hat ja sonst nie was bekommen, deshalb ist es mir aufgefallen.«

»Kein Brief dabei?«

»Nein.«

»Sind Sie sicher?«

»Natürlich bin ich sicher«, erwiderte er leicht eingeschnappt, wie ein Handwerker, dessen Fähigkeiten in Zweifel gezogen werden.

»Wann war das?«

Bailey sah sich das Buch noch einmal an und schloss dann die Augen, um sich zu konzentrieren. »Im April«, sagte er und öffnete sie wieder.

»Mit Ihren Fähigkeiten sind Sie hier am falschen Platz«, sagte Connolly beeindruckt. »Und nichts dabei? Nur der Umschlag?«

»Genau. Ich habe mir gedacht, das ist etwas, das er sich bestellt hat.«

»Ein Absender?«

Wieder schloss er die Augen. Connolly wartete.

»Nein. Nichts.«

Connolly seufzte. »Na gut. Danke«, sagte er und wandte sich zum Gehen.

»Aber es kam aus Santa Fe«, sagte Bailey hilfsbereit.

»Woher wissen Sie das?«

»Der Poststempel. Santa Fe.«

»Sie erinnern sich an einen Poststempel?«, fragte Connolly erstaunt. Der Junge nickte. »Mein Gott, Sie sind hier wirklich am falschen Platz.«

»Nein, mir gefällt es. Es ist interessant.«

Connolly sah sich dieses offene, junge Gesicht an und stellte sich vor, wie er Oppenheimers Post las und damit Augenzeuge der Geschichte wurde. Noch so eine Geschichte vom Hügel. Aber dafür war jetzt keine Zeit. »Danke«, sagte er. »Ich weiß das wirklich zu schätzen.«

Als er wieder an seinem Tisch saß, zündete er sich eine Zigarette an, lehnte sich zurück und nahm sich Eislers Sicherheitsakte vor. Er suchte nach nichts Speziellem. Es ging darum, ein und dieselbe Information aus verschiedenen Blickwinkeln zu betrachten, als würde man ein Prisma drehen. Erhielt er nicht genug Geld? Warum so plötzlich nicht? Das Buch traf im April ein: die Aufforderung zu einem Treffen. Aber Karl war auch dort gewesen.

»Mike«, sagte Mills und riss ihn aus seinen Gedanken. »Was ist los?«

»Ich bin mir noch nicht sicher. Ich versuche, es herauszufinden.«

»Aber Sie wollen's mir nicht sagen. Hören Sie, wenn Sie mir nicht trauen können, sollten Sie –«

»Ich traue Ihnen«, unterbrach ihn Connolly. »Ich traue nur mir selber nicht. Noch nicht.«

Mills zuckte die Achseln. »Wie Sie wollen. Ich gehe ein wenig frische Luft schnappen.« Er ging zur Tür. »Nur noch eins.« Connolly hob den Kopf. »Auch Karl hat gern allein gearbeitet.«

Nachdem Mills gegangen war, wandte Connolly sich nicht mehr

der Akte zu, sondern starrte die Wand an. Karl arbeitete gern alleine. Niemand hatte geplant, ihn zu töten. Ein Schlange greift an, wenn sie überrascht wird. Aber das Treffen war geplant, und er war dort gewesen. Connolly stellte sich die Straße von der *mesa* ins Tal vor. Den Parkplatz. Das Auto in dem schmalen Canyon. Alle Fäden waren da und mussten nur noch verknüpft werden. Nur einmal in die falsche Straße einbiegen, nicht mehr.

Er bemerkte gar nicht, wie die Dämmerung hereinbrach, und als Mills zurückkehrte und das Licht einschaltete, schrak er hoch. Er stand wortlos auf und machte sich auf den Weg zur Krankenstation. Überall brannten nun Lichter. Im Bienenstock herrschte noch immer reges Treiben. In der dünnen Luft hing wie immer der Geruch von Benzin und Holzrauch, aber er achtete nicht darauf. In Gedanken stand er wieder vor der Tafel. Als er das Zimmer betrat, sah er Eisler voll angezogen auf einem Stuhl sitzen und lesen. Er spähte über den Rand seiner Brille hinweg, als er Connolly mit dem Reiseführer in der Hand in der Tür stehen sah. Sein Blick wanderte vom Buch zu Connollys Gesicht und blieb dort, ruhig und unerschrocken. Eine Weile sagte keiner etwas. Dann seufzte er schwer und nahm seine Brille ab.

»Mr. Connolly«, sagte er.

»Ich habe meine Karte fertiggezeichnet.«

13

»Haben Sie je einen Mann getötet, Mr. Connolly? Es geht so schnell. Aber die Verantwortung, die bleibt ewig.« Eisler hielt inne. »Na ja, solange das Leben dauert. Nicht sehr lange.«

Es war düster im Zimmer, die dunklen Schatten wurden nur durchbrochen von einer kleinen Leselampe neben seinem Stuhl. Die Krankenschwester draußen war so still, dass Connolly sich vorkam, als würden sie wieder nebeneinander liegen und in die Nacht sprechen. Eisler redete vor sich hin, wie in einem unruhigen Schlummer, und Connolly ließ ihn die Richtung bestimmen, da er nicht wusste, wo er anfangen sollte, und Angst hatte, dass Eisler wieder aufhörte. »Sind Sie gekommen, um mich zu verhaften?«, hatte er vor einer Weile gefragt, und Connolly hatte nicht gewusst, was er antworten sollte.

Jetzt, da er bekam, was er wollte, war er bestürzt. Er hatte sich die Szene so oft vorgestellt, seine Fragen geordnet wie in einem schriftlichen Aufsatz, und jetzt fühlte er sich plötzlich machtlos. Welche Drohung konnte jetzt noch Wirkung haben? Er würde sich anhören, was Eisler ihm sagen wollte, und diese sanfte Stimme entsprang einer Niedergeschlagenheit, die so tief war, dass jede Aussage wie ein Gunstbeweis wirkte, eine letzte, zögerliche Gabe, bevor sie verstummte. Also saß Connolly ihm gegenüber und hörte schweigend zu, während Eisler zwischen Karl und Göttingen hin und her sprang, zwischen Zerknirschung und nüchterner Betrachtung.

»Ich wusste es schon, als ich Sie an der Tafel sah«, sagte er. »Es war eine Erleichterung. Können Sie das verstehen? Aber ich dachte, ich hätte noch Zeit – bevor Sie alles herausfinden.«

»Welche Informationen über die Bombe haben Sie hinausschmuggeln können?«, fragte Connolly und versuchte nun, das Gespräch auf den Kernpunkt zu lenken.

Eisler hielt einen Augenblick inne, und Connolly meinte schon, er hätte ihn verloren. Dann seufzte er. »Ja, die Bombe. Das ist das Wichtige, stimmt's? Nicht Karl, nicht einmal jetzt. Wie haben Sie es herausgefunden?«

»Sie haben gesagt, auf dem Hügel gebe es nichts zu stehlen. Aber eine Sache gab es hier immer zu stehlen.«

»Sehen Sie das so? Als stehlen?«

»Sie nicht?«

»Prometheus stahl das Feuer«, erwiderte Eisler leise. »Aber nicht für sich selbst. Das Wissen um die Natur: Glauben Sie, dass das nur Ihnen gehört?«

»Im Augenblick gehört es nur uns, ja. Wie viel haben Sie denen gesagt?«

»Ich bin vertraut mit allen Prinzipien, die für unsere Arbeit hier wesentlich sind«, erwiderte Eisler förmlich. »Aber das wissen Sie sicher bereits.«

»Und jetzt kennen die Russen sie auch.«

»Mein Freund«, sagte Eisler nun wieder sanft, »die Russen kennen sie schon lange. Das sind keine Geheimnisse. Die Mechanik, ja, das ist etwas anderes, aber das ist nur eine Frage der Zeit. Irgendwann werden sie auch die Mechanik kennen.«

»Und jetzt wird das ein kleines bisschen früher sein.«

»Ja. Mr. Connolly, erwarten Sie, dass ich mich entschuldige, weil ich dieses Wissen weitergegeben habe? Was Karl angeht –« Er zögerte. »Das war ein großer Fehler. Diese Schuld nehme ich auf mich. Aber das Feuer gehört allen. Wissen Sie, die Bombe ist nur der Anfang. All das Geld –« Er machte eine Handbewegung, die die ganze Anlage umfasste. »Die Bombe war nötig, um dieses Geld zu bekommen. Amerika ist so reich, es kann es sich leisten, dafür zu bezahlen. Aber was wir hier haben werden, wenn wir fertig sind, ist etwas ganz Neues. Energie. Nicht nur für Bomben. So etwas kann man nicht besitzen. Würden Sie die Elektrizität für sich behalten? Es ist nicht möglich, auch wenn es richtig wäre.«

»Tatsache bleibt, dass Sie nicht das Recht hatten, es zu verschenken. Tatsache bleibt, dass Sie geheime Informationen weitergegeben haben. Das ist Verrat.«

»So viele Tatsachen. Ich bin mit der Röhrenlegierungsgruppe hierhergekommen. War es Verrat, mit den Engländern zusammenzuarbeiten?«

»Mit England sind wir nicht im Krieg.«

»Mein Freund, wir sind auch mit Russland nicht im Krieg. Aber Deutschland ist im Krieg mit Russland. Und dieser Krieg ist viel schlimmer, als Sie ahnen können. Das ist der wahre Krieg. Amerika ist eine Fabrik und wird reich. England –« Er winkte ab. »England ist ein Traum. Der Krieg herrscht zwischen Russland und Deutschland. Das war immer so. *Das* ist der große Kampf. Bis zum Tod. Und was haben Sie getan, um zu helfen? Die zweite Front? Die musste warten. Röhrenlegierungskomitees für Russland? Nein, nicht für diesen Verbündeten. Dem bieten wir nur ein großes Geheimnis. Ich hatte kein Recht, dieses Wissen weiterzugeben? Um die Nazis zu besiegen, würde ich alles geben.«

Connolly hörte, wie die Stimme an Tempo gewann, er spürte den Rhythmus einer Vorlesung, und er sah ihn fasziniert an: das freundliche Gesicht, die strenge Ideologie. Aber warum widersprechen? Die Debatte war alt und der Krieg vorbei. Er wandte den Blick ab.

»Deshalb haben Sie es getan«, sagte er ruhig. »Wegen der Nazis. Und wer gibt ihnen jetzt die Erlaubnis?«

Eislers Wange zuckte leicht, als hätte er einen Schlag erhalten. »Ein guter Schüler, Mr. Connolly. Sie hören aufmerksam zu.«

»Nicht aufmerksam genug. Ich habe nicht gemerkt, dass Sie Kommunist sind.«

»Das sollten Sie nicht merken.«

»Aber Karl hat es gewusst. Haben Sie diese Rede auch bei den Versammlungen gehalten?«

»Versammlungen?«

»Bei denen Karl Sie sah.«

Eisler lächelte schwach. »Wie kommen Sie darauf?«

»Karl hatte ein gutes Gedächtnis. Er hat schon davor jemand anderen aus den Versammlungen in Berlin wiedererkannt. Und er hat auch Sie wiedererkannt.«

»Sie machen mich wirklich neugierig. Ich frage mich, wen er gesehen hat.« Connolly antwortete nicht. »Aber dieses eine Mal hat Ihre Methode versagt. Ich war nie bei Versammlungen. Ich war in einer geheimen Gruppe. Von Anfang an.«

»Wo haben Sie dann Karl getroffen?«

»Er war ein Bote. Nur einmal, aber er hat sich erinnert.«

»Ein Bote? Für Sie?«

»Ja, er hat für uns gearbeitet. Ein guter Kommunist. Er wurde wohl zu Versammlungen geschickt, um – nun ja, um zu beobachten.«

Connolly sah ihn überrascht an. Also hatte auch Karl sein Geheimnis gehabt. »Karl war Kommunist? Ich dachte, den Nazis sei da ein Fehler unterlaufen.«

»In der Hinsicht haben die Nazis selten Fehler gemacht, Mr. Connolly. Wie ich Ihnen schon gesagt habe, zwischen uns herrschte immer Krieg. Deshalb mussten so viele von uns im Geheimen arbeiten. Ein Fehler – hat er das Ihren Leuten gesagt?« Es schien ihn fast zu belustigen.

»Aber später in Russland –«

»Ja, das war unglücklich«, sagte er ernsthaft. »Eine furchtbare Zeit. Er war ein Narr, dorthin zu gehen.«

»Als guter Kommunist?«

»Als Jude. Glauben Sie, dass nur die Deutschen –« Er hielt inne, und sein Blick wanderte in die Vergangenheit. »Die Revolution kommt nicht immer ohne Umwege voran. Zeitweise entwickelt sie sich schnell, und dann gibt es wieder dunkle Zeiten. Damals war es Wahnsinn. Die Erschießungen. Tausende, wenn nicht noch mehr. Freunde. Leute verrieten ihre eigenen Freunde. Ja. Sind Sie überrascht, dass ich Ihnen das sage?«

»Trotzdem haben Sie das alles für sie getan.«

»Die Idee ist richtig. Das Land macht manchmal Fehler. Haben Sie nicht auch dasselbe Gefühl bei Ihrem Land?«

»Aber Sie sind kein Russe.«
»Nein, aber die Idee lebt jetzt dort. Es ist gleichgültig, wo.«
»Sie wollen also, dass sie die Bombe haben.«
»Sie nicht? Haben Sie gedacht, unsere Arbeit hier würde bedeuten, dass Sie die einzigen sind? Haben Sie ein so großes Selbstvertrauen?« Er hielt inne. »Aber zugegeben, das wird sich erst in der Zukunft zeigen. Reine Spekulation. Ich dachte an diesen Krieg.«
»Der Krieg ist vorbei.«
»Ja«, sagte er langsam. »Und, haben wir einen Fehler gemacht? Das müssen Sie entscheiden. Auch meine Arbeit ist beendet.«
Connolly stand verärgert auf. »Ihre Arbeit«, sagte er mit Nachdruck. »Mord. Darüber reden wir nämlich. Mein Gott, wie können Sie nur damit leben?«
Eisler sah ihn schweigend an.
»Warum?«, fragte Connolly mit beinahe flehender Stimme. »Warum haben Sie es getan?«
»Mr. Connolly«, sagte er, »darf ich vorschlagen, dass wir unser Gespräch auf das Was beschränken – oder das Wie, wenn Sie das vorziehen. Ich glaube nicht, dass Sie das Warum verstehen werden. Ich entschuldige mich nicht. Ich habe getan, was von mir verlangt wurde. Ich hätte nicht anders handeln können. Nicht in jenem Augenblick. Ich war – nützlich. Ich glaube nicht, dass Sie verstehen können, was das bedeutet. Eine Verpflichtung. Nein, noch mehr als das. Ich hätte mich nie geweigert. Aber meine Motive sind jetzt irrelevant, deshalb sollten wir von etwas anderem sprechen.«
Sein so sanfter und vernünftiger Ton klang fast wie ein Vorwurf.
»Warum erzählen Sie mir überhaupt etwas?«, fragte Connolly.
»Warum? Vielleicht weil ich Ihnen mein Verhalten verständlich machen will. Vielleicht aus Neugier.«
»Neugier?«
»Ja. Um zu sehen, ob das Oppenheimer-Prinzip funktioniert. Um zu sehen, was Sie wissen.« Er hielt wieder inne und konzentrierte sich. »Ich mag Sie, Mr. Connolly. Eine solche Leidenschaft für die Wahrheit. Sie wollen alles *wissen*. Aber wollen Sie es auch verstehen? Ich bin mir nicht so sicher. Das ist nämlich nicht dasselbe. Vielleicht kann ich Ihnen das verdeutlichen, und Sie werden mein letzter Student.«
Connolly sah ihn an und dachte an Emma in Bandelier, drehte sich dann um und ging auf und ab, als hätte er einen Zeigestab in der Hand. »Dann lassen Sie uns ganz von vorne anfangen, wo immer das

sein mag. Ich glaube, bei Ihrer Frau. Sie ist nicht nur diese Straße entlanggegangen. Natürlich wurde gekämpft, aber sie gehörte dazu. Ich nehme an, sie war ebenfalls Kommunistin.«

Eisler nickte. »Das stimmt.«

»Vielleicht sogar schon vor Ihnen«, sagte Connolly, eine Frage, auf die Eisler jedoch nicht antwortete. »Vielleicht nicht. Aber danach – danach fühlten Sie sich verpflichtet. Sie mussten den Kampf fortführen oder zumindest die Erinnerung am Leben erhalten.«

»Mr. Connolly, bitte. Das ist Psychologie, keine Fakten. Was bringt das denn? Bleiben wir doch bei dem, was Sie wissen.«

»Aber Sie wollen doch, dass ich verstehe. Was für ein Mensch war sie?«

Eisler starrte geradeaus und verzog das Gesicht. »Sie war jung. Sie glaubte. Woran? An eine bessere Welt. An mich. Klingt das jetzt töricht? Wahrscheinlich. Aber damals schien es vollkommen natürlich, an etwas zu glauben. Ich habe sie geliebt«, ergänzte er schlicht und hielt dann inne. »Und das ist alles. Sie ist zu einfach, Mr. Connolly, Ihre Psychologie. Meine Frau war vielleicht der Anfang, ja, aber sie war nicht der Grund. Dafür musste man damals in Deutschland leben, musste die Nazis kommen sehen. Es war schlimm, und es wurde noch schlimmer. Immer schlimmer. Wie war es möglich, dass niemand sie aufgehalten hat? Wussten Sie hier überhaupt, was damals dort drüben los war? Sie waren damals noch ein Junge, nicht wahr? Können Sie sich an Nürnberg erinnern? Es ist doch bestimmt auch hier darüber berichtet worden. Ich erinnere mich noch sehr gut an die Wochenschau: die Kathedrale des Lichts. So viel Macht, dass sie sogar bis in den Himmel reicht. Sie würden alle töten, das wusste ich damals schon. Und niemand, der sie aufhielt, keine einziger. Was hätten Sie getan?«

»Das hatten wir bereits.«

»Ja«, sagte er und verstummte.

»Also haben Sie für die Kommunisten gearbeitet. Das muss ein Glück für die gewesen sein. Ein berühmter Wissenschaftler auf ihrer Seite.«

»Ich war damals noch nicht so berühmt. Aber nützlich war es, ja. Ich kannte viele Leute. Heisenberg. Viele.«

»Dann mussten Sie das Land verlassen. Und in England haben Sie so weitergemacht.«

»Ja, in Manchester.«

»Wie funktionierte es dort?«

»Mr. Connolly. Erwarten Sie wirklich, dass ich Ihnen Einzelheiten erzähle? Ich habe Berichte verfasst und mich mit Boten und Informanten getroffen.«

»Und Sie haben von den Röhrenlegierungen berichtet?«

»Ja, natürlich. Mr. Connolly, würden Sie sich bitte setzen? Sie machen mich nervös mit ihrem Hin- und Herrennen. Sie können rauchen, wenn Sie wollen.«

»Entschuldigen Sie.« Connolly setzte sich und zündete verlegen eine Zigarette an. »Sie haben wirklich nichts dagegen?«

»Es ist Roberts Krankenhaus«, erwiderte Eisler mit einem dünnen Lächeln.

»Und dann sind Sie im letzten Herbst auf den Hügel gekommen«, fuhr Connolly fort. »Karl hat Sie mit Sicherheit sofort erkannt. Er war es vermutlich, der sich Ihre Akte besorgt hat – er interessierte sich für so etwas. Aber er konnte darin nichts Auffälliges finden. Interessant ist, was nicht drin steht«, sagte er laut zu sich selbst. »Und Karl wusste Bescheid. Sie hatten ja damals in der guten alten Zeit zusammengearbeitet. Also hat er Sie danach gefragt – er konnte nicht widerstehen –, aber dann hat er sein Wissen für sich behalten. Ich frage mich, warum? Oder war vielleicht auch Karl immer noch Kommunist? Dieses russische Gefängnis, war das auch nur eine erfundene Geschichte?«

»Sie sind zu argwöhnisch. Der Spiegel im Spiegel? Nein, das Gefängnis war echt. Man brauchte sich nur seine Hände anzusehen. Danach war er nicht mehr derselbe, und mit Sicherheit kein Kommunist mehr. Er hat sich von allem losgesagt. Es war nicht so sehr –«, er hielt inne, »was sie ihm angetan hatten, als vielmehr das Gefühl – wie soll ich es sagen? –, dass sie sich von ihm losgesagt hatten.«

»Und die Schmerzen waren auch nicht gerade förderlich. Desillusionierung auf der ganzen Linie.«

Eisler hob bei dieser sarkastischen Bemerkung den Kopf und sah dann wieder weg. »Ja, das muss es wohl gewesen sein.«

»Und Sie haben ihn im Glauben gelassen, dass Sie genauso empfinden.«

»Ja, das war nicht schwer«, sagte er nicht ohne Stolz. »Etwas, das der Vergangenheit angehörte. Wissen Sie, Mr. Connolly, wenn Sie aufhören, eine Frau zu lieben, können Sie sich einfach nicht mehr vorstellen, was ein anderer an ihr finden könnte.«

Connolly war von seinem Ton irritiert. Im schmalen Lichtkreis der

Lampe kam er sich vor, als würden sie sich vor einem offenen Kamin Geschichten erzählen.

»Er glaubte also, dass Sie beide zu derselben Einsicht gelangt sind. Aber nichts davon steht in Ihrer Akte – das hat ihm bestimmt nicht gefallen. Das hätte Karl keine Ruhe gelassen.«

»Sie vergessen, dass auch in seiner Akte nichts stand. Er hatte Verständnis dafür, dass man so etwas hier nicht gerne an die große Glocke hängt. An einem Ort wie diesem. Die Leute hier sind nicht so nachsichtig – sie wissen nicht, welche Zustände damals dort herrschten. Hätte er seine Arbeit behalten? Es war nur natürlich, schlafende Hunde nicht zu wecken. Für uns beide. Ich kann Ihnen versichern, er war – mitfühlend.«

»So mitfühlend, dass er Sie unter Druck setzte.«

Eisler sah ihn verwirrt an.

»Sie haben ihm doch Geld gegeben, nicht? Wofür denn, nur um der alten Zeiten willen?«

»Ach, ich verstehe. Glauben Sie, er hat mir gedroht, mich zu verraten? Nein, nein, so war es nicht. Karl war Opportunist, kein Verräter. Wenn er wirklich geglaubt hätte, dass ich noch – aktiv bin, dann hätte ihn nichts aufhalten können. Auf keinen Fall ein paar Dollars.«

»Aber Sie haben ihn doch großzügig ausbezahlt. Und er hat Ihr Geheimnis bewahrt. Und es soll keine Erpressung gewesen sein?«

Eisler wedelte mit der Hand. »Sie beharren auf diesem Wort. Aber es ist nicht präzise. Was glauben Sie denn, was er zu mir gesagt hat? Dreißig Silberlinge für mein Schweigen? Das ist Einbildung, Mr. Connolly. Seien Sie präzise.«

»Warum haben Sie es ihm dann gegeben? 600 Dollar, nicht?«

Eisler sah ihn erfreut an. »Sehr gut. Ein bisschen mehr, aber es ist nahe dran. Wie haben Sie das herausgefunden?«

Connolly ignorierte die Frage. »Hat er gesagt, wofür er es brauchte?«, fragte er.

»Er hat mich angefleht. Er hatte die Chance, einige Angehörige freizukaufen. Es gibt solche Fälle, müssen Sie wissen. Wie viel für ein Leben? Und er hatte sehr wenig.«

»Seine Familie ist tot.«

»Natürlich. Es war auch viel zu spät für solche Geschäfte. Die Zeiten, als sie noch Leute herausließen, waren längst vorbei. Aber er hat es mir so gesagt. Und ich widersprach ihm nicht. Ich wusste, dass es – eine Gelegenheit für ihn war.«

»Wusste er, dass Sie das dachten?«

Eisler zuckte die Achseln. »Kann ich nicht sagen. Ich habe seine Geschichte nie bezweifelt. Ich war großzügig. Vielleicht hatte er das Gefühl, dass unsere Vergangenheit ein Band zwischen uns darstellte, dass er mich deshalb anbetteln konnte. Vielleicht gefiel es ihm zu sehen, wie weit er gehen konnte. Ein Spiel. Er konnte sich darauf verlassen, dass ich nichts verriet. Es war sehr merkwürdig. Wissen Sie, ich glaube, er hatte das Gefühl, dass ich der einzige Mensch bin, dem er vertrauen *könnte.*«

»Vielleicht beim ersten Mal, aber danach – er hat Geld gefordert, und Sie haben es ihm gegeben. Und dann noch einmal. Warum? Er wurde doch sicher argwöhnisch. Also fing er an, Ihnen zu folgen – auf Schritt und Tritt. Vor allem außerhalb des Hügels. Er fuhr gern spazieren. War Ihnen bewusst, dass er Sie beschattete?«

»Nein.«

»Bei Ihren Treffen haben Sie ihn also nie gesehen?«

»Es gab nur zwei. Beim ersten war er nicht dort.«

»Wie haben Sie die Treffen arrangiert?«

»Das erste war schon festgesetzt, bevor ich ankam. Über das zweite wissen Sie Bescheid. Ich hatte bereits das Datum, nur den Ort würde man mir noch mitteilen. Das Buch kam an und ich wusste Bescheid.«

»Und diesmal war Karl dort.«

»Ja.«

»Und er sah, dass Sie Informationen weitergaben. Gab es Papiere?«

»Ja.«

»Aber einen Verdacht hatte er sicher schon vorher. Er folgte Ihnen nach Santa Fe. Wahrscheinlich haben Sie ihn auch diesmal nicht bemerkt – er war bestimmt ein guter Beschatter –, aber ich kann mir vorstellen, dass Sie eine Weile in der Stadt herumgefahren sind, sicherheitshalber. Die übliche Vorgehensweise bei solchen Treffen. Und dann hinaus zur San Isidro-Kirche. Aber Sie wollten nicht anhalten, solange Ihr Mann nicht dort war. Sie wollten nicht riskieren, dass man Sie in der Gasse warten sah. Also sind Sie dran vorbeigefahren, und dann noch einmal, bis schließlich sein Auto dort stand. Inzwischen war Karl sicher, dass etwas faul war. Wie oft sind Sie im Kreis gefahren?«

»Ist das wichtig?«, fragte Eisler. »Ein paarmal. Es war, wie Sie sagen. Sie scheinen alles zu wissen.«

»Außer mit wem Sie sich getroffen haben.«

»Ich kenne den Namen nicht. Ich könnte Ihnen nicht helfen, auch wenn ich wollte.«

»Und Sie wollen es nicht.«

»Nein. Und es bringt nichts, in der Richtung weiterzumachen. Ich weiß es nicht.«

»Was wäre gewesen, wenn Sie es nicht geschafft hätten oder wenn Sie das Treffen hätten verschieben müssen? Wie konnten Sie Kontakt mit ihm aufnehmen?«

»Gar nicht. Ich wäre einfach nicht dagewesen. Dann wäre ein anderes Treffen arrangiert worden.«

»Wie?«

»Auch das weiß ich nicht. Das war nicht mein Problem. Aber es ist auch unwichtig. Ich war dort. Und Karl – Karl war auch dort. Dummer, dummer Junge«, sagte er kopfschüttelnd. »Es war unmöglich. Wir konnten nicht zulassen –« Er hielt inne. »Nun gut. Er war dort. Und jetzt bin ich hier. Ich glaube, ich bin jetzt ein wenig müde, wenn Sie nichts dagegen haben. Gibt es sonst noch was, das Sie wissen wollen?«

»Wer ihn getötet hat.«

Eisler sah ihn an. »Ich habe ihn getötet, Mr. Connolly.«

»Nein, das haben Sie nicht.«

Eisler sah ihn fragend an.

»Es ist ein ziemlich beliebter Mord. Jeder will ihn gestehen. Wir haben bereits einen Mann im Gefängnis, und dem glaube ich ebenfalls nicht. Sie haben Karl den Schädel eingeschlagen, ihn dann in den Park verfrachtet und sind nach Hause gefahren? Das glaube ich nicht.«

»Sie dürften kaum eine andere Wahl haben.«

»Ich will es wissen. Karl wurde wirklich in dieser Gasse getötet. Wir haben Blutspuren, die das beweisen. Und Sie waren dort – das bezweifle ich keinen Augenblick. Sie können mir sogar sagen, dass alles Ihre Schuld war. Sie nehmen ja so gerne Schuld auf sich, gut, tun Sie sich keinen Zwang an. Aber Sie haben ihn nicht getötet. Das war Ihre Kontaktperson. Gleich an Ort und Stelle. Und ich wette, es hat Ihnen nicht sehr gefallen. Das viele Blut. Wie hört sich das denn an, wenn ein Schädel zersplittert? Nein, das ist ganz und gar nicht Ihre Art. Sie müssen selber auch einen beachtlichen Gesinnungswandel durchgemacht haben. Das ist der Grund, warum Sie hier sind. Was ich nicht weiß, ist der Grund, warum Sie ihn immer noch schützen wollen.«

Eisler senkte den Kopf und starrte seine Hände an. »Wir waren allein, Karl und ich«, sagt er leise. »Der andere war nur ein Bote – der war schon weg.«

»Nein. Er war noch dort. Haben Sie mitgeholfen, die Spuren zu verwischen und ihn ins Auto zu schaffen, oder sind Sie sofort verschwunden? Das muss eine merkwürdige Rückfahrt gewesen sein. Jede Menge Zeit zum Nachdenken.« Er hielt inne. »Ich weiß, dass er hier ist.«

»Hier?«, fragte er und hob verwirrt den Kopf.

»Was haben Sie mit dem Auto gemacht?«

»Dem Auto?«, wiederholte er, denn die Frage traf ihn unvorbereitet.

»Karls Auto. Sie haben es nicht dort stehenlassen.«

»Nein, nein. Irgendwo an einer Straße«, erwiderte er improvisierend. »Nicht weit weg. Vielleicht wurde es gestohlen.«

»Nein. Wir haben es gefunden. Es ist in einem Canyon, in der Nähe des Westtors.«

Eisler fummelte nervös an seiner Hose herum. »Ich verstehe nicht.«

»Jemand hat es dorthin gefahren. Ihr Freund. Wussten Sie das nicht? Sie mussten sich aus dem Staub machen, so schnell wie möglich von San Isidro wegkommen. Ich würde mal annehmen, auf dem üblichen Weg hierher, durchs Osttor, das ist nämlich näher. Sollen wir zu meiner Kartenskizze zurückkehren? Ihr Freund musste die Leiche loswerden. Wie sich zeigt, wurde er dabei beobachtet. Nur er, ein Mann, Sie nicht. Ich gehe deshalb davon aus, dass er allein war. Sie waren inzwischen vermutlich schon sicher und wohlbehalten zu Hause. Auf keinen Fall ein Risiko eingehen. Dann fuhr er mit Karls Auto auf der Nebenstraße zum Hügel und versteckte es hier in der Nähe, damit er zu Fuß zurückkehren konnte. Außer Sie warteten auf ihn, um ihn mitzunehmen, aber das glaube ich nicht. Warum das Risiko eingehen? Aber Sie sehen, was das bedeutet. Sie werden verstehen, warum ich es nicht auf sich beruhen lassen kann. Er ist hier.«

»Ich bin müde«, sagte Eisler nun noch einmal. »Es reicht.«

»Wer war es?«

»Ich weiß es nicht.«

»Das ist unmöglich.«

Eisler seufzte erschöpft. »Es ist möglich. Mr. Connolly. Es ist notwendig. Das müssen Sie doch einsehen. Für uns ist es nur ein Kontakt, keine Person. Wir dürfen es nicht wissen. Für den Fall – nun, dass so etwas passiert wie jetzt.«

»Ein Verhör, meinen Sie.«

»Ja. Wenn man unter Druck gesetzt wird. Ich könnte es Ihnen nicht sagen, auch wenn Sie mich foltern würden.«

»Wir foltern hier nicht. Das machen Ihre Leute«, sagte Connolly.

Eisler wandte den Blick ab. »Bitte gehen Sie jetzt. Reicht Ihnen denn das alles noch nicht? Sie haben Ihre Antworten. Ich habe das Projekt in Gefahr gebracht – das ist nun mal passiert. Und das mit Karl ebenfalls. Glauben Sie nicht, dass es meine Schuld war? Gott zweifelt nicht daran. Er hat mich bereits bestraft.«

»Sie sind doch derjenige, der Gott spielt. Ich war dabei, vergessen Sie das nicht. Das ist Selbstmord, nicht Strafe.«

»Nun gut«, sagte er leise. »Das wissen Sie also auch. Vielleicht habe ich ihm nur geholfen.«

»Wie Sie den Russen geholfen haben.«

»Wenn Sie so wollen. Ich werde mich für beides nicht entschuldigen. Es ist geschehen.«

Connolly stand auf. »Sie wollen also für alles die Schuld auf sich nehmen? Das ist wieder Gott spielen. Die ganze Sache abtun mit einem – was, einem Opfer? Sie haben recht, mir reicht das nicht. Sie wollen, dass ich verstehe. Was? Warum alles gerechtfertigt war? Aber was haben Sie denn wirklich getan? Das Projekt ›in Gefahr gebracht‹? Was bedeutet das? Sie haben Oppenheimer verraten, einen alten Freund. Sie haben Ihre Kollegen verraten, all die Arbeit, die sie geleistet haben. Wissen Sie, in welche Hölle Sie sie damit gestürzt haben? Glauben Sie, das alles endet mit Ihnen? Prometheus, ach du lieber Himmel. Ihre Freunde hier müssen mit dieser ganzen Scheiße leben, mit dieser Heimlichtuerei – für sie wird der Krieg nie zu Ende gehen. Und Karl? Ein heimlicher Mitwisser, ein Schnüffler. So ein Pech. Wir konnten nicht zulassen – wissen Sie, wie man ihn gefunden hat?« Er sah, dass Eisler zusammenzuckte, sich auf seinem Stuhl beinahe wand, aber er konnte nicht aufhören. »Mit zertrümmertem Schädel, das wussten Sie. Aber haben Sie auch gesehen, wie ihm das Gesicht eingeschlagen worden ist? Oder hat Ihr Freund das später getan, quasi zum Abschied? Ein Tritt – mehrere Tritte. Der arme Kerl. Sein Gesicht war nicht mehr zu erkennen. Aber das war vermutlich Zweck der Sache. Schleim und Blut. Und die Hosen heruntergezogen, sodass sein Pimmel herausschaute und jeder denken musste – das war Karls Ende. Und so wird man ihn in Erinnerung behalten, auf eine Weise entehrt, die er nicht verdient hat. Wir wollen gar nicht an die Zukunft denken, an die Bomben und Gott weiß, was noch. Ich will nur wissen, haben

Sie sein Gesicht gesehen? Wofür? Für irgendeine große Idee? Ihre Revolution? Ihre *Frau?* Das alles? War es Ihnen das wert?«

Eisler hob den Kopf, die müden Augen voller Tränen, als würde er geschlagen.

Aber Connolly konnte nicht aufhören. »War es das wert?«, wiederholte er mit heiserer Stimme. »War es das?«

»Ich weiß es nicht«, antwortete Eisler, ein Flüstern.

Connolly verlor im Gespräch mit Eisler nie wieder die Beherrschung. In derselben Nacht sah er Eislers flehentliches Gesicht. Das alte und verunsicherte Antlitz eines Menschen, der sich schämt, verfolgte ihn im Schlaf. Am nächsten Morgen machten sie weiter, als wäre nichts geschehen, ein seltsames Paar, das sich gekabbelt hatte, behutsam und höflich, bestrebt, die Sache zu einem guten Ende zu bringen. Connolly konnte nicht lockerlassen. Die Strahlungsschädigung hatte einen unverrückbaren Schlusspunkt gesetzt, und Connolly kam sich vor wie bei einem Wettrennen, wie die Männer in Trinity, die zu schnell arbeiteten, die keine Zeit hatten, an die Konsequenzen zu denken. Wann hatte er an diesem Tag den Hügel verlassen? Waren Sie allein in San Isidro, bis Karl auftauchte? Beschreiben Sie die Kontaktperson. Hatte Karl noch jemand anderen aus den früheren Tagen erwähnt? Wie war man verblieben? War noch ein weiteres Treffen geplant? Gab es auch Leute in Hanford, in Oak Ridge? Aber Eislers Zustand verschlimmerte sich mit jedem Treffen. Der Schmerz kam schnell und verzerrte ihm das Gesicht, und Connolly musste nicht nur gegen die Zeit, sondern auch gegen das Morphium kämpfen. Die Perioden geistiger Klarheit, das Ringen um erinnerte Details wurden zu einem Martyrium, zu einem letzten Kampf um Eislers Seele.

Sie waren alleine. Anfangs hatte Oppenheimer sich geweigert, ihn überhaupt zu sehen, so entsetzt war er über diesen Verrat. Aber Connolly konnte keine Fragen nach den wissenschaftlichen Aspekten stellen, und sonst gab es niemanden. Doch seine Besuche waren kurz und unregelmäßig, gestohlene Zeit. So blieb es Connolly überlassen, die Stellung zu halten. Er war froh um die Isolation, musste er sich doch so nicht den Fragen der anderen stellen. Was er wusste, musste dem Rest des Hügels verborgen bleiben. Holliday, Mills, sogar Emma mussten sich mit Vertröstungen zufriedengeben. Nicht jetzt, noch nicht. Er konnte nicht weggehen. Eines Abends, als die Schmerzen besonders schlimm waren, hatte Eisler seine Hand gepackt, und diese so knochige, so verzweifelt Nähe suchende Berührung hatte ihn überrascht. Er war sich vorgekommen, als wäre er sein Beschützer. In diesem stickigen, säuerlich riechenden Zimmer war er Peiniger und rettender Engel zugleich, Eislers letzter Strohhalm.

Oppenheimer hatte sich abgewandt. Er hatte den Schock dieses ersten Tages nie ganz überwunden. Connolly hatte darauf bestanden, das Büro zu verlassen und zum Ashley Pond zu marschieren. »Was ist denn jetzt schon wieder los?«, hatte er, verärgert über die Unterbrechung, gefragt. Aber als Connolly es ihm sagte, war er mitten auf der Straße wie angewurzelt stehengeblieben. Leute mussten ausweichen, doch Oppenheimer merkte nichts davon, und im ersten Augenblick glaubte Connolly, dass etwas passiert sei: eine Herzattacke, ein Schlaganfall, als könnte der Verstand den Schock allein nicht verarbeiten und hätte ihn an den Körper weitergegeben. »Sind Sie sicher?«, fragte er schließlich, und Connolly, den seine Ruhe ganz aus der Fassung brachte, war fast erleichtert, als er sah, dass seine Hände beim Anzünden der Zigarette zitterten. Er wusste nicht, welche Reaktion er erwartet hatte – ein Heulen? Ungläubigkeit? –, aber als Oppenheimer zu reden begann, erwähnte er Eisler mit keinem Wort. Stattdessen fragte er nur irritiert: »War es wirklich nötig, mich hier raus zu schleifen?«

»Wir müssen davon ausgehen, dass Ihr Telefon überwacht wird.«

Oppenheimers Augen blitzten überrascht auf. »Müssen wir das? Wissen Sie es nicht sicher?«

»Mir sagt man so etwas nicht. Ich bin derjenige, der von außen hinzugezogen wurde, erinnern Sie sich?«

»Lebhaft.«

»Ich werde ebenfalls überprüft.«

»Von wem? Vom General?« Doch dann setzte sich Oppenheimer, als hätte er sich die Frage selbst beantwortet, wieder in Bewegung. »O Gott, ich nehme an, Sie müssen es ihm sagen.«

»Ich halte es für besser, wenn es von Ihnen kommt. Von einem sicheren Apparat aus, falls Sie einen finden.«

»Wenn man Ihnen glauben darf, gibt es hier so was nicht. Meinen Sie nicht, dass die Fantasie mit Ihnen durchgeht? Aber was macht das schon für einen Unterschied? Sie müssen es sowieso erfahren.«

»Groves muss es erfahren. Die anderen nicht. Noch nicht. Er wird es weiterleiten wollen, aber Sie müssen ihn überzeugen, es für sich zu behalten.«

»Und was schlagen Sie vor, wie ich das tun soll?«

Connolly zuckte die Achseln. »Sagen Sie ihm, er muss Ihnen den Gefallen tun. Schließlich ist er Ihnen noch was schuldig.«

»Da redet der Großstädter«, erwiderte er beinahe höhnisch. Er ließ seine Zigarette fallen und trat sie nachdenklich aus. »Darf ich fragen, warum?«

»Haben Sie sich schon einmal überlegt, was passiert, wenn der Army-Geheimdienst davon Wind bekommt? Die hören nicht bei Eisler auf.«

»Wenn ich mich richtig erinnere, sind Sie hier, um genau das zu verhindern.«

»Das versuche ich ja. Hören Sie, es liegt an Ihnen. Sie sind der Chef. Ich rate Ihnen nur, bringen Sie den General dazu, es für sich zu behalten. Sonst werden Sie nie rechtzeitig fertig.«

»Nein«, sagte Oppenheimer und sah auf den Teich hinaus. »Zum Wohle des Projekts. Ich bin gerührt. Ich habe keine Ahnung, warum Ihnen unsere Arbeit so am Herzen liegt.«

»Sie würden auch mir den Hahn abdrehen. Ich habe das Gefühl, dass Eisler bereit ist, mit mir zu reden. Glauben Sie, dass Lansdale oder einer seiner Erfüllungsgehilfen das zulassen würde, wenn sie Bescheid wüssten? Groves hat mich hinzugezogen, um einen Schwulenmord zu untersuchen – schon das hat ihnen nicht besonders gefallen. Aber Kommunisten? Ein Spionagefall? Die leben doch für so was.«

Einen Augenblick lang blickte ihn Oppenheimer fast amüsiert an. »Bitten Sie mich, Ihren Job zu retten?«

»Und den Ihren.«

»Aha. Und meinen. Was für eine komische Welt das doch geworden ist. Friedrich«, sagte er zu sich selbst und wandte sich dann wieder an Connolly: »Wie kommen Sie auf den Gedanken, dass Groves zustimmen wird?«

»Weil das einzige, was ihm noch mehr am Herzen liegt als die Sicherheit, der rechtzeitige Abschluss des Projekts ist. Und hier wird nichts fertig, wenn er jetzt mit einer Kommunistenjagd anfängt. Er wird Ihnen glauben. Ohne Sie kann die Arbeit nicht zu Ende geführt werden. Er muss Ihnen vertrauen.«

»Und das ist der Grund, warum er mich ausspioniert. Glauben Sie wirklich, dass er das Telefon –«

»Er konnte nicht anders«, sagte Connolly leise. »Das wissen Sie.«

Oppenheimer seufzte. »Vermutlich. Man vergisst so was allerdings. Nach einer Weile hat man sich so daran gewöhnt, dass man sich das gar nicht mehr bewusst macht. Eigentlich dürfte es mir ja nichts ausmachen. Ich hatte nie was zu verbergen.«

»Aber jetzt haben Sie etwas.«

Als Oppenheimer auf die Krankenstation kam, wäre er fast zusammengebrochen. Er stand am Fuß des Bettes und hielt sich am Eisengestell fest, als wäre es eine Barriere zwischen ihm und Eisler, sein magerer Körper steif und unnachgiebig. Doch dann betrachtete er die fleckige Haut, die kahlen Stellen auf Eislers Kopf, und Connolly sah, wie er sich fester an die Eisenstangen klammern musste.

»Robert«, sagte Eisler sanft, voller alter Zuneigung und mit dem ersten Lächeln seit Tagen.

»Hast du Schmerzen?«, fragte Oppenheimer.

»Jetzt nicht. Hast du die Tabellen gesehen?«

Oppenheimer nickte. Connolly hatte den Eindruck, dass er besser gehen sollte. Doch das Schweigen hielt ihn zurück. Gefühle hingen in der Luft, die so zerbrechlich waren, dass er Angst hatte, sie zu stören.

»Sie werden Jahre brauchen«, sagte Oppenheimer schließlich.

»Vielleicht.«

»Jahre«, wiederholte Oppenheimer. »Friedrich, warum du? Mein Freund.«

Eisler erwiderte seinen Blick und wandte sich dann ab. »Erinnerst du dich an Roosevelts Trauerfeier? Die Bhagavadgita? Woran ein Mann glaubt, das ist er.«

Oppenheimer sah ihm immer noch in die Augen. »Und was bist du?«

Eisler machte ein enttäuschtes Gesicht und drehte den Kopf zum Fenster. »Tut mir leid wegen des Jungen«, sagte er schließlich.

»Ein Jude, Friedrich, ein Jude.«

Dann nahm er die Hände vom Gestell und ging vom Bett weg, den Blick nun wieder hart.

»Warst du der Einzige?«, fragte er, mit jetzt wieder gefasster, distanzierter Stimme.

Aber Eisler schwieg, und nach einer Weile gab Oppenheimer es auf. »Nun gut«, sagte er forsch und sachlich. »Sollen wir mit dem Brennstoff beginnen? Dem Trennungsprozess? Ich nehme an, über die Mengen wissen sie jetzt Bescheid?«

So begannen sie ihr Gespräch, das erste von mehreren, und Connolly saß in der anderen Ecke des Zimmers und hörte zu. Linsenguss, Gasdiffusion, Neutronenreflektoren. Keiner der Begriffe hatte irgendeine Bedeutung für ihn. Er beobachtete Oppenheimer, der kühl und effizient seine Liste mit Fragen durchging. Er schwankte kein einziges Mal mehr. Connolly war erstaunt über seine Zielstrebigkeit. Es gab keine Vorwürfe mehr, aber auch kein Bemühen um menschliche Nähe. Jetzt ging es nur noch um den Informationsaustausch. Wie viel war verloren? Es war das Projekt, das verraten worden war, seine Gefühle hatte er in einer bewusst abgeschotteten Privatsphäre versteckt. Vielleicht würde er sie später, beschädigt, wieder herausholen, nach Abschluss des Projekts.

Eisler erzählte ihm alles. Manchmal kam Connolly sich vor wie ein heimlicher Zuhörer in einem sehr exklusiven Seminar. Frage. Antwort. Beobachtung. Sie nahmen einander die Erklärungen vorweg. Bei Connolly blockte Eisler und wich aus, aber jetzt kamen seine Antworten bereitwillig, wie bei einem Ausländer, der froh war, jemand gefunden zu haben, der seine Muttersprache sprach. Für ihn war die Wissenschaft wahrhaft universell und offen – sie gehörte jedem, der sie verstand. Vor allem aber gehörte sie Oppenheimer. Während Connolly sie beobachtete, hatte er den Eindruck, dass Eislers bereitwillige Mitarbeit zu einem letzten traurigen Flehen um Vergebung geworden war. Er würde Oppenheimer alles sagen. Sie würden reden, wie sie es immer getan hatten, und Oppenheimer würde wieder das Vergnügen dieses Austauschs empfinden und verstehen, denn welcher Wissenschaftler konnte ernsthaft glauben, dass es geheim bleiben musste?

Sobald Oppenheimer sah, dass Eisler Schmerzmittel brauchte, dass er zu krank war, um weiterzumachen, hörte er sofort auf, ohne Bedauern und beinahe erleichtert, wieder an seine eigentliche Arbeit zurückkehren zu können. Am nächsten Morgen machten sie da weiter, wo sie aufgehört hatten, und Connolly sah, dass Eislers müder, umwölkter Blick kurzfristig vor Vorfreude klar wurde. Doch die Frage war, wie lange er durchhalten würde. Connolly achtete auf die Vorzeichen, die kleinen Schweißtropfen, die plötzlich brüchige Stimme, die kleinen Bewegungen seiner Hände auf der Bettdecke, und er sah, dass er dagegen ankämpfte, dass er versuchte, den Schmerz zu ignorieren, um Oppenheimer noch ein wenig länger bei sich zu behalten. Nach etwa einer Woche waren sie fertig, und Oppenheimer kam nicht mehr. Jeden Morgen sah Eisler zur Tür, wandte dann resigniert den Kopf ab und lächelte Connolly an, der nun als einziger noch bei ihm war.

»Groves will kommen«, hatte Oppenheimer ihm eines Tages vor der Tür gesagt.

»Bitten Sie ihn, noch ein paar Tage zu warten. Eisler stirbt. Und ich gebe die Hoffnung nicht auf, dass er mit mir reden wird.«

»Wie lange noch, was meinen Sie?«

»Ich weiß nicht. Ein paar Tage. Viel länger kann es nicht mehr dauern. Er hat jetzt ständig Schmerzen.«

»Ja«, sagte Oppenheimer, und einen Augenblick lang schien es Connolly, als würde für Oppenheimer die Welt untergehen. »Warum so? Es gibt hundert einfachere Möglichkeiten.«

»Ich weiß es nicht. Vielleicht, um die Strafe dem Verbrechen anzupassen.«

Oppenheimer sah ihn fragend an.

»Nein, nicht Karl«, sagte Connolly. »Ich glaube, es geht um die Bombe.«

Aber Oppenheimer wollte davon nichts hören. »Unsinn.«

»Er ist Wissenschaftler«, sagte Connolly. »Vielleicht war es für ihn die eleganteste Lösung.«

Oppenheimer merkte bei dieser Formulierung auf. »Nein«, sagte er müde. »Es ist eine Sühne. Mein Gott, was für eine Verschwendung. Meint er, dass ihm irgendjemand zusieht?«

»Er fragt nach Ihnen.«

Oppenheimer ignorierte das. »Groves will kommen«, sagte er noch einmal und nahm dann Connollys Reaktion gleich vorweg. »Ich habe ihm gesagt, dass Sie alles tun, was in Ihrer Macht steht.«

»Er traut mir nicht?«

»Er wird es müssen. Wir alle müssen es, Mr. Connolly. Interessant, wie sich manchmal die Dinge entwickeln, nicht? Glauben Sie, dass er reden wird?«

»Wenn nicht, können wir die Geschichte vergessen. Sie stirbt mit ihm. Halten Sie mir Groves vom Hals, bitte. Und auch die Geheimdienstler.«

»Ich werde tun, was ich kann. Irgendwann muss er aber herkommen, das wissen Sie. Wir müssen entscheiden, was wir dann tun sollen.«

»Was denn? Es gibt nichts zu tun.«

»Sie kennen GG nicht. Es gibt immer etwas zu tun. Und ich würde vorschlagen, Sie fangen schon einmal an zu überlegen, was infrage kommt – er wird Vorschläge hören wollen. Ich muss jetzt los. Wir haben immer noch ein Spielzeug zu bauen.«

»Sie wollen Eisler nicht sehen?«

»Ich habe ihn gesehen. Das reicht.«

Und so redete Eisler mit Connolly. An einigen Tagen lag er da, starrte benommen, mit halb geschlossenen Augen zur Decke, und plötzlich brach es aus ihm heraus. Hamburg. Ein Hinterhof. Die feuchten Zimmer nach dem ersten Krieg, als es keine Kohle gab. Er skizzierte Bilder für Connolly, Giebeldächer und Straßenbahnen und einen See im Sommer. Dann, als hätte sich eine Wolke vor die Sonne geschoben, riesige Fabriken und schiefergrauer Himmel und sein Vater, der trockene Husten zerstörter Lungen. Ein letztes Bemühen, auch jetzt noch, um Genauigkeit. Connolly unterbrach ihn nicht, hoffte einfach nur auf den Augenblick der Enthüllung. Manchmal wechselte er ins Deutsche, geheime Offenbarungen, mit denen Connolly nichts anfangen konnte. Auf Fragen antwortete Eisler schon lange nicht mehr. Wenn Connolly versuchte, ihn zu der Gasse neben San Isidro zurückzusteuern, verstummte er und redete dann von etwas anderem. Der verbale Schlagabtausch machte ihm keinen Spaß mehr. Es bliebt ihm keine Zeit mehr, das alles noch einmal durchzugehen. Er redete von seiner Frau. Berlin. Trade. Ein Wanderausflug in die Berge. Tag um Tag saß Connolly in dem düsteren Zimmer und horchte auf Hinweise.

Emma sah er nur einmal, an einem Samstag. Sie machten einen Ausflug nach Taos Pueblo, fuhren vorbei an Hannahs Ranch und über die Gebirgsstraße, deren Dörfer sie an Spanien erinnerten. Nach den Tagen mit Eisler war die Sonne zu hell: Gleißend warfen die weißgetünchten Wände das Licht zurück, und nach einer Weile wünschte er sich fast, er wäre nicht gekommen – was, wenn Eisler etwas sagte, und niemand war da, um es zu hören? Eisler wollte, dass Connolly begriff, doch alles, was er bis jetzt erfahren hatte, war die Unerklärlichkeit von Eislers Leben. Es durfte nicht mit dieser Sackgasse zu Ende gehen. Er musste einen Namen, eine Beschreibung hinterlassen.

Der Pueblo war ärmlich und staubig, Hühner scharrten auf der Plaza, gelegentlich fuhren Laster vorbei, und stille, mürrisch dreinblickende Indianer hockten auf der Erde und boten Decken feil. Die Wohnblocks aus Lehm mit ihren hellblau umrahmten Fenstern wirkten wie billige Mietskasernen, überall Wäscheleinen, alte Blechdosen und wackelige Leitern, die auf die Dächer führten. Vielleicht war es immer so gewesen, dachte er, vielleicht bildeten sie sich die Pracht der Anasazi-Ruinen nur ein. Sie saßen an dem Wildbach, der die Siedlung in zwei Hälften teilte, und sahen den Kindern zu, die ihn auf der geländerlosen Holzbrücke überquerten.

»Bist du wirklich in Ordnung?«, fragte sie.

»Wie meinst du das?«

»Gerede. Die Leute sagen, du hast es auch. Und, dass du deshalb als einziger zu ihm darfst. Sie haben Angst, jemand anderen zu ihm zu lassen.«

»Nein, mir geht's gut. Ich rede nur mit ihm, das ist alles.«

»Soll heißen, du verhörst ihn. Ich dachte, er liegt im Sterben.«

»Das tut er auch.«

»Worüber? Karl? Meinst du, dass er Karl umgebracht hat? Ich kann das nicht glauben.«

»Ich auch nicht. Aber ich bin überzeugt, dass er weiß, wer es war.«

»Warum sollte er das wissen?«, fragte sie, und als er nicht antwortete: »Ah, verstehe.«

»Frag mich nicht, Emma. Glaub's mir einfach.«

»Ist es was Schreckliches?«

»Ja.«

Sie schüttelte sich. »Dann sag's mir lieber nicht. Ich will es nicht wissen. Ich mag ihn.«

»Ich mag ihn auch.«

»Warum tust du ihm das dann an? Was tust du überhaupt? Gibst du ihm Spritzen, damit er redet? Setzt du ihn unter Druck, bis er zusammenbricht? Wie in den Filmen? Mein Gott, Michael, das passt doch nicht zu dir. Sitzt du wie ein Geier neben seinem Bett und wartest darauf, dass er stirbt? Jeder Mensch hat ein Recht auf Frieden.«

Connolly schwieg eine Weile. »Er will keinen Frieden. Er will reden. Wir – ja, wir reden einfach.«

»Worüber?«

»Sein Leben. Deutschland. Alles. Er liegt im Sterben, Emma. Er braucht jemand, mit dem er reden kann.«

»Und du hast dich freiwillig gemeldet.«

»Es hat sich einfach so ergeben. Es gibt Gründe, die ich jetzt nicht erklären kann. Mir gefällt das auch nicht, weißt du. Es ist eine lausige Art zu sterben. Schlimmer, als du es dir vorstellen kannst. Es macht keinen Spaß, dabei zuzusehen.«

Emma stand auf, nahm einen Stein und warf ihn ins Wasser. »Ich hasse deine Arbeit.«

»Ich habe mich nicht darum gerissen.«

»Du hast aber auch nicht nein gesagt. Und jetzt lässt du nicht locker. Manchmal frage ich mich, wie weit du zu gehen bereit bist. Würdest du alles tun?«

»Nein.«

»Wo ist deine Grenze? Weißt du das?« Sie kam vom Ufer zurück.

»Ich bin kein Polizist.«

»Nein, was anderes. O Gott, wenn er es dir nur sagen würde. Um dem allem ein Ende zu machen. Dann könnten wir wieder nur wir selber sein. Wir könnten miteinander weggehen. Irgendwohin.«

Connolly starrte geradeaus. Ein Hund bellte auf der Brücke, scheuchte die Kinder auf die andere Seite.

»Werden wir das tun?«, fragte er.

»Ich weiß nicht. Werden wir?«

Er stand auf und nahm ihren Arm. »Wenn du es willst, ja. Wir werden tun, was immer du willst.«

Sie sah ihn an und nickte. »Aber nicht jetzt.«

»Nein. Wenn alles zu Ende ist.«

In dieser Nacht verschlimmerte sich Eislers Zustand. Das Morphium hatte ihm Juckreiz verursacht, und er hatte sich in seiner Bewusstlosigkeit gekratzt, sodass am Morgen seine Arme mit roten Striemen bedeckt waren. Connolly fand ihn mit schmalen Gazestreifen ans Bett gefesselt, und als er die Krankenschwester tadelte und seine inzwischen steckendünnen Arme losband, merkte er, dass Eisler ihn kurzfristig wach und dankbar ansah.

»Robert«, sagte er mit einer Stimme, die kaum mehr war als ein Krächzen. »Kommt Robert?«

»Später«, sagte Connolly.

Eisler nickte. »Er ist sehr beschäftigt«, sagte er und sank dann wieder in die Bewusstlosigkeit zurück.

Später an diesem Nachmittag redeten sie ein wenig, aber Eisler schweifte ab. Er kümmerte sich nicht mehr um seine Tabellen oder seinen eigenen Verfall. Versorgt von einer Infusion an seinem Arm, lebte er nur noch in der Vergangenheit. Als Connolly ihn einmal nach Karl fragte, schien er vergessen zu haben, wer das war. Er kehrte zurück nach Göttingen, zu einer Vorlesung über die Instabilität negativer Ladungen. Connolly gab ihm kleine Eisstückchen zu lutschen. Seine Haut hing schlaff an den Knochen, und als das Eis zu schmelzen begann, tropfte es ihm am Kinn hinunter. Warme Juniluft wehte durch die Fenster herein, aber der Geruch blieb. Connolly fiel es gar nicht mehr auf.

Er betrachtete sein Gesicht und wartete. Als Eisler einmal unwillkürlich aufstöhnte, wusste Connolly, dass es Zeit war für die nächste Injektion, und dann würde er ihn wieder verlieren, bis der Schmerz die Droge aufgesaugt hatte.

»Sie müssen ihn besuchen«, sagte er zu Oppenheimer. »Er fragt nach Ihnen.« Und als Oppenheimer nicht antwortete: »Er wird die Woche nicht mehr überstehen. Tun Sie es aus Barmherzigkeit.«

»Aus Barmherzigkeit«, wiederholte Oppenheimer, als untersuchte er das Wort. »Haben Sie etwas herausgefunden?«

»Dafür ist es zu spät.«

»Warum bleiben Sie dann bei ihm?«

Connolly wusste nicht, was er darauf sagen sollte. »Es wird nicht mehr lange dauern«, erwiderte er schließlich.

Oppenheimer kam tatsächlich, eines Morgens, als die Sonne durch die Schlitze der Jalousien schien. Er nahm den Hut ab, stand einige Augenblicke entsetzt in der Tür und zwang sich dann, ans Bett zu treten. Eislers Augen waren geschlossen, das Gesicht bewegungslos wie eine Totenmaske.

»Ist er wach?«, fragte er Connolly mit leiser Stimme.

»Probieren Sie es«, erwiderte Connolly.

Oppenheimer nahm Eislers Hand. »Friedrich.« Er hielt sie und wartete, und nun öffnete Eisler die Augen.

»Ja«, flüsterte Eisler.

»Friedrich, ich bin hier.«

Eisler starrte ihn mit verwirrtem Blick an.

»Ja. Wer sind Sie, bitte?«

Oppenheimers Gesicht zuckte vor Überraschung. Dann ließ er langsam die Hand los und stand auf. »Ja?«, fragte Eisler noch einmal unsicher, aber seine Augen waren geschlossen, und Oppenheimer wandte sich ab. Er sah Connolly an und wollte etwas sagen, doch seine Augen füllten sich mit Tränen.

»Gehen Sie nicht«, sagte Connolly.

»Er erkennt mich nicht mehr«, sagte Oppenheimer tonlos und drehte sich zur Tür. Connolly ging zum Bett, um Eisler zu wecken, aber als er sich wieder umdrehte, war Oppenheimer bereits gegangen, und er ließ die Hand sinken.

»Ja?« Eisler kam wieder zu Bewusstsein.

»Es war Robert«, sagte Connolly, doch Eisler schien ihn nicht verstanden zu haben.

»Robert«, sagte Eisler, als hätte der Name keine Bedeutung für ihn.

Die Augen öffneten sich ein wenig, und er tastete nach Connollys Hand.

»Ja, Robert«, sagte er und hielt sie fest.

Es dauerte noch zwei Tage, die so schlimm waren wie die vorhergehenden, und niemand kam mehr zu Besuch. Connolly saß stundenlang am Bett und lauschte seinem Atem. Einmal wachte Eisler noch auf, seine Stimme war klarer und seine Augen ruhig, sie zuckten nicht wie sonst vor Schmerz hin und her.

»Was bedrückt dich, Robert?«, fragte Eisler, denn inzwischen war er Robert für ihn.

»Nichts. Schlaf wieder.«

»Keine Fragen mehr. Was ist mit den Fragen passiert? Frag mich.«

»Es ist schon gut.«

»Frag mich. Kann ich dir nicht helfen?«

»Erinnerst du dich an Karl?«

»Ja«, sagte er unbestimmt. »Der Junge.«

»Der Mann, den du getroffen hast – er trug Arbeitsstiefel.«

»Arbeitsstiefel? Ich verstehe nicht.«

»Arbeitsstiefel. Auf dem Hügel. Das passt nicht zusammen.«

»Ich verstehe nicht, Robert. Warum fragst du mich diese Sachen? Was ist mit dem Test? Trinity. Achte auf das Wetter. Der Wind – die Partikel. Der Wind wird alles verbreiten –«

»Wir werden vorsichtig sein«, sagte Connolly.

»Gut«, sagte er und schloss die Augen. »Gut.«

Wenig später versuchte er es noch einmal. »Friedrich«, sagte er. »Bitte. Sag's mir. Wer hat das Auto gefahren?«

Eisler lag still da, seine Lider flackerten. »Sie haben am Fluss haltgemacht, Robert«, sagte er und öffnete die Augen. Verwirrt und besorgt sah er Connolly an, und Connolly beugte sich über ihn, um ihn besser zu verstehen. Aber er meinte einen anderen Fluss. »Die Russen. Sie haben am Fluss haltgemacht. Sie wollten ihn nicht überqueren. Sie haben gewartet, bis alle tot waren.«

Nun wusste Connolly, dass der Hügel aus seinem Gedächtnis getilgt war. Er hatte verloren. »In Warschau«, sagte er resigniert.

»Ja, in Warschau. Sie haben gewartet. Bis alle tot waren.«

Connolly sah, wie seine Augen sich mit Tränen füllten, ein spontaner Kummer. Er fragte sich, ob jeder so endete, überwältigt von Bedauern.

»Kannst du dir so etwas vorstellen?«, fragte er. »Die Russen.« Und dann packte er, mit wild flackernden Augen, Connollys Hand. »Sag Trude nichts.«

Connolly tätschelte ihn tröstend. »Nein, werde ich nicht.«

Eisler sank zurück und seine Augen schlossen sich wieder, aber er ließ Connollys Hand nicht los. Connolly brachte es nicht übers Herz, sie zurückzuziehen. Er saß nur da und spürte den schwachen Puls, spürte die Hand sich verkrampfen und wieder entspannen, als würde er den letzten Rest von Eislers Leben in seinen Fingern halten. Von all den merkwürdigen Dingen, die ihm seit seiner Ankunft in Los Alamos passiert waren, schien dies das Seltsamste zu sein. Das säuerlich riechende Zimmer. Eislers klauengleiche Hand, mit der er sich an ihn klammerte, weil er ihn für einen anderen hielt. Die unerwartete Intimität des Todes, auch wenn er nur als Hochstapler zum letzten Vertrauten geworden war. Als Eisler kurz vor dem Ende seine Hand noch einmal umklammerte und sagte: »War es denn so schlimm, was ich getan habe? War es denn so schlimm?«, wusste Connolly, dass er nicht seinen letzten Verrat meinte, sondern die enttäuschte Loyalität eines ganzen Lebens.

»Nein, nicht so schlimm«, log er, ein letzter Trost für den Feind.

14

Groves benutzte das Begräbnis als Vorwand für sein Kommen. Nachmittags wurde die Arbeit auf dem ganzen Hügel niedergelegt. Das Gelände wirkte gespenstisch in der unvermittelten Stille, wie ein Wald ohne Vögel. Connolly hatte zuvor gar nicht gemerkt, wie laut es normalerweise war, Stimmen und Motoren und das Klirren und Scheppern aus der Metallurgie-Einheit. Man konnte tatsächlich den Wind hören, der über die *mesa* strich, das Bild aus dem Schöpfungsmythos. Sogar in dem überfüllten Theater war es still, nur Flüstern und das Rücken von Stühlen war zu hören, bis Professor Webers Quartett den Saal mit melancholischen Bach-Klängen erfüllte. Danach saßen Oppenheimer und Groves neben den Rednern auf der Bühne, Groves in seiner zu engen Uniform und Oppenheimer fast schlaff, das dunkle Tuch seines Anzugs faltig wie ein Sack an seinem hageren Körper. Er hatte sich geweigert, etwas zu sagen, und dieses Recht, als eine Geste an die Emigrantengemeinde, Weber überlassen. Nur Connolly wusste, dass es eine raffinierte Ausrede war, das Manöver eines erfahrenen Taktierers.

Die Redner sagten nichts Überraschendes. Sie würdigten seinen Beitrag zur Naturwissenschaft. Seinen Beitrag zum Projekt. Sein Engagement für Menschlichkeit und Kunst. Seine Großzügigkeit. Seine moralische Größe. Connolly sah sich im Saal um, betrachtete die Hunderte von Leuten in unterschiedlicher Intensität der Trauer, die Eisler alle verraten hatte, und dachte, dass die Heuchelei der Grabreden eine letzte Gnade für die Überlebenden war. Was wäre, wenn sie es wüssten? Weber brach mitten in seiner Rede zusammen, überwältigt von echtem Schmerz, und einige Zuhörer weinten. Er sei die Verkörperung der idealen Wissenschaft gewesen, lautere Forschung, die Suche nach der Wahrheit. Er sei – hier wurde Connolly unruhig und hätte beinahe den Saal verlassen – sogar für sie gestorben. Wenn die Leute die Wahrheit wüssten, würde es je Könige geben? Tyrannen wurden immer für ihre Menschenliebe gelobt, Politiker für ihre Visionen, Künstler für ihre Selbstlosigkeit. Jetzt hatte auch Los Alamos seinen Märtyrer, den einen, den sie dringend brauchten, und er machte ihnen mehr Ehre als die meisten. Er war für die Wissenschaft gestorben. Oppenheimer saß mit übergeschlagenen Beinen auf der Bühne und sagte kein Wort.

Danach schlenderte Connolly mit Groves und Oppenheimer zur Anlage S, eine dreiköpfige Inspektionsgruppe.

»Ein bisschen heiß für einen Spaziergang, was?«, sagte Groves. Auf seiner Uniform zeigten sich bereits Schweißflecken.

»Connolly sagte mir, dass mein Büro abgehört wird. Wanzen. Ich weiß, dass Sie das nie erlauben würden«, sagte Oppenheimer hinterlistig zu Groves, »aber Sie wissen ja, wie die vom Geheimdienst sind. Die lässt man besser machen. Misch dich in ihre Wahnideen ein, und sie drehen durch. Sagt man mir zumindest. Warum ziehen Sie Ihr Jackett nicht aus?«

Groves gab der Bequemlichkeit den Vorzug vor der Würde und hängte es sich am Zeigefinger über die Schulter. Nicht mehr unter dem Jackett verborgen, wurde sein Bauch sichtbar, wie er über den Gürtel quoll und die Knopfleiste seines Hemds dehnte.

»Sie suchen sich wirklich die beste Zeit aus, um Witze zu machen. Wir stecken in einem Riesenschlamassel. Ich habe immer vorhergesagt, dass so was passieren würde.«

»Ja, das haben Sie«, erwiderte Oppenheimer.

»Ausländer und –«

»Wäre Ihnen wohler, wenn er aus Ohio gewesen wäre?«

»Schon gut«, sagte er. »Reiben Sie es mir nur hin.«

»Diese verteufelten Ausländer bauen Ihr Spielzeug, also fangen Sie nicht wieder *damit* an. Es hätte jeder sein können.«

»Vermutlich«, sagte Groves einlenkend, aber nicht besänftigt. »Wie stehen Sie in der Zeit? Alles noch nach Fahrplan?«

Oppenheimer nickte. »So ungefähr. Mit ungefähr fünf Minuten Spielraum, plus oder minus eine Minute. Unterbrechungen können wir uns keine leisten«, sagte er, wieder an Groves gewandt.

»Deshalb bin ich ja hier«, sagte Groves. »Also gehen wir's an. Zuerst: Schadensbemessung. Wie schlimm ist es? Was wissen Sie? Können die anderen eine Bombe bauen?«

»Nein«, erwiderte Oppenheimer nachdenklich. »Ich glaube nicht. In der Hinsicht hatten wir Glück. Eisler war theoretischer Physiker. Er wusste ziemlich viel über die erforderliche Brennstoffbeschaffenheit und natürlich über die Implosionstheorie. Alles Pluspunkte für sie. Aber von den Zündmechanismen hatte er kaum eine Ahnung. Oder vom Linsenguss. Er hat vorwiegend an der Fallout-Theorie gearbeitet. Radioaktivitätsmessungen. Das ist nützliches Wissen nach dem Abwurf, aber damit baut man nicht die Bombe. Deshalb glaube ich nicht, dass sie schon so weit sind. Irgendwann werden sie aber in der Lage sein. Irgendwann.«

»Nicht, solange ich noch was zu sagen habe«, sagte Groves. »Was ist mit diesen Kaffeeklatschrunden, die Sie so gerne abhalten? Da hat er doch von der Mechanik sicher was erfahren?«

»Ja«, seufzte Oppenheimer. »Ich habe nicht gesagt, dass er überhaupt nichts darüber wusste. Nur, dass er nicht genügend Detailwissen hatte.«

»Er musste keine Details kennen, wenn er nur die Pläne weitergab.«

»Nein. Er hatte nur Zugang zum theoretischen Teil. Seine eigenen Unterlagen.«

»Er hätte sie stehlen können.«

»Hat er nicht. Das hat er mir gesagt. Ja«, ergänzte er als Antwort auf Groves skeptischen Blick, »ich glaube ihm. Er war ein Verräter, aber er war kein Dieb.«

»Ein Riesenunterschied.«

»Auf jeden Fall hat er ihnen das nicht gegeben. Ich will nicht herunterspielen, was hier passiert ist. Er hat wertvolle Informationen weitergegeben. Wir wissen nicht, wie wertvoll, weil wir nicht wissen, auf welchem Stand sie sind. Aber sie brauchen mehr als das, was Eisler ihnen gegeben hat, um wirklich eine Bombe zu bauen. Es ist ziemlich sicher, dass sie noch keine haben. Der Punkt ist natürlich, dass sie jetzt wissen, dass wir eine haben.«

»Großartig«, sagte Groves.

»Ja, das ist ziemlich peinlich. Politisch gesehen.«

»Peinlich«, wiederholte Groves schnaubend.

»Dass wir sie nicht informiert haben. Aber falls das die Hauptsorge ist, könnten wir es ihnen einfach jetzt sagen.«

Groves starrte ihn an, als hätte er einen Witz nicht verstanden. »Diese Sprüche von Ihnen sind es, die mir nachts den Schlaf rauben.« Doch dann beließ er es dabei und ging weiter, sodass sie gezwungen waren, ihn zu flankieren wie eine nachdenkliche Eskorte. »Ich kapiere nur nicht, wie einfach das alles war«, sagte er schließlich. »Die Anlage hier ist wie ein Sieb. Ein Mann spaziert hinaus, übergibt ein paar Papiere, und damit hat sich's. Wenn nicht jemand dabei umgekommen wäre, hätten wir es überhaupt nicht erfahren. Es darf doch nicht so einfach sein, unser angeblich streng geheimes Projekt zu verraten. Wenigsten können wir jetzt ein paar Löcher stopfen. Ich will, dass ab sofort alle Urlaube gestrichen werden. Niemand kommt mehr raus.«

»Ist es dafür nicht ein bisschen spät? Das Pferd ist schon von der Koppel.«

»Ich halte es für eine gute Idee«, sagte Connolly.

Oppenheimer sah ihn überrascht an. »Wirklich?«, fragte er ungehalten.

»Woran denken Sie?«, fragte Groves. Sie waren beide stehengeblieben und hatten sich ihm zugewandt.

»Es hört ja nicht mit ihm auf.«

»Reden Sie weiter«, sagte Groves.

»Eisler kannte sich ja zum Glück nur in Teilbereichen aus. Aber was ist, wenn er nicht der einzige war? Was, wenn es noch andere gibt? Die Sowjets müssen verdammt scharf auf das alles sein. Warum sollten sie sich auf Eisler beschränken?«

»Wie viele von uns verdächtigen Sie denn?«, fragte Oppenheimer. »Zehn? Alle?«

Groves, der trotz der heißen Sonne blass geworden war, schüttelte den Kopf. »Er hat recht. Die Roten könnten überall auf dem Hügel Leute platziert haben. Überall.«

»Aber wir wissen es nicht«, sagte Connolly. »Und wir werden es auch nicht erfahren. Nicht so. Es hat keinen Zweck, auf dem Hügel zu suchen. Wir müssen herausfinden, wen Eisler getroffen hat.«

»Sie haben gesagt, dass sich *hier* ein Verräter aufhält«, sagte Groves.

»Nun, das glaube ich wenigstens. Es ergibt zwar keinen Sinn, aber jemand hat Karls Auto hier hinaufgefahren. Eislers Kontaktmann? Nein. Warum sich überhaupt außerhalb des Hügels treffen? Es muss einfach jemand von außerhalb geben. Aber jemand fuhr das Auto und ist dann durch das Westtor hereinspaziert. Und das bedeutet –«

»Dass es zwei waren«, sagte Oppenheimer leise.

»Genau. Ich weiß nicht, wie oder warum, aber nur so ist es logisch.«

»Dann finden Sie ihn«, sagte Groves.

»Das ist nicht so einfach. Die Spur hat Eisler mit ins Grab genommen. Wir müssen den Kerl von außerhalb finden. Denn wenn es noch andere auf dem Hügel gibt, ist er die Schlüsselfigur.«

Oppenheimer blieb stehen, um sich eine Zigarette anzuzünden. »Wie kommen Sie auf den Gedanken?«, fragte er nachdenklich, als hätte er es hier mit einem mathematischen Problem zu tun. »Warum sollte der Mann von außerhalb die anderen kennen? Wenn jeder isoliert gearbeitet hat?«

»Das ist nur eine Vermutung«, sagte Connolly, »aber es erscheint mir ziemlich wahrscheinlich, dass der Kontaktmann von außerhalb der einzige Postbote war. Je mehr Leute man draußen herumrennen hat, umso höher ist das Risiko, dass einer erwischt wird. Warum also das Risiko erhöhen? Er ist nicht so wichtig wie die Wissenschaftler. Er kassiert nur die Miete. Geht er hops, kann man ihn ersetzen. Aber er geht nicht hops, weil er der Profi ist. Der riskante Teil ist der Weg des Materials bis zu ihm – man muss sich, na ja, auf Leute wie Eisler verlassen. Man weiß nicht, wie sie reagieren, wenn sie nervös werden. Also lässt man vor allem diese Leute im Dunkeln. Aber wenn man die Information hat, braucht man jemand, der wirklich weiß, was er tut.«

»Und das ist nicht derjenige auf dem Hügel?«, fragte Groves.

»Nein, der kann es nicht sein. Meiner Ansicht nach ist er nicht einmal in der Nähe des Hügels. Vielleicht in Santa Fe oder Albuquerque, aber mit jemandem vor Ort geht man immer ein Risiko ein. Wahrscheinlich kommt er nur gelegentlich in die Stadt – als Geschäftsmann oder Tourist, Eisler hat er als Tourist getroffen –, kassiert die Miete und verduftet dann bis zum nächsten Mal.«

»Ab nach Moskau«, sagte Groves.

Connolly zuckte die Achseln. »Irgendwohin.«

»Na, das ist ja großartig«, sagte Groves. »Und was sollen wir jetzt tun? Auf den nächsten warten?«

»Streichen Sie alle Urlaube«, sagte Connolly zu Oppenheimer. »Machen wir es ihm schwieriger. Der Test steht kurz bevor – das ist ein einleuchtender Grund. Nach Eislers Angaben gibt es kein Verhaltensmuster bei einem verpassten Treffen – es wird einfach irgendwie ein neues angesetzt. *Falls* andere Treffen geplant sind, können wir wenigstens dafür sorgen, dass er ins Schwitzen kommt. Platzieren Sie ein paar Leute an den Touristenattraktionen«, sagte er zu Groves, »falls wir in der Lage sind, eine Überwachung zu organisieren, die nicht zu auffällig ist. Ich könnte ein paar von den Jungs vor Ort dazu bringen, uns zu helfen – Holliday ist ein guter Mann und wird keine Fragen stellen. Mal sehen, wer auftaucht und ob sie es noch einmal probieren. Es ist ein ziemlicher Schuss ins Blaue, aber man kann ja nie wissen. Irgendjemand hat Eisler in San Isidro erwartet. Vielleicht wartet der jetzt irgendwo anders. Die Einheimischen sind nicht gerade erste Wahl, aber die einzigen, die wir haben. Von hier oben können wir niemanden verwenden.«

»Warum nicht?«, fragte Groves.

»Warum haben Sie mich zu diesem Fall hinzugezogen? Weil wir hier oben niemandem trauen können.«

»Das habe ich nie gesagt.«

»Aber gedacht. Karl war von der Sicherheit, und Sie wussten nicht, ob das was damit zu tun hatte oder nicht, aber das Risiko wollten Sie auf keinen Fall eingehen. Jetzt wissen wir, dass wir es wirklich nicht können. Wir dürfen jetzt auf keinen Fall zulassen, dass irgendjemand erfährt, dass wir einen Verdacht haben. Alles wie gewöhnlich. Der Test steht bevor, die Sicherheitsbestimmungen werden verschärft. Sie werden sich fragen, was mit Eisler passiert ist. Sie werden Ausschau halten nach irgendwas Verdächtigem. Aber niemand hat ihn unter Druck gesetzt. Ich war mit ihm im Labor, da ist es doch nur natürlich, dass ich auch bei ihm im Krankenhaus war. Vielleicht sollten Sie das Gerücht verbreiten, dass Sie sich immer noch Sorgen machen wegen meiner Gesundheit«, sagte er zu Oppenheimer.

»Ich war wirklich besorgt«, erwiderte Oppenheimer trocken. »Wie kommen Sie drauf, dass sie überhaupt wissen, dass er tot ist?«

»Wenn sie's noch nicht wissen, werden sie es bald erfahren. Man braucht hier oben keine Zeitung, so was spricht sich schnell herum.

Wir müssen davon ausgehen, dass sie alles wissen. Außer, dass wir es auch wissen. Karl wird ermordet, man zieht ihm die Hose herunter. Die Armee wird nervös und fällt darauf herein«, sagte er mit einem Seitenblick zu Groves. »Und ein anderer wird dafür verurteilt. Mehr Glück kann man gar nicht haben. Dann stirbt Eisler. Ein Unfall? Ein schlechtes Gewissen wegen Karl? Aber er würde nie reden. Was er auch nicht getan hat. Nichts passiert. Keine verschärfte Sicherheit. Keine plötzlichen Besuche aus Washington. Alles geht seinen gewohnten Gang. Sie haben noch immer Glück. Nur, dass ihnen jetzt eine Quelle fehlt. Vielleicht ihre einzige Quelle, vielleicht nicht. So oder so, hungrig werden sie sein. Und das ist genau das, was wir brauchen.«

»Das ist alles?«, fragte Groves. »Nichts sagen und die Polizei die Touristenattraktionen überwachen lassen? Sieht so Ihr Plan aus?«

Aber Oppenheimer musterte Connolly, als würden seine Augen dessen Gedankengang verfolgen. »Wie meinen Sie das, dass sie hungrig sind?«, fragte er ruhig. »Was haben Sie vor?«

»Ich will ihnen eine Miete anbieten, die sie kassieren können.«

Groves blieb stehen und sah ihn mit zusammengekniffenen Augen prüfend an. »Wie meinen Sie das?«

Aber Oppenheimer, der sich eben eine neue Zigarette anzündete, hatte bereits begriffen. »Ich glaube, Mr. Connolly will ins Spionagegeschäft einsteigen«, sagte er schmunzelnd.

»Vergessen Sie es«, sagte Groves schnell.

»Wird sind bereits mittendrin«, erwiderte Connolly und grinste dabei Oppenheimer an.

Aber Groves hatte den Atem angehalten, seine Brust wölbte sich, als würde er vor Wut gleich platzen.

»Jetzt aber mal halt. Und zwar beide«, sagte er. »Als ich das letzte Mal auf Sie gehört habe«, sagte er zu Oppenheimer, »wollte Connolly hier 'nen Hasen aus dem Zylinder zaubern. Lassen Sie ihn machen. Eisler wird mit ihm reden. Hat er aber nicht getan. Und jetzt ist er tot und mit ihm unsere letzte Chance, was aus ihm rauszubekommen. Sie sind nicht vom FBI«, sagte er zu Connolly. »Nicht einmal vom Geheimdienst der Army. Bin also wahrscheinlich selber schuld. Weiß auch nicht, was ich mir gedacht habe. Aber ich weiß genug, um nicht denselben Fehler zweimal zu machen.«

»GG –«, begann Oppenheimer, aber Connolly schnitt ihm das Wort ab.

»General, ich habe die letzten zwei Wochen einem Mann beim Sterben zugesehen. Es gab nichts, was ihm irgendjemand noch hätte antun können – er hatte das schon selber erledigt. Vielleicht hat er es getan, um allen zuvorzukommen, wer weiß? Einen Mann, der bereits solche Schmerzen hat, kann man nicht mehr foltern. Er wusste, dass sein Zustand sich nicht mehr bessern würde. Wenn er nicht reden wollte, hätte nichts auf der Welt ihn dazu gebracht.«

»Wer hat denn was von Folter gesagt?«, fragte Groves.

»Richtig, das habe ich ganz vergessen. So was tut nur der Feind. Vielleicht hat Eisler den Unterschied nur nicht erkannt.«

»Mister, das ist unpassend –«

»Immer mit der Ruhe«, sagte Oppenheimer. »General, wir sind alle enttäuscht wegen Eisler. Es ist wirklich eine Schande. Aber die Milch ist schon verschüttet. Die Frage ist jetzt –«

»Ich weiß, was die Frage ist. Wir haben Milliarden ausgegeben, um uns einen strategischen Vorteil zur Beendigung dieses Krieges zu verschaffen. Jetzt ist das ganze Projekt in Gefahr, und Connolly hier will Räuber und Gendarm spielen.«

»Leslie«, erwiderte Oppenheimer sachlich, »Sie haben noch immer Ihren strategischen Vorteil, es sei denn, der Krieg geht zu Ende, bevor wir ihn anwenden können. Nichts ist in Gefahr. Worüber genau machen Sie sich denn Sorgen?«

»Und danach?«

»Nun ja, danach. Das ist eine sehr interessante Frage. Aber nicht die Frage, die wir im Augenblick beantworten müssen. Noch nicht.«

»Anscheinend kümmert es Sie wenig, dass jemand uns direkt vor Ihrer Nase an die Russen verkauft. Vielleicht möchten Sie gern dem Präsidenten sagen, dass wir das streng geheime Zeug dem Feind auf dem Tablett geliefert haben. Ich reiße mich nicht gerade darum.«

»Sie täuschen sich. Es macht mir sogar sehr viel aus«, erwiderte Oppenheimer langsam. »Ich wusste nur nicht, dass wir Russland als Feind betrachten. Oder planen wir einfach voraus?«

»Davon weiß ich nichts. Und legen Sie mir nichts in den Mund. Ich erledige hier nur meine Arbeit – so wie Sie. Über Politik können Sie in Ihrer Freizeit nachdenken. Aber eins kann ich Ihnen sagen: Wer im Besitz dieses Spielzeugs ist, wird keine Feinde mehr haben.«

Oppenheimer sah ihn an und zog an seiner Zigarette. »Ein tröstender Gedanke.«

Connolly war dieser Wortwechsel vorgekommen wie ein Schlagabtausch beim Tennis. Jetzt schienen sie sich festgefahren zu haben, sie starrten einander an, und keiner schien dem anderen einen Vorteil zugestehen zu wollen.

»Sagen Sie es ihm nicht«, bemerkte Connolly, um die Spannung zu lösen. Groves wandte sich ihm verwirrt zu.

»Wem?«

»Dem Präsidenten. Sagen Sie es ihm nicht.«

Beide sahen ihn schockiert an. Schließlich war es Oppenheimer, der den Mund aufmachte. »Er muss es, Mr. Connolly«, sagte er, wie ein geduldiger Erwachsener zu einem Kind.

Jetzt standen sie gemeinsam vor ihm, und plötzlich sah Connolly, dass sie ein Paar waren, das jeden Streit und jede Irritation überwand, letztendlich mit dem Projekt verheiratet.

»Warum?«

»Ich werde vergessen, dass Sie das gesagt haben, Mister«, sagte Groves. »Aber das hier ist die Army. Das sollten Sie nicht vergessen.«

»Ich schlage Ihnen ja keine – Illoyalität vor.«

»Wie würden Sie es dann nennen?«

Connolly zögerte kurz. »Einen strategischen Vorteil.«

Groves starrte ihn wütend an, beherrschte sich dann aber. »Sie haben zwei Minuten. Und drücken Sie sich bitte klar und deutlich aus. Ich bin nur ein Soldat.«

»Sehen Sie«, begann Connolly, an Oppenheimer gewandt. »Sie haben mich aufgefordert, mir zu überlegen, was wir hier tun sollten. Ich habe darüber nachgedacht. Und jedes Mal lande ich wieder da, wo wir angefangen haben. Bei Karl.« Er wandte sich an Groves. »Sie haben mich hierher geschickt, um herauszufinden, wer Karl ermordet hat. Eisler war es nicht, ebenso wenig wie der Junge, den sie in Albuquerque eingesperrt haben. Wir wissen noch immer nicht, wer Karl umgebracht hat. Aber jetzt wissen wir etwas anderes, etwas viel Wichtigeres, und wie sich zeigt, führt das eine zum anderen. Derselbe Kerl. Wenn wir den haben, der Karl umgebracht hat, haben wir auch den Kontaktmann. Einverstanden? Bis jetzt haben wir einen Mörder gesucht, und stattdessen einen Spion gefunden. Karl führte uns zu Eisler. Und jetzt stecken wir fest. Wir müssen also den Spieß umdrehen. Sehen Sie, es ist wie ein Kreuzworträtsel. Wir haben die Waagerechten gemacht, und jetzt haben wir keine Anhaltspunkte mehr. Also müssen wir uns nun die Senkrechten vornehmen. Wir müssen einen Spion suchen, um einen Mörder zu finden.«

»Verstehen Sie das?«, fragte Groves Oppenheimer. »Oder bin ich der einzige, der keinen Schimmer hat, worauf er hinaus will?«

»Lassen Sie ihn ausreden«, erwiderte Oppenheimer interessiert.

»Was genau soll ich dem Präsidenten denn verschweigen?«, fragte Groves.

»Na ja, was genau wollen Sie ihm denn sagen?«, entgegnete Connolly. »Wir können nichts beweisen. Ich habe einen Glückstreffer gelandet, und Eisler hat gestanden. Vielleicht war er verrückt. Wie zuverlässig ist einer, der sich selbst mit Strahlung umbringt? Vielleicht bin ich verrückt. Sie haben nichts als mein Wort, dass er irgendwas gesagt hat.«

»Er hat auch mit mir gesprochen«, sagte Oppenheimer, um den *advocatus diaboli* zu spielen.

»Und vielleicht hat er gelogen. Aus welchem Grund auch immer. Wer weiß schon warum? Vielleicht ist nichts von alledem passiert. Können wir es beweisen?«

»Er hat nicht gelogen«, sagte Oppenheimer.

»Nein, hat er nicht. Aber wir sind die einzigen, die das wissen. Sehen Sie sich um«, sagte er und deutete mit ausholender Geste auf die sonnige *mesa.* »Kommt Ihnen irgendwas komisch vor? Gibt es irgendeinen Grund zu glauben – einen Beweis –, dass irgendwas nicht stimmt? Was glauben Sie, General? Glauben Sie mir? Glauben Sie, ich habe mich von einem verrückten alten Mann, der Geschichten erzählt, hereinlegen lassen? Vielleicht erzähle ich auch nur Geschichten – dafür werde ich schließlich bezahlt. Sie haben nichts als mein Wort. Trauen Sie mir so sehr?«

»Sie verschwenden nur Ihre Zeit«, sagte Groves. »Ich brauche Ihnen nicht zu trauen. Wenn Dr. Oppenheimer sagt, dass es stimmt, dann stimmt es. Wie auch immer, Sie lassen mir ja kaum eine andere Wahl. Wir müssen etwas tun.«

»Dann lassen Sie mich zu Ende bringen, was ich angefangen habe. Sie wissen genauso gut wie ich, dass hier das Chaos ausbricht, wenn irgendwas von dem hier nach außen dringt. Jeder wird irgendwas tun wollen. Ich kann sie jetzt schon hören. Warum haben Sie die Sicherheitsvorkehrungen nicht verschärft? Wie konnte so etwas passieren? Wir haben jetzt einen neuen Präsidenten. Kennen Sie ihn? Wird er Ihnen den Rücken stärken, wenn alle Zeter und Mordio schreien? *Er* wird etwas tun müssen. Vielleicht fängt er damit ja an der Spitze an.«

Groves runzelte die Stirn, sagte aber nichts.

»Die Sache ist die, wir wissen es nicht. Allerdings ist es ziemlich wahrscheinlich, dass Sie mit einem offenen Bericht kaum etwas Vernünftiges bewirken, sondern ein totales Chaos anrichten werden.«

Oppenheimer sah Groves erwartungsvoll an.

Groves starrte zu Boden und scharrte gedankenverloren mit dem Fuß. »Sie sind ein guter Redner«, sagte er zu Connolly, »aber Sie wissen nicht, was Sie von mir verlangen. Ich kann es nicht tun. Ich muss es ihm sagen.«

»Vielleicht. Aber doch nicht sofort. Ich habe nichts getan, als einen Verdacht zu formulieren. Sie müssten Nachforschungen anstellen, um herauszufinden, ob überhaupt was dran ist. Sie bringen das Projekt selbst nicht in Gefahr. Es geht hier nicht um Sabotage. Und Sie wollen keinen falschen Alarm auslösen. Falls das Risiko eines Sicherheitslecks besteht, müssen Sie versuchen, es zu stopfen. Es ist Ihr Projekt – Sie müssen entscheiden, was das Beste ist.«

»Und das soll Ihr Plan sein?«

»Es ist ein Risiko dabei, ich weiß. Aber wir erreichen nichts, wenn die Geschichte publik wird. Ich könnte Sie erst mit Verzögerung informiert haben«, fuhr er fort und sah Groves direkt an. »Ich bin unabhängig. Vielleicht wollte ich nicht zu Ihnen kommen, bevor ich mehr in der Hand hatte. Ich hätte es tun sollen, aber –«

»Es wäre Ihr Kopf«, sagte Groves.

»Ja.«

»Ich hätte keine andere Wahl.«

»Nein, die hätten Sie nicht.«

»Sie würden das tun?«

»Ich gehöre nicht zur Army. Für mich ist es einfacher. Ich wollte einfach – den Fall abschließen.«

Groves sah sich um und warf einen Blick zu den Jemez-Bergen hinüber. »Aber Sie sind nicht der einzige Beteiligte. Was ist mit Ihnen, Robert?«

Oppenheimer zog an seiner Zigarette und sah dann Groves an. »Wenn Connolly nicht gewesen wäre, wären wir jetzt nicht hier. Wir würden nichts von alledem wissen. Unter diesen Umständen –« Er hielt inne. »– denke ich, dass wir ihm ein bisschen mehr Leine lassen können.«

Groves schwieg eine Weile. »Aber damit hängen Sie sich nur selber auf«, sagte er schließlich. »Robert hat nichts damit zu tun? Ist das klar?«

Connolly nickte. »Eisler hat sich mir anvertraut. Sie kriegen alles, was Sie für Ihren Bericht brauchen. Falls Sie es brauchen. Ich habe Sie einfach verspätet informiert. Sie beide.«

»Mir gefällt das nicht«, sagte Oppenheimer.

»Nein, er hat recht«, erwiderte Connolly. »Sie dürfen damit nichts zu tun haben. Wissen Sie, es hätte ja wirklich so passiert sein können«, sagte er zu Groves. »Sie würden überhaupt nichts wissen, wenn ich es Ihnen nicht gesagt hätte.«

»Warum haben Sie es dann getan?«, fragte Groves.

»Ich brauche Ihre Hilfe.«

Er hatte dabei Groves angesehen, aber es war Oppenheimer, der sagte: »Woran denken Sie?«

»Zunächst brauche ich einige als geheim eingestufte Papiere, etwas, um ihn zu ködern. Etwas, das Eisler bereits geliefert hat, damit sie merken, dass es echt ist, aber etwas, zu dem auch ein anderer Zugang haben könnte. Einen Köder eben. Könnten Sie das tun?«

Oppenheimer nickte.

»Moment mal«, sagte Groves. »Sie wollen geheime Dokumente herausgeben?«

»Etwas, das sie schon haben«, sagte Connolly. »Oder von dem Eisler gesagt hat, dass sie es haben. Wenn wir ihm glauben. Aber wir glauben ihm doch, oder?«

»Ich kann das nicht zulassen. Wissen Sie, was das bedeutet, wenn –«

»Ja, aber ich werde mich nicht erwischen lassen. Ich habe nicht vor, ins Gefängnis zu gehen. Habe ich Ihr Wort?«

»Wie wär's, wenn Sie mir zuerst sagen, was Sie in Gottes Namen vorhaben?«, erwiderte er gereizt und tupfte sich mit einem Taschentuch die Stirn ab. »Und müssen wir hier draußen in der Sonne stehen?«

Connolly nickte und führte sie in den Schatten am Wasserturm. »Es gibt nur einen Weg. Wir müssen ihm einen zweiten Eisler präsentieren. Wir wissen nicht, wie sie Leute hier einschleusen. Vielleicht gibt es ja sonst keinen mehr. So oder so, sie brauchen eine Quelle. Es wird langsam spät. Sie sind hungrig.«

»Wen haben Sie denn eigentlich im Sinn?«, fragte Oppenheimer neugierig.

»Ich habe darüber nachgedacht. Ideal wäre natürlich ein Wissenschaftler, aber das ist kniffelig und wir haben nicht genug Zeit. Wir müssen davon ausgehen, dass sie im Besitz einer Liste aller am Projekt beteiligten Wissenschaftler sind – das war mit Sicherheit das erste, wonach sie gefragt haben.«

Groves stöhnte laut auf.

»Das ist also zu leicht zu überprüfen«, fuhr Connolly fort. »Einen Simulanten würden sie sofort entdecken, sie brauchen nur ihre Liste durchzugehen. Wer ist der Neue? Nie von ihm gehört. Und falls sie noch jemanden hier oben haben, würde der die Finte sofort durchschauen. Und dann sein Hintergrund. Wenn wir behaupten, unser Mann ist aus Berkeley, prüfen sie das in Berkeley nach. Das ist eine ziemlich kleine Gemeinde, nicht? Es ist unwahrscheinlich, dass Sie plötzlich einen neuen Physiker haben, von dem noch nie jemand etwas gehört hat.«

»Ziemlich«, sagte Oppenheimer. »Haben Sie an eine bestimmte Person gedacht?«

»Nein. Sie haben hier oben viertausend Leute. Das technische Personal kommt und geht. Wir basteln uns eine Scheinakte in einem dieser Bereiche. Vielleicht jemand vom Technischen Sonderkommando. Für diese Abteilung kommen dauernd neue Leute. Es muss aber jemand sein, der Zugang zu den brisanten Unterlagen hat. Ein Idealist«, sagte er zu Groves, der ihn mit wachsendem Unbehagen anstarrte. »Sie können doch eine Army-Akte türken, nicht? Und ich lege einen Projekt-Ordner an. Biografie, Unbedenklichkeitsbescheinigung, das Übliche. Das kommt dann alles in die Personalkartei.« Er sah zu dem riesigen Wasserturm hoch, ein Lattengerüst, auf dem der breite Tank ruhte, Los Alamos' Empire State Building. »Vielleicht sollten wir ihn Waterman nennen.«

»In der Metallurgie gibt es schon einen Waterman«, sagte Oppenheimer.

»Na gut, dann Waters. Steven, denke ich. Das klingt gut. Corporal Steven Waters, Technisches Sonderkommando. Die Ratte.«

»Finden Sie das lustig?«, fragte Groves ungeduldig. »Ich kann nichts Lustiges daran erkennen. Ich weiß nicht, auf was wir uns hier einlassen. Das ist kein Bagatelldelikt mehr.«

Connolly wurde rot, wie ein gerügter Schuljunge. »Was macht denn ein Verbrechen zu einer Bagatelle, die Menge des Gestohlenen?«

»Kommen Sie mir nicht frech.«

»Ich suche ja nur einen Kerl, der mit einem Reifenheber in der Hand nervös geworden ist.«

Groves schnaubte, wandte den Kopf ab und sah einem Kohlenlaster nach, der zum Kesselhaus Nr. 1 zockelte.

»Nur eins verstehe ich noch nicht«, sagte Oppenheimer, als wäre nichts passiert. »Ihr Phantom-Corporal Waters hat wertvolle Papiere anzubieten. Wie wollen Sie es sie wissen lassen? Wollen Sie eine Anzeige in die Zeitung setzen?«

»Ich nehme an, dass es ein Netzwerk gibt. Unser Mieteintreiber ist vielleicht die einzige Verbindung, aber in dem Bereich arbeitet niemand allein. Ich brauche Zugang zu dem Netzwerk, jemanden, der die Information weitergibt. Wenn sie so tüchtig sind, wie wir glauben, werden sie sich schon melden.«

»Kennen Sie so jemand?«, fragte Groves. »Warum knöpfen wir uns nicht einfach *ihn* vor?«

»Jeder kann eine Nachricht weitergeben. Ich dachte an Ihren Bruder«, sagte er zu Oppenheimer und wandte sich dann an Groves: »Aber ich vermute, Sie lassen ihn bereits überwachen. Das könnte die Geschichte verkomplizieren.«

Niemand sagte etwas. Groves, das Gesicht bereits rot und verschwitzt vor Hitze, errötete noch mehr und sah weg.

»Frank ist aus der Partei ausgetreten«, sagte Oppenheimer leise. »Schon vor einiger Zeit.«

»Und sie würden wahrscheinlich glauben, dass das alles zu schön ist, um wahr zu sein«, fuhr Connolly fort. »Sie wären wahrscheinlich vorsichtig bei jemandem, der Ihnen nahesteht, und so viel Zeit haben wir nicht. Es gibt noch jemanden. Ich weiß nicht, ob er in die inoffiziellen Aktivitäten der Partei verwickelt ist oder nicht. Ich bezweifle es. Aber er kennt sicher jemanden, der es ist – oder jemanden, der jemanden kennt. Wir müssen nur den Ball ins Spiel bringen und dann hoffen, dass sie ihn aufnehmen und mitspielen. Kann sein, dass es nicht funktioniert. Ein Restrisiko bleibt.«

»Er würde aber auch ein Risiko eingehen, Ihr Freund«, sagte Oppenheimer nachdenklich. »Er müsste Ihnen vertrauen. Würde er das?«

Connolly hielt seinem Blick stand. »Ja, das würde er.«

»Ist er hier?«, fragte Oppenheimer zögernd.

»Nein. Das ist der Punkt, wo ich Ihre Hilfe brauche, General«, sagte er und zog damit den noch immer schmollenden Groves wieder ins Gespräch. »Ich nehme an, Sie können sich eine Section 1042-Akte besorgen, ohne Aufsehen zu erregen. Das ist die Ausländererfassung.«

»Ich weiß, was das ist.«

»Ich brauche eine Adresse. Die aktuelle.«

»Name?«

Connolly sah ihn an. »Ziehen wir die Sache so durch oder nicht?«
Groves zögerte kurz und seufzte dann. »Name?«
»Michael Lawson«, sagte Connolly. »Brite. Kam vor Kriegsausbruch nach Amerika. Vermutlich New York. Können Sie die Akte besorgen?«
Groves nickte. »Wenn sie was über ihn haben, kann ich sie besorgen. Wer ist er?«
»Das brauchen Sie nicht zu wissen. Genau genommen brauchen Sie von jetzt ab gar nichts mehr zu wissen. Sie brauchen nicht zu wissen, was ich tue. Sie müssen in der Lage sein, das zu sagen. Ehrlich. Ich – ich habe Ihnen einfach von Eisler noch nichts erzählt. Das ist alles.«
Groves nickte noch einmal und verschränkte dann die Arme vor der Brust. »Nur noch eins. Wenn ich nichts weiß, kann ich dem Army-Geheimdienst nichts sagen. Falls die auf den Gedanken kommen sollten, Sie zu überwachen, kann ich sie nicht zurückpfeifen.«
»Das ist klar.«
»In dem Augenblick, da Sie mit den Papieren hier rausspazieren, brechen Sie das Gesetz.«
»Dann wollen wir doch mal sehen, wie gut sie sind. Das wird ein Test für sie.«
»Test«, wiederholte Groves mürrisch. »Mir gefällt die ganze Sache überhaupt nicht. Ganz und gar nicht. Diese Anlage hier. Das Pentagon aufzubauen war einfacher.«
Aber Oppenheimer sah Connolly amüsiert an. »Mr. Connolly hat einen Hang zur Heimlichtuerei. Haben Sie so was schon mal gemacht?«
Connolly dachte an Motelzimmer und das bewusste Wegsehen in der Fuller Lodge. »Erst kürzlich.«
»Sind wir hier fertig? Können wir jetzt reingehen und uns abkühlen, bevor ich es mir wieder anders überlege?«, fragte Groves.
»Wir sind fertig«, sagte Connolly. »Ich gehe jetzt zur Krankenstation, um Eislers Sachen zu holen. Und ich werde mir seine Wohnung noch mal ansehen. Man weiß ja nie. Wenn Sie die Adresse haben«, sagte er zu Groves, »schicken Sie sie wohl besser per Telex. Der Code ist sicherer.«
»Nur noch eins«, sagte Groves und zog sein feuchtes Jackett wieder an. »Sie wollen, dass ich mich für Sie aus dem Fenster hänge. Und dabei keine Fragen stelle. Dann sagen Sie mir nur eins: Wie hoch sind die Chancen, dass das wirklich funktioniert?«
Connolly schüttelte den Kopf. »Wenn man keine andere Wahl hat, sind die Chancen immer hoch.«

Sein Wagemut verließ ihn, als er zur Krankenstation ging. Wie oft hatte ein Schuss ins Blaue schon sein Ziel erreicht? Und es ging auch nicht nur um die Chancen einer Wette – das Problem war der Einsatz, den er dafür aufbringen musste. Es würde alles von Emma abhängen. Es war nicht richtig. Aber sie hatte sich ihm quasi aufgedrängt, diese seine einzige Idee, und er hatte einfach zugreifen müssen. In diesem Augenblick fragte er sich, warum er so gierig danach war. Anfangs hatte es ihn gereizt, obwohl er wusste, dass es falsch war, dann hatte er sich verfangen im Gewirr der Unausweichlichkeiten und war schließlich sogar taub für seine eigene innere Stimme geworden. Konnte er Emma dabei verlieren? Nein, er würde abbrechen, bevor es dazu käme. Er dachte an Eisler in seinem Labor, an diese verzweifelten Sekunden beim Puzzlespiel, kurz bevor die Konstellation kritisch wurde. Der Trick dabei war, rechtzeitig aufzuhören, bevor der Drache sich umdrehte. Aber was, wenn die Sache plötzlich ein Eigenleben bekam? Was, wenn schon die Initiierung dieses Prozesses seinen einzig möglichen Ausgang bedingte? Er sah sich auf dem Hügel um – bei den McKee-Einheiten flatterte Wäsche in der warmen, trockenen Luft; ein Techniker arbeitete an einem der Transformatoren; Soldaten fuhren in Jeeps vorbei und alles schien absolut alltäglich. Jeder erledigte einfach seine Aufgabe, damit letztlich eine neue Bombe gebaut werden konnte.

In der Krankenstation saß jemand auf Eislers Bett. Connolly sah zuerst nur eine geschwollene Gesichtshälfte und einen Stirnverband, bevor er Corporal Batchelor erkannte.

»Was ist denn mit Ihnen passiert?«

»Bin gegen eine Tür gerannt«, erwiderte er mit ausdrucksloser Stimme. Neben dem ordentlichen Stapel mit Eislers Habseligkeiten wirkte sein Gesicht verstört. »Wie haben Sie es erfahren?«, fragte er verlegen.

»Ich wusste es nicht. Ich bin wegen dem da hier. Alles in Ordnung mit Ihnen?«

Der Junge nickte.

»Das muss aber ’ne Tür gewesen sein«, sagte Connolly und beugte sich über Eislers Sachen. »Lassen Sie ihm das durchgehen?«

Der Soldat zuckte die Achseln. »Es war nur eine Tür. Ich werd’s überleben.«

»Eine von der unfreundlichen Art.«

Der Junge lächelte schwach und verzog das Gesicht, weil ihn ein Riss im Mundwinkel schmerzte. »Ja, von der sehr unfreundlichen Art. Muss im PX vorsichtiger sein.«

»Vielleicht sollten Sie beim nächsten Mal einfach wegbleiben«, sagte Connolly. Dann wurde ihm der Ton seiner Stimme bewusst, und er ergänzte: »Tut mir leid. Hab's nicht so gemeint.«

»Schon gut«, erwiderte der Soldat mit erschöpfter Miene. »Hab's ja darauf angelegt.«

»Niemand legt's auf so was an«, sagte Connolly, der plötzlich wütend war wegen des Jungen, dann aber merkte, dass er keine Ahnung hatte, was dahintersteckte. Wie war es denn, ein solches Leben zu führen? War jedes Rendezvous ein Risiko? Er dachte wieder an die normale Welt draußen, die so hell strahlte, dass sie jede andere unsichtbar machte. Und dann fiel ihm ein, dass es ja eine ganz andere Art von Fehltritt hätte sein können, eine falsche Frage. Connollys Schuld.

»Das hatte doch nichts zu tun mit – ich meine, Sie haben nicht –«

»Herumgeschnüffelt?« Der Junge schüttelte den Kopf. »Nein. Nur eine Tür. Ich habe übrigens nie was gehört. Da Sie schon fragen.«

»Ich weiß. Er war nicht – wir haben einen Fehler gemacht.«

Der Junge sah ihn an. »Worum ging's denn tatsächlich?«

»Wir wissen, dass es nicht darum ging. Keine Angst. Keiner wird irgendjemanden belästigen.«

Er nickte noch einmal. »Gut. Bin froh darüber.«

»Also rennen Sie nicht mehr gegen Türen. Nicht deswegen.«

Der Soldat zuckte die Achseln. »Bin einfach ein schlechter Menschenkenner, das ist alles. Das war noch nie meine Stärke. Was ist mit Ihnen?«

Die Frage traf Connolly unvorbereitet, als wäre sie aus einem anderen Gespräch gekommen. »Auch kein besonders guter.« Er sammelte Eislers Sachen zusammen. »Ich finde allerdings noch immer, dass Sie viel Mumm haben.«

Nun war das Lächeln breiter, eine etwas verschobene Grimasse. »Ja. Danke.«

»Und ich glaube außerdem, dass Sie ein verdammter Narr sind, wenn Sie ihm das durchgehen lassen. Sie sollten den Mistkerl anzeigen.«

Als Batchelor ihn nun ansah, war sein Blick beinahe flehend. »Das kann ich nicht. Wissen Sie das denn nicht? So läuft das eben. Ich kann es nicht.«

Connolly dachte über ihn nach, als er mit dem Koffer in der Hand zu Eislers Haus ging. Es war nicht recht, dass einer wie Batchelor so einfach verprügelt werden konnte. Er fragte sich, was nach dem Krieg mit dem Jungen passieren würde, wenn es ihn vom Hügel in ein anderes Leben verschlug.

Von diesem Geheimnis gab es sichtbare Spuren. Eisler hingegen hatte seins mit ins Grab genommen. Hier waren seine Kleider, die Bücher, die alten Photos. Connolly saß eine Weile rauchend in Eislers Wohnzimmer und starrte die Wände an, als versteckte sich hinter ihnen ein Hinweis, den er nur zu entdecken brauchte. Schließlich begann er, sich die Bücher anzusehen. Er nahm sie vom Regal, blätterte darin und stapelte sie dann auf dem Boden. Er dachte an seine erste Nacht in Karls Zimmer, die Anwesenheit eines anderen in diesen wenigen, ordentlichen Habseligkeiten, eines Menschen, der noch hier wohnte und sich nur auf dem Rückweg verspätet hatte. Aber Eisler war verschwunden, war vielleicht überhaupt nie hiergewesen. All diese Gegenstände, diese vollgestellten Zimmer verflüchtigten sich, bis nur noch eine Idee übrigblieb. Wie war es, mit einem so absoluten Glauben zu leben und alles andere für diese eine Überzeugung hintanzustellen? Wie war es, sich nicht darum zu kümmern, wer verletzt wurde? Wie er hier so stand, ein für ihn bedeutungsloses deutsches Buch in der Hand, spürte er plötzlich das Zimmer leer werden. Ein ganzes Leben für eine Idee. Und die war falsch gewesen.

15

»Ich werd's verdammt noch mal nicht tun«, sagte sie und setzte sich auf.

»Du musst.«

»Muss ich nicht.«

Sie hielt sich das zerknitterte Laken vor, als wäre sie von einem Eindringling überrascht worden. Das Zimmer war warm, die Jalousien geschlossen.

»Du bist unsere einzige Chance«, sagte er ruhig.

Sie starrte ihn an, sprang dann aus dem Bett und packte ihre auf dem Boden verstreuten Kleider. Sie drehte sich zur Badezimmertür und stolperte im Dämmerlicht. »Scheißkerl«, sagte sie und taumelte zum Fenster. Als sie an der Kordel der Jalousie zog, wurde das bernsteinfarbene, erotische Licht im Zimmer plötzlich grellweiß: ein billiger Teppich, ein Resopaltisch und Connolly, der sich im Bett aufsetzte. Er sah ihr zu, wie sie, um ihre Blöße zu bedecken, hastig mit dem Slip hantierte.

»Ich werde bei dir sein. Bei jedem Schritt«, sagte er.

Sie hielt frustriert inne und stand da, den Slip noch immer in der Hand.

»Du bist ja reizend«, sagte sie. »Wirklich reizend. Wartest, bis wir fertig sind, und fragst erst dann. Was hast du dir dabei gedacht? Erst ordentlich rumfummeln und dann ein bisschen Spion spielen? Braves Mädchen. Du musst verrückt sein. Ich werde es nicht tun.«

»Emma, bitte. Ich hab's dir doch erklärt.«

»Hast du das?«, fragte sie und mühte sich wieder mit dem Slip ab. »Einen Ehemann betrügen, den anderen in eine Falle locken. Das kommt doch ungefähr hin, oder? Nein, vielen Dank, das werde ich nicht. Er ist mein Ehemann. Oder war es. Ist es. Was auch immer, ich werde ihn nicht ins Gefängnis schicken.«

»Er kommt nicht ins Gefängnis, Sie wollen nichts von ihm – er ist nur ein Mittelsmann. Im schlimmsten Fall schicken sie ihn nach Hause.«

»Ja? Komisch, ich kann die Schlüssel schon klirren hören.«

»Ich verstehe dich nicht. Er hat dich sitzen lassen.«

»Aber darauf steht kein Gefängnis, oder? So viele Zellen hätten sie gar nicht.«

»Es geht nicht um ihn.«

»Für mich schon. Ich will ihn nicht sehen. Er ist tot. Und ich werde ihn nicht wieder zum Leben erwecken. Nur damit ihr ihn einsperren könnt.«

»Niemand will ihn einsperren.«

»Egal, was passiert, ich wäre daran schuld, nicht wahr? Du würdest überhaupt nicht wissen, dass er existiert, wenn ich es dir nicht gesagt hätte. Bevor du diesen großartigen Einfall hattest.«

»Beruhige dich doch.«

»Ich will mich nicht beruhigen«, sagte sie. »Ich nehme an, du hast meine Dienste bereits angeboten. Das muss im Sicherheitsbüro ein ziemliches Aufsehen erregt haben. Mein Gott, was für eine Vergangenheit. Wer hätte das gedacht? Ich wusste ja gar nicht, dass sie so eine ist.«

»Niemand weiß das. Und niemand wird je etwas erfahren.«

»Wie bist du nur auf den Gedanken gekommen, dass ich so was tun könnte?«

»Ich dachte, du willst es«, erwiderte er sachlich. »Wir müssen es herausfinden. Es ist wichtig.«

»Ich und wollen. Warum? Zum Wohle des Landes? Dass ich nicht lache.«

»Ich dachte, du würdest es für Karl tun.«

»Karl?«, fragte sie verwirrt. »Karl ist tot.«

»Eisler ebenfalls. Und wer weiß, vielleicht noch jemand.«

»Vielleicht die ganze verdammte Welt. Hör mal, du bist derjenige mit dem Schwert der Rache. Und du kannst das ganz gut.«

»Emma, ich brauche deine Hilfe. Er wird dir vertrauen.«

»Wie kommst du drauf? Um der alten Zeiten willen? Oder soll ich mit ihm ins Bett gehen? Ist es das? Vielleicht willst du noch zusehen.«

»Hör auf.«

»Ist es das? Wie Mata Hari?«

»Nein, natürlich nicht. Wenn ich es dir nur erklären könnte –«

»Ach, du. Du lügst doch das Blaue vom Himmel herunter, nur um deinen Kopf durchzusetzen. Wahrscheinlich werden wir als nächstes die Welt retten. Und ich darf dafür die Beine breit machen.«

»Hörst du mir jetzt mal zu?«

»Hör lieber du zu«, sagte sie, gab ihren Kampf mit dem Slip auf und ging zum Bad. »Und zwar dir selber. Du wirst überrascht sein, was du da hörst.« Sie knallte die Tür hinter sich zu.«

Eine Weile saß er noch auf dem Bett und wartete, aber es war nur das Rauschen des Wassers zu hören. Er zog seine Hose an, ging zum Fenster, stellte die Lamellen der Jalousie schräg und sah hinaus auf den staubigen Parkplatz. Ihre Wut hatte ihn überrascht. Sie war wie eine unterirdische Quelle, die mächtig im Verborgenen sprudelt, bis sie Gelegenheit erhält, zutage zu treten. Er dachte an diesen ersten Abend beim Square Dance, als er sie zum ersten Mal begehrte. Er fragte sich, ob sie sich ausspülte, ihn wegwusch. Er zündete sich eine Zigarette an und sah zu, wie der Rauch ins Licht stieg. Das Schlimme war, sie hatte recht. Er hatte gewartet, bis sie fertig waren. Er hatte sie geliebt und schon gewusst, dass er sie fragen würde.

Als sie aus dem Bad kam, trug sie ihren Slip, und ihr Gesicht war noch feucht. Sie strich sich mit den Fingern die Haare zurück, setzte sich und schlug mit beinahe theatralischer Ruhe ein Bein übers andere. »Keine Angst«, sagte sie. »Ich beiße nicht. Hast du noch eine?«

Er gab ihr wortlos eine Zigarette, sodass das Schweigen wie eine Entschuldigung war.

Die Spannung wich aus dem Zimmer, die harten Worte wehten mit dem Rauch zum Fenster hinaus.

»Ist es dir wichtig?«, fragte sie schließlich.

»Ja.«

»Ja, wie könnte es auch anders sein?« Ihre Lippen kräuselten sich in amüsierter Resignation, als würde sie über sich selber lachen.

»Woran denkst du gerade?«, fragte er.

»An meinen Vater«, erwiderte sie, beinahe verträumt. »Er hatte recht, nicht? Hier ist das Zimmer – schäbig dürfte das richtige Wort dafür sein. Irgendwo in einer amerikanischen Wüste. Weiter weg von allem geht wohl kaum. Und ich sitze hier, nur im Slip, und rauche eine Zigarette, wie eine Schlampe –«

»Hör auf.«

»Nein, wie eine Schlampe. Mit dem Schweiß eines Fremden auf meiner Haut, einem Ehemann ein paar Häuser weiter und einem zweiten irgendwo anders – mein Gott. Was für ein Anblick. Und mein Liebhaber. Na ja, mein Liebhaber. Alles ziemlich genauso, wie er es vorhergesagt hat.«

»Nein, so ist es nicht.«

»Nicht?«

»Ich liebe dich.«

»Und das ändert alles. Was immer das bedeuten mag.«

»Es bedeutet, dass ich dich nicht mehr bitten werde. Ich werde dich um gar nichts bitten. Vergiss es.«

»Könntest du das? Nein, jetzt, da du schon mal angefangen hast, darfst du mich ruhig bitten. Worum denn genau?«

»Soll das heißen, du machst es?«

»Ich werde ihm nicht schaden. Kannst du mir versprechen, dass ihm nichts passieren wird? Nein, lass es. Du kannst es nicht versprechen, aber du würdest es. Du würdest lügen. Du könntest nicht anders.«

»Ich werde dich nicht belügen. Ihm wird nichts passieren.«

»Ich werde für dich nicht die Hure spielen.«

»Glaubst du wirklich, ich würde das von dir verlangen?«

»Nein.«

»Was soll dann das Ganze?«

Sie drehte sich von ihm weg und starrte ins Leere. »Ich weiß auch nicht. Vielleicht will ich die Vergangenheit nicht wieder aufwühlen.

Kannst du das verstehen? Man weiß ja nie, was man alles entdeckt. Ich will nicht zurück.«

»Nur dieses eine Mal. Irgendwann musst du es sowieso tun.«

»Um klar Schiff zu machen, meinst du? Oh, das ist gut. Darling, lass uns die Ehe in aller Freundschaft annullieren. Und hier für deine Mühen ein paar hübsche Geheimnisse. Geht's darum? Mein Gott, ich weiß nicht, ob ich das schaffe. Ich bin keine so gute Lügnerin.«

»Es ist keine Lüge. Die Papiere sind echt.«

»Aber ich nicht. Er würde mich sofort durchschauen. Warum gerade er?«

»Du hast nicht gewusst, an wen du dich sonst wenden sollst. Du traust ihm.« Er sah ihr in die Augen.

»Warum jetzt? Woher habe ich gewusst, wo ich ihn finde?«

»Du hast es schon eine ganze Weile gewusst. Du wolltest einfach – die Vergangenheit nicht wieder aufwühlen.«

»Aber jetzt bin ich bereit fürs Maulwurfspielen.«

»Es ist wichtig. Du brauchst seine Hilfe. Du tust es für deinen Geliebten.«

»Na, wenigstens das wäre nicht gelogen.«

»Für deinen Geliebten Corporal Waters, Postfach 1663, Santa Fe.«

»Wie ist der denn so, dieser Typ?«

»Ein Idealist. Wie der erste.«

»Was für ein Mistkerl du doch bist.«

»Er wird dir glauben. Man verliebt sich immer in dieselben Typen.«

»Dann bist du die Ausnahme«, sagte sie und drückte die Zigarette aus. Aber jetzt hatte sie, ohne dass sie es wollte, die Neugier gepackt. »Warum nicht Daniel?«

»Er ist echt. Sie könnten das nachprüfen.«

»Was soll ich ihm übrigens sagen? Dass ich nach New York fahre, um ein bisschen einzukaufen?«

»Das weiß ich noch nicht. Wir müssen uns etwas ausdenken. Vielleicht hat Oppie dich gebeten, ihm mit einigen Briten zu helfen, die auf Besuch hier sind. Es ist für dich eine Chance, mal wegzukommen. So was in der Richtung.«

Emma stand auf und sah zum Fenster hinaus. »Ich muss es ihm irgendwann sagen, das weißt du. Vielleicht ist jetzt der richtige Zeitpunkt.«

»Noch nicht.«

Sie drehte sich zu ihm um. »Warum nicht?«

»Es ist besser, damit noch zu warten. Wir wissen nicht, wie er reagiert. Außerdem ist er im Augenblick zu beschäftigt.«

»Nützlich, meinst du. Für das Projekt. Wir wollen doch jetzt keine Komplikationen heraufbeschwören, nicht? Persönlicher Art.«

»Nein, das wollen wir nicht.«

Sie sah ihn lange an und begann dann, im Zimmer auf und ab zu gehen. »Gut. Und mein neuer Freund ist – ich nehme an, du hast eine komplette Geschichte für ihn ausgearbeitet –?«

»Das können wir im Zug besprechen.«

»Mein neuer Freund, der letzte in der langen Reihe, die mein Daddy mir prophezeit hat –« Sie hob die Hand, bevor er etwas erwidern konnte. »Du willst doch, dass ich mich in meine neue Rolle einlebe, oder? Auf jeden Fall ist er furchtbar besorgt. Schlechtes Gewissen?«

Connolly ignorierte den Ton. »Sie bauen eine schreckliche Waffe«, sagte er bedächtig. »So schrecklich, dass sie alles verändern wird. Wir dachten, die Nazis würden auch eine bauen. Aber jetzt, da sie geschlagen sind, versteht er nicht, warum es noch immer geheim ist. Einige Wissenschaftler wollen, dass sie überhaupt nicht angewendet wird. Sie wollen die Welt informieren, aber sie können nichts tun. Die ganze Anlage ist hermetisch abgeriegelt. Ihre einzige Hoffnung, diese Waffe zu kontrollieren, besteht darin, dass jeder Bescheid weiß. Dass alle Angst haben. Ansonsten kann die Army tun, was sie will. Nicht nur in Japan. In Russland. Wo sie nur will. Warum sagen wir es unseren Alliierten nicht? Oder wollen wir sie für uns selbst behalten? Für später. Solange wir das Geheimnis besitzen, sind wir eine Bedrohung für den Rest der Welt. Wir werden die Nazis sein.«

Still und mit ernstem Gesicht sah Emma ihn an. Sie ging nicht mehr auf und ab, sondern hatte die Arme vor der Brust verschränkt, als fröstelte sie. »Stimmt das?«

»So würde Corporal Waters es sehen.«

»Ich meine die Wissenschaftler. Wollen sie wirklich, dass die ganze Welt es weiß?«

»Sie werden es wollen. Im Augenblick denken sie an nichts anderes, als sie zum Funktionieren zu bringen. Sie glauben, sie gehört ihnen. Und sie merken nicht, dass sie nur Akkordarbeit für die Army leisten.«

»Aber glaubst du das? Oder ist das alles nur Teil der Geschichte?«

»Das ist unwichtig. Ich denke, wenn man der einzige ist, der eine Pistole in der Hand hält, verhalten sich viele Leute so wie Corporal Waters. Vielleicht haben sie recht.«

»Aber du willst sie trotzdem stoppen. Auch wenn sie recht haben.«

»Ich halte es auch für falsch, einem anderen eine Pistole in die Hand zu drücken. Der könnte ja schießen. Leute tun das für gewöhnlich.«

»Wie Cowboys.«

»Nein, wie Völker. Wie in Kriegen und Hinrichtungen von unzähligen Menschen. Ich möchte ihnen die Pistole nicht anvertrauen. Ich bin kein Idealist.«

»Doch, bist du schon«, erwiderte sie leise. »Einer von der schlimmsten Sorte. Du willst es selber tun.« Sie ließ langsam die Arme sinken und kam auf ihn zu. »Ich weiß das. Ich verliebe mich immer in dieselben Typen.«

Er stellte sich vor sie, hatte jedoch Angst, sie zu berühren. »Ich werde dich nicht bitten. Wenn du nicht willst.«

Sie schüttelte den Kopf und legte ihm die Hand auf den Arm. »Nein. Bitte mich. Das hat noch niemand getan.«

»Du musst sehr vorsichtig sein. Denk an Karl.«

»Vorsichtig. Wenn ich vorsichtig wäre, wäre ich nicht hier.«

»Dann machst du es?«

»Du willst es doch, nicht?«

Er nickte.

»Kommst du mit mir?«

»Ich muss. Du bist meine Tarnung.«

»Wie meinst du das?«

»Wie gesagt, niemand weiß etwas davon. Wenn ich den Hügel verlasse, werden unsere Freunde vom G-2 mich beschatten. Sie werden sich fragen, wohin ich gehe. Aber wenn sie dich sehen, fragen sie sich das nicht.«

»Du denkst an alles, nicht? Aber wie geht unsere Geschichte weiter? Haben wir eine Affäre?«

»Könnte sein«, erwiderte er lächelnd.

»Glaubst du, dass uns das jemand abnimmt?«

»Jeder.«

Einen Augenblick lang schwieg sie. »Aber Matthew darf nichts geschehen. Was ist, wenn du dich irrst? Wenn er nicht mitspielt? Wenn er mich davonjagt?«

»Dann haben wir ein Wochenende für uns in New York. Er wird aber mitmachen. Das Material ist echt. Sie werden nicht widerstehen können.«

»Aber ihm passiert nichts.«

»Nein«, sagte er und fasste ihre Arme. »Du bist schrecklich loyal deinem Gatten gegenüber.«

»Hm«, sagte sie. »Allen. Aber denk nur, was ich für dich tue.«

Er küsste sie und drückte sie an sich. »Ich appelliere nur an dein Gewissen.«

»Du bist ein Mistkerl. Du würdest sogar das ausnützen, um zu bekommen, was du willst, nicht?«

»Wenn es funktionieren würde«, sagte er und küsste sie. »Würde es?«

»Frag mich das später.«

»Ich dachte, alle Urlaube sind gestrichen«, sagte Mills.

»Zivilisten haben gewisse Privilegien«, erwiderte Connolly. »Es sind ja nur vier Tage. Glauben Sie nicht, dass ich einen Kurzurlaub verdient habe, da ich mir dauernd Ihr Gefasel anhören muss?«

»Es wurden zwei genehmigt«, sagte Mills und gab ihm seine Papiere. »Vielleicht nehmen Sie besser beide Passierscheine.«

»Ich glaube nicht. Ich brauche nur einen«, erwiderte Connolly und nahm seine Unterlagen entgegen. »Spielen Sie den Schlaumeier oder was?«

»Irgendwelche besonderen Aufträge für mich, solange Sie weg sind?«

»Nein. Rufen Sie bei Holliday an, nur der Höflichkeit halber. Fragen Sie, ob er an der Kirche jemanden gesehen hat. Und sagen Sie ihm, dass ich noch immer nichts habe. Nicht mal eine vage Idee. Vielleicht fällt mir ja was ein, während ich weg bin.«

»Sie haben wohl vor, viel nachzudenken, was?«

»Ach wissen Sie, bei der Sicherheit erfährt man alle möglichen Dinge. Man darf nur keine voreiligen Schlüsse ziehen. Aber das brauche ich Ihnen natürlich nicht zu sagen – Sie sind ja Profi.«

»Richtig«, sagte Mills und grinste dann. »Trotzdem viel Spaß.«

Connolly erwiderte das Lächeln. »Könnten Sie mir noch einen Gefallen tun? Wenn Sie mit jemandem reden, egal, wer's ist, lassen Sie doch bitte ihren Namen aus dem Spiel? Ich will nicht, dass jemand auf falsche Gedanken kommt. Das sorgt leicht für Aufregung.«

»Sie haben Glück, dass Sie nicht standrechtlich erschossen werden. Hinterlassen Sie eine Nummer? Gehört zum Prozedere.«

»Denken Sie sich eine aus. Ich würde sowieso nur eine falsche hinterlassen.«

»Und ich würde es herausfinden. Auch das gehört zum Prozedere.«

Oppenheimer hatte seine Beziehungen spielen lassen und ihnen ein Schlafwagenabteil besorgt, eine Oase der Ruhe in dem überfüllten Zug, aber auch so war die Reise heiß und staubig. Nach der Hochebene New Mexicos fuhren sie nun durch das flache amerikanische Tiefland, in dem die Hitze erdrückend war. Eine Gruppe Soldaten hatte den Salonwagen besetzt, und ihre ausgelassenen und aufdringlichen Lieder, die durch den Gang hallten, waren störend wie der Lärm eines Gelages. *Chattanooga Choo-Choo,* dachte Connolly irritiert. Vielleicht hatten auch die Musiker, die diese fröhlichen Zuglieder geschrieben hatten, betrunken in einem Salonwagen gesessen, sodass für sie die schäbigen Abteile in alkoholumnebeltem Glanz erstrahlten. Zum Abendessen hatte es zähe Lammkotellets und Dosenerbsen gegeben, auf den Tisch geknallt von gehetzten Kellnern, die mit einem Auge bereits auf die Schlange der auf einen freien Platz Wartenden schielten. Sie tranken kaltes Bier und gingen dann, erschöpft, ohne müde zu sein, ins Bett und warteten, dass das Rattern der Schienen sie in den Schlaf lullte. Connolly lag auf den feuchten Laken, warf sich in der Dunkelheit hin und her und träumte schließlich von Eisler, der an der Tafel stand und über sein Schicksal nachdachte.

Der nächste Tag war besser. Emma blätterte in einem Magazin und hatte sich den Rock über die Knie hochgezogen, um sich vom Luftzug kühlen zu lassen. Die Landschaft war jetzt grün und üppig. Connolly sah träge zum Fenster hinaus und warf keinen Blick mehr in das Heft, das offen auf seinem Schoß lag. Ein GI-Bericht aus Okinawa, umgeschrieben von einem anderen Connolly am OWI, um ihm den richtigen Schliff zu verpassen. Keine Inkontinenz. Verwundungen nur bis zum Bauch, nie tiefer. Keiner wurde je an den Genitalien getroffen. Leichen auf Fotos waren immer intakt. Connolly hatte Geschichten gehört, dass zerfetzte Körper weggeräumt wurden, damit man diese Fotos machen konnte. Aber das war früher gewesen, als Kampfmoral noch ein Thema war. Jetzt zeigten die Bilder eine neue Brutalität. Mit stumpfen Augen und offenen Mündern starrten Soldaten von den Hochglanzseiten, verblüfft über den Fanatismus des Gegners. Die Hügel waren übersät von Tausenden selbstgegrabener Höhlen. Auch jetzt am Ende schien der Krieg ewig weiterzugehen. Es war noch immer Zeit für das Spielzeug. Vor dem Fenster zogen Farmen und bewaldete Hügel vorbei, verschlafen und unwissend.

Ein kurzes Gewitter warf beim Mittagessen Regen gegen die Fenster des Speisewagens. Emma stocherte gedankenverloren in ihrem Hühnersalat.

»Alles in Ordnung?«, fragte Connolly.

Sie nickte.

»Bereust du, dass du mitgekommen bist?«

»Bereut habe ich es vor dem Einsteigen. Jetzt bin ich neugierig.«

»Auf Matthew?«

Sie nickte wieder. »Wie er wohl ist, was meinst du? Oder weißt du es vielleicht? Hat man dir was gesagt?«

»Eine Adresse. Er arbeitet am Union Square. Macht noch immer irgendwas für die Partei. Aber ich weiß nicht genau, was.«

»Macht es dir etwas aus? Das mit Matthew, meine ich.«

»Ich habe ihn ja noch nicht gesehen«, erwiderte er leichthin. »Ist er attraktiv?«

»Er war es. Vielleicht hat er auch nur so gewirkt, weil die Genossen so langweilig waren.« Sie begegnete seinem Blick. »Ja, er sieht gut aus. Blond. Dünn – er hat nie viel gegessen. Käse und Kräcker, das reichte ihm. Er mochte – aber das willst du alles gar nicht wissen, oder?«

»Nein.«

»Nein«, wiederholte sie. »Aber das war damals. Die Menschen ändern sich.« Sie spielte nachdenklich mit ihrer Gabel. »Wenn er noch immer für die Partei arbeitet, warum darf er dann bleiben?«

»Es ist nicht illegal.«

»Aber sie behalten ihn im Auge.«

»Vermutlich.«

»Wissen sie über mich Bescheid?«

»Nein, du existierst nicht.«

»Das gefällt mir. Ist wie Zugfahren, nicht? Niemand weiß, wer du bist. Du bist nur ein Fahrschein. Das hat mir immer gefallen. Sogar jetzt. Das sollte es nicht, ich weiß, aber irgendwie macht es mir Spaß.«

»Du siehst aber nicht aus, als ob es dir Spaß machen würde.«

»Macht es mir aber. In gewisser Weise. Dir zuzusehen, wie du unter der Hitze leidest. Dass niemand da ist, der uns stört. Dass wir nicht einmal reden müssen.«

»Sorglos wie ein Vogel.«

Sie sah ihn an. »Na gut, nicht ganz.«

»Wir sind auch nicht ganz allein.«

»Was meinst du damit?«

»Schau nicht hin – nein, ernsthaft, schau nicht hin. Warum drehen sich die Leute immer um, wenn man so was sagt? Wenn es sich irgendwie ergibt – der Kerl mit der Paisley-Krawatte zwei Tische hinter dir.«

»Was soll ich denn tun, die Gabel fallen lassen?«, fragte sie neckisch. »Ich hab' so was seit der Schule nicht mehr gemacht. Meinst du das ernst?«

»Du könntest dich ja nach dem Kellner umsehen. Wenn du noch Eistee willst.«

»Du meinst es ernst.« Sie wartete einen Augenblick, drehte sich dann um und ließ den Blick nur für Sekundenbruchteile bei dem anderen Tisch verweilen.

»Was, der Mann mit der Eiscreme?«, fragte sie, als sie sich wieder ihm zugewandt hatte. »Das soll wohl ein Witz sein.«

»Nein. Er beschattet uns.«

»Woher weißt du das?«

»Hast du seinen Hut gesehen? Sie legen ihren Hut immer so, dass sie ihn schnell bei der Hand haben. Das ist praktisch eine Visitenkarte.«

»Blödsinn.«

»Er hat dich noch kein einziges Mal angesehen.«

»Vielleicht bin ich nicht sein Typ.«

»Nicht so. Er hat überhaupt nicht in deine Richtung gesehen.«

»Ich glaube dir nicht.«

»Gut. Umso besser. Dann verhältst du dich natürlich, und genau das wollen wir.«

»Nein, jetzt nicht mehr«, sagte sie und legte die Gabel nieder. »Warum überhaupt diese ganze Geheimniskrämerei? Ist er einer von euren Leuten?«

»Ich hoffe es.«

»Warum dann –«

»Der Army-Geheimdienst mag mich nicht besonders. Wenn jemand von außen hinzugezogen wird, denken sie, dass irgendwas los ist. Und sie kommen sich nicht gerne ausgeschlossen vor. Also beobachten sie. Das ist ihre Arbeit.«

»Aber kannst du ihn nicht zurückpfeifen lassen?«

»Dann würden sie wirklich wissen wollen, was los ist. Im Augenblick bin ich für sie nur ein Typ, der Privilegien nutzt, die sie gerne hätten. Sie haben keine Ahnung, was wir tun.«

»Bis auf das Offensichtliche.«

Er lächelte. »Bis auf das Offensichtliche.«

»Warum hast du dann gesagt, du hoffst, dass sie es sind?«

»Na ja, es gibt auch noch eine andere Möglichkeit. Karl war beim Geheimdienst, und er ist tot. Dieser Kerl mag einer von uns sein, aber ich kenne ihn nicht. Also hoffe ich, dass es nur jemand ist, den Lansdale geschickt hat, damit er Hausdetektiv spielt. Wenn nicht, könnten wir Probleme bekommen. Aber so oder so, wenn du dich mit Matthew triffst, will ich ihn nicht in der Nähe haben. Das könnte alles ruinieren.«

Emma rührte nachdenklich mit ihrem langen Löffel im Eistee. »Du hast recht. Mir macht das keinen Spaß. Jetzt nicht mehr. Es ist nicht gerade lustig, dass jeder den anderen anlügt. Es wäre mir lieber, du hättest es mir nicht gesagt. Warum hast du es getan?«

»Irgendwann musstest du es erfahren. Wir müssen ihn abhängen. Und das schaffe ich nicht allein.«

»Warum sich die Mühe machen? Du würdest sowieso nur nach dem nächsten Ausschau halten. Er ist jetzt wenigstens ein Teufel, den wir kennen.«

»Mit Zuschauern können wir die Sache nicht machen. Egal, wer es ist. Ob einer von uns oder einer von denen. Wir können das Risiko nicht eingehen. Matthew muss dir glauben, sonst funktioniert die ganze Geschichte nicht.«

»Und was ist, wenn er nur ein Mann mit einem Hut ist?«

»Dann wird es ihm nichts ausmachen. Schau, niemand weiß über Matthew Bescheid. Und das ist unsere einzige Chance, ihn zu beschützen.«

»Das klingt immer besser«, sagte Emma und drehte den Kopf zum Fenster. »Es hat aufgehört zu regnen. Jetzt dampft's nur noch.«

»Ich habe gesagt, ich tue, was ich kann«, sagte Connolly. »Warum machen wir nicht einen Schritt nach dem anderen?«

»Gut. Und was kommt zuerst? Stoßen wir ihn aus dem Zug?«

»Das ist kein Witz, Emma.«

»Dann hör auf, es so zu genießen. Für dich ist das alles ein Spiel. Ihn erst entdecken, dann abhängen. Mal sehen, wie gut sie sind. Mal sehen, wie gut du bist. O Gott, hätten wir das alles nur schon hinter uns.«

»Wir haben es schon fast geschafft«, erwiderte er, um sie zu beruhigen.

»Darf ich dich was fragen? Wenn niemand weiß, was wir tun, ist auch niemand da, der auf uns aufpasst, nicht? Falls irgendwas passiert, meine ich. Es wird niemand da sein. Nicht mal der Mann mit dem Hut.«

»Richtig.«

»Daran habe ich gar nicht gedacht. Muss ich jetzt Angst haben?«

»Hast du Angst?«

»Nein. Komischerweise. Aber ich bin ja auch ein allseits bekannter Trottel.«

»Das weiß hier niemand«, sagte er lächelnd. »Vergiss nicht, du bist nur ein Fahrschein.«

»Dein Freund weiß es«, sagte sie und nickte leicht in die Richtung des Mannes.

»Er weiß, dass du hier bist. Er weiß nicht, was du tust.«

»Was soll ich denn tun?«

»Spaß haben. Ein schlimmes Mädchen sein.«

Er streckte die Hand aus und legte sie auf die ihre.

»Bin ich nicht«, sagte sie.

»Tu so. Lächle mich an. Lach ein bisschen, wenn du das schaffst.«

»Ich dachte, wir wollen ihn abhängen, keine Schau abziehen.«

»Noch nicht. Später. Zuerst müssen wir dich einführen.«

»Und wie machen wir das?«

»Trink deinen Tee aus. Dann gehen wir ins Abteil zurück, hängen ein ›Nicht Stören-Schild‹ an die Tür und machen viel Lärm.«

»Lauschen die an Schlüssellöchern?«, fragte sie.

»Sie bestechen die Schaffner.«

»Meinst du das ernst?«

»Das mit dem Lärm schon.«

»Es ist heiß.«

»Zum Ersticken. Wir besorgen uns Eiswürfel.« Jetzt lachte sie ihn an, ein tiefes, kehliges Lachen. »Genau«, sagte er. »Genauso.«

»Und wie lange dauert das Ganze? Bis ich eingeführt bin?«

»Wir haben den ganzen Tag Zeit. Abhängen können wir ihn in New Jersey. In New Jersey gehen immer wieder Leute verloren.«

In Newark verließen sie, halb versteckt in einem Pulk Soldaten, die auf dem Bahnsteig ihre Familien begrüßten, den Zug.

»Geh auf die Toilette, wir treffen uns dann bei den Bussen wieder«, sagte er im Gehen.

»Wo?«

»Rechts raus. Folge den Schildern.«

»Während er dir folgt.«

»Nein, er wird glauben, dass wir noch im Zug sind.«

»Was ist mit dem Schaffner?«

»Wir haben das Trinkgeld im Abteil gelassen – der kümmert sich nicht mehr um uns. Er wird denken, wir sind noch im Salonwagen. Letzte Bestellung.«

»Und wenn er dir doch folgt?«

»Dann wirst du mich an der Bushaltestelle nicht sehen.«

Aber er wartete dort auf sie, saß auf einer der hölzernen Bänke und fächelte sich mit dem Hut Luft zu. Die Luft war schwül und stank nach Diesel.

»Was hast du eigentlich da drin?«, fragte er und zeigte auf ihren Koffer.«

»Meine Aussteuer.« Sie setzte sich. »Sind wir jetzt allein?«

»Ich glaube schon.«

»Und jetzt?«

»In zehn Minuten kommt der Bus. Und dann suchen wir uns ein Hotel.«

»Du hast nichts reserviert?«

»Doch«, erwiderte er lächelnd. »Aber wenn wir dorthin gehen, hätten wir uns die Mühe sparen können, hier auszusteigen.«

»Ich hab' dir doch gesagt, dass ich in solchen Dingen nicht sehr beschlagen bin. Ich brauche jetzt einfach ein Bad. Es ist mir ganz egal, wo. Was glaubst du, was der Mann jetzt macht?«

»Unser Freund? Er rennt kreuz und quer durch die Penn Station. Und schwitzt.«

Emma kicherte. »Der wird aber wütend sein. Außer natürlich, du hast dich geirrt. Vielleicht ist er nur ein Mann auf dem Weg zu einem gemütlichen Bad in seiner Wanne, und wir sind diejenigen, die herumrennen und schwitzen.«

»Egal«, sagte Connolly.

Der Bus war überfüllt, und Connolly musste stehen. Während sie durch das Marschland von New Jersey holperten, hielt er sich an ihrer Kopfstütze und mit der anderen Hand am Gepäcknetz fest. Als sie dann um die weite Kurve herum auf den Tunnel zufuhren und die Stadt auf der anderen Uferseite funkelte, spürte er zum ersten Mal die Erregung des Heimkommens. Dann sah er die grellen Badezimmerfliesen des Tunnels, und plötzlich fuhren sie auf überfüllten Straßen und bogen ab in den Untergrundbahnhof des Hotel Dixie mit seinen Schließfächern und Schuhputzständen und den vielen Leuten mit ihren Fahrkarten in der Hand. Als sie auf die Straße traten, war er überwältigt, wie ein Farmjunge im Kino. Trotz der Hitze bewegte sich alles schnell: Taxis und Jungs in Navy-Weiß und Khaki und Lichter, die durch Leuchtröhren flackerten. Kein Mensch hatte hier je von Los Alamos gehört.

Sie nahmen ein Taxi zu einem Hotel an der Lexington, nicht weit von der Grand Central entfernt, und dort schafften sie es, ein Zimmer mit Blick zur Straße zu bekommen.

Als er das Fenster öffnete, wehte rußige Luft zusammen mit dem Lärm der Third Avenue herein. Aber es gab wenigstens einen Ventilator, und aus den Hähnen kam klares Wasser, alles Welten von der Dürre auf dem Hügel entfernt.

»Nicht gerade das Waldorf, was?«, bemerkte Emma.

»Ins Waldorf würden wir nicht reinkommen. Nimm ein Bad, und du fühlst dich gleich besser. Es ist dasselbe Wasser.«

»Zum halben Preis. Willst du mit reinkommen?«, fragte sie und zog sich aus.

»Geh nur voraus. Ich muss ein paar Anrufe erledigen.«

»Alte Freundinnen?«

»Nein. Wegen morgen.«

»Oh«, sagte sie, plötzlich nicht mehr lächelnd, ging dann ins Bad und schloss die Tür.

Er rief Manny im Costello's an, um das Treffen vorzubereiten – »Ja, zwei Tische, hab' ich. Was haste denn laufen, Weiber?«, und redete dann mit Fred von der Zeitung wegen des Abhörmikrofons. Er meldete ein Ferngespräch zu Mills auf dem Hügel an und stand dann rauchend am Fenster, während er auf die Verbindung wartete.

»Ich dachte, Sie sind im Hotel Pennsylvania«, sagte Mills.

»Wie kommen Sie drauf, dass ich es nicht bin?«

Eine Pause entstand. »Sehr witzig«, sagte Mills schließlich.

»Ich hab's nicht geschafft. Ist ziemlich heiß hier. Ich hab' deshalb beschlossen, mich auf dem Land etwas abzukühlen.«

»Und darum hat das Fräulein von der Vermittlung gesagt, dass der Anruf aus New York kommt.«

»Muss ein Missverständnis gewesen sein.«

»Ja. Wie haben Sie es geschafft, sich in Luft aufzulösen?«

Connolly schwieg.

»Schon gut, dann habe ich eben das Geld der Regierung zum Fenster rausgeworfen. Warum rufen Sie überhaupt an?«

»Um das zu hören, was Sie mir eben gesagt haben.«

Mills machte wieder eine Pause. »Sie sollten die Leute nicht verärgern, Mike, wirklich nicht. Und was soll ich ihm jetzt sagen?«

»Sagen Sie ihm, dass im Pennsylvania Roof eine gute Band spielt. Das wird ihm gefallen. Ich will einfach nur ein bisschen Ruhe und Einsamkeit. Hier draußen auf dem Land.«

»Ja, Ruhe und Einsamkeit. Na, die haben Sie ja jetzt. Außer ich kann den Anruf zurückverfolgen.«

»Probieren Sie es erst gar nicht. Ich bin in einer Telefonzelle. Aber das haben Sie sich wahrscheinlich schon gedacht.«

»Scheiße«, sagte Mills und hängte auf.

Als er ins Bad kam, lag sie auf dem Rücken, sodass ihre Knie wie Inseln aus dem Wasser ragten, und starrte ins Leere.

»Willst du den ganzen Abend da drin bleiben?«, fragte er und begann sich auszuziehen.

»Es wird doch alles gutgehen, nicht?«, fragte sie, noch immer in Gedanken vertieft.

»Ja.«

»Ich meine, wirklich gutgehen«, sagte sie und sah zu ihm hoch.

Er nickte. »Komm, mach dich fertig, wir gehen aus.«

»Machst du Witze? Ich kann mich nicht mehr rühren.«

»Na gut«, sagte er, stieg in die Wanne und ließ sich auf sie plumpsen, sodass Wasser über den Rand spritzte.

»Was soll denn das?«, rief sie lachend.

»Lass uns hierbleiben«, sagte er und küsste sie.

»Hör auf. Schau dir nur die Schweinerei an.«

»Es ist nur Wasser. Das erwarten die hier sogar.«

»Ach, so ein Hotel ist das also?«

»Klar.«

»Also nein, wirklich, das geht nicht. Schau dir den Boden an.« Sie setzte sich auf. Wasser strömte von ihrem Busen herab.

»Ich dachte, du kannst dich nicht mehr rühren«, sagte er und fasste sie an der Taille. »Komm, leg dich hin.«

»Du musst dich erst mal abkühlen«, sagte sie, kletterte über ihn und drückte ihn unter Wasser. Als er prustend wieder auftauchte, war sie bereits aus der Wanne und griff nach einem Handtuch. Er stand auf, spielte Seeungeheuer und streckte die Hand nach ihr aus.

»Mein Gott, du wirst mich doch nicht durchs Zimmer jagen«, sagte sie lachend. »Du siehst lächerlich aus.«

Er machte einen Satz auf sie zu.

Sie rannte aus dem Zimmer und lief zum Ventilator. Er fasste sie an der Taille und zog sie zum Bett.

»Wir sind doch ganz nass«, sagte sie neckisch.

»Na und?« Er legte sie aufs Bett und küsste sie.

»Das Bett wird feucht.«

»Dann schlafen wir in der Wanne«, flüsterte er und strich mit der Hand ihr seifenglattes Bein entlang. »Sonst noch was?«

»Der Vorhang«, stieß sie schnell, unter flachen Atemzügen hervor.

Er grinste sie an, stand dann auf und schaltete das Licht aus. Er hatte gedacht, sie würde sich bewegen, aber sie lag still da und ließ sich vom Ventilator kühlen. Er stand am Fuß des Bettes und betrachtete im schwachen Licht aus dem Bad ihre weiße Haut, ließ dann seine Hände über ihre Beine und ihren Bauch wandern und hielt knapp unter ihren Brüsten inne. Als er sie, eine nach der anderen, küsste, erschauerte sie.

»Das ist nicht richtig«, sagte sie. »Es sollte keinen Spaß machen.«

Er bewegte seinen Kopf von ihren Brüsten zu ihrem Hals und senkte seinen Körper auf ihren, sodass feuchte Haut über feuchte Haut glitt.

»Wer sagt das? Wer hat diese Lüge in die Welt gesetzt?«

Als er sich über sie beugte, um sie zu küssen, nahm sie seinen Kopf in ihre Hände. »Sag mir, dass du mich liebst. Sag mir, dass es in Ordnung ist.«

»Es ist in Ordnung.« Und als er in sie eindrang, spürte er, wie sie ihn innerlich umklammerte, als würde ihr ganzer Körper sich an ihm festhalten.

Danach duschten sie getrennt, als würden sie sich plötzlich voreinander schämen. Sie stellte sich unter den Ventilator und rieb sich ihre Haare langsam und mit fast tropischer Trägheit mit einem Handtuch trocken.

»Willst du wirklich ausgehen?«, fragte sie. »Können wir uns nicht einfach vom Zimmerservice was kommen lassen?«

»Ich glaube nicht, dass es hier Zimmerservice gibt. Willst du einen Drink?«

»Der würde mich umhauen.«

»Nach dem Essen fühlst du dich gleich besser.«

»Soll ich ihn jetzt anrufen?«

»Nein. Morgen früh. Du darfst ihm keine Zeit zum Nachdenken geben«, sagte er mit der Stimme eines Jägers. »Ich meine –«

»Ich weiß, was du meinst«, erwiderte sie düster und stand auf, um sich anzuziehen.

Sie aßen in einem Restaurant am Times Square, Austern auf einem Tablett mit gestoßenem Eis, begleitet von großen Gläsern Bier, deren Frostbeschlag in der Hitze verdunstete. Die Straßen draußen waren überfüllt und dampfig. Emma stocherte nur in ihrem Essen und sprach wenig. Nach dem zweiten Bier begann auch Connolly abzuschlaffen.

»Willst du Musik hören?«, fragte er. Sie lächelte ihn an. »Du hast immer gesagt, dass wir das mal machen würden. Und jetzt, da wir hier sind, bin ich zu müde, um auszugehen. Morgen vielleicht. Wenn alles vorbei ist.«

»Na gut«, sagte er, weil er nicht darüber reden wollte. »Wir könnten auf die Spitze des RCA-Gebäudes fahren. Dort oben weht immer ein frischer Wind.«

»Wir müssen nichts mehr unternehmen. Mein Bett reicht mir völlig.«

Aber es war zu heiß, um ins Hotel zurückzukehren, also gingen sie stattdessen in ein Kino mit Klimaanlage, wo die frische, gekühlte Luft ihn an den Hügel erinnerte. Die Wochenschau brachte noch immer Bilder von deutschen Abscheulichkeiten und nun auch von langen Schlangen Vertriebener, die traurig an zerbombten Ruinen vorbeizogen. Der Film, *Pillow to Post* mit Ida Lupino, war fröhlich und bunt, ohne den geringsten Bezug zu dem, was eben noch gelaufen war, und nach der Hälfte hatte Connolly vergessen, worum es eigentlich ging. Emma fasste nach seiner Hand und hielt sie leicht, als hätten sie ein Rendezvous.

Die Straßen waren so voll wie zuvor, die Leute strömten aus den Theatern, flirteten und aßen Eis. Die Lichter blinkten lustig. Knickerbocker Bier. Ein riesiges Pepsi in unaufhörlicher Sprudellaune. Hier zumindest war der Krieg vorbei, aber alles Vertraute wirkte auf ihn wie aus der Zeit herausgehoben.

Er führte sie weg von den Theatern, und sie kehrten auf ruhigeren Straßen zum Hotel zurück. Händchenhaltend lauschten sie dem Klang ihrer Absätze auf dem Trottoir. Er dachte kurz an einen Drink in der Astor Bar, oder jetzt dem Biltmore, aber das alles schien merkwürdigerweise der Vergangenheit anzugehören und nichts mehr mit ihnen zu tun zu haben.

Jetzt waren sie ein Paar, das unbedingt nach Hause wollte. Als sie kurz darauf im Zimmer vor dem Spiegel Nachtcreme auftrug, erschien ihm das intimer, als miteinander zu schlafen, eine ganz neue Vertrautheit.

Er saß am Fenster, während sie in einen unruhigen Schlaf driftete, und wie er sie so ansah, dämmerte ihm, dass es bei ihrer Reise gar nicht mehr um die morgige Begegnung ging. Das Morgen würde für sich selber sorgen. Aber während er darauf wartete, hatte sein Leben sich verändert. Das bedeutete es also, verheiratet zu sein. Indem er ihre Hilfe angenommen hatte, um die er so beiläufig gebeten hatte, war er eine bindende Verpflichtung eingegangen. Wenn sie jetzt aufhörten, konnten sie bleiben, wie sie waren, aus der Zeit herausgehoben wie die Menge auf der Straße, versteckt in diesem Kokon feuchter Luft. Stattdessen würde er sie in Gefahr bringen, so rücksichtslos und entschlossen wie Oppenheimer bei seinem Kampf um das Projekt. Aber jetzt gab es kein Zurück mehr – das waren nur Schlafgedanken, Nachtgespenster. Dies *war* das nächste. Sie hatte das vor ihm begriffen, es akzeptiert.

Sie drehte sich im Bett um, doch ihr Schlaf war ruhiger geworden. Sie atmete tief. Ihre Furchtlosigkeit hatte er von Anfang an geliebt. Jetzt bot sie sie ihm dar wie ein geheimes Ehebündnis. Sie konnten mehr haben als nur Frieden. Er dachte an Chaco, ihr behendes, eifriges Klettern und ihre hilfsbereite Hand, die sie ihm entgegengestreckt hatte.

16

Als er am nächsten Morgen aufwachte, war sie bereits aufgestanden. Sie saß im Slip am Fenster und legte roten Nagellack auf. Auf dem Tisch standen eine Kaffeekanne und Tassen.

»Endlich«, sagte sie. »Steh auf und trink deinen Kaffee. Siehst du, es gibt hier doch Zimmerservice. Man muss nur fragen.«

Er zog einen Bademantel über. »Was machst du da?«

»Du willst doch, dass ich meiner Rolle entsprechend aussehe, oder?« Sie spreizte die Finger und betrachtete ihre Nägel. »Für so was muss ein Mädchen tipptopp aussehen.«

»Ziemlich rot«, sagte er und goss sich Kaffee ein.

»Soll heißen zu rot. Was verstehst denn du schon davon, Darling? An Johanna Weber wäre er zu rot. Bei mir sieht es elegant aus. Da, schau her. Jetzt müssen wir noch warten, bis der Lack trocken ist.

Wollen nur hoffen, dass der Ventilator nicht den Geist aufgibt – der läuft schon die ganze Nacht.«

Er trank einen Schluck Kaffee und schüttelte den Kopf. »Machst du das immer nackt?«

»Natürlich. Bis der Lack trocken ist. Wenn man den irgendwo hinbekommt, geht er kaum mehr raus. Mit wie vielen Frauen warst du denn tatsächlich schon zusammen?«, fragte sie lächelnd. »Oder bleibst du normalerweise nicht über Nacht?«

Er zündete sich eine Zigarette an und sah sie durch den Rauch hindurch an. »Bist du immer so fröhlich, oder bist du nervös?«

Sie lachte kurz auf. »Tu nicht so weise. Ein bisschen was von beidem, wahrscheinlich. Vielleicht sogar viel. Es wird schon gutgehen.«

»Willst du es noch mal durchsprechen?«

»Nein. Ich weiß, was ich sagen muss. Wenigstens ungefähr. Wir haben ja nicht gerade ein Drehbuch. Ich meine, viel hängt davon ab, was *er* sagt.«

»Na gut. Dann wollen wir ihn jetzt anrufen.«

»Nein. Mach dich fertig und verschwinde. Ich werde anrufen. Ich glaube nicht, dass ich das mit Publikum schaffe.«

Er sah sie überrascht an. Sie kam zu ihm, nahm einen Zug von seiner Zigarette und gab sie ihm wieder zurück. »Was ist denn, glaubst du, du schaffst es nicht?«

»Ich werde im Restaurant sein.«

»Ich weiß. Ich kann mir nur nicht vorstellen, warum.«

»Nur, um in der Nähe zu sein. Falls du mich brauchst.«

»Wie 'ne Glucke wahrscheinlich. Na gut. Aber bitte nicht jetzt. Ich meine es ernst. Beeil dich und verschwinde.«

Connolly sah auf seine Uhr. »Glaubst du, er ist schon in der Arbeit?«

»Du kennst die Genossen nicht. Die stehen mit der Sonne auf.«

»Pass auf mit deinen Witzen. Vielleicht gefallen sie ihm nicht.«

Sie warf ihm einen Blick zu. »Auch wenn ich es nicht gerne wiederhole, aber er ist mein Mann. Ich weiß, was ihm gefällt.«

Connolly sah weg und drückte seine Zigarette aus. »Richtig. Ich vergesse das immer wieder.«

»Ich meine nicht, woran du jetzt denkst. Ach, was soll's. Komm, beweg dich. Ich habe einen Friseurtermin.«

»Gefällt ihm das?«

»Mir gefällt es. Ich laufe nicht gern herum wie eine Landarbeiterin.«

Er sah sie interessiert an. »Du willst ihn beeindrucken, nicht?«

Sie nickte. »Ein wenig. Ist das so unartig von mir? Wahrscheinlich.«

»Du willst sehen, ob er sich noch immer zu dir hingezogen fühlt.«

»Ich will nur sehen, ob es ihm noch auffällt.«

Dann stand er unter der Dusche, das Wasser prasselte ihm erfrischend aufs Gesicht, doch ihn beschlich ein seltsames Gefühl. Er hatte nicht erwartet, nur Zuschauer zu sein. Aber wenn er ihr nicht trauen konnte, was für einen Zweck hatte dann das Ganze? Als er die Dusche abdrehte, hörte er sie reden, leise und undeutlich, und er musste sich beherrschen, um nicht die Tür aufzureißen. Stattdessen ging er zum Waschbecken und rasierte sich, wobei er allerdings angestrengt horchte, um etwas mitzubekommen. Es musste Matthew sein. Warum brauchte sie so lange? Er stand da, das Gesicht halb mit Schaum verschmiert, lauschte und drehte dann das Wasser auf, um den Rasierer zu spülen, damit er sie nicht mehr hören konnte.

Als er, mit einem Handtuch um die Taille, aus dem Bad kam, saß sie noch immer mit dem Telefon im Schoß da und starrte zum Fenster hinaus.

»Probleme?«

»Zwölf, nicht halb eins«, sagte sie mit abgewandtem Gesicht. »Ist das in Ordnung?«

»Sicher«, erwiderte er. »Warum?«

Sie sah ihn an und verzog das Gesicht zu einem gequälten Lächeln. »Er muss für eine Versammlung rechtzeitig zurück sein.«

»Eine Versammlung?«

»Du überschätzt meinen Charme. Immerhin hat er es geschafft, mich dazwischenzuschieben.«

Ihre Stimme klang zugleich unbekümmert und verletzt, und er wusste nicht, wie er reagieren sollte. »Wie war er?«

»Überrascht.«

Sie stand auf und zog ihr Kleid an.

»Kannte er das Lokal?«

»Er wird es finden. Er wollte zwar wissen, warum wir uns nicht näher bei seinem Büro treffen können, aber ich habe gesagt, dass ich durchs halbe Land gereist bin und dass er jetzt wohl eine Fahrt durch die Stadt schaffen wird. Mein Gott, kannst du dir vorstellen, dass sich einer überhaupt nicht verändert?«

»Hat er dich gefragt, warum gerade dort?«

»Ja. Ich habe ihm gesagt, dass ich die Wandgemälde von Thurber schon immer mal sehen wollte. Da ist dir allerdings ein Fehler unterlaufen – er hat noch nie von ihm gehört. Aber mach dir keine Sorgen, das ist schon in Ordnung.«

»Und du?«

»Ich bin auch in Ordnung«, sagte sie und ging zum Spiegel, um Lippenstift aufzulegen. »Im Augenblick fühle ich mich zwar ein bisschen komisch, aber das wird schon wieder. So langsam freue ich mich sogar darauf.« Sie drückte ein Tuch auf die Lippen. »Mach dir nicht in die Hose. Das wird einfacher, als ich dachte.«

»Ein Kinderspiel.«

»Na, eine Art Spiel auf jeden Fall. Nun denn«, sagte sie und packte ihre Handtasche. »Ich muss los. Was denkst du?« Sie strich sich über die Haare. »An den Schultern ein bisschen was wegnehmen? Aber nicht viel.«

»Du bist wunderschön«, erwiderte er ernsthaft.

An der Tür blieb sie stehen und sah ihn noch einmal an. »Danke«, sagte sie und blinzelte ihm zu, um Unbefangenheit bemüht. »Aber versuch doch, es beim nächsten Mal angezogen zu sagen. Sollen wir uns hier wieder treffen? Wir müssen ja noch den ganzen Vormittag rumbringen.«

»Nein, lass uns Spazierengehen. Wir treffen uns bei der Bibliothek. An der Fifth. Vorne bei den Löwen. Geduld und Stärke.«

Sie sah ihn verständnislos an.

»So heißen die Löwen.«

»Was du alles weißt«, sagte sie.

Nachdem sie die Tür geschlossen hatte, war es still im Zimmer, und er ging nervös auf und ab und wusste nicht so recht, was er tun sollte. Alles war anders, als er es sich auf dem Hügel vorgestellt hatte. Die Luft war stickig und roch nach ihrem Parfüm. Er ging zum Koffer und nahm den Umschlag mit Oppenheimers Papieren heraus. Er starrte ihn an, als würde das Gewicht des Inhalts ihn auf den Boden der Tatsachen zurückholen, aber jetzt schien er nicht bedeutungsvoller zu sein als ein Requisit. Es war zwar ein Teil des größten Kriegsgeheimnisses, aber alles, was ihm jetzt durch den Kopf ging, war die Frage, wie sie sich fühlen würde, wenn sie ihn wiedersah, den ersten Mann, den sie geliebt hatte.

Sie brauchte Stunden. Er wartete vor der Bibliothek auf sie, versteckte sich zuerst vor der Sonne unter den Bäumen auf der Terrasse, schlenderte aber dann zu den Löwen zurück, weil er Angst hatte, sie zu verpassen. Es war ein heißer Tag, aber nicht so schwül wie der zuvor, und gelegentlich wehte ein Hauch trockener Luft die Avenue entlang und blies unter die Röcke der Frauen. Lange stand er da und sah, die Augen mit der Hand gegen die Sonne beschirmend, dem Verkehr zu: Busse und glänzende PKWs und kein einziges Militärfahrzeug weit und breit. Alles wirkte so strahlend und so vital, als hätte die Stadt sich der Sonne geöffnet und geheime Treffen im hellen Licht des Tages stattfinden müssten. Er rauchte nervös, und dann sah er sie die Straße überqueren, und seine Anspannung verschwand. Als sie von der Bordsteinkante trat, wusste er, das war einer der Augenblicke, die zum Foto wurden, noch während sie passierten: Bilder, die sich dem Gedächtnis einbrannten und später, so scharf wie bei der Aufnahme, hervorgeholt werden konnten. Sie trug ein weißes Kleid mit wattierten Schultern, dessen Rock beim Gehen schwang, hochhackige Schuhe und eine Tasche unter dem Arm. Ihre Haare, die gerade noch den Nacken berührt hatten, wehten, während sie suchend und erwartungsvoll den Kopf hin und her drehte, die Lippen bereits zu einem Lächeln geöffnet, als sie ihn erblickte. Er kam sich vor, als sähe er sie zum ersten Mal.

»Wie sehe ich aus?«, fragte sie fröhlich und ein wenig selbstzufrieden.

»Das fragt eine Frau nur, wenn sie die Antwort schon kennt.«

»Sag's mir trotzdem.«

»Wie eine Million Dollar. Wie fühlst du dich?«

»Nicht ganz so reich. Diese Schuhe«, sagte sie und schnitt eine Grimasse.

Sie gingen in den Bryant Park hinter der Bibliothek, beobachteten Leute und taten so, als würden sie die Zeit nicht beachten. Sie saß mit übergeschlagenem Bein da und ließ den Schuh vom Fuß baumeln.

»Solltest du mir nicht besser die Papiere geben?«, fragte sie beiläufig.

Er griff in die Brusttasche, zog den Umschlag heraus und hielt ihn dann vor sich, als wollte er ihn nicht loslassen.

»Was ist denn los? Glaubst du, ich brenne damit durch und gebe ihn den Russen, oder was?«

Er gab ihr den Umschlag und sah zu, wie sie ihn in ihre Handtasche steckte.

»Das ist alles irgendwie unwirklich, nicht?«, sagte er. »Ich habe eben ein Kapitalverbrechen verübt und wir machen Witze.«

»Tut mir leid«, sagte sie nüchtern. »Ich bin etwas nervös. Wie sollte es denn sein?«

Er zuckte die Achseln. »Keine Ahnung. Trenchcoats und Nebel wahrscheinlich. Auf jeden Fall nicht ein schöner, gewöhnlicher Tag im Park.«

»Du klingst enttäuscht«, sagte sie und sah dann zum Himmel hoch. »Vielleicht bekommst du deinen Regen ja noch. Wäre das besser?«

»Kann schon sein.«

»Dein Problem ist, dass du irgendwie in einem Agentenkrimi steckst. Geheimschubladen und Zitronensafttinte und das alles. Aber vielleicht ist es in Wirklichkeit so wie jetzt. Heller Sonnenschein. Die Vögel füttern. Eine kleine Information austauschen und dann wieder seines Weges gehen. Vielleicht haben die alle was Geheimes vor.« Sie deutete auf die Leute auf den anderen Bänken.

»Sie sehen nicht danach aus.«

»Na, wir aber auch nicht. Ebenso wenig wie Professor Eisler. Ich kann's noch immer nicht so recht glauben.«

»Er hatte nicht das Gefühl, etwas Falsches zu tun. Er war nur ein Ministrant.«

»Irgendein Gefühl hat man immer«, sagte sie und ließ den Blick über den Park wandern.

Ihre Stimme war dunkler geworden, als wäre eine Wolke darüber gezogen, und er schwieg einen Augenblick, weil er nicht so recht wusste, wie er das Thema wechseln sollte.

»Was ist mit der Frau da drüben, die mit dem Strohhut?«, fragte er, als würden sie ein Partyspiel betreiben. »Was hat die Geheimes vor?«

»Die?«

»Sie sieht nicht aus wie eine Agentin.«

»Vielleicht betrügt sie ihren Gatten.«

»Das ist nicht das gleiche.«

»Fühlt sich aber so an«, sagte Emma. »Es ist aufregend, die ganze Heimlichtuerei.«

Er drehte sich zu ihr um. »Ich werde dich nie betrügen.«

»Nein, tu's lieber nicht«, sagte sie mit einem leisen Lächeln. »Ich würde es merken.« Sie sah auf ihre Uhr. »Du gehst jetzt besser. Ich glaube, ich möchte noch ein paar Minuten allein sein. Um mich in Stimmung zu bringen. Du weißt schon. Ich kann mich nicht konzentrieren, wenn du neben mir sitzt und plapperst. Was ist denn das überhaupt für ein Laden? Düster?«

»Laut. Eine Reporterkneipe.«

»So viel zur Atmosphäre«, sagte sie lachend. »Nein, nicht – sonst verschmiert der Lippenstift.«

»Schon gut«, sagte er und stand auf. »Du weißt noch, wo es ist?«

»Ja, ja. Komm, mach. Verschwinde.«

»Bist du sicher, dass du es schaffst?«

Sie sah zu ihm hoch. »Wird schon gutgehen. Ich habe ja Übung.«

»Du bringst mich damit doch nicht in Schwierigkeiten, oder?«, fragte Manny und sah zu, wie Connolly den Draht zwischen den beiden Sitzgruppen spannte.

»Würde ich dir das antun?« Er saß im Winkel der Sitzgruppe und hielt sich die Hand über den Ohrhörer, sodass er aussah, als würde er nur den Kopf an die Trennwand lehnen. »Kannst du was sehen?«

»Nur Ärger, den ganzen Ärger, der auf mich zukommt.«

»Wie wär's mit einem Bier?«

»Klar. Willst du was essen? Du hast einen ganzen Tisch für dich allein.«

»Was gibt's Kaltes?«

»Frittierte Muscheln.«

Connolly grinste. »Wann frittiert? Bring mir lieber ein Thunfisch-Sandwich.«

»Thunfisch-Sandwich«, sagte Manny im Davongehen. »Für den ganzen Tisch.«

Die Bar im vorderen Teil füllte sich allmählich, aber den Speisesaal hatte Connolly noch ganz für sich allein. Er versteckte den Ohrhörer hinter einer Zuckerdose und tat so, als würde er die Zeitung lesen, doch innerlich war er hellwach und angespannt. Die Thurber-Wandgemälde, der Stolz des Hauses, hatten die Farbe von Adobe, überdimensionierte Frauen und argwöhnische Männer, die einander auf dem Gipsfries durch den Saal jagten, auch wenn niemand, bis auf die Hunde, sie beachtete. Von der Bar kam Gelächter. Connolly hatte die Vitalität New Yorks ganz vergessen. Er dachte an das höfliche, akademische Gemurmel bei Tisch auf dem Hügel. Hier schien jeder dem anderen auf den Rücken zu klopfen.

Er hatte eben ein Kreuzworträtsel begonnen, als Emma auftauchte, hereingewiesen von Manny, der ihm einen verwunderten Blick zuwarf, als er sah, dass sie an ihm vorbei zur nächsten Sitzgruppe ging. Er duckte den Kopf hinter die Zeitung, sodass er nichts von ihr sah außer die roten Nägel auf Augenhöhe. Ihr Parfüm wehte in der stickigen Luft hinter ihr her. Er war versucht, sich umzudrehen – ein letzter, aufmunternder Blick –, aber stattdessen stellte er sich vor, wie sie gefasst an ihrem Tisch saß und Manny ein gewinnendes Lächeln schenkte, als er ihr den Eistee brachte. Sie hatte recht, diese Heimlichtuerei war aufregend. Absurderweise dachte er daran, dass ihre Schuhe sie drückten und niemand sonst das wusste. Bei jedem Neuankömmling sah er hoch, doch alle gingen vorbei zu den hinteren Tischen. Manny brachte ihm das Sandwich, aber Connolly ließ es stehen, er war zu nervös. Wie konnte er sich nur verspäten? Aber sie waren sehr früh dran.

Als er dann fünf Minuten später auftauchte, erkannte Connolly ihn sofort. Er war groß und hager. Die zerknitterten Kleider waren zu weit und betonten seinen knochigen Körper: ein dunkles Baumwollhemd mit Schweißflecken unter den Achseln, eine einfarbige, straff geknotete Krawatte, ein wenig vom offenen Kragenknopf weggezogen, das Jackett an zwei Fingern über der Schulter, wie ein Künstler aus dem Village. Seine blonden Haare, mit Geheimratsecken, aber oben noch dicht, glitzerten unter den Lampen der Bar, und sein Gesicht, das jungenhaft weiche Gesicht eines ewigen Teenagers, war gerötet, als wäre er in der Hitze gerannt. Er sah sich nervös um und lächelte breit, als er sie erkannte.

»Emma«, sagte er und ging auf die Sitzgruppe zu. »Mein Gott, du siehst großartig aus.«

Er blieb vor dem Tisch stehen, und Connolly stellte sich vor, dass er sie verlegen anstarrte. »Was muss ich jetzt tun? Dich küssen?«

Connolly hörte keine Antwort, aber offensichtlich hatte sie genickt, denn Stoffrascheln war zu hören, als er sich zu ihr hinunterbeugte und sich dann an den Tisch setzte. Connolly lehnte sich an die Trennwand, drückte sich verstohlen die Hörmuschel ans Ohr und hielt seinen Bleistift über das Kreuzworträtsel.

»Ich kann's nicht glauben«, sagte er, und seine Stimme klang noch immer britisch und hastig, begeistert. »Nach all der Zeit tauchst du einfach so wieder auf.«

»Wie der falsche Fuffziger.«

»Nein, es ist großartig. Aber was tust du hier? Wie lange bist du schon in den Staaten? Wie hast du – wo soll ich anfangen? Erzähl mir alles.« Die Worte sprudelten nur so hervor, voll ansteckender Fröhlichkeit und der unschuldigen Freude, einen alten Schulkameraden wiederzusehen.

»Ist eine ganze Weile her, nicht?«

»Mein Gott, schau dich nur an«, sagte er, und Connolly spürte, wie er sich gegen die Trennwand lehnte, um sie zu betrachten.

»Du hast dich nicht verändert«, sagte sie, eine Feststellung, die er als Kompliment nahm.

»Na ja, die Haare«, sagte er und strich sie sich offenbar aus der Stirn. »Irgendwann werden sie alle ausgefallen sein. Aber du – ich fasse es einfach nicht. Wie geht's deiner Familie?«

»Meiner Familie?«, fragte sie verwirrt. »Ach, denen geht es gut. Ich habe sie seit Jahren nicht gesehen, ich lebe jetzt hier. Ich bin verheiratet.«

»Verheiratet?«

»Matthew, ich habe mich vor zwei Jahren von dir scheiden lassen«, erwiderte sie nonchalant. »Aber das weißt du doch, oder?«

»Nein.«

»Du warst nicht da, um Widerspruch einzulegen. Das hättest du doch auch nicht, oder?«

Er schwieg einen Augenblick. »Wie hätte ich es denn können? Hör zu, ich habe dir nie erklärt –«

»Darling, nicht. Wirklich. Es ist alles sehr lang her und jetzt auch nicht mehr wichtig. Deswegen bin ich nicht hier.«

»Ich verstehe nicht.«

»Wir haben nicht viel Zeit. Ich muss mit dir reden. Die glückliche Zeit ›Unter den Linden‹ können wir uns für später aufheben.«

»Du bist noch immer wütend auf mich.«

»Nein, heute nicht mehr«, erwiderte sie sanft. »Ich war es damals. Nun ja, ich weiß auch nicht, was ich war – wütend nicht. Aber das ist eine Ewigkeit her. Vor dem Krieg. Mein Gott, wir waren doch noch Kinder, nicht? Also zerbrich dir darüber nicht den Kopf. Wir sollten bestellen.«

Connolly hob den Kopf und sah überrascht, dass Manny vor ihrer Sitzgruppe stand. Sie bestellten Sandwiches.

»Es war nicht alles so schlimm, oder?«, fragte Matthew, als Manny wieder gegangen war. »Wir hatten auch Spaß. Am Anfang. Mein Gott, dein Vater –«

Seine Stimme klang wieder heiter, und Connolly meinte, die Ausgelassenheit jener Jahre zu hören, die Freude an der Provokation. War es das, was ihr damals gefallen hatte, der Welt eine lange Nase zu ziehen?

»Du warst ein fabelhaftes Mädchen«, sagte er.
»Ich bin immer noch ganz okay. Was ist mit dir?«
»Mit mir?«
»Arbeitest du noch immer für die Genossen?«
»Natürlich.«
»Und was genau tust du?«
»Ich arbeite bei der Zeitung. Die ist sogar ziemlich gut. Nach dem Pakt hatten wir eine Flaute, viele Reporter sind abgesprungen, du weißt schon. Aber mit dem Krieg hat sich natürlich alles verändert. Mal sehen, wie es sich entwickelt.«
»Du willst also bleiben?«
»Wenn ich kann. Wir sind natürlich nicht gerade Uncle Sams Lieblingsblatt, aber wir sind noch im Geschäft. Browder hat Wunder gewirkt. Das ist jetzt der Ort, der in ist. Politisch ist es ein bisschen wie bei deinem Onkel Arthur, aber nach dem Krieg wird sich alles ändern. Der Druck wird enorm sein.«
Er hielt inne, als ihnen ihre Teller gebracht wurden.
»Du hast dich nicht verändert«, sagte sie mit einem Lächeln in der Stimme. »Immer noch auf Kreuzzug.«
»So bin ich eben«, sagte er, auf ihren Ton eingehend. »Man muss dafür kämpfen. Aber eins kann ich dir sagen, es ist nicht wie in Spanien«, fuhr er, jetzt wieder erinnerungsschwer, fort. »Es ist eine andere Art von Kampf. Aber wie du gesagt hast, wir sind nicht mehr jung.«
»Das habe ich nie behauptet. Ich habe gesagt, ich bin noch immer okay.«
»Ja«, entgegnete er schwärmerisch. »Aber verheiratet. Mit wem eigentlich? Jemand von hier?«
»Mit einem Wissenschaftler. Du kennst ihn nicht. Matthew«, fuhr sie fort und hielt kurz inne. »Du musst mir einen Gefallen tun.«
»Was du willst.«
»Nein, sag das nicht, bevor du weißt, was es ist. Etwas Wichtiges.«
»Ist das der Grund, warum du mich aufgestöbert hast?«
»Ja.«
»Komisch, ich dachte, es ist vielleicht – ich weiß auch nicht, wegen uns.«
»Wie, nach all der Zeit?«
Er erwiderte nichts.
»Zwischen uns gibt es nichts mehr. Verstehst du das? Ich will, dass das ganz klar ist.«

»Warum dann?«

»Ich brauche jemanden, dem ich vertrauen kann. Vielleicht ist es auch andersherum – jemanden, der mir vertraut. Der mich kennt.«

Connolly drückte sich die Hörmuschel noch fester ans Ohr und kam sich jetzt wirklich wie ein Spanner vor. Sie hatte elegant die Initiative übernommen, und was sie sagte, klang plausibel.

»Ich verstehe nicht. Bist du in Schwierigkeiten?«

»Eigentlich nicht. Wir sind es alle, in gewisser Weise. Genau darum geht's. O Gott, ist das kompliziert. Ich weiß nicht so recht, wo ich anfangen soll. Dir wird das wahrscheinlich alles fantastisch vorkommen. Es ist fantastisch. Manchmal glaube ich es selber nicht.«

»Emma, wovon redest du?«

»Nun gut«, sagte sie, und es klang, als würde sie sich aufsetzen. »Folgendes. Es wird dir wahrscheinlich unsinnig vorkommen, aber hör mich bis zum Ende an. Hast du eine Zigarette?«

»Rauchst du jetzt?«

»O ja, ich bin jetzt ganz erwachsen.« Connolly hörte, wie ein Streichholz angerissen wurde. »Das ist besser. Mein Mann ist Wissenschaftler.«

»Das hast du bereits gesagt.«

»Physiker. Arbeitet für die Regierung. Wir leben in einer Army-Basis drüben im Westen.«

»Wo genau?«

»Das kann ich dir nicht sagen«, erwiderte sie und lachte dann nervös auf. »Tut mir leid. Die Macht der Gewohnheit. New Mexico. Es ist eine geheime Basis, weißt du. Die sind da sehr streng. Es werden dort Waffen gebaut.«

»Was für Waffen?«, fragte er mit leiserer Stimme.

»Bomben. Weißt du etwas von Atomspaltung? Nein, wahrscheinlich nicht. Macht nichts. Worum es geht, ist –«

»Ich weiß, was Spaltung ist. Es wurde schon vor dem Krieg davon geredet. Seitdem nichts mehr. Willst du wirklich sagen, dass sie weitergemacht haben? Ich dachte, es wurde als unmöglich erachtet –«

»Nein, sie haben es geschafft. Glauben sie zumindest. Sie werden die Bombe sehr bald testen. Deshalb bleibt ja auch keine Zeit mehr.«

»Weißt du, was du da sagst? Das ist fantastisch.«

»Ja. Komisch, man gewöhnt sich so daran, dass man es gar nicht mehr so sieht. Aber es ist real. Zwanzigtausend Tonnen TNT.«

»O Gott.«

Connolly hatte ihr zehn gesagt. Jetzt fragte er sich, ob sie das einfach vergessen hatte oder ob sie sich von ihrer eigenen Geschichte hatte mitreißen lassen. Warum nicht zwanzig?

»Damit kann man eine ganze Stadt ausradieren«, sagte sie. »Sogar Berlin.«

»Berlin gibt es nicht mehr.«

»Dann Tokio. Irgendwo werden sie sie einsetzen. Und da ist etwas Neues dabei, nicht nur die Sprengkraft. Die können sie einschätzen, aber über die Strahlungswirkungen weiß keiner Bescheid. Sie werden sie auf Menschen anwenden, und sie wissen nicht einmal, was sie alles anrichtet. Dabei hat es doch jetzt keinen Zweck mehr.«

»Beruhige dich.«

»Nein, lass mich ausreden. Solange die Sache geheim ist, werden sie die Bombe anwenden. Außer jemand macht Stunk. Die Wissenschaftler können es nicht, sie haben zu viel Angst. Wenn wir es jetzt nicht irgendwie publik machen, ist es zu spät. Sie dürfen sie nicht anwenden, verstehst du? Wir reden über Abertausende von Menschenleben, und sie haben doch schon den Krieg gewonnen. Jemand muss sie aufhalten.« Sie senkte die Stimme. »Und dabei habe ich an dich gedacht.«

»An mich? Ich verstehe nicht? Willst du, dass ich es in die Zeitung setze?«

»Nein, natürlich nicht. Du würdest ins Gefängnis kommen. Es ist ein militärisches Geheimnis – keine Zeitung darf so etwas drucken. Sonst könnten die Wissenschaftler ja einfach etwas durchsickern lassen.«

»Was dann?«

»Wir müssen die Information aus dem Land hinausbringen.«

»Aus dem Land«, wiederholte er langsam.

»Zu den Russen. Sie wissen nicht Bescheid.«

»Das ist unmöglich.«

»Doch, es ist möglich. Es gibt keinen einzigen Russen bei dem Projekt. Briten jede Menge, sogar Deutsche, aber keinen einzigen Russen. Ich weiß es, ich lebe dort. Überleg nur, was das bedeutet.«

»Was glaubst du, bedeutet es?«

»Die schlagen einen Heidenkrach, wenn sie es herausfinden – und vielleicht reicht das, um das Projekt zu stoppen, bevor es zu spät ist. Sie sind die einzigen, die das jetzt noch können.«

Er schwieg einen Augenblick. »Weißt du, was du da sagst?«

»Ja, ich weiß, es ist ein schreckliches Risiko. Aber jemand muss es auf sich nehmen.«

»Du zum Beispiel«, erwiderte er skeptisch. »Die heilige Johanna.«

»Nein, nicht ich. Ich bin nur ein Bote. Jemand vom Projekt.«

»Dein Mann.«

»Nein, jemand anders. Ich – ich treffe mich mit einem anderen. Du brauchst nicht so zu schauen. Ich bin jetzt ganz erwachsen, weißt du noch?«

»Warst du in Berlin auch schon ganz erwachsen?«, sagte er. »Das habe ich mich oft gefragt.«

»Nein. Warst du es? Aber lass uns nicht davon anfangen. Es ist ein bisschen spät dafür. Wirst du uns helfen?«

»Das kannst du doch nicht im Ernst erwarten. Glaubst du, ich bin ein Spion?«

»Glaubst du, ich bin einer?«

Er zögerte. »Ich weiß nicht, was ich glauben soll. Es ist alles so absurd. Dass du einfach so daherkommst. Was hat das überhaupt mit dir zu tun?«

»Ich habe dir gesagt, ich bin nur der Bote. Ich will ihm helfen. Es wäre nicht das erste Mal, oder? Daran wirst du dich doch noch erinnern.«

»Das war anders. Ich habe nie so etwas von dir verlangt. Warum gerade ich?«

»Weil ich dich kenne. Mir ist kein anderer eingefallen. Meinst du, ich wäre zu dir gekommen, wenn mir ein anderer eingefallen wäre? Du bist der letzte Mensch, den ich um Hilfe bitten würde. Aber zufällig bist du auch der *einzige*. Ich habe ja nicht gerade dicke Freunde unter den anderen Genossen. Die würden mir nie glauben.«

»Aber ich.«

»Ja, ich habe gedacht, du könntest mir glauben«, sagte sie sanft. »Vielleicht habe ich mich getäuscht. Aber das macht auch nichts. Du musst mir nicht glauben. Ich habe Papiere. Hier«, sagte sie. Connolly hörte sie den Umschlag aus der Tasche ziehen. »Lass jemand anderen entscheiden.«

»Du meinst es wirklich ernst. Was ist es?«

»Wissenschaftliche Informationen über das Projekt. Teile davon. Die einzelnen Leute kennen immer nur Teile. Aber Steven hat noch mehr. Gib sie jemand, der weiß, was sie bedeuten. Ich habe nicht die geringste Ahnung und du wahrscheinlich auch nicht, also mach dir gar nicht erst die Mühe. Aber sie werden es wissen. Und sie werden merken, dass er es ernst meint. Er will nur mit jemandem reden, das ist alles. Solange noch Zeit ist.«

»Wie kommst du darauf, dass ich so etwas tun könnte?«

»Du kennst viele Leute – schau, Matthew, ich habe nie behauptet, dass du ein Spion bist. Vielleicht bist du einer, mir ist das egal, wäre vielleicht gar nicht so schlecht. Alle Genossen haben doch ein bisschen was von einem Spion, nicht? Sie konspirieren doch alle gern zwischen zwei Versammlungen, nicht? Auf jeden Fall musst du niemanden ausspionieren. Gib's einfach weiter, und damit hat sich's. Das hat nichts mit dir zu tun. Und nichts mit mir. Sollen die Genossen entscheiden.«

»Du hast dich nicht verändert. Du hast sie immer gehasst.«

»Ich habe gehasst, was sie dir angetan haben.«

»Und jetzt willst du ihnen helfen.«

»Vielleicht ist es mir inzwischen egal, was sie dir antun.«

In dem Schweigen, das folgte, hörte Connolly einen Löffel gegen eine Kaffeetasse klappern. Streite nicht mit ihm, hätte er am liebsten gerufen. Noch nicht. Du hast ihn noch nicht rumgekriegt.

»Ich wollte dir nie wehtun.«

»Wenn ich sage, dass ich dir glaube, würde das etwas ändern?«

Er seufzte. »Du bist hart geworden, Emma.«

»Ja, wer ist denn das?«, dröhnte plötzlich eine Stimme neben Connolly. »Ich dachte, du bist in Washington. Na, wie geht's denn so?«

Connolly sah überrascht und verärgert hoch, umschloss den Ohrhörer mit der Hand und ließ den Arm sinken.

»Jerry«, sagte er.

»Warum hast du mir nicht gesagt, dass du zurück bist? Warst du schon in der Redaktion?«

»Ich bin nur für einen Tag hier.«

Aber Jerry hörte nicht zu. Er setzte sich. »Oswald ist gestorben, hast du das gewusst? Ist im Büro einfach umgekippt. Mitten am Tag. Hat mir fast leidgetan, der Mistkerl. Aber was zum Teufel tust du eigentlich hier?«

»Jerry, ich warte auf jemanden«, erwiderte Connolly nervös. Hinter sich konnte er sie reden hören.

»Ach wirklich? Auf wen, 'n Weibsbild? Mein Gott, Connolly, wann wirst du endlich erwachsen? Siehst aber verdammt gut aus, Mann. Hast du gewusst, dass sie diesen Arsch Levine befördert haben? Wenn du schlau bist, bleibst du in Washington.«

Und so ging es weiter. Jerrys hektisches Plappern überlagerte die leisen Stimmen auf der anderen Seite der Trennwand. Warum ging er nicht? Connolly brauchte nichts zu sagen, musste nur ab und zu nicken, aber die anderen konnte er trotzdem nicht verstehen, und so saß er hier in der Falle, während Emma allein weitermachte. Was, wenn sie sich stritten, alte Wunden wieder aufrissen, während der Umschlag unbeachtet auf dem Tisch lag? Aber was hätte er tun können? Sie war die ganze Zeit allein gewesen. War sie sich seiner Anwesenheit überhaupt bewusst? Erzählte sie ihm jetzt vom ernsthaften Corporal Waters? Worüber redeten sie? Aber sie brauchte ihn nicht mehr als Jerry.

»Komm, Jerry, verschwinde«, sagte er schließlich. »Ich warte auf jemanden.« Er verzog den Mund. Ein anzügliches Grinsen breitete sich auf seinem Gesicht aus. »Sie ist eine von der nervösen Sorte.«

»Schon gut, schon gut«, erwiderte Jerry und stand auf. »Heh, Ken ist auch in der Bar. Komm rüber und sag hallo.«

»Wenn ich gehe, okay? Trinkt einen auf mich.«

»Nee, ich muss los«, sagte er mit einem Blick auf die Uhr. »Sieht aus, als hätte sie dich versetzt.« Er grinste wieder.

»Nie im Leben.«

Connolly zündete sich eine Zigarette an, winkte Jerry am Ausgang zu und versuchte, sich wieder zu beruhigen. Was, wenn Matthew den Draht entdeckt hatte? Und ihr jetzt eine Szene machte? Connolly drückte sich die Hörmuschel trotzdem wieder ans Ohr.

»Es gibt eine Bedingung«, sagte Emma eben. Was sollte das? Das war nicht abgesprochen. Hatte er sich schon einverstanden erklärt? »Du weißt, dass ich für deine Freunde keinen Finger rühren würde. Die sind so schlimm wie alle anderen.«

»Sind sie nicht, aber rede weiter«, erwiderte er interessiert.

»Das da«, sagte sie und deutete anscheinend auf den Umschlag, »ist nichts, was sie für sich behalten dürfen. Sie dürfen kein weiteres Geheimnis daraus machen. Sie müssen darüber reden, verstehst du?«

»Ja.«

»Die Menschen müssen erfahren, worum es hier geht. Ansonsten ist es sinnlos. Steven ist – kein politischer Mensch. Das muss ihnen klar sein. Ich lasse nicht zu, dass man ihn austrickst. Versprichst du mir das?«, fragte sie, eine nicht zu erfüllende Bitte.

»Leute tun Dinge aus den unterschiedlichsten Gründen. Wir respektieren das«, sagte er merkwürdig formell, plötzlich ganz der Funktionär.

»Nein, du musst es ihnen sagen. Das ist kein Lotteriegewinn für eure verdammte Armee. Deswegen tut er es nicht.«

»Wozu dann das da?«, fragte er und tippte auf den Umschlag.

»Das ist nicht genug, um eine Bombe zu bauen. Er ist ja nicht verrückt. Nur genug, um damit an die Öffentlichkeit zu gehen. Mehr will er nicht. Es ist nicht für ihn. Er ist – er ist ein guter Mensch.«

»Im Gegensatz zu uns.«

»Nein«, erwiderte sie nachdenklich. »In gewisser Weise ist er dir sehr ähnlich. Zumindest so, wie du mal warst. Auf die Sprüche über das Wohl der Menschheit bin ich doch immer hereingefallen, nicht? Ich dachte, du hättest das ernst gemeint.«

»Habe ich auch.«

»Ja. Das Schwierige für dich war, dich nur um einen einzelnen Menschen zu kümmern.«

»Emma –«

»Egal, wir haben keine Zeit zu verlieren. Eigentlich bin ich ja beim Einkaufen oder so was. Das ist wichtig – für Tausende, nicht nur für zwei. Versprich mir, dass du ihnen erklärst, was Steven will.«

»Sie werden mehr wissen wollen –«

»Ja, darauf ist er vorbereitet. Aber sie müssen das Warum verstehen. Das ist die Bedingung.«

»Sie lassen sich nicht gern Bedingungen diktieren.«

»Kein Mensch hat ihnen je was Vergleichbares geboten. Du wirst schon sehen. Die werden ihren Augen nicht trauen. Verdient haben sie es nicht, bei Gott.«

»Warum gibst du es ihnen dann?«

»Ist schon eine komische Welt, nicht? Aber es kommt niemand anderes infrage. Und um mich geht es ja nicht. Ich bringe nur die Post. Aber versprich mir das mit Steven. Keine Tricks.«

Connolly wartete auf seine Antwort, irgendeine Ausrede – sie müsse doch einsehen, dass er es nicht beeinflussen könne, dass er nicht wisse, wie es weitergehe.

»Ja, ich verspreche es«, sagte er, so leichthin und floskelhaft, als wäre es eine Eidesformel, und in diesem Augenblick wusste es Connolly: Sie hatte gewollt, dass er sie anlog.

»Das wär's dann«, sagte sie. »Ich gehe jetzt besser. Aber steck das bitte weg. So was lässt man nicht einfach so rumliegen. Ich kann dir gar nicht sagen, wie erleichtert ich bin, es los zu sein.«

»Emma«, sagte er. »Ist das alles wirklich wahr?«

»Warum?«, fragte sie in entwaffnendem Tonfall. »Glaubst du vielleicht, ich habe den Mut dazu nicht?«

»Ich weiß nicht mehr, wozu du imstande bist. Du hast dich verändert.«

»Nein, ich bin noch immer fabelhaft«, erwiderte sie mit Bitterkeit in der Stimme. »Aber ich will dir was sagen, wenn dir Zweifel kommen, wirf's einfach in den Abfall, und keiner erfährt was davon. Aber ich an deiner Stelle würde es jemandem zum Lesen geben, das würde ich wirklich. Wer weiß? Vielleicht ist sogar eine Beförderung für dich drin. Nur erwähne meinen Namen in deiner Dankesrede nicht. Da fällt mir ein, du kennst ja meinen neuen Namen gar nicht, oder? Das ist vielleicht das Beste.«

»Früher warst du nicht so«, erwiderte er, ohne auf sie einzugehen. »Wie nehme ich Kontakt mit dir auf?«

»Gar nicht. Ich habe mit der Sache nichts mehr zu tun. Stevens Adresse ist in dem Umschlag. Ein Postfach. Die Post wird übrigens kontrolliert, also sag deinen Leuten, sie müssen vorsichtig sein – das klingt lächerlich, nicht? Sie sind es natürlich sowieso. Einen Ort und einen Zeitpunkt, und er weiß Bescheid. Irgendwo in Santa Fe – wir dürfen nicht reisen. Wenn er nichts von euch hört, muss ich annehmen, dass die Genossen nicht interessiert sind, und dann müssen wir uns etwas anderes überlegen.«

»Emma«, sagte er mit leiser Stimme. »In Berlin, als ich – ich hatte meine Befehle.«

»Ich will nichts davon hören.«

»Nein, geh noch nicht. Du musst erfahren, was in Berlin passiert ist. Ich konnte es dir nicht sagen. Ich konnte es niemandem sagen. Sie haben behauptet, dass Menschenleben davon abhängen.«

»Da hatten sie recht«, entgegnete sie scharf.

Connolly hörte sie aufstehen. Er drehte sich erschrocken um und sah sie vor der Sitzgruppe stehen, die wattierten Schultern nach hinten gezogen, steif vor Wut. Er wollte ihr ein Zeichen geben, doch ihr Blick war starr auf den Tisch gerichtet und sie merkte nicht, was um sie herum passierte.

»Ich meine nicht die unseren«, sagte Matthew eben. »Die anderen – sie hatten eine Liste, das ganze Netzwerk. Ich musste verschwinden. Ich konnte niemandem etwas sagen. Ich hatte den Befehl, nichts zu sagen, verstehst du? Es war wichtig. Es waren Leute betroffen. Es war nicht meine Entscheidung.«

»Nicht?«

»Nein. Glaubst du wirklich, ich wäre davongelaufen? Einfach so? Sie hatten einen Auftrag für mich. Ich konnte nicht nein sagen. Es ist die Disziplin – jeder ist nur ein Glied. Ich musste tun, was sie mir sagten. Und dann, danach –«

»Warum erzählst du mir das alles?«, fragte sie mit rauer Stimme. Connolly hatte den Ohrhörer sinken lassen und starrte sie an.

»Ich will nicht, dass du glaubst – ich konnte nicht anders, verstehst du?«

»Willst du, dass ich dir verzeihe? Was für ein Mistkerl du bist.«

»Ich wollte nur, dass du weißt, was passiert ist«, erwiderte er, unter ihren Blicken nun unsicher geworden.

»Das ist nicht alles, was in Berlin passiert ist, Matthew«, sagte sie, und ihre Stimme war jetzt so leise und eindringlich, dass der Lärm des Saals ehrfürchtig vor ihr zurückzuweichen schien. »Du hast ein Kind hinterlassen. Ich habe es herausgeschnitten.«

Connolly musste hilflos zusehen, wie ihre Augen sich mit Tränen füllten.

Sie beugte sich vor. »Ich habe es in einer Schüssel gesehen. Wie ein Blutklumpen. Aber sie haben mir dabei alle meine Kinder herausgeschnitten. Das war zwar keine Absicht, so ist es aber passiert. Du hältst mich für hart? Ich bin jetzt unfruchtbar, Matthew. Das ist in Berlin passiert. Hier«, sagte sie, nahm den Umschlag und warf ihn ihm an die Brust. »Geh und rette die Welt. Rette sie für deine Kinder.«

Einige Augenblicke lang bewegte sich keiner. Dann nahm Emma ihre Handtasche und verließ mit schnellen, über den Holzboden klappernden Schritten den Saal. Connolly erwartete, dass Matthew ihr folgen würde, aber von der Sitzgruppe kam kein Geräusch. Er wartete noch eine Weile mit angehaltenem Atem und stand dann auf.

Als er über die Trennwand blickte, sah er Matthew dort sitzen, mit rotem Gesicht, als hätte man ihn geohrfeigt. Er schaute den Umschlag an. Dann stand er unvermittelt auf und rempelte dabei Connolly.

Für den Bruchteil einer Sekunde sah Connolly ihm in die Augen, die weit aufgerissen und starr waren. »Entschuldigung«, sagte er automatisch, aber Matthew stürzte bereits aus dem Saal.

Connolly folgte ihm durch die laute Bar, stieß die Tür auf und trat in die heiße Luft. Matthew hatte einen halben Block Vorsprung und ging schnell. Er blieb stehen und rief etwas – ihren Namen? aber es ging im Lärm eines Zugs unter, der über seinen Kopf hinwegdonnerte.

An der Third musste er an einer Ampel stehenbleiben, und Connolly sah Emma weit unten am Ende des nächsten Blocks, wo ihr weißes Kleid immer wieder in der Menge aufblitzte. Sie überquerten zusammen die Straße, und Connolly, der ein Stückchen zurück hing, wartete darauf, dass Matthew gleich losrannte, aber es waren zu viele Leute vor ihm. Er konnte nicht durch sie hindurchbrechen. Stattdessen wich er ihnen aus, sprang immer wieder auf die Straße und zurück auf den Bürgersteig, um Emma nicht aus den Augen zu verlieren. Als sie nach rechts in die Lexington einbog, beschleunigte er seine Schritte und schob sich durch die Menge.

Emma bekam von alledem nichts mit. Als sie am Hotel ankam, ging sie, ohne sich umzusehen, direkt hinein. Matthew folgte ihr, bei Rot einem anfahrenden Auto ausweichend, bis zur Tür und blieb dann unvermittelt stehen. Connolly stellte sich vor das Schaufenster eines Delikatessengeschäfts und schielte nach links. Einen Augenblick lang stand Matthew unentschlossen da, machte dann einen Schritt auf den Eingang zu und blieb wieder stehen. Ein Soldat und ein Mädchen kamen mit Koffern aus dem Hotel.

Matthew zog ein Taschentuch heraus, um sich das Gesicht zu trocknen, dann ließ er resigniert die Schultern sinken, drehte sich um und ging langsam davon. Als Connolly ihn im Schaufenster hinter sich vorbeigehen sah, starrte er bedrückt und verwirrt zu Boden, als hätte er eben einen Zug verpasst. Dann verschwand Matthew in der Menge.

Emma saß auf dem Bett und atmete tief und regelmäßig, um sich zu beruhigen. Sie hob den Kopf, als er eintrat, sah dann aber wieder weg, denn offensichtlich wollte sie nicht reden. Er berührte sie an der Schulter, ging dann ins Bad und begann zu packen.

»Hast du alles mitbekommen?«, fragte sie schließlich aus dem Schlafzimmer. »Ich fürchte, ich habe es vermasselt.«

»Nein«, sagte er und kam aus dem Bad. »Es war gut. Perfekt.« Und dann, mit leiser Stimme: »Emma, es tut mir leid. Das habe ich nicht gewusst.«

»Nein, hast du nicht.« Sie zuckte die Achseln und schüttelte die Haare aus dem Nacken. »Und jetzt?«

»Jetzt warten wir.«

»Wie eine Flaschenpost.« Sie stand auf und ging zum Fenster. »Wenigstens ist es jetzt vorbei.«

»Alles in Ordnung mit dir?«

Sie nickte. »Schon komisch, dass Stimmen sich nicht verändern. Alles andere, aber Stimmen nicht. Das hat mich am Anfang ganz schön erschreckt. ›Wir respektieren das.‹ Mein Gott.« Sie zündete sich eine Zigarette an und starrte aus dem Fenster. »Versprichst du mir etwas? Wenn das alles vorüber ist, diese ganze Karl-Geschichte, dann nichts mehr, in Ordnung? Du siehst ja, was es aus ihm gemacht hat. Immer eine Schlacht zu schlagen, ob Krieg ist oder nicht. Er kommt jetzt sein Leben lang aus den Schützengräben nicht mehr raus.«

»Ich verspreche es. Du kannst dich drauf verlassen.«

Sie drehte sich um und lächelte dünn. »Er konnte einfach nicht anders, was? Was machst du denn da?«, fragte sie, als sie seine Reisetasche bemerkte. »Willst du weg?«

»Ich dachte, dass wir vielleicht das Hotel wechseln. Unsere letzte Nacht. Ein Tapetenwechsel.«

Sie lächelte. »Das musst du nicht tun. Ich fühle mich ganz wohl hier.«

»Um ehrlich zu sein, ich glaube, wir sollten es tun«, sagte er. »Er ist dir gefolgt.«

»Mir gefolgt?«

»Nicht so. Ich glaube, er wollte sich mit dir versöhnen.«

»Aber er ist nicht reingekommen«, sagte sie leise.

»Nein«, sagte er und schloss die Reisetasche. »Aber er weiß, dass du hier bist. Was bedeutet, dass sie es auch wissen, falls es sie interessiert. Und es dürfte sie interessieren, wenn sie sich erst einmal seine Post angesehen haben. Das Risiko können wir nicht eingehen.«

Sie verschränkte die Arme. »Glaubst du, er lässt uns überwachen?«

»Das dürfte kaum in seinem Verantwortungsbereich liegen.«

»Ich dachte, es ist vorbei.«

»So gut wie. Nur eine Vorsichtsmaßnahme.«

»Immer noch im Dienst«, sagte sie und drückte ihre Zigarette aus. »Na gut. Und ich dachte schon, du spielst den Romantiker.«

»Das kann ich dann immer noch.«

»Wohin jetzt?«, fragte sie aufgeräumt. »Meinst du, es geht auch ’ne Nummer größer? Das Waldorf?«

Er grinste. »Nein. Ich dachte an The Pennsylvania. Es ist der einzige Ort, wo wir mit Sicherheit allein sind.«

»Außer dieser Mann ist noch dort.«

»Das ist er nicht. Überall, bloß nicht dort.«

Doch er war dort. Nach dem Abendessen gingen sie, schon ein bisschen beschwipst, ins Cafe Rouge, um Musik zu hören, und dort entdeckte Emma ihn, an einem Tisch in der Nähe der Band.

»Er ist es«, sagte sie. »Anscheinend ist er nicht im Dienst – er hat seinen Hut an der Garderobe abgegeben.«

»Und sich ein Mädchen geangelt«, sagte Connolly. »Na, so was.«

»Ich glaube, er hat uns nicht gesehen.«

»Komm, lass uns tanzen.«

Emma kicherte, als Connolly auf seinen Tisch zusteuerte. »Du quälst ihn«, sagte sie, als sie bemerkte, dass der Mann so tat, als würde er sie nicht sehen. Das Mädchen, die Lippen grell geschminkt, trank einen Highball.

»Nur ein bisschen.«

»Er wird wütend sein.«

»Weil wir ihm seinen Abend in der Stadt ruiniert haben? Das wird er kaum an die große Glocke hängen. Macht sich nicht gut im Bericht.«

Sie kicherte noch einmal. »Aber was wird er *denken?«*

»Dass wir die ganze Zeit hiergewesen sind und er lieber den Mund hätte halten sollen. Jetzt muss er einiges erklären.«

»Was glaubst du, wer sie ist?«

Er grinste. »Gute Frage.«

Sie lehnte sich an seine Schulter. »Jetzt wird er auch wieder im Zug sein.«

»Und diesmal besser aufpassen. Betrachte ihn einfach als persönlichen Leibwächter. Schau, er steht auf, um zu tanzen. Hab' gar nicht gewusst, dass es im G-2 einen gibt, der das kann.«

»Hör auf. Sonst sieht er dich noch lachen. Wir sollten das nicht tun, weißt du. Eigentlich sollte es nicht komisch sein. Warum ist es komisch?«

»Er findet sich überhaupt nicht komisch. Und er wird einen Bericht schreiben, und der liegt dann in einer Akte herum, bis er jemand gelegen kommt, der auch nicht komisch ist. Und da wird keine Silbe davon drinstehen, dass er das Tanzbein geschwungen und versucht hat, ein Mädchen ins Bett zu bekommen. So funktioniert die Sache.«

»Überhaupt nicht komisch.«

»Nein. Wie fühlst du dich?«

»Ich weiß es nicht. Von einer Minute auf die andere. Heute –«

»Denk nicht mehr dran.«

»Ich habe etwas getan, das ich mir nie zugetraut hätte. Mit Absicht jemandem wehtun.«

»Das kommt auf die Betrachtungsweise an.«

»Ich bin mir nicht einmal sicher, ob es falsch war. Wie ist das nur möglich? Nicht zu wissen, was falsch ist. Und es hat mir nichts ausgemacht. Ich wollte, dass es funktioniert. Und jetzt lachen wir diesen Mann aus und tanzen – als wäre nichts geschehen. Zu was für einem Menschen macht mich das nur?«

Er sah sie an. »Ist mir egal. Wahrscheinlich zu einem wie wir alle. Jeder hat seine Gründe.«

»Sogar Matthew.«

»Davon weiß ich nichts, Emma. Vielleicht sind einige besser als andere.«

»Vielleicht kann man ja mit der richtigen Motivation falsch handeln.«

»Ich weiß nicht. Aber hier werden wir dieses Problem nicht lösen. Mach mal Pause. Du bist ja noch immer ganz aufgedreht.«

Sie schenkte ihm ein schwaches Lächeln. »Das ist bestimmt der Wein. Irgendwann werde ich mich dieser Frage allerdings stellen müssen.« Sie hob den Kopf und betrachtete sein Gesicht. »Was ist mit dir? Woran hast du heute gedacht?«

»Im Restaurant? Dass ich dir nicht helfen konnte.«

»Hast du aber. Du hast es einfacher gemacht.«

Er sah sie fragend an.

»Ich wusste nicht, was ich dabei empfinden würde. Und dann war es einfach – ich wusste plötzlich, dass ich es tun konnte. Es ist einfach, wenn man jemanden nicht mehr liebt.«

»Er war ein Narr, dass er dich aufgegeben hat.«

»Wir haben uns gegenseitig aufgegeben. Auf jeden Fall ist er jetzt Vergangenheit.«

»Ziemlich schnelle Scheidung übrigens.«

Sie lächelte. »Ich konnte nicht widerstehen. Ich wollte sehen, wie er reagieren würde. Und ich muss sagen, ein wenig hätte er schon protestieren können. Wie auch immer, jetzt haben wir unsere Antwort. Frei. Freust du dich nicht?«

Er sah sie an. »Er ist nicht der Mann, um den ich mir Gedanken mache.«

17

Oppenheimers Stimme, die durch die halb geöffnete Tür drang, klang so wütend, wie Connolly sie noch nie gehört hatte. »Da hast du dir ja einen schönen Zeitpunkt ausgesucht, Jeff«, sagte er mit einschüchternder Schärfe.

»Es ist genau der richtige Zeitpunkt«, antwortete eine Stimme, die so jugendlich klang wie die eines Heranwachsenden. »Einen besseren gibt es nicht.«

Connolly sah Oppenheimer mit einem Flugblatt in der Hand hinter seinem Schreibtisch stehen. »Das Spielzeug und die Zukunft«, las er verächtlich. »Und was zum Teufel willst du mit dieser kleinen Gemeindeversammlung erreichen? Was glaubst du denn, wo wir hier sind? In Palo Alto?«

»Wir können es nicht einfach ignorieren, Oppie«, sagte der junge Mann entschieden. »Die Fragen stehen im Raum. Die wissenschaftliche Gemeinschaft muss ein Mitspracherecht bekommen. Solange noch Zeit dazu ist.«

»Zeit. Wir haben keine Zeit. Die Leute arbeiten vierundzwanzig Stunden am Tag. Wir haben keine Zeit für Seminare über die Zivilisation und ihre Anliegen.«

»Sollten wir aber.«

Oppenheimer arbeitet auf jeden Fall rund um die Uhr, dachte Connolly. Sein sowieso schon schlanker Körper war erschreckend dürr geworden, die Augen lagen tief in den Höhlen, und die knochigen Finger, die die Zigarette hielten, waren fast wie die eines Skeletts.

»Steckt Leo dahinter?«

»Leo?«

»Szilard. In Chicago. Du weißt genau, welcher Leo. Keine Ausflüchte, Jeff.«

»Ich weiß nicht, wovon du sprichst, Oppie.«

Oppenheimer hob den Kopf, und plötzlich huschte Verlegenheit über sein Gesicht.

»Nicht? Tut mir leid. Ich dachte nur, er könnte es sein, das ist alles. Er lässt eine Petition herumgehen. Du wirst sie bestimmt auch unterschreiben wollen. Aber unterdessen würde ich es begrüßen, wenn du diese blöde Versammlung absagtest.«

»Warum?«

»Der Sicherheit würde es nicht gefallen.«

»Na und?«

»Es macht sie nervös. Es ist ein heikler Zeitpunkt, Jeff, das weißt du so gut wie jeder andere. Wir wollen nicht alles noch komplizierter machen, als es ohnehin schon ist.«

»Oppie, wir reden davon, dass Wissenschaftler sich zusammensetzen und über die Implikationen dessen diskutieren, was wir hier tun. Das ist alles.«

»Ich weiß, wovon wir reden«, blaffte Oppenheimer und zog an seiner Zigarette. »Ich rede von einem Test, der für heute geplant, aber bereits vierzehn Tage zu spät dran ist. Ich zähle die Stunden. Kisty ist drüben auf der Anlage S und kümmert sich persönlich um die Risse in den Linsen. Das weißt du genau. Warum bist du nicht dort und hilfst, anstatt – anstatt –« Er verhaspelte sich, als er den Blick seines Gegenübers sah. »Was ist?«

»Heute? Am glorreichen Vierten? War das die Absicht, das größte Feuerwerk, das es je gab?«

»Mach dich nicht lächerlich. Nicht genau am Vierten. Diese Woche. Kein Mensch hat an ein Feuerwerk gedacht.« Er hielt inne und lächelte in sich hinein. »Daran hat wirklich niemand gedacht. Komisch. Na, aber was soll's? Wir haben es nicht vorher geschafft.«

»Oppie, befiehlst du mir, die Versammlung abzusagen?«, fragte der Mann gelassen.

Oppenheimer zündete sich eine neue Zigarette am Stummel der alten an. »Nein«, sagte er schließlich. »Befehlen würde ich es dir nicht.«

»Du warst doch derjenige, der mit den offenen Treffen angefangen hat.«

»Ja.«

»Und zum Teufel mit den Sicherheitstrotteln, weißt du noch?«

»Schon gut, Jeff, wenn die Männer es wollen –«

»Was ist denn passiert? Wir hatten schon eine ganze Weile keine Versammlung mehr.«

Oppenheimer sah ihn an, und aus seinen Augen blitzte wieder Zorn. »Ich hatte zu viel zu tun, Jeff. Und genau genommen habe ich auch jetzt zu tun.«

»Du bist übrigens herzlich eingeladen. Um ehrlich zu sein, die Leute würden sich sehr freuen – zu hören, was du zu sagen hast. Wir wollen doch dem Projekt nicht schaden.«

»Ich weiß«, entgegnete Oppenheimer sanft.

Connolly klopfte an die offene Tür.

»Weil wir gerade vom Teufel sprechen«, sagte Oppenheimer. »Einer deiner Sicherheitstrottel, höchstpersönlich.«

Jeff, ein junger Wissenschaftler mit Hornbrille, errötete.

»Ich habe nichts gehört«, sagte Connolly unbefangen. »Wir lauschen nicht an Schlüssellöchern.«

»Noch nicht«, sagte Oppenheimer schnell.

»Sonntag«, sagte Jeff und wandte sich zum Gehen. »Wenn du es schaffst.«

»Mr. Connolly«, sagte Oppenheimer müde. »Angenehme Reise?«

»Worum ging's denn hier?«

»Den Leuten dämmert es langsam, dass unser Spielzeug Implikationen mit sich bringen könnte«, sagte er mit noch immer angespannter Stimme.

»Was Gott geschaffen hat?«

»So hat man mich bis jetzt noch nicht genannt. Nein, sie glauben eher, dass sie sich mit dem Anderen eingelassen haben. Implikationen. Wo waren die Leute denn alle? Die Implikationen waren von Anfang an da. Und jetzt fangen sie an zu zweifeln. Das Labor in Chicago will mit dem Präsidenten reden – dem Präsidenten, also wirklich –, und zwar über eine Demonstration für die Japaner. Irgendwo eine kleine Insel in die Luft jagen, und der Kaiser und seine Samurai fallen auf die Knie und betteln um Gnade. Und niemand wird verletzt.«

»Das wäre eine Idee.«

»Seien Sie kein Narr. Es ist bereits beschlossen.« Die Antwort, die so schnell kam wie ein Peitschenschlag, traf Connolly, als wäre er an den Kindertisch zurückgeschickt worden. Irgendwann während der Zeit der Dürrenotverordnungen war Oppenheimer in Washington gewesen und hatte gesehen, wie jemand einen Zielkreis um eine Stadt malte. Bereits beschlossen.

»Sie glauben nicht, dass es funktionieren würde?«, fragte Connolly.

»Das sind Fanatiker«, erwiderte Oppenheimer tonlos. »Wenn's in die Hose geht, könnte es so weit kommen, dass wir den Krieg tatsächlich noch verlängern.«

»Das glauben Sie doch nicht – dass es in die Hose geht.«

»Ich weiß es nicht. Niemand weiß es. Im Augenblick haben wir noch nichts anderes als Ziffern auf Papier, nur Ziffern auf Papier. Ja?«, sagte er zu seiner Sekretärin, die an der Tür erschienen war.

»General Groves ist für Sie am Apparat.«

Connolly sah ihn fragend an – wollen Sie, dass ich gehe? –, aber Oppenheimer wedelte nur mit der Hand und deutete auf den Stuhl.

»Nur einen Augenblick«, sagte er, nahm den Hörer ab und drehte den Körper halb nach links, als wollte er so die Privatsphäre einer imaginären Telefonzelle schaffen. »General. Ja, danke. Es ist der Linsenguss – Haarrisse, sogar ein paar Blasen. Ich habe keine Ahnung, was sie sich dabei gedacht haben. Wir haben Genauigkeit bis auf ein Dreißigstel, aber wir brauchen ein Dreihundertstel, um ganz sicherzugehen. Ein paar Tage wird es noch dauern.« Ein Redeschwall vom anderen Ende. »Nein, das ist nicht nur ein ›Haken‹«, erwiderte Oppenheimer gereizt. »Es ist ein Problem. Im Augenblick arbeitet Kisty daran. Er ist persönlich dort unten – vielleicht schafft er's, vielleicht nicht.« Noch ein Redeschwall. »Ich glaube, Sie verstehen nicht. Er arbeitet mit Zahnarztbohrern und Pinzetten und allem, was er in die Finger kriegt. Wir können das verdammte Ding nicht einfach mit Tesafilm zusammenkleben. Nicht zu diesem Zeitpunkt. Noch zwei Tage.« Sein bereits angespanntes Gesicht schien noch verkniffener zu werden, als er Groves zuhörte. Eine Standpauke, vermutete Connolly, oder zumindest eine frustrierende Tirade. »Ich weiß, dass wir es schon einmal verschoben haben.« Und dann sagte er nichts mehr, starrte nur zum Fenster auf den Technischen Bereich hinaus und ließ Groves reden. Einen Streit hatte er offensichtlich nicht erwartet, sonst hätte er Connolly nicht zum Bleiben aufgefordert, und jetzt hatte er einen Zuhörer am Hals. Connolly stand auf und betrachtete die Fotos an der Wand. Mit Lawrence im Zyklotron von Berkeley. Ein Gruppenbild der Abteilungsleiter des Technischen Bereichs. Eisler sah, mit verträumten und gutmütigen Augen, direkt in die Kamera. Schließlich gab Oppenheimer nach. »Nun gut. Wir werden tun, was wir können. Nein, ich verstehe. Es ist ein Risiko – das sollten Sie wissen, Ja, am Sechzehnten. Ich hoffe, Sie sind dann hier.« Noch immer zum Fenster hinausstarrend, legte er auf.

»Der Präsident will es den Russen bei der Konferenz in Deutschland mitteilen«, sagte er, fast zu sich selbst.

»Aber sie wissen es doch bereits.«

»Sie wissen nicht, dass wir wissen, dass sie es wissen«, erwiderte er, mit den Worten spielend. »Und was wissen sie überhaupt? Nur, dass wir es versuchen. Er will ihnen sagen, dass wir es geschafft haben. Bei der Konferenz. Ob wir fertig sind oder nicht. Also werden wir fertig sein.«

»Warum bei der Konferenz?«

Oppenheimer zuckte die Achseln. »Wahrscheinlich, um bei den Verhandlungen zu imponieren.«

»Aber wenn sie es bereits wissen –«

Oppenheimer drehte sich zu ihm um. »Er weiß es nicht, vergessen Sie das nicht. Niemand weiß es. Sie wissen es, falls Sie es beweisen können. Können Sie das, bevor die sich in Potsdam an einen Tisch setzen?«

Connolly schwieg.

Oppenheimer lächelte. »Sie treffen sich auf jeden Fall. Das ist also auch Ihr Schlusstermin.«

»Ab jetzt liegt es nicht mehr an mir, das wissen Sie.«

Oppenheimer nickte. »Mir geht's genauso.« Er wandte sich den Papieren auf seinem Schreibtisch zu. »Und jetzt muss ich auch noch zu einem Picknick. Die Leute werden eine Rede hören wollen. Was sind es jetzt, 169 Jahre? Was fängt man mit einer solchen Zahl an? Eigentlich sollten wir heute den Test machen, nicht Wassermelonen essen und Reden schwingen. Die Historie wird ein wenig warten müssen. Heute kümmern wir uns ums Lagerfeuer. Das war das Motto unseres guten Generals für heute – keine Lagerfeuer. Die ganze *mesa* ist staubtrocken. Ein Funken würde genügen. Ich vermute, er hat Albträume, dass das ganze Projekt wegen eines Grillwürstchens zum Vierten Juli in Flammen aufgeht. Ich muss sagen, der Mann denkt an alles. Dort internationale Konferenzen, hier Limonade und Eiersalat. Nun gut. Jetzt heißt's also aufpassen, dass niemand zündelt.« Er sah hoch, als würde er Connolly nun überhaupt erst bemerken. »Was wollten Sie übrigens?«

»Sie wollten mich sehen.«

Zuerst machte Oppenheimer ein verdutztes Gesicht, dann erinnerte er sich und runzelte die Stirn. »Ach ja, richtig.« Er zündete sich eine Zigarette an. »Wegen dieser Reise.«

»Danke für den Schlafwagen.«

Oppenheimer runzelte noch einmal die Stirn. »Ich weiß, dass mich das alles nichts angeht.«

»Wollen Sie einen Bericht? Ich dachte, wir hätten uns darauf geeinigt, dass ich Sie erst dann informiere, wenn ich am Ziel bin.«

»Das habe ich nicht gemeint«, sagte Oppenheimer schnell. »Ich dachte, das wäre eine Geschäftsreise gewesen.«

»War es auch.«

»Sie haben mir nicht gesagt, dass Sie eine Dame mitnehmen. So weit ich gehört habe, sind sie ein ziemlich flotter Tänzer.«

»Sie haben recht«, sagte Connolly gelassen. »Das geht Sie nichts an.«

»Es geht mich was an, wenn Sie was mit der Frau eines Wissenschaftlers haben. Das wäre das letzte, was wir jetzt brauchen können – einen eifersüchtigen Ehemann. Ich muss mich über Sie sehr wundern.«

»Es war eine Geschäftsreise. Sie gehörte dazu.«

Oppenheimer zog die Augenbrauen hoch. »Ist das die Wahrheit?«

»Ja.«

»Wollen Sie mir damit sagen, dass in der Hinsicht nichts läuft?«

»Nein«, erwiderte Connolly, ohne seinem Blick auszuweichen. »Das habe ich nicht gesagt.«

»Verstehe.« Oppenheim er legte das Papier in seiner Hand auf den Tisch. »Es wäre nicht das erste Mal, wissen Sie. Wenn man einige tausend Leute zusammenbringt, entsteht immer ein gewisses Interesse. Das ist zu erwarten. Zu erwarten sind aber auch Probleme. Er ist ein guter Mann.«

»Ich kenne ihn.«

»Aber das hat Sie nicht im Geringsten abgeschreckt.«

Connolly zögerte kurz. »Nein.«

Oppenheimer lächelte. »Wenigstens sind Sie ehrlich. Vermute ich zumindest. Darf ich fragen, was sie mit der ganzen Sache zu tun hat?«

»Wenn Sie fragen, werde ich es Ihnen sagen, aber es wäre mir lieber, Sie würden nicht fragen. Noch nicht.«

Oppenheimer drückte seine Zigarette aus. »Früher wusste ich über alles Bescheid, was hier vor sich ging. Aber ich vermute, ich war nicht so gut informiert, wie ich dachte. Mord. Ehebruch. Ein Schlangennest, wie sich zeigt. Lagerfeuer.«

»Sie vergessen Spionage.«

»Ja«, sagte Oppenheimer und sah ihn an. »Wie konnte ich das nur vergessen?« Er nahm das Papier wieder in die Hand. »Und was mache ich jetzt damit? Pflichtversäumnis. Missbrauch staatlicher Gelder. Offizielle Reise für private Zwecke. Sexuelle – wie nennen sie das?« Er warf einen Blick auf das Papier. »Sexuelle Indiskretionen mit Projekt-Personal. Indiskretionen.«

»Ignorieren Sie es. Sie sind ein vielbeschäftigter Mann.«

»Nicht halb so beschäftigt wie Sie, wie's aussieht. Eine Sicherheitsanfrage kann ich nicht ignorieren. Die wollen Sie von hier weghaben.«

»Das ist doch alles nur heiße Luft. Vergessen Sie es.«

»Die werden aber nicht lockerlassen.«

»Sie nehmen Ihre Freunde von der Sicherheit zu ernst«, sagte Connolly und dachte an den jungen Wissenschaftler mit seiner Versammlung.

»Meine Freunde«, sagte Oppenheimer. »Sie scheinen die für Witzfiguren zu halten. Haben Sie gewusst, dass ich meine Unbedenklichkeitsbescheinigung erst erhalten habe, als Groves persönlich für mich bürgte? Ich. Haben Sie gewusst, dass sie noch immer meine alten Kameraden, meine Familie durchleuchten? Meinem Bruder haben sie die Hölle heiß gemacht.«

Er sah die Frage in Connollys Augen. »Aber das haben Sie doch gewusst. Er war Parteimitglied in Stanford. Davon ausgehend, mussten wir beide illoyal sein. Sie halten meine Akte ›aktiv‹ – sie wird nie geschlossen. Deshalb habe ich gelernt, unsere Freunde mit Feingefühl zu behandeln. Ich versuche, sie nicht zu verärgern.«

Connolly stand auf. »Die betreffende Dame hat mir geholfen, Kontakt mit jemandem aufzunehmen, von dem ich hoffe, dass er uns zu Karls Mörder führen wird. Das Geld war mein eigenes. Wir hatten ein gemeinsames Hotelzimmer, aber ich schlief ja sowieso dort. Unsere Freunde bei der Sicherheit denken, wir haben einen draufgemacht, und genau das will ich. Bei denen können Sie sich nicht einschmeicheln. Sie jagen Ihnen immer Angst ein.«

»Sie wollen also, dass ich für Sie bürge?«

»Groves bürgt für Sie.«

»Sie vergessen, dass ich ein gewisses Maß an Verantwortung für dieses Projekt habe.«

»Das gilt auch für Groves.«

Oppenheimer hielt kurz inne. »Ja, stimmt«, sagte er, nahm das Papier und ließ es in den Abfallkorb segeln. »Aber tun Sie mir jetzt einen Gefallen. Bleiben Sie bitte diskret bei Ihren Indiskretionen. Dieser spezielle Ehemann ist im Augenblick zu wertvoll, als dass er sich Liebeskummer leisten könnte.«

»Ich glaube nicht, dass er etwas weiß. Er ist die meiste Zeit in Trinity.«

Oppenheimer stutzte und notierte sich dann etwas. »Danke, dass Sie mich daran erinnern. Ich hätte beinahe die Kabel vergessen.«

»Kabel?«

»Koaxialkabel. Die Ratten auf dem Testgelände nagen die Kabel durch. Wir müssen den gesamten Wüstenboden kontrollieren, Tag und

Nacht. Meilen von Kabeln. Das macht sie alle nervös.« Er bemerkte Connollys Blick. »Entschuldigung, wo waren wir gerade?«

»Nichts Besonderes. Nur, dass ich diskreter sein soll.«

»Ja, richtig.« Oppenheimer hielt kurz inne. »Passen Sie auf. Normalerweise merken sie es.«

»Wer?«

»Kitty war verheiratet, als wir uns kennenlernten. Wir dachten, er würde nichts merken, aber er hat es gewusst.«

Connolly sah ihn überrascht an, ging aber dann nicht darauf ein. »Sie sollten mal wieder schlafen«, sagte er.

»Das sagt mir jeder, aber keiner sagt mir, wie ich das zeitlich bewerkstelligen soll.«

Die ganze *mesa* schien aufs Äußerte gespannt zu sein, wie eine Erweiterung von Oppenheimers Nervensystem. Mit einem Gefühl der Erleichterung war Connolly in den Westen zurückgekommen – die trockene Höhenluft war jetzt die Luft, die er zum Atmen brauchte – aber der Hügel hatte sich verändert. Er wirkte eigentümlich verlassen – Hunderte waren auf dem Testgelände, und die Reisebeschränkungen hatten den gewohnten Verkehr an den Toren spärlicher werden lassen. Los Alamos war hermetisch abgeriegelt, es briet in der heißen Juliluft vor sich hin. Das Gras war schon lange vertrocknet, die kleinen Gärten waren welk und rissig. Die Kinder hatten Ferien und wirbelten beim Ballspiel Staubschwaden auf. Mütter breiteten für improvisierte Picknicks Decken auf der nackten Erde aus oder saßen im Schatten der Baracken und Fertighäuser und fächelten sich Luft zu. Ohne informiert worden zu sein, wussten doch alle, dass etwas Entscheidendes bevorstand. Die Fenster der Labore waren die ganze Nacht erhellt. Da nur wenige auf dem Hügel waren, hätte der Sommertag still und lethargisch sein müssen – stattdessen war er voller nervöser Spannung, hellwach, als wartete jeder darauf, dass ein Waldbrand ausbräche.

Connolly sah die Post durch und ging spazieren, immer auf der Suche nach einer Aufgabe streifte er durch den Technischen Bereich. Eislers Bücher wurden verkauft, und der Erlös ging an die Schule. Seine persönlichen Habseligkeiten wurden von Johanna Weber unter der Emigrantengemeinde verteilt. Connolly hatte um ein Bild gebeten – die Theorie-Gruppe bei einem Ausflug in die Jemez-Berge und sie hatte es ihm überrascht und mit Tränen in den Augen gegeben. Er stellte es auf seine Kommode neben Karls Foto, zwei Puzzleteile. Emma sah er im Kino, ansonsten gingen sie sich aus dem Weg. Nach einer trotz der Weite der *mesa* klaustrophobischen Woche fuhr er schließlich nach Santa Fe zu Holliday.

»Ich hatte Sie schon aufgegeben«, sagte Holliday freundlich. »Kaffee?«

»Bei dieser Hitze?«

»Ein alter Indianertrick. Achten Sie nicht darauf, und nach einer Weile merken Sie nicht mehr, dass sie da ist.«

»Sie ist aber da«, erwiderte Connolly und wischte sich den Hals.

Sie saßen draußen hinter dem Revier an einem Tisch im Schatten einer riesigen Pappel.

»Tut mir leid, dass ich mich nicht gemeldet habe. Ich hatte einfach nichts zu berichten.«

»Nichts, was Sie mir berichten könnten, meinen Sie. Schon gut. Ich nehme an, jetzt hat allein der Hügel das Sagen. Ich frage nicht. Sieht aus, als würden wir alle es ziemlich bald erfahren.«

»Wie kommen Sie drauf?«

»Na ja, in letzter Zeit gab's nicht viel Verkehr. Wirklich ruhig. Aber in den Canyons gibt's jetzt jede Nacht Explosionen. Die Leute beschweren sich nicht einmal mehr – es bringt ja nichts. Und gleichzeitig ist jedes Hotel in der Stadt für nächste Woche ausgebucht. Diese nette Mrs. McKibbin ist jetzt schon bei den Pensionen angelangt, also muss wirklich 'ne ziemliche Menge Leute kommen. Deshalb denke ich mir, ihr da oben seid kurz davor, das zu tun, weswegen ihr hier seid.«

Connolly lächelte ihn an. »Sie sind ein guter Polizist.«

»In einer Kleinstadt ist das nicht schwer. Es passiert ja nichts. Bis Sie dahergekommen sind.«

»Ich schätze, Sie werden erleichtert sein, wenn ich wieder verschwinde.«

Holliday trank einen Schluck Kaffee und sah ihn an. »Sie könnten noch 'ne ziemliche Weile hier sein. Wenn man im Polizeidienst eines lernt, dann ist das Warten. Aber Sie, Sie hassen das Warten. Sie bringen mich damit noch auf die Palme.«

Connolly lächelte noch einmal. »Und was tun Sie, während Sie warten?«

»Ich lasse mir alles Mögliche durch den Kopf gehen.«

Connolly sah ihn interessiert an. »Zum Beispiel?«

»Na ja, zum Beispiel dieses Auto. Hat sich schon jemand darum gekümmert? Nein? Aber jetzt gibt's da all diese Explosionen ganz in der Nähe. Da sollte man doch meinen, dass jemand es vielleicht wegfahren will, nicht?«

»Warum sollte dieser Jemand das wollen? Bis jetzt hat es noch niemand gefunden. Es steht seit Monaten dort.«

»Stimmt. Aber komisch ist das schon mit diesem Auto. Es wäre doch das Einfachste auf der Welt, es irgendwohin zu schaffen und dann mit einem Bus oder sonst was zum Hügel zurückzufahren. So würde niemand einen Zusammenhang herstellen können.«

»Bis jetzt *hat* niemand einen Zusammenhang hergestellt. So weit dieser Jemand weiß, ist es noch immer versteckt.«

»Vielleicht. Aber das war, bevor sie angefangen haben, diese Canyons da in Luft zu jagen. Wenn ich er wäre, würde ich es wegfahren.«

»Also, was denken Sie?«

»Na ja, einen Sinn ergibt das nur, wenn er gar nicht mehr auf dem Hügel ist.«

»Nein, er ist noch dort.«

»Sind Sie sicher?«

»Er muss noch dort sein.«

»Haben Sie Beweise?«

»Er ist dort«, sagte Connolly bestimmt. »Ich weiß es.«

Holliday zögerte einen Augenblick. »Na, wenn Sie es wissen. Es gibt natürlich noch eine andere Möglichkeit.«

»Und die wäre?«

»Na ja, *ich* würde es wegfahren, aber vielleicht ist er nicht so schlau. Das ist noch was, das man im Polizeidienst lernt – diese Typen sind nicht immer die hellsten. Wir glauben das gerne, weil es uns besser dastehen lässt. Manchmal sind sie einfach nur blöd.«

Connolly lächelte. »Worauf kommen Sie denn sonst noch so, wenn Sie sich alles Mögliche durch den Kopf gehen lassen?«

»Nicht auf viel. Das Komische an diesem Fall ist, dass wir das Wann und das Wo und das Was haben – wobei das Was wahrscheinlich nicht so wichtig ist –, und es klingt so, als hätten Sie auch das Warum, aber Sie sagen es nicht.« Er sah Connolly an, der nickte. »Und meiner Erfahrung nach sollte uns wenigstens eins davon zum Wer führen. Aber diesmal offenbar nicht.«

»Wir müssen die Sache aus einem anderen Blickwinkel betrachten.«

»Ist das der Grund, warum Sie meine Jungs diese Kirchen überwachen lassen?«

Connolly nickte. »Kann sein, dass das nur Zeitverschwendung ist.«

»Na, schaden wird's ihnen nicht. Gute Möglichkeit, die eigene Stadt kennenzulernen. Nehmen Sie mich zum Beispiel – ich war noch nie im Gouverneurspalast. Komme jeden Tag dran vorbei, war aber noch nie drin. Aber das ist meistens so, nicht?«

»Worauf wollen Sie hinaus?«

»Ich will Ihnen nur das Warten beibringen«, erwiderte er, und aus seinen Augen funkelte der Schalk. »Ich habe nachgedacht und nachgedacht und komme einfach nicht weiter. Natürlich kenne ich auch das Warum nicht.«

Connolly stellte den Kaffee auf den Tisch und wandte den Blick ab. »Jemand hat militärische Geheimnisse weitergegeben, und Karl hat sie bei der Übergabe überrascht. Bei San Isidro. Der Kontaktmann hat ihn umgebracht. Aber das haben Sie nicht gehört.«

Holliday sah ihn eindringlich an und nickte. »Das habe ich mir schon gedacht.«

»So?«

»Alles ist streng geheim, es wimmelt nur so von MPs, und aus Washington kommen alle möglichen Leute. Was sollte es denn sonst sein? Trotzdem«, ergänzte er lächelnd, »ist es nett, dass Sie es mir gesagt haben. Ich weiß es zu schätzen.«

Connolly erwiderte nichts.

»Und jetzt arrangieren Sie eine zweite Übergabe?«, fragte er ruhig.

Connolly ignorierte die Frage, er stand auf und schlenderte zum Baum. »Wann haben Sie das alles herausgefunden?«

»Regen Sie sich nicht auf. Erst vor Kurzem. Also am Anfang sah's doch ganz nach einer Schwulengeschichte aus. Und wenn man die Sache so betrachtet, gibt es keinen Grund, ganz andere Nachforschungen anzustellen. Schlau. Aber da ist noch was. Wie ist er drauf gekommen?«

»Es stand in den Zeitungen.«

»Ja, aber schlau ist es trotzdem. Ich meine, wenn er zu blöd ist, um das Auto wegzufahren, wie kann er dann schlau genug sein, um sich so was auszudenken?«

Connolly sah ihn an. »Kein Ahnung? Wie?«

»Na ja, vielleicht spukt ihm das im Kopf rum.«

»Sie meinen, dass er doch ein Homosexueller ist? Doc, wir haben das durchgespielt, und es hat uns nichts gebracht. Und was macht das jetzt überhaupt noch aus?«

»Vielleicht denkt er einfach über Schwule nach. Es muss doch möglich sein, auf das Wer zu kommen. Irgendeine Spur. Bei einem Mord ist alles wichtig. Ich meine, er dachte daran. Aber warum?«

»Ich weiß es nicht, Doc. Vielleicht sollten Sie es sich noch ein bisschen länger durch den Kopf gehen lassen. Eins kann ich Ihnen allerdings sagen. Wir haben den Kerl, der die Geheimnisse weitergegeben hat.« Holliday sah ihn überrascht an. »Und weder er noch Karl hatten in der Richtung irgendetwas am Hut. Das war eine Sackgasse.«

»Oh«, erwiderte Holliday, ein etwas widerwilliges Eingeständnis. Einen Augenblick lang saß er nachdenklich da. »Was ist mit dem Mann, den Sie gefasst haben?«

»Er ist tot.«

Mit beinahe bemühter Gelassenheit trank Holliday einen Schluck Kaffee. »Haben Sie ihn getötet?«

»Nein.«

»Dann ist also nicht er derjenige, der das neue Treffen arrangiert?«

»Nein.«

Holliday dachte eine Weile darüber nach und stand dann auf. »Also, ich weiß auch nicht. Das geht jetzt über meinen Horizont. Vielleicht erzählen Sie mir ja irgendwann, wie das alles zusammenhängt.«

»Vielleicht kann ich das nie tun, Doc«, erwiderte Connolly ernsthaft. »Das verstehen Sie doch, oder?«

Holliday nickte und grinste dann. »Vielleicht fangen Sie ihn ja auch nie. So was soll vorkommen. Auch wenn man wartet. Das verstehen Sie doch, oder?«

»Dann ist mein Geheimnis bei Ihnen sicher.«

Erst am Tag darauf ließ das Gespräch mit Holliday Connolly an Corporal Batchelor denken.

»Er hat sich versetzen lassen«, sagte Mills. »Nach Oak Ridge. Warum?«

»Ich wollte nur mal wissen, wie's ihm geht. Können wir ihn telefonisch erreichen?«

»Soll das ein Witz sein? Sie können in Oak Ridge doch nicht anrufen, nur um mal guten Tag zu sagen. Bei einem familiären Notfall vielleicht. Ansonsten schreibt man.«

»Probieren wir es trotzdem.«

»Was ist denn los? Ich habe Sie noch nie so nervös gesehen.«

»Rufen Sie ihn einfach an.«

Mit einem Achselzucken griff Mills zum Hörer. »Sie sind der Chef. Es kann allerdings einige Zeit dauern.«

Erstaunlicherweise dauerte es einen Tag. Und als Connolly schließlich Batchelors besorgte Stimme hörte, kam er sich töricht vor. Es war keine Spur, nur ein spontaner Einfall.

»Der Mann, der Sie zusammengeschlagen hat«, sagte er. »Wer war das?« Es kam keine Antwort. »Sind Sie noch dran?«

»Ich weiß es nicht«, erwiderte Batchelor so leise, dass Connolly dachte, es liege an der Verbindung.

»Hören Sie, das ist streng vertraulich. Niemand erfährt etwas. Falls Sie sich deswegen Sorgen machen.«

»Nein, ich weiß es wirklich nicht.«

»Aber jemand vom Hügel.«

»Ich weiß es nicht«, wiederholte er. »Vielleicht ein Besucher. Ich hatte ihn noch nie zuvor gesehen.«

»Ein Wissenschaftler?«

»Nein.«

Connolly runzelte die Stirn. »Können Sie ihn beschreiben?«

»Dunkel.«

»Sie meinen ein Mexikaner?«

»Ich weiß es nicht. Vielleicht. Vielleicht spanisch.«

»Woher wissen Sie das? Haben Sie mit ihm gesprochen?«

»Ich habe mir nur gedacht, dass er spanisch aussieht, das ist alles. Er hatte schwarze Augen.«

Connolly zögerte, die Sache wurde ihm allmählich peinlich. »Würden Sie ihn wiedererkennen?«

Lieutenant Batchelor zögerte. »Ist das ein offizieller Anruf?«

»Nein, inoffiziell. Würden Sie?«

»Ich will nicht, dass Sie nach ihm suchen. Es ist ja nichts passiert.«

»Ich suche nicht nach ihm. Ich war nur neugierig.«

»Warum?«

Ja warum? »Ich bin mir nicht sicher.«

»Ich will darüber nicht mehr reden. Tut mir leid. Es ist ja nichts passiert.«

»In Ordnung«, sagte Connolly. »Ich verstehe das. Aber Sie würden ihn wiedererkennen?«

Lieutenant Batchelor zögerte. »Ja«, sagte er schließlich. »Wenn ich müsste.«

Nach dem Anruf starrte Connolly den Hörer an und wünschte sich, er hätte nicht angerufen. Jetzt würde Batchelor sich unnötig Sorgen machen. Tausend Meilen weit weg hatte er sich versetzen lassen, um nichts mehr damit zu tun zu haben und alles zu vergessen.

»Wonach suchen Sie denn schon wieder?« Mills riss ihn aus seinen Gedanken.

»Nichts. Ich jage meinem eigenen Schwanz nach. Können wir diesen verdammten Ventilator denn nicht zum Laufen bringen?«, fragte er unwirsch.

»Die Hitze macht sie verrückt, was?«

»Nein, die Untätigkeit.«

»Warten Sie auf was?«

Connolly warf ihm einen Blick zu und sah dann wieder weg. »Nein.«

»Hier«, sagte Mills und hielt ihm einen Umschlag entgegen. »Am Postamt hieß es, ich soll Ihnen das geben. Wer ist Corporal Waters?«

Connolly griff nach dem Brief, und als er ihn berührte, begegnete er Mills' Blick. Einen Augenblick lang hielt er den Atem an.

»Ein Freund von Ihnen?«, fragte Mills. Er ließ den Brief noch nicht los, sodass er zwischen ihnen in der Luft hing.

»Einer meiner Decknamen«, sagte Connolly und nahm ihn an sich. »Für schmutzige Fotos.«

Mills senkte enttäuscht den Blick. »Oh«, sagte er und kam sich ausgeschlossen vor. »Tut mir leid, dass ich gefragt habe.«

Connolly starrte den Umschlag an. Getippt. Kein Absender. Poststempel aus Santa Fe. Jetzt, da die Nachricht endlich hier war, konnte er es kaum glauben. Warum ein Brief? Er merkte, dass er absurderweise einen Touristenführer mit umgeknickter Seite erwartet hatte. Mills, der sein Zögern als Heimlichtuerei missverstand, entfernte sich vom Schreibtisch. Der Brief war nicht schwer. Nicht mehr als ein Blatt. Er betastete den Umschlag. Nein, nur ein einziges Rechteck, wie eine Postkarte.

Er schlitzte den Umschlag auf. Eine Einladung. Für eine Galerieeröffnung an der Canyon Road. Sonntag 16 bis 19 Uhr. Für Erfrischungen ist gesorgt. Connolly drehte die Karte um und suchte nach einer Botschaft, nach etwas Handschriftlichem neben dem gedruckten Text. Ein öffentlicher Empfang, kein privates Treffen bei San Isidro. Aber was hatte er erwartet? Ein Gespräch in der Gasse? Hatte es für die anderen Treffen ein bestimmtes Muster gegeben? Er dachte an Hollidays Männer, die bei allen Kirchen Santa Fes herumhingen.

Er hob den Kopf und sah Mills neben dem Schreibtisch stehen.

»Werden Sie es mir sagen?«, fragte er mit offenem und direktem Blick.

Connolly schob die Einladung wieder in den Umschlag. »Das kann ich nicht.«

Genau genommen hatte er niemanden, dem er es sagen konnte, außer Emma. Er begleitete sie auf dem Rückweg vom PX-Laden und trug ihre Einkaufstüten.

»Du hast gesagt, es würde funktionieren. Wo liegt jetzt das Problem?«

»Sie trauen der Geschichte nicht. Warum eine Party? Unter so vielen Leuten.«

»Nein, sie wollen einfach sehen, wer du bist, ob es dich wirklich gibt.«

»Wie werden sie mich erkennen?«

»Du wirst mein Begleiter sein.«

Er sah sie an. »Denk nicht mal dran«, sagte er. »Das muss ich allein durchziehen.« Er hob die Hand, bevor sie ihn unterbrechen konnte. »Er würde dich sowieso nicht kennen. Sie würden dem Kontaktmann nie etwas von dir erzählen. Wenn irgendwas schiefgeht, muss die Kette bei ihm zu Ende sein. Sie können es sich nicht leisten, dass sie zurückverfolgt wird. Falls sie es glauben.«

»Offensichtlich glauben sie es. Warum hätten sie sonst die Einladung geschickt?«

»Einen Versuch ist es wert. Wenn es eine Falle ist, opfern sie nur den Mann vor Ort, nicht mehr.«

»Dann ist es doch wirklich egal, ob ich dabei bin oder nicht«, insistierte sie.

»Mir nicht. Wir wissen nicht, was alles passieren kann. Außerdem werden sie Ausschau halten nach einem Mann ohne Begleitung.«

»Nach einer Uniform, meinst du. Corporal Waters.«

Er blieb stehen und sah sie an. »Eine Uniform. Wenn ich dir jetzt sage, dass ich das vollkommen vergessen habe, denkst du wahrscheinlich, ich habe den Verstand verloren.«

Sie grinste ihn an. »Für deinen Verstand habe ich mich nie interessiert. Aber siehst du jetzt ein, wie nützlich ich sein kann?«

»Ich will mir keine Sorgen um dich machen müssen«, erwiderte er ernsthaft.

»Dann mach dir keine. Wir gehen getrennt hin. Ich werde nur eine

Fliege an der Wand sein. Für den Fall, dass du mich brauchst. Ich will mir nämlich keine Sorgen um dich machen müssen.«

Er beschloss, sich deswegen jetzt nicht zu streiten. »Was für Leute werden wohl dort sein?«

»Die örtlichen Honoratioren. Snobs. Und die Kunstszene. Ein paar Frauen in Sandalen und handgemachten Röcken. Webstuhlkatzen, wie ich sie nenne.«

»Soldaten?«

»Einfache Dienstgrade? Machst du Witze? Denk dir nichts, er wird dich sofort entdecken.«

»Aber ich werde nicht wissen, wer er ist.«

»Na, darum geht's doch, nicht?«

Mills sagte nichts, als er die Uniform sah, die Connolly sich von einem der Fahrer ausgeborgt hatte. Es wäre zu umständlich gewesen, in sein Zimmer zu gehen, um sie anzuprobieren, und er hatte nicht erwartet, dass Mills nach Dienstschluss noch einmal ins Büro zurückkam. Die Uniform saß ziemlich locker, als hätte Connolly Gewicht verloren. Mills musterte ihn, ging dann wortlos zu einer verschlossenen Schublade und zog einen Schlüssel aus der Tasche. Connolly drehte sich verlegen um und fing an, wieder seine Zivilkleidung anzuziehen. Er hatte nur seine Unterhose an, als Mills ihm die Pistole und ein volles Magazin gab.

»Die nehmen Sie besser«, sagte Mills.

Connolly starrte die Waffe an und wusste nicht, was er erwidern sollte.

»Ich schaue nie in diese Schublade. Ich hatte keine Ahnung, dass sie nicht mehr da ist.«

»Sie müssen das nicht tun. Ich bin nicht –«

»Er hat bereits einen Mann getötet«, erwiderte Mills schlicht. »Ich bin auf Ihrer Seite, wissen Sie. Das war ich immer.«

18

Wenn er sich später an diesen Tag erinnerte, kam er ihm gleißend hell vor: Jedes Detail der Landschaft scharf und klar umrissen. Emma, hübsch in einem blauen Kleid, das Teil des wolkenlosen Himmels zu sein schien. Sie fuhr in ihrem Auto durch das verwaiste Osttor und dann auf der Serpentinenstraße ins Tal hinab. Sie hatten die Fenster heruntergekurbelt, die Luft roch nach Wacholder. Der Nachmittag war ruhig gewesen, und auch jetzt, gegen Abend, wirkte Santa Fe verschlafen. Connolly zupfte an der ungewohnten Uniform und schob die Waffe in der Tasche hin und her, um ihren Umriss nur wie eine formlose Ausbuchtung wirken zu lassen. Seine Mütze hing gefaltet wie eine schützende Lasche in seinem Gürtel.

»Du kannst sie nicht verschwinden lassen«, sagte Emma.

»Kannst du sie sehen?«

»Nur, wenn ich hinschaue. Soll ich sie in meine Handtasche stecken?«

»Dann hätte ich wirklich was, worüber ich mir Sorgen machen müsste.«

»Wenn du's genau wissen willst, ich bin eine Meisterschützin. Ich bin auf dem Land aufgewachsen.«

»Eine Meisterschützin womit?«

»Na ja, mit der Skeetflinte«, gab sie zu und fragte dann: »Du glaubst doch nicht, dass du sie wirklich brauchst, oder?«

»Nein. Soll ich sie hierlassen? Sie macht nur Umstände.«

»Behalt einfach deine Hand in der Tasche. Du weißt schon, als würdest du mit Münzen spielen.«

»Mit Münzen spielen.«

»Das machen Männer doch?«

Sie fuhren am Alameda entlang und näherten sich der Castillo Street-Brücke am Fuß der Canyon Road.

»Ab hier gehe ich zu Fuß«, sagte er an der Ecke.

»Noch zwei Blocks«, erwiderte sie. »Ach du meine Güte, schau dir die Autos an.«

Die ganze Straße war von Autos gesäumt; vor dem Eingang der Galerie parkten einige sogar in zweiter Reihe. Es schien die einzige Veranstaltung in der Stadt zu sein.

Ihre bis dahin so ruhige und sachliche Stimme wurde brüchig, als er die Beifahrertür öffnete. »Michael.« Angst stieg in ihr auf. »Sei vorsichtig.«

»Nervös?«

»Ja, bin ich. Schon komisch, nach allem.«

»Ich weiß. Diesmal ist es echt.«

»Es fühlt sich aber nicht so an.« Sie straffte die Schultern. »Keine Angst. Ich lasse dich nicht im Stich.«

Er lächelte sie an. »Das könntest du gar nicht. Außerdem, vielleicht wollen sie mich einfach nur sehen. Gut möglich, dass überhaupt nichts passiert.«

Sie sah ihn an, musterte sein Gesicht. »Das wäre schlimmer, nicht?«

Er nickte. »Na, dann los. Verhalt dich natürlich. Sieh dir die Bilder an.«

»Und nicht dich. Ich weiß.«

»Ich habe Holliday draußen stehen. Für alle Fälle.«

Sie sah ihn fragend an, der Name sagte ihr nichts.

»Polizei.«

»Oh«, sagte sie. »Soll mich das beruhigen?«

»Lass dir Zeit beim Parken«, sagte er und ging davon.

Holliday saß, in Zivil, einen Block entfernt in einem staubigen Auto. Connolly blieb stehen, um sich eine Zigarette anzuzünden, und als er sprach, sah es so aus, als hantierte er mit seinem Feuerzeug. »Alles in Ordnung?«

»Könnte hier ein Vermögen mit Strafzetteln verdienen. Was denken sich diese Leute nur.«

»Keine Polizisten weit und breit.«

»Was ist das in Ihrer Tasche?«

»Meine Brieftasche«, erwiderte Connolly und sah ihn an. »Ich habe sie gern vorne. Bei einem solchen Menschenauflauf kann man nicht vorsichtig genug sein.«

»Halten Sie sich den Rücken frei.«

»Schon jemand Verdächtigen entdeckt?«

»Noch nicht. Nur Sie.«

Connolly grinste, ging weiter und musterte verstohlen beide Seiten der Straße. Die Galerietüren waren geöffnet, die Leute quollen ins Freie, wo sie in kleinen Gruppen zusammenstanden und sich unterhielten, ihre Stimmen wie Bienengesumm. Drinnen war der Lärm noch lauter, verstärkt durch das Klappern von Kaffeelöffeln und das Klirren von Eiswürfeln. Im vorderen Raum stand ein langer Tisch mit einem großen Kaffeespender und Tellern voller zuckriger *sopaipillas.* Am anderen Ende standen Weinflaschen und Tabletts mit Käsewürfeln. Das Publikum entsprach exakt Emmas Beschreibung: Schlapphüte und lange, von Gürteln aus Silber und Türkis gehaltene Röcke, die Männer in Anzügen mit *bolla*-Schnüren. Ein wenig erleichtert bemerkte Connolly auch noch ein paar Uniformen, alles Offiziere, vermutlich Freunde aus der Gegend, die nichts mit dem Hügel zu tun hatten.

Er bewegte sich langsam durch die Menge, unsicher und wie auf dem Präsentierteller, obwohl allem Anschein nach niemand auf ihn achtete. Alle waren beschäftigt mit ihren Freunden oder den Bildern, und so schien jeder anzunehmen, dass er zu jemand anderem gehörte. Nach einer Weile spürte er die Anonymität großer Veranstaltungen, so als wäre er überhaupt nicht anwesend. In den beiden kleineren Zimmern, die vom Hauptraum abgehend den Innenhof säumten, waren weniger Leute, und er schlenderte durch diese und sah sich die Bilder an, weil er wusste, dass er dort deutlicher zu erkennen sein würde. Cowboys. Pueblo-Landschaften. Feigenkakteen in voller Blüte. Niemand näherte sich ihm.

Er kehrte in den Hauptraum zurück, nahm sich ein Glas Wein und sah sich um. Und wenn jetzt niemand kam? Oder jemand ihn bereits entdeckt und beschlossen hatte, den Kontakt nicht zu riskieren? Vielleicht würde es dann eine zweite Botschaft geben, eine richtige diesmal, mit einem Touristenführer und einem stillen Ort. Aus den Augenwinkeln heraus sah er Emma eintreten, und er zog sich in den zweiten Raum zurück. Zwischen den Bildern standen Podeste mit Skulpturen und breiten Terrakotta-Töpfen mit indianischen Mustern. Es gab auch ein Bild des Parks am Alameda, dessen Wasser durch die Bäume schimmerte, und Connolly blieb davor stehen, als hätte er den ausgemachten Treffpunkt gefunden. Auch das Gebüsch, wo man Karl gefunden hatte, war zu sehen. Er suchte am rechten unteren Rand nach dem Namen des Künstlers. Lothrop, in winzigen Druckbuchstaben.

»Hallo«, sagte eine Stimme. »Der Herr mit dem Türkisschmuck, nicht?«

Connolly drehte sich zögernd um. Im ersten Augenblick wusste er nicht, wen er vor sich hatte, dann erkannte er den Mann aus dem Juweliergeschäft. Chalmers? So ähnlich. Sonny. Die Augen hinter der Drahtgestellbrille lächelten.

»Hallo«, sagte Connolly. Außerhalb seines Ladens wirkte der Mann schmächtiger. Connolly versuchte, ihn sich mit erhobenem Arm, eine Eisenstange in der Hand, vorzustellen. Nein, das schien unmöglich. Außer vielleicht mit Zorn in den Augen, den Körper vor Überraschung angespannt.

»Habe ich mir doch gedacht, dass Sie es sind. Ich wusste ja gar nicht, dass Sie zur Truppe gehören«, sagte er freundlich. »Gefallen Ihnen die Bilder?« Er warf einen Blick auf das Bild, das Connolly sich eben angesehen hatte. »Ah, ja. Der Park.« Er drehte sich wieder zu ihm um. »Ich habe mich das oft gefragt; haben Sie eigentlich gefunden, wonach Sie gesucht haben?«

Die Frage kam so beiläufig wie eine Bemerkung über das Wetter. Connolly sah ihm in die Augen. »Ja, das habe ich.«

»Gut«, sagte der Mann. »Gut. Was ist mit den Türkisstücken passiert?«

»Ich habe sie noch.«

»Vielleicht wollen Sie sie ja verkaufen.« So wurde es also arrangiert, das neue Treffen, eine Unterhaltung in seinem Laden.

»Vielleicht. Ich glaube, ich habe mich noch gar nicht vorgestellt. Meine Name ist Corporal Waters.«

»Freut mich«, sagte der Mann unbekümmert und nickte. Nur ein Name. »Sind Sie« – er zögerte – »mit Begleitung hier?«

Connolly, den die Frage unvorbereitet traf, hatte das überraschende Gefühl, dass der Mann einen Annäherungsversuch machte. Oder wollte er sich nur versichern, dass er auch wirklich allein war? »Nein«, erwiderte er, »warum fragen Sie?«

Der Mann schlug verlegen die Augen nieder. »Verzeihen Sie mir, aber ich dachte nur, dass ich jeden hier kenne. Es ist nämlich meine Galerie. Aber Sie sind natürlich sehr willkommen.«

»Ich soll mich hier mit jemandem treffen«, sagte Connolly, ein zweiter Versuch.

»Ja, verstehe. Nun, ich hoffe, Sie haben Freude an den Bildern. Falls Sie den Schmuck doch noch verkaufen wollen, besuchen Sie mich im Laden.«

»Irgendein spezieller Zeitpunkt?«

Der Mann sah ihn verwundert an. »Wann immer es Ihnen passt.«

Connolly sah dem Mann nach, der sich nun wie ein besorgter Gastgeber einer anderen Gruppe zuwandte. Auf merkwürdige Art ernüchtert trat Connolly auf den Innenhof hinaus, um eine Zigarette zu rauchen. War es zum Kontakt gekommen oder nicht? War das alles, was passierte, ein flüchtiger Hinweis auf eine andere Zeit und einen anderen Ort? Nach all dem Warten, der nervösen Fahrt hierher, sollte er sich nun einfach umdrehen und gehen? Oder hatte er sich das alles nur eingebildet? Vielleicht ging der Mann einfach nur seine Gästeliste durch oder suchte nach einem neuen Freund.

Im Grunde genommen wollte er nicht, dass Chalmers der Mann war, denn er wirkte so unscheinbar und gewöhnlich, dass er die lange Suche gar nicht wert schien. Aber warum nicht er? Eine Fahrt zur Kirche, ein schnelles Treffen, danach noch ein Treffen mit einem anderen, und die Sache war erledigt. Kein Nebel, keine Trenchcoats, nur Alltäglichkeiten. Aber was hatte er wirklich erwartet? Connolly ging die Unterhaltung in Gedanken noch einmal durch. War es möglich – ein beinahe komischer Gedanke –, dass die Sprache der Spionage nicht anders war als die des Aufreißens, dass alle Worte etwas anderes meinten?

Er sah sich um. Überall im Raum nahmen Leute Kontakt auf. Er steckte die Hand in die Tasche, tastete nach der Waffe. Die Nachmittagssonne überflutete den Innenhof. Bei hellem Tageslicht, dachte er. Vielleicht lief es ja so ab. Ein netter alter Mann, ein harmloser Wortwechsel, der alles und nichts bedeuten konnte. Aber das Treffen bei San Isidro war alles andere als salopp gewesen. Allerdings hatten sie Eisler bereits gekannt. Jetzt ging es nur um eine Besichtigung. Connolly versuchte, sich in die Lage des anderen zu versetzen. Wonach würde er Ausschau halten? Nach einem Amateur? Einem Soldaten, der sich nervös umsah? Einem Neuling, den man unmissverständlicher ansprechen musste als nur mit dem vagen Hinweis auf das Juweliergeschäft? Trotzdem vorsichtig. Connolly erkannte, dass er, falls das eigentliche Treffen noch bevorstand, bereits beobachtet wurde.

Er betrat die Galerie wieder, schlenderte zu den Erfrischungen, dann wieder weg, und starrte jetzt die Leute offen an, ein Soldat, der jemanden suchte. Er sah, dass Chalmers ihm einen verstohlenen Blick zuwarf, doch nur wie ein Besitzer, der ein Auge auf seine Ware hatte. Emma ging ihm aus dem Weg und sprach eben mit einem Mann im Zweireiher, der sie wahrscheinlich ebenfalls fragte, ob sie in Begleitung hier sei. Eine Frau streifte ihn auf dem Weg zum Käse am Ellbogen. Wo stand er jetzt? Hatte er sich nicht auffällig genug benommen? Er ging wieder in den Hauptraum, der jetzt fast leer war, da die Gäste inzwischen mit ihren Drinks in der Hand in den Innenhof drängten. Er ging langsam und tat so, als würde er die Bilder an den Wänden betrachten. Die Kathedrale im Schnee. Eine Soyer-Imitation der Bar im La Fonda. Eine schwere Metallstatue eines Reiters – woher hatte der Künstler den Schrott? Das Pferd aufgebäumt, die Vorderhufe in der Luft. Ein riesiger Maiskolben. »Gefällt es Ihnen?« Eine Frauenstimme, kehlig.

Er drehte sich um. Die Pagenfrisur. Die wissbegierigen Augen. »Hannah«, sagte er.

Einen Augenblick lang musterte sie ihn verblüfft, dann sagte sie: »Ach, Sie sind es. Emmas Freund. Verzeihen Sie mir, ich habe Sie nicht erkannt –«Ihre Stimme schwankte, sie war noch immer verwirrt. »Seit wann sind Sie denn bei der Army?«

Hannah. Seine Nackenhaare stellten sich auf. Sie hatte einen Soldaten angesprochen. Er sah sie an, und der Augenblick erstarrte wie damals auf dem Pfad in Chaco. Hannah. Kein Mann.

»Nur für heute«, sagte er.

Aber nur er hatte den Sprung gewagt. »Ich verstehe nicht«, sagte sie, von seinem Starren verunsichert. Doch dann fasste sie sich und fragte schnell: »Wo ist Emma?«

»Sie ist nicht hier«, antwortete er. »Ich habe Sie gesucht.«

Hannah. Eisler war auf der Ranch einquartiert gewesen.

»Mich?«, fragte sie mit nervösem, unsicherem Lachen. »Aber ich habe ja selber nicht gewusst, ob ich komme. Das Reisen ist jetzt ziemlich schwierig.«

Hin und her zwischen hier und Los Angeles. Die anderen würden dort sein, die nächsten Glieder in der Kette. Kein Grund, noch ein Treffen in Santa Fe zu riskieren.

»Aber Sie haben mir eine Einladung geschickt.«

»Nein«, sagte sie. »Tut mir leid. Da irren Sie sich. Das muss die Galerie gewesen sein. Natürlich, wenn ich gewusst hätte –« Sie wandte den Blick ab, drehte den Kopf, als suche sie eine Erlösung von dieser Unterhaltung. »Aber da ist sie ja. Emma!«, sagte sie laut, um sie zu sich zu rufen, doch Connolly hatte bereits Blickkontakt mit ihr. Er schüttelte den Kopf, um sie vom Herkommen abzuhalten.

Hannah drehte sich verwirrt wieder zu ihm um. »Aber Sie haben doch gesagt –«

»Sie weiß nichts«, sagte Connolly mit ruhiger Stimme. »Ich habe eine Nachricht von Corporal Waters für Sie.«

Sie riss kurz die Augen auf. Oder hatte er sich das nur eingebildet?

»Und wer ist das?«

»Ich.«

Sie sah ihn einen Augenblick lang ungläubig an und sagte gar nichts. »Heißen Sie so?«, fragte sie schließlich förmlich. »Tut mir leid. Das habe ich vergessen. Da muss ein Missverständnis vorliegen.«

»Nein. Die Einladung war für mich.«

Ihre intelligenten Augen huschten argwöhnisch über sein Gesicht, als versuche sie, hinter die Worte zu sehen. Dann verschloss sie sich und wandte den Blick ab. »Sie irren sich«, sagte sie so unverstellt, dass er sich einen Augenblick lang tatsächlich fragte, ob er sich getäuscht hatte. Alles sollte passen. Bei einem Mord zählt alles. Wie konnte denn sie es sein? Noch ein europäisches Schicksal?

Sie hatte den Kopf abgewandt, und er folgte ihrem Blick auf den Innenhof hinaus, zu dem großen Mexikaner in Jeansjacke, der an der Adobe-Wand lehnte. Ihre rechte Hand. Ajax. Ein klassischer Name. Nein, Hector. Der ständige Begleiter. Als würde er Schnappschüsse machen, sah Connolly vom Innenhof zu Hannah, dann zurück zu dem Mexikaner, und im Geiste stand er wieder vor der Tafel.

Alles miteinander in Verbindung bringen. Die Arbeitsstiefel. Der Job auf dem Hügel. Natürlich würde er sie begleiten, für alle Fälle. Stark genug, um einen Mann zu tragen. Stark genug, um einen zu töten. Zwei Personen, die eine, um das Auto zurückzufahren. Ein Schraubenschlüssel, irgendein Werkzeug. Hatte sie zugesehen? Hatte sie sich abgewandt, wie Eisler, oder hatte sie zugesehen? Eisler traf sich mit ihr, mit jemandem von außerhalb, aber Hector musste zurückkehren. Er arbeitete jetzt dort. Das Auto. Das hintere Tor.

Als er sich wieder Hannah zuwandte, sah er, dass sie seinem Blick gefolgt war, dass sie ihn beobachtete, wie er sein Kreuzworträtsel löste. »Es ist kein Irrtum«, sagte er. »Eisler ist tot. Er hat mit mir geredet, bevor er starb. Ich weiß Bescheid.«

Und dann wusste er wirklich Bescheid. Es lag in ihren Augen. Nur ein Blick, ein Sekundenbruchteil des Eingeständnisses. »Wer sind Sie?«, fragte sie leise.

Er antwortete nicht.

»›Ich weiß Bescheid‹«, sagte sie.

»Was heißt das?«

»Ich weiß, welche Informationen Eisler Ihnen gegeben hat. Alles, jedes Detail. Ich weiß von dem Treffen bei San Isidro. Ich weiß, was mit Karl passiert ist.« Einen Augenblick lang lag eine Frage auf ihrem Gesicht, und er merkte, dass sie seinen Namen nie gehört hatte. »Den Mann, den Sie dort umgebracht haben. Sie und Ihr Freund.«

Sie sah ihn durchdringend an und schüttelte dann den Kopf. »Fantastisch«, sagte sie auf Deutsch. »Armer Friedrich. Im Delirium. Warum sollte er so etwas sagen? Aber am Ende ist es oft so. Die Wahnvorstellungen, die Paranoia. Und Sie haben ihm geglaubt? All den Unsinn, den er im Schlaf geplappert hat?«

»Er war hellwach«, erwiderte Connolly sachlich. »Ich habe ihn verhört.«

»Aha«, erwiderte sie mit Hohn in der Stimme. »Jetzt haben wir also auch unsere Gestapo. Wie im Kino. Der Gummischlauch. Das Rizinusöl. Irgendwelche Drogen? Ist er daran gestorben?«

»Nein. Er hat Selbstmord begangen.«

Sie sah ihn interessiert an. »Warum?«

»Ich glaube, aus Reue.«

»Reue?«

»Nicht wegen Ihnen. Eisler war loyal bis zum Ende. Ein gutes Parteimitglied. Aber Karl – das war etwas anderes. Ich glaube, er hatte noch nie zuvor gesehen, wie ein Mann getötet wird. Das hat ihn erschüttert. Ich schätze, er wusste nicht, dass Ihr Liebhaber zur heißblütigen Sorte gehört.«

»Mein Liebhaber«, sagte sie mit kalter Verachtung, und Connolly dachte an jenen Tag auf der Ranch. Etwas war zwischen den beiden passiert. Kein Streit zwischen Liebenden. Sie war wütend auf ihn gewesen, weil er sie einem Risiko ausgesetzt hatte.

»Vielleicht konnte er einfach seine eigene Kraft nicht einschätzen.«

»Genug von diesem Unsinn«, sagte sie und wandte sich zum Gehen.

»Nein«, sagte er scharf.

Sie erstarrte und sah ihn an.

»So ist's recht. Ihr Instinkt funktioniert gut. Sie wollen doch keine Szene riskieren. Nicht hier drinnen. Vor all den Kunden. Wir gehen irgendwo anders hin. Dann können wir weiterreden.«

»Sie müssen verrückt sein. Hier an diesem Ort kommen Sie mir mit diesen – was? Anschuldigungen? Dem Geschwafel eines Toten. ›Ich weiß Bescheid. Ich weiß Bescheid‹. Sie wissen überhaupt nichts. Lassen Sie mich in Ruhe.«

»Ich habe eine Waffe«, sagte er ruhig.

Sie hielt inne. »Und jetzt auch noch ein Melodram?«

»Es ist vorbei, Hannah. Bei San Isidro gab es einen Zeugen«, sagte er. »Er hat Ihren Freund identifiziert. Und Sie.«

Sie sah ihn wieder abschätzend an. »Das ist eine Lüge.«

»Wirklich?«

»Warum haben Sie dann so lange gewartet? Und dann das hier –« Sie zeigte auf die Galerie.

»Wir wollten sehen, ob sie jemand anderen schicken. Aber das haben sie offensichtlich nicht getan. Ihre Freunde haben Sie einfach ins Feuer geschickt. Was, wenn es eine Falle ist? Schickt Hannah. Sie ist entbehrlich. Jetzt, da Eisler tot ist. Sie legen auch Sie still.«

Er hatte einen wunden Punkt berührt. »Sie Narr«, sagte sie und starrte ihn böse an. »Glauben Sie, dass das irgendeine Bedeutung hat? Es wird jemand anderen geben. Immer. Das ist der Grund, warum wir gewinnen. Ja, wir«, sagte sie. »Was glauben Sie, wer diesen Krieg gewonnen hat? Diese GI-Babys mit ihren Hershey-Riegeln? Wir haben ihn gewonnen. Kommunisten. Für euch ist das ja so ein schmutziges Wort. Aber wir wussten Bescheid. Wir haben Sie aufgehalten. Glauben Sie, in der Politik geht es um Wahlen? Nein, um Leichen? Eine mehr oder weniger? Was macht das schon?«

»Dann fangen wir eben mit Ihnen an.«

Sie warf den Kopf zurück. »Ja, fangen Sie mit mir an. Nehmen Sie sich Zeit. Glauben Sie, Sie haben so viel Zeit? Idiot!«, sagte sie auf Deutsch. »Es ist bereits zu spät. Was glauben Sie denn? Dass wir tatenlos zusehen, wie Sie das hier durchziehen? Und uns nicht schützen? Kinder. Ihr alle hier seid Kinder. Glauben Sie, wir geben einem Kind eine Waffe?«

»Glauben Sie, wir geben einem Verbrecher eine Waffe?«

Ein kurzes Lächeln huschte über ihr Gesicht. »Nein. Er müsste sie sich schon nehmen. Vielleicht, während das Kind spielt.«

»Zu seinem eigenen Nutzen.«

»Ja, zum Nutzen der Menschheit. Aber sehr vorsichtig. Damit das Kind es nicht merkt. Wir mussten sehr vorsichtig sein.«

Er zögerte kurz. »Und doch sind Sie jetzt hier.«

»Noch genau eine Minute. Dann werden wir lächeln – eine sehr nette Galerie, nicht? und die Leute werden sagen: Sehen Sie, nichts Ernstes. Wahrscheinlich haben sie über Kunst geredet. Sie glauben, Sie wissen etwas? Wo sind Ihre Beweise? Friedrich? Ich war immer sehr vorsichtig mit Friedrich. Als man ihn auf der Farm einquartierte, hielt ich es zuerst für eine Falle – ich habe ihn nicht einmal angesehen.

Und er dachte, *ich* hätte es arrangiert, so schlau. Aber wissen Sie, hier in Amerika ist mit etwas Glück alles möglich. Sie dachten, er würde sich zu Hause fühlen, wenn er Deutsch sprechen könnte. Aber das haben wir nie getan. In dieser ganzen Zeit hatten wir viel zu viel Angst, um zu reden. Wir konnten unser Glück nicht glauben, verstehen Sie. Aber danach war es noch schwieriger. Deshalb musste ich vorsichtig sein. Kein Papier. Keine Spuren. Nichts. Nichts, was uns miteinander in Verbindung bringt. Und was wollen Sie jetzt tun? Mich verhaften? Mit Ihrer Waffe? Wegen nichts? Wohl kaum. Wer würde Ihnen so was denn glauben?«

»Glauben Sie wirklich, dass Sie einfach hier rausmarschieren können?«

»Nein. Zuerst muss ich mich noch von ein paar Leuten verabschieden«, erwiderte sie kühl.

»Sie können mir natürlich folgen. Aber was werden Sie finden? Friedrich ist nicht mehr. Einen Corporal Waters gibt es nicht. Und meine Arbeit – nun, die ist vorbei. Sehen Sie, jetzt muss ich nicht einmal mehr vorsichtig sein. Außer, Sie haben mir sonst noch etwas zu sagen?«

Damit wandte sie sich kühl von ihm ab, und Connolly sah sich voller Panik in der Galerie um – Emma, die noch an der Tür herumstand, der Kitsch an den Wänden, Leute, die draußen lachten –, und plötzlich spürte er, dass ihm alles entglitt. Ohne nachzudenken, packte er sie am Arm und riss sie zurück.

»Es geht nicht um Eisler, Es geht um Karl. Sie hören mir nicht zu. In Bezug auf Ihre ›Arbeit‹ muss ich überhaupt nichts beweisen. Ich verhafte Sie wegen Mordes.«

»Lassen Sie mich los.«

»Das war nicht vorsichtig, Karl umzubringen.«

»Lassen Sie mich los«, wiederholte sie und zog den Arm weg, aber Connolly hielt ihn fest. »Was glauben Sie denn, was Sie da tun? Mit wessen Befugnis? Wessen Befugnis?« Sie hatte die Stimme erhoben, sodass einige Leute im Raum sich jetzt umdrehten.

»Die Polizei ist draußen. Mit deren Befugnis. Verabschieden können Sie sich später.«

Ihr Gesicht war weiß geworden und zuckte jetzt in kalter Wut. »Nehmen Sie Ihre Hände weg«, sagte sie, ein Befehl, der so selbstsicher klang, dass Connolly gehorchte und sie losließ. »Sie Spinner. Ich habe niemanden getötet.«

»Doch, haben Sie. Juristisch kommen Sie vielleicht mit Mittäterschaft davon«, sagte er. »Aber das glaube ich nicht. So oder so werden Sie für Jahre hinter Gittern verschwinden. Ich werde dafür sorgen.«

»Sie«, rief sie und spuckte ihm das Wort beinahe entgegen.

»Was ist denn los?« Ein tiefe Stimme – Hector stand plötzlich neben ihnen.

»Komm«, sagte Hannah. Noch ein Befehl.

Connolly sah an ihm hoch und kam sich plötzlich winzig vor. Schwarze Augen. »Hannah sagt, Sie haben Karl ganz allein getötet«, sagte er spontan. Wieder das Unverständnis auf dem Gesicht. Keiner hatte seinen Namen gekannt. »Den Mann in der Gasse bei San Isidro. Das hätten Sie nicht tun sollen, Hector.«

Hector sah verblüfft Hannah an und dann wieder Connolly. Er schien zu schwanken, als hätte er einen Schlag abbekommen.

»Hör nicht auf ihn. Er ist verrückt«, sagte Hannah.

»Ganz allein. Wir dachten, sie hätte Ihnen geholfen, aber sie sagt, nein, Sie haben es allein gemacht.«

Hector war verwirrt, und das machte ihn nervös. Connolly sah, wie die Anspannung über das breite, teilnahmslose Gesicht kroch und die Augen wachsam wurden wie die eines Tieres.

»Sie hätten diese Stiefel wegwerfen sollen«, sagte Connolly und sah auf Hectors Füße. »Wir haben die Abdrücke verglichen.« Eine Lüge, aber würde Hector das merken? »Die sind wie Fingerabdrücke. Überall im Gebüsch. Als Sie ihm die Hose auszogen.«

Die Augen, eben noch verwirrt, bekamen nun ein bedrohliches Funkeln.

»Komm«, sagte Hannah. »Alles Blödsinn.«

»Sie wollten ihn nicht töten. Ich weiß. Ihn nur k.o. schlagen, wie Sie es eben machen.« Während er das sagte, blitzte in seinem Kopf eine weitere Verbindung auf. Ein anderer, der zu dem großen Mann mit den böse funkelnden Augen hochsah. »Wie bei Batchelor. Dem Soldaten im PX-Laden. Sie wollten ihn nicht töten. Ihm nur eine Lektion erteilen, nicht?«

»Schnauze«, sagte Hector, seine Stimme klang wie ein dunkles Grollen.

»Sie haben ihn nicht getötet, ihn nur ein wenig zugerichtet. Ich kann's Ihnen nicht verdenken. Aber warum haben Sie dann Karl umgebracht? Wir dachten, sie hätte es Ihnen befohlen.« Er nickte in Hannahs Richtung. »Aber sie sagt, sie sei gar nicht dabeigewesen.«

Hector drehte sich zu ihr um und sah sie, offensichtlich überrascht, an.

»Sag gar nichts«, befahl sie.

»Wir wissen, dass Sie ihn getötet haben«, sagte Connolly schnell. »Wir wussten nur nicht, dass Sie es allein getan haben. Wir sind davon ausgegangen, dass Sie ihn k.o. geschlagen haben – er ist nur ohnmächtig. Übel zugerichtet. Aber sie sagte, dass Sie ihn töten, die Sache zu Ende bringen müssen. Wussten Sie überhaupt, wer er war? Hat sie es Ihnen gesagt? Eisler meinte, Sie hätten es nicht gewusst.«

»Schnauze«, sagte er noch einmal, aber lauter als zuvor.

»Es war schlau, es aussehen zu lassen wie den Mord in Albuquerque. Um Ihnen die Wahrheit zu sagen, wir hielten auch das für ihre Idee.«

»Hector, komm«, sagte sie, wie zu einem Schoßhündchen, und nahm ihn am Arm, um ihn wegzuführen. Connolly sah zwischen den beiden hin und her, er musste etwas tun, irgendetwas sagen, um ihn aufzuhalten.

»Aber das waren Sie. Sehen Sie, ich konnte nicht zwei und zwei zusammenzählen, bis Sie den Jungen im PX verprügelten. Ich habe nicht erkannt, dass Sie auch schwul sind.«

Die Faust schnellte hoch und traf Connolly im Gesicht. Er taumelte gegen die Wand, Blut spritzte ihm aus der Nase.

»*Dich* bring ich um«, knurrte Hector, sprang auf Connolly zu und rammte ihm die Faust in den Halsansatz, sodass er benommen auf die Knie sank. Im anderen Raum hörte er eine Frau kreischen, sah aus den Augenwinkeln heraus Leute im Innenhof sich neugierig umdrehen. Connolly schwankte, war kurz davor, ohnmächtig zu werden, fing sich dann wieder.

»Hector, nein!«, rief Hannah.

»Schnauze«, sagte er, stieß sie beiseite und stürzte sich wieder auf Connolly.

Aber das war genau die Sekunde, die Connolly gebraucht hatte. Er zog die Pistole aus der Tasche und richtete sie beidhändig auf Hector. Er sah, dass seine Hände zitterten, die eine war blutverschmiert. »Halt«, lallte er durch das Blut in seinem Mund. Mehr Schreie. Schritte. Hector sah zu ihm hinunter, zögerte kurz, hob dann höhnisch auflachend den Fuß und schlug ihm mit einem Seitwärtsschwung die Waffe aus der Hand. Sie schlitterte über den polierten Holzboden auf die Ecke zu, und dann, als der Arbeitsstiefel wieder hochschnellte und ihn traf, verlor Connolly sie aus den Augen. Er kippte. Mit einem Krachen schlug sein Gesicht auf dem Boden auf.

»Aufhören!« Emmas Stimme. Durch einen Nebel sah Connolly, dass sie auf Hectors Rücken einhämmerte. Der wandte sich überrascht von Connolly ab und stieß sie, als wären ihre Schläge nicht mehr als Wespenstiche, mit einer beiläufigen Handbewegung weg. Sie fiel gegen ein Podest, und der Cowboy aus Metallschrott krachte neben ihr auf den Boden.

Connolly versuchte aufzustehen, aber Hectors Stiefel traf ihn in den Bauch, und als er diesmal fiel, hielt er sich die Hände über den Kopf und rollte sich ein, um seinen Körper vor den Schlägen zu schützen. »Aufhören«, schrie Emma noch einmal, und der nächste Tritt traf ihn gegen die Brust. Er stöhnte. Hector trat wieder zu, wie eine nicht mehr zu kontrollierende Maschine. Wenn er sich jetzt nicht bewegte, das erkannte Connolly, würde er sterben, würde zu Tode geprügelt werden wie Karl. Doch als er den Kopf hob, sah er für Sekundenbruchteile nicht Hector, sondern Emma, die mit hoch erhobener Hand das Metall auf ihn herabsausen ließ, so wie es bei San Isidro passiert sein musste. Als Connolly leicht den Kopf abwandte, um seine Augen zu schützen, hörte er die Statue auftreffen, Metall auf Fleisch, und Hector aufstöhnen, der nun den Kopf zurückwarf, sodass die Wucht des Schlages noch verstärkt wurde und ein Pferdehuf in seinen Schädel eindrang. Blut spritzte aus Hectors Kopf und platschte in einem Kreis auf den Boden, eine Ölquelle des Blutes, und dann kippte er nach vorn, halb über Connolly. Sein Körper zuckte.

Connolly hörte die Statue zu Boden klappern. Dann ein Stimmengewirr, überraschte Schreie, und er wusste, dass es fast vorüber war. Er sah den Boden entlang zu der Waffe in der Ecke, aber sie war verschwunden. Als er den Kopf hob, um besser sehen zu können, spürte er die Übelkeit, die, wie er wusste, eine Ohnmacht ankündigte, und er streckte nur die Finger aus, um nach der Statue zu greifen und sie an den Hufen an sich zu ziehen, sodass sie, als die Menge schließlich zusammenströmte, in seiner Hand lag, und dann wurde er, auf seiner Brust Hectors Körper, der ihm die Luft abschnürte, sein Gesicht klebrig vom Blut, wirklich ohnmächtig.

Er konnte nicht mehr als ein paar Minuten bewusstlos gewesen sein. Er spürte, wie Hectors Körper von ihm weggehoben wurde, dann hakten sich Hände unter seine Achseln, zogen ihn auf die Beine und stützten ihn von hinten. »O Gott«, sagte jemand, und nun sah auch

Connolly Hector an, aus dessen Kopf noch immer Blut quoll. Connolly schwankte benommen und versuchte, durch den dumpfen Schmerz in seiner Brust zu atmen. Ein Sekunde lang rührte sich niemand, und Connolly sah die Blutspritzer auf dem Gemälde neben sich, das Ende eines schwungvollen Bogens. Einer der Gäste beugte sich über Hector und drehte ihn so, dass sein starres Gesicht zu ihnen hochsah. Seine verdrehten Beine hatten sich nicht mit dem Rest des Körpers bewegt. Connolly versuchte, zu ihm zu gehen, aber jemand hielt ihn an den Armen fest.

»Ruft einen Krankenwagen«, sagte der Mann, der über Hector kniete und an seinem Hals nach dem Puls tastete.

Dann sah Connolly Holliday in den Raum stürzen, und die Leute wichen zurück, um ihm Platz zu machen. Vor dem leblosen Körper blieb er stehen und musterte die Szene – Connolly, der an beiden Armen festgehalten wurde, die Statue noch in der Hand, der riesige Körper auf dem Boden, um dessen Kopf sich das Blut ausbreitete wie ein Teich.

»Lassen Sie ihn los«, sagte er zu dem Mann hinter Connolly, und Connolly ließ sich, als seine Arme plötzlich frei waren, gegen die Wand sinken. Er sah, dass Holliday sich über den Mexikaner beugte, seine Pupillen untersuchte und ihm dann die Lider schloss.

»O Gott«, sagte jemand in der Menge.

»Rufen Sie mein Büro an«, sagte Holliday zu dem Mann neben sich. »Ein paar von meinen Männern sollen herkommen. Schnell.« Dann wandte er sich an Connolly: »Sind Sie in Ordnung?«

Connolly nickte, noch immer schwer atmend, und bei dieser Kopfbewegung stieg wieder Übelkeit in ihm auf.

»Ist das der Kerl?«, fragte Holliday trocken.

Connolly nickte. Die Übelkeit war verschwunden, und er zog ein Taschentuch aus der Tasche, um sein Nasenbluten zu stoppen.

»Gebrochen?«, fragte Holliday. Connolly nickte. »Sonst noch was?«

»Eine Rippe vielleicht. Ich weiß es nicht.«

»Er hat Glück, dass er noch lebt«, sagte eine Frau. »Der andere hat ihn getreten, und *wie* getreten. Es war schrecklich.« Plötzlich schienen alle zu reden.

Holliday wandte sich den Gästen zu. »Könnten Sie mir vielleicht ein bisschen Platz machen?« Seine entspannte, gelassene Stimme brachte Ruhe in die Menge. »Wie wär's, wenn Sie alle draußen warten, bis meine Jungs hier sind? Aber, dass mir niemand wegrennt – wir brauchen einen Bericht«, sagte er, nun wieder ganz der Kleinstadtpolizist.

»Ich hab' alles gesehen«, sagte die Frau und fing an zu weinen. »Es war *schrecklich.«* Jemand nahm sie am Arm und führte sie weg.

Holliday sah die Leiche an und dann Connolly. »Er ist tot«, sagte er knapp. »Haben Sie ihn getötet?«

Connolly nickte.

»Schöne Bescherung. Ist er auf Sie losgegangen?«

»Er war es. Er hat Brauner ermordet.«

Von der Straße kam der Lärm einer Krankenwagensirene, der die Stimmen im Innenhof übertönte.

»Wer war die Frau bei ihm?«, fragte Holliday ruhig.

»Hannah. Seine Chefin.«

Aber wo war sie? Connolly sah sich in dem leeren Raum um, und Panik ergriff ihn. »Wo ist Emma?«, fragte er, aber Holliday wusste nicht, wovon er sprach. »Doc, kommen Sie.« Er löste sich von der Wand, aber Holliday richtete sich auf und bremste ihn.

»Jetzt mal langsam. Ich will nicht zwei Leichen in meinem Bericht.«

»Ich bin in Ordnung.«

»Immerhin geht's hier um eine Tötung.«

»Doc, sie hat die Waffe.«

»Wer?«

»Hannah«, erwiderte er ungeduldig. »Die andere. Ich erklär's später. Sie hatte die *Waffe.«*

Holliday starrte ihn an, und in diesem Augenblick stürzten die Sanitäter mit einer Trage in den Raum. In der Menschenmenge im Innenhof sah Connolly Polizeiuniformen.

»Doc, sofort«, sagte er. »Sie wird sie umbringen.«

Holliday sah ihn einen Augenblick unschlüssig an, während die Sanitäter sich an die Arbeit machten, und sagte dann: »Ich fahre.«

Im Innenhof wichen die Leute zurück, als Connolly sich ihnen näherte. »Fragen Sie sie«, sagte er zu Holliday. »Jemand muss sie gesehen haben.« Holliday warf ihm nur einen kurzen Blick zu und wandte sich dann an eine Gruppe, die bei einem seiner Männer stand und ihm die Einzelheiten des Kampfes berichtete.

Doch schließlich war es Chalmers, der ihnen, wie hypnotisiert vom Blut auf Connollys Gesicht, weiterhalf. Ein schwarzer Chevy, ja. Emmas Auto. Hinunter in Richtung Brücke. Nicht zur Cerrillos Road nach Albuquerque. Zur Brücke. Er habe gedacht, sie wären aus Angst geflohen. Zwei Frauen, ja. Er hoffe, es sei nicht so schlimm, dass sie den Tatort verlassen haben –

Connolly packte Holliday und schob ihn zur Straße hinaus, sodass ein paar Leute verwirrt dachten, es wäre der Polizeichef, der abgeführt wurde.

»Sie fahren zu ihrer Ranch«, sagte Connolly beim Einsteigen. »Hinter Tesuque.«

Aber einer von Hollidays Männern, der am Alameda den Verkehr regelte, hatte das Auto in Richtung Westen fahren sehen.

»Ziemlicher Umweg nach Tesuque«, sagte Holliday.

»Sie fahren zum Hügel.«

»Warum sollten sie das denn tun?«

»Keine Ahnung.«

Für alle Fälle trug Holliday dem Verkehrspolizisten auf, die Straße nach Albuquerque im Auge zu behalten, dann bog er auf die Brücke ein und ließ die Kupplung so schnell kommen, dass das Auto vorwärts schoss.

Connolly wischte sich mit seinem vom getrockneten Blut steifen Taschentuch das Gesicht.

»Wie geht's der Rippe?«

»Tut weh. Ist aber vielleicht nur geprellt.«

»Sie sollten sich verbinden lassen. Könnte einen Lungenflügel durchstoßen.«

Sie erreichten die Stadtgrenze, und nach einem flachen Hügel lag vor ihnen ein ebenes Stück mit Yucca-Palmen und grauen Mesquitbäumen.

»Können Sie nicht schneller fahren?«, fragte Connolly.

»Wenn sie in diesem Tempo weiterfahren, werden sie bestimmt angehalten. Spart uns die Mühe.«

»So klar denkt sie nicht. Sie will nur weg.«

»Ist sie fähig, sie umzubringen?«

»Ja«, erwiderte Connolly düster.

»Dann sollten wir besser nicht von ihr gesehen werden. Erste Regel der Verfolgung – wenn sie dich sehen, fahren sie noch schneller.«

»Das heißt aber nicht, dass Sie jetzt langsamer fahren müssen.«

»Na ja, das da vorn scheinen sie zu sein.«

In der Entfernung sah Connolly den dunklen Fleck eines Autos, der auf das Jemez-Vorgebirge zufuhr. »Wie lange wissen Sie es schon?«, fragte er und sah Holliday an.

»Seit ein paar Meilen. Sie sollten sich beruhigen – dann sehen Sie besser. Aber wenn man das beruflich macht, bekommt man natürlich ein Gefühl dafür. Jetzt sehen Sie sich das mal an«, sagte er, als das Auto um eine Kurve schleuderte. »Keine sehr gute Fahrerin, was?«

»Nein.«

»Jemand, der Ihnen besonders am Herzen liegt?«

»Ja.«

»Komische Geschichte. Jemand in der Galerie dachte, eine Frau hätte ihn erschlagen.«

»Nein, ich war's. Die Statue lag auf dem Boden. Ich hab' sie gerade noch rechtzeitig zu fassen bekommen.«

»Er war auf dem Boden, nicht?«

»Gebückt, Er hatte sich vorgebeugt, um mir eine zu verpassen.«

Holliday schwieg einen Augenblick. »Schätze, es hätte so passiert sein können.«

»Es ist so passiert«, sagte Connolly und sah ihn an. »Ich glaube nicht, dass irgendjemand es deutlich sehen konnte. Er versperrte die Sicht.«

»Und natürlich passierte alles sehr schnell.«

»Genau.«

»Was haben Sie zu ihm gesagt, dass er so explodierte?«

»Ich habe ihm gesagt, wir hätten Beweise, dass er Brauner umgebracht hat.«

Holliday zögerte. »Das dürfte reichen.«

Die Straße stieg jetzt aus dem Tal des Rio Grande hinauf, und es wurde schwieriger, das Auto nicht aus den Augen zu verlieren.

»Sieht wirklich so aus, als würden sie zum Hügel fahren.«

»Verlieren Sie sie nicht.«

Aber ein riesiger Viehtransporter bog langsam aus einer Nebenstraße auf den Highway ein und versperrte ihnen die Sicht.

»Überholen Sie ihn.«

»Und wo zum Teufel soll ich das machen?«

Sie schlichen hinter dem Lastwagen her, so knapp dahinter, dass sie das Vieh sehen konnten, das sie durch die Latten hindurch anstarrte. Der Laster zockelte, Schwaden von Dieselrauch ausspeiend, den Hügel hinauf und wurde nach jeder Kurve noch langsamer. Connolly beugte sich impulsiv vor, um auf die Hupe zu drücken, aber der Laster hatte nirgends Platz zum Ausweichen, das Bankett zwischen Straße und Hügelflanke war zu schmal. Quälende Minuten des Wartens verstrichen, während der Laster sich langsam in die Höhenlagen des Highway 4 hocharbeitete und dabei Holliday und einem weiteren Wagen den Weg versperrte. Endlich, wenige Meilen vor der Abzweigung in den Frijoles Canyon, hielt der Laster an und bog in einen Feldweg ein, der gefährlich steil in eine Tiefebene abfiel, wo einsames Weideland auf das Vieh wartete.

Nun wirkte auch Holliday zum ersten Mal unruhig. Er schoss vorwärts und nahm die nächste Kurve so eng, dass das Auto leicht ins Schleudern kam. Kiefern rauschten vorbei. Connolly reckte den Hals, weil er nach jeder Kurve hoffte, das Auto wiederzusehen, aber als sie die Abzweigung zum Westtor erreichten, hatten sie es noch immer nicht eingeholt. Merkwürdigerweise verkündete ein Schild mitten auf der Straße, dass die Zufahrt gesperrt sei.

»Was zum Teufel –«, sagte Holliday.

»Das haben *sie* aufgestellt. Damit niemand ihnen folgt. Fahren Sie trotzdem rein.« Doch als er dies sagte, fielen ihm die zusätzlichen Sicherheitsmaßnahmen ein, die den Hügel vor dem Test abriegelten. Aber wohin sollten sie sonst gefahren sein?

Derselbe Südstaatler wie immer schob am Wachposten Dienst. Deutlich verärgert über den Anblick des Autos kam er mit einem Gewehr in der Hand aus seinem Häuschen.

»Können Sie denn verdammt noch mal nicht *lesen?«, frag*te er, und sein Näseln klang bösartig. »Die Straße ist gesperrt.«

»Ist ein schwarzer Chevy hier durchgekommen?«, fragte Connolly.

»Hier ist niemand durchgekommen. Die Straße ist gesperrt. Können Sie nicht *lesen?«* Er hob das Gewehr.

Holliday streckte seine Marke durchs Fenster. »Steck deinen Pimmel wieder in die Hose«, sagte er. »Ist das Auto jetzt hier durchgekommen oder nicht? Zwei Damen.«

»Nein, Sir«, erwiderte der Soldat mürrisch.

Holliday drehte sich zu Connolly um. »Und jetzt?«

Sie waren auf dem Highway 4 gefahren. Er hatte sie gesehen. Waren sie in einen der Canyons eingebogen? Frijoles? Aber das waren Fallen: Sackgassen. Es musste der Hügel sein. Aber sie hatten nicht gewusst, dass die Straße gesperrt war. So hatten sie wohl keine andere Wahl gehabt als weiterzufahren. Vielleicht hatte sie es sogar so geplant. Falls jemand sie verfolgte, würde er hierherkommen und so einer falschen Fährte aufsitzen.

»Sie sind noch auf der 4«, sagte Connolly.

»Sie könnten abgebogen sein. Sie könnten überall sein.«

»Sie versteckt sich nicht. Sie flieht.« Bis zum Pazifik, dachte er. »Kommen Sie, nur noch ein Stückchen weiter.«

Doch einige Meilen lang sahen sie gar nichts. Sie fuhren durch das grüne Tal der *caldera,* und Connolly dachte an die Fahrt nach Chaco, als alles sich geändert hatte.

»Wenn Sie sich täuschen, fahren wir immer weiter in die falsche Richtung«, sagte Holliday. »Diese Straße ist beschissen.« Sie fuhren der Sonne entgegen, und bei diesem Tempo kamen die Kurven und Hügel auf sie zugeschossen wie bei einem Hindernisrennen. Außer ihnen war niemand auf der Straße. Sonntag.

»Sie will auf die 44«, sagte Connolly. »Warum sollte sie sonst hier entlangfahren?«

Doch als sie dann ein paar Minuten später die *caldera* hinter sich gelassen hatten und der Blick sich wieder weitete, sahen sie unter sich den Wagen, der sich wie ein Spielzeugauto durch die Landschaft bewegte.

»Fahren Sie näher ran«, sagte Connolly.

»Warum?«

Er stellte sich den Chevy auf einer Nebenstraße in einem Canyon vor, ein kurzer Umweg, ein Schuss. Wie lange würde Hannah glauben, dass sie Emma brauchte? »Ich will sehen, ob sie noch beide im Auto sitzen.«

Holliday sah ihn an und nickte dann schnell. »Okay, Sie sind der Chef.«

Er beschleunigte noch ein bisschen mehr und nahm eine Straßensenke so schnell, dass sie beim Herausschießen kurz durch die Luft flogen. Connolly stöhnte auf, als sein Magen gegen das Zwerchfell drückte.

»Öffnen Sie das Handschuhfach«, sagte Holliday.

Connolly beugte sich vor und drückte auf den Knopf. Die Klappe kippte nach unten. Er starrte die Waffe an, verblüfft über ihre Größe, den massigen, geschnitzten Griff, den langen, dünnen Lauf. Ein Western-Revolver. Er sah aus wie eine Schlange, bedrohlich, auch wenn er nur dalag. Er berührte die Waffe, sie war kalt, und er behielt die Hand dort, spürte den nächsten Tod. Von Karl zu Eisler zu – die Kette musste jetzt unterbrochen werden.

»Schon mal eine benutzt?«, fragte Holliday.

»Nein«, sagte Connolly und nahm sie heraus. Der Revolver eines Cowboys. Mit dem er die fliehende Postkutsche über die Leinwand verfolgte. Ein Requisit. Schwer. Ein Schuss. »Wir brauchen sie lebend«, sagte er und zog die Hand zurück. »Sie ist der Schlüssel.«

»Welche?«

»Eigentlich beide.«

Holliday atmete tief durch. »Legen Sie sie auf den Sitz. Für alle Fälle.«

»Können Sie auf die Reifen schießen?«

»Das sollte man nicht tun. Nicht bei diesem Tempo.«

Connolly legte sie behutsam auf den Sitz neben Holliday. Es war noch nicht überstanden. Revolver gehen auch von alleine los. Einen Augenblick lang wollte er das Auto stoppen, alles anhalten, bevor es noch mehr eskalierte. Hannah würde auf jeden Fall gefangen werden, irgendwie. Er sah sie auf einem Bahnhof, wo sie in der Menge verschwand und Emma im Auto zurückließ. Aber Emma rührte sich nicht, sie lehnte bewegungslos an der Tür.

Als er den Kopf hob, sah er das Hinweisschild nach Jemez Springs. Jetzt erinnerte ihn alles an diese andere Fahrt. Sie fuhren immer noch abwärts, brachten buchstäblich ein Gebirge zwischen sich und den toten Mann in Santa Fe.

»Sie sehen uns«, sagte Holliday.

Das Auto vor ihnen machte einen Satz, offensichtlich trat die Fahrerin noch mehr aufs Gas. Connolly stellte sich Emmas Panik vor. Hannahs einzige Chance bestand darin, in dieser riesigen leeren Weite zu verschwinden und die Vergangenheit hinter dem Gebirge zurückzulassen. Im Westen konnte man so etwas tun. Jetzt verfolgte sie diese Vergangenheit, saß ihr im Nacken wie ein Schreckgespenst. Keine Zeit, um vorsichtig zu handeln. Wahrscheinlich hatte sie die Waffe auf Emma gerichtet und sah ihr beim Fahren zu, und dann ein Blick durch die Heckscheibe und die Erkenntnis: Sie saß in der Falle.

»Nicht zu nahe ran«, sagte Connolly. »Sie muss irgendwann anhalten.«

»Sie wird nicht anhalten«, sagte Holliday leise.

Dann kamen die wenigen Häuser des Ortes, der Chevy rauschte hindurch, vorbei an der breiten Veranda des alten Hotels, der Tankstelle. Plötzlich bog ein Polizeiauto hinter dem Chevy auf die Straße ein. Unser alter Freund, die Tempofalle. Emma hatte sich so darüber geärgert. Aber jetzt bestimmt nicht. Aus dem Weg, wollte er schreien, du hast ja keine Ahnung. Aber der Verkehrspolizist, aus der Trägheit seiner Nachmittagswache gerissen, blieb ihnen auf den Fersen, wollte sich diese Gelegenheit für einen Strafzettel nicht entgehen lassen. Als sie nicht anhielten, schaltete er die Sirene ein.

Der Lärm zerriss die Luft wie ein langer Schrei. Connolly spürte, wie das scharfe Jaulen seinen Puls beschleunigte, und wusste, dass der von Hannah rasen würde. Die Sirene verstummte nicht. Sie umringte sie, immer lauter und näher, als würde die Luft selbst sie verfolgen. Connolly stellte sich vor, dass sie sich umdrehte: jetzt nicht nur Hollidays Auto, sondern Blaulicht und Sirene, ein ganzer Trupp. Sie wurde gejagt.

»*Idiot*. Er muss anhalten«, schrie Connolly.

Der Ort huschte vorbei und sie fuhren wieder durch die Hügel, aber der Polizist ließ nicht locker und verkürzte den Abstand immer mehr. Hier geht's nicht um Geschwindigkeitsüberschreitung, wollte Connolly schreien. Du ruinierst alles. Aber darum ging es jetzt nicht mehr. Jetzt ging es um Emma, die Hände ums Lenkrad gekrallt, verängstigt, und um seine eigene Hilflosigkeit. Er hatte das Rätsel gelöst, doch dieses Wissen nutzte ihm rein gar nichts. Er konnte ihr nicht helfen.

Auf dem langen Anstieg zum nächsten Hügel verkürzte das Polizeiauto, noch immer mit beharrlich und wütend heulender Sirene, den Abstand. Holliday holte, finster entschlossen, das letzte aus seinem Fahrzeug raus und betätigte die Lichthupe, um den Polizisten auf sich aufmerksam zu machen. Doch niemand hielt an. Als Emma die Hügelkuppe erreichte, schwankte das Auto kurz, legte sich in eine scharfe Kurve, und Connolly sah es ausbrechen. Dann das Quietschen der Reifen, als es auf den Straßenrand zuschlitterte, und das Krachen, als es gegen den Baum schleuderte, mit einer solchen Wucht, dass es zurückprallte, unkontrolliert über die Straße kreiselte und schließlich rückwärts über den Rand kippte. Das Geräusch berstenden Metalls, lauter als die Sirene, ein Donnern. Dann wusste Connolly gar nichts mehr. Zuerst glaubte er, nicht mehr sehen zu können, aber es lag nur daran, dass das Auto nicht mehr da war.

Auf der Kuppe sprang er aus Hollidays Auto, bevor es stand, und der Schwung trieb ihn vorwärts, vorbei an dem Verkehrspolizisten am Straßenrand, über den Rand, dann in großen Sprüngen, Staubwolken aufwirbelnd, den Abhang hinunter. Das Auto war mit der Fahrerseite nach oben liegengeblieben. Dampf quoll aus der Motorhaube. Überall lagen Glasscherben verstreut. Im Laufen glaubte Connolly eine neue Sirene zu hören, doch es war nur sein eigenes Schreien, er rief ihren Namen. Er schrie noch immer, als er, vom eigenen Schwung getragen, gegen das Auto krachte. Schmerz schoss ihm durch die Brust. Schreiend riss er am Türgriff, zog mit beiden Händen daran, bis die Tür schließlich aufsprang. Der Winkel des Autos ließ sie zurückfallen, sie traf ihn an der Schulter und er ächzte, stieß sie aber weiter auf, bis sie offen blieb. Emma hing mit blutverschmiertem Gesicht über dem Lenkrad und rührte sich nicht.

Er packte sie, um sie herauszuziehen. Ihr Kopf kippte nach hinten. Atmete sie noch? Er legte ihr den Arm um die Taille und versuchte, sie zu sich zu ziehen. Doch sie war am Lenkrad eingeklemmt, sodass er sie an den Armen herausziehen musste, was den unteren Teil ihres Körpers verdrehte wie den eines ausgestopften Tieres. Als er sie halb durch die Tür hatte, kam Holliday hinzu und half ihm, sie herauszuheben.

»Ist sie tot? Ist sie tot?«, schrie Connolly und hielt ihr das Ohr an den Mund. Überall war Blut, die Scherben der Windschutzscheibe hatten ihr die Arme zerschnitten, ihr Gesicht war fast bedeckt damit.

Holliday beugte sich schnell über sie, tastete nach dem Puls, kontrollierte ihre Atmung. »Sie ist bewusstlos«, sagte er schnell. »Helfen Sie mir, sie von hier wegzuschaffen.«

»Wir dürfen sie nicht bewegen!«, schrie Connolly wie von Sinnen. »Wissen Sie das denn nicht? Wir dürfen sie nicht bewegen. Wir könnten etwas brechen.«

Holliday starrte ihn an und holte ihn mit seinem Blick in die Wirklichkeit zurück. »Besser, wir bringen sie weg. Das Ding fliegt gleich in die Luft.«

Eine kleine Explosion, nicht laut, dann das Zischen eines sich entzündenden Feuers. Connolly beugte sich schützend über sie, als würden sie bombardiert, doch als es keine zweite Explosion gab, richtete er sich auf und nickte Holliday zu, der sie am anderen Ende packte, um sie vom Auto wegzutragen. Unter ihrem Gewicht taumelnd stiegen sie den Abhang hoch und blieben schließlich auf halber Höhe stehen. Connolly wischte sich Feuchtigkeit vom Gesicht, Schweiß wie er glaubte, doch es waren Tränen – hatte er geweint, ohne es zu merken, hysterisch? – und frisches Blut.

»Sie atmet«, sagte Holliday, und dann zum Verkehrspolizisten: »Helfen Sie mir mal. Wir müssen sie in ein Krankenhaus bringen. Connolly, aus dem Weg. Das bringt ihr nichts.«

Er hatte Blut weggewischt, um ihr Gesicht sehen zu können. Holliday packte ihn an der Schulter und zerrte ihn von ihr weg.

»Sie ist nicht tot«, murmelte Connolly abwesend.

»Noch nicht«, sagte Holliday. »Los jetzt.«

»Was ist mit der anderen?«, fragte der Verkehrspolizist.

Connolly hob überrascht den Kopf. Die andere. Flammen leckten bereits am hinteren Teil des Autos, die Luft roch stechend nach Ölrauch. Die andere, die sie getötet hätte. Ohne nachzudenken rannte er wieder den Abhang hinunter, stolpernd, am ganzen Körper zitternd vor Wut.

»Weg von dem Auto!«, schrie Holliday. Aber Connolly musste sie sehen.

Sie lag flach an der Beifahrertür, der Hals war verdreht, und in der rechten Hand hielt sie noch immer Mills' Waffe. Er starrte in das Auto, wollte ihr zuerst noch mehr wehtun und spürte dann plötzlich gar nichts mehr. Ihr Rock war hochgerutscht, als das Auto sich überschlagen hatte, und der Anblick war ihm merkwürdigerweise peinlich. War sie schon gestorben, als das Auto gegen den Baum gekracht war, hatte der Aufprall ihr das Genick gebrochen? Oder hatte sie noch ein paar entsetzliche Augenblicke erlebt, als das Auto sich überschlagen hatte und fiel und sie wusste, was passieren würde? Keine Geheimnisse mehr. Aber ihr letztes hatte sie bewahrt – jetzt würde sie ihm nie mehr etwas verraten. Und es gab auch sonst niemanden mehr. Connolly hatte sie alle verloren.

Mit einem Ploppen sprang das Feuer vom Rücksitz über. Er wusste, dass er davonlaufen sollte, aber er stand einfach da und sah gebannt zu, wie die Flammen nach vorne krochen, ihre Kleider sich qualmend entzündeten und sie zu brennen begann. Er zog den Kopf zurück, um nicht von den Flammen, die jetzt das Auto verschlangen, versengt zu werden, und durch den Rauch hindurch sah er, wie ihr Körper sich krümmte, sich einrollte wie eine Geheimbotschaft, die in einem Aschenbecher verbrannte.

19

Der Regen weckte sie. Ein leichter Windstoß blähte die Rollos in Eislers ehemaligem Zimmer, dann klatschten sie wieder gegen das halb geöffnete Fenster. Zuvor habe es Hagel gegeben, hatte die Krankenschwester ihm gesagt, aber die Unwetterwolken waren vorübergezogen, und jetzt nieselte es nur noch leicht. Zuerst starrte sie ihn nur an, bis ihre Augen sich an das abendliche Dämmerlicht, an Licht überhaupt, gewöhnt hatten. Ihr bandagiertes Gesicht verzog sich zu einem schläfrigen Lächeln. Seine auf dem Bett sitzende Gestalt und sein über sie gebeugtes Gesicht war alles, was sie sehen konnte.

»Wo bin ich?«, fragte sie flüsternd, als wollte sie ausprobieren, ob sie noch sprechen konnte.

»Auf dem Hügel. In der Krankenstation.«

»Ich bin nicht tot? Ich dachte, ich bin tot.«

»Nein«, sagte er.

Sie versuchte sich zu bewegen und zuckte vor Schmerzen zusammen.

»Was fehlt mir?«

»Rippen gebrochen. Schulter ausgerenkt. Ein Beinbruch. Schock. Schnittwunden. Innere Blutungen, die beobachtet werden. Ein tiefer Riss über dem Auge.« Er hielt inne. »Du wirst schon wieder.«

Sie lächelte über den medizinischen Bericht. »Ich muss ja schlimm aussehen.«

Er fasste ihre nicht bandagierte Hand. »Entsetzlich.«

»Stehe ich unter Medikamenten?«

»Schmerzmittel.«

»Dann träume ich also nicht. Das ist alles echt.« Sie bewegte wieder die Augen, versuchte klarer zu sehen. »Warum bist du ausgezogen?«

Sein Oberkörper war nackt, der untere Brustbereich mit weißem Klebeband umwickelt. »Ach das«, sagte er und strich über das Band. »Hector.«

Ihr Blick wurde trüb. »Was ist mit ihm?«

»Er ist tot.«

»Tot«, wiederholte sie bestürzt.

»Ich wollte ihn nicht so hart treffen. Es war wohl der Winkel.«

»Ich verstehe nicht«, sagte sie verwirrt.

»Ich habe ihm die Statue auf den Kopf geschlagen«, sagte er und sah sie direkt an. »Es war Notwehr. So ergibt es einen Sinn. Es wird keine Fragen mehr geben. Er hat dich niedergeschlagen – erinnerst du dich noch?« Er wartete auf ihr Nicken. »Er war Karls Mörder.«

Sie beobachtete ihn, während er sprach, und schloss dann die Augen. Im ersten Augenblick dachte er, sie sei wieder eingeschlafen. »Du hast deinen Mann geschnappt«, sagte sie mit schwerer Zunge.

»Wir haben ihn geschnappt.«

»Dann ist es zu Ende?«

»Ja, zu Ende.«

Sie öffnete die Augen. »Hannah?«, fragte sie, als die Erinnerung zurückkehrte.

»Sie war der Kontakt. Das Ende von Matthews Kette.«

»Aber sie hat nie – auf der Ranch.«

»Sie wusste nichts. Sie kannte nur Eisler.«

»Die ganze Zeit«, sagte sie unbestimmt, in Gedanken versunken. »Ich dachte, sie wäre meine –«

»War sie. Sie hat dich gemocht.«

»Warum dann?«

»Du warst im Weg. Wie Karl.«

»Wie Karl«, wiederholte sie zitternd.

»Schlaf jetzt wieder«, sagte er.

Aber sie umklammerte seine Hand fester. »Nein, geh nicht. Bleib. Ich will nicht davon träumen. Ich will wach sein.«

»Morgen kannst du wach sein. Du kommst wieder ganz in Ordnung, weißt du. Ein bisschen zwicken wird's noch eine Weile. Du hattest viel Glück.«

Sie lächelte, und ihre Augen schlossen sich wieder. »Ja, Glück.«

»Kann ich irgendwas für dich tun?«

»Ruf Daniel an. Ich will ihn sehen.«

Connolly nickte. »Ich habe schon ein Gespräch mit ihm angemeldet. Er ist auf dem Testgelände.«

»Es ist zu Ende«, sagte sie, ohne auf seine Antwort zu hören. »Jetzt kann ich klar Schiff machen.«

Er sah sie nervös an. »Was hast du vor?«

»Als ich sah, wie er dich schlug«, erwiderte sie langsam, »wusste ich Bescheid. Ganz klar. Einfach so. Ich habe ihn umgebracht, nicht?«

Er schwieg.

Sie öffnete die Augen. »Nicht die Geschichte. Die Wahrheit.«

»Ja.«

Sie nickte. »Ich habe es mir gedacht. Verstehst du, was das bedeutet? Für jemanden zu töten – wenn das Gefühl so stark ist. Daniel muss es wissen. Vielleicht weiß er es die ganze Zeit schon. All diese Lügen. Nicht in seinem Bett. Aber er wusste Bescheid.«

»Er hat nie etwas gesagt.«

»Er hat auf mich gewartet. Falls es vorübergehen sollte. Wie bei den anderen. Diesmal hat er auf mich gewartet. Es war okay für ihn, verstehst du – bis einer kommt –«

Er hob ihre Hand an seine Lippen. »Ich kann mit ihm reden.«

»Nein. Ich. Es ist Zeit dafür. Wenn alles so klar ist. Wir glauben immer, wir haben Zeit für alles«, sagte sie, und ihre Stimme verklang.

»Du stirbst nicht.«

Sie lächelte. »Ich weiß. Aber schau, wie schnell alles gehen kann. Wann ist das alles passiert? Heute Nachmittag? Ein Nachmittag.«

»Wir haben viel Zeit.«

Sie legte ihm die Hand an die Wange. »Wir werden tanzen gehen«, sagte sie.

»Ich dachte schon, du bist tot. Im Auto.«

Sie streichelte ihm tröstend die Wange.

»Heirate mich«, sagte er leise.

Sie lächelte. »Ein Antrag. Meinst du nicht, dass ich schon genügend Ehemänner hatte?«

»Noch nicht.«

»Alle wollen mich heiraten«, sagte sie verträumt. »Warum nur?«

»Du bist ein nettes Mädchen.«

Sie sah ihn an, als er ihr die Hand küsste. »Wirklich?«

»Hm. Ich werde sogar deinen Vater um deine Hand bitten.«

»Oh, tu das lieber nicht. Er hasst die Iren.«

»Ich bekehre ihn.«

»Das schaffst du nicht.«

»Doch.«

»Versprichst du mir etwas?«, fragte sie ernsthaft. »Keine Lügen. Zwischen uns. Nicht einmal kleine Notlügen.«

Er hatte sich eben über sie gebeugt und küsste sie sanft auf die Lippen, als die Krankenschwester hereinkam. »Telefon«, sagte sie und warf ihm einen missbilligenden Blick zu. »Sie soll doch schlafen.«

»Du hast sie gehört«, sagte er und stand vom Bett auf.

»Reg ihn nicht unnötig auf«, sagte sie. »Sag ihm, dass ich in Ordnung bin.«

»Du bist in Ordnung.«

Er wandte sich zum Gehen, aber sie hielt ihn noch einmal zurück. »Nur noch eins«, sagte sie mit leuchtenden Augen. »Dieses Kaff, wo alle hinfahren? Reno? Meinst du, die machen zwei auf einmal?«

Er lachte ihr zu. »Mit zwei Standesbeamten.«

Am Telefon im Schwesternzimmer wurde er aufgefordert zu bestätigen, dass es sich um einen Notfall handelte, bevor er durchgestellt wurde. Die Verbindung rauschte stark, als wäre der Regen mit in der Leitung.

»Mike Connolly hier. Wir kennen uns von –«

»Ich weiß, wer Sie sind«, erwiderte die Stimme kalt.

»Hören Sie, es tut mir leid, aber Ihre Frau hatte einen Unfall. Einen Autounfall. Es geht ihr wieder gut, sie ist nur leicht verletzt.« Schweigen. »Sind Sie noch dran?«

»Ja. Es geht ihr gut, sagten Sie?« Seine Betonung war noch immer europäisch.

»Sie hat ein paar Frakturen. Schock.«

Eine Pause. »Waren Sie bei ihr?«

»Nein«, erwiderte Connolly überrascht. »Nicht im Auto.«

»Wo ist sie?«

»Hier auf dem Hügel. Auf der Krankenstation. Es war keine Zeit, sie nach Santa Fe zu bringen. Ich dachte mir, Sie sollten es erfahren.«

»Vielen Dank«, erwiderte er höflich. »Kann ich mit ihr sprechen?«

»Sie kann nicht zum Telefon kommen – sie liegt im Bett. Sie können sie allerdings sehen. Können Sie sofort losfahren?«

»Losfahren? Heute Abend? Aber der Test –«

»Entschuldigung«, meldete sich eine Stimme. »Hier spricht der Sicherheitsoffizier. Ich muss Sie daran erinnern, dass dies eine offene Leitung ist.«

»Hören Sie«, rief Connolly verärgert. »Ich gehöre ebenfalls zur Sicherheit. Die Frau dieses Mannes liegt im Krankenhaus.«

»Tut mir leid, Sir. Befehle. Sind Sie fertig?«

»Nein, wir sind noch nicht fertig. Pawlowski, haben Sie verstanden, was ich gesagt habe?«

»Ja. Aber wenn sie in Ordnung ist ...«, sagte er, und seine Stimme ging im Rauschen unter. »Es ist schwierig, wissen Sie. Ich kann hier nicht weg. Nicht heute Abend. Es ist nicht gestattet«, sagte er steif.

»Nicht gestattet? Es geht um Emma. Sie liegt im Krankenhaus. Sagen Sie es einfach Oppie –«

»Ich muss dieses Gespräch unterbrechen«, sagte die andere Stimme. »Die Nennung von Namen ist –«

»Nein, noch nicht. Bitte«, sagte Connolly. »Pawlowski, sind Sie noch dran?«

»Vielen Dank, dass Sie mich benachrichtigt haben. Ich komme morgen. Heute Abend ist es unmöglich. Ich werde hier gebraucht.«

»Das ist alles?«, fragte Connolly.

»Ich bin mir sicher, dass Sie sich gut um sie kümmern«, sagte er.

Diesmal hörte Connolly den beißenden Unterton. »Was soll ich ihr sagen?« Er zögerte einen Augenblick. »Soll ich ihr sagen, dass Sie sie lieben?«

Ein kurze Pause entstand, dann erwiderte Pawlowski: »Ja, Mr. Connolly, sagen Sie ihr, dass ich sie liebe.« Seine Stimme war wieder kalt geworden.

Bestürzt hielt er noch immer den Hörer in der Hand, als Mills an der Tür erschien.

»Stimmt was nicht?«, fragte er, als er Connollys Miene sah.

Connolly schüttelte den Kopf. »Nur eine schlechte Verbindung«, sagte er und legte den Hörer auf.

»Wird sie wieder?«

Connolly nickte.

»Was ist mit Ihnen?«, fragt er und deutete auf die bandagierte Brust.

»Werd's überleben«, erwiderte er abwesend. »Sie sind aber noch spät auf.«

Einen Augenblick lang sagte keiner etwas, dann trat Mills ins Zimmer. »Wer ist Hector Ramirez?«, fragte er schließlich.

»Ist das sein Name? Das wusste ich gar nicht.« Er sah Mills an. »Sie waren fleißig. Er hat Karl umgebracht.«

Mills sah ihn unverwandt an. »Wollen Sie mir sagen, warum?«

»Später«, sagte Connolly und drehte sich wieder zum Krankenzimmer um. »Das kann warten.«

»Aber nicht lange.«

Connolly sah ihn fragend an.

»Jede Menge Neugierige drüben im Büro«, sagte Mills. »Das Telefon ist heißgelaufen. Sogar die Jungs in Washington. Anscheinend will plötzlich jeder mit Ihnen reden.«

Connolly zögerte kurz. »Zuerst muss ich Oppenheimer sehen.«

»Warum denn das? Oder ist das auch etwas, das ich nicht wissen darf?«

Connolly schwieg.

Mills zuckte die Achseln. »Heute Abend können Sie ihn auf jeden Fall nicht sehen. Alle sind auf dem Testgelände. Haben Sie das denn nicht gewusst? Der Kater ist aus dem Haus.«

Connolly sah ihn an. »Und alle Mäuse tanzen«, erwiderte er langsam. »Spielen Sie auch? Haben die Sie hergeschickt?«

Mills beugte sich über den Tisch. »Sie haben das Recht, zu fragen, Mike. Der Kerl war ein Angestellter des Projekts, und jetzt ist er tot. Da sind einige Alarmglocken losgegangen. Van Drasek schäumt vor Wut – was haben Sie denn gedacht? Und Lansdale macht ihm die Hölle heiß. Man kann sein Geschrei durchs Telefon hören. Sie wollen wissen, was hier eigentlich los ist.«

»Und deshalb haben sie Sie geschickt«, sagte Connolly. »Sind Sie die Vorhut? Was sollen Sie tun? Mich in die Mangel nehmen? Oder mir nur Gesellschaft leisten, bis die großen Jungs kommen? Mein Gott. Ein kleiner freundschaftlicher Besuch? Haben sie Sie um der alten Zeiten willen ausgesucht, oder haben Sie sich freiwillig gemeldet?«

»Leck mich.«

Die Schärfe der Erwiderung ließ Connolly aufhorchen, und er wandte verlegen den Blick ab. »Schon gut«, sagte er leise. »Sie haben sich also nicht freiwillig gemeldet. Hören Sie, ich bin noch nicht bereit für die Gute-Nacht-Geschichte. Nicht, bevor ich Oppenheimer und Groves gesehen habe. Fragen Sie mich nicht, warum. Ich habe meine Gründe.«

Mills warf ihm einen Blick zu und sah dann zu Emmas Zimmer hinüber. Offensichtlich versuchte er, sein eigenes Rätsel zu lösen.

»Oppie kommt vor morgen Abend nicht zurück. So lange kann ich es nicht hinauszögern. Machen Sie es mir nicht so schwer, okay? Sie haben die Pflicht, mit uns zusammenzuarbeiten.«

»Uns?«

Mills zögerte. »Mit denen.«

Connolly lächelte. »Okay, dann machen wir es kurz und schmerzlos. Als Sie hier ankamen, war ich schon weg. Und niemand weiß, wohin.«

»Mike –«

»Keine Angst, morgen früh bin ich wieder da«, sagte Connolly. »Geben Sie mir nur eine Nacht. Um einiges zu regeln.«

»Es liegt nicht an mir. Sie kommen von der *mesa* nicht runter, Mike. Die Wachen haben den Auftrag, Sie am Tor aufzuhalten.«

»Das soll wohl ein Witz sein.«

Mills schüttelte den Kopf. »Vergessen Sie New York nicht. Das stinkt ihnen noch. Sie halten Sie für einen zweifelhaften Kandidaten.«

Connolly wandte nachdenklich den Blick ab. »Dann nehmen wir Ihr Auto. Sie haben sich gedacht, dass ich unterwegs zum Testgelände bin, um mit meinem Kumpel Groves zu reden. Mal wieder über alle Köpfe hinweg. Ihr Auto werden sie nicht aufhalten.«

»Und wo sind Sie? Im Kofferraum?«, fragte Mills sarkastisch.

»Nur auf dem Rücksitz«, erwiderte Connolly leichthin. »Ein kleines Nickerchen machen. Ihr Auto werden sie nicht durchsuchen. Außerdem haben Sie es eilig.« Er senkte die Stimme. »Kommen Sie, Mills. Gehen Sie ein Risiko ein. Nur einmal.«

Mills errötete, die Bemerkung hatte ihn getroffen. »Warum? Noch mehr Spielchen?«, sagte er beinahe höhnisch.

»Nur noch ein einziges. Ein kleines Kriegsspiel. Und keine Angst, wir werden nicht erschossen. Es wird nicht einmal jemand verletzt. Um das geht's ja.«

»Die sind nicht der Feind, Mike«, erwiderte Mills ruhig.

»Aber auf Ihrer Seite sind sie auch nicht, wissen Sie das?« Connolly hielt inne, »Helfen Sie mir nur, den Fall abzuschließen.«

Mills starrte ihn an. »Wie abschließen? Wieder einmal den Text umschreiben? Geht's darum? Werden Sie diese Geschichte auch umschreiben?«

»Wenn ich muss.«

»Ihr zuliebe?«, fragte Mills mit einem Nicken zu Emmas Zimmer.

Connolly ignorierte die Geste. »Allen zuliebe. Es ist besser so.«

»Woher wissen Sie das? Wie können Sie entscheiden, was die Leute erfahren dürfen?«

»Ich wurde dafür ausgebildet, erinnern Sie sich? Damit habe ich den Krieg verbracht.«

»Ja. Und ich dachte, Sie hätten es aufgegeben.«

»Fast. Aber was soll's. Ich muss es nicht mehr lange tun. Der Krieg ist bald zu Ende. Jetzt fängt jeder mit dem Umschreiben an. Dann weiß keiner mehr, was passiert ist.« Er ging zur Tür. »Aber unterdessen könnte ich eine Fahrgelegenheit gebrauchen. Nur eine Fahrgelegenheit.«

Sie starrten sich noch immer schweigend an, als die Krankenschwester zurückkam. An der Tür zögerte sie kurz, aus Angst zu stören, und ging dann zu ihrem Tisch. »Sie fragt nach Ihnen«, sagte sie zu Connolly. »Zwei Minuten. Ich habe ihr noch eine Spritze gegeben.«

Mills wandte den Blick ab und fragte dann erschöpft, als hätte er einen Streit mit sich selbst verloren, die Schwester: »Haben Sie Nachtdienst?«

Sie nickte.

»Keine anderen Besucher. Das ist ein Befehl vom G-2. Verstanden?«

Sie zog kurz die Augenbrauen hoch und nickte dann noch einmal, eine gute Soldatin.

»Danke«, sagte Connolly zu ihm.

Mills ignorierte ihn. »Bis ich zurück bin, redet sie mit keinem«, sagte er zu der Schwester. »Mit niemandem, ist das klar?«

»Ja, Sir.«

»Kann sein, dass ihr Ehemann kommt«, sagte Connolly.

Die Schwester sah Mills an. »Ich dachte, er ist ihr Mann.«

»Er?« Mills lächelte. »Nein, er arbeitet für uns.«

Als er ins Krankenzimmer zurückkehrte, schien sie zu schlafen, und er stand eine Weile an ihrem Bett und sah sie an. Ihr Atem war so flach, dass die Bettdecke sich kaum bewegte. Er dachte an sie im Costello's, wie sie den Revisionistengeschichten zuhörte, den Geschichten aus einem Berlin, das nicht ihres war.

»Geht es ihm gut?«, fragte sie mit geschlossenen Augen. »Hast du ihm gesagt, dass er sich keine Sorgen zu machen braucht?«

Er war noch in Gedanken, und im ersten Augenblick wusste er nicht, was sie meinte.

»Daniel«, sagte er schließlich. »Ja.«

»Kommt er?«

Er sah sie zögernd an. »Natürlich«, log er. »Ich muss ihn abholen. Es gibt keine andere Fahrgelegenheit.«

»Oh, so weit?«, sagte sie, und jetzt sah sie ihn an. »Du solltest nicht fahren.«

»Ich nehme Mills mit. Keine Angst«, sagte er und beugte sich zu ihr hinunter. »Ich dachte, du schläfst. Du solltest es.«

»Ich habe über etwas nachgedacht. Hannah. Hast du gewusst, dass sie keine Familie hatte?«

»Nein, das habe ich nicht gewusst«, erwiderte er und fragte sich, worauf sie hinauswollte.

»Was wird mit der Ranch passieren? Wir könnten sie kaufen. Hast du Geld? Ich habe ein bisschen was. Würde es dir etwas ausmachen? Dass es die ihre war?«

»Nicht, wenn du die Maisbilder raus wirfst.«

Die Schwester kam ins Zimmer. »Sie müssen jetzt wirklich gehen. Sie muss schlafen.«

»Schon gut. Hast du gehört?«, sagte er zu Emma. »Du wirst jetzt schlafen, ob du willst oder nicht.«

»Was meinst du, ist es eine gute Idee? Es ist großartiges Land.«

»Großartig«, sagte er.

Sie verstand seinen Unterton und sah ihn an. »Du magst nicht?«

»Emma, was würde ich auf einer Ranch tun?«

»Du könntest reiten.«

»Ich? Wir reden morgen darüber.«

Sie lächelte ihn an. »Hast du je einer anderen einen Heiratsantrag gemacht?«

»Nein.«

»Nein. Hab' ich mir gedacht. Du kennst die Form nicht. Du musst mit allem einverstanden sein. ›Was immer du sagst, Liebling.‹ Verstehst du? So geht das. ›Ich tue alles, was du willst.‹«

Er nahm ihre Hand und streichelte sie. »Na gut«, sagte er sanft. »Ich tue alles, was du willst.«

Es war pechschwarz, als sie nach Trinity fuhren, schwere Wolken verdunkelten den Himmel. Hinter Albuquerque gewitterte es immer wieder, Blitze zerrissen die Dunkelheit, und danach goss es, dass sich Pfützen auf der Straße bildeten.

»Wenn das so weitergeht, blasen sie es ab«, sagte Mills, der sich vorbeugte, um durch die Spur der Scheibenwischer hindurch besser zu sehen. »Der Regen verbreitet die radioaktiven Partikel. Ein kräftiger Wind könnte das Zeug bis nach Amarillo blasen. Das wollen sie nicht riskieren.« Connolly sah ihn erstaunt an, sein technisches Wissen überraschte ihn. Mills zuckte die Achseln. »Man hört eben so einiges.«

Connolly hatte stundenlang gedöst. Er fühlte in seiner Brust einen stumpfen Schmerz. Aber als sie sich dem Testgelände näherten, wurde er hellwach.

»Was ist mit der Pistole passiert?«, fragte Mills, um Beiläufigkeit bemüht.

»Die ist in dem Wrack. Die Polizei wird sie sicherstellen. Ich weiß allerdings nicht, in welchem Zustand.«

»Haben Sie sie benutzt?«

»Nein. Hatte keine Gelegenheit dazu.«

»Dann hat also der Mexikaner Karl umgebracht.«

Connolly nickte. »Ich weiß nur noch nicht, womit. Vielleicht mit bloßen Händen«, sagte er und griff sich an den schmerzenden Hals.

»Warum?«, fragte Mills ruhig.

Connolly überlegte einen Augenblick. »Eifersucht, so weit ich das sehe. Karl traf sich mit seiner Freundin. Der Kerl ist durchgedreht, als er sie überraschte.«

»Ist sie deshalb davongerannt?«

»Sie war hysterisch. Sie wusste nicht mehr, was sie tat. Vielleicht dachte sie, wir knöpfen sie uns vor, weil sie die ganze Sache angefangen hat.«

»Eine amouröse Dreiecksgeschichte also.«

»Sieht so aus.«

»Und die Sache mit der Hose – nur um uns auf die falsche Fährte zu locken?«

»Ist ihm ja auch gelungen.«

»Und was ist mit dem Türkisschmuck?«

Connolly zögerte. »Das ist noch immer ein Geheimnis. Vielleicht war sie großzügig gegenüber ihren Freunden. Eine ältere Frau. Ich weiß es nicht. Die Antwort hat sie mit ins Grab genommen.«

Mills schwieg, während er vom Highway auf die Zufahrtsstraße zum Testgelände einbog. »Ihre umgeschriebenen Texte waren aber auch schon mal besser«, sagte er schließlich.

»Da kann ich nichts machen. So ist es passiert.«

»Was ist mit den ganzen Sicherheitsakten, die ich ausgeliehen habe. Die wissen davon.«

»Die Akten? Das war –« Er hielt inne und lächelte in sich hinein. »Das war eine falsche Spur.«

Mills wollte noch etwas erwidern, doch als er die Straßensperre vor sich sah, verstummte er. Militärpolizisten in Jeeps und Transportern säumten über Meilen hinweg zu beiden Seiten die Straße: ein menschlicher Sicherheitszaun. »Mann«, sagte er und hielt an. Der Strahl einer Stablampe leuchtete ins Auto.

»Tut mir leid, aber Sie müssen umkehren. Die Straße ist gesperrt.«

»Jimmy«, sagte Mills. Er hatte den Posten wiedererkannt. »Ich bin's, Mills. Wir müssen ins Basislager.«

»Nein, nicht heute Nacht. Heute kommt hier nicht mal 'ne Schlange durch.«

»Jimmy.«

»Siehst du diesen Kopf? Der ist noch dran.«

»Haben Sie ein Funkgerät?«, fragte Connolly plötzlich.

Der Soldat sah ihn argwöhnisch an und nickte dann.

»Rufen Sie an. Sagen Sie Oppenheimer, Connolly hat eine Nachricht für ihn.« Der Soldat musterte ihn unschlüssig. »Tun Sie es.«

Er ging zu seinem Jeep, und sie sahen, wie er an dem klobigen Feldapparat hantierte und dann nickte.

Er kam zurück und beugte sich auf der Fahrerseite ins Auto. »In Ordnung«, sagte er, ausschließlich an Mills gewandt. »Wer zum Teufel ist das denn?«

Mills grinste ihn an und legte den Gang ein. »Pass weiter schön auf deinen Kopf auf.«

Er steuerte um den Jeep herum und beschleunigte dann in die Wüste hinein. »Wissen Sie auch, was Sie tun? Dafür seinen Namen zu benutzen?«, fragte Mills.

»Wir sind durch, nicht?«

»Ich meine, das ist wahrscheinlich die wichtigste Nacht in seinem Leben. Er ist vielleicht ein bisschen gereizt.«

»Wir sind durch«, wiederholte er.

In der Ferne sahen sie die Lichter des Basislagers und dahinter, im Schein riesiger Strahler, einen einzelnen Turm mitten in der Wüste. Das Basislager war gewachsen. Baracken und Zelte drängten sich um die ursprünglichen Gebäude, in der Luft hing das Surren provisorischer Generatoren und das Gewirr von Stimmen aus der Kantine. Pkws und Jeeps standen in wildem Durcheinander vor den Gebäuden. Es hatte aufgehört zu regnen, aber in den Pfützen spiegelte sich noch das Licht. Connolly hörte ein Geräusch. Es klang wie Fröschequaken.

Es war fast vier Uhr morgens, aber die Kantine war noch voll in Betrieb, es gab Spiegeleier, Kaffee und arme Ritter. Soldaten saßen an Tischen und spielten Karten oder lasen mit der bemühten Gelassenheit von Wartenden in einem Bahnhof. Diesmal waren auch Zivilisten darunter, Männer in Anzügen und Krawatten und Drahtgestellbrillen, alle herausgeputzt für den historischen Augenblick. Connolly erkannte Bush und Conant unter den Wissenschaftlern vom Hügel. Die ganze Bande ist da, dachte er. Als Oppenheimer ihn bemerkte, löste er sich aus der Menge und kam auf ihn zu. In einem Saal voller nervöser Menschen schien er der nervöseste zu sein, er zitterte vor Anspannung, und die Hand, die die Zigarette zum Mund führte, zuckte. Connolly hatte ihn bereits zappelig gesehen, aber jetzt schien er kurz vor dem Zusammenbruch zu stehen.

»Was zum Teufel ist denn los?«, fragte er schnell.

»Entschuldigung. Aber ich musste Ihren Namen benutzen, um reinzukommen. Ich muss mit Ihnen reden.« Er sah sich in dem überfüllten Saal um. »Allein.«

»Jetzt? Sie wollen jetzt mit mir reden?«

Eine Hand auf der Schulter unterbrach in. Groves, der noch massiger aussah als sonst, ein Fleischberg in Khaki, drehte ihn halb zu sich um. Wieder einmal staunte Connolly über dieses ungleiche Paar. »Die Meteorologen sagen, dass es aufklart. Noch eine Stunde.« Und als er Connolly bemerkte: »Was tun Sie denn hier?«

»Nach 5 Uhr 30 ist es zu hell«, sagte Oppenheimer gereizt. »Die Kameras –«

»Eine Stunde, heißt es«, erwiderte Groves besänftigend. »Ist irgendwas passiert?«, fragte er Connolly.

»Ja, was ist denn eigentlich los?«, fragte Oppenheimer ungeduldig.

Connolly sah von einem zum andern, die ihn beide nun erwartungsvoll anstarrten. Aber jetzt war es unmöglich. Es gab zwei Geschichten, nicht nur eine. Wie hatte er nur annehmen können, dass Oppenheimer allein sein würde. »Ich muss Pawlowski sehen«, erwiderte er.

Oppenheimer starrte ihn verblüfft an. »Sie haben vielleicht Nerven, zu einem solchen Zeitpunkt hierherzukommen. Mit persönlichen Problemen«, sagte er und spuckte die Ps beinahe aus.

»Seine Frau ist im Krankenhaus.«

»Was sind Sie, ihre Krankenschwester?«

»Eigentlich muss ich auch mit Ihnen reden, aber das kann warten.«

»Das kann es, ja.«

»Wir haben den Kerl. Es ist vorbei.«

»Glückwunsch«, blaffte Oppenheimer. »Und jetzt verschwinden Sie von hier.« Doch dann beherrschte er sich und fügte hinzu: »Pawlowski ist bei S 10 000 – das ist der Kontrollbunker für das Spielzeug. Sie können nach dem Test mit ihm reden.« Er sah auf die Uhr. »Wenn es überhaupt noch einen Test gibt. Wir haben ihn schon einmal verschoben. Windgeschwindigkeit dreißig Meilen pro Stunde. Alles, was über zehn hinausgeht –«

»Eine Stunde, heißt es«, wiederholte Groves besänftigend und wandte sich dann an Connolly. »Ich verstehe nicht. Sie haben den Kerl –«

»Ja, Mr. Connolly hat seinen Fall gelöst«, sagte Oppenheimer abschätzig und zündete sich eine neue Zigarette an. »Anscheinend hält er es für einen geeigneten Zeitpunkt, um Bericht zu erstatten. Wenn es wirklich nur noch eine Stunde dauert, sollten wir Kisty von diesem Turm wegholen. Der muss mindestens eine Stunde im Voraus geräumt sein.« Groves sah ihn fragend an. »Falls ein Fahrzeug liegenbleibt und die Leute zu Fuß gehen müssen. Das dauert eine Stunde. Es sind sechs Meilen bis zum Bunker.«

»Und niemand bewacht das Spielzeug?«, fragte Groves.

»Nein. Wir geben Ihren Saboteuren eine faire Chance.« Er sah wieder auf die Uhr. »Sie müssen sich allerdings beeilen.«

Groves warf ihm einen säuerlichen Blick zu und sah dann Connolly an, dessen Anwesenheit ihm nicht zu behagen schien. »Dann sollten wir raus zu S 10 000«, sagte er ruhig zu Oppenheimer. »Hier können wir sowieso nichts mehr tun. Die hohen Tiere sind versorgt«, ergänzte er und deutete auf die Besucher aus Washington. »Sie holen den Fahrer, und ich stoße dann gleich zu Ihnen.« Er sah Oppenheimer an. »Das Wetter wird schon werden.«

Oppenheimer, dem der leichte Befehlston nicht entgangen war, lächelte.

»In Ordnung«, sagte er und wandte sich dann an Connolly. »Ich schicke ihn nach dem Test zu Ihnen. Jetzt verlässt niemand mehr seinen Posten. Aber da Sie nun schon mal hier sind, können Sie ebenso gut mit den anderen Besuchern zum Compania Hill gehen. Einer der Männer soll Sie hinbringen. Sie dürften dort sicher sein – es ist weit genug entfernt –, falls unsere Berechnungen stimmen. Wenn wir wirklich weit danebenliegen, hält Enrico es für möglich, dass die Atmosphäre sich entzündet. Eine Kettenreaktion dort –«

»Dieses Gerede ist völlig unangebracht«, sagte Groves verärgert. »Ich hab's ihm gesagt.«

»Ja. Und er hat mir gesagt, dass Sie es ihm gesagt haben. Ich glaube allerdings, er macht nur einen Witz.«

»Schöner Witz.«

Oppenheimer wandte sich an Connolly. »Ich schicke ihn dann zu Ihnen. Tut mir leid, wenn ich unhöflich war. Trotzdem muss ich sagen, Sie haben sich schon einen verdammt günstigen Augenblick ausgesucht.«

Groves sah ihm nach, wie er zur Tür ging. »Er hat seit zwei Tagen nicht geschlafen«, sagte er. »Wir sind alle ziemlich angespannt. Und der Regen war auch nicht gerade nützlich.« Er wischte sich über seine Uniform, und Connolly bemerkte erst jetzt, das sie voller feuchter Flecken war.

»Ich wollte ihn nicht belästigen.«

»Na, dann belästigen Sie mich. Ich habe Zeit. Dieses verdammte Warten ist das Schlimmste. Sie haben den Fall gelöst?«

»Eisler traf sich mit einem Mann namens Hector«, begann Connolly seine neue Geschichte. »Hispanier. Vielleicht Mexikaner – das wissen wir noch nicht. Kräftiger Kerl. Arbeiter. Hat es sogar geschafft, Arbeit auf dem Hügel zu bekommen – wahrscheinlich am Bau oder bei der Wartung. Auf jeden Fall kein Wissenschaftler. Eisler scheint sein einziger Kontakt gewesen zu sein, möglich, dass er deshalb versucht hat, was Neues auszukundschaften.«

»Wo ist er jetzt?«

»Er ist tot.«

»Tot?«

»Ich habe ihn getötet.« Connolly griff sich an den Verband auf seinem Kopf. »Eine Schlägerei. Sein Kopf hat Bekanntschaft mit einem Stück Metallschrott gemacht.«

»Sind Sie sicher, dass er es war?«

»Absolut. Deshalb ja die Schlägerei. Er wollte mich umbringen.«

»Hat er Ihnen etwas gesagt? Wer seine Freunde waren? An wen er das Material weitergegeben hat?«

Connolly schüttelte den Kopf.

»Wunderbar.«

»Er ist tot«, erwiderte Connolly sachlich. »Die Sache hört mit ihm auf.«

Groves seufzte. »Und jetzt?«

»Jetzt brauche ich eine Geschichte, die ich der Presse erzählen kann. Es war ein öffentlicher Streit. Ich würde sagen, wegen einer Frau. An so was sind die hier in der Gegend gewöhnt. Scherereien der Art gibt's hier jeden Samstag. Der Polizeichef von Santa Fe ist ein Freund von mir. Mit dem kann ich das hinbiegen. Aber Sie müssen Ihre eigenen Jungs zurückpfeifen. Ihr Freund Lansdale hat bereits das Netz nach mir ausgeworfen. Sie sollten ihn anrufen und ihm sagen, dass er die Finger von mir lassen soll. Ich bin direkt Ihnen unterstellt, wissen Sie das noch?«

Groves sah ihn an. »Erzählen Sie mir auch eine Geschichte?«

»General, ich arbeite für Sie.«

»Sie arbeiten für Ihr Land, Mister.«

»Und Sie beide bekommen, was Sie die ganze Zeit wollten. Sie hatten ein Sicherheitsleck, das ist jetzt gestopft, und keiner muss je was davon erfahren. Nur Sie und diejenigen, denen Sie es erzählen wollen. Ich an Ihrer Stelle würde es für mich behalten. Der Kerl, der's war, ist tot, und der Kerl, der ihm geholfen hat, ebenfalls. Und niemand weiß, warum sie tot sind. Nicht mal ihre Chefs. Ihr Fall ist abgeschlossen. Jetzt müssen Sie nur noch den Deckel zuklappen.«

Groves sah ihn nachdenklich an. »Sie werden es wieder probieren.«

»Vielleicht. Sie müssen dafür sorgen, dass es ihnen schwerfällt. Ich würde sagen, wir hatten Glück. Haben Sie wirklich geglaubt, sie könnten ein solches Projekt hundertprozentig unter Kontrolle haben? Tausende von Leuten? Sie wissen ein bisschen was, aber nicht alles. Es hätte viel schlimmer kommen können. Und sie wissen nicht, dass wir es wissen. Ein Pokerspieler würde für so was töten. Das machen sie doch in Deutschland gerade, nicht? Pokerspielen? Und Sie geben Ihrem Mann Signale.«

»Nein, Mr. Connolly«, entgegnete er und sah auf die Uhr. »In ungefähr einer Stunde werde ich ihm das Ass in die Hand geben.«

Connolly zögerte einen Augenblick. »Dann braucht er sonst nichts mehr.«

Groves sah ihn an. »Was denn zum Beispiel?«

»Ein Bagatelldelikt. Als solches hat es sich nämlich herausgestellt. Nichts weiter. Nicht genug, um Leute damit zu belästigen.«

»Wenn ich Sie recht verstehe –«

»Ist sonst nichts passiert. Eisler nicht. New York nicht. Nichts von alledem.«

»Warum?«

»Ich glaube, es ist das Beste. Für das Projekt.«

»Für das Projekt.«

»Ja«, sagte er und sah Groves direkt an. »Jetzt braucht niemand mehr Fragen zu stellen. Nicht, wenn sie das Ass haben.« Er hielt inne. »Sie haben diese Runde gewonnen.« Groves starrte ihn an. »Sie können sich auch gegen *Sie* wenden. Geben Sie ihnen einen Spionagefall, und sie nehmen Ihnen das Projekt weg.«

Groves stand bewegungslos da. »Ich habe mich immer an die Vorschriften gehalten, Mr. Connolly.«

Connolly wandte den Blick ab. »Ich nehme an, Sie wollen einen Bericht?«

»Was werden Sie schreiben?«

»General, ich schreibe ihn für Sie. Was wollen Sie lesen?«

Groves rührte sich noch immer nicht. Wie ein Fels stand er in der Hektik der überfüllten Kantine. »Papier ist wirklich geduldig«, sagte er schließlich und verlagerte sein Gewicht. »Ich will noch eine Unterredung, bevor wir das entscheiden.«

Connolly nickte.

»Offiziell waren Sie hier, um einen Mord zu untersuchen.«

Connolly nickte noch einmal. »In der Hinsicht hatten wir übrigens auch Glück. Unser mexikanischer Freund war ein Schwulenprügler. Wir hatten noch einen zweiten Fall, direkt auf dem Hügel. Das Opfer hat ihn identifiziert. Wenn nötig, kann ich ihn zu einer Zeugenaussage bringen, aber um ehrlich zu sein, mir wäre es lieber, wenn wir ihn aus dem Spiel lassen könnten. Sie wissen doch, wie nervös das die Jungs im G-2 macht – die fangen gleich an, jedem beim Duschen zuzuschauen, nur zur Sicherheit. Auf jeden Fall ist das Ihre Verbindung zu Karl, falls Sie die Geschichte aus diesem Blickwinkel darstellen wollen. Eisler muss überhaupt nicht mit ins Spiel kommen.«

Groves zog einen Schokoriegel aus der Tasche und sah ihn sich nachdenklich an, während er die Hülle zerdrückte. »Alles sauber und ordentlich, was?«, sagte er. »Kommt nicht oft vor, dass etwas so glatt aufgeht.«

»Fast nie.«

»Aber so ist es«, sagte er, was als Frage gemeint war.

»Und so will es auch jeder haben«, erwiderte Connolly und sah ihn gelassen an. »Das war es doch, was Sie schon bei unserer ersten Begegnung von mir verlangt haben, nicht?«

»Ich hätte nie gedacht, dass Sie es schaffen.«

»Ich hatte Glück, Vielleicht hatten wir beide Glück.«

Groves sah ihn an. »Warum habe ich immer das Gefühl, mit Ihnen Geschäfte zu machen?«

»Weil Sie kurz davor sind, eins abzuschließen. Sie müssen mir einen Gefallen tun.«

»Was für einen?«, fragte Groves vorsichtig.

»Ich habe zuvor schon gesagt, dass niemand außer Ihnen von dieser Sache weiß. Aber es gibt noch jemanden. Mich. Genau genommen bin ich der einzige, der im Licht der Öffentlichkeit steht. Ich habe einen Mann getötet. Ich werde das erklären müssen. Und ich werde alle dazu bringen müssen, genau das zu glauben, was wir sie glauben machen wollen – was mit Karl passiert ist, was mit Hector passiert ist, alles.«

»Aber Sie sagten doch –«

»Und ich werde es auch tun. Ich kann das sehr gut. Das Manhattan Project ist das bestgehütete Geheimnis des ganzen Kriegs. Es ist nie etwas passiert. Sie und Oppenheimer können jetzt den Applaus entgegennehmen. Sie haben ihn verdient. Doch für Sie wird der Krieg nie zu Ende sein. Jetzt nicht mehr. Vielleicht gefällt es Ihnen so. Aber ich will raus.«

Groves sah ihn verwirrt an. »Bitten Sie um Ihre Entlassung?«

Connolly lächelte. »Ich gehöre nicht zur Army, General.«

»Also?«

»Aber ich habe jetzt eine Akte. Ich möchte, dass Sie sie schließen.«

»Wie meinen Sie das?«

»Wie ich es gesagt habe. Verlieren Sie mich einfach irgendwo. Sie haben mich von Anfang an ausspioniert. Sie haben zwar nicht geglaubt, dass ich es schaffen würde, aber Sie konnten sich auch nicht darauf verlassen, dass ich es nicht würde. Deshalb haben Sie mich beobachten lassen. Aber den Beobachtern konnten Sie auch nicht trauen, also mussten die sich gegenseitig beobachten. Sie haben Ihre eigene Kettenreaktion laufen, und die wird jetzt nicht aufhören. Beobachten Sie Oppenheimer auch?«

»Das reicht«, sagte Groves wütend.

»Ihren Kumpel. Wie könnte es anders sein. Die würden ihn gern in die Finger bekommen, nicht? Das wäre ein schöner Fang.«

»Es gibt keinen Grund zu der Annahme –«

»Natürlich nicht. Aber jagen werden sie ihn trotzdem. Doch das ist eine Sache zwischen Ihnen und ihm. Nur jagen Sie *mich* nicht. Sie schließen diese Akte und ich die unseres Falles. Sauber und ordentlich, wie Sie sagen.« Er hielt inne. »Und noch eine. Die einer Frau. Sie wäre heute fast gestorben – gestern. Ich glaube, das sind Sie ihr schuldig.«

Groves runzelte die Stirn.

»Fragen Sie nicht, warum. Schließen Sie einfach auch ihre Akte. Der Geheimdienst wird sich sicher für sie interessieren, aber sie kann keine Probleme mehr brauchen. Löschen Sie uns beide.«

»Einfach so?«

»Sie schaffen das. Ich vertraue Ihnen.«

»Warum?«

»Weil Sie Geheimnisse sehr gut für sich bewahren können. Sehen Sie sich nur das hier an«, sagte er und breitete die Arme aus. »Eine ganze Stadt. Da ist das meine doch nur ein kleines Geheimnis.«

»Mr. Connolly«, erwiderte Groves mit übertriebener Geduld. »Wir sprechen hier von einem militärischen Projekt. Das bedeutet, dass es gewisse Prozeduren gibt –«

»Ja, ich weiß, Sie halten sich immer streng an die Vorschriften.

Doch die Vorschriften sind faul. Die werden Sie noch auffressen. Aber nicht mich.«

Groves kniff die Augen zusammen. »Man könnte meinen, Sie haben was zu verbergen.«

Connolly sah ihn direkt an. »Denken Sie nicht mal daran. Wenn Sie mir noch einmal diese Schnüffler auf den Hals hetzen – oder der Dame –, für die Presse wäre die Geschichte ein gefundenes Fressen. Egal, wie ich sie auch erzähle. Glauben Sie mir. Ich weiß es.«

»Wollen Sie mir drohen?«

»Nein, ich bitte Sie um einen Gefallen. Wir wollen beide raus aus dem Krieg.«

Groves zögerte, sah dann noch einmal auf die Uhr. »Ich habe keine Zeit, mit Ihnen zu streiten.« Dann sah er ihm in die Augen und fragte: »Haben Sie mir auch bestimmt alles gesagt?«

Connolly nickte. »Sie können die Akte schließen.«

Ein Lautsprecher unterbrach sie mit dem Wetterbericht, und sofort kam neues Leben in die Menge.

»Sie sollten jetzt besser auf diesen Hügel hoch, wenn Sie was sehen wollen«, sagte Groves. »Ich mache keine Geschäfte, Mr. Connolly. Das kann ich nicht.«

»Ihr Wort genügt mir.«

»Ich habe es Ihnen nicht gegeben.«

Connolly nickte noch einmal. »Übrigens, was ist eigentlich S 10 000?«

»Zehntausend Meter südlich. Des Spielzeugs«, antwortete Groves automatisch, von der Frage ein wenig aus dem Konzept gebracht. »Der Südbunker.« Er hielt inne. »Haben Sie das nicht gewusst?«

»General«, erwiderte Connolly. »Ich weiß überhaupt nichts.«

Als sie den Compania Hill erreichten, hatte der Wind sich gelegt, und die Luft war so still wie oft kurz vor Sonnenaufgang. Busladungen von Wissenschaftlern und Besuchern säumten den sandigen Grat und standen redend in Grüppchen zwischen Jeeps und Lastwagen beisammen wie Gäste einer Gartenparty. Einige schauten nach Südosten zu dem kleinen Turm hinüber, der in der Entfernung aufragte, und warteten auf das Aufblitzen der Signalraketen. *The rockets red glare,* dachte Connolly, *the bombs bursting* – hier erhält unsere Nationalhymne eine völlig neue, makabre Bedeutung. Jemand gab ihm einen Schweißerschutzschild, und hinter dem Bleiglas verschwand das spärliche Nachtlicht völlig. War das wirklich nötig? Wusste das irgendjemand? Einige Wissenschaftler hatten sich die Gesichter mit

Sonnenöl eingeschmiert, sodass ihre Haut glänzte. Er erkannte Teller, der eben schwere Schutzhandschuhe anzog wie ein braver Junge, der sich gegen die Kälte einmummelte. Sie waren zwanzig Meilen entfernt. Konnte es wirklich die Luft verbrennen, wie der Feuerball über Hamburg, der den Atem aus den Lungen saugte? Wie ein Bombenteppich? Aber das hier sollte ja etwas ganz anderes sein.

Die meisten Männer hatten die ganze Nacht hier ausgeharrt, waren steif geworden vor Kälte und vom Warten, und jetzt wurden sie still, hantierten mit Schutzbrillen, stampften sich die Füße warm. Es gab nichts mehr zu sagen. Die Kameras waren bei N 10 000 aufgebaut. Hier waren nur Menschen, die sich gespannt und erwartungsvoll auf einer sandigen Tribüne drängten, wie Römer bei einem Gladiatorenkampf. Connolly dachte an den Tag, als er den Technischen Bereich zum ersten Mal gesehen hatte, Sekretärinnen, die durch das Tor gingen, Männer, die zwischen den Labors hin und her eilten, als wären sie spät dran für eine Vorlesung, jeder viel zu beschäftigt, um stehenzubleiben, ein Endlosfilm. Jetzt endlich war alles zu Ende, und sie warteten darauf, dass ihre Arbeit, all diese Besprechungen und Kalkulationen, in Rauch aufging.

Mills gab ihm einen Thermosbecher mit Kaffee. »Es heißt, man soll nicht hinsehen«, sagte er. »Nicht mal aus dieser Entfernung. Was ist das?«

»Eine Signalrakete. Noch fünf Minuten.«

»Mein Gott, das geht einem durch und durch, nicht?«, sagte er erregt.

»Alles die Schutzbrillen aufsetzen«, rief jemand weiter unten.

»Zum Teufel damit«, sagte einer der Wissenschaftler aufgeregt. »Ich will es sehen. Und wenn's das letzte ist, was ich sehe.«

»Das könnte gut sein, Howard.« Eine raue, ungarische Stimme.

Connolly nahm seinen Schutzschild zur Hand. »Was ist denn los?«, fragte er Mills, der zitterte.

»Verdammt«, erwiderte er. »Ich muss pinkeln.«

Connolly grinste. »Drehen Sie sich einfach um. Ich werde nicht hinsehen.«

»Jetzt?«

»Ich sag's Ihnen schon, wenn Sie was verpassen.«

»Scheiße«, sagte Mills, drehte sich um und ging einen Schritt weg. Connolly hörte, wie ein Reißverschluss aufgezogen wurde, dann etwas auf den Boden plätscherte, und mit einem Lächeln fragte er sich, ob

Mills in vielen Jahren seinen Kindern in Winnetka wohl erzählen würde, dass er hatte pinkeln müssen, als das Spielzeug gezündet wurde, oder ob auch diese Geschichte würde umgeschrieben werden müssen.

Sonst schien niemand etwas zu bemerken. Alle standen stocksteif da und starrten geradeaus. Die zweite Rakete. Connolly bemerkte, dass Mills wieder neben ihm stand und sich mit seinem Schutzschild abmühte. Aber noch war nichts zu sehen. Schwarze Leere, das winzige Licht des Turms. Die letzte Minute verstrich. Aber es ging nicht los. Nichts rührte sich.

Plötzlich ein Nadelstich, weißer als Magnesium, dann war er geblendet vom Licht. Es durchzuckte seinen Körper wie ein Blitz, nahm allen Raum ein und schien sogar die Luft zu verdrängen. Nur das Licht. Er schloss eine Sekunde lang die Augen, aber es war noch da, dieses erstaunliche Licht. Sein Zentrum breitete sich aus, fraß die Luft, verwandelte alles in Licht. Was, wenn Fermi recht hatte? Wenn es nie aufhörte? Und Licht war Hitze. Körper würden schmelzen. Jetzt war es ein riesiger Ball, noch immer blendend, und er raffte die Wüste an seinem Fuß zu einem Rock zusammen, der ihn festhielt, wie eine *mesa,* die nur aus Licht bestand. Der Ball wuchs, wurde heißer, Spuren von Gelb, und plötzlich war er violett, gespenstisch und furchterregend, ein unirdisches Violett, wie noch kein Mensch es je gesehen hatte. Eislers Licht. Connolly blieb das Herz stehen. Er wollte sich abwenden, aber das hypnotische Licht ließ ihn erstarren. Er spürte, wie sein Mund sich zu einem stummen Schrei formte. Dann nahm das Licht Gestalt an, saugte die Erde in seine rollende, gleißende Wolke, formte daraus einen Stiel, der es am Boden festhielt.

Wie lange dauerte es, bis der Schall folgte? Die Stunden des Lichts waren nur Sekundenbruchteile, dann kam der Schall, der, von den Bergflanken widerhallend, durch das Tal auf sie zudonnerte und die Luft zerriss. Connolly hielt sich die Ohren zu und hätte beinahe aufgeschrien vor Schmerz. Wie war das in unmittelbarer Nähe der Explosion? Er schwankte benommen. Er nahm den Schutzschild ab, kniff die Augen zusammen und sah, wie die Wolke, quellend und sich an den Rändern einrollend, immer höher wuchs und der Stiel immer breiter wurde, bis die Wolke schließlich zu schwer wurde und alles sich in den formlosen Rauch mischte. Er starrte, ohne zu denken. Dahinter konnte er nun den schwachen Schimmer der Morgendämmerung erkennen, schüchtern hinter den Bergen, das Wunder der Natur auf eine Hintergrundbeleuchtung reduziert.

Er drehte sich zu Mills um, aber der war zu Boden gesunken, wie durch die Explosion von den Beinen gerissen, als hätte die Kraft zu stehen ihn verlassen. Seine Augen wirkten starr, wie hypnotisiert von dem kurzen Blick ins Übernatürliche. Connolly hörte Schreie, lautes Johlen und spontanen Applaus, und er drehte sich zu der Menge um. Wissenschaftler schüttelten sich die Hände oder umarmten sich. Jemand tanzte. Aber das war nur ein erster Reflex, denn gleich wurde alles wieder still und feierlich, die Leute starrten nur die Wolke an und fragten sich, was sie gesehen hatten. Er spürte die Haare an seinem Hinterkopf, den Drang zu schlucken, sich seines Körpers zu versichern. Was hatte er gedacht, wie es sein würde – eine größere Explosion, ein gigantischer Scheiterhaufen? Die ganze Zeit auf dem Hügel hatten sie in Euphemismen gesprochen. Was war es denn mehr als eine größere Version der Schrecklichkeiten, die sie bereits kannten? Ein schärferer Speer? Ein besserer Bogen? Aber jetzt hatte er es gesehen. Nicht nur eine Waffe. Er spürte, wie er zitterte. Oppenheimer musste es gewusst haben. Vielleicht wusste es niemand. Es hatte noch keinen Namen. Nicht Tod. Die Menschen hatten Vorstellungen vom Tod. Pyramiden und Sündenvergebung und Reisemetaphern. Doch als er jetzt diese Wolke in der Wüste sah, wusste Connolly, dass nichts davon stimmte, dass all diese Vorstellungen, alles, was die Menschen zu wissen glaubten, nichts waren als umgeschriebene Geschichten, die die Bedeutungslosigkeit kaschierten. Dies war das wirkliche Geheimnis. Auslöschung. Nichts anderes. Ein chemischer Impuls, der sich schließlich in violettes Licht auflöste. Keine Geschichten. Jetzt werden wir nie mehr ohne Angst sein.

Er hörte ein Würgen und sah zu den Transportern hinüber, wo einer der Wissenschaftler vornübergebeugt an einer Motorhaube lehnte und sich übergab. Die plötzliche Lösung einer lang angestauten Spannung. Vielleicht der erste der Albträume, die folgen würden. Die Männer in seiner Nähe wandten sich ab.

Nach einer Weile begannen die ersten, in die Busse zu steigen für die lange Rückfahrt nach Los Alamos. Am Abend würde es eine Party geben. Der Rhythmus der Normalität würde sich wieder einstellen, denn sonst müssten die Leute sich der Angst stellen. Im Morgenlicht sahen die Männer abgespannt und erschöpft aus, blass unter dem glänzenden Sonnenöl, die Gesichter stoppelig. Sie scharrten unruhig mit den Füßen, wie Gäste einer langen Party, die nun endlich reif waren fürs Bett. Aber Connolly konnte sich nicht bewegen. Dies hier war ihr Werk. Die Wolke löste sich langsam auf. Er stand da und sah zu, wie sie in der Atmosphäre verwehte, er rührte sich nicht, bis er so tun konnte, als hätte es sie nicht gegeben.

Mills, der noch immer benommen und abwesend wirkte, fuhr ihn wortlos ins Basislager zurück. Hier, am äußeren Rand der Explosion, lagen verbogene Metallteile herum und pulverisierter Schutt. Näher am Zentrum gab es überhaupt nichts mehr. Der Morgen war wunderbar, fast wie zum Trotz. Mittags würde Trinity wieder in der Hitze schmoren und die Wüste flimmern wie bei seinem ersten Besuch, aber alles würde tot sein. Connolly starrte in die Landschaft. Er war so erschöpft wie die Wissenschaftler und fragte sich, warum er hierhergekommen war. Alles, was ihn betraf, schien jetzt so unwichtig. Dies konnte nie geheim bleiben, warum also die ganze Aufregung? Ein Mord war aufgeklärt. Würde das Oppenheimer etwas bedeuten? Und doch war es Oppenheimer, den er jetzt sehen wollte. Eine letzte Sache.

Daniel hatte er ganz vergessen. Sie kamen an Soldaten vorbei, die in der Wüste im Umkreis der Basis Sensoren und Messgeräte einsammelten, und standen dann unschlüssig im Lager herum, weil sie nicht recht wussten, was sie nun tun sollten. Als der Mann auf ihn zukam, wusste er im Augenblick gar nicht, um wen es sich handelte. Das Projekt hatte ihn altern lassen. In Connollys Erinnerung war er jung, ein sanfter Student. Jetzt war sein Gesicht scharf und streng, als hätte die Explosion seine Haut gespannt und die hervorstehenden Wangenknochen und den hohen Haaransatz eines älteren Mannes hinterlassen.

»Oppie sagt, Sie wollen mich sehen.«

»Ja«, erwiderte Connolly, zuerst überrascht, dann verlegen. Er wirkte wie eine Gestalt aus der Zeit davor, als alle Einzelheiten wichtig waren. »Ich dachte mir, Sie brauchen eine Fahrgelegenheit. Ins Krankenhaus.«

»Sie sind sehr fürsorglich«, sagte er steif.

»Sie glaubt, dass Sie bereits unterwegs sind«, sagte Connolly. »Sie wird sich Sorgen machen. Sie können ihr sagen, dass die Basis abgeriegelt war. Das stimmt ja auch.«

Pawlowski kniff die Augen zusammen. »Sie waren doch bei ihr. Reicht ihr das nicht?«, fragte er, und seine Stimme klang unerwartet bissig.

»Sie hat nach Ihnen verlangt«, erwiderte Connolly ruhig. »Hören Sie auf, ihr die Schuld zu geben.«

»Ich gebe ihr keine Schuld. Ihnen gebe ich die Schuld.«

Connolly zuckte die Achseln. »Wollen Sie mich schlagen? Es ist eine gute Zeit dafür. Ich kann Ihnen versichern, ich werde nichts spüren.«

»Sind Sie deshalb gekommen? Um zu kämpfen?«

»Nein, ich bin hier, um Ihnen zu helfen.«

»Mir helfen?«

»Mills da drüben kann Sie fahren«, sagte er und nickte in Richtung des Autos. »Sie würden es sich nie verzeihen. Was wollen Sie denn? Mit mir abrechnen? Ich bin unwichtig.«

Pawlowski schaute zum Auto hinüber und sah dann wieder Connolly an. »Wenn das nur stimmen würde«, sagte er müde und sackte ein wenig zusammen. »So so. Ein Auto also. Ist das in Amerika so üblich?«

»Es ist nur ein Auto.«

»Und Sie glauben, ich nehme das von Ihnen an?«

»Es ist nur ein Auto«, wiederholte Connolly. »Fahren Sie einfach zu ihr. Sie muss Sie sehen.«

»Damit sie mir alles gestehen kann? Das schlechte Gewissen. Ich weiß bereits alles, Mr. Connolly. Ich habe es immer gewusst. Sie. Die anderen. Glauben Sie, Sie sind der erste?«

»Aber Sie sind bei ihr geblieben.«

Pawlowski schwieg einen Augenblick. »Ja«, sagte er dann leise. »Ich bin geblieben. Sie fragen sich, wie das möglich ist.«

»Nein. Ich glaube, dass Sie sie lieben.«

Pawlowski starrte ihn aus vor Erschöpfung stumpfen Augen an. »Warum sind Sie hierhergekommen?«

Connolly schwieg.

»Nun gut. Es ist vorbei. Jetzt die Entschuldigungen.«

»Nein, es ist nicht vorbei«, erwiderte Connolly mit Nachdruck.

Pawlowski ging auf das Gebäude zu und lehnte sich niedergeschlagen an die Wand. »Sie will mich verlassen?«

»Sie will, dass Sie sie gehen lassen.«

Er sah zu Boden, dann wieder hoch zu Connolly, und ein letzter Zorn flammte in ihm auf. »Für Sie? Und ich habe wohl gar keine Gefühle in dieser Sache. Glauben Sie das?«

»Nein«, sagte Connolly ruhig.

Einen Augenblick lang schwieg Pawlowski und starrte die trocknende Straße an. »Ich hatte recht«, sagte er schließlich. »Sie sind nicht wie die anderen. Reicht es Ihnen nicht, einfach nur zu nehmen? Sie wollen – was? Einen Kollaborateur?«

»Ich will, dass sie glücklich ist. Und sie wird nicht glücklich sein, wenn sie Sie verletzt.«

»Dann wollen Sie also, dass ich heuchle?«

»Manchmal ist es besser.«

Pawlowski sah ihn an, und der Anflug eines ironischen Lächelns huschte über seine Lippen. »Als die Wahrheit? Ja«, sagte er langsam. »Vielleicht. Wissen Sie, ich habe mir jedes Mal gedacht: Warum bin ich ihr nicht genug? Jedes Mal.« Er löste sich von der Wand, richtete sich auf. »Ist es Ihnen peinlich? Das zu hören? Wollen Sie, dass ich auch vor Ihnen heuchle?«

»Tut mir leid«, sagte Connolly.

»Vielleicht ist es eine Erleichterung für mich, es wenigstens einmal sagen zu können.« Er wandte sich zum Gehen. »Emma ist keine Gefangene. Sie kann tun, was sie will.« Er sah in die Wüste hinaus, zum Explosionszentrum. »Ist wohl jetzt auch nicht mehr so wichtig.«

»Für sie schon. Helfen Sie ihr.«

Er sah Connolly direkt in die Augen und dann zu Mills hinüber. »Ach ja«, sagte er müde. »Das habe ich ganz vergessen. In Amerika gibt es immer ein Happy End. Das ist besser als die Wahrheit. Hier wird einem sogar ein Auto mit Fahrer gestellt.« Er machte einen Schritt, drehte sich dann noch einmal um. »Aber eigentlich bleibt das Ende immer offen, wissen Sie? Sogar hier.« Er wandte sich ab, deutete dann auf einen Jeep weiter unten an der Straße. »Der da muss zum Bunker zurück. Können Sie den für mich hinbringen?«

Connolly nickte.

»Einfach geradeaus. Sie können ihn nicht verfehlen. Sonst ist nichts mehr da.«

Connolly sah ihm nach, wie er mit schweren Schritten zum Auto ging, die hintere Tür öffnete, Mills zunickte und, ohne sich noch einmal umzudrehen, einstieg.

Auf der Straße nach S 10 000 herrschte reger Verkehr, Besucher, die von ihrem Beobachtungsposten zurückkehrten, und Soldaten, die immer noch Sensoren einsammelten. Er entdeckte Oppenheimers Hut vor der Tür der Kontrollstation, wo er aus einem Meer von Köpfen herausragte. Jemand machte eben ein Foto. Er stellte den Jeep ab, und weil er nicht stören wollte, blieb er ein paar Minuten sitzen und starrte auf das Ödland hinaus. Als die Gruppe sich auflöste, entdeckte Oppenheimer ihn und kam auf ihn zu. Sein Gesicht war nicht mehr ganz so blass, als hätte die Aufregung eine Röte verursacht, die erst langsam abklang.

»Können Sie mich fahren?«, fragte er.

»Sicher. Wohin?«

»Da raus«, antwortete er und deutete in Richtung des Explosionszentrums. »Ich muss ein bisschen weg von allem. Es ist ziemlich sicher.« Er hielt inne. »Glauben wir zumindest.«

Die geteerte Straße endete kurz hinter dem Bunker. Auf der toten Erde bemerkte Connolly kleine Stücke, die aussahen wie grünes Glas.

»Der Sand ist geschmolzen. In der Hitze«, sagte Oppenheimer gelassen.

Sie hatten kein Ziel. Irgendwann blieben sie einfach stehen, stiegen aus und schauten in die leere Wüste hinaus. Kein Geräusch war in dieser neuen Stille zu hören, nicht einmal das leise Scharren von Reptilien oder das Summen von Insekten. Oppenheimer stand bewegungslos da und starrte ins Nichts.

»Das Schlimmste ist – ich habe mich gefreut«, sagte er plötzlich, mit abgewandtem Gesicht. »Als es explodierte. Es hat funktioniert.«

Connolly senkte den Kopf und starrte ihre langen Schatten an, die das Morgenlicht auf den Boden warf. »Man wird Ihnen die Schuld geben«, sagte Connolly.

Oppenheimer drehte sich langsam zu ihm um und sah ihn überrascht an. »Glauben Sie? Prometheus?«

»Nein. Das Feuer war ein Geschenk. Das hier ist ein Fluch.«

Oppenheimer schwieg einen Augenblick. »Das muss es nicht sein. Es muss nicht unbedingt – dies hier sein«, sagte er und breitete die Arme aus.

»Auf jeden Fall ist es das Ende des Kriegs. Sie werden es jetzt nicht mehr wagen.«

Oppenheimer sah zu Boden. »Sie sind ein Optimist, Mr. Connolly. Dasselbe hat Alfred Nobel auch über Dynamit gesagt. Er hat sich geirrt.«

»Ich nicht.«

»Wir werden sehen. Ich hoffe es. Das wäre doch was – schuld zu sein am Ende des Krieges.«

»Zuerst wird man Sie mit Ehren überhäufen. Und dann –«

Oppenheimer sah ihn an, und Connolly merkte, dass das gewohnte ironische Funkeln aus seinen Augen verschwunden war.

»Steigen Sie aus, solange Sie noch können«, sagte Connolly.

»Nach dem hier?«, fragte Oppenheimer und sah sich noch einmal um. »Wollen Sie, dass ich den Generälen die Verantwortung überlasse?«

»Nein«, sagte Connolly widerstrebend. »Das können Sie nicht.« Er wandte sich ab und trat nach den grünen Stückchen im Sand. »Wie auch immer, es hat funktioniert. Zahlen auf Papier. Sie haben es gefunden. Ist es so, wie Sie es erwartet haben?«

»Es wartete darauf, gefunden zu werden, Mr. Connolly. Ein Problem.« Dann lächelte er leicht. »Wie Ihres, vielleicht. Das auch nur darauf wartete, gelöst zu werden. Sie sagten, Sie haben es gelöst. Haben *Sie* gefunden, was Sie erwartet haben?«

»Ich habe überhaupt nichts erwartet«, erwiderte Connolly. »Ich wollte nur wissen.«

»Ja«, sagte Oppenheimer, mehr zu sich selbst. »Mehr wollte ich auch nie.«

Er ging ein Stück und zündete sich eine Zigarette an. »Und was ist nun herausgekommen? Sie wollten es mir sagen.«

»Groves wird Ihnen die Einzelheiten berichten. Ein hispanischer Arbeiter auf dem Hügel war der Kontakt. Aber es gibt etwas, das er nicht weiß.«

Oppenheimer hob fragend die Augenbrauen.

»Er arbeitete für Hannah Beckman. Sie war Eislers Kontakt.«

»Hannah«, wiederholte er verständnislos, als hätte er sich verhört.

»Ihre alte Freundin.«

»Wir sind zusammen ausgeritten. Als ich damals auf die Ranch kam. Aber das ist unmöglich – Hannah? Sie war doch absolut unpolitisch.«

»Es ist möglich. Sie war es.«

Oppenheimer ließ das auf sich wirken. Nach einer Weile sagte er: »War?«

»Sie sind beide tot. Es ist nicht nötig, dass irgendjemand von ihr erfährt.«

Oppenheimer sah ihn neugierig an. »Warum?«

»Weil Sie in ein offenes Messer laufen würden. Sie sind sowieso schon hinter Ihnen her. Und die Geschichte könnte Sie den Kopf kosten. Sie würden ihnen die Waffe in die Hand geben, Sie und Eisler. Wenn herauskommt, dass das Projekt von alten Freunden von Ihnen verraten wurde, werden sie bis nach Washington Blut wittern. Die Wahrheit ist dann unwichtig. Sie werden Sie zerstören.«

Oppenheimer sah ihm in die Augen, und die alte Intensität flackerte wieder auf. »Ihnen zufolge werden Sie das sowieso tun.«

»Mit meiner Hilfe nicht.«

Oppenheimer lächelte unwillkürlich und runzelte dann die Stirn. »Dann soll ich einfach – gar nichts sagen?«

»Sie wissen überhaupt nichts davon. Sie haben nie ein Wort gehört.«

»Sie wollen die Geschichte umschreiben.«

»Nur ein wenig. Was Sie an Geschichte gemacht haben, ist mehr als genug. Jetzt ändern Sie nur ein kleines Stückchen für sich selbst.«

Oppenheimer sah ihn nachdenklich an. »Warum tun Sie das?«

»Weil ich Ihnen Probleme ersparen will. Ich glaube, wir brauchen Sie noch.«

Oppenheimer schwieg einen Augenblick und nickte dann. »Danke.«

»Schon gut«, erwiderte Connolly, sah ihm in die Augen und erwiderte sein Nicken. Dann bückte er sich verlegen und hob eine kleine Scherbe geschmolzenen Sands auf. »Wir sollten jetzt zurück. Es ist ein großer Tag für das Projekt. Sie wollen doch nichts davon verpassen.«

»Ja«, erwiderte Oppenheimer müde. »Ich habe mich gefreut«, wiederholte er, noch immer über sich selbst verwundert, und streckte dann den Arm aus. »Der Turm war da drüben. Er ist einfach verdampft. Können Sie sich das vorstellen?« Er sah sich gedankenverloren um. »Alles ist tot.«

Connolly wartete.

»Wir werden es auf Menschen anwenden.«

»Ich weiß. Einmal.«

»Zweimal«, korrigierte ihn Oppenheimer. »Es gibt zwei. Das hat mir der General gleich nach der Explosion gesagt. ›Zwei solche und der Krieg ist vorüber.‹«

»Warum nicht nur eine?«

»Wir haben nur das Plutoniumspielzeug getestet«, antwortete er, jetzt wieder ganz Wissenschaftler. »Die Uranbombe –« Er unterbrach sich und zuckte die Achseln. »Ich glaube, er will sie zu Tode erschrecken.«

Sie gingen auf den Jeep zu.

»Im Gedächtnis bleiben wird *das* hier«, sagte Oppenheimer mit einem letzten Blick auf die Trostlosigkeit. »Alles andere nicht. Sie werden sich fragen, was wir die ganze Zeit gemacht haben. Was werde ich ihnen dann sagen?« Er hielt inne. »Mein Gott, ich war in meinem Leben nie glücklicher.«

»Nicht nur Sie. Jeder.«

Oppenheimer warf ihm einen Blick zu. »Ja«, sagte er. »Die schönste Zeit unseres Lebens. Aber es wird unangebracht sein, sich daran zu erinnern. Dass wir Freude daran hatten.« Er hielt inne. »Bei Gott, es stimmt.«

Einen Augenblick lang glaubte Connolly, er bräche zusammen, als würde sein magerer Körper schließlich unter der Last dieses Widerspruchs zerbrechen.

»Die Menschen machen komische Sachen, wenn sie zu Tode erschrocken sind. Ich mache mir Sorgen um Sie«, sagte Connolly, der die Vertrautheit in seiner Stimme nun nicht mehr unterdrücken konnte. Er betrachtete die zerbrechliche Gestalt neben sich, die hohlen Wangen und den bangen Blick, und plötzlich wünschte er sich, Oppenheimer stünde noch immer an seiner Tafel in Göttingen und grübelte über Rätseln.

»Ich mache mir Sorgen um uns alle.«

»An so viele kann ich nicht denken. Im Augenblick mache ich mir nur Sorgen um Sie.«

Aber Oppenheimer hatte sich wieder gefangen und wandte sich bereits dem größeren Problem zu. »Der Schrecken wird nicht von Dauer sein«, sagte er. »Ein wenig Wissen ist eine gefährliche Sache. Viel nicht. Vielleicht ist es das, was wir brauchen – so viel zu wissen. Damit sich etwas ändert.«

»Es wird nichts ändern. Man wird Sie hassen, weil Sie es versucht haben.«

»Nun ja –«, sagte er und sah dann Connolly an, ein beinahe unbeschwertes Funkeln in den Augen. »Wissen Sie, Mike, das Problem mit Ihnen ist, dass Sie den Leuten nicht trauen.«

Connolly wurde rot. Es war das erste Mal, dass Oppenheimer ihn beim Vornamen genannt hatte, und es überraschte ihn, auch seine Freude darüber.

»Manchmal muss man es einfach«, sagte Oppenheimer eben.

Und Connolly hatte das Gefühl, dass er ihn verlor, dass er abschweifte und sich von seinem neuen Theorem nicht mehr ablenken lassen wollte.

»Denen nicht«, sagte Connolly eindringlich und fasste ihn am Ellbogen, als wollte er ihn verankern. »Sie kennen sie nicht. Die können jetzt nicht aufhören. Sie müssen vorsichtig sein. Sie müssen sich schützen.«

Oppenheimer ließ den Blick über das Gelände schweifen. »Wie macht man das?«, fragte er. Dann sah er auf Connollys Hand hinab und zog sanft seinen Ellbogen weg. »Wissen Sie, vielleicht täuschen Sie sich ja.«

»Ich täusche mich nicht.«

Oppenheimer sah ihn mit müden und wissenden Augen an. »Nun ja, wir werden sehen«, sagte er. »Ich will das Beste hoffen.«

Anmerkung des Autors

Los Alamos blieb bis ins Jahr 1957 eine von der Außenwelt abgeschottete Gemeinschaft und bis 1962 unter Regierungskontrolle. Inzwischen ist es eine Stadt mit 11 000 Einwohnern, und der provisorische Ort, wie er in diesem Buch geschildert wird, ist längst neuen Gebäuden und Straßen im Technischen Bereich gewichen, nur der Ashley Pond ist noch so, wie er war. Obwohl ich versucht habe, den damaligen Alltag in Kriegszeiten möglichst detailgetreu zu beschreiben, sind doch die Ereignisse in diesem Roman Fiktion. Auch die Personen mit den aus der Realität bekannten Namen existieren hier nur in der Vorstellung. 1995 veröffentlichte die *National Security Agency* Teile ihrer Sammlung entschlüsselter sowjetischer Geheimbotschaften, die in den 40er Jahren abgefangen wurden. Sie deuten darauf hin, dass die sowjetischen Bemühungen, das *Manhattan Project* zu unterwandern, viel umfangreicher und intensiver waren, als die Spionageprozesse der frühen 50er Jahre es vermuten ließen. Die *New York Times* berichtete, dass bis zu zweihundert sowjetische Spione daran beteiligt waren, von denen viele noch immer nicht identifiziert sind. Wie viele sich in Los Alamos selbst aufhielten, ist unbekannt.

DIE ZEIT

KRIMI-ANALYSE

Roman und Realität

Los Alamos anno 1945

von Gero von Randow

Vor 65 Jahren, am 16. Juli 1945, explodierte die erste Atombombe. Sechs Jahre zuvor hatten einige weltberühmte Physiker, unter ihnen Albert Einstein, Amerikas Regierung aufgefordert, eine derartige Waffe zu bauen, nachdem sie von Atomwaffenplänen der Nazis gehört hatten.

»Trinity« hieß diese Ankündigung eines neuen Zeitalters, »Dreifaltigkeit«. Sie detonierte unweit von Alamogordo, einer Kleinstadt im Bundesstaat New Mexico. Die Vereinigten Staaten hatten noch zwei weitere Bomben übrig, mit denen sie am 6. und 9. August 1945 die japanischen Städte Hiroshima und Nagasaki vernichteten.

Keine drei Jahre hatte es gebraucht, Trinity und ihre zwei Geschwister zu entwickeln. Tausende Wissenschaftler und Ingenieure hatten an dem Projekt gearbeitet, verteilt über Labors im ganzen Land. Nach seinem ursprünglichen Hauptquartier, am Broadway in New York gelegen, hieß es »Manhattan Project«. Im Jahr 1943 zog die Leitung nach New Mexico um; dort war ein geheimer Laborkomplex entstanden, mitsamt einer Siedlung für die Mitarbeiter, deren Name ebenfalls in die Geschichte eingehen sollte: Los Alamos, Schauplatz des Krimis von Joseph Kanon und noch heute Sitz eines Großforschungszentrums der Vereinigten Staaten.

Die Arbeitsteilung war extrem, die Verteilung des Wissens ebenso: »Need to know« hieß das Prinzip, dem zufolge jeder Beteiligte nur zu jenen Informationen Zugang hatte, die er für seine Arbeit unmittelbar benötigte. Dieses Prinzip der Geheimhaltung ist in der Zeit der modernen Massenarmeen entstanden. Es war auch ein Militär, der das Manhattan Project leitete, General Leslie Groves; er wird in diesem Roman kenntnisreich porträtiert, ebenso wie der wissenschaftliche Leiter J. Robert Oppenheimer.

Schon 1942, als Los Alamos noch nicht existierte, versuchten sowjetische Spione, Oppenheimer anzuzapfen. Irgendwoher mussten sie erfahren haben, dass er an der Universität von Berkeley mit Vorstudien zum Bombenbau beschäftigt war. In der Tat hatte es der russische Geheimdienst auf das Manhattan Project abgesehen, und Kanons Roman beschreibt seine Vorgehensweise, ebenso seine Stärken und Schwächen, sehr authentisch – soweit man das überhaupt kann. Bis auf den heutigen Tag ist nicht bekannt, wie viele russische Spione es schafften, direkt in Los Alamos zu arbeiten; ganz gewiss weiß man es nur von dreien: David Greenglass, Theodore Hall und Klaus Fuchs.

Greenglass war Kommunist; seine Schwester war jene Ethel Rosenberg, die zusammen mit ihrem Mann Julius 1953 in New York wegen Atomspionage für die Russen in einem Prozess, der damals die ganze Welt erregte, zum Tode verurteilt wurde. In Los Alamos arbeitete Greenglass, ein begabter Metalltechniker, an Gussformen der sogenannten Linsen für die Implosionsbombe. Das ist eine Atombombe, in der chemische Explosivsstoffe einen Kern aus Plutonium dermaßen zusammenpressen, dass eine »superkritische Masse« entsteht; in ihr sitzen genügend spaltbare Atomkerne so dicht beieinander, dass eine einzelne Atomspaltung im Durchschnitt mehr als eine weitere Spaltung bewirkt. Für derartige Bomben genügt es freilich nicht, Kernsprengstoff mit chemischem Sprengstoff zu ummanteln, denn dessen Explosionswellen können einander in die Quere kommen und die Oberfläche der Kernsprengstoffmasse derart verformen, dass sie sogar umfangreicher wird als zuvor. Die Stoßwellen der chemischen Zündungen müssen vielmehr auf das Zentrum hin gebündelt werden, und das geschieht mithilfe von Kombinationen unterschiedlicher Plastiksprengstoffe, die in spezielle geometrische Formen gegossen wurden – sie werden »Linsen« genannt, denn ihre Funktion ist derjenigen optischer Linsen ganz ähnlich. Von diesen Linsen ist auch in Kanons Krimi zu Recht mehrfach die Rede, da ihre Herstellung zu den schwierigsten Problemen in Los Alamos gehörte. Nach heutigem Wissen konnte Greenglass den Russen allerdings nicht viel verraten, wohl auch deshalb, weil es ihm an wissenschaftlichen Kenntnissen mangelte.

Das war im Fall des Physikers Theodore Hall schon anders. Auch er war an Arbeiten zum Studium der Implosionsbombe beteiligt. Hall war ebenfalls Kommunist, genauso wie der berühmteste der drei Spione, Klaus Fuchs, ein deutscher Flüchtling und brillanter Physiker, der den Russen das komplette Design der Trinity-Bombe verriet. Doch Blaupausen allein ermöglichen noch nicht den Bau einer Bombe. Um zu verstehen, wo die praktischen Schwierigkeiten liegen – auch für nukleare Aspiranten von heute, etwa Iran –, ist es lohnend, sich ein wenig mit dem Aufbau einer Atombombe zu beschäftigen.

Die kleinste Einheit eines chemischen Elements (wie zum Beispiel Wasserstoff oder Uran) ist das Atom. Es besteht, vereinfacht gesagt, aus einem Kern und einer Hülle. Die Hülle dürfen wir uns als Aufenthaltsraum der Elektronen vorstellen. Das sind elektrisch negativ geladene Teilchen, wie sie auch durch Stromleitungen fließen. Der Atomkern wiederum besteht aus zwei verschiedenen Sorten Teilchen: positiv geladenen Protonen und elektrisch neutralen Neutronen.

Protonen und Neutronen fasst man auch unter dem Begriff Nukleonen zusammen (von lat. nucleus = der Kern). Die Anzahl der Protonen im Kern eines Atoms ist seine sogenannte Ordnungszahl, die Anzahl der Nukleonen seine Massezahl. Das chemische Verhalten eines Atoms wird durch die Anzahl seiner Elektronen bestimmt, die im Normalfall mit der Zahl der Protonen übereinstimmt, also der Ordnungszahl.

Es gibt Atome mit gleicher Ordnungs- und unterschiedlicher Massezahl: Solche Geschwister heißen Isotope. Uran hat mehrere Isotope, und im Folgenden ist von zwei politisch wichtigen die Rede: Uran-235 und Uran-238, abgekürzt U-235 und U-238.

Da beide die gleiche Anzahl von Protonen aufweisen (Ordnungszahl 92), verhalten sie sich chemisch gleich, sind also mit chemischen Verfahren nicht voneinander zu trennen. Das aber ist ein Problem für Bombenbauer, denn lediglich U-235 ist der gesuchte Spaltstoff. In der Natur vorgefundenes Uran enthält davon nur 0,7 Prozent, dafür aber 98 Prozent U-238. Für eine Bombe ist eine Anreicherung auf mindestens 20 Prozent U-235 vonnöten, für eine wirklich zuverlässige müssen gar 80 Prozent erreicht werden.

Vor diesem Problem stand auch das Manhattan Project. Viele Anreicherungstechniken wurden erwogen, Zentrifugen zum Beispiel. Mit ihnen lässt sich die Sahne aus der Milch gewinnen, warum also nicht U-235 aus Natururan? Schließlich kann man ja eine gasförmige Uranverbindung namens Uranhexafluorid herstellen, die man dann nur noch zu schleudern braucht ... Aber in der Praxis klappte es eben nicht recht. Der Gewichtsunterschied der beiden Isotope ist minimal, und damals ließen sich ausreichend präzise arbeitende Zentrifugen noch nicht herstellen, es fehlte an geeigneten Materialien und an der notwendigen Steuerungstechnik. Heute ist das anders: Es sind Kompositwerkstoffe und elektronische Komponenten verfügbar, die eine Anreicherung mit Zentrifugen erlauben.

Zugleich wurde im Manhattan Project mit Gasdiffusion und elektromagnetischer Trennung experimentiert. Im ersten Fall wird ein Urangas in eine Kammer mit poröser Wand geleitet. Die leichteren Isotope durchdringen die Wand schneller als die schwereren, weshalb diese sich aufkonzentrieren. Wiederholt man den Vorgang vieltausendmal, dann lässt sich eine militärisch nutzbare Anreicherung bewerkstelligen. Eine Fabrik mit dieser Technik wurde von 1943 bis 1945 tatsächlich errichtet, in Oak Ridge, Tennessee.

Die elektromagnetische Trennung nutzt wiederum die unterschiedliche Trägheit der Isotope aus. Man lässt im Prinzip einen Strahl elektrisch geladener (ionisierter) Uranatome durch ein elektromagnetisches Feld sausen, das die Isotope unterschiedlich stark von ihrer ursprünglichen Bahn ablenkt. Derartige Maschinen wurden »Calutrons« genannt und in Oak Ridge dafür benutzt, das aus einer Diffusionsanlage stammende Uran weiter aufzukonzentrieren.

Alles das kostete die ersten Bombenbauer unermessliche Anstrengung. Sie mussten viele praktische Erfahrungen sammeln, neues Labor- und Werkstattwissen, Tricks, Kniffe und Routinen, die bis heute in keinem Lehrbuch stehen – und die auch kein Spion einfach abkupfern und weiterreichen konnte.

Gegen die Urananreicherung nahm sich die Konstruktion der Uranbombe selbst beinahe einfach aus. Sie musste nicht einmal getestet werden, es war klar, dass sie funktionieren würde. Es genügte, eine unterkritische Masse an Bombenuran mit einer zweiten zu beschießen, sodass eine superkritische Masse entstand; das war das sogenannte Gun-Type-Design.

Große Mengen geeigneten Bombenurans konnten die Vereinigten Staaten damals allerdings nicht herstellen. Daher konstruierten sie zur gleichen Zeit eine Plutoniumbombe, an der auch David Greenglass mitarbeitete: Hier war weniger die Beschaffung des Sprengstoffs das Problem als die Konstruktion der Waffe selbst.

Der Spaltstoff solcher Bomben, Plutonium vom Typ Pu-239, entsteht in Kernreaktoren. In Oak Ridge sowie am Standort Hanford (im Bundesstaat Washington) wurden zu diesem Zweck Reaktoren betrieben. Allerdings fallen in Reaktoren auch andere Plutonium-Isotope an, insbesondere das Isotop Pu-240, das schnell zerfällt und eine starke Neutronenquelle ist; es führt zu vorzeitigen Kettenreaktionen, nicht aber zu einer starken Explosion. Wieder hatte man ein Problem der Mischung, wie bei U-235 und U-238, das aber diesmal durch Trennung nicht zu lösen war. Denn die ist viel zu aufwendig, der Gewichtsunterschied zwischen Pu-239 und Pu-240 ist zu gering. Das

Problem musste anders gelöst werden: durch ein Bombendesign, das eine superkritische Masse so schnell entstehen ließ, dass die Bombe nicht vorzeitig zündete, also durch eine Implosionsanordnung. Doch so viel war klar: Diese Bombe musste – im Gegensatz zur Uranbombe – auch getestet werden. Daher der Versuch vom 16. Juli 1945. Die Deutschen waren zu diesem Zeitpunkt schon besiegt.

Doch der Zweite Weltkrieg dauerte fort. Die Japaner fügten den Amerikanern fürchterliche Verluste zu, allein im Kampf um Okinawa waren es 12 500 GIs, und der Blutzoll einer Invasion drohte unermesslich größer zu werden. So sahen es auch die Briten. Jetzt aber, nachdem die Vernichtungskraft der neuen Waffe offenbar wurde, erspähten Amerikas Präsident Harry Truman und Englands Premierminister Winston Churchill einen Ausweg, wie sie später sagten. In Churchills Worten: »Jetzt war dieser Alb vorüber, und an seine Stelle trat die helle und tröstliche Aussicht, ein oder zwei zerschmetternde Schläge könnten den Krieg beenden.«

Aber wäre eine Invasion Japans überhaupt nötig gewesen, um den Krieg auf konventionelle Weise zu beenden? Bis heute wird darüber gestritten, ob Japan nicht schon kapitulationsreif war und stattdessen ein anderes Motiv zu der Entscheidung führte, die Bomben über Hiroshima und Nagasaki zu zünden: Die Russen hatten angekündigt, in den Krieg gegen Japan einzutreten, und im Westen war man sich bereits darüber einig, dass nach dem Fall Berlins der nächste große Feind Moskau heißen würde. Vieles deutet darauf hin, dass die beiden japanischen Städte dafür herhalten mussten, dem Kommunismus Einhalt zu gebieten.

Eine ganze Reihe führender Wissenschaftler in Los Alamos, die den Bau der Bombe wegen der Nazis befürwortet hatten, waren mit dieser Entwicklung nicht einverstanden; in jene Zeit fällt der Beginn einer eigentlich paradoxen Bewegung: Atomwissenschaftler plädieren für die nukleare Abrüstung. Joseph Kanon beschreibt die ersten Anfänge der kritischen Abkehr vom Manhattan Project sehr einfühlsam. In der Tat verließen etliche Wissenschaftler Los Alamos bald, zumal dort eine noch fürchterlichere Waffe gebaut werden sollte: die Wasserstoffbombe. Auch J. Robert Oppenheimer widersetzte sich ihrem Bau, bekam Schwierigkeiten und wurde später gar der Spionage für die Sowjetunion beschuldigt, was sich aber bald als unsinnig herausstellte.

Unterdessen wurde klar, dass die USA ihr Monopol auf Kernwaffen nicht halten konnten. Im Laufe der Jahre legten sich Russland und

China, Großbritannien und Frankreich, Indien, Pakistan und Israel Kernwaffen zu. Weitere Länder wie Südafrika, Brasilien und besonders Nordkorea kamen dicht an einsatzfähige Nuklearwaffen heran.

Um die weltweite Verbreitung von Atomwaffen einzudämmen, wurde 1968 der Atomwaffensperrvertrag unterzeichnet, der lediglich den Atommächten USA, Russland, China, Großbritannien und Frankreich den Besitz von Kernwaffen zugesteht, sie zur Abrüstung verpflichtet und dazu, den Nichtkernwaffenstaaten zu helfen,die Kernenergie zu friedlichen Zwecken zu nutzen. Die Internationale Atomenergiebehörde in Wien (IAEA) wurde beauftragt, die Kontrollen durchzuführen sowie die Hilfe für die Nichtkernwaffenstaaten zu koordinieren. Neben diesem Kontrollsystem existieren weitere Mechanismen, die den Export potenzieller Kernwaffentechnik überwachen und den Nuklearschmuggel bekämpfen sollen.

Während des Kalten Krieges hat dieses System einigermaßen funktioniert. Nach Inkrafttreten des Sperrvertrages sind nur drei weitere Staaten zu Atommächten geworden: Indien, Pakistan und Israel; das Ausmaß der Entwicklung in Nordkorea ist bisher unklar. Doch zeigen dieser Fall und derjenige Irans, nicht zuletzt auch die Entdeckung illegalen Atomschmuggels, dass die Kontrollen nicht mehr ausreichen, zumal zusätzlich sogenannte Laufmaschen-Effekte zu befürchten sind:

Angenommen, Iran legte sich Kernwaffen zu, dann dürfte Israel offiziell erklären, selbst welche zu besitzen (bisher gilt dort eine Politik der »nuklearen Zweideutigkeit«). Das wiederum könnte arabische und maghrebinische Staaten veranlassen, den nuklearen Weg zu gehen, und dann womöglich auch die Türkei. Eine ähnliche Kettenreaktion ist in Asien zu befürchten. Die japanische Rechte beispielsweise dreht das Hiroshima-Argument um: »Nie wieder Hiroshima« führe zu dem Schluss, dass das Land einen nordkoreanischen nuklearen Aggressor nur mit eigenen Kernwaffen abschrecken könne.

Unterdessen erlebt die Welt eine Renaissance der zivilen Kerntechnik. Aber der Fall Nordkorea zeigt: Man kann diese Technik mithilfe der IAEA entwickeln, sodann die Inspektoren rauswerfen und sich an den Bombenbau machen. Zwar muss, wer eine Bombe bauen kann, außerdem auch Trägersysteme wie zum Beispiel Raketen besitzen, um sie einsetzen zu können. Und eine weitere Hürde ist zu nehmen: Die tödlichen Ladungen müssen passend gemacht werden – auch das ist eine Ingenieurwissenschaft für sich. Aber wer erst einmal in den

Besitz von Spaltstoff gelangt ist, dessen politisch-militärisches Gewicht steigt im globalen Strategiespiel.

Die Geschichte, die im Juli 1945 begann, war mit dem Sieg Amerikas über die Achse Berlin–Tokyo nicht beendet und auch nicht mit dem Fall des Eisernen Vorhangs ein halbes Jahrhundert später. Sie dauert fort.